## भवेन्द्रनाथ शइकिया

सुप्रसिद्ध असमिया साहित्यकार भवेन्द्रनाथ शइकिया का जन्म 20 फरवरी, 1932 को हुआ था। लन्दन विश्वविद्यालय से भौतिक शास्त्र में डॉक्टरेट की उपाधि प्राप्त करने के बाद उन्होंने गुवाहाटी विश्वविद्यालय के भौतिकशास्त्र विभाग में बतौर रीडर अध्यापन की शुरुआत की। उनकी प्रमुख कृतियाँ हैं—'अन्तरीप', 'रम्यभूमि' और 'आतंकेर शेखोत' (उपन्यास); 'प्रहरी', 'सेंदूर', 'गहाबर', 'उपकंठा', 'ऐई बंदोरर आबेलि', 'बृंदाबन', 'तरंग', 'संध्या भ्रमण', 'गल्प और शिल्प' (कहानी-संग्रह)। अंग्रेज़ी एवं विभिन्न भारतीय भाषाओं में उनकी रचनाओं के अनुवाद हुए हैं। वे असमिया साप्ताहिक 'प्रान्तिक' एवं बच्चों की पत्रिका 'सफूरा' के संस्थापक सम्पादक थे। उन्होंने आकाशवाणी के लिए नाटक भी लिखे। बतौर नाटककार मोबाइल थियेटर से जुड़े रहे। आठ फ़िल्मों का निर्देशन एवं पटकथा लेखन भी किया। अन्तरराष्ट्रीय फ़िल्म समारोहों में इन फिल्मों के प्रदर्शन हुए हैं।

उन्हें 1976 में 'साहित्य अकादेमी पुरस्कार' से पुरस्कृत और 2001 में 'पद्मश्री' से अलंकृत किया गया।

उनका निधन 13 अगस्त, 2003 को हुआ।

## पापोरी गोस्वामी

पापोरी गोस्वामी का जन्म 18 सितम्बर को हुआ। उन्होंने गुवाहाटी विश्वविद्यालय से दर्शनशास्त्र और हिन्दी में एम.ए किया। दिल्ली के गंधर्व महाविद्यालय से संगीत विशारद हैं। पिछले तीन दशकों से असमिया, हिन्दी, बांग्ला में लेखन और अनुवाद में सक्रिय हैं। इंदिरा गोस्वामी के उपन्यास 'ज़ंग लगी तलवार', 'छिन्नमस्ता' और लम्बी कहानी 'नंगा शहर' तथा भवेन्द्रनाथ शइकिया के उपन्यास 'रम्यभूमि' और कहानी-संग्रह 'शृंखल' का हिन्दी में अनुवाद किया है। विभिन्न पत्र-पत्रिकाओं में अनूदित कविताएँ और कहानियाँ प्रकाशित हैं। दिल्ली दूरदर्शन के लिए असमिया नाटक और भूपेन हज़ारिका के संगीत पर शोधकार्य। दिल्ली आकाशवाणी में संगीत, पुस्तक समीक्षा, सर्व भाषा कवि सम्मेलन आदि से जुड़ी हैं।

# रम्यभूमि

**भवेन्द्रनाथ शइकिया**

अनुवाद
पापोरी गोस्वामी

राधाकृष्ण पेपरबैक्स

मूल असमिया कृति 'रम्यभूमि' का अनुवाद

राधाकृष्ण पेपरबैक्स में
**पहला संस्करण :** 2025



---

**राधाकृष्ण पेपरबैक्स :** उत्कृष्ट साहित्य के जनसुलभ संस्करण

---

राधाकृष्ण प्रकाशन प्रा. लि.
जी-17, जगतपुरी, दिल्ली-110 051
द्वारा प्रकाशित

**शाखाएँ :** अशोक राजपथ, साइंस कॉलेज के सामने, पटना-800 006
पहली मंजिल, दरबारी बिल्डिंग, महात्मा गांधी मार्ग, प्रयागराज-211 001
1, अनमोल सोराबजी सन्तुक लेन, धोबी तलाव, मरीन लाइंस, मुम्बई-400 002
वेबसाइट : www.radhakrishnaprakashan.com
ई-मेल : info@radhakrishnaprakashan.com

विकास कम्प्यूटर एंड प्रिंटर्स
ट्रॉनिका सिटी-201 102
द्वारा मुद्रित

**मूल्य :** ₹350

RAMYABHOOMI
*Novel* by Bhabendra Nath Saikia
*Translated* by Papori Goswami

ISBN : 978-93-49159-15-0

# रम्यभूमि

बहुत साल पहले इस जगह पर एक जंगल था। शहर के आसपास के इलाक़े में फैले हुए जंगली इलाक़े के बारे में जब कोई बातचीत चलती है तो जिस तरह बड़े बुजुर्ग कहते हैं कि यहाँ तो दिन में ही शेर निकलता था, यहाँ से दवाई और खाल के लिए जानवर पकड़कर लोग कलकत्ते में बेचने ले जाते थे, ये जंगल भी उसी तरह का था। दरअसल यह जंगल उस ज़माने में कैसा था, यह आज के समय में ठीक-ठीक कोई कह नहीं सकता, सिवाय इसके कि जंगल के बीच से रेल की पटरी बिछाते समय सुकुमार मंडल नाम के एक कर्मचारी ने एक बड़ा-सा अजगर देखा था और ह्यूबर्ट नाम के एक अंग्रेज़ इंजीनियर ने उसे बन्दूक से मारा था। बाद में उस अंग्रेज़ अफ़सर ने उस अजगर की खाल बर्मिंघम में रहनेवाले अपने माँ-बाप को भेज दी थी। ये विवरण रेल विभाग में आजीवन नौकरी करनेवाले एक कर्मचारी की हस्तलिखित आत्मकथा में मिलते हैं।

रेल की पटरी ने जंगल को दो टुकड़ों में बाँट दिया था। उत्तर दिशा में तीन-चौथाई और दक्षिण दिशा में एक-चौथाई जंगल था। जंगल को बिलकुल दो बराबर भागों में बाँटकर पटरी बिछाई जाती तो वो बिलकुल सीधा होता। पर उस रेल कर्मचारी की हस्तलिखित आत्मकथा के अनुसार इस काम की देखरेख करनेवाले अफ़सर वार्ट डेंवेर्स को पेड़-पौधे बहुत पसन्द थे। जंगल के कुछ विरल पेड़-पौधों से वह अभिभूत था। अगर रेल की पटरी जंगल के दाईं तरफ़ जाती तो कुछ ऐसे पेड़ काटने पड़ते जो बहुत विरल थे। शायद अफ़सर को उन पेड़ों से मोह भी हो गया था। तीन दिनों तक काम बन्द रखकर उसने और लोगों के साथ मीटिंग करके नक़्शे को बदला था और किसी युवा प्रेमी की तरह या फिर किसी संत की तरह कुछ अमूल्य पेड़-पौधों को बचा लिया था। इसी कारण रेल की पटरी धनुष की तरह कुछ गोलाई में बिछी।

घनश्याम चौधरी, उन दिनों, रेल पटरियों के लिए ज़मीन तय करनेवाला अफ़सर था। उसके पूर्वज पश्चिम में सोनकोष नदी के किनारे रहते थे पर उसके पिताजी ने बाद में डिब्रू नदी के किनारे अपना स्थायी मकान बना लिया था।

घनश्याम चौधरी लम्बे कद और चौड़े सीनेवाला मजबूत आदमी था। उनकी मूँछ के दोनों सिरे नुकीले थे और बात करते समय अनजाने में ही वह अपनी उँगलियों से घुमा-घुमाकर उन मूँछों को और नुकीला करने की कोशिश करता था। उसकी आवाज़ मोटी और कर्कश थी। वह घुटनों तक के बूट पहनकर भरी दोपहरी की धूप में मिस्टर डेंवेर्स और मिस्टर ह्यूबर्ट साहब के साथ क़दम-से-क़दम मिलाकर सात-आठ मील तक आराम से चल सकता था। चलते समय अचानक, छोटी-छोटी बातों पर ज़ोर से हँस उठता था। इस अकस्मात् अट्टहास की आवाज़ से शायद जंगल के परिन्दे भी चौंक उठते थे। दो-चार छोटी चिरैया उड़कर इस डाली से उस डाली पर बैठ जातीं और नन्हे-नन्हे सर हिलाती हुई समझने की कोशिश करतीं कि कहाँ क्या हो रहा है। कभी-कभी शाम के बाद घनश्याम चौधरी ह्यूबर्ट साहब के साथ बैठकर विदेशी शराब पीता था, ताश खेलता था और पूछता था लम्बे समय तक अपनी पत्नी से इतनी दूर रहकर साहब का मन उदास होता है या नहीं। साहब का जवाब जो भी हो, सुनते ही घनश्याम चौधरी ज़ोर-ज़ोर से हँसने लगता था। ह्यूबर्ट साहब के मुकाबले दोगुनी शराब पीने के बाद भी बिना बहके हुए घनश्याम चौधरी की आँखों में चमक और होंठों पर हँसी बरकरार रहती थी। वैसे साहब के साथ बातें करते समय कभी-कभी उसके मुँह से 'गुड', 'वंडरफुल' आदि शब्द निकलते थे लेकिन ग़लती से भी देशी या मातृ-भाषा का कोई भी शब्द वो नहीं बोलता था। इसका कारण यही था कि साहब ने भी कह दिया था कि घनश्याम चौधरी भारतीय होने के बावजूद बहुत अच्छी अंग्रेज़ी बोल सकता है।

उस जंगल में रेल पटरी के काम का मुआयना करते हुए एक बार डेंवेर्स साहब ने कहा था, "अगर मैं हमेशा यहाँ रहता तो इस जंगल की ज़िम्मेदारी अपने पास रखता, ख़ुद ही देखभाल करता। आह, इतना सुन्दर है!"

डेंवेर्स साहब मुग्ध होकर जंगल को निहार रहा था। उसके पास ही पेड़ के ठूँठ पर बैठा हुआ घनश्याम चौधरी एकटक साहब का चेहरा देख रहा था। फिर उसने जंगल की तरफ़ नज़र घुमाई। पेड़-पौधों के बीच से चिड़ियों का कलरव सुनाई दे रहा था। कुछ समय तक चुपचाप स्थिर नज़र से जंगल को देखते हुए अचानक घनश्याम चौधरी ने कहा था, "ये जंगल, मैं ही अपने पास रख लूँगा।"

डेंवेर्स साहब ने घनश्याम चौधरी की आँखों में झाँककर ख़ुशी से पूछा था, "सच में?"

"हाँ, सच में," चौधरी ने आवाज़ में ज़ोर देकर कहा था।

बस, ऐसे ही शुरू हुआ था सब कुछ।

उसके बाद एक दिन, घनश्याम चौधरी ने रेल पटरी के उत्तर के जंगल में से एक बड़े हिस्से का अलग नक़्शा बना लिया।

एक तरफ़ छोटी-सी पगडंडी और दूसरी तरफ़ छोटी गाड़ी जाने लायक सड़क

के बीच की पैंतालीस बीघा ज़मीन उसके नक़्शे में आई। सरकार द्वारा तय किये हुए हिसाब के अनुसार चौधरी ने दफ़्तर में छह सौ पचास रुपये जमा किये। उसके बाद पक्का काग़ज़ तैयार हो गया।

काग़ज़ तैयार होने से पहले घनश्याम चौधरी दो दिन तक कुछ सोचता रहा। काग़ज़ में योगमाया का नाम रहेगा तो कोई भी, कभी भी, इस ज़मीन पर योगमाया के अधिकार के बारे में सवाल ही नहीं कर पाएगा। हमेशा के लिए एक झंझट ख़त्म हो जाएगा। एक तरह से ये फैसला चौधरी ने तभी ले लिया था जिस दिन डेंवेर्स साहब के साथ जंगल में पहली बार बात हुई थी। लेकिन योगमाया का उपनाम क्या लिखा जाए? काग़ज़ में क्या लिखा जाना चाहिए? चौधरी? योगमाया नियमानुसार चौधरी बनी क्या? पर वो चौधरी नहीं लिखेगी तो भविष्य में उसका बेटा कौन सी उपाधि लिखेगा?

दो-चार दिन घनश्याम चौधरी शाम के बाद ह्यूबर्ट के पास बैठने नहीं गया। अपने किराये के मकान में ही अकेले-अकेले ताश खेलता रहा और शराब पीता रहा। फिर अचानक एक शाम उसने ताश के पत्ते छोटी-सी काग़ज़ की डिब्बी में भरे और उसे टेबल की दराज़ में फेंकते हुए बड़बड़ाया, 'देट्स फाइनल।'

उसके बाद घनश्याम चौधरी एक दिन योगमाया को दफ़्तर ले आया। सुनहरे मूंगा-रेशम की 'रिहा-मेखला' और सूत की चादर से पूरी देह ढकती हुई योगमाया ने संकोच के साथ कई काग़ज़ों पर अँगूठा लगाया।

काम ख़त्म होने के बाद, चौधरी ने ये ध्यान रखते हुए कि किसी को सुनाई न दे, कुछ गम्भीर आवाज़ में योगमाया से कहा, "आज से अपनी उपाधि चौधरी बताना। वैसे ज़रूरत नहीं, पर ज़मीन-जायदाद के बारे में बात निकले तभी कहना।"

दफ़्तर से बाहर निकलती हुई योगमाया ने चुपचाप चादर के आँचल से अपने आँसू पोंछ लिए थे।

कुछ दिनों के बाद घनश्याम चौधरी पैंतालीस बीघा ज़मीन के काग़ज़ात लिफ़ाफ़े में रखकर योगमाया के घर ले गया। वहाँ एक रात रुका और अगले दिन लौटते समय लिफ़ाफ़ा योगमाया को देकर कहा, "सँभालकर रखना।"

इस बात के काफ़ी दिनों के बाद चौधरी रेल से उस इलाक़े में आया। जंगल वाले इलाक़े तक पहुँचने से बहुत पहले ही वह अपनी सीट से उठकर रेल की उत्तर दिशा की खिड़की वाली सीट पर बैठ गया। वह बड़े ध्यान से जंगल के धीरे-धीरे शहर में बदलने का नज़ारा देखने लगा।

जगह तो लगभग वैसी ही है। लोगों के आने-जाने के कारण दो छोटे-छोटे रास्ते बन गए हैं। एक जगह कम उम्र का एक आदमी जलावन लकड़ी के लिए सूखी डालियाँ तोड़ रहा है। बाक़ी सब लगभग वैसा ही है।

नौकरी से रिटायर होने में घनश्याम चौधरी के पास पाँच साल बाक़ी थे। वह

अपने पैतृक घर में रहकर नौकरी करता था और उसे देखकर लगता था कि नौकरी के बाक़ी पाँच साल से लेकर, जीवन का बाक़ी समय भी, वह अपने पैतृक मकान में ही रहना चाहता है। अपने पिता और किसी अफ़सर के साथ परामर्श कर वह उसी तरफ़ एक चाय बाग़ान भी ख़रीदने का मन बना रहा था। चौधरी अपने मकान के पास एक बड़ा-सा तालाब भी खुदवाना चाहता था जिसके चारों तरफ़ ढेर सारे नारियल के पेड़ लगवाने के बारे में भी वह कल्पना करता रहता था। लेकिन इन सब कामों में हाथ लगाने से पहले एक अलग झंझट का समाधान करने के लिए कुछ दिनों के लिए वो जंगल वाले इलाक़े में आया था।

जंगल के दूसरी तरफ़ वाला रास्ता इतने दिनों में पहले से काफ़ी चौड़ा बन गया था। दोनों तरफ़ से आती हुईं दो छोटी गाड़ियाँ आराम से वहाँ से गुज़र सकती थीं। उसी रास्ते के पास लगभग एक बीघा ज़मीन में चौधरी ने काम शुरू करवा दिया। चार कमरे वाले 'एल' पैटर्न के एक मकान और आगे-पीछे खुले आँगन के लिए उसने ज़मीन साफ़ करवाई। जिस पेड़ को न कटवाने से काम चलता हो उसे रहने दिया। सिर्फ़ छोटे पौधे और झाड़-झंखाड़ कटवाकर आँगन में चलने-फिरने की व्यवस्था की गईं। जंगली पौधों की डालियों से चारों तरफ़ घना घेरा बनवाया। ज़मीन के बीच में साल की लकड़ियों के मज़बूत खम्भे और टिन की छत वाला बंगले-जैसा मकान बनने का काम शुरू हो गया।

घर बनकर ख़त्म होने तक, वहाँ रहना घनश्याम चौधरी के लिए सम्भव नहीं था। बहुत पहले, इस इलाक़े में नौकरी करते समय भरोसेमन्द और 'काम का आदमी' के रूप में परिचित गोलकेश्वर नाम के एक पटवारी को मकान बनवाने की ज़िम्मेदारी सौंपकर चौधरी लौट गया। कुछ दिनों बाद काम देखने के लिए एक बार आया और फिर से लौट गया। इस तरह जब तीसरी बार उसका आना हुआ, तब तक गोलकेश्वर की निगरानी में मकान का काम लगभग पूरा हो चला था, सिर्फ़ रंग-रोगन बाक़ी था। टिन की छत दोनों तरफ़ झुकी हुई है, सामने के बरामदे में लकड़ी से बना फूल-कलियों का डिज़ाइन और उसके नीचे ही लकड़ी की पट्टी पर जालीदार नक़्क़ाशी किया हुआ एक मोर था। कूचबिहार के एक कुशल कारीगर ने बहुत जतन और सफ़ाई से काम किया था।

घनश्याम चौधरी कुछ दूर से उस तरफ़ थोड़ी देर देखता रहा, फिर एकदम ही कहा, "बहुत बढ़िया।"

उस दफ़ा अपने घर लौटते, रास्ते में चौधरी योगमाया के घर आया, एक रात रुका भी। योगमाया से चौधरी ने कहा, 'पैंतालीस बीघा ज़मीन और घर बनकर बिलकुल तैयार है और अब जब मर्ज़ी हो, वह उस घर में जाकर रह सकती है, वो उसकी ज़मीन, उसका घर है।'

योगमाया भी कहीं चली जाने के लिए व्याकुल हो उठी थी। पिता के घर में

उसे पसन्द करनेवाले लोग अब नहीं रह गए थे। पिता और दोनों बड़े भाई योगमाया के पेट में बच्चा आने के दिन से ही सोचने लगे थे कि घनश्याम चौधरी उसे कब ले जाएगा। उनके बगल वाले घर में रहनेवाले चौधरी से सहमते स्वर में कई बार योगमाया के पिता ने पूछा भी था। चौधरी अक्सर कहता था, "इतनी जल्दी क्या है? इस घर को ही हम सबका घर समझिए।"

घर का ख़र्चा चलाने के लिए चौधरी योगमाया के पिता को रुपये देता था, बीस रुपया, पचास रुपया और कभी सौ रुपया। योगमाया का बड़ा भाई एक दिन सबको सुनाकर घर में ही चिल्लाया था, "पैसा देने से ही काम चलेगा क्या? क्या हम लोगों का कोई मान-सम्मान नहीं? समाज, घर और संसार का कोई मायने नहीं?"

उसके कुछ दिनों के बाद योगमाया के बड़े भाई को कोर्ट में नौकरी मिल गई थी और फिर उसने शादी कर ली थी। चौधरी ने उस शादी में, अपने घर की शादी की तरह ख़र्च किया था।

शादी के कुछ दिनों बाद, घनश्याम चौधरी का उस जगह से तबादला हो गया। तब योगमाया का बेटा डेढ़ साल का हो गया था। उसके एक साल के बाद योगमाया की भाभी ने एक लड़के को जन्म दिया था। योगमाया धीरे-धीरे भाभी के घर में नौकरानी बन गई थी। घनश्याम चौधरी के पैसे से ख़रीदा हुआ दूध उसके बेटे के लिए नहीं बचता था। दूसरा भाई कभी-कभी बहन की तरफ़दारी करता हुआ कुछ कहता था, इन बहसों में अक्सर ये सवाल आते थे कि छोटा भाई और योगमाया घर छोड़कर जाए या बड़े भाई-भाभी। बड़ा भाई पिता से कहता, "आप ही कुछ कीजिए, ये कोई बात नहीं हुई।"

पिता अपने भाग्य को कोसता था। पत्नी को भी कोसता था कि असमय सबको छोड़ गई। उनके हिसाब से अगर पत्नी ज़िन्दा होती तो आज घर की हालत ऐसी नहीं होंती। योगमाया की हालत तो ऐसी बिलकुल नहीं होती। बगल में रहनेवाले चौधरी को उनकी पत्नी ज़रूर खाना बनाकर खिलाती पर सुबह-शाम थाली सजाकर उसके घर पहुँचाने योगमाया को अकेले नहीं भेजती।

एक दिन शाम को बहुत संकोच के साथ वह चौधरी के पास गया। कुछ देर तक सर झुकाकर बैठने के बाद चौधरी से पूछा था, "आप घर-गृहस्थी वाले अधेड़ उम्र के इनसान हैं, बड़े आदमी हैं। ये तो अच्छा काम नहीं हुआ।"

घनश्याम चौधरी अपनी मूँछें उँगलियों से नुकीली करता हुआ सुन रहा था। अचानक ये काम छोड़कर कहने लगा, "कुछ बुरा काम आदमी अकेले नहीं कर सकता, है न! ये सब विचार करते जाएँगे तो बात बहुत बढ़ जाएगी। नुकसान आप लोगों का ही ज़्यादा होगा।"

योगमाया का पिता डर गया था।

थोड़ा रुककर अपनी भारी आवाज़ में धीरे-धीरे चौधरी ने कहा था, "योगमाया

को कोई असुविधा नहीं होगी। उसकी व्यवस्था मैं करूँगा। आप लोग सिर्फ़ मेरे अलावा मेरे घर-संसार, किसी चीज़ की, कोई खोज-ख़बर न लें। मेरे साथ आप लोगों का सम्बन्ध है और आप लोगों के साथ मेरा, बस इतनी ही बात है।"

थोड़ी देर रुककर चौधरी ने फिर कहा, "आप लोग अगर मेरे घर-संसार की खोज-ख़बर लेंगे तो मुझे योगमाया की खोज-ख़बर लेना छोड़ देना पड़ेगा।" ये कहते हुए वह अपनी मूँछों का दूसरा सिरा नुकीला करने लगा था।

उस रात को चौधरी ने योगमाया से पैंतालीस बीघा ज़मीन और घर के पूरा होने की बात करते हुए उसके पिता से कही हुई वही बात थोड़ा नर्म स्वर में कह दी। साथ में ये भी कहा, "शान्ति से रहो, सुखी रहो। लड़के को अच्छे से पालो और मैं तो हूँ ही। जिन दिनों तुम्हारे पास न रहूँ, उन दिनों मैं कहाँ हूँ ,क्या करता हूँ, ये सब मत सोचना। ये मान लेना, मैं जहाँ भी हूँ, अच्छा हूँ।"

थोड़ी देर चुप रहने के बाद चौधरी ने पूछा, "कब जाना चाहती हो?"

योगमाया ने इस सवाल का जवाब न देकर दूसरा सवाल पूछा, "इतनी दूर, इतनी सुनसान जगह पर क्या मैं अकेली रह सकूँगी?"

"ज़रूर रह सकोगी। आसपास दो-चार नये परिवार आए हैं। पास में मैंने एक दुकान भी देखी है। गोलोकेश्वर नाम का एक आदमी है देख-रेख के लिए। एक और बुजुर्ग आदमी को वहाँ का चौकीदार बनाकर आया हूँ, वह मरते दम तक वही रहेगा।"

थोड़ी देर चुप रहकर चौधरी ने फिर पूछा, "ये तुम्हारा भाई लाखेश्वर तुम्हें वहाँ छोड़ आएगा न? वह साथ जाएगा, तुम लोगों के साथ दो-चार दिन रहकर सामान सहेज देगा, फिर वापस आ जाएगा, नहीं?"

लाखेश्वर, मतलब दूसरे भाई के अलावा और कोई था भी नहीं, जिससे योगमाया सहायता माँग सकती है। उसी के साथ और अपने बेटे का हाथ पकड़कर योगमाया ने अपनी यात्रा शुरू की। कुछ समय में वह पैंतालीस बीघा जंगल के बीच 'एल' पैटर्न के घर तक पहुँच गई।

मकान के पिछवाड़े में बाँस से बनी छोटी-सी झोंपड़ी के सामने एक ऊँचे से पीढ़े में बैठकर, बूढ़ा चौकीदार अनन्त, पाट (जूट) की रस्सी बना रहा था। उसने योगमाया और उसके साथ आते हुए लोगों को देखा। उसने देह के ऊपरी हिस्से में कपड़ा नहीं पहन रखा था। उसके सीने की हड्डियाँ चमड़ी के ऊपर तक स्पष्ट दिख रही थीं। वह फुर्ती से झोंपड़ी के अन्दर जाकर एक गमछे से शरीर ढकता हुआ बाहर आ गया। वह घर के किनारे से सामनेवाले आँगन में आया और बारी-बारी से एक बार योगमाया, फिर लाखेश्वर और फिर छोटे-से लड़के का चेहरा देखने लगा।

लाखेश्वर भी थोड़ी देर तक लगभग सफ़ेद दाढ़ी-मूँछों और बालों से ढके अनन्त का चेहरा देखता रहा, फिर पूछा, "ये घनश्याम चौधरी का घर है न?"

अनन्त ने पहले हाँ में सर हिलाया, फिर कहा, "जी हाँ।"

लाखेश्वर को पहले समझ में नहीं आया कि किस तरह बात शुरू करे, मन में थोड़ी देर गूँथता रहा, फिर हिम्मत जुटाकर ज़रूरत से ज़्यादा तेज़ आवाज़ में कहा, "ये चौधरी का बेटा है और ये इस लड़के की माँ है। यहाँ रहने के लिए आए हैं।"

अनन्त स्थिर नज़र से योगमाया की तरफ़ देखता रहा, फिर धीरे-धीरे दोनों हाथ जोड़कर माथे तक ले गया। कुछ देर ऐसे रहने के बाद जैसे उसे होश आया। "थोड़ी देर रुकिये!" कहकर वो जल्दी से झोंपड़ी के अन्दर गया और चाभी का एक गुच्छा लेकर बाहर आ गया। घर के पीछे वाले बरामदे से दरवाज़े का ताला खोलते हुए वह कमरे के अन्दर से होते हुए सामनेवाले बरामदे में आ गया, फिर विनम्रता से हाथ जोड़कर कहा, "आइए!" लाखेश्वर अन्दर आ गया। उसके पीछे-पीछे लड़का भी दौड़ गया। योगमाया थोड़ी देर वहीं खड़ी रही। उसने आँखें बन्द करके कुछ महसूस करने की कोशिश की, उसी मुद्रा में उसने कुछ सोचा, फिर बरामदे से ऊपर जानेवाली सीढ़ी को छूकर प्रणाम किया और अन्दर चली गई।

अनन्त ने लाखेश्वर और योगमाया को चारों कमरे दिखाए। कुर्सी, मेज़, पलंग, आइना, बेंच, अलमारी, सभी चीज़ें अपनी जगह पर सजाकर रखी हुई हैं। सारे सामान नये हैं, सिर्फ़ उन सबके ऊपर धूल की एक हल्की-सी परत है। रजाई, गद्दा और तकिया, बड़े पलंग पर मोड़कर रखे हुए हैं। अनन्त ने एक लकड़ी का बड़ा बक्सा और टिन के दो बक्से खोलकर दिखाए, तीनों अलग-अलग तरह के कपड़ों से भरे हुए हैं। रसोईघर के एक कोने में कढ़ाही, डोंगे, थाली-कटोरियाँ, घड़ा, लोटा, बाल्टी आदि बर्तन रखे हुए हैं, दूसरे कोने में पाँच लालटेन और पीतल की दो ढिबरी रखी हैं।

सबसे पहले, अनन्त ने बड़ा वाला कमरा झाड़-पोंछकर बड़े पलंग पर बिस्तर लगा दिया। लाखेश्वर ने पहले तो कुछ समय घर के चारों तरफ़, फिर बग़ीचा और जंगल देखकर बिताया, उसके बाद वह भी बूढ़े अनन्त की सहायता करने लगा, 'इस मेज़ को यहाँ रखना ठीक होगा, जरा पकड़ो! ये बक्सा उस कोने पर रखते है, चलो।' योगमाया का बेटा बार-बार बाहर भाग जाना चाहता है। उसकी माँ बार-बार पुकारती है, "अकन, अकन!" अकन लौट आता है।

कुछ समय के बाद, दो कमरे ठीक-ठाक सहेज दिए गए, कम-से-कम योगमाया, बच्चे और लाखेश्वर के लिए सोने-बैठने का जुगाड़ बन गया। अकन बड़े कमरे में आकर बड़ा पलंग देखता रहा। बिलकुल सफ़ेद नई चादर बिछी हुई, चार नये तक़ियों में भी सफ़ेद कवर लगे थे। उसने माँ से पूछा, "किसका बिस्तर लगा है माँ?"

योगमाया कपड़े समेट रही थी, वो चुप रही।

"हमारे हैं क्या?" उसने फिर पूछा।

योगमाया ने एक बार तिरछी नज़र से बिस्तर को देखा और चुपचाप अपना

काम करती रही। अपने घर में उसका बिस्तर एक सँकरी-सी खटिया थी, उस पर चिथड़ों के बने हुए कुछ कपड़े, जो कितने ही प्रकार के दाग़ से रँगे हुए थे। अकन नींद में ज़्यादातर समय माँ की देह पर एक पैर चढ़ाकर सोता और योगमाया बेटे को गले लगाकर पकड़े रखती कि कहीं वो नीचे गिर न पड़े। किसी तरह उस खटिया में दोनों सो पाते। वैसे योगमाया की खटिया पर एक पतला गद्दा होता था जिसे उसने सामनेवाले कमरे में, मेहमान वाले बिस्तर पर बिछा रखा था, अचानक कभी घनश्याम चौधरी आ सकता है, इसी उम्मीद में। ज़्यादातर रात के वक़्त उस बिस्तर पर योगमाया के बड़े भाई का साला सोता था और जब कोई नहीं होता तब घर की पालतू बूढ़ी बिल्ली वहाँ गठरी बनकर पड़ी रहती।

दो बार पूछने पर भी माँ ने जब कुछ नहीं कहा तो अकन थोड़ा-सा सहम गया। उसने एक बार माँ को और एक बार पलंग को देखा। उसके बड़े मामा-मामी के पास एक ऐसा पलंग है, पर एक दिन उस पर चढ़ने पर मामी ने बहुत डाँट लगाई थी। मामी उसे कभी-कभी पीट भी देती थी। थोड़ी देर बाद उसने फिर से पूछा, "किसका बिस्तर है माँ? हम लोगों का?"

योगमाया ने समेटे हुए कपड़े रखने के बहाने दूसरी तरफ़ मुँह करके धीरे से जवाब दिया, "हाँ।"

सुनते ही अकन दौड़कर बिस्तर पर चढ़ गया और पेट के बल लेट गया। उसके दोनों पैर पलंग के बाहर लटकते रहे, फिर भी योगमाया ने कहा, "पैर ऊपर मत चढ़ाना।"

अकन पलंग पर लेटे हुए ही सफ़ेद चादर पर धीरे-धीरे अपना दायाँ हाथ फेरता रहा। थोड़ी देर के बाद उसकी आँखें बन्द होने लगीं और वह उसी तरह सो गया। योगमाया ने बिस्तर पर एक गमछा बिछाकर अकन के पैर उस पर चढ़ा दिए और उसके शरीर को सीधा घुमाकर अच्छी तरह से सुला दिया। अब उसका सिर ऊँचा उठाकर तकिया रखने का योगमाया का मन नहीं हुआ।

गहरी नींद में सोए अकन को योगमाया ने खाना खाने के समय ही जगाया। योगमाया और उसके साथ के लोगों को खिलाने के लिए अनन्त के पास कोई जुगाड़ नहीं था। वह जंगल के बीच से दौड़कर रेल लाइन के उस पार साधन कछारी के घर पहुँचा। साधन, मुर्गा और बतख पालता है। उसके पास बतख के दो अंडे रखे थे। अनन्त वही माँग लाया और फिर सड़क के इस पार सनातन की दुकान से पाव भर मूँग की दाल ख़रीदी। घर पर कुछ छोटे आलू रखे थे, चावल भी, बस इसी से खाना हुआ। तब सूरज डूबने लगा था। सबको बहुत भूख लग रही थी। यही खाना उन्हें अमृत जैसा लगा।

पिछली रात से वे यात्रा पर थे। अकन की नींद खाना खाते समय भी ठीक से खुली ही नहीं थी। वो कमरे में आकर फिर से सो गया। पलंग के पीछे की तरफ़

आड़े होकर योगमाया भी लेट गई। दूसरे कमरे के पलंग में लाखेश्वर भी। थोड़ी देर बाद ही पूरा घर एकदम निस्तब्ध हो गया। पास वाले जंगल में तरह-तरह की चिड़ियाँ रह-रहकर बोलती रही और रसोईघर से अनन्त की खटर-पटर करने की आवाज़ें आती रहीं।

रसोईघर के बर्तन वगैरह धोने-रखने के बाद भी अनन्त काफ़ी देर तक वहीं फ़र्श पर बैठा रहा। घर बनना जब लगभग ख़त्म हो रहा था, तभी से वह यहाँ रहने लगा है। घनश्याम चौधरी के साथ उसकी अब तक कुल दो बार मुलाक़ात हुई है। एक बार दिन में और एक बार रात के समय। दिन में जब मिले थे तब उन्होंने अनन्त से कहा था, "मेरे घर के लोग यहाँ रहने आएँगे, तुम सब तरफ़ नज़र रखना।"

रात में मिलते समय उन्होंने कहा था, "देखना, मेम साहब को कोई असुविधा न हो, ख़याल रखना।"

लेकिन ये लोग कौन आ गए? चौधरी के घर के लोग हैं ये? ये मेम साहब हैं!

अनन्त फ़र्श पर नज़र टिकाकर योगमाया के चेहरे की कल्पना करने लगा : ठीक-ठाक लम्बी है, चेहरा गोल, बहुत मोटी भी नहीं और एकदम दुबली भी नहीं। गोरी है, बड़ी-बड़ी आँखें, पर जैसे आँखों की रोशनी कुछ धुँधली पड़ गई है। आँखों के नीचे काले धब्बे हैं। चाल-चलन गम्भीर है, आवाज़ नर्म। उम्र कितनी हो सकती है? तीस? नहीं, नहीं, उससे कम होगी। पच्चीस हो सकती है। हाँ, उतनी ही होगी।

साथ-साथ घनश्याम चौधरी का चेहरा भी अनन्त के मन में आया। चेहरे पर कुछ लालिमा-सी है और वो नुकीली मूँछें, कान के पास कुछ बाल सफ़ेद हैं, आँखों के नीचे का हिस्सा फूला-फूला सा है। वह बहुत तेज़-तेज़ चलता है, स्वभाव से भी बहुत जल्दबाज़ है, कारीगर को कुछ समझाने-दिखाने के लिए ख़ुद ही बाँस की सीढ़ियाँ चढ़ जाना चाहता है। कभी-कभी कारीगरों के बनाए स्टूल में चुपचाप बैठा रहता है और थकी आवाज़ में अनन्त से कहता है, "अनन्त, थोड़ी-सी चाय बन सकती है?"

इस आदमी की उम्र पचास भी हो सकती है, साठ भी।

उनकी मेम साहब हैं ये?

थोड़ी देर बाद अनन्त ने अपने मन से ये सब भाव झाड़ दिए। इस वक़्त के खाने का जुगाड़ तो किसी तरह हो गया, पर एक-दो वक़्त की बात तो नहीं है न! कहाँ कितने सामान की ज़रूरत होगी, वह एक तरफ़ से सोचता गया। साथ-साथ वह रसोई का सामान भी तय जगह पर रखने लगा। एक तरफ़ लकड़ी की पटिया बिछाकर कुछ सामान वहाँ करीने से रख दिया। आख़िर में ज़ेब में जितना भी पैसा था, निकालकर हिसाब किया; और कुछ रुपये की ज़रूरत थी, पर योगमाया को रुपये के बारे में कहना उसे अच्छा नहीं लगा। कोई और घरेलू बात करनी हो तो लाखेश्वर से कहना चाहिए या योगमाया से, ये भी वह तय नहीं कर पाया।

दुपहरी ढलने लगी थी, अनन्त ने लाखेश्वर को जगाकर कहा, "दरवाज़े अन्दर से बन्द कर लीजिए, मैं बाहर जा रहा हूँ।" फिर वह झोला, टिन और टोकरी वगैरह लेकर आधा मील दूर बाज़ार के लिए निकल गया।

योगमाया की जब नींद टूटी, तब कमरे के भीतर अँधेरा-सा था। एक मुहूर्त के लिए वो सोच नहीं पाई कि कहाँ पर है, किस जगह उसकी नींद खुली है। थोड़ी देर वो सोते हुए अकन की ओर देखती रही, फिर धीरे-धीरे बिस्तर से उठ गई। लाखेश्वर पहले ही जाग गया था। अनन्त के बनाए हलवा और चाय का स्वाद लेता हुआ वह सामनेवाले आँगन में कुर्सी पर बैठा था।

योगमाया ने पीछे वाले आँगन में बने नहान-घर में मुँह-हाथ धोते समय मन-ही-मन में तय किया कि अब वह अनन्त के साथ रसोईघर की व्यवस्था के बारे में बातचीत करेगी और ज़िम्मेदारी भी लेगी। तीन-तीन लोग अचानक आ गए, अब इस तरह ज़्यादा देर तक चुपचाप रहना ठीक नहीं।

"हम लोगों के आने की ख़बर आपको पहले से ही थी?" बरामदे में एक स्टूल पर बैठकर, गर्म चाय का गिलास चादर के आँचल से पकड़ती हुई योगमाया ने अनन्त से पूछा।

अनन्त ने ऐसी भंगिमा से उसकी तरफ़ देखा जैसे योगमाया की बात ठीक समझ नहीं पाया हो। फिर जल्दी से हड़बड़ाते हुए जवाब दिया, "नहीं, नहीं कोई ख़बर नहीं मिला था मेम...मेम साहब! साहब ने कहा था, मेम साहब यहाँ रहने आएँगी लेकिन कब आएँगी ये नहीं बताया था।"

योगमाया की आँखें बड़ी-बड़ी हो गईं। एक मुहूर्त के लिए दिल में धक्-सा हो गया। मेम साहब? कौन-सी मेम साहब यहाँ रहने आएगी? थोड़ी देर अनन्त की आँखों में देखकर उसने पूछा, "मेरे बारे में उन्होंने मेम साहब कहा था?"

शायद किसी और के बारे में कहा हो!

कहा तो था! अनन्त जैसे कुछ याद करने लगा। लगभग पूरा शरीर सूत की मेखला-चादर से ढकी हुई योगमाया को अनन्त ने और एक बार नज़र घुमाकर देखा। वह ठीक से समझ नहीं पाया क्या कहे। हड़बड़ाहट में मुँह से निकला, "साहब ने कहा था, मेम साहब आएँगी, साथ में बेटा भी आएगा।"

योगमाया मुस्कुराई और कहा, "आप मुझे मेम साहब न कहिए।" क्या कहना चाहिए, ये भी योगमाया बता देना चाहती थी लेकिन कोई नाम या सम्बोधन उसी समय उसके मन में नहीं आया।

योगमाया को मुस्कुराते देखकर और उसकी बातें सुनकर एक ही मुहूर्त में अनन्त का मन हल्का हो गया। उसने कहा, "मुझे 'आप' क्यों कह रही है? साहब मुझे सड़क से उठाकर यहाँ ले आए और चौकीदार बनाया। आप लोग मालिक हैं, मुझे आप न कहिए! बड़ी शर्म आती है। उम्र में बुज़ुर्ग हूँ तो क्या हुआ?"

योगमाया ने चुपचाप चाय ख़त्म की और रसोईघर में चली गई। अनन्त भी पीछे-पीछे गया। नई लालटेन की रोशनी बहुत अच्छी थी। योगमाया ने रसोईघर में रखे हुए सारे सामान पर एक बार नज़र डाली, फिर कहा, "मैं बहुत थक गई थी। ये जगह भी नई है मेरे लिए। इसलिए दोपहर में किसी काम में हाथ नहीं लगा पाई। आप, मतलब तुम इतने बड़े हो उम्र में, फिर भी हम सबको खाना बनाकर खिलाया, मैं शर्मिन्दा हूँ। अच्छा, कोई बात नहीं। अब से मैं ही खाना पकाऊँगी। कहाँ क्या रखा है, बता दो।"

अनन्त ने 'न-न' कहते हुए सर हिलाया : 'ये कैसे हो सकता है? खाना पकाने और घर-गृहस्थी के काम में वह उस्ताद है। यही सब करके ज़िन्दगी का आधा समय बीत गया। क्यों, आज दुपहरी में उसका पकाया हुआ भात-तरकारी का स्वाद योगमाया को बुरा लगा क्या? नहीं न? बहुत अच्छा बना था। फिर? अब योगमाया खाना पकाएगी और अनन्त बैठे-बैठे खाएगा! छि:-छि:-छि:! ये बहुत शर्म की बात होगी। साहब सुनेंगे तो क्या सोचेंगे? ये नहीं हो सकता। अगर योगमाया की पसन्द का कोई पकवान वह नहीं बना सकता तो बात अलग है। ऐसी कोई चीज़ पकानी हो तो योगमाया रसोईघर में आएगी, पर वैसे रसोईघर अनन्त के ज़िम्मे ही रहेगा।'

अब अनंन्त बात कहने के लिए और मन से भी एकदम सहज हो गया, 'देखिए, आज बाज़ार से वो अंडेवाली कुढ़ी मछली ख़रीद लाया है। पहले इसका स्वाद लीजिए, फिर बताइए।'

खूँटी पर लटकाकर रखी हुई मछली देखकर योगमाया मुस्कुराई। अब उसने बाज़ार ख़र्च के बारे में बात की। अनन्त ने बताया : 'आज का दिन उसने गृहस्थ बनकर चला दिया लेकिन कल से योगमाया घर की मालकिन है। पैसे के मामले में वह मालिक बन ही नहीं सकता। साहब यहाँ के रहनेवाले एक पटवारी को अनन्त के नाम हर महीने पाँच रुपये भेजते है, वही गोलकेश्वर पटवारी पाँच रुपये उसे दे जाते है। उसी से वो अपना संसार चलाता है। इस महीने भी गोलकेश्वर के आने का समय हो रहा है, दो-चार दिनों में पहुँचते ही होंगे।'

"ख़र्च के लिए कब क्या चाहिए, कहना। आज का ख़र्च भी तुम्हें क्यों देना चाहिए? कितना ख़र्च हुआ कल बताना।" ये कहती हुई योगमाया रसोई से बाहर निकल ही रही थी कि उसने देखा आँखें मसलता हुआ, ऊँघता हुआ, लड़खड़ाते क़दम से अकन कमरे से बाहर निकल आया है।

फिर अनन्त ने योगमाया से कहा कि अकन के लिए उसने अलग से दूध रख दिया था। सूजी के हलवे के साथ एक मिठाई भी है। योगमाया ने अकन के मुँह-हाथ धुला दिए तो अनन्त ने उसे दूध-मिठाई खिलाने के लिए पास बिठा लिया।

योगमाया वहाँ से चली आई। वो बड़े कमरे के अन्दर चली गई। अनन्त हर कमरे में एक लालटेन जलाकर रख गया है। योगमाया ऐसे ही सारे कमरों में घूम

आई। अब उसे पूरा घर काफ़ी बड़ा-सा लगा। थोड़ी देर बाद वह अकन को बुलाने के लिए रसोई की ओर गई। रसोई के खुले दरवाज़े से उसने देखा, एक पीढ़ा पर बैठकर अनन्त मछली काट रहा है और अलग-अलग भंगिमा बनाकर जैसे कोई रहस्यपूर्ण कथा अकन को सुना रहा है। उसके सामने एक-दूसरे पीढ़े पर बैठा अकन, अनन्त को मछली काटता हुआ देख रहा है और कहानी भी सुन रहा है। योगमाया वहीं अँधेरे में ही खड़ी होकर थोड़ी देर उन दोनों को देखती रही। अनन्त ने मछली के पेट से हवा वाली पोटली निकाली और ही-ही करके हँसते हुए अकन के सामने ज़मीन पर रख दी। फिर अकन ने उस पर खड़े होकर अपनी एड़ी से उसे 'पट' की आवाज़ से फोड़ दिया।

लाखेश्वर तब भी सामनेवाले आँगन में ही बैठा था। योगमाया उसके पास आई। लाखेश्वर ने कहा, "मैं थोड़ा टहलकर आता हूँ। तुझे अकेले डर लगेगा क्या?"

"डर नहीं लगेगा लेकिन अँधेरा हो रहा है। ज़्यादा दूर मत जाना।"

"नहीं जाऊँगा। बस यहीं थोड़ा-सा..." कहकर लाखेश्वर चला गया। थोड़ी देर बाद ही वह अँधेरे में अदृश्य हो गया।

योगमाया कुर्सी को बीच आँगन से बरामदे की सीढ़ी तक ले आई और उस पर बैठ गई।

जंगल में कहीं झींगुर बोल रहा था। कहीं अचानक खर-खर-सी आवाज़ होने लगी, जंगल में कभी-कभी पत्तों की हलकी सरसराहट और कभी साँय-साँय की आवाज़ आ रही है। हवा योगमाया को छू रही है। दरख़्तों की जाली से, दूर कहीं-कहीं दिखती हुई लालटेन और दीये की रोशनी दिख रही है, शायद पत्तों की कँपकँपाहट के कारण, वह भी काँपती हुई नज़र आ रही है।

## 2

योगमाया अपने बारे में सोचकर ख़ुद ही चकित है। अब तक वो कहाँ की थी और आज कहाँ रह रही है! अब ये घर, बग़ीचा और जंगल उसी का है। ये जंगल कितना बड़ा होगा? पैंतालीस बीघा ज़मीन कितनी होती है, योगमाया को इसका अन्दाज़ा नहीं है, लेकिन यह जंगल उसे सचमुच बड़ा-सा लगा। जितनी दूर तक अँधेरा है, ये जंगल उसे उतनी दूर तक फैला हुआ-सा लगा।

इतने विशाल जंगल में क्या करेगी वो? कैसे रहेगी इतने बड़े घर में? अगर वो यहाँ रहेंगे, तब तो ये घर, ज़मीन सब सिकुड़कर एक छोटा कमरा-सा बन जाएगा। उसके पिता के घर के पड़ोस में, जिस घर में वो आदमी रहता था, उस घर के

जिस कमरे में वो आदमी खाना खाता था, उस कमरे के बराबर एक घर से ही योगमाया का काम चल जाता।

कितना भयानक था वो कमरा!

उसके पिता, बड़े भैया उसे हुक्म देते थे और वह उस आदमी के लिए खाना लेकर जाती थी। उनके खाते समय वह थोड़ी दूरी पर थोड़ा डर और थोड़े लिहाज और संकोच के साथ सर झुककर खड़ी रहती। वो आदमी उसे हुक्म देता था, "सुनो! इधर आओ, बैठो!"

जैसे एक शीतलहर योगमाया की शरीर को छू जाती!

योगमाया अब भी सोचकर काँप गई। कितना भयानक हुक्म था वो! अब भी याद आती है उसे। योगमाया जैसे कुचल दिए जानेवाले केंचुए की तरह छटपटाई थी। केंचुए? हाँ, तब वो एक केंचुए जैसी ही थी।

उसके काफ़ी दिनों बाद योगमाया ने उस आदमी से पूछा था, "क्या मैं माँग में सिन्दूर भर सकती हूँ?"

वो आदमी काफ़ी देर तक बिस्तर में लेटकर कुछ सोचता रहा और उतनी देर तक जूठे थाली-बर्तन पकड़े हुई योगमाया वहाँ खड़ी थी। काफ़ी समय के बाद उसने कहा था, "हम्म। सिन्दूर?"

फिर कुछ देर तक चुप रहने के बाद वह बोला था, "ठीक है," फिर दूसरी तरफ़ मुँह करके करवट ले ली थी।

योगमाया ने एक लम्बी, गहरी साँस ली। कहीं से किसी जानवर की, शायद केंक-केंक सी आवाज़ सुनाई दी। योगमाया समझ नहीं पाई कि वो किसकी आवाज़ है।

थोड़ी देर के बाद लाखेश्वर वापस आ गया। उसने कहा, "थोड़ी दूरी पर दो-चार परिवार रहते हैं। एक दुकान भी हैं। लेकिन बाक़ी इलाक़ा पूरा अँधेरा है। रास्ता ही ठीक से दिखाई नहीं देता।" वह अन्दर चला गया। योगमाया उसी तरह बैठी रही। उसके मन में यह बात आती रही, 'ये कहाँ आ गई वो? वह तो आ गई, पर वो आदमी भी आएगा यहाँ? अब कब आएगा वह?'

दोपहरी में काफ़ी देर तक सो ली थी, शायद इसलिए रात को बहुत देर तक योगमाया को नींद नहीं आई। इस बार वह उस विशाल पलंग पर क़ायदे से लेटी थी, दोपहर की तरह आड़ा होकर नहीं। पास में सोते हुए अकन को भी एक तकिये के सहारे टिका दिया था। बहुत बड़ा पलंग था, अकन गिर नहीं सकता, फिर भी उसने तकिया रख दिया।

कुछ दिनों के बाद, लाखेश्वर ने योगमाया से कहा कि उसे तो अब घर लौट जाना चाहिए। योगमाया ने कहा, "रहो और कुछ दिन, घर जाकर करोगे ही क्या।"

वैसे घर लौटकर भी लाखेश्वर के पास कोई विशेष काम नहीं है। वो

छोटा-मोटा व्यापार करता है, फुटकर काम है। सुपारी, तम्बाकू, एल्युमिनियम के बर्तन, जब जो सुविधा हो, उसी का व्यापार करता है वह। सामान का जुगाड़ न हो तो एक-दो महीना ऐसे ही बैठना पड़ता है। अभी वह यहाँ रुक सकता है, योगमाया को अकेले इस तरह छोड़ जाने का उसे मन भी नहीं हो रहा है, पर इसके बाद क्या होगा, ऐसे ही आगे के दिन भी थोड़े ही कटेंगे? यही चिन्ता मन में आने के कारण उसने योगमाया से ये बात कही थी।

योगमाया को याद है, गोलकेश्वर नाम का कोई पटवारी आनेवाला था, यहाँ की ख़बर-ख़याल रखने। वह आदमी भी अब तक नहीं आया। योगमाया ने जब अनन्त से उसके बारे में पूछा तो अनन्त भी सोच में पड़ गया। वह आदमी इस मकान के बनने के समय से लगभग रोज़ ही आता रहा है। घर बन जाने बाद भी हर महीने हाल-समाचार पूछने आ जाता था। आख़िरी बार वह एक बैलगाड़ी में भरकर रसोई का सारा ज़रूरी सामान अनन्त को दे गया था। उसके बाद वह आया ही नहीं। योगमाया का परिवार न आता तो अनन्त के लिए अपना ख़र्च चलाना ही मुश्किल हो जाता।

अब घनश्याम चौधरी या गोलकेश्वर का इन्तज़ार करने के अलावा उन लोगों के पास और कोई चारा नहीं था।

लाखेश्वर ने पूरा इलाक़ा घूम-फिरकर देखा। कई बार जंगल से काफ़ी दूर बसे शहर तक गया। अकन के लिए कुछ-कुछ ख़रीदकर भी लाया। वो अपने लिए, योगमाया के लिए और अनन्त के लिए भी कुछ ख़रीदना चाहता था, पर योगमाया के पास बचे हुए रुपये ख़र्च नहीं करना चाहता था। उसके पास अपना कोई रुपया-पैसा नहीं था।

अकन के लिए, अनन्त ने बाँस से एक धनुष और कुछ तीर भी बना दिए थे। अकन धनुष-तीर लेकर जंगल में काफ़ी दूर तक चला जाता था। जंगल में खेलते हुए रोज़ ही उसका तीर खो जाता और अगले दिन अनन्त फिर से उसके लिए नया बना देता। योगमाया अक्सर उस जंगल में घुसकर खेलते हुए अकन को लौटा लाती। जंगल से उस पार पूरब से पश्चिम तक दो और पश्चिम से पूरब तक दो, कुल चार रेलगाड़ियाँ आती-जाती थी। दूर से रेल की सीटी सुनते ही अकन "आ गई, आ गई" कहकर चीख़ने लगता था और लाखेश्वर और अनन्त से रेल दिखाने ले जाने के लिए ज़िद करता था। बाद के दिनों में शाम वाली रेल दिखाने के लिए योगमाया ख़ुद अकन को ले जाने लगी थी। वो अकन को पटरी दिखनेवाली एक जगह पर छोड़ देती थी और ख़ुद एक मोटे से सागवान के पेड़ से टिककर एकटक गुज़रती हुई रेल को देखती थी। रेल के गुज़र जाने के बाद अकन और थोड़ा आगे बढ़कर आख़िरी रेल का डिब्बा आँखों से ओझल होने तक देखता रहता।

वापस आते समय योगमाया धीरे-धीरे चलती थी और बड़े ध्यान से जंगल के पेड़ों को देखती थी। कोई बीज पड़ा मिलता तो वह पहचानने की कोशिश करती, नाख़ून से ख़ुरचकर देखती, सूँघकर देखती। अकन को अगर कोई बीज मुँह तक ले जाते हुए देखती तो उसे मना करती।

इतने दिनों में, जंगल के बीच से कई पतली-पतली पगडंडियाँ बन गई थीं। साधन कछारी के घर जाने के लिए एक रास्ता तो अनन्त ने ख़ुद बना लिया था। साधन कछारी से मशवरा करने के बाद अनन्त योगमाया को दीदी कहने लगा था। पहली बार ये सम्बोधन सुनकर योगमाया को हँसी आई थी।

एक शाम को और दिनों की तरह जंगल में उसी जगह सागवान से टिककर योगमाया रेलगाड़ी देख रही थी, इंजन के बाद एक, दो, तीन डिब्बे गुज़रे, अकन एक हाथ में धनुष और दूसरे में तीर लेकर उछल-कूद कर रहा था और तभी चार नम्बर डिब्बे की खिड़की में योगमाया ने जैसे एक चेहरा देखा और वो एकदम से अन्दर-ही-अन्दर उछल पड़ी। उसकी नज़र उसी खिड़की पर टिक गई। घनश्याम चौधरी? वही तो है न? उत्तेजना में योगमाया दो-चार क़दम आगे बढ़ गई। हाँ, उसने ठीक देखा। योगमाया उस आदमी को पहचानने में ग़लती नहीं कर सकती।

'कहाँ जा रहे हैं वो?' ज़रूर यहीं आ रहे हैं। स्टेशन पर उतरेंगे।'

योगमाया लगभग दौड़ती हुई घर लौटी। एक बार अकन को मुड़कर देखा। वह भी लौट रहा है, बिलकुल दौड़ता हुआ।

सामनेवाले बरामदे की चार सीढ़ियाँ वह एक ही साँस में चढ़ गई। कमरे के अन्दर घुसते ही उसने लाखेश्वर को पुकारा। उसके चीख़ने की आवाज़ सुनते ही लाखेश्वर पीछे वाले आँगन से दौड़ता हुआ बड़े कमरे तक पहुँच गया, "क्या हुआ?"

"वो...वो आए हैं शायद।" योगमाया की आवाज़ अस्थिर स्वर में निकली।

"तुझे कैसे पता?"

"मैंने ख़ुद देखा है। वो रेल से आए हैं।"

अनन्त भी दरवाज़े पर खड़ा हो गया था। योगमाया ने उसे भी कहा, "मैं ठीक ही सोच रही थी, इन्हीं दिनों में तुम्हारे साहब आएँगे।"

"रेल क्या बिलकुल स्टेशन पर ही रुकेगी?" योगमाया ने एकदम अनाड़ी की तरह प्रश्न किया। कोई कुछ जवाब देता इससे पहले योगमाया ने लाखेश्वर से कहा, "तुम स्टेशन तक चलकर जा सकते हो?"

"अब जाऊँगा तो क्या होगा? जब तक मैं पहुँचूँगा तब तक वे स्टेशन से निकल आएँगे। मैं जिस रास्ते जाऊँगा, वे उससे नहीं भी आ सकते हैं।" लाखेश्वर ने कहा।

"हाँ, सही है। मैंने भी रेल की आवाज़ सुनी थी। सिगनल अगर ठीक समय पर मिला है तो अब तक गाड़ी स्टेशन पहुँच गई होगी।" अनन्त ने कहा।

योगमाया अकन के हाथ से धनुष-तीर लेकर उसे नहलाने के लिए खींचती

हुई ले गई। अस्थिर मन से ही वो, अकन को मुँह-हाथ धुलाकर, बल्कि लगभग नहलाकर फिर से खींचती हुई कमरे में ले आई। अकन को कुछ समझ नहीं आया था, वह ज़ोर से चीख़ा, "इतनी ज़ोर से क्यों पकड़ी हो, छोड़ दो न!"

योगमाया ने अकन को धुले हुए पकड़े पहना दिए और उसे बिठाकर किनारे से माँग निकलकर कंघी कर दी। कंघी करते समय उससे कहा, "फिर से हाथ-पैर गन्दा न करना। अब कमरे में ही रहना।"

इसके बाद योगमाया, इधर से उधर दौड़ा-दौड़ी करती हुई, घर का सामान करीने से रखने लगी। अकन ने खेलने के लिए कई तरह की चीज़ें इकट्ठा कर रखी थीं, वे किनारेवाली छोटी कोठरी में रख दी गईं, पलंग पर चद्दर बदली गई, तकियों को हथेली से पीटकर बराबर किया, चारों कमरों में एक बार झाड़ू लगाया और फिर ख़ुद नहाया।

अनन्त रसोईघर के बरामदे में बैठकर लालटेन के शीशे साफ़ करने लगा था, नहान-घर से निकलकर योगमाया ने उससे पूछा, "स्टेशन से घर तक कितने समय में पहुँचते हैं?"

"पता नहीं कैसे आएँगे! अगर पैदल आएँगे तो एक घंटा लग जाएगा।"

एक जोड़ी साफ़, धुले हुए कपड़े पहनकर योगमाया ने पूरे घर में और आँगन तक सुगन्धित अगरबत्ती जलाकर घुमा दी। अनन्त हर कमरे में एक-एक लालटेन जलाकर रख गया।

"रेल आने का एक घंटा तो हो ही गया होगा, नहीं?" योगमाया ने एक बार लाखेश्वर से पूछा।

लाखेश्वर ने पहले धोती को ऐसे ही दो परतों में कमर में लपेट रखा था, अब उसे अच्छी तरह से लँगोट खोंचता हुआ पहनने लगा था। योगमाया के सवाल के जवाब में कहा, "हाँ, एक घंटा हो गया होगा।"

शाम के समय बरामदे में रखी कुर्सियों में से एक सामनेवाले आँगन में उतारकर खाना बन जाने तक बैठने की आदत पड़ गई थी लाखेश्वर को तो आज भी वह वैसे ही बैठ गया। दिन का उजास ख़त्म हो गया था, पर पूरी तरह से अभी भी अँधेरा-सा नहीं लगा। पेड़ों के बीच से छनकर आती चाँदनी ने अँधेरा नहीं होने दिया। सड़क से कोई गुज़रता तो समझ आ जाता था, कोई एक आदमी आता और पास पहुँचता था तो समझ में आ जाता कि अरे! ये वे नहीं, कोई और है। कोई गाना गुनगुनाते हुए आता, आदमी को जब तक पहचानने की कोशिश करे उससे पहले उसके गाने की आवाज़ सुनाई देती थी, "श्याम के कंठ में माला डाले राधा विनोदिनी..."

योगमाया भी लाखेश्वर के पास आकर, कुर्सी को उँगलियों से यूँ ही छूती हुई, खड़ी हो गई थी। लाखेश्वर ने उससे पूछा, "तूने शायद किसी और को देखा था!"

योगमाया चुप रही। उससे कैसे ग़लती हो सकती है? इस पूरी दुनिया में ऐसे

कितने लोग हैं उसके इतने क़रीब जिन्हें वो एक क्षण में पहचान लेगी! इस आदमी को पहचानने में वो ग़लती करेगी?

चाँद लगभग बीच आकाश तक पहुँच गया था। योगमाया चाँद की रोशनी में ज़मीन पर अपने छोटे कद की छाया देख रही थी। वह ग़लत नहीं है, ये कहने की हिम्मत नहीं जुटा पा रही थी। थोड़ी देर वैसे ही खड़ी रहने के बाद उसने लाखेश्वर से पूछा, "ये रेलगाड़ी इस स्टेशन से कहाँ तक जाती है?"

लाखेश्वर यह नहीं जानता था। थोड़ी देर के बाद वो खीझकर बोला, "और दो-चार दिन देखता हूँ। फिर एक बार घर भी जाना है," ये कहकर वह सामनेवाली सड़क पर, जहाँ तक किसी को पहचाना जा सकता था, देखता रहा।

एक आदमी इसी तरफ़ आ रहा था। पास पहुँचा तो मालूम हुआ कि एक नाटा-सा आदमी है। योगमाया के घर के आँगन तक पहुँचकर वो रुका, थोड़ी-सी हिचक के साथ इधर-उधर देखने लगा। लाखेश्वर ने उसे देख लिया और कुर्सी से उठकर उसके पास गया। उस आदमी के हाथ में एक सूटकेस था। लाखेश्वर कुछ पूछने ही वाला था कि देखा, सामने से एक लम्बे कद का आदमी धीरे-धीरे चलकर इधर ही आ रहा है। योगमाया भी आगे आ गई थी। उस आदमी को एक बार देखते ही वह अन्दर दौड़ गई और एक लालटेन लेकर वापस आ गई और बरामदे की सीढ़ियाँ उतरकर वहीं रुकी रही।

पहले वाले आदमी के हाथ से अनन्त ने सूटकेस ले लिया। घनश्याम चौधरी अपनी बाईं मुट्ठी में रखे पैसे उस आदमी की तरफ़ बढ़ाने लगे थे, फिर अचानक कुछ सोचकर पैसा दाईं मुट्ठी में लिया और उसे देते हुए कहा, "अब तुम जाओ।"

बीच आँगन में रखी हुई कुर्सी के पास खड़े होकर घनश्याम चौधरी ने मकान को देखा और बरामदे की ओर जाने लगा। योगमाया लालटेन को बाएँ हाथ से पकड़ी हुई थी। उसके चेहरे पर चाँद की रोशनी थी।

चौधरी, योगमाया के सामने खड़ा हो गया, पूछा, "अच्छी हो?"

योगमाया ने लालटेन नीचे रख दी और घुटने टेककर चौधरी के जूतों को छूती हुई प्रणाम किया। कुछ क्षण तक वह वैसे ही घुटनों पर बैठी रही। चौधरी ने कहा, "बस हो गया, अब उठो।"

योगमाया सिर झुकाती हुई ही उठी और घूमकर चौधरी के पीछे-पीछे अन्दर जाने लगी। वो अब भी उनसे नज़र नहीं मिला पा रही थी। लाखेश्वर ने लालटेन उठा ली और अन्दर जाने लगा। चौधरी भी साथ-साथ चलने लगा।

कमरे के अन्दर, आकर चौधरी ने ऐसा बर्ताव किया जैसे वो बहुत दिनों के बाद अपने घर लौटा है। वो आराम से एक कुर्सी पर बैठ गया और लाखेश्वर से हालचाल पूछने लगा और ये भी कि वे लोग कब आए, कैसे आए, कोई असुविधा

तो नहीं हुई, वग़ैरह-वग़ैरह। लाखेश्वर ने इससे पहले घनश्याम चौधरी के साथ ज़्यादा बातचीत नहीं की थी। वो भी यही सब घनश्याम चौधरी से पूछना चाह रहा था, कि चौधरी अब कहाँ से आ रहे हैं, कब यात्रा शुरू की थी, रास्ते में कोई असुविधा हुई थी क्या, आदि-आदि। पर वास्तव में, उसने चौधरी के सवालों के छोटे-छोटे जवाब दिए और फिर चुप रहा। थोड़ी देर के बाद अनन्त दरवाज़े पर आ खड़ा हुआ। अनन्त को देखकर जैसे लाखेश्वर का, बात करने का, संकोच थोड़ा टूटा। उसने चौधरी से कहा, "मुँह-हाथ अगर धो लें..."

चौधरी अन्दर-अन्दर से कुछ अनमना सा था, जूते के लेस खोलते हुए अचानक ज़रूरत से कुछ ज़्यादा ज़ोर से कहने लगा, "वो जो गोलकेश्वर आता था न यहाँ, गोलकेश्वर पटवारी..."

"हाँ, साहब।"

"वो गुज़र गया।" जूता खोलकर पैर ज़मीन पर रखते हुए चौधरी ने कहा, "मैं गाड़ी से उतरकर, वहीं से रबिलाल के पास गया था, उन्होंने ही बताया।"

चौधरी के दूसरा जूता खोलने तक सब चुप रहे। दरअसल सब चुप हो गए थे। बड़े वाले दूसरे कमरे में पलंग का खूँटा पकड़ी हुई योगमाया खड़ी थी, वह चौधरी के उस कमरे में आने का इन्तज़ार कर रही थी। ख़बर सुनकर वह भी चौंक उठी, गोलकेश्वर पटवारी गुज़र गया!

कौन था गोलकेश्वर पटवारी, कभी देखा नहीं, कोई सम्पर्क नहीं था, फिर भी योगमाया को दुख हुआ। उसी आदमी को हमेशा योगमाया का मकान बनाते समय और बाद में भी हाल-समाचार लेने के लिए बहाल किया गया था। ज़रूरत पड़ने पर भविष्य में उनसे कोई भी सहायता भी मिल सकती थी, अचानक इस तरह एक आदमी गुज़र गया!

काफ़ी देर तक सब लोग चुप रहे। चौधरी के सूटकेस खोलने की आवाज़, नहान-घर में बाल्टी-मग की खटर-पटर और रसोईघर में सब्जी छौंकने और बर्तनों की खुट-खाट आवाज़ के अलावा और कोई हलचल नहीं हुई।

नहाने के बाद चौधरी ने बाहर-बाहर से पूरे मकान को चारों तरफ़ से परिक्रमा करके देखा। रसोईघर के दरवाज़े पर खड़े होकर अन्दर तक झाँककर भी देखा। उस समय, शायद इसलिए कि अनन्त भी रसोईघर में था, योगमाया ने माथे को पल्ले से ढँक रखा था। फिर चौधरी रेल लाइन की तरफ़ बनी दीवार के पास खड़े होकर सामनेवाले जंगल को देर तक निहारता रहा।

अपनी तरफ़ से और मन से, पहल करती हुईं, बातें चौधरी ने खाना खाने के बाद अपने शयनकक्ष में पलंग पर बैठकर कहीं। सबसे पहले, कमरे की दोनों खिड़कियों को देखते हुए कहा, "खिड़कियों में परदे नहीं लगाए गए?"

योगमाया ने अपराधबोध के साथ जवाब दिया, "सोचा था, लगाऊँगी..."

चौधरी ने बीच में बात काटते हुए पूछा, "मैं तो गोलकेश्वर को बोलकर गया था, पिछली बार ही। क्या वो परदे के कपड़े देकर नहीं गया था?"

योगमाया चुप रही।

'गोलकेश्वर परदे के कपड़े नहीं देकर गया होगा! अब तो गोलकेश्वर मर गया है।' मरे हुए आदमी ने क्या किया, क्या नहीं किया, उसका हिसाब लेने का इस समय चौधरी का मन नहीं हुआ।

"कोई और कपड़ा नहीं है क्या जो खिड़कियों में फिलहाल लटकाया जा सके?" कहते ही चौधरी ने उठकर पलंग के पास अलगनी में लटके हुए योगमाया के कपड़ों पर हाथ रखा। योगमाया उछलती हुई वहाँ पहुँच गई और चौधरी का हाथ अपने कपड़ों पर से हटा दिया। लाखेश्वर की एक गर्म 'एड़ी' रेशम की चादर योगमाया के बक्से में ही रखी थी, उसी को क़ायदे से फैलाकर चौधरी ने दोनों खिड़कियों को ढँक दिया। एक बार सोचा भी कि कील-हथौड़ा अनन्त से मँगवाया जाए पर फिर ये विचार छोड़ दिया।

रात बढ़ने लगी और लालटेन की चिमनी बरसाती मौसम में पश्चिम आकाश में डूबते सूरज-जैसी दिखी। धीरे-धीरे बुझती हुई उसकी लौ कमरे की दीवार के कोने में थोड़ी-सी जगह में जैसे क़ैद हो गई।

दीवार के जिस छोर में पलंग का दूसरा हिस्सा लगा हुआ था, अकन उसी तरफ़ सोया था। बीच में योगमाया के लिए जगह छोड़कर पलंग के बिलकुल दूसरी तरफ़ चौधरी चित होकर लेट गया। योगमाया उसके पैरों के पास बची हुई ख़ाली जगह पर सिकुड़कर बैठी रही। काफ़ी समय के बाद चौधरी ने पूछा, "तुम नहीं सो रही हो?"

योगमाया का सिर और ज़्यादा झुक गया। थोड़ी देर वैसे ही बैठी रहने के बाद उसने धीरे से चौधरी के पैरों को छूकर हथेली अपने माथे पर लगाई ,फिर खिसकती हुई पलंग के बीच वाले हिस्से में आ गई। वहाँ भी वह घुटनों पर टिककर बैठी रही। चौधरी ने उसके दाएँ हाथ को खींचकर अपने सीने पर रखा और धीरे-धीरे सहलाने लगा।

"तबीयत कुछ ख़राब थी क्या?" योगमाया ने धीरे से पूछा। उसके पूछने के अन्दाज़ से ही चौधरी समझ गए, उन दोनों के आख़िरी समय मिलने से लेकर अब तक के दरम्यान, चौधरी की तबीयत के बारे में योगमाया ने पूछा है।

"शरीर के साथ थोड़ी-बहुत बीमारी तो लगी ही रहती है।"

"क्या हुआ था?" योगमाया के चेहरे पर चिन्ता दिखाई दी।

"वैसा कुछ भी नहीं, यूँ ही हलकी-फुलकी कुछ..."

"घर में सब ठीक है न?"

"हाँ, सब ठीक है।"

कुछ समय चुप्पी में बीता। फिर योगमाया ने पूछा, "कितने दिन तक रहेंगे?"

"पता नहीं। ज़्यादा नहीं रह सकूँगा। काम है।"

बातों के बीच में चौधरी का हाथ रुक गया था, अब वो प्यार से योगमाया का हाथ सहलाने लगा। योगमाया का लेटने का मन हुआ पर वो बैठी रही। आज सोने से पहले वह बातें करना चाहती थी। उसने पूछा, "मैं यहाँ अकेले रहूँगी या कोई और रहने आएँगे?"

"कोई और मतलब?"

"आपके घर से कोई?"

चौधरी का हाथ फिर रुक गया। अब योगमाया चौधरी की उँगलियों को धीरे-धीरे दबाने लगी। वह फिर कहने लगी, "अब तक आपके घरवालों के बारे में मैं कुछ नहीं जानती। मुझे जानने का मन बहुत होता है। कौन-कौन हैं आपके घर में?"

चौधरी ने आँखें बन्द कर लीं। उनके चेहरे पर जैसे लम्बी यात्रा की थकान दिखने लगी। योगमाया कुछ देर तक उनका चेहरा देखती रही। उसे धीरे-धीरे डर लगने लगा। ये सब बातें न पूछने के लिए उसे कहा गया था। अब उसके मुँह से वही सब बातें निकलीं तो क्या वो नाराज़ हो गए होंगे? योगमाया ने फिर से सफ़ाई देनेवाले सुर में कहा, "नहीं, मेरे कहने का मतलब है, इतना बड़ा घर है, आपको अपने घर के लोगों के साथ रहना चाहिए इसलिए मैंने कहा था, अगर वो लोग भी यहाँ रहेंगे तो आप भी तो यहीं रहेंगे, मेरी वजह से किसी को असुविधा नहीं होगी लेकिन मुझे यहाँ अकेले रहने में बहुत असुविधा होगी।"

चौधरी की आँखें नहीं खुलीं। योगमाया को एक बार शक ही हुआ, उनको नींद आ गई क्या!

पर नहीं, चौधरी को नींद नहीं आई थी। हलकी-सी आवाज़ करके चौधरी ने साँस ली, फिर अस्पष्ट आवाज़ में कहा, "ग़लती हो गई।" थोड़ी देर बाद आँखें खोलकर कहा, "सोना नहीं है? रात बहुत हो गई है, सो जाओ।"

योगमाया ने तकिये पर सिर रखा पर उसे नींद नहीं आई। चौधरी भी उसी तरह लेटा रहा।

कितनी रात बीती थी योगमाया को अन्दाज़ा नहीं था। चौधरी धीरे-धीरे बिस्तर से उठा और जितना सम्भव हो सके आवाज़ न करते हुए कमरे का दरवाज़ा खोलकर बाहर निकल गया।

जितनी देर तक सम्भव था उससे भी काफ़ी ज़्यादा समय तक योगमाया ने इन्तज़ार किया। इन्तज़ार करते-करते उसे एक बार झपकी भी आ गई। लेकिन झपकी टूटते ही वह हड़बड़ाकर उठ बैठी। पलंग की ख़ाली जगह को देखा और तुरन्त कमरे से बाहर निकल गई।

बीच वाले कमरे का दरवाज़ा खुला हुआ था। बाहर घुप्प अँधेरा था। चाँद अब जंगल के दूसरी तरफ़ चला गया था। योगमाया डरी-डरी-सी बरामदे तक निकल

आई। सीढ़ियाँ उतरते हुए उसने देखा कि आँगन में कुर्सी डालकर चौधरी बैठा है। लाखेश्वर रोज़ शाम को इसी कुर्सी पर नियमित रूप से आँगन में बैठता है। अनन्त ने उसे बीच वाले कमरे में रख दिया था, चौधरी ने उसी कुर्सी को आँगन में रख लिया है।

योगमाया धीरे-धीरे चौधरी के पास गई। वो चौधरी के कन्धे पर हाथ रखना चाहती थी पर अन्दर से बहुत डरी और सहमी थी। बहुत संकोच के साथ उसने पूछा, "क्या हुआ आपको?"

चौधरी चौंक उठा। वह नींद-जैसी गहन चिन्ता में डूबा हुआ था।

"यहाँ क्यों ऐसे बैठे हुए हैं?"

चौधरी ने योगमाया का एक हाथ पकड़ लिया, थोड़ी देर ऐसे ही रहने के बाद उसकी हथेली अपने होंठों पर लगाई।

"ग़लती हो गई समझीं?" चौधरी ने बुदबुदाते हुए कहा। कुछ देर चुप रहने के बाद अचानक खुली आवाज़ में चौधरी ने कहा, "चलो अब सोना चाहिए!" और कहने के साथ-साथ एकदम से उठकर खड़ा हो गया, बाएँ हाथ से योगमाया की कमर को लपेटकर पकड़ लिया, और 'चलो' कहता हुआ उसे घर के अन्दर ले गया। पलंग पर लेटते हुए बहुत धीमी आवाज़ में चौधरी ने योगमाया से पूछा, "क्या तुम मुझसे नाराज़ हो?"

योगमाया ने कोई जवाब नहीं दिया। थोड़ी देर के बाद उसकी साँसों में नींद घुल-मिल गई।

इसी तरह रात बीतती रही। साधन कछारी के घर के मुर्गे ने बाँग दी। चौधरी ने आधी नींद में करवट बदली।

चौधरी की नींद खुली नौ बजे के बाद। नहा-धोकर चाय-नाश्ता करने के बाद चौधरी ने लाखेश्वर के साथ मिलकर पर्दा बनवाने के लिए घर के सारे दरवाज़े और खिड़कियों का नाप लिया। काम के बीच में गोलकेश्वेर कैसे मरा, ये बताता रहा : 'बहुत दिनों से वो पेट में दर्द का शिकायत कर रहा था, उस दिन वो किसी के घर शादी के निमंत्रण पर गया था, रात को गोश्त के साथ खाना खाया, फिर रात के आख़िरी पहर में छह मील पैदल चलकर घर आया मगर घर पहुँचने के बाद से ही उलटी-दस्त शुरू हो गए और दोपहर तक सब कुछ ख़त्म हो गया।'

दरवाज़े-खिड़कियों की नाप ले लेने के बाद चौधरी बाहर जाने के लिए तैयार हुआ। निकलने से पहले अनन्त से कहता गया, "सभी दरवाज़े-खिड़कियों पर परदे लटकाने के लिए सही नाप की बाँस की छड़ियाँ बनाकर रखना।"

दो बजे के बाद पोटली भर कपड़े लेकर चौधरी घर लौटा। शाम से पहले अनन्त ने परदे लगाने का काम ख़त्म किया। हरे रंग के परदे थे। पूरा घर नवविवाहित जोड़े के रहनेवाले घर की तरह सज गया।

अँधेरा होने से पहले लाखेश्वर को साथ लेकर चौधरी आँगन में कुर्सी डालकर बैठा। "क्या तुम घर वापस जाना चाहते हो?" चौधरी ने लाखेश्वर से पूछा। लेकिन उसके जवाब का इन्तज़ार न करते हुए फिर से कहा, "घर वापस जाकर क्या करोगे? व्यापार? ठीक है, अच्छी बात है, व्यापार ही करो। लेकिन यहीं क्यों नहीं करते? तुम्हारी जगह के मुक़ाबले ये जगह दस गुना बड़ी है। दस साल बाद ये बीस गुना बड़ी होगी। दो पैसा कमाने के लिए तुम्हें वहाँ जितनी मेहनत करनी पड़ेगी, यहाँ उससे आधी मेहनत से काम होगा। मेरी बात समझे या नहीं?"

"समझा," लाखेश्वर ने स्कूल में पढ़नेवाले छात्र की तरह सिर हिलाया।

चौधरी ने आवाज़ में ज़ोर देकर कहा, "सिर्फ़ तुम ये तय कर लो कि किस चीज़ का व्यापार करोगे और ये बात दिमाग़ में रखकर काम शुरू करना कि एक दिन ये व्यापार बड़ा रूप ले। मैं क्या सोच रहा हूँ, जानते हो?"

लाखेश्वर ने चौधरी की आँखों में देखा।

"जानते हो इन सालों में इधर-उधर घूमकर मैंने क्या समझा? लकड़ी का व्यापार करो। लकड़ी के खम्भे, पटिया, ये सब ले आओ। अपना बढ़ई रखो, पेड़ कटवाओ, पटिया और खूँटे वग़ैरह बनवाना शुरू करवा दो, बस। बाक़ी काम अपनी आप सीखते जाओगे। एक तरफ़ परछी बनाकर कटवाई हुई लक़ड़ियाँ रख लेना, जिसको चाहिए यहीं से ख़रीदकर ले जाएँगे, बस।"

चौधरी बाएँ हाथ से मूँछों को ताव देने लगा। उसने मन-ही-मन में डेंवेर्स साहब को याद किया, उनके साथ हुई बातचीत को याद करके मन में ही मुस्कुराया और फिर लाखेश्वर को साहबों की कहानी सुनाने लगा। एक बार अपनी ही बात पर ज़ोर से मन खोलकर हँसा। इस भारी हँसी की आवाज़ चाँदनी से घिरे हुए निर्जन जंगल के बीच दूर तक गूँज गई। उन लोगों के पास ही पीढ़े पर बैठा हुआ अकन अवाक् नज़र से चौधरी को देखता रहा। अपने पिता का हँसता हुआ चेहरा देखकर अकन के चेहरे पर भी मुस्कान खिल उठी। चौधरी ने अकन की तरफ़ देखा और उसे गोद में बिठा लिया।

योगमाया के खाना खाने के लिए बुलाने तक चौधरी ने अकन से ढेर सारी बातें कीं। किन लोगों की बड़ी-बड़ी मूँछें थीं, किस फ़क़ीर की लम्बी-लम्बी दाढ़ी थी, फलाँ संन्यासी के सिर पर कितनी भारी जटा होती थी, हिमालय पर्वत में क्या है, बर्फ़ कितनी ठंडी होती है, और भी ढेर सारी बातें।

सुनते-सुनते अकन की आँखें आश्चर्य से फैल गई थीं, उनमें नींद आने के कोई लक्षण नहीं थे।

अगले दिन सुबह जब नींद खुली तो घनश्याम चौधरी ने अपने पास किसी को नहीं देखा। सभी उठ गए थे। थोड़ी देर ऐसे ही पलंग में पड़े रहने के बाद, पहले गुनगुनाकर और फिर तेज़ आवाज़ में गाने लगा, 'फागुन के महीने में राम

वनवास पर गए, रावण ने सीता का हरण किया।' गाने के बोल इतने ही थे। उन्हीं को घुमा-फिराकर उस्तादों की तरह क़ायदे से वह गाने लगा। योगमाया रसोईघर में अकन को नाश्ता करा रही थी, आवाज़ सुनकर वह लगभग भागती हुई बरामदे तक आई, थोड़ी देर तक सुनने के बाद वह समझ पाई कि चौधरी गाना गा रहा है। योगमाया के होंठों पर मुस्कान खिल गई।

गाना अचानक ख़त्म करके चौधरी पेट के बल, थोड़ी देर तक, पलंग पर ही पड़ा रहा, फिर एकदम से उछलते हुए ज़मीन पर पैर रखे, अपने दोनों हाथों को एक बार फैलाकर, एक बार ऊपर उठाकर, एक बार दोनों हाथों के अँगूठे से कन्धे छूकर कुछ देर तक व्यायाम किया और फिर कमरे से बाहर निकल गया। कुछ देर के बाद नहान-घर से एक बार फिर चौधरी के भारी गले वाली आवाज़ से राम रावण वाला वो गाना सुनाई दिया।

कुछ देर के बाद धुला हुआ पाज़ामा-कुरता पहनकर चौधरी रसोईघर में घुसा और "क्या पका रही हो, क्या तल रही, हो" कहता हुआ बिलकुल चूल्हे के पास बैठने लगा। योगमाया ने आश्चर्यचकित होकर चौधरी के पैरों को देखा। चौधरी बच्चों की तरह दौड़कर दरवाज़े तक गया और चप्पल खोलकर फिर से चूल्हे के पास आकर बैठ गया।

"अंडा रखा है घर में, अंडा?"

"है।" योगमाया ने धीरे से कहा

"दो मुझे।"

एक ऊँचे पीढ़े में बैठकर चौधरी, ह्यूबर्ट साहब किस तरह अंडे से आमलेट बनाते थे, इस बारे में विस्तार से योगमाया को बताता गया और साथ-साथ काम भी करता गया। आख़िर कड़ाही में जो बना, वो देखकर चौधरी ने कहा, "न, नहीं बना। प्रैक्टिस चाहिए समझीं? और तुम्हारे पास ये जो बर्तन है! इन बर्तनों में आमलेट तला जाता है क्या?"

अनन्त जिस तरह का आमलेट बनाता, लगभग ठीक उसी तरह के आमलेट के साथ तीन केले और एक गिलास दूध पीने के बाद चौधरी ने अकन को चिल्लाकर बुलाया, "ए अकन! चल मेरे साथ।"

"किस तरफ़ जा रहे हैं?" योगमाया ने पूछा।

"शिकार करने। ए अकन! तेरे पास धनुष-तीर रखा है क्या, है तो साथ ले लेना।"

भरी दोपहरी तक चौधरी अकन के साथ जंगल में ही घुसा रहा। एक बार अकन को पेड़ में चढ़ना सिखाया, एक बार अकन के धनुष-तीर से निशाना साधकर देखा, अचानक ऊपर देखकर चीख़ पड़ा, "अरे, ये तो पोनियल (एक खट्टा फल) है!"

फिर चौधरी ने अकन के साथ मिलकर कुछ पत्थर इकट्ठा किये। निशाना लगाकर कुछ पोनियल तोड़े और पेड़ के नीचे खुली जगह पर अकन को साथ

लेकर बैठ गया। फिर बड़े मज़े से एक फल लेकर दोनों हथेलियों से गोल-गोल घुमाते हुए नर्म करने लगा।

"पहले पोनियल खाया है या नहीं?" चौधरी ने अकन से पूछा।

"नहीं खाया।"

"क्यों नहीं खाया? इतने सारे पके हुए हैं!"

"हम लोग इस तरफ़ नहीं आते।" अकन ने कहा।

"क्यों नहीं आते?"

"जंगल है।"

"जंगल है तो क्या हुआ? जंगल के बीच घूमते रहना। ले, ये खाकर देख।" चौधरी ने नर्म किया हुआ एक पोनियल अकन को दिया।

"मैं अनन्त से कहूँगा। वो इन जगहों को साफ़-सुथरा कर देगा। पूरे जंगल में घूमना। अब ये जंगल तेरा ही है, समझा?"

अब चौधरी ने एक पोनियल अपने मुँह में भर लिया। फिर हथेली से एक और फ़ल नर्म करते हुए उसने अकन से पूछा, "तू लिखना-पढ़ना सीखेगा या नहीं?"

अकन ने चौधरी की तरफ़ देखा।

"क, ख...पढ़ेगा या नहीं?"

"पढ़ूँगा।"

"हाँ, पढ़ना। बहुत अच्छी तरह से पढ़ना। मैं तेरे मामा से कहकर जाऊँगा। वह तेरा स्कूल में नाम लिखा देगा।"

थोड़ी देर बाद अनन्त चाय, पीठा (चावल-गुड़ की मिठाई) और पानी लेकर उन लोगों के पास आया। चौधरी ख़ुशी से चिल्ला उठा, "अरे! वैरी गुड।"

पीठा खाकर, पानी पीने के बाद अकन घर लौट आया। पेड़ के नीचे चौधरी अकेले काफ़ी समय तक बैठा रहा। दोपहर में खाना खाने के बाद भी घंटा भर बिस्तर में ऐसे ही पड़ा रहा। फिर वो बाज़ार के लिए निकला और लाखेश्वर से कहा, "चलो! तुम भी चलो।"

शाम से पहले दोनों हाथों में पोटलियाँ उठाए हुए चौधरी और लाखेश्वर घर लौटे। पोटलियों में कपड़े-लत्ते, क, ख वाली किताब, स्लेट-बत्ती, दवात-कलम, स्याही, ह्यूबर्ट साहब वाला अंडे तलने का बर्तन, जंगल साफ़ करने के लिए हँसिया, गोश्त, लौंग-इलाइची, और ढेर सारे सामान थे।

रात को जब योगमाया और अनन्त रसोईघर में गोश्त पका रहे थे तो चौधरी पास में पीढ़ा डालकर बैठ गया और लौंग चबाता हुआ उन लोगों की निगरानी करता रहा और गोश्त पकाने के बारे में परामर्श भी देता रहा, आख़िर में एक छोटी कटोरी में गोश्त लेकर चखा भी, फिर कहा, "थोड़ा और पकाओ। आँच बढ़ा दो।"

अनन्त, लाखेश्वर और अकन के सो जाने के बाद चौधरी योगमाया के पास

आया। पलंग पर बैठकर काग़ज़ में लिपटी हुई एक पोटली योगमाया को देकर कहने लगा, "इसमें दो हज़ार रुपये हैं।" थोड़ी देर चुप रहने के बाद फिर कहा, "कल सुबह ही मैं जा रहा हूँ।"

तकिये पर सिर रखते हुए वह थोड़ी देर मौन रहा, फिर कहा, "लाखेश्वर अगर व्यापार करना चाहे तो जितना ज़रूरत हो उसे दे देना।"

योगमाया की, रात के आख़िर में थोड़ी आँख लगी थी, उतनी-सी नींद टूटने के बाद वो सुन्न-सी बिस्तर पर पड़ी रही। पौ फटने तक वह वैसे ही पड़ी रही, फिर चौधरी की आँख खुलते ही उसने पूँछा, "फिर कब तक आएँगे?"

"पता नहीं, देखता हूँ।" चौधरी ने योगमाया की तरफ़ घूमकर करवट बदल ली।

सुबह रोशनी हो गई थी पर अब भी धूप नहीं निकली थी, इसी बीच में चौधरी स्टेशन जाने के लिए तैयार हो गया। साथ में तैयार हुए लाखेश्वर और सूटकेस उठाए अनन्त भी।

सामनेवाले आँगन में, चौधरी जंगल की तरफ़ मुँह करके कुछ सोचता हुआ खड़ा था। फिर अचानक लाखेश्वर की तरफ़ मुड़कर कहा, "चलो! ओह हाँ, लाखेश्वर, तुम सम्बन्ध में मुझसे बड़े हो, तुम्हारा नाम लेकर बुलाता हूँ, 'तुम' कहता हूँ, क्या तुम्हें बुरा लगता है? बुरा न मानना। अब चलो।"

योगमाया की तरफ़ देखकर कहा, "अच्छे से रहना।"

फिर अकन की पीठ थपथपाकर कहा, "कल मैंने क्या कहा था याद है न? पढ़ना, अच्छी तरह से पढ़ाई करना।"

फिर उसने आँगन पार किया और लम्बे-लम्बे क़दम बढ़ाता हुआ आगे बढ़ गया। चौधरी के पीछे-पीछे अनन्त छोटे-छोटे क़दमों से लगभग दौड़ता हुआ आगे बढ़ा।

योगमाया अनजाने में ही एक-दो क़दम बढ़ाती हुई आँगन पार करके काफ़ी दूर तक आगे चली गई। अकन दौड़ता हुआ अपनी माँ से भी आगे निकल गया। गली के मोड़ पर चौधरी, लाखेश्वर और अनन्त के ओझल हो जाने के बाद भी, अकन वहीं ठिठककर खड़ा रहा। चौधरी के एक बार मुड़कर देखने की उम्मीद में योगमाया थोड़ी देर खड़ी रही। चौधरी ने मुड़कर नहीं देखा। अकन के कन्धे पर हाथ रखे हुई योगमाया धीरे-धीरे वापस आ गई। ख़ाली घर में थोड़ी देर ऐसे ही इधर-उधर करने के बाद वो अकन के साथ सामनेवाले जंगल में गई और बड़े-से सागवान पेड़ के नीचे बैठी रही। रेलगाड़ी उन लोगों के घर के सामने से ही जाएगी।

चौधरी बिलकुल रेल के डिब्बे के दरवाज़े पर खड़ा था। योगमाया को लगा जैसे वो अकन और उसे एकटक देख रहा था, जैसे उस चेहरे पर एक मुस्कराहट स्थायी रूप से स्थिर हो गई थी। अकन रेल की तेज़ आवाज़ को दबाने की कोशिश में ज़ोर से चिल्लाया, "पिताजी, पिताजी..."

योगमाया ने अपनी दोनों हथेलियों को चौधरी की तरफ़ जोड़ते हुए भक्तिभाव से प्रणाम किया।

## 3

घनश्याम चौधरी से मिलने की इस दफ़े की सारी बातें योगमाया ने बहुत ही कोमलता से लपेटकर रखीं। कई दिनों तक काम करते समय, खाते समय, सोते समय, वह अकेले-अकेले निःशब्द मुस्कुराती रही।

'वो तो कल ही गए थे, परसों गए थे, अभी तो ग्यारह दिन ही हुए है...' इसी तरह योगमाया चौधरी के जाने का हिसाब करती रही। काफ़ी दिनों तक उसके मन में यह बात आई ही नहीं कि वो वापस फिर कब आएगा।

जंगल के बहुत सारे पेड़ों के पत्ते धीरे-धीरे पीले होने लगे थे। किसी ऊँचे पेड़ का एक पत्ता गिरता है, गोल-गोल घूमता हुआ, यहाँ-वहाँ टकराता हुआ, आड़े-तिरछे रास्ते से पत्ता ज़मीन पर गिरता, कभी-कभी बीच में कहीं अटक भी जाता है। धीरे-धीरे पूरे जंगल में ज़मीन सूखे पत्तों से भर गई। जब-जब अकन जंगल में दौड़ता-फिरता, योगमाया को अपने घर से ही सूखे पत्तों की खड़खड़ाहट सुनाई देने लगती।

घनश्याम चौधरी के जाने को कितने दिन बीत गए, इसका सही हिसाब धीरे-धीरे कमज़ोर पड़ने लगा था। ऐसे ही समय में एक दिन योगमाया का मन ख़ुशी, शंका और फ़िक्र से अस्थिर हो उठा। अब ये बात वह किससे कहे? कैसे कहे? उसे बहुत अकेलापन महसूस हुआ। अकन जब उसके पेट में था तब उसे बार-बार अपनी माँ याद आती थी, अब भी रह-रहकर उसे माँ की ही याद आने लगी।

साधन कछारी की औरत थुपुकी हर दो-चार दिनों के अन्तराल में योगमाया के घर अंडे बेचने आती है। कभी-कभी वो थोड़ी देर के लिए बैठती भी है, कभी योगमाया चाय पिलाती है। वो योगमाया से यहाँ-वहाँ की बातें करती है। कभी-कभी वो योगमाया से चावल अपने घर ले जाती है और उसका आटा पीसकर दे जाती है।

क्या उसी से कहे ये बात?

कुछ दिन सोच-विचार करने के बाद योगमाया ने यही किया। थुपुकी के पाँच बच्चे हैं। हर दो बच्चों के बीच डेढ़-दो साल का फासला है। वो जब भी योगमाया के घर आती है, गोद वाली सबसे छोटी लड़की को उठाकर लाती है।

योगमाया ने थुपुकी से ये बात, बहुत धीमी आवाज़ में, शर्माते हुए कही थी।

थुपुकी सुनते ही चीख़ पड़ी, "अरे! ये तो बहुत अच्छी बात है। लड़का तो कुछ दिनों में जवान हो ही जाएगा। वो पाँच साल पूरा कर चुका है न!"

"हाँ। पाँच साल पूरा हो गया।"

"तो फिर? पूरे घर को क्या इस तरह शान्त रहना चाहिए? अच्छा हुआ। बहुत ही अच्छी बात है।"

उस दिन के बाद थुपुकी को अंडे न भी बेचने हों तो भी योगमाया के पास अक्सर आने-जाने लगी। वह योगमाया के हाल-समाचार पूछने के साथ-साथ यह सवाल भी पूछना न भूलती कि बच्चा होने के समय योगमाया अपने मायके जाएगी या फिर वहाँ से कोई आनेवाला है। योगमाया ने पहले घुमा-फिराकर कुछ बातें कहने की कोशिश की, फिर सीधे-सीधे ये समझा दिया कि जाने के लिए उसके पास कोई जगह नहीं है और ऐसे समय में उसके पास आकर सहायता करने के लिए भी कोई नहीं है।

इसके बाद एक दिन थुपुकी के साथ उसकी बड़ी लड़की अम्बा, योगमाया के घर आई। फिर धीरे-धीरे वो कब योगमाया के बिना कुछ कहे ही घर के छोटे-मोटे काम में हाथ बँटाने लगी और सारा दिन योगमाया के पीछे-पीछे घूमने लगी, इस ओर किसी का ध्यान ही न रहा। शाम को देर हो जाने पर अम्बा का बड़ा भाई गणेश एक दिन उसे लेने आया, थुपुकी शाम के बाद जंगल के बीच से अम्बा को अकेले नहीं आने देती थी, फिर गणेश भी अक्सर किसी-न-किसी काम से आने लगा। फिर एक दिन उसका छोटा भाई कार्तिक भी साथ आया। वो अकन का हमउम्र था इसलिए साथ खेलने के लिए आने लगा, अनन्त ने कार्तिक को भी खेलने के लिए धनुष और तीर बनाकर दिया।

यहीं रहकर लकड़ी का व्यापार करनेवाली बात लाखेश्वर को भी ठीक लगी थी, घनश्याम चौधरी के जाने के कुछ दिन बाद ही वह एक बार अपने घर होकर आ गया था। घर जाने से पहले उसने अनन्त से पूछा था, क्या अकेले दो-चार दिनों के लिए वह पूरे घर की देखरेख कर पाएगा?

अनन्त ने कहा था, "क्यों नहीं?"

उन रातों को अनन्त कँटीले बाँस से बनी चार हाथ लम्बी लाठी साथ रखकर योगमाया के कमरे के सामनेवाले बरामदे में सोया था।

घर से लौटते समय लाखेश्वर अपना जितना भी सामान लाना सम्भव था, साथ लेकर आया। घनश्याम चौधरी ने कई लोगों के साथ उसका परिचय कराया था, उनमें से एक से मिलकर, उसके साथ कई दिन और कई जगहों में घूमकर, उस कस्बे के लकड़ी के कई व्यापारियों के साथ लाखेश्वर ने बातचीत की। फिर अनन्त के साथ जंगल के बीच टहलते हुए, कैसे व्यापार शुरू किया जाए, इस पर सलाह-मशवरा किया, 'पहले यहीं से कुछ पेड़ कटवाने पड़ेंगे, उससे खूँटा, पटिया

निकालकर एक परछी बनाना होगा, पेड़ के नीचे वाले हिस्से से अच्छा पटिया बनाया जा सकेगा।'

दोनों ने मिलकर तीन पेड़ चुनकर निकाले भी। इन्हीं तीन पेड़ों से काम शुरू करना तय हुआ। इस घर को बनाते समय गोलकेश्वर पटवारी ने जिन कारीगरों से काम करवाया था, उनमें से तीन कोचबिहार चले गए थे, एक यहीं रह गया। वह कहाँ रहता है, अनन्त जानता है। उससे मिलकर लाखेश्वर ने पूछताछ की कि ऐसा कारीगर जो लकड़ी से पटिया निकाल सकता हो, कहाँ मिलेगा। उस आदमी ने कहा एक तो वो ख़ुद ही है, एक और ढूँढ़ लाएगा।

अब मौसम में ठंडक बढ़ती जा रही थी। दिन छोटे हो रहे थे। योगमाया अम्बा से कोई और काम की फरमाइश करना चाहती है और दिन डूबने ही वाले होते है। अम्बा के घर लौटने का समय हो जाता है। अपने भाई गणेश या कार्तिक के साथ दौड़-दौड़कर जंगल पार करते समय ज़मीन में पड़े सूखे पत्तों से कड़-कड़ आवाज़ होती थी। उनके दूर पहुँचने तक आवाज़ आती रहती। ज़्यादातर पेड़ों के पत्ते झड़ गए थे। पेड़ ख़ाली-ख़ाली लगने लगे हैं।

लाखेश्वर कभी-कभी शाम के बाद अकन को पास बिठाकर अक्षर लिखना-पढ़ना सिखाता था। कभी-कभी पिछवाड़े वाले आँगन में सूखे पत्ते इकट्ठा करके आग जलाता था। बाँस की पतली डंडी से सूखे पत्ते आग में बढ़ाता रहता। कभी-कभी अकन एक साथ ढेर सारे पत्ते झोंक देना चाहता है, लाखेश्वर मना करता है। कभी-कभी देर तक, अकन के सोने के लिए चले जाने के बाद, अनन्त आग के पास आकर बैठता है और आग में पत्ते डालने का काम करता है।

एक दिन इसी तरह आग सेंकते समय लाखेश्वर ने कहा, "चौधरी एक बार आते तो अच्छा था। उसके इस हाल में..."

अनन्त ने सहमति से सर हिलाया, "हाँ"

थोड़ी देर चुप रहने के बाद लाखेश्वर ने कहा, "एक ख़बर दे सकते तो भी..."

अनन्त ने कहा, "वो गोलकेश्वर भी मर गया। ख़बर देने की व्यवस्था वही कर सकता था।"

इसके बाद दोनों आग के पास इस तरह से बैठे रहे जैसे गोलकेश्वर के अलावा घनश्याम की ख़बर मिलने का और कोई जरिया नहीं बचा। सन्नाटे के बीच सामनेवाली आग से जलनेवाली लकड़ियों की फट-फट आवाज़ आती रही।

कुछ दिन बाद कोचबिहार निवासी शम्भू नाम के बढ़ई अपने साथ और तीन लोगों को लेकर लाखेश्वर के पास आया। तीनों में से एक का नाम लतीफ़ था। वह लकड़ियों से पटिया बनाएगा। बाक़ी दोनों के हाथ में कुल्हाड़ी है, वे पेड़ काटेंगे।

उसी दिन जंगल की पश्चिम दिशा में लगभग पाँच हाथ घेर के पहले पेड़ पर

दो दबंग आदमियों की कुल्हाड़ियों के निशान पड़े। काफ़ी देर तक उस पेड़ के साथ-साथ पास के बाक़ी पेड़ों से भी परिन्दों का कोहराम सुनाई देता रहा।

पहला पेड़ कटने का दृश्य देखने योगमाया भी बाहर निकल आई थी। थोड़ी दूर पर एक पेड़ से अपना हाथ टिकाकर वह एक मन से कुल्हाड़ी के पेड़ पर आघात होते हुए देख रही थी। एक बार उसके मन में आया कि काश वो यहाँ होते! उसे ऐसा लग रहा था जैसे कोई बड़ी घटना घट रही है, ऐसी घटना के समय घर के मुखिया को यहाँ होना चाहिए था।

थोड़ी देर के बाद योगमाया का सर चकराने लगा। कुल्हाड़ी की आवाज़ जैसे उसके सर में पड़ने लगी। आदत अनुसार उसके मुँह से ये शब्द निकले, 'अकन चल' और वह अकेले ही घर लौट आई।

दोपहर को खाना खाने के बाद, सुनसान घर में योगमाया अपने कमरे में पलंग पर लेटी। खाना खाने का समय है इसलिए शायद पेड़ काटनेवाले दोनों आदमी भी काम बन्द करके बैठे थे। बीच में कुछ वक़्त चिड़ियों की बोली को छोड़कर और कोई आवाज़ नहीं आ रही थी। फिर अचानक कुल्हाड़ी की घप्प-घप्प आवाज़ आने लगी। योगमाया को ऐसा बोध हुआ जैसे कुल्हाड़ी के हर आघात के साथ घर भी बार-बार काँप उठा है। वैसे इस समय योगमाया थोड़ी देर के लिए सो जाती है पर आज नींद ही नहीं आई।

वो कब आएँगे? अब तो बहुत दिन बीत गए! अब तो एक बार आना चाहिए। आएँगे, शायद जल्दी ही। इस बार वो आएँगे तो उनसे क्या-क्या कहना है, यही योगमाया सोचने लगी। योगमाया के बाप ने एक बार उससे कहा था, "जो हुआ सो हुआ, अब देर से ही सही, शादी की रस्म पूरी कर लेनी चाहिए। ज़्यादा उम्र की शादी है तो क्या हुआ, एक बार हवन-पूजा करके नियम पूरा कर लेना चाहिए।"

बात तो सही है। इस बार यही बात पहले कहनी होगी। पर वो आएँगे कब?

दिन बीतने के साथ-साथ योगमाया की देह और मन दोनों भारी होने लगे। पेट में बच्चा धप-धप आवाज़ करता है, साथ में उसका सीना भी धड़कने लगता है।

शम्भू और लतीफ़ पेड़ के मोटे-मोटे टुकड़ों को दो खूँटों के बीच रखकर बड़ी-सी आरी से चीरने लगे हैं। शम्भू ऊपर बैठा है और लतीफ़ ज़मीन पर। एक जन आरी को सामने की ओर ठेल देता है, दूसरा खींचता है। कभी दोनों ऊपर-नीचे बैठनेवाली जगह बदल लेते हैं।

एक स्टूल पर बैठकर लाखेश्वर उन दोनों का काम देखता है। काम एक ही तरह का है, एक ही गति में, एक ही सुर में, आरी आगे-पीछे होती रहती है, लकड़ी का बुरादा नीचे झड़ता रहता है, लतीफ़ और शम्भू में से कोई एक पसीना पोंछता है, उतने समय में दूसरा पटिया और बाक़ी लकड़ी के टुकड़े में फँसाई हुई डंडी को दो बार ठोककर ठीक करता है।

लाखेश्वर के वहाँ बैठे रहने के समय के दौरान ऊपरी असम से आनेवाली दोनों रेलगाड़ियाँ गुज़र जाती हैं। इन्हीं दो रेलगाड़ियों को देखने के लिए कुछ दिन पहले तक योगमाया घर से रोज़ निकल आती थी, फिर वह अकन को भेजने लगी थी, अब वो अकन से कुछ पूछती भी नहीं और कहती भी नहीं है। दोपहर बाद वाली रेल की आवाज़ उसे सुनाई देती है, शाम तक आँगन पर नज़र रखती है, फ़िर चुपचाप घर का काम करती है। एक दिन शाम को, जिस समय कभी चौधरी अचानक आ धमका था, योगमाया पहले सिसकती हुई, फिर ज़ोर-ज़ोर से रो पड़ी थी। आजकल दोपहर के बाद वाली रेल देखने के लिए लाखेश्वर थोड़ा आगे बढ़ जाता है, कभी-कभी अनन्त भी। एक दिन जब लाखेश्वर लकड़ी का काम देख रहा था, अनन्त ने पूछा, "मैं ही चलता हूँ एक बार।"

"कहाँ?"

"डिब्रूगढ़।"

"तू वहाँ जाकर क्या करेगा?"

"लोगों को पूछता हुआ साहब को ढूँढ़ निकालूँगा।"

काफ़ी देर तक चुप रहने के बाद लाखेश्वर ने कहा, "छोड़ो, रहने दो।"

पाँच बच्चों की माँ थुपुकी शुरुआती दिनों में योगमाया को हिम्मत देती रहती थी लेकिन बाद के दिनों में उसे थोड़ा फ़िक्र होने लगी : 'उसकी अपनी बात अलग है, मालिक की बीवी की बात अलग है।' अपने पति से ख़बर भेजकर अपनी माँ को भी बुलवा लिया। थुपुकी की माँ देखने में तो उम्रदराज़ लगती है, पर उसका चाल-चलन, बातचीत और काम करने का तरीका बिलकुल उनसे बीस-पच्चीस साल कम औरतों के बराबर था। दो रात अपनी बेटी के घर में रहने के बाद वो अपने सामान के साथ योगमाया के घर आ गई। उसने योगमाया के कमरे के पास वाले कमरे में ही ज़मीन पर अपना बिस्तर लगा लिया। अनन्त उसके लिए एक खटिया बिछा देना चाहता था मगर उसने मना कर दिया। ज़मीन में सोने की ही आदत है उसको।

लाखेश्वर अन्दर-ही-अन्दर बहुत अस्थिर हो उठा था। ये बुरी बात है! बहुत बुरी बात है। इतने समझदार आदमी को ऐसा काम करना चाहिए क्या? घनश्याम चौधरी पर एक समय लाखेश्वर के मन में बहुत ग़ुस्सा था। अपने घर-संसार की बात छुपाकर इस आदमी ने योगमाया की ज़िन्दगी ख़राब कर दी थी। लेकिन आख़िरी बार उससे मिलकर लाखेश्वर को अच्छा लगा था। अच्छा आदमी लगा था। फिर? अगर अच्छा आदमी है तो इतने दिनों से एक बार भी क्यों नहीं आया? यही सब सोचते हुए अचानक लाखेश्वर के मन में एक बात आई, चौधरी को ढूँढ़ने के लिए डिब्रूगढ़ क्यों जाना होगा, यहाँ के लोकल दफ़्तर में भी तो पता किया जा सकता है! यहाँ के जिस दफ़्तर में चौधरी जाया करता था, वहाँ पता किया जा सकता है।

एक दिन लाखेश्वर घर में बिना किसी को बताए उस दफ़्तर में गया। उसने

वहाँ जाकर घनश्याम चौधरी का किससे क्या सम्बन्ध है, इस बारे में किसी से कुछ नहीं कहा और दफ़्तर के अफ़सर-सरीखे ऊँचे पदवाले एक व्यक्ति से पूछा, "चौधरी का कोई समाचार है क्या।"

"हाँ, समाचार है। छह महीना हो गया, घनश्याम चौधरी की मौत हो चुकी है। चाय के बग़ीचे ख़रीदने के लिए ज़मीन देखने गया था, अचानक सीने में दर्द उठा और वहीं मौत हो गई।

लाखेश्वर उस दिन बहुत देर से घर लौटा। रास्ते में एक जगह पर बैठकर काफ़ी समय तक बहुत सोच-विचार किया। उसके बाद कई दिनों तक उसने शम्भू और बाक़ी लड़कों के काम पर निगरानी रखनी कम कर दी। शम्भू और बाक़ी दो लड़कों ने मिलकर लकड़ी की पटिया रखने के लिए एक लम्बी-चौड़ी परछी बनाई थी, योगमाया के घर की सीमा से ये बाहर था, पर पास ही था। लाखेश्वर उसी परछी के नीचे ग्राहकों का इन्तज़ार करता हुआ दुकानदार की तरह बैठने लगा।

थुपुकी और थुपुकी की माँ की निगरानी में एक दिन योगमाया ने एक लड़की को जन्म दिया। इन दिनों साधन कछारी ने लाखेश्वर से ज़्यादा दौड़-धूप की। लाखेश्वर ने जहाँ तक हो सकता था, अकन की देखभाल की।

योगमाया की बेटी जब डेढ़ महीने की हो गई और योगमाया को जब अम्बा के बिना भी दिक़्क़त नहीं होने लगी तब एक दिन लाखेश्वर ने उससे कहा, "घनश्याम चौधरी अब नहीं आएगा।"

पहले तो योगमाया समझी ही नहीं कि लाखेश्वर क्या कह रहा है। कुछ समय तक वह यही बात दोहरा रही थी, "क्या कह रहा है, ठीक से बोल।"

पर जब समझ में आया तो वो बिलकुल चुप हो गई। फिर वह देर तक रोती रही। कुछ वक़्त चुप रहती, फिर सिसकने लगती। थोड़ी देर बाद रोने की आवाज़ तेज़ हो जाती।

लाखेश्वर, अनन्त, थुपुकी और साधन कछारी में से किसी ने भी योगमाया को रोने से नहीं रोका। बीच-बीच में सिर्फ़ अकन कहता रहा, "मत रो!"

लाखेश्वर ने एक बार अकन से कहा, "तू कार्तिक के साथ खेल ले!"

योगमाया ने कहा, "नहीं, रहने दो।" उसने अकन को पास रहने के लिए कहा और बार-बार उसे हाथ फेरकर प्यार करने लगी। अनन्त, थुपुकी और लाखेश्वर बच्ची को गोद में उठाना चाहते तो योगमाया मना कर देती और उसे सीने से चिपकाए रखती।

लाखेश्वर ने सोचा था कि इस ख़बर को सुनने के बाद योगमाया चीख़-चीख़कर रोएगी, ज़मीन में लोटकर पागल-सी हो जाएगी। पर उसे इस रूप में देखकर उसे थोड़ी तसल्ली मिली। बहुत दुख भी हुआ। पति के मरने के बाद उम्रदराज़ औरतें किस तरह दो-तीन दिनों तक बावली होकर रोती हैं, यह लाखेश्वर ने देखा है।

ऐसे रोने के लिए दोनों को बहुत दिन साथ में रहना होगा! तभी तो सूनापन लगेगा! योगमाया को शायद ऐसा कुछ महसूस ही नहीं हुआ। घनश्याम चौधरी के साथ वो कितने ही दिन रही है!

लाखेश्वर पटिया रखनेवाली परछी के नीचे काफ़ी समय तक अकेले बैठा रहा। धीरे-धीरे अन्दर-ही-अन्दर उसे ग़ुस्सा आने लगा पर ग़ुस्सा किस बात के लिए, उसे समझ नहीं आया। दोपहर के बाद योगमाया ने लाखेश्वर से पूछा, "तुझे कब ख़बर मिली थी?"

"दो महीने पहले।"

"दो महीने? मुझे क्यों नहीं बताया?"

लाखेश्वर ने दूर तक कुछ देखने की कोशिश करते हुए धीमी आवाज़ में थोड़ी खीझ के साथ कहा, "इसलिए कि बच्चा ठीक से पैदा हो जाए।"

"मगर फिर भी..."

"फिर भी क्या?" लाखेश्वर ने योगमाया की आँखों में देखा।

"मुझे तो पता होना चाहिए था! मुझे नियम के हिसाब से चलना चाहिए था!"

"रहने दे। छह महीने पहले गुज़र गया चौधरी और मुझे ख़बर मिली चार महीने के बाद। जब इतने महीने तक कोई नियम नहीं किया तो अब क्या हो जाएगा? अगर उसी समय ख़बर मिलती और फिर भी हम लोग कुछ नहीं करते तो भी कहने की बात थी। कब, क्या हुआ, किसी ने कोई ख़बर नहीं दी तो अब क्या?"

ऐसे समय में, योगमाया से कड़े शब्दों में नहीं बोलना चाहिए लेकिन लाखेश्वर की आवाज़ न चाहते हुए भी रूखी हो गई।

ऐसे में क्या नियम-रस्म होती हैं, योगमाया ज़्यादा नहीं जानती और उसे बताने के लिए भी कोई नहीं है इसलिए उसने अपनी माँ की मृत्यु के समय घर में लोगों को जो करते हुए देखा था, वही सब याद करने की कोशिश की, उसने ख़ुद ही सोच लिया कि 'आज ख़बर मिली है तो वो आज ही गुज़रे हैं।' योगमाया ने अनन्त से कहकर सफ़ेद कपड़ा मँगवाया और धोती की तरह अकन को पहनाई, उसी कपड़े का एक छोर उसकी देह पर लपेट दिया। फिर अकन के हाथ में एक चाकू पकड़ाया और कहा कि हर वक़्त साथ रखे।

अकन की देह पर वो कपड़ा टिका नहीं रहा, वो सँभाल नहीं पा रहा था। गणेश और कार्तिक बार-बार उसे एक जगह पर खड़ा करके चादर ठीक से बाँधते रहे। अकन, वह चाकू जो साथ रखने के लिए दिया गया था, कहीं-कहीं छोड़कर बार-बार भूल जाता, कार्तिक और गणेश उसके पीछे-पीछे थे, कई बार चाकू अकन के हाथ में रखकर कहा, "इसे यहाँ-वहाँ मत छोड़, अपने हाथ में रख।"

अनन्त पड़ोस के गाँव से एक पुरोहित को बुला लाया। लाखेश्वर ने अनन्त से

पहले ही कह दिया था, "पंडित जी जो-जो करने के लिए कहें, तुम देखना। शम्भू और लड़के हैं, कोई काम हो तो उनसे भी करवा लेना। रुपया-पैसा जो चाहिए मुझसे कहना। बाक़ी इन बातों में अब मुझे मत घसीटना।"

पंडित जी ने अकन के पूर्वजों के बारे में पूछा था, लाखेश्वर ने थोड़ा ठिठकने के बाद सहज होकर कहा था, "उनको अपने पूर्वजों के बारे में बताने का समय ही नहीं मिला। अपना नाम बताया था, यही बहुत है। उनकी तरफ़ के पूर्वजों के नाम के बिना जो हो सकता है, आप कीजिए।"

लाखेश्वर इस अवसर पर लोगों को अच्छी तरह से खाना खिलाना चाहता था, बस! "बुलाओ, जितने लोगों से परिचय हुआ है, बोलचाल है, सभी को बुलाओ। थुपुकी की माँ को भी बुलवा लो। अपना रिश्तेदार यहाँ कोई नहीं है, घर से सिर्फ़ योगमाया के पिता आए हैं, इसलिए साधन कछारी के रिश्तेदार, और भी जितने लोगों से जान-पहचान है, सबको बुलाओ। सभी तृप्ति से पेट भरकर एक बार इस आँगन में खाना खाएँ!"

साधन, एक दिन पहले ही दो बकरे ले आया और अनन्त की झोंपड़ी के बाहर बाँधकर वहाँ कटहल के पत्तों का ढेर रख दिया, भोज के दिन किसी को साथ लेकर सुबह पौ फटते ही घाट से बड़ी-सी बोआल मछली ले आया। मछली इतनी बड़ी थी कि उसे छड़ी में बाँधकर लटकाया गया और भार बनाकर कन्धे के सहारे लाया गया। चार मील तक मछली की पूँछ ज़मीन पर घिसटती हुई आई।

साधन कछारी की ससुराल से चार अधेड़ उम्र के लोग भोज का खाना पकाने के लिए आए थे, अनन्त ने सब तरफ़ नज़र रखी। योगमाया ने अपने पिता से पूछा, "तुम्हारे लिए अन्दर की रसोई में ही खाना पका दूँ क्या?"

योगमाया के पिता ने कहा, "नहीं, रहने दे। आज सबके साथ मिलकर ही खाऊँगा।"

लोग खाना खाने के बाद अपने-अपने घरों से लाए हुए ज़रूरत का सामान समेटकर और बचा हुआ खाना लेकर जब वापस लौटने लगे, तब ऊपरी असम की तरफ़ से दोपहर बाद आनेवाली रेल की सीटी सुनाई दी।

शाम तक घर बिलकुल नि:स्तब्ध हो गया। ऐसा लगा जैसे सारे लोग उसी रेल में चढ़कर चले गए। शाम के बाद लाखेश्वर अपने पिता के साथ बहुत देर तक सामनेवाले आँगन में चुपचाप बैठा रहा।

भोज की रस्म हो जाने के बाद योगमाया को लगा, जैसे वह बारह दिन पहले विधवा हुई थी। शाम होते ही दोनों बच्चों को बगल में लिटाकर वह भी दिन भर की थकान के साथ बिस्तर पर लेटने चली गई।

लाखेश्वर के पिता बैठे-बैठे गमछे को घुमाते हुए मच्छर भगा रहे थे। उन्होंने बेटे से पूछा, "अब क्या करने के लिए सोचा है?"

"सोच रहा हूँ यहीं रह जाऊँ। इस घर को सँभाल लूँ। योगमाया बच्चों को सँभाल लेगी।" लाखेश्वर ने कहा।

"घर चलाने के लिए भी तो कोई ज़रिया चाहिए न! तेरे लिए भी तो कमाई का रास्ता होना चाहिए? इसलिए पूछ रहा हूँ। क्या करने के बारे में सोचा है?"

"देखता हूँ। यहाँ पर कई एकड़ ज़मीन का जंगल है जो योगमाया के नाम पर है। अब यहाँ मेरे पास अच्छी पहचान और कई लोग भरोसे के हो गए हैं। यहीं पर कोई व्यवस्था करनी पड़ेगी।"

कुछ देर तक दोनों चुपचाप बैठे रहे। रेल लाइन की तरफ़ घने पेड़ों के झरोखे से बिजली चमकती हुई दिख रही थी। बादलों का गरजना भी शुरू हो गया था। एक गर्जना ख़त्म होते ही तुरन्त दूसरी बार गरज सुनाई देती, साथ-साथ बिजली का चमकना भी। लाखेश्वर के पिता ने एक बार आसमान की तरफ़ देखा। तारे ढक गए थे।

"उनके घर की खोज-ख़बर लेने के बारे में कुछ सोचा है क्या?" कुछ देर के बाद लाखेश्वर के पिता ने पूछा।

"किसके, चौधरी के?"

"हाँ।"

लाखेश्वर चुप रहा। गमछे के छोर को घुमाकर हवा लेते हुए लाखेश्वर के पिता ने दबी आवाज़ में कहा, "रहने दे। चौधरी ने ये सब लुका-छिपाकर किया था। उनके परिवार में से किसी को कुछ भी मालूम नहीं। वरना छह-सात महीने में वहाँ से कोई ख़बर आती। अब वो इस दुनिया में नहीं रहा। अब हम लोग खोज-ख़बर लेने जाएँगे तो बेकार में अशान्ति बढ़ेगी। उस परिवार में से कौन अब योगमाया को प्यार से अपनाएगा? अब रहने दे! उनकी पहली औरत इतने सालों से उनके साथ घर-संसार करने के बाद अब विधवा हुई है। अब उन्हें भी हम ये सब बातें बताकर क्यों मन में कष्ट दें। अब उन लोगों को अपने हिसाब से रहने दे और तुम लोग अपने हिसाब से रहो।"

लाखेश्वर के पिता थोड़ी देर के लिए चुप रहे, फिर और भी धीमी आवाज़ में कहा, "देख तो, हमारी बेटी इतनी कम उम्र में जैसे जलती आग में झुलस गई है। उसकी देखभाल करना, पहरेदारी करना भी तो एक काम है। उस आदमी की मनमानी और ग़लती से ये सब हुआ। लेकिन इसलिए एक दूसरी औरत के मन में दुख पहुँचाएँ, ये भी ठीक नहीं। इससे हमारा दुख तो कम नहीं होगा न। वो कहाँ का आदमी, कहाँ रहता था, क्या करता था, और कौन-कौन हैं घर में, ये सब खोज-ख़बर लेने की अब और ज़रूरत नहीं। यही धर्म कहता है। जो हुआ, सो हुआ। इसे अपनी खोटी क़िस्मत समझकर दूसरा रास्ता निकाल ले। भविष्य में और दुख न मिले, ये दिमाग़ में रखकर उसी तरह से काम करता जा।"

बारिश की बूँदे पड़ने लगी थीं। लाखेश्वर के पिता ने कहा, "चल, अब अन्दर चल।"

पिता के वापस अपने घर जाते वक़्त योगमाया ख़ूब रोई। उसने एक बार पिता से कहा, "तुम भी यहीं रह जाओ!"

बूढ़े पिता ने मुरझाई हुई मुस्कान के साथ कहा, "उस घर में भी तो मेरी ज़रूरत है न! वो भी तो तुम लोगों की माँ का घर है!"

## 4

इस घटना के बाद योगमाया के लिए दिन काटना बहुत मुश्किल हो रहा था पर दरअसल दिन-दिवस अपनी रफ़्तार से आगे बढ़ने लगे थे।

एक दिन लाखेश्वर ने अनन्त से कहा, "पंडित जी से पूछना कि वो दोनों बच्चों की कुंडलियाँ लिख सकते हैं क्या?"

एक दिन पंडित जी आए। उन्होंने दोनों बच्चो के जन्म का क्षण, दिन और महीने के बारे में पूछा। योगमाया कहती गई, पहला बच्चा फागुन महीने में बुधवार की रात को। बेटी बैसाख महीने में गुरूवार को शाम से पहले। पंडित जी ने कहा, "रात, शाम कहने से तो नहीं चलेगा। समय बताओ, कितने बजकर, कितने मिनट।"

लाखेश्वर ने हाथ जोड़कर कहा, "पंडित जी, इन सटीक क्षणों के बारे में हम ज़्यादा नहीं बता पाएँगे। सीधे-सीधे दो कुंडलियाँ बना दीजिए, उसमें एक बात स्पष्ट रूप से लिखी होनी चाहिए कि ये दोनों डिब्रूगढ़ निवासी श्री घनश्याम चौधरी के बच्चे हैं। बाक़ी जो भी कुंडली में लिखा जाता है, ये आप जानें।"

दो-चार दिनों के बाद पंडित जी दो गोल मुड़े हुए काग़ज़ लेकर आए। उन्हें लाखेश्वर ने योगमाया के हाथ में देकर कहा, "अच्छी तरह से रख दे।"

पंडित जी ने योगमाया की लड़की का नाम रखा, राधा।

एक दिन शाम को लाखेश्वर ने अनन्त को पास में बैठाकर कहा, "मैंने एक बात सोची है, काका! तुम अब और कहीं मत जाओ। हम लोगों के साथ ही रह जाओ। मैं ये लकड़ी का काम बढ़ाना चाहता हूँ। तुम पास रहोगे तो मेरे लिए सब कुछ सँभालना काफ़ी आसान होगा।"

अनन्त ने कुछ देर सोचकर कहा, "आप तो जानते ही हैं, साहब का भेजा हुआ रुपया कब का ख़त्म हो चुका है। आप लोगों का ही खा रहा हूँ। अब इस उम्र में कहीं जाकर बहुत मेहनत करके कमाऊँ, इसका भी कोई उपाय नहीं है। बेटा गौरीपुर में रहता है, मन करता है कि उसी के पास जाकर रहूँ पर उसकी भी माली

हालत ठीक नहीं है, अपना ही पूरा नहीं पड़ता, मुझे कैसे रखेगा, क्या खिलाएगा!"

"वो करता क्या है?"

"वो भी मेरे जैसा ही है। छोटा-मोटा काम मिलता है तो करता है।"

लाखेश्वर ने कहा, "एक बार तुम घर जाओ। उसे भी साथ लेकर आओ।"

फिर एक बार अनन्त गौरीपुर गया और बेटे रामनाथ, बहू सरला और उनके दो बेटे गोपाल और कैलाश को ले आया।

लाखेश्वर ने अनन्त से कहा, "तुम्हारी इस छोटी-सी झोंपड़ी में इतने सारे लोग कैसे रह पाएँगे? उसी जगह एक मकान बनवा लो।"

सामनेवाले जंगल से लकड़ियाँ, साधन कछारी के बाड़ी से बाँस और लाखेश्वर के पैसे से अनन्त और रामनाथ ने योगमाया के आँगन से सटाकर एक मकान बनवा लिया। अनन्त की पुरानी झोंपड़ी के ही बाँस-लकड़ी से नये मकान का रसोईघर बन गया। मकान के लिए जगह ख़ाली करते समय एक बड़ा-सा पेड़ कटवाना पड़ा। शम्भू और लड़कों ने इससे भी कई खूँटे और पटिया निकाल लिए। रामनाथ लकड़ी की पटिया उठाने और परछी में करीने से रखने आदि काम करने लगा।

समय बहुत तेज़ी से बीत रहा था।

थोड़े-थोड़े दिनों के अन्तराल में एक-एक पेड़ हड़-हड़ आवाज़ करता हुआ नीचे लुढ़कता था और काफ़ी देर तक चारों तरफ़ चिड़ियाँ शोर मचातीं। सुबह से शाम तक कुल्हाड़ी और आरी के शोर से जंगल गूँजता रहता। परछी के नीचे लकड़ी के टुकड़े और पटिया जमा होते रहते। कभी-कभी तीन चार बैलगाड़ियाँ परछी की पूरी लकड़ियों को दो दिन में ही लादकर ले जातीं और कभी-कभी लाखेश्वर दूसरे व्यापारियों से ख़रीदे हुए लकड़ियों के टुकड़े इन्हीं बैलगाड़ियों में लादकर शम्भू और लड़कों के पास ले आता।

एक दिन लाखेश्वर ने साधन कछारी से कहा, "सुनो, अकन के पिता चाहते थे कि बेटा स्कूल में ज़रूर पढ़े। पर स्कूल बहुत दूर है। इतने दूर उसे भेजना मुश्किल होगा। इसलिए मैंने सोचा है फिलहाल मैं ही उसे पढ़ाऊँगा। लेकिन वो अकेले क्यों पढ़ेगा। ये गणेश और कार्तिक सारा दिन क्या करते रहते है? उन दोनों को भी मेरे पास भेज देना।"

उसके बाद लाखेश्वर लकड़ीवाली परछी के एक तरफ़ अकन, गणेश, कार्तिक और गोपाल को रोज़ बैठाकर पढ़ाने लगा। सभी के लिए किताब, स्लेट, पेंसिल की व्यवस्था लाखेश्वर ने ही की। एक दिन ऐसे ही बच्चों को पढ़ाते समय नन्ही-सी राधा छोटे-छोटे पग बढ़ाकर वहाँ पहुँच गई। लाखेश्वर ने "तू भी पढ़ेगी क्या, आ जा मेरे पास!" कहकर उसे अपनी गोद में बैठा लिया।

पर रोज़-रोज़ की पटिया लकड़ियों की खींच-तान की शोर, शम्भू लतीफ़ और लड़कों की बातचीत से लाखेश्वर को पढ़ाने में बहुत दिक़्क़त होने लगी। उसने

रामनाथ और शम्भू के साथ वाले दोनों बढ़ई से कहा, "उस तरफ़ अलग से एक कमरा बना दो, बच्चों को पढ़ाने के लिए।"

अब तक लाखेश्वर के पास बारह छात्र हो गए थे। साधन कछारी के पड़ोस वाले घरों से पाँच बच्चे आते हैं, उसी के ससुराल वाले गाँव से पाँच बच्चे और रामनाथ के दो बच्चे। बाक़ी घर के बच्चे हैं ही। इन बच्चों में से पाँच बच्चों को दस तक जोड़, घटा और गुणा के पहाड़े अच्छी तरह से याद हो गए हैं।

एक दिन अनन्त ने लाखेश्वर से कहा, "दीदी मुझे अक्सर कहती रहती है..."

दीदी मतलब योगमाया! क्या कहती है? लाखेश्वर की शादी के बारे में! अब उसकी शादी की उम्र बीतने लगी है और योगमाया को भी घर में एक साथी चाहिए।

जैसे ये कोई सोचनेवाली बात है ही नहीं, ऐसे अन्दाज़ में लाखेश्वर ने कहा, "हाँ, होनी चाहिए शादी, जल्दी होनी चाहिए! लड़की देखना शुरू करो। तैयारी करो।"

चौधरी के श्राद्ध के वक़्त साधन कछारी की ससुराल वाले गाँव से तारा नाम की एक लड़की आई थी, वो थुपुकी के मायके की तरफ़ से रिश्तेदार भी थी। बड़ी सुन्दर लड़की तारा। दुबली-पतली, कसा हुआ शरीर, लम्बे बाल और गुलाबी गाल वाली तारा। बातचीत में भी बहुत प्यारी सी है वो! योगमाया ने सोचा था, श्राद्ध के काम-काज में उसकी सारथि होगी अम्बा लेकिन अम्बा से बढ़कर तारा ने काम किया था। वो दो दिन! एक पल के लिए भी योगमाया ने तारा को ऐसे ही बैठे हुए नहीं देखा था। उसके बाद भी कई बार वो लड़की योगमाया से मिलने घर आई थी।

योगमाया ने लाखेश्वर से पूछा, "तुमने तो तारा को देखा है, वो जो..."

"देखा है।"

"एक बार और देखना चाहते हो तुम? एक बार अगर मिलना चाहते हो तो बुलवा देती हूँ। मुझे तो पसन्द है वो।"

"तुझे पसन्द है तो फिर क्यों बुलवाना है? बात आगे बढ़ा ले। पिताजी और बड़े भैया से भी कहना होगा।"

पिताजी और बड़े भैया से कहने के लिए दो दिन के लिए योगमाया घर गई। पिता ने तो बस इतना ही कहा, "तुझे पसन्द है, उसे पसन्द है तो और आपत्ति करनेवाली बात क्या है!"

योगमाया ने वापस आकर लाखेश्वर से कहा, "पिताजी ने तो हाँ कहा है, बड़े भैया को भी कोई आपत्ति नहीं। सिर्फ़ भाभी ने थोड़ी ना-नुकुर की है, 'कहाँ की लड़की, कैसा खानदान...।"

लाखेश्वर बिस्तर में लेटे-लेटे योगमाया की बातें सुन रहा था, उसके आख़िरी शब्द सुनते ही उछलकर बैठ गया, "मैं वैसे बैसाख महीने को सोच रहा था पर भाभी ने जब आपत्ति की है तो माघ महीने में ही ठीक रहेगा। माघ में ही दिन-महूरत देख ले। तारा के घरवालों से भी पूछ ले।"

तारा के घर से सहमति आने में सिर्फ़ एक दिन लगा। थुपुकी हवा की रफ़्तार से गई और उसी गति से वापस आ गई। तारा के माँ-बाप भगवान की कृपा समझकर हाथ जोड़े रहे। तारा दौड़कर भीतर के कमरे में छुप गई, थुपुकी उसे सुनाती हुई चिल्लाकर बोली, "अरे! क्यों छुप रही है! मैं दूल्हा नहीं, तेरी मौसी हूँ। अच्छा, देखती हूँ कब तक छुपती हो!"

माघ महीने में लाखेश्वर और तारा की शादी हो गई।

समय बहुत तेज़ी से बीत रहा था। आजकल ऊपरी असम की तरफ़ से निचले असम तक और उसी तरह निचले असम से ऊपरी असम तक दो-दो रेलगाड़ियाँ चलती हैं। कभी-कभी मालगाड़ियाँ भी चलती हैं। अब लाखेश्वर के स्कूल को टाउन के सरकारी दफ़्तर से स्वीकृति मिल गई है। पर दफ़्तर की तरफ़ से निर्देश आया कि स्कूल का एक नाम होना चाहिए। लाखेश्वर ने स्कूल का नाम 'योगमाया पाठशाला' रखा और साथ-साथ एक साइनबोर्ड भी लिखवाकर ले आया। योगमाया ने पूछा, "ये नाम क्यों रखा?"

लाखेश्वर ने कहा, "ये सब कुछ तेरी ही सम्पत्ति है, ज़मीन-जायदाद, घर-आँगन, सब कुछ। इसलिए ये नाम रखा।"

उस समय स्कूल में अट्ठाईस बच्चे थे। गणेश और कार्तिक की उम्र के बच्चे इस साल चौथी कक्षा में आ जाएँगे। पहली कक्षा के लड़के-लड़कियों को रामनाथ की पत्नी सरला पढ़ाती है। लड़कियाँ मतलब सिर्फ़ राधा, योगमाया की बेटी। सरला ख़ुद ही चौथी कक्षा तक पढ़ी थी। लाखेश्वर के निर्देशानुसार शम्भू और लतीफ़ ने रेल लाइन की तरफ़ पास-पास एक साथ दो मकान बना लिए थे। कुछ दिनों के बाद वे लोग अपने बीवी-बच्चों को भी वहाँ रहने के लिए ले आए। शम्भू की पत्नी हमेशा बीमार रहती थी। उसका बच्चा रोज़ रात को ज़ोर-ज़ोर से रोता था।

समय बहुत तेज़ी से बीत रहा था।

जिस साल राधा ने चौथी कक्षा की परीक्षा दी थी, उसी साल योगमाया के पिता गुज़र गए थे। उसी साल योगमाया ने लाखेश्वर से एक पूजाघर बना देने के लिए कहा था। उसने बाँस-लकड़ी से बने एक छोटे-से पूजाघर की बात कही थी लेकिन लाखेश्वर ने तोरण वाला पक्का मन्दिर बनाने के बारे में सोचा। इस काम के लिए उसके पास पैसा कम पड़ रहा था, योगमाया की अनुमति लेकर उसने पहचान के एक बढ़ई को जंगल की पूरब दिशा की एक बीघा ज़मीन तीन सौ साठ रुपये में बेच दी। जंगल के उस पार बसा टाउन अब धीरे-धीरे इस तरफ़ बढ़ रहा था। ज़मीन की क़ीमत भी पहले के मुकाबले बहुत बढ़ गई थी।

जंगल के बड़े-बड़े पेड़ कट गए थे। शम्भू और काम करनेवाले लड़के अब अक्सर बाहर से ख़रीदी लकड़ियों से पटिया-खम्भा बनाकर बेचने लगे थे। अकन ने घोषणा कर दी थी, "'पोनियल' फल वाला पेड़ कोई मत काटना!"

उस साल अकन ने दसवीं पास कर कॉलेज में नाम लिखाया। उसके बाद भी योगमाया समय-समय पर ज़मीन बेचती रही। पूजाघर बनाने के लिए योगमाया ने कहा था पर समय-असमय वहाँ लाखेश्वर बैठा रहने लगा। इसी उम्र में जैसे उसे संसार के प्रति मोह घटने लगा। तारा कभी-कभी योगमाया के सामने शिकायत करती, अचानक, इस कम उम्र में इस आदमी में कितना बदलाव आ गया।

योगमाया लाखेश्वर से पूछती, "तुमने तो कारोबार से बिलकुल मुँह मोड़ लिया है, क्यों?"

लाखेश्वर कहता है, "क्या होगा कारोबार से? रुपया मिलेगा बस, और क्या मिलेगा? तेरे पास जो इतनी सारी ज़मीन है, वो सब बेचकर भी रुपया ही मिलेगा। इतनी ज़मीन रखकर भी क्या होगा? फिलहाल ऐसे ही ज़मीन बेचकर गुज़ारा कर ले, अकन पढ़-लिखकर ज़रूर कोई बड़ा काम करेगा। तब तक इसी तरह चलता रहने दे।"

थोड़ी देर चुप रहकर, कुछ सोचता हुआ वो फिर कहता है, "तेरे नाम की ज़मीन बेचकर खा रहा हूँ, तुझे बुरा तो नहीं लगता?"

योगमाया थोड़ी देर तक लाखेश्वर का चेहरा देखती रही, फिर उसने कहा, "ऐसी बात तुम्हारे मुँह से नहीं निकलनी चाहिए थी।"

थोड़ी देर तक किसी ने कुछ नहीं कहा। राधा पास में ही बैठकर ऊँची आवाज़ में अंग्रेज़ी व्याकरण पढ़ रही थी, सिर्फ़ उसी आवाज़ से ख़ामोशी टूटती रही।

लाखेश्वर ज़ोर से हँसने की कोशिश करता हुआ बोला, "अच्छा ये बता, तुझे क्यों पूजाघर की ज़रूरत पड़ी थी?"

योगमाया चुप रही।

"अगर पूजाघर से ही तेरा काम चल सकता है, तो इतनी सारी ज़मीन-जायदाद किसलिए चाहिए? अनन्त भैया को ज़मीन देकर, मकान बनवाकर यहीं बसाया था न हमने, अब अनन्त भैया किस हाल में हैं! अब कुछ मोह नहीं रह गया है, समझी! अब कुछ अच्छा नहीं लगता।"

तीन साल हुए, अनन्त को आँखों से नहीं दिखता। हर सुबह गोपाल या कैलाश उनको सहारा देते हुए पूजाघर के सामनेवाली खुली जगह पर ले आता, किनारे पर बने बरामदे के खम्भे से टिकाकर बैठाता; पूरे दिन वह वहीं बैठा रहता। स्कूल में पढ़ाने जाने से पहले बहू सरला थाली में खाना सजाकर उनके पास रखती, उनका हाथ थाली में छुआ देती। फिर उनका खाना ख़त्म होने तक योगमाया या तारा कौवे को भगाती हुई पास बैठी रहती।

एक दिन अनन्त ने काँपती आवाज़ में अपना हाथ बढ़ाते हुए योगमाया से कहा, "दीदी, तुम्हारा पैर कहाँ है?"

योगमाया ने आश्चर्य से पूछा, "पैर किसलिए?"

"एक बार प्रणाम करना चाहता हूँ।"

उसी दिन आधी रात के समय बूढ़ा अनन्त गुज़र गया।

'एक बार प्रणाम करना चाहता हूँ।' कई दिनों तक योगमाया के कानों में अनन्त की ये बात गूँजती रही। पूजाघर के बरामदे में बैठा बूढ़ा अनन्त योगमाया के पैरों को छूने की कोशिश कर रहा था, यह दृश्य बार-बार योगमाया को याद आता रहा।

कौन किसे प्रणाम करना चाहता है! कहाँ का आदमी कहाँ रह जाता है, किसके पैरों को स्पर्श करना चाहता है!

जंगल के बीच अकेले, योगमाया के लिए घनश्याम चौधरी के मकान की पहरेदारी करनेवाला, वो आदमी! योगमाया के अधूरे संसार का गवाह और साथ देनेवाला, वो आदमी! इस घर में घनश्याम चौधरी को पहली बार खाना बनाकर खिलानेवाला वो पहला आदमी!

योगमाया को ऐसा लगा जैसे जंगल का सबसे पुराना पेड़ कट गया।

अब तक कोई अपने क़रीब का आदमी गुज़र जाने की वजह से अकन अन्दर से दुखी या बहुत दुखी हुआ था, रोया नहीं था। पर अनन्त के गुज़र जाने पर वह ख़ूब रोया, आँसू बहाकर रोया, अनन्त के बेटे रामनाथ से भी ज्यादा! योगमाया की आँखें जब-तब, बिना किसी हिसाब के भरी ही रहीं।

अनन्त के श्राद्ध में आसपास के और दूर से भी बहुत लोगों को बुलाया गया। शायद घनश्याम चौधरी के श्राद्ध से भी ज़्यादा ख़र्च किया गया। साधन कछारी भी अब बूढ़ा हो चला था। फिर भी श्राद्ध से लेकर लोगों को खाना खिलाने तक सारे काम की निगरानी साधन ने ही की। योगमाया के पूजाघर के बरामदे से रामनाथ का घर-आँगन बिलकुल सामने ही दिखता है, साधन वहीं से काम करनेवाले लड़कों को निर्देश देता रहा। बीच-बीच में बरामदे के खम्भे में टिककर आँखें बन्द करके चुपचाप बैठा रहा। रेल लाइन के इस पार से साधन के घर जानेवाला पहला आदमी था अनन्त। वीरान जगह में बात करने के लिए, लोग ढूँढ़ता हुआ अनन्त, साधन के आँगन तक पहुँचा था। फिर अंडे लेने के लिए भी आता रहा और सिलसिला बनता गया।

अनन्त के गुज़र जाने के बाद से लाखेश्वर दाढ़ी बढ़ाने लगा था। श्राद्ध से पहले, दसवें दिन में रामनाथ ने सर और दाढ़ी मुड़वाए, लाखेश्वर ने ऐसा नहीं किया। अपने गाल और ठुड्डी पर हाथ फेरता हुआ एक बार तारा से कहा, "दाढ़ी अब बढ़ा ही लेता हूँ, ठीक हैं न?"

तारा ने शान्त स्वर में कहा, "जो भी अच्छा है, आप अपने मन से कर ही रहे हैं। मुझे क्यों पूछ रहे हैं!"

लाखेश्वर के छोटे बेटे नवीन ने कहा, "अच्छा होगा! पिताजी बहुत अच्छा दिखेंगे दाढ़ी में।"

बीच वाले बेटे तिलक ने कहा, "बहुत बुरा दिखेंगे वो!"

बड़ी बेटी गौरी ने मुँह फुलाकर कहा, "दाढ़ी वाले भगत बनना चाहते हैं आप?"

लाखेश्वर अपनी ठुड्डी को सहलाता हुआ मन में ही मुस्कुराया।

अनन्त के गुज़र जाने और श्राद्ध कार्य ठीक-ठाक निपट जाने के बाद एक दिन शाम को रामनाथ पूजाघर के बरामदे में लाखेश्वर के पास आकर बैठा। लाखेश्वर साधन कछारी का इन्तज़ार कर रहा था, शाम को वो अक्सर धर्म की कोई किताब पढ़ता था और साधन सुनने आता था। आसपास के दो-तीन लोग और आया करते पर आज लाखेश्वर अकेले बैठा था।

रामनाथ कुछ संकोच के साथ थोड़ी देर तक चुप रहने के बाद कहने लगा, "एक बात कहना चाहता हूँ, भैया!"

शम्भू, लतीफ़, रामनाथ और इन सबकी पत्नियाँ लाखेश्वर को 'भैया' और योगमाया को 'दीदी' कहते थे।

"हाँ, बोल।"

"बाबूजी हमें यहाँ ले आए थे। आप लोग के साथ रहकर काम-धन्धा कर रहा हूँ, अपना परिवार चल रहा है। अब बाबूजी नहीं रहे, अब हम लोगों का क्या होगा?"

"होना क्या है? काम कर, अच्छी कमाई कर और अच्छी तरह से रह, जैसे अब तक किया है।"

"काम तो करूँगा ही, आप देख ही रहे हैं, काम करने से डरता नहीं हूँ मैं, गोपाल बड़ा हो रहा है, उसे भी लगाऊँगा। अपना गुज़ारा तो हो ही जाएगा। पर अपने लिए थोड़ी ज़मीन, एक मकान..."

लाखेश्वर आँखें बन्द करके रामनाथ की बातें सुन रहा था, अब आँखें खोलकर रामनाथ को देखा, "थोड़ी ज़मीन और एक मकान?" जैसे रामनाथ समझ नहीं पाया।

"जी।" रामनाथ ने धीरे-से कहा।

"क्यों, तू अभी घर में नहीं रह रहा है?"

"रहता हूँ। आप लोगों की दया से अच्छे घर में ही रहने को मिला है। ऐसा घर तो बाबूजी के पास भी पहले नहीं था और हम लोगों के पास भी गाँव में नहीं था।"

"तो फिर?"

"ये घर पुराना होगा और टूटेगा तो हम मरम्मत कर लेंगे, पर ज़मीन की क़ीमत तो आपको नहीं दे पाऊँगा।"

"तुझसे ज़मीन की क़ीमत किसने माँगी है?" लाखेश्वर ने लगभग डाँटकर पूछा।

"किसी ने नहीं माँगा, पर हमें भी तो सोचना पड़ेगा। हरिशंकर नाम के जिस आदमी ने हमारे घर के पिछवाड़े वाली ज़मीन ख़रीदी है, कल वे सीमा पर बेड़ा बनवाने के लिए आए थे, मुझसे कहने लगे कि अगर आप लोग बेचेंगे तो हमारी वाली ज़मीन भी वो ख़रीद लेंगे। उन्हें एक साथ बड़ी ज़मीन का टुकड़ा मिल जाएगा और उससे उनको सुविधा होगी।"

"अच्छा!" लाखेश्वर आँखें बन्द करके कुछ सोचने लगा। थोड़ी देर बाद रामनाथ से कहा, "कल जगत पटवारी के पास जाना और कहना कि मैंने बुलाया है। उनका दफ़्तर तो पहचानता है न?"

"पहचानता हूँ।"

"ठीक है, अब तू घर जा।"

रात को अकन और बच्चों के साथ बैठकर खाना खाते समय लाखेश्वर योगमाया से रामनाथ वाली ज़मीन के प्रसंग में बात करने लगा। योगमाया ने आश्चर्य से पूछा, "क्यों, इतने सालों से रहने के बाद अब वो ज़मीन उनकी नहीं हो गई?"

लाखेश्वर ने अकन से पूछा, "तुझे इस बारे में कोई बात कहनी है?"

"ऊहूँ!" मुँह का कौर निगलते हुए अकन ने जवाब दिया, "ये सब ज़मीन-जायदाद के बारे में मैं कुछ जानता भी नहीं और मुझे कुछ पूछिए भी नहीं। मुझे सिर्फ़ मेरे स्कूल की सारी व्यवस्था ठीक-ठाक करवा दीजिए, जल्दी ही इसे एम.ई. और फिर हाई स्कूल बनना चाहिए। इसके लिए अगर कोई ज़मीन बेचनी पड़ी तो बेच दीजिए।"

इसके बाद अकन के खाना खाकर उठ जाने तक किसी ने कुछ नहीं कहा। अकन के रसोईघर से निकल जाने के बाद लाखेश्वर ने योगमाया से कहा, "उससे ये बात क्यों पूछी, तुझे पता है? अब वो बड़ा हो रहा है, अब कोई भी काम करने से पहले उससे भी पूछ लेना अच्छा होगा।"

योगमाया ने थोड़ी कड़ी आवाज़ से कहा, "आजकल हर बात में तुम पेंच लगाते हो।"

लाखेश्वर ने हँसकर कहा, "कहाँ मैं पेंच लगाता हूँ? मैं तो पेंच खोल रहा हूँ। अब तो मेरी उम्र किसी भी पेंच से निकल जाने की है।"

"तुमसे मैंने इस तरह की बातें करने के लिए मना किया था न?" योगमाया ने पहले से भी ज़्यादा कड़ी आवाज़ से कहा। लाखेश्वर ने फिर से हँसते हुए गिलास उठाकर पानी का घूँट पिया और उठकर रसोईघर से बाहर निकल गया। अब योगमाया और तारा खाना खाने बैठीं। योगमाया ने राधा की छोड़ी हुई थाली में ही अपने लिए खाना परोस लिया। तारा की थाली में सब्जी रखती हुई योगमाया ने तारा से कहा, "भाई से तुम भी कहना, आजकल वो पराये की तरह बात करता है! मुझे बहुत दुख होता है। वही घर का मुखिया है, उसे ही घर चलाना है, वही इस तरह बोलेगा तो..."

योगमाया अपनी बात ख़त्म नहीं कर पाई, जैसे उसके गले में कुछ फँस गया हो।

दूसरे कमरे में लाखेश्वर और तारा के बच्चों गौरी, तिलक और नवीन के सो जाने के बाद तारा ने पति से वे सब कुछ बातें कह दीं, जो योगमाया ने रसोईघर में उससे कही थीं। अपनी दोनों हथेलियाँ सिर के नीचे रखकर लाखेश्वर चित होकर लेटा था। थोड़ी देर के बाद उसने तारा को धीरे से पुकारा, "तारा!"

तारा ने कोई आवाज़ नहीं की, सिर्फ़ उसके सिसकने की एक दबी-सी आवाज़ सुनाई दी। तारा की आँखें भरी हुई थीं। लाखेश्वर समझ गया था। योगमाया की बात निकलने पर पहले भी कई बार तारा इस तरह रो चुकी है।

लाखेश्वर कुछ देर तक चुपचाप पड़ा रहा। फिर भारी आवाज़ से धीरे-धीरे कहने लगा, "उसने कहा है कि मैं ही घर का मुखिया हूँ। लेकिन तुम ही कहो, मुझे क्यों इस घर का मुखिया बनना था? इस घर का मुखिया बनने के लिए मुझे दुख नहीं होता?"

लाखेश्वर थोड़ी देर रुका, फिर कहने लगा, "वो तुमसे उम्र में थोड़ी ही बड़ी है। पिछले चौदह-पन्द्रह सालों से हम दोनों ने कितने आनन्द से जीवन बिताया है, याद करो! और दो दीवारों के उस पार उसने कैसे जीवन काटा है! सोचो। पता नहीं कहाँ से एक आदमी अचानक आया, उस पर अधिकार जताया, ज़मीन-जायदाद के साथ ये संसार शुरू किया और अचानक दुनिया से ही चला गया! उसके घर-संसार की पहरेदारी करने के लिए यहाँ आकर मैं सुख भोग रहा हूँ, ये बात मन में आते ही मैं दुखी हो जाता हूँ, समझी। मकान और ज़मीन-जायदाद की पहरेदारी की जा सकती है पर उसकी उम्र की एक औरत की पहरेदारी नहीं की जा सकती।"

लाखेश्वर थोड़ी देर के लिए फिर से चुप रहा। फिर थोड़ी-सी खीझ के साथ बोला, "इसलिए मुझे कुछ अच्छा नहीं लगता आजकल। कुछ नहीं है इस संसार में! सब झूठ है।"

अब लाखेश्वर ने तारा की तरफ़ करवट बदली। तारा के सर पर धीरे-धीरे हाथ फेरते हुए उसने कहा, "मुझे सिर्फ़ तुम्हारा ख़याल रहता है, नहीं तो..."

नहीं तो, लाखेश्वर क्या करता, ये स्पष्ट करके कहने का उसे मन नहीं हो रहा था और सुनने के लिए तारा के कान भी सजग नहीं थे। तारा उस बिस्तर के बारे में सोच रही थी जिसमें योगमाया अपनी बेटी राधा के साथ सोती है। उसकी बन्द आँखों के अन्दर योगमाया का पूरा चेहरा, पूरा शरीर, धीरे-धीरे स्पष्ट होने लगा था। शक्ल-सूरत और कसे हुए शरीर के साथ कितनी सुन्दर औरत है योगमाया! बस कपड़े बूढ़ी औरत की तरह फीके रंगों के पहनती है। थोड़ी देर के बाद फिर से तारा की सिसकने की दबी आवाज़ सुनाई दी। लाखेश्वर ने अन्दाजे से तारा की आँखें छूकर देखा, आँसू तो नहीं हैं! हाँ, आँखें बिलकुल भीगी हुई हैं।

दो दिन के बाद सुबह ही जगत पटवारी आ पहुँचा। लाखेश्वर उसे रामनाथ के घर ले गया। रामनाथ और सरला, तीनों बच्चों गोपाल, कैलाश और गीता के साथ, बाहर आ गए। गीता तो इस घर में ही पैदा हुई थी। लाखेश्वर ने आदेश देने के स्वर में ज़ोर-ज़ोर से कहा, "जगत जी! इस घर को बीच में लेकर और हमारे घर को एक तरफ़ की सीमा समझकर दो कट्ठा ज़मीन नापकर निकाल लीजिए। बाक़ी तीनों तरफ़ एकदम पक्का निशान लगा दीजिए। हरिशंकर की ज़मीन के इस

तरफ़ वाली सीमा भी ठीक से नाप दीजिए। रामनाथ और हरिशंकर की ज़मीन के बीच से एक रास्ता बनना चाहिए।"

फिर लाखेश्वर, जगत पटवारी को साथ लेकर शम्भू और लतीफ़ के घर पहुँचा। शम्भू घर पर नहीं था। लम्बा घूँघट डालकर उसकी पत्नी दरवाज़े तक निकल आई। लतीफ़ भी आया। लाखेश्वर ने सबको समझा दिया, "पटवारी, शम्भू और लतीफ़ के नाम एक-एक कट्ठा ज़मीन नाप देंगे, शम्भू लोग उसी हिसाब से अपनी-अपनी सीमा समझकर चारों तरफ़ बेड़ा बनवा लेंगे। अब से ये ज़मीन उनकी हुई। उनके नाम से ज़मीन के काग़ज़ बनवाने की व्यवस्था पटवारी कर देंगे और ये लकड़ियाँ चीरने-काटनेवाले लोग स्कूल के पास से अपनी परछी हटाकर लतीफ़ के घर के पास बना लें। उन तीन आदमियों को काम करने और कभी-कभी रात को सोने के लिए एक कट्ठा ज़मीन नाप दी जाएगी, पर उस ज़मीन का किसी के नाम कोई काग़ज़ नहीं बनेगा।"

फिर लाखेश्वर जगत पटवारी को योगमाया पाठशाला के पास ले आया।

"यहाँ एक बड़ा स्कूल बनेगा। पहले एम.ई. और फिर हाईस्कूल। इसके लिए तीन बीघा ज़मीन नाप दीजिए। स्कूल जब बनेगा, देखा जाएगा, अब सीमा बाँध दी जानी चाहिए।"

जगत पटवारी ने उस दिन दोपहर को योगमाया के घर में ही खाना खाया। अगले दिन, वह साथ में और लोग ले आया और जो भी उसे बताया गया था, उसी हिसाब से सबकी सीमाओं में निशान लगाकर, पक्के काग़ज़ात बनाकर, वे लोग चले गए।

## 5

'योगमाया पाठशाला' में बच्चों की संख्या सौ के आसपास हो गई थी। लाखेश्वर ने जिन लोगों को ज़मीन बेची थी, उन घरों से ही सात बच्चे आते थे। एक समय के इस घने जंगल की शहर की दिशा में खेतों वाली ज़मीन, खुली जगह और मवेशियों की चराई वाली ज़मीनों पर काफ़ी लोगों के मकान बन गए थे। उन घर-मकानों से 'योगमाया पाठशाला' बाक़ी स्कूलों के मुकाबले पास पड़ती थी। उस दिशा से शहर में नौकरी करने जानेवाले लोगों के लिए अपने बच्चों को साइकिल पर बैठाकर इस पाठशाला में छोड़ना आसान होता था। रेल लाइन के उस पार भी, साधन कछारी के घर के चारों तरफ़ मकानों से भर गए थे। योगमाया के घर के सामनेवाले जंगल के बीच की सँकरी गलियाँ अब चौड़े रास्ते में तब्दील हो गई थीं। उन पर से, अब दो बड़ी गाड़ियाँ एक साथ पार हो सकती थीं।

साधन कछारी का लड़का गणेश, हाई स्कूल में अकन के साथ-साथ पढ़ रहा था पर वह दसवीं पास नहीं कर पाया। उसने अपने पिता, लाखेश्वर और योगमाया और सभी से कह दिया कि 'और पढ़ाई नहीं करेगा। बहुत कठिन है! अब और इसमें दिमाग़ी लड़ाई नहीं लड़ सकता।' लाखेश्वर ने कहा, "पढ़ाई जारी रखने और न रखने के बारे में बाद में तय होता रहेगा। फिलहाल तू हमारी पाठशाला में बच्चों को पढ़ाने लग जा।"

तब से गणेश, पाठशाला में लाखेश्वर और सरला के साथ, बच्चों को पढ़ा रहा है। लाखेश्वर ने रेल लाइन की तरफ़ और पाँच बीघा ज़मीन, पाँच लोगों को बेच दी। रामनाथ और हरिशंकर के मकानों के बीच से उस ज़मीन तक एक रास्ता बनवाया। ज़मीन बेचकर हाथ में आए रुपयों में से कुछ लकड़ी के व्यवसाय में लगाया, बाक़ी रुपये से स्कूल के लिए एक नया भवन बनवाने की व्यवस्था की : 'पुराने स्कूल की मरम्मत करके, उसी से जोड़कर कई कमरों वाला नया भवन बन सकता है। वह टिन की छत, लकड़ी के ढाँचे, सीमेंट की दीवार और फ़र्श वाला पक्का भवन होगा। ये एम.ई. स्कूल की नाप में ही बनेगा, बाद में 'एल' पैटर्न में दूसरा हिस्सा बनाने पर हाई स्कूल के लिए भी हो जाएगा।

लेकिन एक बार बनना शुरू हुआ तो लाखेश्वर की इच्छा हुई कि एक ही बार में पूरा हाई स्कूल तक बनवा दिया जाए! हाथ में जमा रुपये से वो पूरा नहीं पड़ रहा था लेकिन उन दिनों लाखेश्वर के पास ज़मीन ख़रीदनेवाले लोग ख़ूब आते-जाते थे। फिर लाखेश्वर ने और ज़मीन बेची और स्कूल बनाने में ही अपना मन सौंप दिया। पड़ोस की पाठशाला में बच्चों की पढ़ाई के बीच-बीच वह बरामदे में खड़े होकर कारीगरों का काम देखने लगा। उन दिनों उसकी ठुड्डी की दाढ़ी बढ़कर सीने तक पहुँच गई थी।

इस स्कूल-भवन बनने का काम आगे बढ़ने के साथ-साथ आसपास के इलाक़े में कई अन्य मकानों के बनने का काम भी आगे बढ़ रहा था। इलाक़े में पहले से बसे हुए लोगों के पास बाँस-लकड़ी के खूँटे और दीवार, पुआल की छतवाले मकान थे, अब नये लोग पक्के मकान बनवाने लगे हैं। दो प्लॉट में दो-मंज़िला मकान की भी नींव डाली गईं। जगमोहन नाम का एक व्यवसायी लम्बा-चौड़ा गोदाम बनवाने लगा। उसके मज़दूरों को ज़मीन खोदते समय कद्दू के आकार का एक चिकना पत्थर मिला। जगमोहन ने उस पत्थर को सात बार साष्टांग प्रणाम किया। उसकी ज़मीन पर एक पीपल का पेड़ था। जगमोहन ने उस पेड़ के नीचे पक्का चबूतरा बनवाया और वहाँ उस पत्थर को रखवा दिया और मज़दूरों को निर्देश दिया कि रोज़ सुबह-शाम पत्थर पर पानी छिड़ककर ताज़े फूल रखें। क़रीब तीन साल पहले मनोरंजन दास नाम का आदमी बाँस-पुआल का मकान बनाकर वहाँ बस गया था, उसने अपने आँगन में सुन्दर फूलों का एक बग़ीचा बनाया था। जगमोहन के मज़दूर

वहाँ से फूल तोड़ने जाते थे। दो-चार दिन बाद मनोरंजन ने उन लोगों से कहा कि बिना पूछे फूल न तोड़ें! पहले उनसे पूछ लें।

कुछ दिनों बाद जगमोहन ने पत्थर वाले चबूतरे के ऊपर एक छत बनवा दी और चबूतरे के चारों तरफ़ लाल गुड़हल के पेड़ लगवा दिए।

उन गुड़हल के पेड़ों में जब तक फूल खिले, तब तक लाखेश्वर का स्कूल-भवन पूरा बन चुका था। मोहल्ले में एक दो-मंज़िला मकान बनकर तैयार हो गया, एक आधा ही बना। नये बने दो-मंज़िला मकान के ऊपरवाले हिस्से में परिवारवालों के साथ मालिक रहता है, नीचे वाली मंज़िल में छह काबुलीवाले किराये पर रहते हैं। जगमोहन के गोदाम में घोड़ा-गाड़ी में लदकर मिट्टी के तेल के डिब्बे आते थे। उन डिब्बों में महारानी की शक्ल वाली फ़ोटो लगी होती थी। लतीफ़ के लड़के ने भी एक घोड़ा-गाड़ी ख़रीद ली थी। वह भी गोदाम तक मिट्टी के तेल के डिब्बे लाने का काम करने लगा। शाम को वह घोड़े के आगे के दोनों पैर एक साथ बाँधकर खुला छोड़ देता है, घोड़ा मोहल्ले के मकानों के बीच-बीच में बनी सड़कों पर कूद-कूदकर चलता है और अक्सर जगमोहन के गोदाम के सामनेवाली खुली जगह पर खड़ा रहता है।

लाखेश्वर ने, योगमाया के निर्देश के अनुसार, अपने तीनों बच्चों के लिए घर के उनके हिस्से की दक्षिण दिशा में दो कमरे बनवाए।

अकन के बी.ए. पास करने के बाद लाखेश्वर ने उससे पूछा था, "अब तूने क्या करने के बारे में सोचा है? तुझे तो ढूँढ़ने पर अच्छी नौकरी मिल जाएगी।"

अकन ने कहा था कि, 'वह दूसरी नौकरी नहीं करेगा, स्कूल में ही लगा रहेगा। अब मामा चाहे तो थोड़ा आराम कर सकता है।'

रामनाथ के बड़े लड़के गोपाल ने नौवीं कक्षा से ही पढ़ाई छोड़ दी थी, छोटे लड़के कैलाश ने दसवीं पास की थी। अकन ने दोनों को स्कूल के प्राइमरी विभाग के बच्चों को पढ़ाने के लिए कहा था, कैलाश राज़ी हो गया, पर गोपाल ने मना किया। गोपाल ने उनके घर के सामने एक परछी बनाकर परचून की दुकान शुरू कर दी थी, अब उसने सहायता के लिए एक लड़का भी रख लिया है।

साधन कछारी की ससुराल के गाँव के तीन लड़कों ने एक-दो साल रुक-रुक कर इंटर पास कर लिया था, अकन ने उनमें से दो को स्कूल में बुला लिया। राधा अब कॉलेज में पढ़ने लगी थी। उसने अकन से पूछा था, "मैं भी स्कूल में आ जाऊँ क्या? नीचे वाली क्लास को अच्छी तरह से पढ़ा सकूँगी।" अकन ने कहा, "नहीं, तू रहने दे।"

एक दिन अकन ख़ुद ऑर्डर देकर, एक आठ बटा तीन फीट नाप का साइनबोर्ड लिखवा लाया। नीले रंग पर सफ़ेद अक्षर से लिखा था, 'योगमाया मिडिल इंग्लिश स्कूल।' अमलतास की लकड़ी से बने दो खम्भों में साइनबोर्ड लगवाने के अगले

ही दिन शिक्षा विभाग के उप-निरीक्षक आकर स्कूल का मुआयना कर गए।

उसके बाद एक दिन, अकन बारह बटे तीन फीट नाप का साइनबोर्ड भी लिखवा लाया, उस पर लिखा था, 'योगमाया इंग्लिश हाई स्कूल'।

योगमाया को दिन-रात बहुत लम्बे लगते थे लेकिन दरअसल समय बहुत तेज़ी से बीत रहा था।

गोलकेश्वर पटवारी द्वारा ख़रीदे हुए बर्तनों में से कुछ टूट-फूट गए थे, कुछ घिसकर चिकने हो गए थे, कुछ पिचक गए थे या उनमें गड्ढे पड़ गए थे। योगमाया की अपनी इच्छा से बनवाए गए पूजाघर में दीया रखनेवाला पीतल का जालीदार दीवट तेल और धुएँ से काला पड़ गया था। कुएँ में पानी सावन महीने में कितना ऊपर चढ़ता है, चैत महीने में कितना नीचे जाता है, बल्कि किस महीने में पानी कितना ऊपर-नीचे होता है, यह सब योगमाया को याद हो गया था। इतने सालों में सिलाई-कढ़ाई में उसकी कितनी सुइयाँ गुम गई या टूटी होंगी!

एक दिन, कंघी करते समय, योगमाया को एक सफ़ेद बाल मिला था। सिर में एक तरह की खुजली उसे बहुत परेशान करने लगी थी। एक बार ज़मीन देखने के लिए आनेवाला एक आदमी भी योगमाया को परेशान कर रहा था। कुल मिलाकर पाँच दिन वह योगमाया से किसी-न-किसी बहाने से मिलने आया था। वह जब भी योगमाया से मिलता, घुमा-फिराकर यही कहता कि 'आपको देखने से लगता ही नहीं कि इतने बड़े-बड़े बच्चे हैं आपके! मैंने आपके बारे में सब सुना है, बहुत कष्ट सहा है आपने। मेरा भी यही हाल है! ठीक से सुख भोग ही नहीं पाया, आधी उम्र बीत गई। इसलिए सोचता हूँ, यहीं पर छोटा-सा घर बनाकर रह जाऊँ। आपके क़रीब रह पाऊँगा तो मन थोड़ा-सा लगा रहेगा।

वह आदमी हर रोज़ आते ही ये कहता कि उसे लाखेश्वर से मिलना है पर वह हर बार लाखेश्वर जब घर में नहीं होता, तभी आता था। वह आदमी जब भी आता और योगमाया से बात करता, वह अन्दर तक काँप जाती। उन दिनों बार-बार उसकी रात की नींद टूट जाती थी। रात के आख़िरी पहर में भी पसीने से भीग जाती थी। वह आदमी फिर आएगा, यह सोचकर वो डरती थी और डरते हुए सामने की सड़क देखती थी। जब भी वो आता था, योगमाया उसे 'बैठिए' कहकर ख़ुद पत्थर की मूर्ति की तरह खड़ी रहती थी।

आख़िरकार एक दिन योगमाया ने लाखेश्वर से उस आदमी को ज़मीन न बेचने के लिए कह दिया।

जो लोग इस जगह ज़मीन ख़रीदकर, मकान बनाकर रहने लगे हैं वे सभी लोग योगमाया से मिलने पर अपने माथे पर हाथ लगाकर प्रणाम करते थे। किराये पर रहनेवाले काबुलीवाले दोनों हाथ जोड़कर प्रणाम करते थे।

अकन और राधा, अपनी माँ को कभी-कभी शहर के बीच तक घुमाने ले जाते

थे। योगमाया कभी-कभी राधा, गौरी और बच्चों के लिए कुछ-कुछ ख़रीद भी लाती थी। एक दिन राधा अपनी माँ को लेकर किसी पार्क में घूमने गई। पार्क में बच्चे खेल रहे थे, कुछ लोग टहल रहे थे और कुछ बैठकर बातें कर रहे थे। ये सब देखक़र योगमाया कुछ सोचने लगी।

कुछ दिनों बाद, योगमाया अकन और लाखेश्वर को साथ लेकर मोहल्ले की पश्चिम दिशा में आख़िरी छोर तक गई। चलते समय वह कहती गई, "बहुत ज़मीन बिक गई। बाक़ी जो बची है वह भी कभी-न-कभी बिक ही जाएगी। इसलिए..."

पश्चिम दिशा की सीमा में खड़ी होकर योगमाया ने कहा, "यहाँ से रेल लाइन तक पूरी ज़मीन कितनी होगी? चार बीघा के आसपास तो होगी ही।"

"पाँच बीघा के आसपास होगी!" लाखेश्वर ने कहा।

"ये टुकड़ा ज़मीन का मत बेचना! यहाँ कभी एक पार्क बन सकता है।"

अगले ही दिन लाखेश्वर ने लोग बुलाकर उतनी ज़मीन को घेर दिया। पूरब की दिशा में दो बीघा ज़मीन बेचकर लाखेश्वर ने इस ज़मीन के चारों तरफ़ चार सड़कों के लिए जगह छोड़कर छह फुट ऊँची पक्की दीवार बनवा दी। फिर इस जगह के दोनों तरफ़, एक सामने से और एक रेल लाइन की ओर से दिखते हुए दो बड़े-बड़े साइनबोर्ड लगवा दिए।

पार्क का नामकरण योगमाया ने किया था, 'घनश्याम चौधरी उपवन'।

## 6

'घनश्याम चौधरी उपवन।'

बड़े से साइनबोर्ड के बड़े-बड़े अक्षर, बहुत दूर से पढ़े जाने लायक, चमकते रहे। उस इलाक़े का चेहरा ही बदल गया।

लाखेश्वर ने पहले लकड़ी के खम्भे पर साइनबोर्ड लगवाया था पर कुछ ठीक न लगा, पसन्द नहीं आया इसलिए सीमेंट के मोटे-मोटे पक्के खम्भे बनवाकर दोनों साइनबोर्ड मजबूती से लगवाए। उस रास्ते से गुज़रनेवाले सभी लोगों की नज़र उस पर पड़ती थी। उनके मन में सवाल भी उठते, कौन घनश्याम चौधरी? कैसा उपवन?

लाखेश्वर से एक नये परिचित ने पूछ ही लिया, "ये ज़मीन क्या किसी घनश्याम चौधरी को बेची है? वो यहाँ क्या करेगा? कोई बग़ीचा बनाएगा?"

रेलगाड़ी से गुज़रनेवाले लोग जो पार्क की तरफ़ की खिड़कियों में बैठकर यात्रा करते हैं, उनमें से जिन्हें पढ़ना आता है, वे साइनबोर्ड पढ़ते हैं, और लगभग सभी लोग दीवार के अन्दर क्या है, यह झाँकने की कोशिश करते हैं।

घनश्याम उपवन में क्या होगा, यह किसी को तय नहीं करना पड़ा। एक बार मोहल्ले के बच्चे दीवार के अन्दर घुस गए और एकतरफ़ा, सुनसान और ख़ाली पाकर वहीं शाम के समय खेलने की जगह बना ली। बच्चों को वहाँ खेलते देखकर मोहल्ले के लगभग सारे बड़े लड़के और पुरुष मिलकर उस जगह की सफ़ाई करने में जुट गए। पुराने लोग रामनाथ, लतीफ़, शम्भू, गणेश और कार्तिक तो थे ही, जगमोहन के गोदाम में काम करनेवाले मज़दूर भी फ़ुरसत के समय कुल्हाड़ी-हँसिया लेकर घास और पेड़ की छँटाई करने लगे। पूरब दिशा में दीवार के अन्दर एक पोनियल फल का पेड़ था, अकन ने नज़र रखी कि वो पेड़ कोई न काटे। उस जगह पर बहुत बड़े-बड़े पेड़ थे, जो बहुत पहले लाखेश्वर के निर्देश पर शम्भू-लोगों ने लकड़ी के व्यवसाय के लिए कटवाए थे बीच-बीच में चार-छह बड़े पेड़ बचे थे। योगमाया ने कहा, "अब इन पेड़ों को रहने दो, न कटवाओ।"

लोगों ने सफ़ाई ख़त्म की और बच्चों के कलरव से उपवन मुखर हो उठा। दोनों तरफ़ से आधे-आधे मील की दूरी से बच्चे खेलने आने लगे। दोपहर के आधे घंटे के टिफिन-ब्रेक में स्कूल के बच्चे भी यहाँ खेलने आने लगे। हरिशंकर के दूर के रिश्ते का एक भांजा अपने गाँव से घूमने आया था, उसने उपवन के अन्दर की तरफ़ वाले गेट के पास चने, मटर और मूँगफली की एक फेरी लगाई। उसे यहाँ एक महीना रहकर वापस गाँव लौट जाना था; पर वह नहीं गया।

सुबह घर से निकलकर अकन रोज़ ही दोनों स्कूलों का चक्कर लगाता है, कभी-कभी थोड़ा आगे तक पैदल चलकर, वह घनश्याम उपवन में भी घुस आता है और इधर-उधर देखता हुआ, धीरे-धीरे टहलता है। एक दिन वह पहले काट दिए गए पेड़ के ठूँठ पर बैठा था तो उसके मन में ख़याल आया कि इस जगह पर बैठने की कोई व्यवस्था होनी चाहिए। क़रीब तीन महीने के बाद कलकत्ते से बेंच बनवाने के लिए लोहे के फूल के नक़्शेवाले फ्रेम आए और साथ में दो लोहे के गेट भी। यहाँ के कारीगरों ने पेड़ों के नीचे मजबूती से लोहे के बेंच लगा दिए। मोहल्ले से अब उम्रदराज लोग भी शाम के समय इन बेंच पर बैठने आने लगे। भागदौड़ पसन्द न करनेवाली चार किशोरी लड़कियाँ रोज़ अपनी चुनी हुई एक बेंच पर बैठने आतीं। घोड़ा-गाड़ी पर तेल लादकर लानेवाला गाड़ीवाला दोपहर के समय इन्हीं बेंचों पर थोड़ी देर के लिए सो लेता। जब धूंप नहीं रहती, काबुलीवाले यहीं पर ज़मीन में पालथी मारकर बैठ जाते और अपने कारोबार के बारे में या आपसी बातें करते।

फिर योगमाया और तारा भी उस पार्क में आने लगीं। घर में काम ख़त्म हो जाने के बाद फ़ुरसत के समय दोनों कोने में एक बेंच ढूँढ़कर बैठतीं और अपने, घर के और बच्चों के बारे में धीमी आवाज़ में बातें करतीं। राधा इतनी बड़ी हो गई, गौरी भी जवान हो रही है। उनकी जितनी उम्र में तो तारा की शादी हो गई थी। अकन की तो शादी की उम्र अब बीत चुकी है। लाखेश्वर ने पूजाघर और कीर्तन,

धर्म की किताब पढ़ने के अलावा बाक़ी संसार छोड़ दिया है। वह बाक़ी और कुछ न करे, पर इन तीनों के बारे में सोच लेता है।

लगभग रोज़ इन्हीं विषयों पर दोनों बातें करतीं और आख़िर योगमाया यही कहती, "चलो, जो होगा देखेंगे। जो होगा अच्छा ही होगा!"

पूजाघर में दीया-बाती जलने से पहले तक योगमाया और तारा पार्क में टहलती हैं। तब तक पार्क धीरे-धीरे सुनसान होने लगता। उन दोनों के पार्क में टहलने आने का समय जैसे बच्चों के लिए खेलकूद समेटकर घर लौटने का अलार्म होता था। लतीफ़ के बेटे को साथ लेकर योगमाया ने पार्क में फूलों के पौधे भी लगाने शुरू किये थे। तरह-तरह के फूल लगाए गए, कामिनी, चम्पा, हरसिंगार, गुड़हल, और भी देसी सुगन्धी फूल। ये सब ऐसे पौधे हैं कि एक बार लगा दो तो अपने-आप बिना विशेष देखभाल किये ही खिलने लगते हैं। लाखेश्वर के बेटे तिलक ने भी जगह-जगह घूमकर योगमाया को काफ़ी सारे फूलों के बीज ला दिए थे। एक बार वह कहीं से ढूँढ़कर बकुल और नाहोर फूल (वसंत ऋतु में खिलनेवाला सुगन्ध वाला फूल) के पौधे भी ले आया। इन पौधों को घनश्याम उपवन में लगाते समय, वहाँ के पुराने कटे हुए बड़े पेड़ों के ठूँठ को उखड़वा दिया गया।

अब फूल-पौधों की देखभाल करना भी योगमाया के लिए एक नया काम हो गया। वह जब भी थोड़ी फ़ुरसत मिलती और जब ज़्यादा लोग नहीं रहते, पार्क में आने लगी। दरअसल पार्क में बार-बार आकर फूल-पौधों को देखना और छूना उसका एक नशा-सा ही हो गया।

कभी-कभी शाम के समय तारा पार्क में टहलने नहीं आती। राधा और गौरी आती हैं, तो वो दोनों आपस में ही धीमी आवाज़ में बातें करतीं, पार्क के अन्दर दूर तक टहलतीं। योगमाया चुपचाप अकेली एक बेंच पर बैठी रहती। उस समय अक्सर एक रेलगाड़ी वहाँ से गुज़रती। योगमाया के पैरों के नीचे की ज़मीन जैसे थोड़ा काँप उठती। उस जगह से गुज़र जाने के बाद कुछ देर तक रेलगाड़ी की आवाज़ योगमाया को अतीत की कोई लम्बे-चौड़े ऊर्जावान पुरुष की, खुली हँसी जैसी सुनाई देती। योगमाया पार्क की बेंच में बैठी-बैठी उस रेलगाड़ी की आवाज़ कितनी देर तक सुनाई दे सकती है, उसका अन्दाज़ा लगाती। वह ध्यान से सुनती रहती : 'अब भी सुनाई दे रही है, थोड़ी देर और, थोड़ी देर और..।'

और फिर धीरे-धीरे शाम की दूसरे आवाज़ों के साथ रेलगाड़ी की आवाज़ घुल-मिल जाती। कुछ समय और, बिना हिले-डुले बैठे रहने के बाद योगमाया बेंच से उठती, 'अब घर चल' कहकर राधा और गौरी को बुलाती। सड़क में लोग अगर उस समय न दिखें तो राधा पार्क के लोहे के गेट पर चढ़कर झूलने की कोशिश करती, गौरी गेट को ठेलकर राधा को झुलाने लगती, योगमाया उन दोनों को नकली डाँट लगाती, "इतनी बड़ी हो गई, शर्म नहीं आती?"

आजकल इस लाइन से कई रेलगाड़ियाँ आने-जाने लगी हैं।

एक दिन ऊपरी असम से आनेवाली किसी रेलगाड़ी की खिड़की के पास वाली सीट पर बैठे एक आदमी की 'घनश्याम उपवन' लिखे साइनबोर्ड पर नज़र पड़ी और वह उसे आँखों से ओझल होने तक देखता रहा। जितनी देर तक पढ़ा जा सकता था, उतनी देर तक वह आदमी एकटक उसे देखता रहा।

वह आदमी जिस दिन इसी लाइन से ऊपरी असम रेलगाड़ी से लौटा, उस दिन भी बड़े ध्यान से उस साइनबोर्ड को देखता-पढ़ता गया। उसने रेल की खिड़की पर सिर सटाकर पार्क के अन्दर तक झाँकने की कोशिश की। अब तक योगमाया के लगाए गए पेड़-पौधों में बहुत सारे फूल खिलने लगे थे।

कुछ दिनों के बाद वह आदमी फिर से रेल में सफ़र करता हुआ इस तरफ़ आया। उसने फिर से साइनबोर्ड को देखा, अन्दर पार्क में भी झाँकने की कोशिश की।

उन दिनों, हरसिंगार के फूलों के बिखरे मोतियों से, दूब के हरे गलीचों के सजने का मौसम था।

वह आदमी जब भी वहाँ से गुज़रता था तो रेलगाड़ी से बड़ी उत्सुकता के साथ घनश्याम उपवन को देखता था। कुछ दिनों के बाद एक दिन सुबह कुछ हिचकिचाहट के साथ वह घनश्याम उपवन के सामनेवाली पत्थर से बनी सड़क तक आया और ध्यान से साइनबोर्ड को पढ़ने लगा। फिर उसने पार्क के अन्दर तक झाँककर देखा और फिर आसपास के घरों पर नज़र डाली। थोड़ी दूरी पर जगमोहन के गोदाम के सामनेवाले शिवजी के मन्दिर के आँगन में एक नौकर पानी छिड़क रहा था। घनश्याम उपवन के अन्दर तब कोई नहीं था।

उसने एक बार मन्दिर की तरफ़ जाने के लिए क़दम बढ़ाया पर जाने क्या सोचकर रुक गया। थोड़ी देर तक वह वहीं खड़ा रहा, इसके बाद पार्क के अन्दर चला गया। इधर-उधर देखते हुए वह एक बेंच पर बैठ गया, पैंट की जेब से लालटेन छाप सिगरेट का पैकेट निकाला और शर्ट और पैंट की बाक़ी जेबों में माचिस ढूँढ़ने लगा। आख़िर में उसने खड़े होकर पैंट की जेब से रूमाल, काग़ज़ और बाक़ी सामान निकालकर उनमें से माचिस दूसरे हाथ में ले ली। अब वह दोबारा बेंच पर बैठकर सिगरेट सुलगाने लगा। उसने अपना एक पैर बेंच पर चढ़ा लिया और निर्विकार भाव से सिगरेट का कश लेने लगा।

धीरे-धीरे धूप बढ़ने लगी थी। बेंच पर बैठे-बैठे ही सिगरेट के बिलकुल आख़िरी हिस्से को दो उँगलियों में दबाकर उसने जल्दी-जल्दी लगातार तीन कश खींच लिए और उँगली में गर्मी महसूस होने पर टुकड़ा फेंक दिया। फिर वह उठकर एक दूसरी बेंच पर बैठ गया जिस पर छाया थी।

दिन चढ़ने लगा। इसी बीच योगमाया इंग्लिश स्कूल के छठी-सातवीं कक्षा का एक छात्र पार्क में घुस आया। तब तक स्कूल शुरू नहीं हुआ था। वह लड़का

समय से पहले ही आया था। कल घर लौटने के बाद से उसे अपनी कलम मिल नहीं रही थी। वह कलम उसके मामा जी ने उपहार में दी थी। कल शाम को पार्क में जहाँ वह खेल रहा था या बैठा था, उसी को याद करते हुए अपनी कलम ढूँढ़ने लगा। ढूँढ़ते-ढूँढ़ते वह लड़का उस बेंच के पास पहुँचा जहाँ वह आदमी बैठा था। उस आदमी ने संकोच के साथ लड़के को बुलाया, "बेटा ज़रा सुनो तो!"

लड़का आदमी के पास आ गया।

"स्कूल आए हो?" लड़के के कन्धे पर लटके किताब-कॉपी के झोले को देखते हुए उस आदमी ने पूछा।

"जी।"

"किस स्कूल में पढ़ते हो?"

"योगमाया हाई स्कूल में।" लड़के ने सामने की ओर इशारा किया।

थोड़ी देर वह आदमी चुप रहा। अब क्या पूछना है, या फिर कुछ पूछना चाहिए या नहीं, यही सोचकर शायद उनको उलझन हो रही थी। लड़का फिर से अपनी कलम ढूँढ़ता हुआ आगे बढ़ने लगा, तभी उस आदमी ने पूछा, "अच्छा, सुनो! इस पार्क का नाम घनश्याम चौधरी पार्क है न?"

"उपवन!" लड़के ने सुधारने के अन्दाज़ में कहा।

एक पल चुप रहने के बाद आदमी ने पूछा, "क्या तुम जानते हो घनश्याम चौधरी कौन है?"

"हमारे हेड मास्टर के पिताजी।"

"वो कहाँ रहते हैं?"

"कौन? हमारे हेड मास्टर सर?"

"नहीं, घनश्याम चौधरी।"

"वो तो गुज़र गए।" लड़के ने थोड़ा नरम स्वर में कहा।

ज़ब से प्राइमरी स्कूल मिडिल बना था तभी से, योगमाया घनश्याम चौधरी की मृत्यु की ख़बर मिलनेवाली तारीख़ को हर साल स्कूल के बच्चों को मिठाई और फल नियम से खिलाती है, अपने घर में कीर्तन और प्रसाद की व्यवस्था भी वह रखती है। अब हाई स्कूल को मिलाकर बच्चों की संख्या बढ़ गई है, फिर भी योगमाया ने यह नियम अब तक रखा हुआ है इसलिए बच्चों के मन में घनश्याम चौधरी के लिए इज़्ज़त है।

"कब गुज़र गए?" उस आदमी ने आग्रह से पूछा।

"पता नहीं। हम लोग नहीं जानते। बहुत समय पहले गुज़र गए थे।"

"ओ! तुम लोगों ने उन्हें देखा नहीं है?"

"जी नहीं।"

"तुम लोगों के हेड मास्टर का कमरा किधर है?"

"उस तरफ़। स्कूल के दूसरे छोर पर।"

आदमी ने लड़के का चेहरा निहारते हुए सोचा कि और क्या पूछा जाए, पर तभी स्कूल की घंटी की टन-टन सुनाई दी। लड़का घंटी की आवाज़ से जैसे चौंका।

"यह तुम्हारे स्कूल के शुरू होनेवाली घंटी है शायद।" आदमी ने कहा।

"जी हाँ।"

"जाओ।"

लड़का दौड़ता हुआ चला गया।

वह आँखों से ओझल होने तक लड़के को देखता हुआ बेंच पर बैठा रहा। थोड़ी देर बाद उसने अपना एक पैर बेंच पर चढ़ा लिया और घुटनों पर हाथ टिकाए हुए, ज़मीन पर नज़र गड़ाकर कुछ सोचने लगा।

अब तक पार्क के गेट के पास हरिशंकर के भांजे ने चने, मटर और भुंजे का ठेला लगा लिया था। थोड़ी देर बाद वह आदमी उसके पास आया और उसने कुछ मिक्स चना-मसाला ख़रीदा। लकड़ी के ठेले में अलग-अलग खंड में अलग-अलग तरह के चना-मुरमुरे रखे हुए थे, हर खंड में से थोड़ा-थोड़ा लेकर एक साथ मिला देना ही मिक्स चना-मसाला होता है। काग़ज़ की पोटली हाथ में लेकर उस आदमी ने ठेले वाले हरिशंकर के भांजे से पूछा, "यहाँ कहीं पीने के लिए पानी मिलेगा?"

ठेले वाले ने कहा, "उस स्कूल में मिलेगा। वहाँ हैंड पम्प लगा है।"

वह आदमी फिर से पार्क में घुस गया। छायादार पेड़ के नीचे की एक बेंच पर वह दोनों पैर चढ़ाकर बैठ गया और धीरे-धीरे चना मुरमुरा खाने लगा। फिर बेंच के हैंडल पर सर टिकाकर दोनों पैर फैला दिए। उसको प्यास लगी थी पर स्कूल तक जाने को लेकर संकोच हो रहा था। उसी मुद्रा में लेटे रहने के थोड़ी देर बाद झपकी आने लगी और फिर वह वहीं सो गया। घंटा भर सोने के बाद ही नींद खुली। अब बहुत प्यास लगी थी, वह उठकर स्कूल की तरफ़ जाने लगा।

'योगमाया इंग्लिश हाई स्कूल।'

उसने रुककर एक बार साइनबोर्ड को पढ़ा।

कक्षा में पढ़ाई के समय पानी पीने के लिए, एक बार में दो ही बच्चों के बाहर जाने का नियम है। एक हैंडपम्प चलाता है, दूसरा नल से अंजुरी में पानी पीता है। उस वक़्त दो लड़के पानी पी रहे थे। वह आदमी धीरे-धीरे उनके पास पहुँचा। दोनों तब तक पानी पी चुके थे और गीले हाथ से अपने मुँह पोंछ रहे थे। दोनों ने उत्सुकता से उस आदमी को देखा।

आदमी ने लड़कों से कहा, "बेटा, ज़रा पम्प चला दो।"

दोनों लड़के चकित हो गए कि इतना बड़ा आदमी इस तरह अंजुरी में पानी पिएगा!

पर उस आदमी ने बड़े संतुष्ट भाव से नल के सामने अंजुरी खोलकर घूँट-घूँट

पानी पिया। फिर उसने मुँह धोया, सर पर पानी डाला और दोनों हाथ भी कोहनी तक गीले कर लिए। इसके बाद दोनों लड़कों से उसने कहा, "बस, हो गया! तुम लोग जाओ।"

पैंट की जेब से रूमाल निकालकर उसने अपने मुँह-हाथ पोंछ लिए। वह कुछ ज़्यादा ही भींग गया था, रूमाल बहुत छोटा पड़ गया। अब गीले रूमाल को जेब में रखने के लिए बाक़ी सामान दूसरी जेब में रखना पड़ा। जेब से रूमाल निकालते समय माचिस नीचे गिर गई थी, उसे भी उठा लिया। फिर उसने धीरे-धीरे स्कूल के बरामदे की तरफ़ क़दम बढ़ाए।

लम्बे बरामदे में खड़े होकर वह सोचने लगा कि किस तरफ़ जाए! पास ही किसी कक्षा का शिक्षक लड़कों को कुछ लिखने के लिए कहकर दरवाज़े के पास खड़ा था। एक अनजान आदमी को देखकर वह बरामदे तक निकल आया।

"हेड मास्टर से मिल सकता हूँ क्या?" उस आदमी ने बहुत ही धीमी आवाज़ में टीचर से पूछा।

"मिल तो सकते हैं, पर मालूम नहीं कि इस वक़्त वो अपने कमरे में हैं या किसी कक्षा में गए हैं। बरामदे का आख़िरी कमरा उनका है। आप जाकर देख लीजिए।" टीचर ने भी लिहाज के स्वर में कहा।

वह बरामदे में आगे बढ़ गया। आख़िरी कमरे के दरवाज़े पर अंग्रेज़ी में 'हेड मास्टर' लिखा हुआ था। कमरे का दरवाज़ा खुला हुआ था। कमरे के अन्दर एक बड़ा-सी मेज़ थी और वहाँ कुर्सी पर बैठकर एक जवान लड़का कुछ लिख रहा था।

दरवाज़े पर किसी आदमी को देखकर अकन ने अपनी कलम नीचे रख दी।

"अन्दर आ जाइए!" उसने कहा।

वह आदमी अन्दर आ गया।

"किससे मिलना है?"

"मैं हेड मास्टर से मिलना चाहता हूँ।" उस आदमी ने अदब से कहा।

"बैठिए।" अकन ने सामनेवाले ख़ाली कुर्सी की ओर इशारा करते हुए कहा।

वह आदमी कुर्सी पर बैठ गया।

"कहिए क्या बात है?" अकन ने पूछा।

"हेड मास्टर..."

"मैं ही हेड मास्टर हूँ।"

उस आदमी के चेहरे पर आश्चर्य होने का भाव दिखाई पड़ा। वह अकन के चेहरे को देखने लगा। सुन्दर जवान लड़का है। चमकती आँखें, महीन मूँछें, पीछे की तरफ़ कंघी किये हुए बाल, बाईं तरफ़ माँग निकली हुई है। यही हेड मास्टर है?

वो आदमी जैसे अपने-आप से बोला, 'ओ! यही है हेड मास्टर!'

पर तुरन्त उसके बोल नहीं फूटे। वह इधर-उधर देखने लगा। दीवार के पास

लकड़ी के स्टैंड में कुछ मैप रखे हैं, एक कोने में पृथ्वी का ग्लोब रखा है, दो अलमारी हैं और कमरे के दूसरे कोने में एक स्टूल पर मिट्टी के घड़े में पानी है।

"कहिए क्यों मिलना चाहते थे?" अकन अपने दोनों हाथों की उँगलियों को आपस में फँसाते हुए पीठ सीधी करके बैठा।

"ये जो बाहर एक पार्क है, घनश्याम चौधरी उपवन, ये घनश्याम चौधरी आपके पिताजी थे?" उस आदमी ने पूछा।

"जी हाँ।" अकन की आवाज़ गहरी है। उसने स्पष्ट आवाज़ में जवाब दिया।

"थोड़ी देर पहले एक लड़के से पूछा तो उसने बताया कि घनश्याम चौधरी अब नहीं रहे।"

"जी हाँ।"

"ये कितने समय पहले की बात है?"

"बीस-इक्कीस साल हो गए होंगे।" अकन ने सही साल को याद करते हुए फिर से थोड़ी स्पष्ट आवाज़ में कहा, "इक्कीस साल हो गए।"

वह आदमी थोड़ी देर चुपचाप बैठा रहा। फिर पूछा, "आप लोगों का घर?"

"वो रहा।" अकन ने पीछे की खुली खिड़की के तरफ़ इशारा किया। उस आदमी ने अकन के कन्धों के ऊपर से झाँककर खिड़की से बाहर दिखते हुए मकानों को देखने की कोशिश की। फिर पूछा, "उनका, मेरा मतलब आपके पिताजी का घर भी पहले से यहीं था?"

"जी नहीं।"

"फिर कहाँ था?"

"डिब्रूगढ़ में।"

अब उस आदमी का शरीर जैसे एक बार हिल गया और फिर बिलकुल बुत सा बन गया। वह बिलकुल अवाक् होकर अकन को देखता रहा। थोड़ी देर उसने एकदम हकलाते हुए पूछा, "आपके पिताजी क्या करते थे? मेरा मतलब, नौकरी?"

"वो तहसीलदार थे।"

"तहसीलदार थे?" वह आदमी लगभग चीख़ पड़ा।

"जी, बताइए क्या बात है? आप इतना अस्थिर क्यों हो रहे हैं?" अकन को उसके आचरण ने अचरज में डाल दिया था।

वह आदमी उसी अन्दाज़ में बोलता गया, "लम्बा-चौड़ा आदमी था, मोटी और नुकीले मूँछे थीं उनकी, शिकारियों की तरह ख़ूब कसी हुई पतलून पहनते थे, आवाज़ गहरी, ज़ोर से हँसते थे, बात-बात पर अंग्रेज़ी बोलते थे..."

वह आदमी जैसे हर शब्द बिना ग़लती किये अकन को सुनाना चाहता था। बोलने के साथ-साथ वह अकन की तरफ़ झुका जा रहा था और बात ख़त्म होते ही उसका शरीर भी एकदम से थम गया।

उस आदमी के हर शब्द का सहारा लेता हुआ जैसे घनश्याम चौधरी नाम का व्यक्ति अकन की तरफ़ आने लगा। बीस साल पहले पेड़ के नीचे बैठकर हथेली पर पोनियल के फल दबाकर नर्म करता हुआ वो घनश्याम चौधरी! ये तो बहुत बचपन की बात है, फिर भी इस आदमी की बातें ख़त्म होने के साथ-साथ घनश्याम चौधरी का पूरा आकार और रूप जैसे अकन की नज़र के सामने आ गया। अकन के मुँह से अनायास ही निकल गया, "जी, बचपन में देखा था, पर हाँ! वही हैं।"

वह आदमी कुछ देर तक वैसे ही बिना हिले-डुले बैठा रहा, उसकी आँखें भी बिलकुल स्थिर थीं, पलकें भी नहीं झपक रही थीं। वो अकन की तरफ़ एकटक देखने लगा और धीरे-धीरे उसको अकन के चेहरे पर घनश्याम चौधरी का चेहरा साफ़ दिखने लगा।

थोड़ी देर बाद, "लेकिन ये कैसे?" कहकर उसने कुर्सी पर टिककर बैठने की क़ोशिश की पर ऐसा लगा जैसे कि वह कुर्सी का सहारा ले रहा है। वह बहुत उत्तेजित और थका हुआ लग रहा था। अकन आश्चर्य से उसको देखता रहा। फिर पूछा, "क्या हुआ? आप क्यों इतना सब पूछ रहे हैं? मुझे खुलकर बताइए।"

उस आदमी ने अकन के सवालों के जवाब नहीं दिए। थोड़ी देर तक सामनेवाली मेज़ को घूरते रहने के बाद पूछा, "आपके घर में और क़ौन-कौन हैं?"

"मेरी माँ हैं, एक छोटी बहन है, मामा जी हैं, मामी जी हैं और उनके बच्चे हैं..."

स्कूल में एक पीरियड ख़त्म होने की घंटी बजी। उस आदमी ने मेज़ पर कोहनी रखते हुए दोनों हाथों से अपना सर दबा लिया।

पूरे स्कूल से एक गुनगुनाहट-सा शोर सुनाई दिया। बरामदे में पैरों की आवाज़ सुनाई दीं। एक टीचर हेडमास्टर के कमरे में आए और दीवार के पास वाली शेल्फ में भारत का नक़्शा रखकर चले गए। क्लर्क ने आकर अकन से पूछा कि 'यदुमनी मास्टर जी आज नहीं आए, उनके बदले सातवीं कक्षा में अभी कौन पढ़ाने जाएँगे?' अकन ने मेज़ पर रखे एक काग़ज़ को देखकर कहा, "अतुल राय को भेज दीजिए।"

थोड़ी देर के बाद स्कूल का वह शोर फिर से शान्त हो गया।

कुछ देर और चुपचाप बैठे रहने के बाद उस आदमी ने कहा, "आपने बचपन में देखा था। आपसे ग़लती हो सकती है। पर अगर मैं एक तस्वीर लेकर आऊँ तो वो, मेरा मतलब आपकी माँ उन्हें पहचान लेंगी न?"

"क्यों नहीं? लेकिन बात क्या है! आप मुझे खुलकर बताइए न! आपका परिचय।"

"बताता हूँ।" वह आदमी थोड़ी देर चुप रहने के बाद बहुत धीमी पर गम्भीर आवाज़ में कहने लगा, "मेरा नाम महानन्द चौधरी है। मेरा घर डिब्रूगढ़ में है। जिस इनसान के बारे में मैं पूछ रहा हूँ, घनश्याम चौधरी, मैं उनका बेटा हूँ। मेरे पिता तहसीलदार थे।"

अकन जैसे थोड़ी देर के लिए साँस लेना भूल गया। बड़ी मुश्किल से एक साँस

खींच लेने के बाद उसने अपने सीने पर एक चटपटापन महसूस किया। वह आदमी अब भी बोलता जा रहा था, "पिताजी काफ़ी समय तक इस इलाक़े में नौकरी करते थे। इस इलाक़े में रेल की पटरी बैठाते समय ज़मीन की नपाई और हिसाब-किताब पिताजी की निगरानी में ही हुआ था। किसी ने बताया था..."

आख़िर के कुछ शब्द अकन के कानों में नहीं घुसे। उसके सिर पर जैसे कोई हथौड़ा पीट रहा था। वह जैसे अचानक गूँगा हो गया। वो मेज़ की दूसरी तरफ़ बैठे उस आदमी को एकटक देखने लगा।

'क्या उम्र होगी इनकी? चालीस? पैंतालीस? पचास भी हो सकती है। देह का रंग शायद पहले कभी गोरा था। सामनेवाले बाल झड़कर माथा चौड़ा हो गया है। आँखें छोटी-छोटी हैं। आँखों के पास चमड़ी सिकुड़ी हुई है और काली भी पड़ गई है। गाल की हड्डियाँ दिख रही हैं, नाक लेकिन नुकीली है। दो-चार दिन से दाढ़ी नहीं बनाई इसलिए शायद चेहरा मैला-सा लग रहा है। कमीज़ का कॉलर मुड़ा-तुड़ा और एक बटन टूटा हुआ है।'

उस आदमी को एकटक देखते-देखते अकन का सिर भारी होने लगा। कुछ देर के लिए उसने महसूस किया कि उसका दिमाग़ बिलकुल ख़ाली हो गया है। जब वह कुछ सोचने की कोशिश करने लगा तो उसे समझ नहीं आया कि वह अन्दर से ख़ाली है या फिर वहाँ बहुत भारी कुछ रख दिया गया है।

'यह घनश्याम चौधरी का बेटा है? डिब्रूगढ़ के तहसीलदार, लम्बे-चौड़े आदमी जिनकी मोटी-नुकीले मूँछें थीं, रेल पटरी बैठाते समय इसी इलाक़े में नौकरी करते थे, अकन के पिता घनश्याम चौधरी का बेटा है ये? मतलब यह आदमी उसका बड़ा भाई है?'

अकन दिमाग़ को थोड़ा शान्त और स्थिर करने की कोशिश करता रहा पर अनायास ही अन्दर से वह बहुत ग़ुस्से से भर गया। ये ग़ुस्सा किस पर था, यह वो समझ नहीं पाया। बचपन से ही अपनी माँ और मामा जी के मुँह से उसने अपने पिता के बारे में बहुत कुछ सुना है। किस वज़ह से उसके पिता के घर-परिवार के साथ सम्पर्क नहीं किया गया था या नहीं करना है, इस बारे में भी उसने सुना है। थोड़ा समझदार होने के बाद से वह अपनी माँ को ध्यान से देखता रहा है, बहुत कुछ समझने की कोशिश कर रहा है, अपने जीवन में वह इस औरत के लिए क्या कर सकता है, यह सोच-सोचकर वह अपने लिए रास्ता लगभग बना चुका है। मामा जी ने कहा था, 'तुझे तो अब अच्छी नौकरी मिलेगी।' उन्होंने ठीक ही कहा था। उसे अच्छी नौकरी मिल सकती थी। एक समय था, शायद उम्र भी, वो किसी भी बात पर ग़ुस्सा हो जाया करता था, जल्दी भड़क जाता था, तब उसे ज़िद थी कि वह भी तहसीलदार बनेगा, पर वह ज़िद ज़्यादा दिन तक नहीं टिकी और ग़ुस्सा भी। अब वह मन लगाकर इस मिडिल और हाई स्कूल के लिए काम करने लगा

है। लगभग चार साल से घर-परिवार के लोग उससे शादी करने के लिए कह रहे हैं, वो कभी हँसकर और कभी झिड़ककर उन लोगों की बातों को नज़रअन्दाज़ करता आया है क्योंकि अब वह अपना भविष्य तय कर चुका है। उसकी माँ अनजाने में ही उसके ज़रिये यह रास्ता तय करवा चुकी है। उसे कष्ट हो रहा है, बहुत दिक़्क़त भी हो रही है पर वह अपने मन को शान्त रखकर इसी रास्ते से आगे बढ़ने की कोशिश कर रहा है।

लेकिन आज अचानक यह आदमी उसके सामने आ गया है। यह भी घनश्याम चौधरी का बेटा है। एक पल में गुस्से से अकन का चेहरा लाल होने लगा। भगा दे क्या इस आदमी को? क्यों आया है यहाँ? ये किस घनश्याम चौधरी का बेटा है?

लेकिन थोड़ी देर में वह शान्त हो गया। उस आदमी के चेहरे से नज़र हटाकर वह मेज़ पर रखे काग़ज़ पर शून्य दृष्टि से घूरता रहा। काफ़ी समय तक उसे समझ में नहीं आया कि क्या कहे। एक बार धीरे-से आँख उठाकर उसने फिर आदमी को देखा। वह आदमी भी नीचे की तरफ़ नज़र गड़ाए बैठा है। उनकी छोटी-छोटी आँखें बन्द हैं या खुली, यह समझ पाना मुश्किल हो रहा है। क्या नाम बताया था इस आदमी ने अपना? अकन ने याद करने की कोशिश की। हाँ, महानन्द चौधरी।

थोड़ी देर के बाद नींद से जागने की तरह महानन्द चौधरी ने अपना सिर हिलाया। अकन की तरफ़ निर्जीव दृष्टि से देखकर धीमे से कहने लगा, "मैं कुछ समझ नहीं पा रहा हूँ।"

कुछ पल रुककर उसने अपनी बात जारी रखी, "मैं बीच-बीच में सामान लेकर इस इलाक़े में आता रहता हूँ। एक दिन पार्क में लगा साइनबोर्ड देखकर मैं चौंक गया। बहुत सालों के बाद इतने बड़े-बड़े अक्षरों में अपने पिता का नाम देखकर चौंका था। लेकिन केवल नाम देखकर कुछ भी तय नहीं किया जा सकता है न! हो सकता है, इस तरफ़ भी इस नाम का कोई हो! इसलिए इस बारे में सोचना छोड़ दिया था। लेकिन उसके बाद भी जितनी बार इस तरफ़ से गुज़रता हूँ, उस साइनबोर्ड पर नज़र पड़ती है। फिर ऐसा हुआ कि ये बात मन में घर कर गई। अपने घर में रहते समय भी वो साइनबोर्ड याद आने लगा। मेरे पिताजी ने तो यहीं पर, इसी रेल लाइन के बनते समय काम किया था!"

महानन्द चौधरी थोड़ी देर रुका। जेब से रूमाल निकाला। पानी पीते समय वैसे ही ठूँसकर रखे हुए गीले रूमाल से महानन्द ने चेहरा और गर्दन पोंछी। रूमाल को इस बार उसने अपनी मुट्ठी में ही पकड़े रखा। पतलून की जेब का रूमाल रखनेवाला हिस्सा गीला हो गया था।

थोड़ी देर बाद महानन्द ने फिर से कहना शुरू किया, "पिछली बार घर लौटने के रास्ते पर रेलगाड़ी में मेरे बगल वाली सीट पर एक बंगाली बूढ़ा आदमी बैठा था। उसका बेटा स्टेशन मास्टर है। वह आदमी भी उस साइनबोर्ड को देख रहा था

तो मैंने उसी बहाने उससे पूछा कि ये घनश्याम चौधरी कौन है। उन्होंने कहा कि यहाँ के लोग कहते हैं घनश्याम चौधरी एक बड़े सरकारी अफ़सर थे। ये रेल पटरी बनते समय उन्होंने बहुत काम अपनी निगरानी में करवाए थे। वो बहुत दिलदार और दानी इनसान थे। लोग ये भी कहते हैं कि वे यहाँ बहुत ज़मीन-जायदाद दान कर गए हैं। उस बूढ़े आदमी से ये सब सुनने के बाद मेरे मन में बहुत सारे सवाल आए। मैंने घर में कुछ दिन ख़ूब सोचा और फिर चला आया। अब तुमसे भी सुनकर... क्या मैं 'तुम' कह सकता हूँ?"

'घनश्याम चौधरी यहाँ बहुत ज़मीन-जायदाद दान देकर गए हैं'...यह बात कान में घुसते ही अकन अन्दर-ही-अन्दर ग़ुस्से से तमतमा उठा, 'दान देकर गया है? घनश्याम चौधरी, अकन की माँ को ये सब कुछ दान देकर गया है? क्या इतने सालों से लोग इसी तरह से जानते और सोचते हैं?'

और कुछ न सही, महानन्द अकन से 'तुम' सम्बोधन इसलिए कर सकता है क्योंकि उम्र में बड़ा है। थोड़ी देर तक महानन्द चौधरी के चेहरे को देखकर अकन ने गम्भीर स्वर में कहा, "जी, कह सकते हैं।"

"तुम्हारा नाम क्या है?" महानन्द चौधरी ने कोमल स्वर में पूछा।

"अकन चौधरी।"

महानन्द चौधरी अपनी छोटी-छोटी आँखों को और छोटी करके अकन का चेहरा देखता रहा, जैसे उसका नाम याद रखने की कोशिश कर रहा हो। फिर इधर-उधर नज़र घुमाकर जैसे अपने-आप से ही कहने लगा, "मैं कुछ समझ नहीं पा रहा हूँ। ये कैसे सम्भव है? इतनी सारी बातें कैसे मेल खा रही हैं और क्यों मेल खा रही हैं?"

अचानक महानन्द चौधरी बहुत अस्थिर हो उठा। रूमाल से दूसरे हाथ को पोंछते हुए वो भीतर से छटपटाता रहा पर थोड़ी देर में शान्त हो गया। मेज़ पर दोनों कोहनी टिकाकार हथेली से सर दबाते हुआ बैठा रहा।

अब अकन सोचने लगा कि 'इस आदमी का किससे क्या सम्बन्ध है, ये बाद में देखेंगे, पर इस वक़्त इनके साथ क्या करे? घर ले जाए?' ये सोचते ही अकन के रोंगटें खड़े हो गए। न-न! ये नहीं कर सकता वो। किसी भी हाल में घर लेकर नहीं जा सकता। तो फिर? कुछ तो करना पड़ेगा। और अगर सचमुच ये आदमी उसके पिता घनश्याम चौधरी का बेटा है!' अकन कान से सर तक जैसे तपने लगा। अकन ने महानन्द से कुछ कहना चाहा लेकिन क्या कहना चाहिए समझ नहीं पाया।

थोड़ी देर में अचानक महानन्द चौधरी सिर से हाथ हटाकर सीधा बैठ गया। इस बार उसने पहले की तुलना में थोड़ी अस्वभाविक और ऊँची आवाज़ में कहा, "अकन! अब मैं चलता हूँ।"

ये कहते ही वह खड़ा हो गया। "ऐसे बैठकर, ऊपर-ऊपर से बातें करके कोई फ़ायदा नहीं होगा। मैं फिर से आऊँगा। थोड़ी देर पहले पिताजी की तस्वीर के बारे

में बताया था। अच्छा, तुम्हारे घर में तुम्हारे पिताजी की कोई तस्वीर है क्या?"

"नहीं।" अकन ने कहा।

"जितनी जल्दी हो सके, मैं अपने घर से अपनी पिताजी की तस्वीर ले आऊँगा। तुम सब लोग देखना! अब चलता हूँ।"

कहते ही, कुर्सी पीछे की ओर खींचकर महानन्द दरवाज़े की तरफ़ जाने लगा। महानन्द इस तरह अचानक जाने लगेगा, यह अकन ने सोचा ही नहीं था। हड़बड़ी में उसके मुँह से निकला, "एक बार हमारे घर तक नहीं आएँगे?"

"न-न-न" महानन्द चौधरी ने ज़ोर से सर हिलाते और अपनी जीभ काटते हुए कहा, "अभी मैं कैसे तुम्हारे घर जा सकता हूँ? मेरा परिचय क्या दोगे? नहीं, नहीं। ये नहीं हो सकता! तुम वैसे भी मान लो कि मेरे भाई हो। पहले मैं तस्वीर लेकर आता हूँ। मेरे पिता अगर कोई और घनश्याम चौधरी थे, तब तो कोई बात ही नहीं, पर अगर कोई अलग नहीं, एक ही हैं तो..." महानन्द चौधरी अपना वाक्य पूरा नहीं कर पाया।

एक क्षण अकन की तरफ़ देखकर महानन्द ने कहा, "चलता हूँ।"

अकन ने कहा, "अगली बार भी यहीं आइए, स्कूल शाम को चार बजे तक खुला रहता है। शनिवार को दोपहर के दो बजे तक।"

सीधी नज़र से अकन को देखते हुए, महानन्द कमरे से बाहर निकल गया। अंकन बहुत देर तक मेज़ और कुर्सी से बीच ख़ाली जगह पर खड़ा रह गया।

उसी दिन, दोपहर के बाद महानन्द चौधरी ऊपरी असम जानेवाली रेलगाड़ी में बैठ गया। रेलगाड़ी कितने बजे कहाँ पहुँची, कब रात हुई महानन्द को इन बातों का ख़याल ही नहीं रहा। किसी स्टेशन पर गाड़ी से उतरकर चाय पीने के बारे में भी याद नहीं आया। 'घनश्याम चौधरी उपवन' की बेंच पर उसको जितनी नींद आई थी, उसकी तुलना में रेल की लम्बी सीट पर पसरकर एक झपकी भी नहीं आई। बार-बार मन में एक ही सवाल आता रहा, यह कैसे सम्भव हो सकता है? अगर ये सारी बातें सच हैं तो! पर यह कैसे सच हो सकता है?

महानन्द चौधरी बार-बार नज़र के सामने पिता की छवि को लाने की कोशिश करता रहा। जब पिता गुज़रे थे तब वो पच्चीस-छब्बीस साल का रहा होगा। पिता के जीवन के क़रीब पन्द्रह साल की घटनाएँ और गतिविधियाँ उसको बिलकुल याद हैं। घनश्याम चौधरी को अलग-अलग जगहों पर नौकरी करने जाना पड़ता था, अचानक बिना सूचना दिए घर आते थे, बहुत हँसी-मज़ाक़ और खाना-पीना होता था, शिकार पर जाते और कभी-कभी हिरण तक उठा लाते, महानन्द की माँ को अंग्रेज़ी शब्द सिखाते, एक चाय बाग़ान ख़रीदने की योजना बनाते और उसमें कैसा बंगला बनाया जाएगा, उसका नक़्शा ख़ुद बनाते। फिर से छुट्टी ख़त्म होने पर नौकरी पर लौट जाते।

'यह जो घर से दूर रहने का समय था उनका, क्या इतने ही समय में एक आदमी इतनी दूर जा सकता है? इतने ही दिनों में, इस तरह का मजबूत, एक और संसार बना सकता है? नहीं, नहीं, ये सम्भव नहीं।' महानन्द ने अपने-आप नकारते हुए सिर हिलाया। पिता की याद में उसकी आँखें नम हो उठीं। तब महानन्द की माँ थीं, दो बहनें हैं, दादाजी भी जिन्दा थे, इतने लोगों को नकारकर एक आदमी इतनी दूर कैसे जा सकता है! और ऐसा करने पर इतने लोगों में से किसी को पता तक नहीं चलेगा? उस आदमी ने अपने-आपको इतना छुपाकर रखा था? 'नहीं, नहीं! ऐसी कोई बात है ही नहीं। ये झूठ है, ये सब कुछ झूठ है। दो-चार बातों का मेल हो सकता है, इसलिए इस तरह से शक करना ठीक नहीं।'

महानन्द की पूरी रात इसी जद्दोजहद में बीत गई। अब सुबह होने लगी थी। अचानक महानन्द को अपने पिता के प्रति भयानक ग़ुस्सा आया। ऐसा लगा कि 'चलती रेलगाड़ी से कूद जाए या फिर गाँव, शहर, जंगलों में भटककर कहीं से भी एक बार के लिए पिता को ढूँढ़कर ले आए। बस एक मिनट के लिए पिता जिन्दा मिल जाएँ!' महानन्द अन्दर-ही-अन्दर पागलों की तरह बेचैन और अस्थिर हो उठा।

## 7

अकन उस दिन बहुत देर तक स्कूल की छुट्टी हो जाने के बाद भी अपने कमरे में ही बैठा रहा। उसकी बहन राधा उसे ढूँढ़ती हुई स्कूल पहुँची और अकन को इस तरह से बैठा हुआ देखकर आश्चर्य में पड़ गई।

"शाम होने को है, यहाँ अकेले बैठकर क्या कर रहे हो?" राधा ने पूछा।

अकन जैसे नींद से जागा। "कुछ ज़रूरी काम कर रहा था।"

फिर अकन राधा के साथ ही घर लौट गया। घर पहुँचकर उसे अपनी माँ का सामना करने में डर-सा लगा। जितना भी सम्भव हुआ, वह अपनी माँ से आँखें चुराता रहा।

'क्या माँ से ये बातें कह देनी चाहिए? पर क्या कहे? कैसे शुरू करे? लेकिन अभी से ही क्यों कहा जाए? अगर ये सारी बातें ग़लत साबित हुईं तो? अगर वह आदमी किसी दूसरे की बात कर रहा हो तो? इतनी बात से उसे ख़ुद इतना कष्ट हो रहा है, बेकार में माँ को कष्ट क्यों दे!

'लेकिन वह आदमी अगर सचमुच उसका बड़ा भाई है, तब ये बातें वह कैसे छुपाएगा? तब अचानक ऐसी बात कहने से पहले, अभी कोई आभास देना ठीक होगा? या फिर मामा जी से एक बार बात कर ले?'

कई दिन इसी उलझन में बीते, अकन कुछ तय नहीं कर पाया। ज़्यादातर समय उसने अपने-आप को ही समझाया, 'किसी से कुछ नहीं कहना पड़ेगा। ये सब बाहर की बातें बाहर ही ख़त्म हो जाएँगी।' लेकिन हर वक़्त महानन्द चौधरी का चेहरा एक आतंक बनकर उसके चारों तरफ़ मँडराने लगा। अकन ने सहज होने की बहुत कोशिश की लेकिन बार-बार किसी-न-किसी की नज़र में पकड़ा गया। कभी योगमाया ने, कभी राधा ने और कभी स्कूल की किसी टीचर ने उससे पूछा, 'तुम्हें क्या हुआ है? कोई परेशानी है?'

अकन सिर्फ़ इतना ही कह पाया, "कुछ नहीं हुआ। ऐसे ही कुछ सोच रहा हूँ।"

एक दिन रात को खाने के बाद राधा और अकन सामनेवाले आँगन में बैठे थे। अच्छी हवा चल रही थी, दोनों इधर-उधर की बातें कर रहे थे। अचानक अकन ने राधा से कहा, "सुन, राधा!"

"क्या है?"

"हमारे पिताजी का तो एक और घर-परिवार था।"

राधा अन्दर-ही-अन्दर काँप उठी। उसने सख़्ती से कहा, "ये सब बातें क्यों निकाल रहे हो?"

"नहीं, मेरा मतलब, अगर था तो उस घर में कोई, जैसे मान लो, पिताजी के लड़के, बच्चे..."

"तुम किस तरह की बातें सोचते रहते हो! चुप रहो।" राधा ने पहले से भी ज़्यादा सख़्ती से कहा।

"नहीं, मेरा मतलब, मान लो कभी उस घर से कोई हमारे घर आ जाए तो! तुझे कैसा लगेगा?"

राधा ने कोई जवाब नहीं दिया। थोड़ी देर बाद अकन ने फिर पूछा, "बोल न!"

इस बार राधा ने खीजकर कहा, "मैं पागल हो गई हूँ कि ऐसी बातों का जवाब दूँ? तुम जो आजकल चुपचाप रहते हो, क्या यही सब सोचते रहते हो?"

"सोचता नहीं रहता लेकिन कभी-कभी मन में आता है। मुझे हम दोनों की कोई चिन्ता नहीं, पर माँ के लिए..."

अकन चुप हो गया। थोड़ी दूरी पर दो-मंज़िला मकान की ऊपर वाली मंज़िल के बरामदे में जगतमोहन की पत्नी कपड़े सुखा रही थी, बीच-बीच में अन्दर जाकर कुछ काम निपटाकर फिर बाहर आ जाती थी। राधा चुपचाप बैठकर उसी औरत को देखती रही।

अगले दिन सुबह, योगमाया का चेहरा देखते ही अकन समझ गया कि राधा ने माँ से पिछली रात को उन दोनों के बीच हुई बातों का ज़िक्र किया है।

कुछ दिनों के बाद, तब स्कूल शुरू हुआ ही था, महानन्द चौधरी अकन के कमरे के दरवाज़े पर पहुँचा। उसके बाएँ हाथ में एक लम्बा और गोल कैलेंडर

की तरह लपेटा हुआ काग़ज़ का पैकेट था। अकन की धड़कन जैसे रुक गई। वो महानन्द का चेहरा और पैकेट देखता ही रहा। उसके मुँह से कोई आवाज़ नहीं निकली।

महानन्द चौधरी ख़ुद ही एक कुर्सी पर बैठ गया और काग़ज़ का पैकेट मेज़ पर रख दिया।

"मैं कुछ दिन पहले ही आना चाहता था। पर न आ सका। कुछ काम में फँस गया था।"

महानन्द ने ख़ुद ही बातें करना शुरू किया। उनकी आवाज़ कुछ काँपती हुई सुनाई दी।

"तस्वीर ले आया हूँ। जब तक तुम लोगों को दिखा न लूँ, मुझे बहुत बेचैनी है।"

अकन ने एकटक महानन्द चौधरी की आँखों को देखा। महानन्द ने भी अकन को वैसे ही देखा। थोड़ी देर दोनों ख़ामोश रहे। फिर महानन्द पैकेट को सामने ले आया।

"खोलता हूँ!" कहकर महानन्द ने पैकेट से बाँधी हुई रस्सी को खींच दिया। गाँठ खुल गई। फिर वह तस्वीर पर लपेटे हुए काग़ज़ को जल्दी-जल्दी हटाने लगा। काग़ज़ की खड़-खड़ आवाज़ से जैसे पूरा कमरा गूँज गया। अकन अपने माथे का पसीना पोंछने के बहाने अपनी आँखों को ढँकने की कोशिश करने लगा। थोड़ी देर के लिए उसने आँखें बन्द ही कर लीं।

काग़ज़ हटाकर महानन्द चौधरी ने तस्वीर को अकन की तरफ़ तिरछा पकड़ लिया, "देखो तो!"

अकन ने माथा पोंछना बन्द किया और डरते-डरते आँखें खोलीं। महानन्द ने पूछा, "यही हैं?"

उसका हाथ काँप रहा था, इसलिए तस्वीर भी हिल रही थी।

अकन ने जैसे तस्वीर को कोहरे के बीच से देखा। धीरे-धीरे उसे तस्वीर साफ़ नज़र आई। वो पोनियल के पेड़ के नीचे बैठा हुआ आदमी, धुँधला-सा याद आ रहा है, बाँस से बने धनुष और तीर से पेड़ के फल को निशाना लगाता हुआ, गहरी और खुली आवाज़ से कह रहा है, "ये पूरा जंगल तेरा है।"

वैसे शायद अकन घनश्याम का चेहरा और ये बातें भूल भी जाता लेकिन वो अब इस दुनिया में नहीं रहा, इसलिए उसने जतन से और ध्यान से सब कुछ याद रखा है। वही मूँछें, वही बड़ी-बड़ी आँखें...

अकन ने अनायास ही 'हाँ' में सर हिलाया। उसकी आँखों से झर-झर पानी बहने लगा।

महानन्द चौधरी ने तस्वीर को मेज़ पर रख दिया। वह कुर्सी पर टिककर बैठ गया और अपनी आँखें बन्द कर लीं। एक अजीब यंत्रणा में उसकी माथे की नसें जैसे फटने लगीं। दो ख़ामोश आदमी आमने-सामने बैठे रहे। किसी इन्द्र कान्त शर्मा

से घनश्याम चौधरी की मृत्यु के कुछ ही दिन पहले बनवाई गई तस्वीर, सचमुच ही निष्प्राण चीज़ की तरह मेज़ पर पड़ी रही।

घनश्याम चौधरी के बदन पर शिकार पर जाते समय पहनी हुई पोशाक, हाथ में एक लाठी पकड़े हुए, पास में, मेज़ पर एक टोपी है, एक विलायती कुत्ता और पीछे दीवार पर हिरण के दो सींग हैं।

काफ़ी देर के बाद महानन्द ने अचानक कुछ सन्देह के स्वर में फिर से पूछा, "तुम ठीक पहचान रहे हो न?"

अकन ने कुछ नहीं कहा।

अब महानन्द ने अस्थिर स्वर से कहा, "नहीं, नहीं! तुम उम्र में छोटे हो। तुमसे भूल हो सकती है। मुझे अपने घर ले चलो।"

अकन ने एक लम्बी साँस ली। अब और देर करके कोई फ़ायदा है क्या? अब इस आदमी को कैसे घर न ले जाए! एक क्षण में उसने अपने घर के सभी लोगों के बारे में सोचा। इस वक़्त सभी घर में ही होंगे। वह एकदम से खड़ा हुआ और महानन्द से कहा, "चलिए।"

अब महानन्द चौधरी ने ख़ुद को बहुत कमज़ोर और असहाय महसूस किया। उसने तस्वीर को काग़ज़ को फिर से लपेटा, रस्सी से गाँठ लगाई और उसे उठाकर चुपचाप खड़ा हो गया।

दोनों जब स्कूल के बरामदे में निकले, तब पहली क्लास ख़त्म हो चुकी थी। घंटी बजाकर उन्हीं की तरफ़ आते हुए चौकीदार से अकन ने कहा, "मैं घर जा रहा हूँ। गोपाल बाबू से कहना, आज शायद वापस न आऊँ।"

घर पहुँचकर अकन ने महानन्द को सामनेवाले कमरे में बैठाया और फिर राधा को बुलाया। बीच वाले कमरे में उसे राधा दिखी।

"माँ कहाँ है? और मामा जी? बुला तो।"

"क्यों, क्या हुआ? तुम्हें क्या हुआ? तुम्हारा चेहरा..."

"मैं जो कहता था, पिताजी के घर से लोग आए हैं।"

राधा स्तब्ध हो गई।

"बैठक में हैं, माँ और मामा जी को बुला दो।" ये कहकर अकन अपने कमरे में चला गया और सीधे बिस्तर पर पसर गया।

राधा ने पहले लाखेश्वर को बुलाया।

और फिर लाखेश्वर योगमाया को बुला लाया।

थोड़ी देर बाद जैसे पूरा घर निस्तब्ध हो गया! बहुत देर तक चारों तरफ़ ख़ामोशी छाई रही। घर जैसे सिर्फ़ परिन्दों की बोली और हवाओं की सनसनाहट वाला एक जंगल बन गया।

दोपहर को बच्चों को खाना खिलाने के बाद लाखेश्वर और फिर राधा के साथ

योगमाया बैठती है। आज वह समय कब का बीत चुका था। आख़िर अकन ने बिस्तर में लेटे-लेटे ही माँ को कहते हुए सुना।

योगमाया राधा से कह रही थी, "उनके लिए नहाने की व्यवस्था कर दो।"

'उनके' मतलब महानन्द चौधरी को।

राधा ने नहान-घर में पानी, गमछा, लोटा और साबुन रखवा दिया। कपड़े टाँगनेवाले बाँस की खूँटी में एक धोती भी रखी पर बैठक में जाकर महानन्द चौधरी को नहाने के लिए बुलाने घर का कोई सदस्य आगे नहीं आया। राधा, गौरी, तिलक, नवीन में से सभी 'मैं नहीं, तू जा' करते रहे।

घर के लोगों के लिए जो भी खाना बना था, उसी से काम चलेगा या फिर मेहमान के लिए और कुछ पकाना होगा, इस बारे में रसोईघर के दरवाज़े पर खड़े होकर योगमाया तारा से बात कर रही थी। राधा-गौरी की न-नुकुर योगमाया को सुनाई दी तो उसने तिलक से आदेश के स्वर में कहा, "जा, उन्हें नहाने के लिए बुला ला।"

बैठक में महानन्द चौधरी और लाखेश्वर आमने-सामने चुपचाप बैठे थे। बीच की गोल मेज़ पर घनश्याम चौधरी की तस्वीर रखी हुई थी। महानन्द और लाखेश्वर की तुलना में तस्वीर का घनश्याम जैसे ज़्यादा जीवन्त लग रहा था।

बैठक के दरवाज़े पर खड़े होकर तिलक ने कहा, "नहाने के लिए कहा है।"

लाखेश्वर जैसे चौंक उठा। उसने तिलक को देखा, 'वह तो सुबह ही नहा लेता है। आज भी नहाया था।' इसलिए मुँह से अनायास ही निकल गया, "किसे नहाना है?"

तिलक ने महानन्द की तरफ़ देखा। महानन्द ने भी पहले तिलक और फिर लाखेश्वर का चेहरा देखा। थोड़ी देर तक जैसे लाखेश्वर और महानन्द को कुछ समझ नहीं आया। धीरे-धीरे लाखेश्वर को बोध हुआ कि किसी ने तय किया है, महानन्द इस घर में नहाएगा और ज़रूर खाना भी खाएगा। लेकिन ये किसने तय किया? अकन या योगमाया ने? पर लाखेश्वर ने ज़्यादा समय यह सब सोचकर ख़र्च नहीं किया, महानन्द से कहा, "आइए!" और तुरन्त खड़ा हो गया।

"मैं? नहीं-नहीं! मैं होटल में सामान रखकर आया हूँ, वहीं जाऊँगा, वहीं नहा-धो लूँगा।" महानन्द ने कहा।

"ओह! ज़रा रुकिये।" लाखेश्वर अन्दर कमरे में चला गया। उसका मन थोड़ा खटक रहा था। ज़्यादा देर तक इस आदमी के पास रहना उसे अच्छा नहीं लग रहा था, 'होटल में अगर वह सामान रखकर ही आया है...!'

लाखेश्वर को सीधे योगमाया के पास जाने में संकोच हुआ इसलिए पत्नी तारा को ढूँढ़ता हुआ रसोईघर पहुँचा। तारा और योगमाया मिलकर रात के लिए बचाकर रखी हुई तली मछलियों के टुकड़े डालकर एक सब्ज़ी बनाने की तैयारी कर रही

थीं। लाखेश्वर ने तारा की तरफ़ देखकर कहा, "उनके लिए भी खाने की व्यवस्था कर रही हो क्या? वो तो होटल में ही सामान रखकर आए हैं, शायद वहीं..." कहते-कहते लाखेश्वर ने सर झुकाकर काम करती हुई योगमाया को देखा।

तारा ने कुछ नहीं कहा। योगमाया उसी मुद्रा में सब्जी काटती हुए बोली, "बाद में होटल का सामान आ सकता है।" फिर काँपती हुई धीमी आवाज़ से बोली, "होटल में क्यों रहना! यहीं आ जाए। आज रात को यहीं रहने के लिए कहो।"

बात ख़त्म करके योगमाया ने अपना चेहरा दीवार की तरफ़ घुमा लिया। उसकी पीठ की तरफ़ थोड़ी देर शून्य दृष्टि से देखकर लाखेश्वर वहाँ से निकल आया। वापस बैठक में पहुँचकर अब उसने महानन्द से स्पष्ट आवाज़ में कहा, "आइए।"

जब महानन्द नहा रहा था उसी समय, राधा और गौरी बड़े-बड़े बर्तनों में बच्चों के लिए भात-तरकारी अन्दर वाले कमरे में ही उठाकर ले आईं। दोपहर ढलने लगी थी और बच्चों को बहुत भूख लग रही थी। कमरे की ज़मीन पर ही बैठकर बच्चों ने खाना खा लिया। राधा अकन को भी खाने के लिए बुलाने गई थी, अकन ने 'बाद में खाऊँगा' कहकर करवट बदल ली थी।

रसोईघर से लगी हुई जगह पर लाखेश्वर और महानन्द पीढ़े पर खाना खाने बैठे। परिवेश में इतनी चुप्पी थी कि ध्यान लगाने पर खाना चबाने की, थाली में उँगलियाँ टकराने की और हर कौर गले से उतरने की आवाज़ भी साफ़ सुनाई दे सकती थी। रसोईघर के कोने में सिर पर पल्ला लेकर तारा खड़ी थी। योगमाया उस वक़्त रसोई से कहाँ खिसक गई थी, यह तारा को मालूम न था।

स्टेशन के पास 'शान्तिमय' नाम का होटल था और उसके मालिक के साथ महानन्द का कई बार आने-जाने से अच्छा परिचय हो गया था। कुल तीन कमरे वाला होटल था, उसमें से एक में मालिक विष्णुपाल ख़ुद रहता था। बाक़ी दो कमरों में सात खाट बिछी हुई थीं। महानन्द जब यहाँ आता तो उनमें से एक खाट उसके हिस्से आती। कभी-कभी एक भी खाट ख़ाली न होने पर मालिक अपने कमरे में एक खाट अतिरिक्त डालकर महानन्द को सोने दे देता था।

खाना खाने के बाद सुपारी-पान चबाते हुए महानन्द आधे घंटे तक बाहर वाली बैठक में चुपचाप बैठा रहा, फिर अपना सामान लेने शान्तिमय होटल के लिए निकल गया।

दोपहर ख़त्म हो चुकी थी। योगमाया के लिए दोपहर के खाने का समय भी बीत चुका था। 'अब असमय हो गया' कहकर योगमाया ने खाना नहीं खाया। तारा को भी खाने का मन नहीं हुआ। अकन से दूसरी बार खाने के लिए कहने की किसी को हिम्मत नहीं हुई। थोड़ी ही देर बाद ऐसा प्रतीत हुआ, जैसे पूरे घर में कोई भी प्राणी जगा हुआ नहीं है।

योगमाया बैठक से घनश्याम चौधरी की तस्वीर अपने कमरे में ले आई थी।

उस कमरे में कभी दोपहर में राधा स्कूल से लौटकर लेटती है, पर उस वक़्त वहाँ कोई नहीं था। शायद वह उस वक़्त गौरी के साथ थी। योगमाया ने अपने कमरे का दरवाज़ा अन्दर से चिटकनी लगाकर बन्द कर लिया। फिर पलंग पर तस्वीर को रखा और पास खड़े होकर एकटक घनश्याम का चेहरा देखती रही। थोड़ी देर बाद वह पलंग पर बैठ गई और फिर वहीं लुढ़क गई।

काफ़ी देर तक रोते-रोते वह बहुत थक गई। आवाज़ को दबाकर रोने के कारण शायद वह ज़्यादा थक गई थी। वह उठकर बैठ गई, नाक तथा आँखों के पानी से चादर का एक हिस्सा भींग गया था। इस कमरे में राधा किसी भी समय आ सकती थी। योगमाया ने पलंग पर से वो चादर हटाई और तह करके रख दी। एक दूसरी नई चादर बिछाई। अचानक उसे ऐसा बोध हुआ जैसे बहुत दिनों के बाद 'वो' आए हैं, इसलिए उसने नई चादर बिछाई है। वह अब तस्वीर को उठाकर सोचने लगी कि कहाँ रखा जाए!

साधन कछारी की बेटी अम्बा अपनी शादी से पहले जब योगमाया के साथ इस घर में रहती थी, तभी उसने रंगीन धागों से कढ़ाई की हुई कई तस्वीरें योगमाया को बनाकर दी थीं, फूल-पत्ते तोते और मोर की तस्वीरें। योगमाया ने उन सबको फ्रेम में बँधवाकर रख दिया था। पिछले बीस सालों में उसने ख़ुद भी कपड़ों पर ढेरों कढ़ाई की है। घर के हर कमरे में कील ठोंक-ठोंककर उन बँधी हुए तस्वीरों को लटकाया गया है। अब तो शायद दीवारों में जगह बची ही नहीं होगी। पिछले कुछ सालों में योगमाया ने घुटनों पर बैठा शिशु कृष्ण, पेड़ के नीचे खड़े होकर बाँसुरी बजाता हुआ युवा कृष्ण, भगवान का मन्दिर, इन सबकी तस्वीरें बहुत जतन से, अलग-अलग रंग के धागों से कपड़ों में काढ़ी हैं। बच्चों ने उन तस्वीरों को पूजाघर के बरामदे की दीवार में टाँग दिया है।

घनश्याम चौधरी की यह तस्वीर शायद महानन्द वापस ले जाएगा, पर तब तक के लिए यह तस्वीर कहीं रखनी होगी। 'कहाँ रखे!' ये सोचती हुई जब योगमाया ने कमरे की दीवारों को देखा तो जैसे बीस सालों से टँगी तस्वीरें छटपटा उठीं।

घनश्याम चौधरी की तस्वीर को राधा की किताबों वाली मेज़ पर दीवार के सहारे टिकाकर रखने के बाद, योगमाया फिर से पलंग पर बैठ गई। तस्वीर से वह नज़रें नहीं हटा पा रही थी। उसे लगा जैसे तेईस साल के बाद वह आदमी योगमाया से बात करना चाहता हो! योगमाया को भी अचानक बहुत कुछ जानने का मन हुआ। क्यों वो लौटकर फिर नहीं आया? कैसे क्या हुआ?

काफ़ी देर बाद योगमाया अपने कमरे से बाहर निकली। पूरा घर तब भी बहुत निस्तब्ध था। वह सामने के आँगन में गई। गेट से बाहर जाती सड़क को थोड़ी देर तक देखती रही। उसने मन में हिसाब किया कि महानन्द के होटल से सामान लेकर लौटने का समय अब तक हो गया है। क्या वह आएगा इस घर में रहने?

सामान के नाम पर महानन्द के पास एक छोटा चमड़े का सूटकेस और दो चादरों से लपेटी हुई एक तकिये की पोटली थी। ये दो सामान वह विष्णुपाल के कमरे में ही छोड़ आया था। होटल में पहुँचकर दोनों सामान उठाते हुए मालिक से विदा ली तो मालिक विष्णुपाल ने पूछा, "क्या हुआ? आज ही लौट रहे हैं?"

"नहीं, अभी रहूँगा।"

"कहाँ रहेंगे?"

महानन्द तुरन्त कोई जवाब नहीं दे पाया। फिर सिर झुकाते हुए थोड़ी झिझक के साथ उसने कहा, "अपना एक रिश्तेदार मिला है।"

पर ऐसा कहने के बाद उसने सूटकेस और पोटली नीचे रख दी और खाट पर थोड़ी देर तक बैठा रहा, फिर पोटली को तकिया बनाकर वहीं लेट गया। जब नींद खुली, कमरे की मेज़ पर लालटेन जल गई थी और चारों तरफ़ से मच्छरों की भिनभिनाती हुई आवाज़ आ रही थी।

लाखेश्वर आज पूजाघर में धर्म की किताब लेकर नहीं बैठा। बस प्रणाम करके जल्दी से सामनेवाले आँगन में आ गया। वहाँ शाम के अँधेरे में योगमाया अकेली खड़ी थी। लाखेश्वर उसके पास आकर रुका। थोड़ी देर चुप रहने के बाद उसने नर्म स्वर में पूछा, "यहाँ अकेले-अकेले क्या कर रही है?"

योगमाया जैसे चाहती थी कि उससे कोई कुछ पूछे। वो बोली, "हम लोगों ने शायद उनके साथ ठीक तरह से बात नहीं की न? उन्हें शायद बुरा लगा होगा।"

लाखेश्वर ने सर झुकाकर थोड़ी देर कुछ सोचा, फिर गेट खोलकर सड़क तक निकल गया। उसने तय किया कि स्टेशन के पास वाले होटलों में पता करेगा। पर उसे इतनी दूर तक जाना नहीं पड़ा। सड़क के जिस हिस्से तक स्ट्रीट लाइट लग चुकी थीं, वहाँ से थोड़ी और आगे, एक और लाइट के खम्भे तक पहुँचते ही लाखेश्वर ने उल्टी तरफ़ से आते हुए महानन्द को देख लिया।

"बहुत देर हो गई। हम लोगों ने सोचा कि आप आएँगे नहीं।" लाखेश्वर ने अपनापे के साथ खुली आवाज़ में कहा। फिर महानन्द से सूटकेस लेने के लिए हाथ बढ़ाया। महानन्द ने, "नहीं-नहीं, रहने दीजिए!" कहकर आगे बढ़ गया।

लाखेश्वर ने तय कर लिया था कि अब वह महानन्द से मन खोलकर बातें करेगा। अब वह महानन्द से या तो 'आप फिर से कभी इस घर में क़दम न रखें' कहकर विदा कर सकता है, नहीं तो बाक़ी मेहमानों की तरह या फिर घनश्याम चौधरी के घर के लोग समझकर प्यार से रह सकता है। लेकिन उसकी अपनी इच्छा जो भी हो, आज दोपहर से वो योगमाया के मन को जितना भी पढ़ पाया है, उस आदमी को भगा देना या उस आदमी के साथ ठीक से बर्ताव न करने का सवाल ही नहीं उठता।

रात को, खाना खाने से पहले तक लाखेश्वर ने महानन्द को बाहर वाली बैठक में ही बिठाया। फिर वह महानन्द से सारी बातें पूछता गया जैसे कोई अनजान जगह

के बारे में जानकारियाँ ले रहा हो। डिब्रूगढ़ की तरफ़ खेती-बाड़ी कैसे होती है, बाग़ान में चायपत्ती कैसे बनाई जाती है, वहाँ के लोगों को धर्म में विश्वास है या नहीं, कीर्तन घर है या नहीं, त्योहारों में यात्रा और नाटक का मंचन होता है या नहीं, महानन्द कभी बिलकुल ऊपरी असम के सदिया की तरफ़ गया है क्या, वहाँ लकड़ी का व्यवसाय कैसा है, आदि-आदि।

बातों के बीच में एक बार लाखेश्वर ने अन्दर पूछकर अंकन के बारे में पता लगाया। अकन लौट आया क्या? अभी नहीं लौटा? वो दोपहर बाद ही जाने कहाँ निकला था, अभी तक नहीं लौटा!

रात को खाना खाने के बाद, लाखेश्वर ने महानन्द को सामनेवाले आँगन में बिठाया, बरामदे से दूरी पर। उसने ख़ुद भी एक हाथ-पंखा लिया और महानन्द को भी एक दे दिया।

इस बार लाखेश्वर के मुँह से जल्दी कोई बात नहीं निकली। पंखा झलता हुआ वह थोड़ी देर चुपचाप बैठा रहा। पड़ोस के दो-चार घरों के दरवाज़े-खिड़कियों से आती रोशनी और तारों के उजास के अलावा और कोई उजाला नहीं था। उतने उजाले में बस दोनों एक-दूसरे के चेहरे पहचान सकते थे।

थोड़ी देर के बाद लाखेश्वर ने बहुत धीमी आवाज़ से पूछा, "चौधरी ने इस तरफ़ एक घर बसा रखा था, इस बारे में आप लोगों को बिलकुल कुछ नहीं पता था?"

महानन्द ने तुरन्त 'न' में ज़ोर से सर हिलाया। थोड़ी देर तक जैसे एक रिदम में सर हिलता ही रहा। फिर कहने लगा, "न-न, बिलकुल नहीं। नहीं तो..."

महानन्द एकाएक चुप हो गया। उसकी बातों में ग़ुस्सा था या दुख, ये लाखेश्वर समझ नहीं पाया। फिर महानन्द ने पूछा, "कैसे क्या हुआ क्या, आप लोग जानते हैं?"

"हमने जो भी देखा था, वो तो जानते ही हैं।"

लाखेश्वर ने, घनश्याम चौधरी के उन लोगों के पड़ोस में रहने आने से लेकर तेईस साल पहले इस घर के आँगन से आख़िरी बार निकल जाने तक, पूरी दास्तान ऐसे बताई जैसे पूजाघर के बरामदे में बैठकर साधन कछारी और अनन्त को कृष्ण लीला की कहानियाँ और धर्म की कथाएँ सुनाता है। लाखेश्वर की कहानी जब ख़त्म हुई, तब देर से निकला चाँद भी आकाश के बीच तक चढ़ गया था। नीचे की ओर ज़मीन में नज़रें गड़ाकर कहानी सुनते हुए महानन्द के बालों में चाँद की रोशनी पड़ रही है। गोद में रखे पंखे पर दोनों हाथ बिना हिले-डुले रखे हैं। लाखेश्वर को शक़ हुआ कि वह सो तो नहीं गया! कुछ कहने ही जा रहा था कि महानन्द ने टूटी हुई खरखराती आवाज़ में कहा, "आप लोगों को एक बार पता करना चाहिए था।"

अब लाखेश्वर की देह थोड़ी-सी हिली। आवाज़ भी कठोर हुई, "किस बात का पता करना चाहिए था? ये बात तो न कहें! आपको क्या ख़बर, किस मजबूरी में उसे इस जंगल में ले आया था मैं! क्या आपको मालूम है चौधरी ने अपने घर का

पता कभी पूछने नहीं दिया। धमकी देता था कि अगर यह पता करने की कोशिश की तो अंजाम बुरा होगा। अगर फिर भी यह सब करता तो आज उसकी हालत ये होती कि कौवे और गिद्ध नोंच खाते! वह अब इस दुनिया में नहीं है, इसलिए यह सब बातें आप भी न कहें और हम भी नहीं कहेंगे।"

बात ख़त्म करके लाखेश्वर ज़ोर-ज़ोर से पंखा घुमाने लगा। कुछ देर तक किसी ने कुछ नहीं कहा। लाखेश्वर ने देखा कि महानन्द ने पहले अपनी आँखें और फिर पूरा चेहरा बाईं हथेली से पोंछ लिया है। थोड़ी देर बाद महानन्द ने कहा, "मैं आप लोगों को दोष नहीं देता। लेकिन जिसकी भी ग़लती हो, आज मेरी क्या हालत है, ये आप लोगों को नहीं मालूम।"

लाखेश्वर ने महानन्द का चेहरा ग़ौर से देखा। सामने के अँधेरे को देखते हुए, अपने भाग्य को कोसते हुए महानन्द ने बहुत सारी बातें कहीं। बीच-बीच में लाखेश्वर कौतुहलवश छोटे-छोटे सवाल पूछता रहा, पर ज़्यादातर समय महानन्द को अपनी बात कहने दी।

घनश्याम चौधरी नौकरी छोड़ देना चाहते थे। निर्मल भट्टाचार्य नाम के एक क़रीबी दोस्त के साथ मिलकर, वे एक चाय का बागान ख़रीदने की योजना बनाना चाहते थे। बचत के रुपये का बड़ा अंश, उन्होंने निर्मल भट्टाचार्य को दे रखा था। आख़िरी कुछ समय नौकरी के दौरान बहुत जगह घूमते रहते थे। कहाँ से और कैसे पता नहीं, यहाँ तक कि उनके पिता, पत्नी और बच्चों को भी नहीं मालूम था कि उन्होंने निर्मल भट्टाचार्य को बहुत रुपये लाकर दिए थे। अगर भट्टाचार्य कहता था कि पहले छोटा बाग़ान ही ख़रीद लेते हैं तो घनश्याम चौधरी डाँटकर कहते कि 'इतने से चाय बाग़ान से क्या होगा! तुम्हारे मेरे घर की ज़रूरत वाली चाय के लिए थोड़े ही बाग़ान ख़रीदना है। इतने से नहीं होगा। अभी दुगना सोचो। बाद में अगर सँभाल नहीं पाएँगे तो देखा जाएगा। अभी बड़ा सोचो।' ये सब बातें चौधरी जिस दिन भी भट्टाचार्य को रुपये देकर आते थे, उस रात को अपनी पत्नी से कहते थे। वे इन बातों को लेकर इतने उत्साहित थे कि ख़ुशी से सीटी बजाते थे, मेज़ पर ज़ोर से मुक्का मारते थे, कभी-कभी गुनगुनाते भी थे।

भट्टाचार्य चाय बाग़ान के लिए ज़मीन ज़रूर ख़रीदते थे पर चौधरी की योजना के हिसाब से बहुत कम ख़रीदते थे और बहुत ज़्यादा क़ीमत से भी। चौधरी को इस बात से बहुत दुख होता था। अपने घर के अन्दर ही गरजते रहते थे, इतने सारे रुपये और इतनी सी ज़मीन! क्या मुझे ज़मीन की क़ीमत मालूम नहीं! लेकिन भट्टाचार्य से कुछ नहीं कह सकते थे। यही दुख चौधरी के सीने में आख़िरी दिनों में दर्द का साथी बना।

चौधरी की मृत्यु के बाद, निर्मल भट्टाचार्य ने 'अकेले चाय बाग़ान नहीं सँभाल पाएँगे,' कहकर वह ज़मीन उनके कहने के अनुसार औने-पौने दाम में बेच दी

थी। ज़मीन बेचकर जो रुपये मिले थे, उनमें से बाक़ी ख़र्चा घटाकर महानन्द की माँ को कुल तीन हज़ार दिया गया था। भट्टाचार्य के हिसाब से उसने चौधरी की मृत्यु के कारण, अपने लिए कम पैसा बचाकर ज़्यादा रुपया महानन्द की माँ को दिया था।

घनश्याम चौधरी की तीन बेटियाँ और एक बेटा है। बेटा महानन्द सबसे छोटा है। चौधरी के रहते ही बड़ी बेटी अंजलि की शादी हो गई थी। शादी के बहुत दिन पहले से चौधरी ने एलान किया था कि 'अंग्रेज़ राजा बनता है तो जैसा उत्सव होता है, अंजलि की शादी में भी वैसा ही उत्सव होगा।' अंग्रेज़ राज का अभिषेक उत्सव डिब्रूगढ़ में किसी ने नहीं देखा था, इसलिए शादी वैसी हुई या नहीं, यह कोई बता नहीं पाया, पर इस शादी को लोगों ने बहुत दिनों तक याद रखा। इस शादी को लोगों के भूल जाने के बहुत पहले ही चौधरी चले गए।

घनश्याम की पेंशन, भट्टाचार्य का दिया रुपया और अपने पास रखी जमा-पूँजी से महानन्द की माँ ने घर चलाया। दूसरी बेटी शेवाली और तीसरी बेटी माधुरी की शादी की। इन दोनों शादियों में निमंत्रित अतिथियों ने पहली बेटी अंजलि की शादी को याद किया। शेवाली की शादी के बाद, उसी साल जो बाढ़ आई थी, उसमें महानन्द के घर के पिछवाड़े का पूरा बग़ीचा ब्रह्मपुत्र में बह गया था।

महानन्द ने कमाई के लिए चाय का कारोबार शुरू किया। आँगन में ही एक छोटा कमरा बनाकर उसने दुकान और स्टोर का काम चलाया था।

माधुरी की शादी के बाद महानन्द के दादाजी गुज़र गए थे। तब जैसे पूरा घर ही स्टोर बन गया था। एक कमरे से दूसरे कमरे तक घूमती हुई महानन्द की माँ दिन-व-दिन दुबली होती जा रही थी। वो हर रोज़ महानन्द से शादी करके घर बसाने की बात कहती थी। महानन्द के घर बसने से पहले अगर वो मर गई तो ऊपर जाकर पति को क्या मुँह दिखाएगी, ये कहती हुई छोटी बच्ची की तरह फूट-फूटकर रोती थी। आख़िर महानन्द ने मार्घेरिटा की तरफ़ रहनेवाले एक किसान की बेटी पार्वती से शादी कर ली और अचरज की बात यह कि शादी के दो-चार महीने के बाद ही माँ गुज़र गई। तब तक, एक और बरसात में ब्रह्मपुत्र महानन्द के घर से लगी हुई ज़मीन भी बहा ले गई।

महानन्द के तीन बेटे हैं। तीसरे का जन्म किराये के मकान में हुआ है। हर साल बरसात में ब्रह्मपुत्र एक-एक टुकड़ा ज़मीन बहा ले जाती थी, एक बार घर समेत सामनेवाली सड़क भी ले गई। आख़िर में, कहाँ पर घनश्याम चौधरी का घर हुआ करता था, यह छोटे लड़के ने तो देखा ही नहीं, बड़े दोनों भी अब ब्रह्मपुत्र के किनारे खड़े होकर बता नहीं पाएँगे।

उसके बाद से एक तीन कमरे वाले किराये के घर में रहकर महानन्द भात-कपड़ा और लड़कों की पढ़ाई के ख़र्चे के लिए संघर्ष कर रहा है। बड़ा बेटा

फौजी बन जाना चाहता है, उसकी माँ नहीं जाने देती। महानन्द का चाय का कारोबार ख़त्म हो गया। उसके बाद उसने और बहुत कुछ करके देखा, कहीं भी कोई फ़ायदा नहीं हुआ। मकान मालिक बार-बार मकान छोड़ने को कहता है, महानन्द हर बार उनके हाथ-पैर पकड़कर मना लेता है। कहीं बाहर जाना हो तो बड़े दोनों बेटे एक ही अच्छी कमीज़ को लेकर खींचातानी करते हैं।

उसके बाद क़रीब दो साल हुए, महानन्द एक मारवाड़ी कारोबारी की दुकान में नौकरी करता है। उनकी लोहे के सामान और बर्तनों की दुकान है। शुरुआत में दुकान में ही बैठकर हिसाब वग़ैरह करने का काम था, बाद में मालिक ने महानन्द को दूसरी जगह से सामान लाने और ले जाने के काम में भी लगाया है। इन्हीं काम के सिलसिले में इस इलाक़े में आते समय महानन्द की नज़र पड़ी थी, घनश्याम चौधरी उपवन पर।

चाँद अब सिर के ऊपर से दूसरी दिशा में झुकने लगा था। चारों तरफ़ का माहौल बिलकुल सुनसान हो गया था। जिस कमरे में महानन्द का बिस्तर लगाया गया था, उसके अलावा बाक़ी किसी भी कमरे में रोशनी आँगन से नहीं दिखाई पड़ती थी।

बातें ख़त्म होने के बाद भी काफ़ी देर तक चुप रह गया लाखेश्वर। फिर एक लम्बी साँस लेते हुए कहा, "चलिए, अब सोना चाहिए।"

महानन्द उसके बाद भी काफ़ी देर तक बैठा ही रहा।

रात के बाक़ी बचे समय लाखेश्वर बिस्तर में लेटा रहा, उसे नींद बिलकुल नहीं आई। बीच-बीच में थोड़ी-सी झपकी आने भी लगती तो महानन्द की बातें दिमाग़ में बजती रही।

सुबह सबसे पहले योगमाया जगती है। आज और जल्दी उसकी नींद खुल गई और वह जब दरवाज़ा खोलकर पिछवाड़े की तरफ़ आँगन में खड़ी हुई तब ठीक से रोशनी हुई ही नहीं थी।

दरवाज़ा खोलने की आहट पाकर लाखेश्वर लगभग कूदता हुआ बिस्तर से नीचे उतरा। पास सोई हुई तारा की नींद खुल गई।

"क्या हुआ?" उसने पूछा।

"कुछ नहीं हुआ, तुम सो जाओ।"

लाखेश्वर पिछवाड़े वाले आँगन में आ गया। उसने योगमाया से पूछा, "बड़ी जल्दी उठ गई?"

"नींद नहीं आ रही थी, इसलिए उठकर आ गई।" योगमाया बालों से जूड़ा बाँधती हुई बोली।

"सुन, जरा इधर तो आ।" लाखेश्वर योगमाया को पूजाघर की तरफ़ बुला ले गया। पूजाघर के बरामदे के नीचे बनी हुई सीढ़ियों में से बिलकुल नीचे वाली सीढ़ी को छूकर प्रणाम किया और उसी सीढ़ी पर बैठ गया। योगमाया को भी वहीं बैठने

के लिए कहा। योगमाया ने कुछ अन्दाज़ तो किया था और जब लाखेश्वर ने कहा, 'कल रात की बात सुन' तो वह ज़मीन पर ही बैठ गई।

सिर्फ़ योगमाया सुन सके, इतनी धीमी आवाज़ में लाखेश्वर महानन्द की कहानी कहता गया। कोई उठकर न आ जाए, यह सोचकर लाखेश्वर ने कहानी थोड़ी छोटी की पर मूल ज़रूरी बातें सब कुछ योगमाया को बता दीं।

लाखेश्वर की बातें ख़त्म होने के बाद भी, योगमाया चुपचाप बैठी रही। थोड़ी देर में किसी के कमरे का दरवाज़ा खुलने की आवाज़ आई।

योगमाया ने पूछा, "क्या उन्होंने कहा है कब वापस जा रहे हैं?"

"नहीं, अभी तो ये बात निकली ही नहीं।"

योगमाया ने कहा, "अगर आज ही लौटने की बात करें तो कहना कि आज रात और रुक जाएँ।"

"क्यों?"

"उनके साथ मुझे भी बात करनी है।" योगमाया ज़मीन पर आँखें गड़ाती हुई बोली।

## 8

'वो बातें करेंगी? मेरे साथ?' ये सूचना सुनकर महानन्द भीतर तक हिल गया। पिछली रात को खाना खाते समय योगमाया को उसने देखा था पर सीधी नज़र से नहीं। उसे यह पता चल रहा था कि वे पास ही खड़ी हैं, उनकी कही बातों के टुकड़े भी कानों में पड़ रहे थे लेकिन सिर उठाकर उनका चेहरा नहीं देखा। बीच में केवल तिरछी आँख से उनके पैरों को देखा था।

अब लाखेश्वर ने कहा है कि योगमाया चाहती है, वो एक दिन और रुके, वह उनसे बात करना चाहती है' तो महानन्द को थोड़ा डर-सा लगा। अपने घर में भी एक ही रात में लौट जाने की बात कह आया था। 'चलो, वो पार्वती को समझाया जाएगा। एक दिन देर से पहुँचेगा तो कोई बात नहीं। पर योगमाया के साथ बातें!'

चाय-नाश्ते के बाद महानन्द को थोड़ी दुविधा हो रही थी कि अब क्या करे। वह बाहरवाली बैठक में बैठा रहा। सामनेवाले बरामदे में शम्भू लाखेश्वर के साथ लकड़ी के कारोबार सम्बन्धी बातें कर रहा था। अन्दर धीमी आवाज़ में कोई कुछ बोल रहा है, पास के दोनों कमरों से किसी के चलने की आवाज़ और ज़ोर से चादर झटकने की आवाज़ आ रही है, कोई दरवाज़ा हवा के कारण कड़-कड़ आवाज़ कर रहा है। कुछ देर यूँ ही बैठे रहने के बाद, महानन्द सामने की तरफ़ बाहर निकल आया।

"कहीं जा रहे हैं क्या?" लाखेश्वर ने पूछा।

"नहीं, ऐसे ही थोड़ा-सा!" कहता हुआ महानन्द धीमी चाल में गेट से बाहर निकल गया। पास में ही अनन्त के नाती गोपाल की किराने की दुकान है, उसके सामने खड़े होकर एक सिगरेट जलाने के बारे में सोचा। गोपाल उस समय सहायक लड़के को कहकर पटिया के नीचे वाले कोने में दीमक द्वारा की गई मिट्टी साफ करवा रहा था। उसने महानन्द की तरफ़ देखा। दुकान खोलने से पहले वह रोज़ ही योगमाया के पूजाघर के सामने खड़े होकर एक बार सर झुकाकर और हाथ जोड़कर प्रणाम करता है। आज प्रणाम करते समय उसने उनके पीछे वाले आँगन में इस आदमी को देखा था।

महानन्द ने लालटेन की तस्वीर वाले ब्रांड से पाँच सिगरेट माँगी। नये पैकेट से ख़ाली पैकेट में पाँच सिगरेट भरकर गोपाल ने महानन्द को दीं और पूछा, "आपको इन लोगों के घर में शायद देखा था।"

"हाँ, यहीं हूँ!" छोटा-सा जवाब देकर महानन्द ने सिगरेट जलाने के लिए गोपाल से माचिस माँगी। गोपाल ने जल्दी से नई माचिस खोलकर महानन्द की तरफ़ बढ़ा दी। सिगरेट जलाकर महानन्द ने जेब से खुले पैसे निकाले और गोपाल को देने के लिए गिनने लगा। गोपाल ने हाथ जोड़कर कहा, "नहीं-नहीं, रहने दीजिए।"

होंठों के बीच सिगरेट रखे हुए महानन्द ने आँखें छोटी करके पूछा, "क्यों?"

"आप इन लोगों के मेहमान हैं। आपसे कैसे पैसा ले सकता हूँ!" गोपाल ने हाथ जोड़कर ही कहा।

महानन्द बाएँ हाथ से होंठों के बीच से सिगरेट धीरे-धीरे नीचे ले आया। वो एकटक गोपाल को देखता रहा। कुछ पल तक ऐसे ही देखने के बाद गोपाल से पूछा, "ये लोग तुम्हारे क्या लगते हैं?"

"माँ, बाप, भगवान, जो भी कहना चाहें।" गोपाल ने मुस्कुराते हुए कहा।

महानन्द जैसे समझने की कोशिश कर रहा था, पर समझ नहीं पाया इसलिए पूछा, "ये उन लोगों की दुकान है क्या?"

"दुकान तो दरअसल हमारे ही नाम पर है, पर उन्हीं लोगों की कहना चाहिए।"

"मतलब? समझाओ मुझे। बात क्या है?"

गोपाल ने सीधे-सरल शब्दों में समझा दिया। उसके दादाजी अनन्त उस घर के मालिक घनश्याम चौधरी के चौकीदार थे। इस घर का बनना ख़त्म होने के बाद से मरते दम तक इस घर की पूरी देखभाल दादाजी ने की थी। अब गोपाल के दादाजी के बच्चे और नाती-पोते भी योगमाया-लाखेश्वर के चौकीदार ही हैं। लेकिन सच बात तो ये है कि योगमाया-लाखेश्वर के परिवार ही असल में गोपाल जैसों के संसार की चौकीदारी कर रहे हैं, ठीक जैसे माँ-बाप अपने बच्चों के संसार की चौकीदारी करते हैं, वैसे ही।

दुकान के सामने रखी हुई बेंच पर पास के पेड़ की छाया पड़ रही थी। महानन्द को उस बेंच पर थोड़ी देर बैठने का मन हुआ लेकिन वह नहीं बैठा। सिगरेट का एक कश लगाकर गोपाल से पूछा, "तुमने घनश्याम चौधरी को देखा था?"

"मैंने नहीं देखा।"

"तुम्हारे दादाजी से मैं एक बार मिल सकता हूँ?"

"नहीं-नहीं, वो तो कब के गुज़र गए।" गोपाल ने जल्दी से कहा।

पैसा और सिगरेट का पैकेट जेब में डालकर महानन्द वहाँ से लौट आया। हरिशंकर और गोपाल के घर के बीच वाले रास्ते से वह मोहल्ले के अन्दर तक घुस गया। वह धीरे-धीरे सिर नीचे करके चल रहा था, बीच में दो-एक बार सामने देखता था। रेल लाइन के किनारे लाखेश्वर के घरवालों द्वारा बहुत साल पहले बेची हुई ज़मीन पर दस-बारह मक़ान हैं, कुछ कच्चे, कुछ पक्के, दो-तीन झोपड़ियाँ हैं अलग-अलग तरह की। एक बूढ़ा आदमी फावड़े से मिट्टी काट रहा था, एक औरत कपड़े सुखा रही है, लुंगी पहने हुए एक लड़का दातौन से दाँत घिस रहा है, किसी घर में दो-चार बच्चे कोरस में पढ़ाई कर रहे हैं, किसी घर के सामने बँधा हुआ बछड़ा घास खा रहा है।

शम्भू और लतीफ़ के मकान के पास सड़क दाईं तरफ़ घूम गई है। मदनमोहन के दो-मंज़िला मकान के सामने से आकर महानन्द जगमोहन के शिवजी के मन्दिर तक पहुँच गया। उँगलियों के बीच सिगरेट जलकर ऐसे ही ख़त्म हो चुकी थी। गोदाम-घर के पास वाली नाली में सिगरेट का टुकड़ा फेंककर महानन्द ने सोचा, अब किस तरफ़ जाए! अभी ही घर, मतलब योगमाया के घर तक लौटने का उसे मन नहीं हुआ। स्कूल के सामने से वह पार्क तक आया और अन्दर घुस कर रेल लाइन की तरफ़ की एक छायादार बेंच पर बैठ गया। कुछ देर बाद जेब से पैकेट निकालकर एक सिगरेट होंठों से दबा ली, फिर याद आया कि माचिस नहीं है। सिगरेट फिर से पैकेट में भरकर रख दी।

इस पूरे समय में, महानन्द के मन में एक ही बात बार-बार आ रही थी : 'ये लोग, मतलब योगमाया के परिवार और योगमाया नाम की ये औरत, गोपाल के कहने के अनुसार ही अच्छे हैं? और वह जो अपने बचपन और जवानी में अपने पिता को इतना अच्छा आदमी समझता था?' योगमाया से मिलने को लेकर महानन्द को डर-सा लगा था, पर अब मन होने लगा था। क्या फिर से रात को खाना खाने के बाद आँगन में बिठाकर, योगमाया उससे बात करेंगी? उतने समय के लिए पूरा दिन उसे इन्तज़ार करना पड़ेगा?

योगमाया ने दोपहर का खाना हो जाने के बाद ही, महानन्द को अकन के कमरे में बिठा लिया। उस समय लाखेश्वर और तारा घर के दूसरे सिरे में अपने कमरे में थे। घर में और कोई नहीं था। योगमाया को यह जानने का बड़ा मन हो रहा था कि

घनश्याम चौधरी का आख़िरी समय कैसा था, उनको दरअसल क्या हुआ था। वह ख़ुद अगर उस समय उनके पास रहती तो देख सकती थी, पूरे जीवन तक याद रह जाता। कभी कोई अपनों को एक तरफ़ से पूरी बात जिस तरह बता सके, आज महानन्द उसे इसी तरह बताए। योगमाया ने यही उम्मीद की।

"क्या हुआ था उनको? क्या सारी बातें तुम्हें याद हैं? मुझसे कहो, क्या हुआ था।" अकन के पलंग पर बैठकर योगमाया ने सीधे शब्दों में महानन्द से पूछा।

महानन्द थोड़ी देर तक योगमाया का चेहरा देखता रहा। गोल चेहरा, गोरा रंग, बड़ी-बड़ी चमकती आँखें, चेहरे पर उम्र का एक हिसाब है लेकिन कोई दाग़ नहीं। आवाज़ गम्भीर, कोमल और साफ़ है, क्या पूछ रही है, न समझने का सवाल ही नहीं उठता।

जवाब देने के लिए महानन्द ने एक बार ज़मीन की तरफ़ देखा और फिर आँखें बन्द कर लीं। जैसे अपने पिता का चेहरा याद कर रहा हो। फिर धीरे-धीरे कहता गया।

घनश्याम चौधरी में बीमारी का कोई लक्षण ही नहीं था। पिछले दफ़े घर आते समय वह एक बेल वाले फूल का पौधा ले आए थे। उसी दिन उन्होंने उस पौधे को ज़मीन में लगाकर ऊपर जाने के लिए रस्सी बाँध दी थी, साथ-ही-साथ नौकर भागीरथ को डाँट रहे थे, "तुम लोगों के पास आँखें नहीं हैं? अपनी अक्ल नहीं है? मैं नहीं होता घर में तो नवाब बनकर रहते हो। छोटे-से काम के लिए भी मुझे छुट्टी लेकर घर आना पड़ता है!"

महानन्द की माँ ने अन्दर कमरे में उनसे कहा था, "उतनी सी बात के लिए क्यों उसे डाँट रहे हैं?"

तब उन्होंने आँख मारकर मुस्कुराते हुए पत्नी से कहा था, "रुको तो! मैं मज़े ले रहा हूँ।"

उस दिन दोपहर को चौधरी ने कबूतर के मांस के साथ खाना खाया था। खाना खाते समय, उस दिन कबूतर छोटा आया, इस बात पर अफ़सोस ज़ाहिर कर रहे थे। फिर मांस के छोटे टुकड़े बिल्ली को खिलाने लगे। खाने के बाद एक घंटे तक लेटे रहे और फिर तैयार होकर चाय बाग़ान के लिए ज़मीन देखने जाने लगे। जंगली रास्ते से जाना था, इसलिए बूट पहने थे। निर्मल भट्टाचार्य को आना था और वे देर कर रहे थे। उतने समय में चौधरी आगे-पीछे के आँगन और सारे कमरों में टहल रहे थे। उनके बूट की खट-खट आवाज़ से खीजकर पत्नी ने कहा था, "एक जगह पर बैठते क्यों नहीं?"

एक घंटा देर से निर्मल भट्टाचार्य आए थे। चौधरी उनको देखते ही चिल्ला उठे थे, "अरे भाई! तुम चाय बाग़ान बाद में ख़रीदना, पहले ठीक समय बतानेवाली एक घड़ी ख़रीद लो।"

फिर दोनों निकल गए थे।

निर्मल भट्टाचार्य के कहने के अनुसार, चाय बाग़ान पहुँचने तक चौधरी बिलकुल ठीक थे। भट्टाचार्य थक गए थे पर चौधरी बिलकुल नहीं थके थे। बल्कि वे एक जगह ऊँचे पेड़ की डाली में लटकता मधुमक्खी का छत्ता देखकर उसे तोड़ने जा रहे थे। फिर खुली जगह पर घास पर बैठकर दोनों हँस-बोल रहे थे और चाय बाग़ान के बारे में आगामी योजना बना रहे थे। चौधरी ने एक मोटा-सा सिगार जलाया था। लेकिन एकदम, अचानक उनका सिगार फूँकना और बातें करना बन्द हो गया। वे दाएँ हाथ से अपना सीना दबाकर बैठ गए, भट्टाचार्य ने 'क्या हुआ?' कहकर उनको कन्धा पकड़ लिया, 'उफ्फ!' जैसी आवाज़ करने के बाद वो घास पर ही चित हो गए थे। भट्टाचार्य अस्थिर हो रहे थे, उन्हें समझ नहीं आ रहा था कि क्या करें! वे थोड़ी दूर सड़क तक दौड़ गए थे। फिर सड़क पर एक भैंसा-गाड़ी देखकर रोकी थी। गाड़ीवान के साथ भट्टाचार्य चौधरी के पास दौड़े थे, दोनों ने मिलकर चौधरी को गाड़ी में चढ़ाया था। फिर चौधरी के घर तक वह गाड़ी चली नहीं थी, भट्टाचार्य के हुक्म पर दौड़ी थी। घर पहुँचते समय तक चौधरी को होश नहीं था। आधे घंटे के अन्दर शहर के लगभग सभी डॉक्टर और वैद्यों से चौधरी का घर भर गया था। काफी परिचित लोग भी आ गए थे। चौधरी को होश नहीं आया था। आख़िरी रात में उनके गले से 'घड़-घड़' जैसी आवाज़ निकली थी। डॉक्टर और वैद्य पूरी रात जगे थे। महानन्द की माँ चौधरी के सिरहाने बैठी थी। किसी ने महानन्द को सोने के लिए कहा था लेकिन वह सोया नहीं था। कुर्सी में बैठे हुए उसे थोड़ी देर के लिए झपकी आई थी। अगले दिन सुबह ग्यारह बजे के थोड़ी देर बाद ही, छह लोग उठाकर चौधरी को बाहर ले आए थे।

महानन्द ने जीवन में पहली बार अपने पिता की मृत्यु के बारे में इतनी बारीक़ी से सब कुछ याद करते हुए विवरण दिया था। बहुत दिनों के बाद, जैसे पहली बार, बूट पहनकर खटर-खटर चलनेवाला पिता, बेहोश पड़ा हुआ पिता और सफ़ेद कपड़े से ढँका हुआ पिता, महानन्द की नज़रों के सामने स्पष्ट हो गया। जैसे यह घटना अभी घटी हो और अब तक घट ही रही है।

योगमाया जैसे अचेत घनश्याम चौधरी के सिरहाने बैठकर महानन्द के सारे विवरण सुन रही थी। जैसे योगमाया की नज़र के सामने ही ये घटनाएँ घट रही थीं। जैसे बीच में एक छोटी कटोरी से एक चम्मच पानी लेकर, उसने घनश्याम चौधरी के मुँह में डाल दिया था। जैसे पानी घनश्याम के होंठो के बाहर दोनों तरफ़ से बह गया हो और योगमाया ने बड़ी सावधानी से अपने आँचल से घनश्याम के होंठो को और फिर पूरा चेहरा पोंछ दिया था।

बातें सुनते हुए, अचानक एक बार, योगमाया अन्दर से अस्थिर हो उठी। उस दिन, ठीक उस समय वह क्या कर रही होगी? क्या कर रही होगी वो?

ज़मीन की तरफ़ एकटक देखते हुए दोनों ख़ामोशी से बैठे रहे। फिर योगमाया

के मुँह से अनायास ही निकला, “उन्होंने कुछ खाया था?”

महानन्द ने ‘न’ में सर हिलाया। फिर कहा, “ठीक तरह से दवाई ही पेट में नहीं गई थी।”

योगमाया को लगा कि अब और कुछ पूछना नहीं है उसे। वह वैसे ही बैठी रही। थोड़ी देर के बाद लाखेश्वर के कमरे का दरवाज़ा खुलने की आवाज़ सुनाई दी। योगमाया ने महानन्द से पूछा, “ये तस्वीर वापस ले जाओगे क्या?” फिर जवाब भी उसी ने दिया, “इसे यहीं रहने दो।”

दोपहर बाद अकन के स्कूल से लौटने के बाद योगमाया ने ख़ुद ही उसके कमरे में चाय-नाश्ता परोस दिया। नाश्ता करते समय वह अकन के पास बैठी रही। नाश्ता कर लेने के बाद योगमाया ने अकन से पूछा, “मेरे लिए एक काम कर दोगे?”

“कौन सा काम?”

योगमाया ने अपनी मुट्ठी में कुछ रुपये दबाकर रखे थे। वह रुपये अकन की तरफ़ बढ़ाते हुए उसने कहा, “बाज़ार से कुछ सामान मँगाना है।”

“कौन सा सामान?”

“कमीज़ के कपड़े, चादर, जल्दी ख़राब न हों ऐसी कुछ खाने की चीज़ें, बिस्कुट, मिठाई...”

“किसलिए? क्या करना है इन चीज़ों का?” अकन ने पहनने के लिए एक पुराना-सी कमीज़ हाथ में ली थी, वह वैसे ही खड़ा हो गया।

“उनके साथ भेजने के लिए।” योगमाया ने जवाब दिया।

अकन ने कमीज़ पहनी, खिड़की से बाहर देखते हुए कमीज़ के तीन बटन लगाए और कहा, “घर में और लोग हैं, किसी से कह दो।”

“किससे कहूँ, सिर्फ़ तिलक या नवीन से कहना पड़ेगा। वो लोग अच्छा सामान ठीक तरह से ख़रीद ला पाएँगे?” योगमाया ने नरम आवाज़ में कहा।

“उनसे नहीं होगा तो कैलाश को बुलवा लो।”

कैलाश मतलब गोपाल का भाई। वो अकन के स्कूल में पढ़ाता है ज़रूर, पर इसी घर का सदस्य जैसा है।

“तू क्यों नहीं जा रहा?” योगमाया ने आश्चर्य से पूछा।

“ऐसे ही, मैं नहीं जा सकता।” कहकर अकन कमरे से बाहर निकल गया।

मुट्ठी में रुपये दबाकर योगमाया काफ़ी देर तक बैठी ही रही। उसे मन हुआ कि अकन को बुलाकर लाए और पूछे कि क्यों वह ये काम नहीं कर सकता। वह कमरे से बाहर निकली और अकन को खोजने लगी। राधा ने कहा कि वह चला गया है।

शाम को, जब बच्चे अपनी-अपनी मेज़ पर पढ़ने बैठे, लाखेश्वर पूजाघर में और तारा रसोईघर में व्यस्त हो गई और अकन स्कूल का काम लेकर अपने कमरे में बैठा तब योगमाया सामनेवाले बरामदे में बैठे हुए महानन्द के पास गई।

"कल तुम्हारी गाड़ी कितने बजे है?" योगमाया ने पूछा।

"एक ग्यारह बजे जाती है, एक रात को भी चलती है, पर मैं दिन वाली गाड़ी में ही जाऊँगा।"

थोड़ी देर चुप रहने के बाद योगमाया ने कहा, "ये रख लो।"

महानन्द ने पहले योगमाया के उसकी तरफ़ बढ़ाए हुए हाथ को और फिर उसका चेहरा देखा। शाम की छायादार रोशनी में जैसे योगमाया की आँखें चमक उठीं।

"दो सौ रुपये हैं, घर के लिए कुछ ख़रीद ले जाना।" योगमाया ने शान्त आवाज़ में कहा।

"अरे! इसकी क्या ज़रूरत थी, मौसी जी।" महानन्द ने धीमी आवाज़ में आपत्ति जताई। उसके मुँह से निकला हुआ 'मौसी जी' शब्द जैसे तेज़ रफ़्तार से गुज़र जानेवाली किसी रेलगाड़ी की तरह पूरे मोहल्ले में झनझना उठा और फिर योगमाया को सुनाई दिया।

महानन्द के संकोच में न बढ़ते हुए हाथ में, योगमाया ने रुपये रख दिए और अन्दर चली गई और रसोईघर में तारा की मदद करने लगी। खाना पकाते समय योगमाया के मन में आया कि सब लोगों के खाना खाकर सो जाने के बाद महानन्द के साथ भेजने के लिए तारा के साथ मिलकर कुछ लड्डू-पिठा की तरह नाश्ता बनाया जा सकता है क्या! साथ में यह भी मन में आया कि अकन ने यह छोटा-सा काम करने से इनकार क्यों कर दिया। वह क्या सोच रहा है, उसके मन में क्या है!

रात को नींद आने से पहले तक, योगमाया को घनश्याम चौधरी का अचेत चेहरा और उनके सिरहाने पर बैठी हुई एक औरत याद आती रही पर बार-बार अकन का चेहरा उसे परेशान कर रहा था।

अगले दिन महानन्द जब जाने के लिए तैयार हुआ तब अकन का भी स्कूल जाने का समय हो रहा था। घर के सारे लोग सामनेवाले बरामदे तक निकल आए थे। राधा और गौरी दरवाज़े पर ही खड़ी थीं। लाखेश्वर ने महानन्द से पूछा, "फिर कब इस तरफ़ आना होगा?"

"देखता हूँ।" महानन्द ने छोटा जवाब दिया।

"जब भी आओ, दूसरी जगह नहीं रुकना!" योगमाया ने कहा।

अकन और महानन्द के साथ-साथ लाखेश्वर भी आँगन पार करता हुआ कुछ दूर तक गया। फिर वह लौट आया। आगे के बाक़ी रास्ते में अकन और महानन्द ख़ामोश रहे। हाई स्कूल के साइनबोर्ड के पास पहुँचकर अकन रुक गया। महानन्द ने कहा, "तुम जाओ, अकन! फिर कभी मिलेंगे।"

अकन 'अच्छा' कहकर स्कूल के गेट के अन्दर चला गया। एक क्षण के लिए महानन्द ने रुककर अकन को जाते हुए देखा और फिर स्टेशन के लिए आगे बढ़ गया।

योगमाया के घर में फिर से पहले की तरह खुला-खुला वातावरण बन गया। जैसे कहीं से छाया पड़ गई थी और घर फिर से अब रोशन हो गया हो! जैसे कोई बाँध खुल गया, जैसे कोई बादल छँट गया।

शाम को राधा और गौरी पार्क में घूमने गईं, तिलक ने सीटी बजाई, नवीन ने तिरंगा झंडा और देश की आज़ादी वाला कोई गाना ज़ोर-ज़ोर से गाया। रात को सब लोगों ने फिर से पहले की तरह, एक साथ रसोईघर के फ़र्श पर बैठकर खाना खाया। खाना खाते समय, लाखेश्वर ने हिटलर का प्रसंग निकाला, राधा ने पार्क में हर्रे के पेड़ में फूल खिलनेवाली ख़बर दी, तारा ने कहा कि उसने देखा था कि अब रिक्शा नाम के वाहन चलने लगे हैं, जिसे आदमी खींचकर ले जाता है। योगमाया और अकन ने बातचीत में भाग लिया, पर अपनी तरफ़ से कोई और प्रसंग नहीं निकाला।

योगमाया का कई दिनों तक मन करता रहा कि अकन के साथ महानन्द के बारे में बात करे, पर उसे हिम्मत नहीं हुई। पर कुछ दिनों में उसे एक तरह की ज़िद भी हुई, नहीं कहना है कुछ भी, अकन ख़ुद भी तो पूछ सकता था अपनी तरफ़ से!

कुछ दिनों बाद कैलाश से कहकर योगमाया घनश्याम चौधरी की तस्वीर को बड़े-से फ्रेम में बँधवाकर लाई और उसे अपने कमरे में पलंग के सिरहाने की तरफ़ दीवार में टाँग दिया।

जिस दिन पूजाघर में लाखेश्वर का धार्मिक प्रवचन सुनने के लिए आसपास के लोग नहीं आ पाते, योगमाया लाखेश्वर के पास आकर बैठती है। इधर-उधर की बातें करने के बाद, वह अक्सर महानन्द का प्रसंग निकालती है। एक ही कमीज़ महानन्द के दोनों बेटों को क्यों बाँटकर पहननी पड़ेगी? व्यापारी महाजन के पास महानन्द इस तरह से मेहनत कर रहा है, महाजन को चाहिए कि उसे पर्याप्त पैसा दे कि ढंग से गुज़ारा हो सके। अगर पैसा न भर पाने के कारण कभी किरायेदार ने उन लोगों को घर से निकाल दिया तो!

लाखेश्वर योगमाया की बातें सुनता रहता, बीच-बीच में 'हूँ-हाँ' करता, कभी-कभी धर्म और कर्म से जुड़ा हुआ कोई दोहा पढ़कर सुनाता।

क़रीब दो महीने बाद एक दिन फिर से महानन्द आ पहुँचा, बस थोड़ी देर के लिए, उसी दिन लौट जाना होगा। उस वक़्त घर में योगमाया और तारा के अलावा और कोई भी नहीं था। महानन्द ने कहा कि इसी बीच वह एक बार और आया था लेकिन इस तरफ़ आने के लिए समय ही नहीं निकाल पाया।

योगमाया ने पूछा, "घर में सब लोग ठीक हैं?"

तारा चाय बनाने के लिए भीतर चली गई। योगमाया के सवाल के जवाब में महानन्द ने कुछ नहीं कहा। उसने योगमाया से नज़रें चुराते हुए जेब से रूमाल निकालकर अपनी आँखें पोंछ लीं।

महानन्द के चले जाने के बाद कुछ दिनों तक योगमाया फिर से गम्भीर बनी

रही। उसके मन में ये भाव बार-बार आते रहे कि सिर्फ़ यही आदमी उसे घनश्याम चौधरी और उसके खानदान के क़रीब होने का बोध दिला सकता है, कोई और इतना क़रीब नहीं हो सकता।

एक दिन, योगमाया तारा के साथ घनश्याम उपवन की तरफ़ टहलने गई थी। वापसी में थोड़ी देर के लिए वो हाई स्कूल और जगमोहन के बनवाए शिव मन्दिर के बीच की ख़ाली जगह पर रुक गई। तारा ने पूछा, "क्या हुआ?"

"कुछ नहीं हुआ, चलो।" योगमाया ने कहा।

कुछ दिन बाद, एक दिन योगमाया ने पहले लाखेश्वर से और फिर अकन से कहा कि स्कूल और शिव मन्दिर के बीच में जो एक बीघा के बराबर ज़मीन ख़ाली पड़ी है, वो महानन्द को दे दी जाए।

लाखेश्वर तुरन्त कोई प्रतिक्रिया न दे सका। उसने अवाक् नज़र से योगमाया का चेहरा देखा। उस जगह से योगमाया के हट जाने के बाद भी, वह कुछ देर तक वहीं बैठा रहा। शाम को टहलने जाने के बहाने घर से बाहर निकल गया। जगमोहन वाले शिव मन्दिर और हाई स्कूल के किनारे वाली सड़क पर खड़े होकर उसने समझने की कोशिश की कि योगमाया ने कौन-सी ज़मीन की बात कही है। घर लौटने के बाद वो ज़्यादातर समय पूजाघर में, अपने कमरे में और बरामदे में चुपचाप बैठा रहा।

अकन, आजकल नियमित रूप से किसी जगह, लोगों से मिलने जाता है। भूमिधर वकील ने अपने घर में एक कमरा इन लोगों की मीटिंग के लिए दे दिया है। वह कमरा अब उनका सामाजिक कार्यक्रम का दफ़्तर ही बन गया है। स्कूल से फ़ुरसत मिलते ही अकन वहाँ जाता है। कभी कोई ज़रूरी काम होता तो स्कूल छोड़कर भी वहाँ जाता है वह। आज भी, जब योगमाया ने उसे महानन्द को ज़मीन देने की बात कहीं तब वो किसी ज़रूरी मीटिंग में जाने के लिए तैयार हो रहा था। माँ की बातें ख़त्म होते ही उसने अचरज से उनका चेहरा देखा। उसकी आँखें बड़ी हो गईं। कुछ बोलना न चाहते हुए भी उसके मुँह से निकला, "क्यों?"

एक बार के लिए योगमाया का दिल धक्-सा हो गया। अकन का चेहरा उसे बहुत कठोर-सा लगा। माँ से आँखें मिलते ही अकन सामान्य होने की कोशिश करने लगा लेकिन बोलने का लहजा वैसा ही रहा, "क्यों? ज़मीन क्यों देनी है?"

योगमाया अकन की आँखों से नज़र हटाकर थोड़ी देर के लिए चुप रही, फिर वहाँ से जाने लगी। अन्दर जाते हुए कहती गई, "तू कहीं जाने के लिए निकल रहा है, अभी जा! बाद में बातें करेंगे।"

भूमिधर वकील के घर वाले दफ़्तर में आज की मीटिंग बहुत लम्बी नहीं थी। दो-चार मुखिया सरीखे लोग आए भी नहीं थे। लोगों की बातचीत सुनने के बीच में कई बार अकन माँ के बारे में सोचता रहा। मीटिंग ख़त्म होने के बाद भी काग़ज़

पर यूँ ही कलम चलाता रहा और वही बात सोचता रहा जो माँ ने घर से निकलते वक़्त कही थी।

कभी-कभी अकन अपने कमरे में ही खाना खा लेता है। आज योगमाया खाना लेकर अकन के कमरे में आई। अकन के खाना शुरू करने के बाद योगमाया ने धीरे-धीरे स्वभाविक स्वर में कहा, "उन लोगों की हालत बहुत बुरी है।"

"किसकी?" अकन समझ रहा था माँ किसकी बात कर रही है पर कुछ पूछना चाहिए, इसलिए पूछा।

"महानन्द के घर की।" योगमाया थोड़ी देर रुकी, वह, यह सुनना चाहती थी कि अकन क्या कहेगा पर अकन को चुप रहते देखकर वह बिलकुल साफ़-स्पष्ट आवाज़ में बोलती गई, "उस परिवार में बहुत तकलीफ़ है। रहना, खाना, पहनना, सब में बड़ी मुश्किल में हैं वे लोग। दरअसल उनकी ऐसी हालत नहीं होनी चाहिए थी। उन्हें सुख-सम्पदा में रहना चाहिए था।"

"कैसे हुई उन लोगों की ऐसी हालत? क्या हम लोगों ने की है?" अकन ने चावल का कौर मुँह में लेते हुए कहा।

"हम लोगों ने नहीं की। लेकिन कैसे हुआ, ये अगर तू उनके साथ बात करता तो समझता। तूने तो उनके साथ ठीक से बोला ही नहीं।"

थोड़ी देर तक कोई कुछ नहीं बोला। अकन थाली में नज़र गड़ाए हुए खाना खाता रहा। फिर योगमाया ने कहा, "हम लोगों की भी ऐसी हालत हो सकती थी।"

अकन ने अचानक कड़क आवाज़ में कहा, "किसकी वजह से?" खाना चबाना बन्द करके उसने माँ को देखा। "अगर हम लोगों की ऐसी हालत होती तो किसकी वजह से?"

योगमाया अकन का कठोर चेहरा सह नहीं पाई। उसने नज़र नीची कर ली। अकन के सवाल ने उसे अन्दर तक हिला दिया था। वो किसकी बात करना चाहता है? योगमाया के अन्दर जैसे कोई तूफ़ान चलने लगा था, जैसे किसी पानी के बर्तन में नीचे जमी हुई काई ज़ोर से हिला देने पर ऊपर उठने लगती है, वैसे ही उसके जीवन का गँदला हिस्सा उभरने लगा था। योगमाया का चेहरा पहले गम्भीर और धीरे-धीरे कठोर बनता गया। उसने सिर उठाकर अकन को देखा और कहा, "मेरी वजह से। इसलिए मैं प्रायश्चित करना चाहती हूँ।"

अकन ख़ामोशी से मछली के टुकड़े से महीन काँटे निकालकर थाली के किनारे रखने लगा। माँ इस तरह से बोलेगी, यह उसने सोचा ही नहीं था। वह सिर्फ़ इतना जानता था कि ये सवाल उसके हृदय की कितनी गहराई से निकला था। उसको यह उम्मीद नहीं थी कि ये सवाल उसकी माँ के हृदय में उतनी ही गहराई में चोट करेगा। उसे लगा कि माँ को इतनी सहज और भोली समझकर उसने ग़लती की है। थोड़ी देर बाद शान्त होने की कोशिश करते हुए उसने कहा, "उन्हें ज़मीन दे देंगे

तो क्या फ़ायदा होगा? ज़मीन से वो क्या करेंगे?"

"वहाँ उन लोगों की अपनी ज़मीन-जायदाद कुछ नहीं है। यहाँ बहुत ज़मीन ऐसे ही पड़ी है। वो लोग यहीं आ जाएँ और रहने लगें।" योगमाया ने जैसे हुक्म देने के अन्दाज़ से कहा।

"घर के सारे लोग? मतलब पूरा परिवार यहाँ आ जाएगा?"

"हाँ।"

थोड़ी देर के लिए फिर से सन्नाटा छा गया। फिर अकन ने पूछा, "चलो, ज़मीन हो गई। लेकिन फिर मकान? मकान का क्या होगा?"

"पहले वे लोग आ जाएँ, फिर बात करेंगे। पता नहीं वे क्या कहेंगे। हम लोगों ने उन्हें ज़मीन दी तो ज़रूरी नहीं कि वे यहाँ आकर बस जाएँगे। और अगर आना चाहें और कहें कि उनके पास मकान बनवाने की सामर्थ्य नहीं है तो हम लोगों को ही कोई व्यवस्था करनी पड़ेगी।" योगमाया ने स्पष्ट रूप से जवाब दिया।

अकन को लगा कि माँ बहुत सोच-समझकर फैसला लेने के बाद ऐसा बोल रही है। थोड़ी देर पहले उसका मन थोड़ा शान्त हुआ था लेकिन अभी उसने महसूस किया कि दबा हुआ वो ग़ुस्सा फिर से बढ़ने लगा है।

"वो ज़मीन का टुकड़ा एक बीघे से बहुत ज़्यादा है। उस ज़मीन के साथ गोदाम और स्कूल के पीछे वाले हिस्से को मिलाकर मैं फिलहाल एक कॉलेज शुरू करने के बारे में सोच रहा हूँ। तुम कह रही हो तो मैं उनके लिए एक दूसरा ज़मीन का टुकड़ा देखूँगा।" उँगलियों में चिपके हुए चावल को झटककर अकन खड़ा हो गया।

"थोड़ा-सा और चावल..." योगमाया ने कहा।

"बस हो गया। और भूख नहीं।" अकन मुँह धोने के लिए कमरे से बाहर निकल गया।

थाली-कटोरियों में बचा खाना देखकर योगमाया का मन दुखी हो गया। खाते समय शायद यह प्रसंग नहीं निकालना चाहिए था। वह थोड़ी देर तक वैसे ही बैठी रही। फिर एक लम्बी साँस ली जैसे ताक़त जुटा रही हो। अब जो हुआ, सो हुआ। इतने दिनों से जो कहने के लिए इन्तज़ार कर रही थी, वो उसने आख़िर कह दिया। वह धीरे-धीरे थाली-कटोरियों को समेटने लगी।

## 9

कुछ दिनों के बाद महानन्द फिर से आया। महाजन ने उसे एल्युमिनियम के बर्तन ले जाने के लिए भेजा है। अगला पूरा दिन लगाकर उसे बर्तनों को

हिसाब करके बाँधना है और फिर बाज़ार से ही स्टेशन जाकर गाड़ी पकड़नी है। महानन्द के पहुँचते समय घर में सब लोग दिख रहे थे लेकिन थोड़ी देर में इतना सन्नाटा छा गया, जैसे पूरा घर ख़ाली हो।

चाय परोसते वक़्त, योगमाया ने ध्यान दिया कि महानन्द पहले से और दुबला हो गया है। चार-पाँच दिनों से दाढ़ी नहीं बनाने के कारण वो बीमार लग रहा था। एकाग्र हो मालपुआ चबाते हुए इस आदमी को थोड़ी देर तक देखते रहने के बाद योगमाया ने पूछा, "घर से कब निकले थे?"

महानन्द धीरे-धीरे कहने लगा, दरअसल वो आठ दिन पहले ही घर से निकला था। पहले माजुली की तरफ़ गया सरसों की ख़बर लेने। फिर वहाँ से चारगाँव के इलाक़े में एक व्यापारी के पास गया बेंत के बारे में पता करने, वहाँ से चार दिन बाद घर पहुँचा था। अगले दिन सुबह ही महाजन ने कहा, गुवाहाटी जाना पड़ेगा, और इधर घर पहुँचकर पता चला कि बड़ा लड़का दो दिन से बाहर है, लौटा नहीं तब तक। लड़के की माँ का रो-रोकर बुरा हाल हो गया। मैं महाजन से कहने गया कि दो दिन बाद चलता हूँ गुवाहाटी, पहले लड़के को ढूँढ़कर लाऊँ। महाजन ने कहा, 'उसे ढूँढ़ने की क्या ज़रूरत है, जवान लड़का अपने-आप घर आ जाएगा। बाग़ान के मैनेजर ने ख़ुद चिट्ठी भेजी है, सोमवार को बर्तन चाहिए ही।' महाजन के साथ घंटा-भर बहस करने के बाद, सोमवार को ही बाग़ान में बर्तन पहुँचा देने का वादा करके, परसों रात को घर में रुककर कल सुबह की गाड़ी पकड़ी है।

"लड़का मिला या नहीं?" योगमाया ने पूछा।

"लौटा है परसों शाम को।" महानन्द ने थोड़ा खीझकर कहा।

"कहाँ चला गया था वो?"

"साथ के किसी लड़के के घर में था।"

"ऐसे कैसे बिना बताये..."

चाय का घूँट पीकर महानन्द ने कहा, "उसकी माँ ने किसी बात पर ग़ुस्सा किया, बस, इतनी सी बात।"

महानन्द की चाय ख़त्म होने तक योगमाया ने और कुछ नहीं पूछा।

चाय पीकर महानन्द उठकर कुएँ के पास गया। गिलास से पानी उड़ेलकर उँगलियों को भिगोया, फिर गीली उँगलियों से होंठों को पोंछा और वापस आकर कुर्सी पर बैठ गया।

योगमाया ने अब पूछा, "तुम लोग यहाँ चले आओगे?"

महानन्द ने योगमाया की तरफ़ देखा और सवाल को समझने की कोशिश करने लगा।

"एक टुकड़ा ज़मीन की व्यवस्था करती हूँ, एक मकान बनवा लो और फिर सब लोग यहीं रहने आ जाओ।"

महानन्द जैसे पत्थर की मूर्ति बन गया, बिना हिले-डुले बैठा रहा।

योगमाया ने फिर कहा, "इस बारे में सोचो। घर के लोगों के साथ भी बात कर लो।"

अगले दिन सुबह एल्युमिनियम के बर्तनों के लिए व्यापारी से मिलने जाते समय महानन्द ने लाखेश्वर से कहा, "मौसी जी की बात मानकर अगर यहाँ आ भी जाता हूँ तो गुज़ारा कैसे होगा?"

लाखेश्वर ने कोई सीधा जवाब नहीं दिया। 'कीड़े-मकोड़े के बैठने के लिए भी पेड़ के पत्ते हैं, खाने के लिए मुँह और पेट विधाता ने दिया है तो इसकी व्यवस्था भी वही करेंगे..।' इस तरह की कुछ बातें कहकर, वह अपने सीने तक बढ़ती हुई सफेद दाढ़ी पर हाथ फेरने लगा।

एल्युमिनियम के बर्तन वाले व्यापारी ने गोदाम से माल पहुँचने तक महानन्द से इन्तज़ार करने के लिए कहा था। वापसी में बर्तनों के लकड़ी वाले बक्से पर बैठकर ही महानन्द नाक बजाकर सो लिया था। योगमाया का प्रस्ताव सुनने के बाद पिछली रात को उसे नींद नहीं आई थी।

उसके बाद, एक महीना पूरा होने से पहले ही महानन्द फिर से योगमाया के घर आया। दोनों बड़े लड़कों ने पहले आपत्ति की थी कि उनके संगी-साथियों को छोड़कर आना पड़ेगा। महानन्द ने उनसे पूछा कि 'संगी-साथी घर का किराया भरेंगे?' खाना खिलाएँगे? फिर दोनों लड़के चुप हो गए। लड़कों की माँ के मुँह में तो ज़बान होती ही नहीं है। इसलिए महानन्द यह कहने आया है कि अगर योगमाया के परिवार वाले चाहते हैं तो वे लोग यहाँ चले आएँगे। फिर योगमाया की तरफ़ देखकर महानन्द थोड़ी देर चुप रहा, फिर कहा, "लेकिन घर बनवाने के लिए मेरी कोई औकात नहीं है, मौसी जी!"

योगमाया पहले से ही जानती थी कि यह सुनना पड़ेगा। इसलिए कहा, "देखती हूँ। ये तो तुरन्त होनेवाली बात नहीं है। छह महीने-साल भर का समय तो लग ही जाएगा। तुम ख़बर करते रहना।"

सौ रुपये हाथ में देकर योगमाया ने महानन्द को विदा किया।

बाद के दो महीनो में दो बार ख़बर करके महानन्द को मालूम हुआ कि बात आगे नहीं बढ़ी है।

उसके अगले महीने बात कुछ आगे बढ़ी। लाखेश्वर ने एक दिन योगमाया और अकन को पास बैठाकर कहा, 'ये सब सँभालने का अब उसका मन भी नहीं है और उम्र भी नहीं है। ये ज़िम्मेदारी अब अकन को ले लेनी चाहिए। उनकी अपनी राय यह है कि किसी को भी तकलीफ़ नहीं होनी चाहिए।'

लाखेश्वर की बात सुनने के बाद अकन ने सिर्फ़ इतना कहा, "ठीक है।"

जिस दिन अकन की माँ ने महानन्द को ज़मीन देने की बात कही थी,

उसके पहले तक अकन स्कूल के आसपास की ज़मीन के बारे में दूसरी तरह से सोच रहा था। भूमिधर वकील के घर वाले दफ़्तर में बैठे-बैठे उसने बहुत योजना बनाई थी, काग़ज़ में तरह-तरह के नक़्शे भी बनाए थे। एक कॉलेज के बारे में सोचा था। फिर उस दिन खाना खाते समय माँ के साथ जो बातें हुईं, उसके बाद अकन नये सिरे से योजना बना रहा है। बाहर से दिखने में वह कुछ कर नहीं रहा, पर बहुत कुछ सोच लिया है। अब उसने सोचा है कि महानन्द के परिवार वालों के लिए एक मकान बनवाएगा। लेकिन, कैसे शुरू करना है, यही तय करने में देर हो रही है।

मामा जी और माँ के सामने 'ठीक है' कहने के अगले दिन से ही अकन ने मकान का काम शुरू करवा दिया, घनश्याम चौधरी उपवन और जगमोहन के शिव मन्दिर के बीच वाली ज़मीन की सफ़ाई के लिए मज़दूर लगाए, स्कूल के दफ़्तर में बैठकर सोचता रहा कि मकान बनवाने के लिए पैसा कहाँ से आएगा। स्कूल के खाते में काफ़ी रुपये हैं, उससे ये मकान बनवाया जा सकता है। लेकिन स्कूल का पैसा मकान के लिए ख़र्च करना अकन को ठीक नहीं लगा। लकड़ी की दुकान वाले खाते में जितना रुपया जमा है उससे मकान नहीं बन सकता। वह रुपया ख़र्च करने का उसे मन नहीं है। वह माँ के पास रखा है, अभी रहने दें।

सात दिन के अन्दर, अकन ने ग्राहक ढूँढ़कर थोड़ी दूरी पर एक बीघा और चार कट्ठा ज़मीन बेच दी। फिर शम्भू के बेटे को बुलवाकर मकान बनवाने के बारे में सारा काम समझा दिया। शम्भू का बेटा मकान के काम की पूरी निगरानी करेगा और काम तो करेगा ही। उसे इसके लिए मजूरी दी जाएगी। शम्भू के बेटे ने एक इंजीनियर से मकान का नक़्शा बनवाकर अकन को दिखा दिया। पाँच कमरेवाला 'ई' पैटर्न का मकान बनेगा। रसोईघर, नहान-घर अलग से।

"अच्छा है, बढ़िया है!" अकन ने बस इतना ही कहा। मकान के आगे-पीछे पक्की दीवार बनवानी होगी। बाक़ी दोनों तरफ़ तो दीवार है ही। सामने पक्का खम्भे वाला गेट होना चाहिए। गेट के ऊपर घर का नाम लिखा रहेगा।

योगमाया ने नक़्शा देखकर कहा, "इतना बड़ा घर किसलिए? चार कमरे काफ़ी थे।"

अकन ने शान्त स्वर में कहा, "होने दो माँ! मैं किसी दूसरे कारण से एक मकान बनवाने के बारे में सोच ही रहा था। अब उस मकान में वे लोग रहेंगे। और रहेंगे ही तो अच्छे से रहें।"

जब मकान की बुनियाद और चारों तरफ़ के पक्के खम्भे बन गए थे, तब महानन्द एक बार आया था। उसने एक बार मकान की बुनियाद के ऊपर चढ़कर चारों तरफ़ देखा था। शम्भू के बेटे ने उसे नक़्शा भी दिखाया था। काम करनेवाले मज़दूरों से अलग हटकर थोड़ी ख़ाली जगह पर बैठकर महानन्द ने उस दिन आँसू

पोंछे थे। एक बार आँसू पोंछता तो फिर बहने लगते! आँखों से लगातार झर-झर बहते आँसू थम ही नहीं रहे थे।

उसी दिन लाखेश्वर ने महानन्द से कहा, "छह महीने के अन्दर मकान बन ही जाएगा। अब आप लोग यहाँ आने के बारे में सोचना शुरू कर सकते हैं।"

मकान तो छह महीने में पूरा हो गया लेकिन आगे-पीछे की दीवारें और गेट बनने में थोड़ा और समय लग गया। अकन ताँबे की तख़्ती पर मकान का नाम लिखवाकर ले आया था। एक दिन उसने ख़ुद सामने खड़े होकर मिस्त्री से सामने के गेट के ऊपर उसे लगवा दिया।

'योगमाया निकेतन।'

मकान का काम अब पूरी तरह से ख़त्म हो गया।

योगमाया ने बहुत संकोच के साथ आपत्ति की, "ये क्या लगा दिया? ये नाम क्यों लिखा?"

अकन ने कहा, "होने दो माँ! तुम्हें एक काम करने का मन था, मुझे भी..." बात ख़त्म न करके ही अकन माँ के सामने से हट गया।

महानन्द बहुत दिनों से इस तरफ़ नहीं आया था। इस इलाक़े में आता था, काम ख़त्म करके बाहर-बाहर से ही लौट जाता था। रेलगाड़ी से ही उस रास्ते से गुज़रते वक़्त अन्दाज़ा लगाने की कोशिश करता कि उनका नया मकान किस जगह पर होगा।

बहुत दिनों के बाद जब एक बार महानन्द आया, तब जगमोहन के गोदाम का एक आदमी नये घर की चौकीदारी करने लगा था। रसोईघर में चूल्हा-कढ़ाई, लोटा-गिलास, थाली-कटोरी, सब करीने से सजाकर रखे गए हैं। बस अब लोग आएँ और चूल्हा जले। रसोईघर के पास ही हैंडपम्प है। बिलकुल साफ़ पानी है। खुदाई में रेत निकली थी, पर अब एकदम साफ़ है। दो कमरों में एक-एक डबल बेड, एक कमरे में एक सिंगल बेड रखा है। हर कमरे में मेज-कुर्सी रखी हैं।

अकन महानन्द को घर दिखाने के लिए बुला लाया था। पूरे मकान को एक बार देख लेने के बाद महानन्द ने बड़ी कमज़ोर-सी आवाज़ से अकन से पूछा, "हम लोगों को कुछ लाना ही नहीं पड़ेगा क्या?"

अकन ने मुस्कुराते हुए कहा, "क्यों नहीं, जो भी ज़रूरत की चीज़ें हैं आप लोगों के पास, ले आइए।"

लौट जाते समय योगमाया ने महानन्द को चार सौ रुपये दिए।

क़रीब दस दिनों के बाद अकन ने अपने स्कूल के बरामदे से ही देखा कि तीन रिक्शे और एक घोड़ागाड़ी उनके घर की तरफ़ आ रही है। अकन जल्दी से सड़क पर आ गया। पहले रिक्शे में महानन्द और उसकी पत्नी बैठी थी, उनके पैरों के पास एक सूटकेस रखा था। अकन को देखकर महानन्द ने रिक्शा चालक को रुकने के लिए कहा।

"पहुँचे ठीक से न!" अकन ने मुस्कुराते हुए पूछा।

"हाँ भाई।"

"सीधे नये घर में चले जाइए," अकन ने मुस्कुराते हुए कहा, "चौकीदार है ही, हम लोग भी आ रहे हैं।"

तीनों रिक्शे नया घर पीछे छोड़कर आए थे, फिर से घूम गए।

अकन ने हाथ से इशारा करके स्कूल से एक चौकीदार को बुलाया। चौकीदार दौड़कर आया।

"तुम जल्दी से जाओ, शम्भू के बेटे को बुला लाओ। मकान की चाभी उसके पास है। दौड़ जाओ। बोलकर ही वापस आ जाना।" अकन ने कलाई में बँधी घड़ी देखा। अभी दस बजकर सत्रह मिनट हुए हैं, पीरियड की घंटी बजने में अभी देर है। फिर उसने घर आकर माँ को ख़बर दी।

योगमाया ने कहा, "यहीं क्यों नहीं बुला लिया। दोपहर का खाना यहीं खा लेते..."

"नहीं, सब्जी-मछली वहीं भेज दो। राधा लोग कहाँ है? उन लोगों को भी वहाँ भेज दो।"

यह कहकर अकन वहाँ से चला आया। पीछे वाली सड़क से गोपाल के घर गया। गोपाल उस वक़्त दुकान में ही बैठा था। अकन को इस असमय में देखते ही वह कुर्सी छोड़कर लगभग कूदता हुआ दुकान से बाहर आ गया। अकन ने आदेश के स्वर में कहा, "एक ख़ाली रसोईघर है। हाँड़ी-बर्तन सब कुछ है। पाँच लोग चाय, नाश्ता और खाना खाएँगे, तीन-चार दिनों का राशन क्या-क्या चाहिए और कितना, साग-सब्जी और मछली को छोड़कर, तुम जानते हो न?"

"हाँ, भैया! जानता हूँ।" गोपाल थोड़ा अचरज में पड़ गया।

"ठीक-ठाक हिसाब करके सारा सामान अभी नये घर में भेज दो। पैसे की लिस्ट मेरे घर भेजना। बाद में क्या करना है, वो मैं बताऊँगा। अभी जल्दी करो। लोग आ गए हैं।" अकन ने फिर घड़ी देखी। गोपाल और कुछ पूछ सकता, उससे पहले ही वह वहाँ से चला गया। अब वह धीरे-धीरे पैदल चलता हुआ स्कूल पहुँचा और अपने कमरे की कुर्सी पर बैठ गया। मेज़ पर कोहनियाँ टिकाते हुए दोनों हाथों की उँगलियों को आपस में फँसाकर शंख जैसा आकार बनाया और आँखें बन्द करके बैठा रहा।

राधा नहा रही थी। वो नहान-घर से ही चीख़ती हुई बोली, "तुम लोग जाओ! मैं आ रही हूँ।"

योगमाया और तारा चली गई। थोड़ी देर के बाद लाखेश्वर ने बनियान के ऊपर कुरता पहन लिया और कृष्ण का नाम जपता हुआ बरामदे की सीढ़ियाँ उतरने लगा।

महानन्द और पार्वती के बड़े लड़के का नाम रमेश है। घर में उसे राम कहते हैं सभी। बीच वाला वीरेन, घर में वीरू। छोटा वाला पूर्ण, उसका कोई और नाम नहीं है।

योगमाया तीनों को देखकर मुस्कुराई। रेल में सफ़र करने के कारण उनके कपड़े, बाल और चेहरे गन्दे हो गए थे। लेकिन योगमाया ने कहा, "बहुत प्यारे लड़के हैं!"

पार्वती को देखकर अब भी पता चलता है, पहले सुन्दर थी। अब आँखों के नीचे काले धब्बे हैं, गाल पिचक गए हैं, फिर भी वो प्यारी लगती है। ऊपर का एक दाँत टेढ़ा है, हँसती है तो दिख जाता है, उससे और प्यारी लगती है।

एक-दूसरे को देखने और परिचय वाली औपचारिकता जब ख़त्म हो गई तो योगमाया को याद आया कि चाय की व्यवस्था कैसे हो। उसी समय गेट से एक रिक्शा अन्दर आया। उसमें राशन का सारा सामान रखा हुआ था। गोपाल साथ-साथ पैदल आ रहा था। उसके हाथ में दूध का जग था।

योगमाया और तारा ने सोचा था, इस घर में पहली बार खाना उन दोनों को ही बनाना पड़ेगा पर उन्हें ऐसा नहीं करना पड़ा। शम्भू के बेटे ने ही सभी को चाय बनाकर पिलाई, खाना बनाने की भी व्यवस्था की। योगमाया के परिवार के लोगों से भी आग्रह किया कि यहीं खा लें।

सारी व्यवस्था का जायजा लेने के बाद लाखेश्वर, योगमाया और तारा अपने घर चले गए। उनके जाने के बाद पार्वती ने पोटली खोलकर अपने बर्तनों को निकालने के बारे में एक बार सोचा लेकिन उसकी ज़रूरत नहीं थी इसलिए आलस करने लगी। शम्भू के बेटे ने अपनी जानकारी के अनुसार जैसे हो सका, खाना पकाया लेकिन लोगों ने तृप्ति से खाया।

पार्वती की नींद खुलते समय तक, बाहर धूप ख़त्म हो चुकी थी। राम जब बिस्तर से उठा, तब कमरे के अन्दर अँधेरा ही हो गया था। थोड़ी देर के बाद शम्भू का बेटा घर के हर दरवाज़े के पास एक-एक लालटेन जलाकर रख गया।

धीरे-धीरे पूरा इलाक़ा निस्तब्ध हो गया था। महानन्द घर के सामने कुर्सी पर बैठा रहा। पार्वती साथ लाई हुई पोटलियों को खोलकर ठीक से रखने लगी थी। वीरू और पूर्ण अपनी माँ की सहायता करने में लगे थे। बीच-बीच में पार्वती बाहर आकर महानन्द से कुछ-कुछ पूछ रही थी, महानन्द को बात करने का बिलकुल मन नहीं हो रहा था। वह हर बार 'हूँ, हाँ' करता हुआ उसी को अन्दर भेज देता था।

थोड़ी देर बाद राम 'टहलकर आता हूँ।' कहकर बाहर निकल गया और शिव मन्दिर के पास खड़ा हो गया। उस वक़्त दो साधु मन्दिर के बाहर बैठकर भाँग पी रहे थे।

अगले दिन सुबह छोटा लड़का पूर्ण, पूरे घर का भीतर-बाहर से चक्कर लगा आने के बाद बरामदे में सामान सहेजकर रखते हुए माँ, पिता और बड़े भाइयों से हँसता हुआ बोला, "हमारे घर का नाम 'योगमाया निकेतन' है।"

हफ़्ते भर बाद, एक दिन रात को खाना खाते समय अकन ने लाखेश्वर से कहा, "मैं एक बात सोच रहा हूँ, मामा जी!"

थोड़ी देर तक उसे चुपचाप देखकर लाखेश्वर ने पूछा, "कौन सी बात?"

"अब तो आपने, लकड़ी की दुकान में लगकर काम करना, छोड़ ही दिया है।"

लाखेश्वर ने धीमी आवाज़ में कहा, "वैसे हर समय वहाँ नहीं रह पाता, पर शम्भू और बाक़ी लड़के क्या करते हैं, उस पर ध्यान रख रहा हूँ।" थोड़ी देर चुप रहने के बाद लाखेश्वर ने फिर से कहा, "उससे ज़्यादा कुछ करने का अब मन ही नहीं होता। पर तूने क्यों पूछा?"

अकन धीरे-धीरे, सोचता हुआ, सलीके से कहने लगा, "मैं सोच रहा था कि ये व्यवसाय अच्छा है। आपने घर की लकड़ियों से ही शुरू किया था। उस दुकान की कमाई से हमारे संसार में बहुत काम हुआ। अब हमारे पास अपनी लकड़ी नहीं है, फिर भी दुकान चल ही रही है। लेकिन, सिर्फ़ शम्भू और लड़कों के भरोसे दुकान को छोड़ नहीं देना चाहिए।"

"तो फिर, तू क्या सोच रहा है?" लाखेश्वर ने मुँह में ले जाते हुए कौर को रोककर पूछा।

थोड़ी देर रुककर अकन ने कहा, "इस नये परिवार को तो बसा दिया हम लोगों ने, पर रोज़-रोज़ वे लोग गोपाल की दुकान से सामान उधार लाएँगे और हम लोग वो उधार चुकाते रहेंगे, अपने घर से मछली-सब्जी भेजते रहेंगे, ऐसे तो हमेशा नहीं चलेगा। रोज़ दस रुपया, बीस रुपया उनके हाथ में रखना भी ठीक नहीं लगता। इसलिए, सोचा है कि एक बन्दोबस्त करके लकड़ी की दुकान की ज़िम्मेदारी महानन्द भैया को दे दी जाए।"

योगमाया, एकटक अकन का चेहरा देख रही थी। वह एक बार चौंक उठी। महानन्द के बारे में बोलते हुए अकन ने पहली बार 'भैया' शब्द का उच्चारण किया था। एक क्षण के लिए योगमाया का मन कुछ भारी-सा हो गया।

"मेरा मतलब, बिलकुल पक्का बन्दोबस्त होगा। उस दुकान से ही उनको अपना गुज़ारा करना होगा। हम लोगों को वे किराया मानकर सही या हिस्सा मानकर ही, कुछ रुपया हर महीने देते रहेंगे। कितना देंगे, वो हम लोग तय कर लेंगे। दुकान उनके हवाले करते समय वहाँ रखा सारा सामान उनका हो जाएगा। उस दिन तक लेन-देन का जितना काम बाक़ी है, हम लोग पूरा कर देंगे। दुकान की ज़िम्मेदारी समझ लेने के बाद, शम्भू और बाक़ी काम करनेवाले लड़कों की तनख़्वाह भैया देंगे।" खाना रोककर लाखेश्वर की तरफ़ देखते हुए, अकन ने साफ़ शब्दों में कहा और फिर सिर नीचा करके खाना खाने लगा।

"पहले महीने मैं उन्हें कुछ रुपये दे दूँगा।" थोड़ी देर में अकन ने फिर कहा।

लाखेश्वर और योगमाया ने कुछ नहीं कहा। उन दोनों ने सिर्फ़ एक-दूसरे का चेहरा देखा।

अगले दिन, लाखेश्वर ने अकन से कहा, "तूने जो तय किया है, वही ठीक है।"

लाखेश्वर ने ही महानन्द को इस बारे में बताया। महानन्द थोड़ी देर तक सिर झुकाकर सोचता रहा, फिर कहा, "मैं सँभाल पाऊँगा?"

"क्या मुश्किल है इसमें?" लाखेश्वर ने ज़ोर देकर कहा, "इतनी पुरानी बसी हुई दुकान है, चलाने में दिक़्क़त किस बात की है? थोड़ा घूमना पड़ेगा, मेहनत करनी पड़ेगी, दिमाग़ लगाना पड़ेगा, बस इतना ही।"

"घूमना-फिरना, मेहनत करने की बात मैं सोच नहीं रहा लेकिन..." थोड़ी देर चुप रहने के बाद महानन्द ने एक लम्बी साँस लेकर कहा, "अच्छा ठीक है, कोशिश करता हूँ। लेकिन आप लोगों को मदद करनी होगी।"

"हमसे ज़्यादा मदद आपको शम्भू और वहाँ काम करनेवाले लड़कों से मिलेगी। वो लोग काम के आदमी हैं। हम तो अब पीछे की कतार में खड़े होनेवालों में से रह गए हैं।" लाखेश्वर मुस्कराया।

उस दिन दोपहर से शाम तक लाखेश्वर लकड़ी की दुकान में ही बैठा रहा।

'तुम्हें मालूम है, मैंने क्या सोचा और समझा है अब तक? लकड़ी का व्यवसाय करो। बहुत सारे पेड़ हैं, कारीगर रखो, पटिया-खम्भा छिलवाओ-कटवाओ, बस। बाक़ी अपने-आप सीखते जाओगे।' वर्षों पहले घनश्याम चौधरी की कही बातें लाखेश्वर को याद आती रहीं। दुकान शुरू करने के लिए शम्भू और लतीफ़ ने एक छोटी-सी परछी बना ली थी, वह भी याद आया। 'चलो ठीक है, कम-से-कम दुकान आँखों के सामने रहेगी। ये सुख भी बहुत है!' लाखेश्वर ने सोचा।

अगले दिन, सुबह चाय-नाश्ते के बाद महानन्द, लकड़ी की दुकान में उस कुर्सी पर बैठ गया, जहाँ इतने वर्षों से लाखेश्वर बैठा करता था।

दो-चार दिन बाद स्कूल जाते हुए रास्ते में, अकन लकड़ी की दुकान के सामने रुक गया, अन्दर महानन्द बैठा था। कुछ सोचकर अकन दुकान के अन्दर चला गया। महानन्द हड़बड़ाकर खड़ा हो गया।

"आओ, अकन! स्कूल के लिए निकले थे? बैठो।" महानन्द अपनी कुर्सी छोड़कर आया और ग्राहक के लिए रखी दो कुर्सियों में से एक घुमाकर अकन की तरफ़ बढ़ा दी। वह ख़ाली हाथ से ही कुर्सी की धूल पोंछने लगा।

"नहीं, नहीं, मुझे जाना है, दरअसल मैं एक बात पूछना चाहता था। इन लड़कों की पढ़ाई के बारे में क्या सोचा है आपने? मैं राम-वीरू लोगों की बात कह रहा हूँ।"

"ये तो मैं भी सोच रहा हूँ। लेकिन क्या करूँ, कुछ तय नहीं कर पा रहा हूँ।

दरअसल, मैं ये बात तुम ही लोगों से पूछना चाहता था।" महानन्द के स्वर में असहाय भाव स्पष्ट हुआ।

"असल में अभी स्कूल-कॉलेज की नई श्रेणी में नाम लिखवाने का समय नहीं है। फिर भी वीरू और पूर्ण को अपने स्कूल में ही मैं ले लूँगा। राम से कहिए कि मुझसे मिले। मैं कॉलेज के प्रिंसिपल के लिए एक ख़त लिख दूँगा। वो ख़ुद ख़त लेकर प्रिंसिपल के पास जाएगा। फिर प्रिंसिपल जो परामर्श देंगे, उसी हिसाब से होगा। क्या लड़के किताब-कॉपी अपने साथ लेकर आए हैं?"

"लाए होंगे।"

अकन ने स्थिर दृष्टि से महानन्द का चेहरा देखा और फिर कहा, "पता कीजिए। अगर लाए हैं तो वो निकालें। वीरू और पूर्ण से आज ही स्कूल आकर मुझसे मिलने के लिए कहिए।"

महानन्द ने 'हाँ' में सिर हिलाया और अकन ने थोड़ी देर दुकान के सामान पर नज़र दौड़ाई, फिर धीरे-धीरे वहाँ से निकल गया।

स्कूल का पहला पीरियड शुरू होने के बाद, अकन अपने दफ़्तरनुमा कमरे में चुपचाप बैठा रहा। फिर कॉलेज के प्रिंसिपल के नाम एक ख़त लिखने लगा, अंग्रेज़ी में। प्रिंसिपल अकन से स्नेह करता था, जब वो छात्र था। अब भी अकन के लिए उनके मन में स्नेह है। अकन ने लिखा, 'राम यानी रमेश को अगर अभी रेगुलर छात्र के रूप में दाख़िला नहीं दिया जा सकता, तब भी उसे अगले सेशन तक कम-से-कम क्लास रूम में बैठने की सुविधा दी जाए।'

अकन, घरेलू समस्याओं और दिमाग़ में रखे बाक़ी काम को, जितनी जल्दी हो सके, ख़त्म करना चाहता था। उसके पास और भी बहुत काम थे। ख़ासकर भूमिधर वकील के घर में बने दफ़्तर की ज़िम्मेदारी थी। उस दफ़्तर का काम अकन कभी-कभी अपने स्कूल वाले दफ़्तर में ले आता था। कभी-कभी इस दफ़्तर में भी लोग जमा होते थे। ये सब काम और ज़िम्मेदारी के बीच वह घरेलू झँझट नहीं चाहता था।

आख़िर वैसे ही काम होता गया, जैसे कि अकन चाहता था। उसी दिन वीरू को नौवीं और पूर्ण को सातवीं कक्षा में भर्ती कर दिया गया। राम उस दिन अकन के पास नहीं आया, अगले दिन आया। अकन एक बड़ी-सी कॉपी में कुछ लिख रहा था, राम को चिट्ठी पकड़ाई और फिर से लिखने लगा। कॉपी में नज़र रखते हुए ही कहने लगा, "इस चिट्ठी में कल की तारीख़ है। कल तुम क्यों चिट्ठी नहीं ले जा पाए, ये प्रिंसिपल सर को समझाकर कहना।"

उसी दिन, प्रिंसिपल ने अकन को लिखकर भेजा, "तुम्हारी बात रखकर मैंने लड़के को कॉलेज में दाखिला दे दिया है लेकिन मैं भी तुमसे अनुरोध कर रहा हूँ कि उस पर नज़र रखना। उसके साथ बातचीत करने के बाद ही मैं तुमसे यह अनुरोध कर रहा हूँ।"

अकन ने प्रिंसिपल के लिखे हुए आख़िरी वाक्य को दो-तीन बार पढ़ा।

अब तक, अकन के मोहल्ले का चेहरा, काफ़ी बदल चुका था। अब सिटी बस इस मोहल्ले को पार करती हुई और एक मील आगे तक जाने लगी थी। हाई स्कूल के सामने दोनों तरफ़ से आती हुई बसें, थोड़ी देर के लिए रुकती थीं। पहले मनोरंजन दास, फिर हरिशंकर और फिर मदनमोहन और जगतमोहन ने अपने-अपने घरों में बिजली वाली लाइट लगवा ली थी। घनश्याम उपवन के गेट के सामने और गोपाल की दुकान के सामने भी स्ट्रीट लाइट लग गई थी। राधा-गौरी और तिलक-नवीन लोगों की ज़ोरदार माँग को मानते हुए, अकन को भी अपने घर में बिजली का कनेक्शन लगवाना पड़ा था। लाखेश्वर ने सिर्फ़ इतना ही कहा था कि पूजाघर के बरामदे में एक लाइट ज़रूर लगवा दें। ऐसा ही हुआ था। महानन्द के परिवार के लिए नया मकान 'योगमाया निकेतन' बनवाते समय अकन की बेची हुई ज़मीन के टुकड़े पर अब कोई पुलिस अफ़सर अपना दो-मंज़िला मकान बनवा रहा था। मकान का काम देखने और लोहा-ईंट-सीमेंट की चौकीदारी करने के लिए दो सिपाही वहाँ दिन-रात तैनात रहते थे। उनमें से एक सिपाही को बुनाई का काम आता था और ड्यूटी के ज़्यादातर समय वह बैठे-बैठे स्वेटर बुनता था। शिव मन्दिर वाले रास्ते पर एक साइकिल सुधारनेवाली दुकान खुल गई थी। सड़क के उस पार कई अस्थायी एक कमरे वाली परछी-जैसे घर बन गए थे। वहाँ चाय-बिस्कुट से लेकर बीड़ी-सिगरेट, ज़रूरत के छोटे-मोटे सामान और एक परचून की दुकान भी खुल गई थीं। गोपाल की दुकान अब बहुत बड़ी हो गई थी। उसकी दुकान में सामान हर समय भरा हुआ रहता था। दुकान के एक कोने में गोपाल अब बच्चों के कपड़े, बड़ों के कच्छा-बनियान, गमछा-धोती, मोज़े वगैरह भी बेचने लगा था। बहुत पहले योगमाया के परिवार से जिन लोगों ने कम पैसे में ज़्यादा ज़मीन ख़रीद ली थी, अब वो लोग ज़्यादा क़ीमत में थोड़ी-थोड़ी ज़मीन औरों को बेचने लगे थे। उन नये ख़रीदारों ने अलग-अलग डिज़ाइन के मकान अपने लिए बनवा लिए थे। अब अकन और उसके परिवार वाले मोहल्ले के कई लोगों को ठीक तरह से पहचानते ही नहीं थे। राधा-गौरी को पहले की तरह खुलेआम मोहल्लेवाली सड़क पर घूमने-टहलने में अब असुविधा होने लगी थी। इसी मोहल्ले में बहुत साल पहले ज़मीन ख़रीदकर कहीं और रहनेवाले एक सज्जन ने अब तीन-मंज़िला मकान बनवाने की शुरुआत कर दी थी। उसने नीचे की दो-मंज़िलों वाला होटल खोलकर ऊपर वाली मंज़िल पर ख़ुद रहने का प्लान बनाया था।

महानन्द पहले महीने में ही समझ गया था कि अगर सँभाल सके तो लकड़ी का यह व्यवसाय बहुत अच्छा चल सकता है। उन दिनों पूरब की दिशा में बहुत लोग मकान बनवा रहे थे। वहाँ से क़रीब होने के कारण, सबसे पहले वे महानन्द की दुकान में ही लकड़ी के बारे में पूछताछ करते थे। महानन्द ने हर ग्राहक को

उनकी ज़रूरत और पसन्द के अनुसार लकड़ियाँ दुकान में मौजूद न हों तो भी मँगवा देने का वादा किया और शम्भू और लड़कों से सलाह-मशवरा करके शहर से बाहर लड़कों को सामान लेने के काम में भेजने लगा। दूसरे महीने से, व्यवसाय को छोड़कर, दूसरे किसी काम के लिए महानन्द के पास वक़्त नहीं रहा।

योगमाया के परिवार के साथ क़रीबी सम्बन्ध रखा पार्वती ने। महानन्द के खाना खाकर घर से निकल जाने के बाद दोपहरी में वह लगभग रोज़ ही, योगमाया के पास जाकर बैठने लगी। अगर योगमाया किसी काम में लगी रहती तो वो तारा के पास बैठ जाती। वर्षों से किसी से न कह पाने वाली ढेर सारी बातें जैसे अब कहने का मौक़ा मिला उसे, वह अपनी ज़िन्दगी की सारी बातें योगमाया और तारा से कहती। फिर इस तरह से उसे एक दिन योगमाया-लोगों के बारे में भी पूछने का मौक़ा मिला।

"राधा की शादी के बारे में नहीं सोचा अभी?" एक दिन अचानक पार्वती ने तारा से पूछ लिया।

"क्यों नहीं सोचा? सोचते भी हैं और बातें भी करते हैं इस बारे में, फिर ये बातें और बातों में दब जाती है, बस ऐसे ही चल रहा है।"

"उसकी उम्र..." सवाल आधा छोड़कर पार्वती ने तारा का चेहरा देखा।

तारा ने कुछ छुपाया नहीं, "हाँ! योगमाया दीदी ने कहा था कि राधा की उम्र अब तेईस-चौबीस बरस होगी।"

पार्वती ने मुस्कुराकर कहा, "उतनी उम्र में मैं दो लड़कों की माँ बन गई थी!

तारा को हँसी नहीं आई। जैसे ये कोई बड़ी बात ही नहीं है, ऐसे लहजे में तारा ने कहा, "हाँ, गौरी जब पैदा हुई थी, तब मैं भी उन्नीस की थी।"

"तो फिर? इतनी देर क्यों कर रही हो?" शुरू के दिनों में पार्वती तारा से 'आप' कहती थी, अब 'तुम' ही कहती है।

"देर क्या लोग चाहकर कर रहे हैं? जो होना है, वो होता जाता है!" अब तारा मुस्कुराई। तारा को मुस्कुराती हुई देखकर, पार्वती अपनी आवाज़ धीमी करती हुई बोली, "एक बात सुनी है मैंने।"

"कौन-सी बात?" तारा थोड़ा गम्भीर हुई।

"सुना ही है! आप लोग अपने हैं, इसलिए पूछ रही हूँ। स्कूल के एक मास्टर के साथ राधा की शादी तय हो रखी है?"

तारा, जैसे बर्फ़-सी जम गई। थोड़ी देर तक उसके मुँह से कोई बात न निकली। पार्वती के चेहरे को पढ़ने की कोशिश करती हुई तारा ने पूछा, "मास्टर? कौन मास्टर?"

"अतुल राय नाम का एक बंगाली मास्टर है न स्कूल में?"

"तुमसे किसने कहा? कहाँ सुना तुमने? कब सुना?" अनजाने में ही तारा की आवाज़ बेचैन हो उठी।

पार्वती थोड़ा डर-सी गई, फिर संकोच के साथ बोली, "नहीं, मेरा मतलब, हमारा बेटा वीरू है न, उसमें एक अच्छी बात ये है कि बहुत जल्दी लोगों के साथ हिल-मिल जाता है। इतने दिनों में ही स्कूल के बहुत लड़कों के साथ उसकी दोस्ती हो गई है। उन्हीं में से किसी ने उससे कहा कि अतुल सर के साथ हेडमास्टर की बहन की शादी होगी।"

"कौन निकालते हैं ऐसी बातें? कैसे उड़ती हैं इस तरह की बातें? ऐसा कुछ होता तो क्या हम लोगों को मालूम न होता! इस घर में किसी की उँगली थोड़ा-सा कट-छिल जाती है तो सबको फ़ौरन पता लगता है, इतनी बड़ी बात पता न लगती?" तारा, एक ही साँस में बहुत कुछ कह गई।

पार्वती के जाने के बाद, तारा बहुत देर तक उसी जगह काफ़ी तनाव के साथ बैठी रही, फिर वह सीधे योगमाया के पास गई। तारा से सारी बातें सुनने के बाद योगमाया की आँखें भर आईं।

उसी शाम तारा ने लाखेश्वर से और योगमाया ने अकन से ये बात कही। लाखेश्वर ने उल्टा तारा को ही डाँट दिया, "इस तरह की गपशप करती ही क्यों हो?"

अकन अपनी माँ के सामने आँखें बन्द कर चुपचाप बैठा रहा। थोड़ी देर के बाद योगमाया ने कहा, "इस तरह की झूठी बातें कैसे फैल सकती हैं?"

"पूरी तरह से झूठ भी नहीं है।" अकन ने गम्भीर स्वर में कहा।

आश्चर्य से योगमाया की आँखें फैल गई।

"लेकिन, ये जितनी बड़ी बात है, उससे भी बड़ी बात ये है कि इतने दिनों के बाद तुम लोगों को पता चली है और किस तरह से यह लोगों के कानों में पड़ने लगी है।" अकन फिर से आँखें बन्द करके बाएँ हाथ की उँगलियों से बालों को रगड़ने लगा।

"क्या बात है? तूने कहा है कि बात पूरी तरह झूठ नहीं?" योगमाया बेचैन हो उठी।

"बताऊँगा! सब कुछ बताऊँगा।"

"मतलब? कब बताएगा? अभी बता मुझे।" योगमाया अपना धीरज खो रही थी।

"इतनी बेचैन क्यों हो रही हो? इतनी भी बड़ी बात नहीं। अभी चुप हो जाओ।" कहकर अकन उठकर चला गया। योगमाया उसके पीछे-पीछे दरवाज़े तक गई और दरवाज़े का पल्ला पकड़कर कुछ देर तक खड़ी रही।

अकन ने योगमाया को बेचैन नहीं होने के लिए कहा है लेकिन बच्चों की शादी को लेकर वह अन्दर-ही-अन्दर बहुत बार बेचैन हुई है। अकन की उम्र अब तीस साल के आसपास है, राधा चौबीस की हो रही है। पिछले पाँच साल में कई बार योगमाया ने इन दोनों की शादी का प्रसंग निकाला है, बात की है तारा से, लाखेश्वर से, राधा के बारे में अकन से, अकन के बारे में राधा से, कई बार उनसे ही सीधा

सवाल किया है लेकिन सब लोग बात को टाल जाते हैं। तारा कहती है, 'मैं इनसे कह रही हूँ,' लाखेश्वर कहता है, 'मुझे क्या करना है बताओ', राधा कहती है, 'भैया की शादी पहले होनी चाहिए', अकन कहता है, 'अभी ये बातें रहने दो।'

उसके बाद, एक अजीब-सा डर मन में लेकर योगमाया चुप हो जाती है। यह कैसा डर है और किसलिए है, योगमाया समझ नहीं पाती। लेकिन वह इतने दिनों से देखती आ रही है कि शादी के बात छेड़ते ही अकन ऐसी नज़र से अपनी माँ को देखता है कि योगमाया अन्दर से काँप उठती और फिर चुप हो जाती। इसी तरह इतने दिन बीते जा रहे थे और अब, योगमाया को बेटी के बारे में यह बात सुननी पड़ी!

उसी रात सबके सो जाने के बाद, अकन ने माँ से कहा कि हो सकता है, अतुल राय के साथ राधा का कोई सम्बन्ध हो, राधा जब हाई स्कूल में पढ़ती थी, तभी अकन को ऐसा शक हुआ था। तब अतुल नया-नया स्कूल में पढ़ाने आया था और राधा दसवीं क्लास में थी। अकन का ध्यान गया था उस तरफ़। तभी राधा स्कूल में पढ़ाना चाहती थी तो अकन ने मना कर दिया था। दरअसल वह डर गया था। उसके बाद कई साल गुज़र चुके है। राधा बी.ए. पास करके घर में ही बैठी है। इतने दिनों में ये सम्बन्ध और आगे बढ़ा या नहीं, इस पर अकन ने ध्यान नहीं दिया।

लेकिन इतने दिनों के बाद नौवीं कक्षा के लड़के के मुँह से ये बात! माँ से यह बात कहने के बाद अकन को ख़ुद भी आश्चर्य हुआ। थोड़ी देर तक चुप रहकर उसने माँ से कहा, "अब, सो जाओ। राधा से कुछ न पूछना। वैसे, मैं तुमसे एक बात कहता हूँ। अतुल को मैं छह साल से जानता हूँ। वो अच्छा लड़का है।"

अगले दिन, स्कूल में अकन ने गोपाल बाबू से कहा, "कल से नौवीं कक्षा के 'ए' सेक्शन में अंग्रेज़ी मैं पढ़ाऊँगा। आप कह दीजिएगा।"

उससे अगले दिन घर में सबके सामने अकन ने राधा से पूछा, "स्कूल में पढ़ाओगी?"

"क्यों नहीं?" राधा उछल पड़ी। "मैं कब से ये कहना चाहती थी, डर से नहीं कहा।"

"प्राइमरी नहीं, हाई स्कूल में।"

"हाँ, बिलकुल! मैं भी हाई स्कूल की बात ही कर रही हूँ।" राधा ख़ुशी से चीख़ पड़ी।

"पुरुषों के बीच काम कर सकेगी?"

"क्यों नहीं, मेरा काम तो पढ़ाना है।"

"लड़कों को पढ़ा पाएगी?"

"हाँ, बिलकुल।" राधा का चेहरा चमक उठा।

स्कूल के अन्दरूनी विषयों पर परामर्श करने के लिए कुछ शिक्षकों को लेकर एक समिति बनाई गई थी। एक बैठक बुलाकर अकन ने उनसे कहा, "स्कूल में

काम का भार दिन-पर-दिन बढ़ रहा है। हमें और शिक्षक की ज़रूरत है। राधा कम-से-कम चार विषय अच्छी तरह से पढ़ा पाएगी। अगर उसे लें तो कैसा रहेगा।"

सारे सदस्य ख़ुशी-ख़ुशी मान गए। उन सदस्यों में अतुल राय भी था।

अकन ने कहा, "राधा काम करेगी, पर अभी उसे तनख़्वाह नहीं मिलेगी। पच्चीस रुपये मिलेंगे निजी ख़र्च के लिए, बस।"

बाद में, यह ख़बर सुनकर राधा ने कहा, "पच्चीस रुपये तो बहुत है, मेरे लिए दस रुपया काफ़ी है!" उसके चेहरे पर प्यारी-सी मुस्कान उभर आई।

योगमाया और घर के बाक़ी लोग, चुपचाप अकन का कार्यक्रम देखते जा रहे थे। जिस दिन राधा ने मूँगा रेशम की मेखला और सूती चादर के साथ लाल ब्लाउज़ पहनकर स्कूल में क़दम रखा, उसी दिन महानन्द ने अकन को स्कूल से लौटते वक़्त रास्ते में ही रोक लिया और दुकान के अन्दर ले गया। कोई पारिवारिक गुप्त बात पूछने के लहजे से महानन्द ने पूछा, "क्या ये सच है! मैंने एक बात सुनी है।"

"कौन-सी बात?"

"राधा को तुमने स्कूल में काम करने दिया है?"

"जी, सही है।"

"पहले से ही बहुत सारी बातें सुनने को मिली हैं। उन दोनों को दूर रखना चाहिए एक-दूसरे से। तुमने तो और आसान कर दिया।"

अकन ने महानन्द से नज़र मिलाकर कहा, "मैं उन दोनों को और आसपास रखना चाहता हूँ।" ऐसा कहकर ही अकन वहाँ से चला गया। महानन्द अकन को जाते हुए देखता रहा।

उसी दिन, शाम के बाद महानन्द अकन के घर गया। 'कुछ घरेलू बात कहनी है' बोलकर वह योगमाया को बीच वाले कमरे में ले आया।

"क्या बात है?" योगमाया ने पूछा।

इसी बीच, राधा कमरे में आई और कुछ ढूँढ़ती हुई दूसरे कमरे में चली गई। महानन्द ने राधा को देखते हुए योगमाया से पूछा, "यहीं बात कर लें?" फिर योगमाया के कमरे की तरफ़ झाँकते हुए कहा, "या फिर आपके कमरे में चलें?"

योगमाया के चेहरे पर आश्चर्य का भाव बिलकुल स्पष्ट था। वो लोग योगमाया के कमरे में गए। कमरे में दीवार पर लटकी हुई घनश्याम चौधरी की तस्वीर पर एक नज़र डालकर, महानन्द कुर्सी पर बैठ गया और पूछा, "अकन घर में ही है?"

"हाँ, है।"

महानन्द ने अपनी आवाज़ धीमी की, "पहले, आपके साथ बात करना चाहता हूँ। कई दिनों से राधा के बारे में कुछ चर्चा सुन रहा था। आज उस बारे में अकन से पूछा था। लेकिन उसने तो बहुत घुमाकर जवाब दिया।"

"उसने क्या कहा?" योगमाया ने पूछा।

"उसने कहा कि राधा को उस बंगाली मास्टर के आसपास रखना चाहता है।"

योगमाया कमरे की दीवार की तरफ़ देखकर चुप रही।

"बात क्या है?" महानन्द ने पूछा।

योगमाया ने धीरे-धीरे शान्त स्वर में कहा, "राधा को लड़का पसन्द है, इसलिए उनके साथ राधा की शादी कर देना चाहता है।"

"क्या? शादी के बारे में सोच रहा है?" महानन्द की आवाज़ ऊँची हो गई। थोड़ी देर योगमाया को देखते हुए महानन्द ने फिर कहा, "अच्छा, उसने ऐसा सोचा है पर आप लोगों ने क्या सोचा है?"

"उसने जो ठीक समझा है।"

"सिर्फ़ उसको ठीक लगने से ही नहीं होगा न! ये एक घर का, एक परिवार का, एक ख़ानदान का मामला है। इसमें आपकी भी राय होनी चाहिए। और आप लोग क्या सोचते हैं, मालूम नहीं लेकिन बड़े भाई के लिहाज़ से मेरी भी तो कोई राय होनी ही चाहिए।"

योगमाया ने स्थिर नज़र से महानन्द को देखा। उसे ऐसा लगा कि ये बात महानन्द फिर से दोहराए। उसके चेहरे पर 'क्या कहा तुमने?' जैसा एक सवाल झूलता रहा।

महानन्द ने कुर्सी पर बैठकर ही एक पैर पर दूसरा पैर चढ़ा दिया और कहा, "मैं इतनी आसानी से ये सब मान नहीं सकता। आगे-पीछे का पता नहीं, कहाँ का लड़का, कौन जात-बिरादरी का...!"

योगमाया ने महानन्द की बात बीच में ही काट दी, "रुको, अब बात निकल ही आई है तो अकन को भी बुला लेना ठीक होगा। ये बातें उसके सामने होना अच्छा है।" फिर ज़ोर से आवाज़ दी, "अकन..."

महानन्द ने जल्दी से कहा, "अभी, रहने दीजिए। अकन के साथ बाद में भी..."

"अकन कमरे में हो क्या?" योगमाया ने अकन के कमरे के दरवाज़े को धीरे से धक्का दिया। दरवाज़ा खुल गया। अकन थोड़ी दूर ही खड़ा था। ऐसा लगता था जैसे वह दरवाज़े के उस पार से महानन्द की बातें सुनने की कोशिश कर रहा था।

"इधर आ ज़रा।" योगमाया ने उसे बुलाया। सिर के बालों को सहलाता हुआ अकन योगमाया के कमरे में आ गया।

"इन्होंने बताया है कि राधा की शादी वाली बात इनको ठीक नहीं लग रही है।" योगमाया ने अकन से कहा।

"क्यों? इसमें इनको अच्छा लगने और बुरा लगने की क्या बात है?" अकन ने आश्चर्य के साथ कहा।

महानन्द ने अधिक आश्चर्य से कहा, "क्यों, मैं उसका बड़ा भाई नहीं हूँ?"

अकन ने अवाक् होकर महानन्द को देखा। उसे जैसे समझने में थोड़ा समय

लगा, महानन्द भी राधा का भाई है, यह समझने की कोशिश करके उसने 'हाँ' में सिर हिलाया और योगमाया के पलंग पर बैठ गया। फिर कहा, "फिर तो आपको अच्छा लगना चाहिए था।"

"सुनो, अकन!" महानन्द ने गम्भीर स्वर में कहा, "हमारे ख़ानदान की एक मान और प्रतिष्ठा है। पिताजी का भी बहुत सम्मान और प्रतिष्ठा थी। आज अगर पिताजी रहते तो क्या करते यह हमें सोचना पड़ेगा।"

अकन सिर झुकाकर थोड़ी देर बैठा रहा। फिर एकदम से खड़े होकर महानन्द से कहा, "चलिए, बाहर बात करते हैं। माँ के सामने ये सब नहीं कहना ही ठीक होगा।"

अकन कमरे से बाहर निकलने लगा। दरवाज़े पर खड़े होकर फिर से महानन्द को बुलाया, "आइए!"

सामनेवाले बरामदे की लाइट जल रही थी, अकन ने उसे बुझा दिया। फिर वह बरामदे से उतरकर आँगन पार करके बिलकुल गेट के पास जाकर रुका। उस जगह पर यहाँ-वहाँ से आती रोशनी में किसी तरह लोगों का चेहरा पहचाना जा सकता था। थोड़ी देर में महानन्द भी वहाँ पहुँचा।

अकन ने कहा, "यहीं खड़े-खड़े बात करते हैं। बुरा न मानिए। अन्दर बातें करेंगे तो कोई-न-कोई सुनेगा। आपकी, माँ से कहीं हुई बातें मैंने अपने कमरे से ही थोड़ी-थोड़ी सुन ली थीं। लेकिन मैं नहीं चाहता कि कुछ बातें घर के बाक़ी लोग सुनें।" फिर स्वर धीमा करके कहा, "अच्छा बताइए, आप क्या कह रहे थे?"

"मैंने तो कहा ही, बहन की शादी है, अपने मान-सम्मान के बारे में ख़याल रखकर सब काम होना चाहिए।"

"आज पिताजी रहते तो क्या करते, ये हमें सोचना चाहिए, यही बात आप कह रहे है, न?" अकन ने पूछा।

"हाँ, बिलकुल। यही सबसे बड़ी बात है।" महानन्द ने ज़ोर देकर कहा।

"आज अगर पिताजी ज़िन्दा होते तो आपकी राधा नाम की एक बहन है, यह आप जान पाते क्या?" अकन ने महानन्द को देखकर शान्त स्वर में कहा।

महानन्द ने स्तब्ध होकर अकन को देखा। थोड़ी देर तक कोई कुछ नहीं बोला। कुछ पल बाद अकन ने ही कहा, "बताइए, क्या आपको पता चलता? पिताजी कितने मान-सम्मान वाले, कितने बड़े घर के आदमी थे, जिनकी वज़ह से आपको मेरे-जैसा एक भाई मिला, आप समझ सकते हैं!"

अकन की आवाज़ कठोर होती गई, "पिताजी को आप भी पहचानते हैं और मैं भी पहचानता हूँ। मैं जिस तरह से पहचानता हूँ, उसी तरह से पिताजी का मान-सम्मान करूँगा। मेरे लिए पिताजी की जो जगह है, मैं उन्हें वहीं रखूँगा। आप लोग अपनी मर्ज़ी से जो करना है, वो कीजिए, हमें हमारी तरह करने दीजिए।"

महानन्द, थोड़ी देर सिर झुकाकर खड़ा रहा, फिर जाने के लिए गेट पर हाथ रखा। अकन ने गेट खोल दिया। आधे अँधेरे और आधी रोशनी में महानन्द के चेहरे के भाव अकन समझ नहीं पाया।

रात को योगमाया ने अकन से पूछा, "तूने उनको क्या कहा?"

अकन ने 'कुछ ख़ास नहीं' कहकर बात को टालना चाहा, माँ ने ज़ोर देकर पूछा तो उसने कहा, "उनको इन सब बातों में घुसने के लिए मैंने मना किया।"

"तूने बुरी तरह से कुछ कहा क्या?"

"मुझे जो कहना था वो मैंने कह दिया है। उनको बुरा लगा या अच्छा लगा, वो जाने।" अकन ने माँ को और कुछ पूछने का मौक़ा नहीं दिया।

अगले दिन भी, लगभग सारा दिन अकन का चेहरा गम्भीर बना रहा। नौवीं कक्षा के 'ए' सेक्शन में अंग्रेज़ी पढ़ाते हुए अचानक अकन को ग़ुस्सा आ गया। शेक्सपियर की कहानी पढ़ाई जा चुकी है। पहली कतार में बैठे हुए लड़के से किताब लेकर अकन ने कहानी के सवालों से क्लास शुरू की। आधे घंटे में कक्षा के चालीस में से पैंतीस को बेंच पर खड़ा होना पड़ा। फिर अकन ने किताब लड़के को वापस की और कहने लगा, "स्कूल में पढ़ने आते हो या कुछ और करने आते हो? बाजारू बनते जा रहे हो सब! घर में किताब खोलते हो? या स्कूल में कौन से मास्टर ने क्या किया, इस बारे में माँ-पिताजी को बताते हो?"

अचानक तेज़ ग़ुस्सा आने पर अकन जैसे अपना होश खोने लगा। वो बेंच की कतारों के बीचवाली जगह पर टहलने लगा। लगभग चीख़-चीख़कर लड़कों को डाँटने लगा। वीरू भी बेंच पर खड़ा था। कई बार अकन उसके पास रुका और वीरू के पास वाले लड़के को देखकर गरजने लगा, "इस तरह से पढ़-लिखकर, ऐसी आदतें सीखकर तुम लोग बड़े आदमी बनोगे? इस तरह तुम लोग लोफर, चोर और गुलाम बनोगे।"

पीरियड की घंटी बजने में बीस मिनट बाक़ी रह गए थे। अब अकन कुर्सी पर बैठा। बगल में 'बी' सेक्शन में पढ़ाता हुआ मास्टर बरामदे में निकलकर तिरछी आँख से एक बार अकन को देख गया। थोड़ी देर चुपचाप बैठे रहने के बाद अब अकन ने शान्त स्वर में बातें शुरू की, "देश में क्या हो रहा है, क्या तुम लोग जानते हो? क्यों लोग जुलूस निकाल रहे हैं, क्यों बैठक और सभाएँ हो रही हैं जगह-जगह, क्यों पुलिस लोगों को झुंड समेत जेल में बन्द कर रही है, क्या तुम लोग जानते हो?"

अकन ने किसी और बात से ग़ुस्सा होकर, किसी और बात पर उत्तेजित होकर कहना शुरू किया था, पर अनजाने में ही कोई और बात कहने लगा। अचानक उसे बोध हुआ, भूमिधर वकील के घर वाले दफ़्तर में वो लोग जिस देश की बातें करते हैं, उस देश की बुराई-भलाई बेंच पर खड़े किये गए इन लड़कों पर ही निर्भर करती है। वह इस बार, लड़कों को देश के बारे में, मौजूदा हालात के बारे में बताने लगा,

भूमिधर वकील के दफ़्तर में किसी नये आदमी को जिस तरह से समझाते हैं, ठीक उसी तरह बोलने लगा। गांधीजी ने क्या कहा है, क्यों कहा है।

आख़िर पीरियड ख़त्म होने की घंटी बजी। अकन जैसे चौंक उठा। वह अपनी धुन में ही बोलता जा रहा था। घंटी की आवाज़ से उसका वाक्य अधूरा ही रह गया। कुछ पल चुप रहकर वह कक्षा से निकल गया।

अपने कमरे में बैठने के बाद ही जैसे धीरे-धीरे अकन को होश आया। 'छि:-छि:, आज अचानक उसे क्या हुआ? क्यों ऐसा व्यवहार किया उसने? पागल लोग ऐसा करते हैं।' हथेली में गाल टिकाकर वह बैठा रहा। फिर अचानक उसे याद आया, लड़कों को बेंच से उतरकर बैठने के लिए नहीं कहा था। उसने जल्दी से खड़े होकर दीवार में टँगा टाइम टेबल देखा, उस कक्षा में अब केशव दास की क्लास है। वो भागते हुए टीचर्स कॉमन रूम तक गया, वहाँ केशव दास नहीं था। फिर नौवीं कक्षा के 'ए' सेक्शन तक गया, लड़के बेंच पर तब तक खड़े थे और केशव दास उनसे कह रहे हैं, "अगर हेड मास्टर बैठने के लिए नहीं कह गए तो मैं तुम लोगों को बैठने के लिए नहीं कह सकता। बताओ, क्या हुआ था?"

अकन ने केशव दास को बाहर बुलाकर कहा, "बच्चों को बैठने के लिए कहिए।"

अकन के कक्षा से निकल आने के बाद भी अगले शिक्षक न आने तक बच्चे बेंच पर खड़े ही रह गए! उसका मन दुखी हो गया। उसे अपने ऊपर ही ग़ुस्सा आया। बुरी बात! ये सब बहुत बुरी बात है। अपने मन में इस बात को कई बार दोहराया। कुछ समय तक आँखें बन्द करके वह शान्त होने की कोशिश करता रहा, फिर आधी पढ़ी हुई एक किताब खोलकर पढ़ने लगा। स्कूल की छुट्टी की घंटी बजने तक अकन किताब के क़रीब तीस पृष्ठ पढ़ चुका था। अब उसने अपने को बहुत शान्त और स्थिर महसूस हुआ। उसने मेज़ पर नज़र घुमाई। काफ़ी काम करना बाक़ी था। 'चलो, हो जाएगा।' उसने ज़्यादा नहीं सोचा। चौकीदार ने आधे खुले दरवाज़े से उसके कमरे में झाँककर देखा था, अकन ने उसे बुलाकर धीरे से कहा, "ज़रा देखो तो अतुल राय अभी हैं या चले गए। अगर हैं तो कहो कि मैंने बुलाया है।"

थोड़ी देर बाद ही अतुल आ गया।

"तुम अभी चले जा रहे हो या थोड़ी देर तक रुक सकते हो?" अकन ने पूछा।

"नहीं, मुझे कोई जल्दी नहीं है।" अतुल ने नम्रता से जवाब दिया।

"बैठ जाओ!"

अतुल बैठ गया लेकिन थोड़ी देर तक उसे चुपचाप बैठे ही रहना पड़ा। अकन ने बातें शुरू नहीं की।

"मैं कैसे काम करना पसन्द करता हूँ, ये तुम जानते हो।" कुछ देर के बाद अकन ने कहा। अतुल ने अकन का चेहरा देखा। वह तुरन्त समझ नहीं पाया कि अकन किस बारे में बता रहा है।

"स्वराज के काम कें बारे में कह रहा हूँ।" अकन ने कहा।

अतुल ने 'हाँ' में सर हिलाया। वो जानता है!

अकन स्कूल के बाक़ी शिक्षकों में से सबसे पहले अतुल को भूमिधर वकील के घरवाले दफ़्तर में ले गया था। तभी से अकन और उस दफ़्तर से जुड़े लोग ज़रूरी चिट्ठी, प्रचार-पत्र और महत्त्वपूर्ण ख़बरें आदि लिखने के काम में अतुल पर भरोसा करते आए हैं। उसने अब सभी का विश्वास जीत लिया है। स्कूल का हो या स्वराज का काम हो, कभी उसने ज़ोर से नहीं बोला, न ही कोई बहस की। वह चुपचाप अपनी ड्यूटी करता है और अपनी पढ़ाई-लिखाई में व्यस्त रहता है। वह हर समय कोई-न-कोई किताब साथ लेकर चलता है। शिक्षक कॉमन रूम में किसी विषय पर बाक़ी शिक्षक जब बहस या बातचीत करते हैं तो अतुल अपनी किताब बन्द करके सुनता रहता है। जब तक कोई उससे सीधे सवाल नहीं करता, 'क्यों अतुल, तुम्हारी क्या राय है?' तब तक वह ख़ामोश ही रहता है।

कुछ देर बाद अकन ने अतुल से पूछा, "मैंने स्वराज के काम से अब तक दोनों स्कूलों को जितना सम्भव हो दूर ही रखा है। कभी एक-दो गोष्ठियाँ मजबूरी में यहाँ करनी पड़ी हैं, वो अलग बात है। मिलिट्री के लोग अपने कैम्प बनाने के लिए ठिकाने ढूँढ़ रहे हैं। सरकार को अगर मालूम हुआ कि स्वराज के काम में हम लोग जुड़े हैं तो उन्हें फ़ौरन स्कूल भवनों को कैम्प में तब्दील करने का मौक़ा मिल जाएगा। मैं वह नहीं चाहता हूँ। बच्चों को नुकसान उठाना पड़े, यह मैं नहीं चाहता। अभी स्वराज के नाम पर अपनी पढ़ाई का नुकसान करने की उम्र नहीं हुई उनकी। अभी उनकी उम्र, ख़ुद समझकर कुछ करने की नहीं हुई। अभी तक मैं बच्चों के बारे में यही सोच रहा था।"

एक साँस में इतना कहकर अकन, थोड़ा रुका। मेज़ को शून्य दृष्टि से घूरते हुए उसने कुछ सोचा और फिर कहने लगा, "लेकिन आज मेरे मन में एक नया विचार आया है। ये बच्चे, ख़ासकर नौवीं-दसवीं के लड़कों को इतनी बड़ी घटनाओं के बारे में जो हमारे देश में रोज़ घट रही हैं, कुछ भी मालूम न हो, वह इस बारे में कुछ नहीं सोचेंगे, क्या ये ठीक होगा? आज नौवीं कक्षा में पढ़ाते समय मुझे ऐसा लगा कि क्या ये बच्चे ऐसे ही रहेंगे, देश-दुनिया से कटे हुए? अगर उन्हें शेक्सपीयर की कहानियाँ मालूम न हों तो फिर भी चल जाएगा लेकिन अपनी जगह के बारे में जहाँ वो रहते हैं, अपने देश के बारे में..."

अकन थोड़ी देर रुका, फिर अतुल से नज़र मिलाकर कहा, "बड़े बच्चों में से कुछ को छाँट लिया जाए, तुम क्या कहते हो?"

अतुल अब तक सुन रहा था, अब सर झुकाता हुआ सोचने लगा। अकन थोड़ी देर तक अतुल का चेहरा एकटक देखता रहा। फिर एकदम उत्साह के लहज़े से आवाज़ में ज़ोर देकर कहा, "अच्छा, ये सब होता रहेगा। तुम सोचो और मैं भी

सोचता हूँ। दरअसल मैंने तुम्हें कुछ और बात पूछने के लिए बुलाया था। शादी-ब्याह के बारे में क्या सोच रहे हो?"

"किसकी शादी?" अतुल सीधा होकर बैठ गया।

"तुम्हारी शादी! और राधा की।"

अतुल इस प्रश्न से जैसे मुरझा-सा गया। अकन समझ गया कि अतुल के मुँह से जल्दी इस बारे में कोई बात निकलने की कोई सम्भावना नहीं है। कुर्सी पर सीधे बैठकर अकन ने कहा, "तुम जानते हो, किसी भी बात में लुका-छिपी मुझे पसन्द नहीं। पहले मुझे लगता था कि तुम लोगों ने बाक़ी लोगों से छिपकर यूँ ही हँसी-मज़ाक़ वाला कोई सम्बन्ध बनाया है, जो उस उम्र के हिसाब से स्वाभाविक था। लेकिन, अब भी मुझे ये लुका-छिपी वाला खेल ही लग रहा है। मुझे नहीं मालूम तुम्हें पता है या नहीं कि एक गन्दी-सी लुका-छिपी की वजह से ही मेरा जन्म हुआ था। इसलिए छुपकर किये गए किसी भी काम से मुझे नफ़रत है। जो करना है, सबके सामने करो, और जल्दी करो। मेदिनीपुर में तुम्हारा और कौन-कौन है?"

"मेरे चाचा-चाची है, एक ताईजी हैं।"

"जिनसे भी पूछना ज़रूरी है, पूछ लो। अगर चिट्ठी से बात नहीं बन रही तो एक बार वहाँ जाकर मिल आओ। इसके बाद मुझे सारी बात जल्दी बताओ।" बातें ख़त्म करके अकन जाने के लिए खड़ा हुआ। अतुल भी खड़ा हो गया।

लम्बा बरामदा तेज़ क़दमों से पार करता हुआ अकन चला गया। चौकीदार के अलावा स्कूल परिसर में और कोई नहीं था। पैदल चलकर पूरा बरामदा पार करने में आज अतुल को बहुत समय लगा।

कामाख्याचरण नाम के एक व्यापारी के मकान में अतुल किराये पर रहता है। छोटे-छोटे दो कमरे हैं, बस। पिछवाड़े वाले बरामदे के कोने में एक घेर-सा है, वह अतुल का रसोईघर है। लेकिन चौबीस घंटे में वह जो भी खाता है, उसमें से आधा भी इस रसोई में नहीं पकाना पड़ता। अगर उसने सिर्फ़ भात पकाया तो दाल-सब्जी कामाख्याचरण के घर से आती है। अगर उसने पोहा भिगोकर रखा तो कामाख्याचरण की विधवा भाभी चाय देकर जाती है, अगर वह कभी सिर्फ़ चाय ही बना पाया तो कामाख्याचरण की पत्नी पूरी-भाजी भेजती है। बरामदे से नीचे उतरते ही एक लम्बा-चौड़ा आँगन है, आँगन के दोनों छोर में पाँच-छह रस्सियाँ बँधी हुई हैं। सुबह अतुल के नींद से जगने से पहले ही, उन रस्सियों में मकान मालिक के घर के धुले हुए गीले कपड़े सूखने लगते हैं। सुबह नौ बजे तक कामाख्याचरण की तीन बेटियों के साड़ी-ब्लाउज़ लटकते हैं। अतुल की धोती-गमछा सूखने के लिए वहाँ जगह नहीं बचती, उसने बरामदे में ही एक रस्सी बाँध ली है। उसके कपड़े छाया में ही सूखते हैं।

राधा जब दसवीं कक्षा में पढ़ती थी और अतुल उसे रवीन्द्रनाथ की कविता समझाता था, तब वह इस घर में नहीं रहता था। तब वह रेलवे के एक कर्मचारी के साथ कमरा साझा करके रहता था।

आज अतुल बहुत देर से घर लौटा। कामाख्याचरण की बेटियाँ उस वक़्त ज़ोर-ज़ोर से समवेत स्वर में अपने-अपने पाठ याद कर रही थीं। अक्सर किताब पढ़ने की आदत के कारण अतुल रात बारह बजे तक जगता है, पर आज बिना कोई किताब खोले ही, बिस्तर में करवट बदलता हुआ रात एक बजे तक जागता रहा।

## 11

अब तक महानन्द के साथ चार ठेकेदारों की जान-पहचान हुई थी और धीरे-धीरे उनसे सम्बन्ध भी बढ़ने लगे थे। वे चारों मिलिट्री में ठेकेदारी करते थे। शहर के पूरब दिशा में दूर तक फैला जंगल साफ़ करके मिलिट्री के लिए मकान बनवाना उनका मुख्य काम था। एक फुट ऊँची पक्की नींव डालकर फिर लकड़ी के खम्भे और पटिया, लकड़ी से बने दरवाज़े-खिड़कियाँ और पटियों के बीच-बीच में बाँस के बने हुए बेड़े। बस, इतने में ही मकान बन जाना है। मकान का ज़्यादातर काम बाँस और लकड़ी से ही होना था। काम बहुत है, काम के लिए बँधा हुआ समय कम पड़ता था। रुपए-पैसे की भी कोई कमी नहीं, तुरन्त सामान मिल पाना मुश्किल। महानन्द के साथ उन ठेकेदारों का बन्दोबस्त है कि वो लकड़ियाँ सप्लाई करें, कोई भी लकड़ी चलेगी, साल-सागवान हो या चीड़-शीशम, बस काम होना चाहिए। कौन-सी लकड़ी किस काम के लिए ठीक है, यह भी सोचने की ज़रूरत नहीं। अगर महानन्द किसी भी लकड़ी में मिट्टी-तेल पोतकर उसे साल की लकड़ी का नाम दे देता है तो कोई जाँचने नहीं आएगा।

अब महानन्द के खाने-पीने का, सोने का कोई ठिकाना नहीं रहा। वह कब घर से निकल जाता है, कब वापस आ जाता है, उसका कोई हिसाब नहीं रहा। कभी तो जिस जगह लकड़ी ख़रीदने-बेचने की बातें होतीं, वहीं पर किसी नेपाली ढाबे में बैठकर गोल-गोल पाव-रोटी खाकर चाय पी लेता है, और कभी जब बात पक्की करने ठेकेदारों के पास जाता है तो उनके साथ मुर्गा-रोटी खाकर लौटता है।

महानन्द की दुकान के सामने अब विदेशी जीप गाड़ियाँ रुकती हैं, उसमें से फुर्ती से कूदते हुए देसी ठेकेदार उतरते हैं। दिन भर में कई ट्रक रुकते हैं, उनमें से

किसी में लकड़ियाँ चढ़ाई जाती हैं, किसी से उतारी जाती हैं। शम्भू और उसका बेटा भी अब बहुत व्यस्त हो गए हैं। उनकी तनख़्वाह भी डेढ़ गुना बढ़ा दी गई। जगमोहन के गोदाम का एक पुराना मज़दूर भी अब महानन्द की दुकान में काम करने लगा था।

अब अकन के साथ महानन्द का आमना-सामना भी न के बराबर ही था। एक बार स्कूल जाते समय अकन ने महानन्द को दुकान के सामने दूर से देखा था लेकिन पास आने पर वह अन्दर घुस गया। आजकल दुकान के सामने ट्रकों का जमघट लगा रहता है, इसलिए अकन उधर आगे तक गया नहीं।

महानन्द का व्यवसाय बहुत अच्छा चल रहा है, यह बात अकन के परिवार में सभी जानते हैं, महानन्द के बेटा राम यानी रमेश के मुँह से वे सुनते रहते हैं। आजकल राम अक्सर शाम को अकन के घर आता है। थोड़ी देर के लिए योगमाया और राधा से औपचारिक बात करने के बाद वह घर के उस हिस्से में जाता है, जहाँ लाखेश्वर के परिवार वाले रहते हैं। फिर वो बहुत देर तक गौरी से बातें करता रहता है।

राम के कॉलेज का एक हिस्सा मिलिट्री ने ले लिया है। हर पीरियड एक समय में लेना मुश्किल हो गया है। प्रिंसिपल ने उतने ही कमरे में किसी तरह हर विषय के पीरियड बाँट रखे हैं। कई बार कुछ पीरियड बन्द भी करने पड़ते हैं। राम की पढ़ाई वाले विषयों में भी आजकल यही हाल हुआ है। लेकिन, अगर एक पीरियड भी बन्द होता है तो राम कई बार कॉलेज जाता ही नहीं। कॉलेज और पढ़ाई का ये हाल देखते हुए महानन्द राम से कहता है, “कॉलेज नहीं जा रहा तो ट्रकों के साथ ही आया-जाया करो, एक अपना आदमी होता है व्यवसाय में, तो काम अच्छा होता है।”

राम को ट्रक में बैठकर इधर-उधर जाना बहुत अच्छा लगता है। पहले दो दिन वह ड्राइवर के पास वाली सीट पर बैठकर गया, बाद के दिनों में कुछ महीनों से क़रीबी दोस्त बने शरद और अनादि को भी साथ ले जाने लगा। शरद कॉलेज का दोस्त है और अनादि अपने मोहल्ले में रहनेवाले मनोरंजन दास का बेटा है जो अब राम का दोस्त बन गया है। उन्हें दिन भर खुले में समय काटना पसन्द है, चाहे वो घना जंगल हो, लकड़ियाँ काटने-चीरनेवाला कारखाना हो या फिर अपने घर के पास वाली झाड़ियाँ हों। लेकिन शाम होते-होते ही घर लौटने की जल्दी मचती है, राम को। वह लौटते ही पहले दुकान जाकर अपने पिता को दिन भर का ब्यौरा संक्षेप में देता है, काम से सम्बन्धित काग़ज़ जेब से निकालकर उनको देता है, पैसों का हिसाब बाद के लिए रखता है, फिर जल्दी से घर जाता है। घर पहुँचकर मुँह-हाथ धोता है, कपड़े बदलता है, जतन से बाल बनाता है, पसन्द आने तक उँगलियों से बालों को आगे-पीछे करता है, फ़िर चेहरे पर थोड़ा-सा पर्ल पाउडर मलता है। कमरे से बाहर आकर, माँ जो भी परोस देती है, जल्दी-जल्दी गटकता है और फिर योगमाया के घर की तरफ़ रवाना हो जाता है।

आम तौर पर तब शाम बीत चुकी होती है। मोहल्ले की हर आवाज़ थकान से भरी और कोमल होने लगती है। बच्चे धीमी आवाज़ में पढ़ते हैं, दूर कहीं से संगीत के रियाज़ के सुर सुनाई देते हैं, कहीं से चूल्हा जलाने के लिए लकड़ियाँ काटने की 'खट-खट' आवाज़ आती है, किसी के घर से दाल छौंकने या मछलियाँ तलने की ख़ुशबू हवा में तैरती हुई आती है।

राम, योगमाया के घर पहुँचकर सबसे पहले राधा के कमरे में जाता है। अगर अकन उस वक़्त घर में नहीं होता तो, वो पूरे उत्साह के साथ योगमाया और राधा के सामने हाथ नचाते हुए, दिनभर उसने कहाँ क्या किया, उसका वर्णन देता है और अपने पिता के व्यवसाय के बारे में बताता है। लकड़ी के व्यवसाय में तो कमाई हो ही रही है, आजकल बाँस के व्यवसाय में भी बहुत पैसा है। मिलिट्री के कैम्प में एक-एक बक्सा रुपये की गड्डियों से भरा हुआ होता है। अब, महानन्द सोचता है कि एक ट्रक अपना भी हो तो बहुत अच्छा होगा।

अकन घर में रहता तो राम इतनी बातें नहीं करता। लेकिन उसके घर में नहीं रहने पर भी इतनी सारी बातें करने के बाद वो अन्दर-अन्दर से चंचल होता, फिर कोई बहाना बनाकर लाखेश्वर की तरफ़ चला जाता। वहाँ पहले तारा, नवीन या तिलक में से जिससे भी भेंट हो, उनसे थोड़ी देर बात करने के बाद वह जल्दी से गौरी के कमरे में घुस जाता।

बीच वाले कमरे में पलंग के साथ लगी हुई गौरी की स्टडी टेबल है, पास में एक कुर्सी भी रखी है, पर गौरी को बिस्तर में बैठकर पढ़ना पसन्द है। राम आकर कुर्सी के पास खड़ा होता है, गौरी अपने कपड़ों को ठीक-ठाक करती हुई सीधे होकर बैठती है, माथे पर झूलती लटों को पीछे करती हुई हलकी मुस्कराहट के साथ कहती, "बैठो!"

राम बैठ जाता। एक बार गौरी की किताब छूकर कहता, "देखूँ तो, क्या पढ़ रही हो।"

गौरी किताब बन्द करके कहती, "छोड़ो, मत देखो। बताओ, आज कहाँ क्या किया तुमने?"

राम सिर्फ़ आज के बारे में नहीं, जो भी उसके मन में आता, जो भी याद आता, बताता रहता। जैसे, कुछ दिन पहले प्रिंसिपल ने उसे बुलाकर ठीक से पढ़ाई करने के लिए कहा है, वैसे जो हाल है देश का, कॉलेज चलता रहेगा या बन्द हो जाएगा, पता नहीं, पिताजी ने उसे एक नई साइकिल ख़रीद कर दी है, उसके साथ पढ़नेवाली उर्मिला नाम की मोटी लड़की के पिता को पुलिस ने अरेस्ट कर लिया है, उसके साथ के सभी लड़कों को गौरी बहुत सुन्दर लगती है, उसका दोस्त अनादि तो हर समय गौरी की बात ही छेड़ता रहता है।

"चाय पियोगे?" गौरी पूछती है, पर राम के जवाब देने से पहले ही वह

उठ जाती है। गौरी जब तक चाय लेकर आती है, तब तक राम उसकी मेज़ पर रखी किताबों में से अपनी पहचानी हुई रफ कॉपी निकाल लेता है, उसके किसी पन्ने में फूल-पत्ती, कलियाँ या फिर दो चिड़ियाँ बनाता है, उन तस्वीरों के नीचे क़ायदे से, जितना सुन्दर अक्षर वो लिख सकता था, गौरी का नाम लिखता है, पेंसिल से घिस-घिसकर गौरी के नामवाले अक्षरों को गाढ़ा बनाता है, गौरी को चाय लेकर आने में थोड़ी देर होती है तो उन अक्षरों के कोने से भी घुमावदार लता बनाने लगता है।

पूजाघर से निकलकर कमरे की ओर आते लाखेश्वर के खड़ाऊँ की आवाज़ आते ही राम कुर्सी से उठ खड़ा हो जाता है। लाखेश्वर के साथ वो हमेशा बहुत श्रद्धा भाव और नम्रता से बात करता है। लाखेश्वर के सामने इस बात को लेकर शिकायत करता है कि उसके पिता द्वारा व्यवसाय के काम में लगाने के कारण उसे पढ़ाई में हर्ज हुआ है।

राम के चले जाने के बाद, गौरी रफ़ कॉपी को सामने लेकर अपने बाएँ हाथ की उँगलियों से माथे पर लटकी लटों से खेलती हुई काफ़ी समय तक बैठी रहती है, फिर उस कॉपी को बाक़ी कॉपी-किताबों के नीचे छुपाकर रख देती है।

लाखेश्वर के घर से निकलकर राम अक्सर गोपाल की दुकान में जा बैठता है। गोपाल तब गद्दी पर बैठकर दिन भर का हिसाब कर रहा होता है, उसके पास तीन बड़ी-बड़ी बँधी हुई कॉपियाँ हैं, वह उनमें कुछ-कुछ लिखता है और बीच-बीच में काली लकड़ी की एक स्केल की सहायता से कॉपी के पन्नों में आड़ी-सीधी लाइन खींचता है। दुकान में सहायक का काम करनेवाले दो लड़कों में से एक का घर दूर है, वह तब तक चला जाता है। दूसरा लड़का दुकान के बाहर सजे सामान को उस समय समेटता रहता है।

राम गद्दी पर ही बैठता है। थोड़ी देर बाद वह दोनों पैर गद्दी पर चढ़ा लेता है और शेल्फ से सिगरेट का पैकेट निकाल लेता है। पहले दिन जब राम ने सिगरेट का पैकेट निकाला था, तब गोपाल ने उसे आश्चर्य से देखा था, आजकल वह, यह देखने का आदी हो गया है।

"क्या हाल है गोपाल भैया? दुकान कैसी चल रही है?" गोपाल के पास रखी हुई माचिस को उठाते हुए राम पूछता है।

"अरे माल ही नहीं है तो बिक्री वग़ैरह होगी कैसे?" गोपाल कॉपी में हिसाब लिखते हुए ही जवाब देता है।

"क्यों, माल को क्या हो गया है?" राम सिगरेट सुलगाकर पूछता है।

गोपाल कहता है, "शक्कर नहीं, नमक नहीं, आटा-मैदा किसी भी चीज़ की सप्लाई ठीक समय पर नहीं होती, राशन कार्ड पर ही लोगों को समय पर ठीक

से सामान नहीं मिल रहा, बीच में अरहर की दाल मिलने लगी थी, साथ में आधा किलो नमक मुफ़्त में देते थे, वो अरहर की दाल एक-डेढ़ घंटे तक चूल्हे पर चढ़ाने पर भी गलती नहीं।"

कई दिनों तक इसी तरह गोपाल से सामान के बारे में शिकायत और माल की कमी की वजह से दुकान बन्द होने की आशंका तक सुनने के बाद, एक दिन राम ने गोपाल से कहा, "कोई ठेकेदार हैं, जो पिताजी से बात कर रहे थे कि मिलिट्री में आटा-मैदा, चावल-शक्कर की सप्लाई मिलकर की जा सकती है, मैंने ख़ुद सुना था। गोपाल भैया! आप पिताजी से एक बार बात क्यों नहीं करते?"

"अच्छा! क्या ऐसा हो सकता है?" गोपाल ने उत्साह से पूछा।

"आप एक बार पिताजी से कहकर देखिए। मैं भी उनसे कह दूँगा।"

गोपाल ने सोचा कि अगले दिन दुकान बन्द करने के बाद वह महानन्द के पास एक बार जाएगा लेकिन अगले दिन दोपहर के बाद ही महानन्द ख़ुद दुकान तक आ गया। गोपाल ने महानन्द को सम्मान के साथ बैठाया और सिगरेट और माचिस की डिब्बी आगे बढ़ा दी।

सिगरेट के पैकेट को देखते हुए महानन्द ने धीरे से कहा, "रहने दो! सिगरेट मेरी जेब में है।" फिर उसने कुरते के नीचे वाली जेब से गोल्ड फ्लेक सिगरेट की एक डिब्बी निकाली।

"ये, हमारे राम ने बताया कि तुम्हें दुकान में सामान सप्लाई में परेशानी हो रही है?" महानन्द ने पूछा।

"आप तो देख ही रहे हैं कि बाज़ार की हालत क्या है। अगर इसी तरह और कुछ महीने युद्ध चलता रहा तो लोग भूखे मर जाएँगे।"

"क्यों मर जाएँगे? और तुमसे किसने कहा कि कुछ महीने तक युद्ध चलेगा। कितने साल चले, ये सोचो।" महानन्द ने डिब्बी से सिगरेट निकालकर होंठों में दबा ली। डिब्बी को गद्दी के ऊपर रखकर उसने कुरते की दूसरी जेब से माचिस निकालकर सिगरेट जलाई। फिर धीरे-धीरे मुँह से धुँए को कुंडलियों में छोड़ते हुए पूछा, "तुम्हें सचमुच सामान, मेरा मतलब दुकान के लिए तेल-घी, आटा-मैदा, नमक-शक्कर जैसी चीज़ों की ज़रूरत है क्या?"

"हाँ, ज़रूरत तो है ही?" गोपाल ने तुरन्त कहा।

"मेरे साथ एक जगह जा सकते हो?"

"कहाँ जाना है?"

"वो बाद की बात है। जा सकते हो या नहीं, ये बोलो।" महानन्द ने आँखें बन्द करके सिगरेट का लम्बा कश खींचते हुए पूछा।

"कब जाना है?"

"कल तक।"

थोड़ी देर तक चुप रहने के बाद गोपाल ने कहा, "आपके साथ जाना है न? चलूँगा।"

सिगरेट का एक और कश लेकर महानन्द ने कहा, "लेकिन लेन-देन थोड़ा अलग तरह का होगा।"

"कैसा अलग?"

"तुम्हें फ़ायदा हो, वैसा।" महानन्द ने हँसते हुए कहा और साथ-ही-साथ उठकर खड़ा हो गया।

अगले दिन, कुछ दूर तक लकड़ी उठानेवाले ट्रक में और कुछ दूर जीप गाड़ी में सवारी करते हुए महानन्द गोपाल को जहाँ ले गया, वह जगह गोपाल ने पहले कभी देखी भी नहीं थी और उन इलाकों के बारे में उसने कभी सुना भी नहीं था।

एक दिन शाम को राम जब गौरी के कमरे में बैठकर चाय पी रहा था, तब वो रफ कॉपी उसने दूसरे हाथ में पकड़ रखी थी। राधा उससे कुछ पूछ रही थी लेकिन वह जवाब ठीक से नहीं दे पा रहा था। उसका दूसरा हाथ जैसे काँप रहा था। प्याले में अब भी थोड़ी चाय बाक़ी थी लेकिन उसने जल्दी से प्याला मेज़ पर रख दिया और हाथ में पकड़ी हुई कॉपी गौरी की दूसरी किताबों के बिलकुल नीचे रख दी। फिर उसने गौरी से कहा, "ये कॉपी मैंने यहाँ रख दी है, खोलकर देखना!"

फिर वह तुरन्त कमरे से बाहर निकल गया। उस दिन वो लाखेश्वर और तारा से भी विदा लिए बिना ही चला गया। राम के जाने के बाद दरवाज़े को थोड़ी देर निहारती हुई राधा बैठी रही, फिर उसने वह कॉपी निकालकर पन्ने खोले। पन्नों के बीच एक काग़ज़ का टुकड़ा था। गौरी का दिल धड़कने लगा। उसने कॉपी बन्द कर दी। बिस्तर में बैठकर उसने धीरे से कॉपी खोली, काग़ज़ के टुकड़े को हाथ में लिया। किसी कॉपी से फाड़कर निकाले गए पन्ने में लिखी हुई एक चिट्ठी। काग़ज़ के ऊपर मोटे हर्फ़ में लिखा है, 'लव इज ब्लाइंड।' कोई सम्बोधन नहीं है, सीधे-सीधे चिट्ठी की बातें लिखी गई हैं, 'हम दोनों में से उम्र में कौन बड़ा है, ये मैं नहीं जानता हूँ। शायद मैं ही बड़ा हूँ। लेकिन तुम मुझसे ऊपर की क्लास में पढ़ती हो। इसलिए मैं अब तक तुमसे बहुत सारी बातें नहीं कह पाया हूँ। लेकिन तुमसे बहुत सारी बातें कहने का मन होता है। हमेशा यही सोचकर तुम्हारे पास आता हूँ लेकिन कह नहीं पाता। ये सोचकर डरता हूँ कि शायद तुम्हें बुरा लगे, शायद तुम ग़ुस्सा हो जाओ।'

इसके बाद एक नया पैराग्राफ।

'क्या तुम मुझे अपनी बात कहने का मौक़ा दोगी? क्या तुम मेरी बात सुनोगी?'

उसके बाद काग़ज़ में तीन लहरों-जैसी रेखा बनी हुई है। तस्वीरों में पानी को समझाने के लिए जैसी रेखा बनाई जाती है, बिलकुल वैसी। काग़ज़ से एक हलकी ख़ुशबू आ रही है, वो पर्ल पाउडर की ख़ुशबू है।

चिट्ठी को बहुत छोटा फोल्ड करके राधा ने अपनी मुट्ठी में छिपा लिया। बाहर से आती हुई पिता के खड़ाऊँ की आवाज़ सुनकर वो चौंक उठी और चिट्ठी वाली उसकी मुट्ठी कस गई। वह अपनी मुट्ठी को मेज़ के नीचे ले जाकर छिपाने की कोशिश करने लगी।

रसोईघर में गौरी का कुछ काम बँधा हुआ है रोज़ का, उनमें से एक है, घर के लोगों को खाना खिलाने से पहले फ़र्श पोंछकर पीढ़ा रखना पड़ता है बैठने के लिए, गिलास में पानी भरकर रखना पड़ता है सबके लिए। उसे समय पर याद नहीं दिलाना पड़ता, उसे समय का अन्दाज़ा है, वो पहुँच जाती है। आज रसोईघर में जाने से पहले उसने चिट्ठी को एक बार और पढ़ा और वो उसमें मगन हो गई। अचानक, उसे सुनाई दिया कि माँ उसे बुला रही है। अब चिट्ठी को ब्लाउज़ के अन्दर दबाती हुई, अपनी चादर के आँचल को कमर में कसकर खोंस लेने के बाद गौरी रसोईघर में गई। रसोईघर में काम करते समय बीच-बीच में वह अपनी पूरी देह में कँपकँपी महसूस करती रही। इस समय रसोईघर में राधा भी रहती है। आज राधा से नज़र मिलाने में गौरी को डर-सा लगा।

## 12

अतुल राय ने अचानक ही स्कूल से छह दिन की छुट्टी ली थी। अर्ज़ी में उसने अपना घरेलू कारण बताया था। अर्ज़ी देते समय अकन से अतुल की भेंट नहीं हुई थी। पर अकन ने अनुमान लगा लिया था कि शायद राधा से शादी के बारे में चर्चा करने के बाद, अपने घरवालों से बातें करने के लिए अतुल ने छुट्टी ली है।

छुट्टी ख़त्म होने के आख़िरी दिन अकन को अतुल से एक चिट्ठी मिली। अतुल के मकान मालिक कामाख्याचरण की छोटी बेटी स्कूल के हेड क्लर्क को ये चिट्ठी दे गई थी। लिफ़ाफ़े के अन्दर हेडमास्टर के लिए पत्र था, साथ में एक और छोटा-सा बन्द लिफ़ाफ़ा राधा के नाम से था।

राधा के हाथ में लिफ़ाफ़ा आते ही उसने तुरन्त खोला। कुल चार लाइन का एक पत्र था वो, उसमें मूल बात ये थी कि अतुल को बहुत कुछ कहना है, मिलते ही वो सब बताएगा, इस तरह छुट्टी बढ़ाने के कारण राधा को बुरा न लगे।

ऐसा नहीं हो सकता था कि राधा को बुरा न लगे। वह वैसे भी ज़रा-सी बात में उदास हो जाती है। अतुल यहीं पर है, उसे चार दिन की छुट्टी क्यों बढ़ानी पड़ी, क्या एक बार आकर वह राधा से बता नहीं सकता था?

वैसे राधा स्कूल शुरू होने के बहुत पहले ही आ जाती है लेकिन छुट्टियाँ ख़त्म होने के बाद जिस दिन अतुल को आना था, उस दिन राधा देर से आई। उसका मन अभी तक दबा हुआ था। राधा ने देखा, सभी शिक्षक अपनी-अपनी क्लास के लिए निकल गए लेकिन अतुल अकेले ही टीचर्स कॉमन रूम में बैठा है। राधा कमरे में आई, रजिस्टर में दस्तख़त किये और अतुल की तरफ़ देखकर हल्की-सी मुस्कुराई, फिर अपनी क्लास की ओर जाने के लिए दरवाज़े की ओर बढ़ी। अतुल ने बुलाया, "सुनो, राधा!"

राधा रुकी और अतुल की तरफ़ मुड़कर कहा, "फाइनल घंटी बज चुकी है, मुझे क्लास के लिए देर हो रही है।"

"तुम नाराज़ हो?"

"नहीं, नाराज़ क्यों होऊँगी मैं?"

अतुल राधा के पास आया। उसने धीमी आवाज़ में कहा, "आज शाम को मैं तुम्हारे घर आऊँगा। बहुत बातें कहनी हैं।"

राधा अपनी मुट्ठी में रखे हुए टुकड़े को खुरचने लगी, फिर कहा, "अगर कोई असुविधा है, तो न आओ!" वह मुस्कुराई और अपनी क्लास की तरफ़ चली गई।

राधा सातवीं कक्षा के 'बी' सेक्शन में अंग्रेज़ी पढ़ाती है। क्लास में पूरे समय उसे याद आती रही कि अतुल का चेहरा बहुत थका हुआ था। आँखों को देखकर तो लगता था, जैसे कई रातों से सो नहीं पाया वो।

स्कूल की छुट्टी हो जाने के बाद भी टीचर्स रूम में काफ़ी देर तक अतुल बैठा रहा। फिर एक समय उसे बोध हुआ कि चौकीदार बाहर बरामदे में टहल रहा है, शायद उसे कमरा बन्द करना होगा। आख़िर उसे कमरे से बाहर निकलना पड़ा। बरामदे में थोड़ी देर तक टहलने के बाद वह घनश्याम चौधरी उपवन में गया और वहाँ एक बेंच पर बैठा रहा। पार्क में जब बच्चे खेलने के लिए आने लगे तो अतुल ने सोचा कि अब शायद राधा शाम की चाय पी चुकी होगी, थोड़ा आराम कर चुकी होगी, अब वह उनके घर जा सकता है। पर राधा से जो बात करनी थी वो दिमाग़ में आते ही उसे थोड़ा डर-सा लगा।

राधा के घर पहुँचकर जब वह उसके कमरे में कुर्सी पर बैठा और राधा का चेहरा देखा, तब अतुल को और ज़्यादा संकोच और डर लगा। राधा नहीं चाहती थी कि वो बात शुरू करे। उसके मन में थोड़ा ग़ुस्सा था। पर जब अतुल बहुत समय तक चुप रहा तो राधा को पूछना पड़ा, "क्या हुआ? तुमने तो कहा था बहुत बातें करनी हैं। क्या बातों को ठीक से सजा नहीं पा रहे हो?"

अतुल ने कहा, "नहीं राधा! ये समय उस तरह से बात करने का नहीं है। मैं कहाँ रहता हूँ, तुम जानती हो।" अतुल फिर से चुप हो गया और काफ़ी देर तक चुप ही रहा। राधा ने ही कहा, "तुम कहाँ रहते हो, ये जानती हूँ मैं। पर ये बात किसलिए?"

"सुविधा के अनुसार घर नहीं मिल रहा था, इसलिए मैं उस मकान में रहने लगा था। कामाख्या बाबू के घर के सभी लोग मुझसे स्नेह करते हैं और मैं भी सभी के साथ अच्छा व्यवहार करता हूँ। मुझे तो अब तक कभी शक ही नहीं हुआ कि..." अतुल कहते-कहते रुक गया।

"किस बारे में?"

"वो लोग अपनी बड़ी बेटी की शादी मेरे साथ करना चाहते हैं। वे कहते हैं कि जब से मैं उनके घर में रहने लगा हूँ, तभी से वे इस बारे में सोच रहे हैं।"

थोड़ी देर तक दोनों चुप रहे। फिर राधा उठकर अन्दर चली गई। रसोईघर में योगमाया अतुल के लिए चाय-नाश्ता तैयार कर रही थी। थोड़ी देर में राधा वह सब ट्रे में सजाकर अतुल के पास आई। अतुल अपने माथे पर उँगली से सहलाता हुआ आँखें बन्द कर बैठा था। छोटी-सी मेज़ पर चाय-नाश्ता रखने के बाद राधा चुपचाप खड़ी रही। अब अतुल ने कहा, "मैंने घर जाने के लिए छुट्टी ली थी। अकन भैया ने चाचा-चाची से बात करने के लिए कहा था। घर के लिए रवाना होने से पहले मैंने कामाख्या बाबू की पत्नी को सूचना दी थी कि घर जा रहा हूँ। उन्होंने पूछा, अचानक घर क्यों जा रहा हूँ। मैंने सब कुछ कह दिया। तुम्हारे बारे में भी बताया। उसी के बाद से वे लोग कोहराम मचा रहे हैं कि ये तो हो ही नहीं सकता। मैं जाऊँगा तो मेरे साथ कामाख्या बाबू भी मेदिनीपुर जाएँगे।"

राधा ने गम्भीर स्वर में अचानक पूछा, "तो क्यों नहीं ले गए उनको साथ में? उन लोगों ने अगर कोहराम मचाया है तो तुम आपत्ति क्यों कर रहे हो?"

अतुल को ग़ुस्सा आ गया। उसने कहा, "मैं आपत्ति न करता तो क्या तुम्हें अच्छा लगता? तुम्हारे मन में ऐसी कोई बात आ रही है क्या?"

"अगर तुम्हें आपत्ति है तो उन लोगों के हल्ला मचाने से क्या होता है?" राधा ने सख़्त आवाज़ में पूछा।

"मुझे सारी बातें आख़िर तक कहने क्यों नहीं देती हो?" अतुल ने राधा की आँखों में स्थिर नज़र से देखा। फिर शान्त आवाज़ से कहा, "कामाख्या बाबू कैसा आदमी है, यह जानने की मुझे कोई ज़रूरत नहीं थी। लेकिन इस बार इस आदमी के लिए मेरा सात-आठ दिन का खाना-सोना और सुख-चैन ख़राब हुआ। भयानक आदमी है।"

अतुल थोड़ी देर के लिए रुका। राधा उसका चेहरा देखती रही। अतुल फिर से कहने लगा, "उनका एक भाई यहाँ सी.आई.डी. में काम करता है। उनका नाम अन्नदाचरण है। वो भैया को फँसा सकता है।"

"किसे? अकन भैया को?" राधा ने आश्चर्य से पूछा। अतुल ने 'हाँ' में सर हिलाया। उसने प्याले में से आधी चाय पी, नाश्ता छुआ तक नहीं। वे दोनों देर तक बातें करते रहे और शाम हो गई। पूजाघर से शंख फूँकने की आवाज़ आई। फिर थोड़ी देर बाद, अकन बाहर कहीं से घर वापस आया। अतुल को बैठा हुआ देखकर

'अच्छा, तुम आए हो!' कहता हुआ उस कमरे के बीच में से अन्दर चला गया। अतुल ने राधा से कहा, "भैया से अभी इसके बारे में कुछ न कहना।"

तीन दिन के बाद, जगदीश शर्मा नाम का पुलिस का आदमी शाम के समय अकन से मिलने घर आया। वह किसी ड्यूटी पर नहीं था, इसलिए वर्दी में नहीं आया था। छोटी पदवी से प्रमोशन पाकर नौकरी के आख़िरी दिनों में सब इंस्पेक्टर बननेवाले शर्मा को अकन बहुत साल पहले से जानता था।

"आज, इतने दिनों बाद अचानक आए आप!" अकन ने पूछा।

"ड्यूटी करने आया हूँ।" शर्मा ने हँसकर कहा। फिर उसने दरवाज़े की तरफ़ निगरानी करते हुए धीमी आवाज़ में पूछा, "सुना है आजकल छात्रों के सामने भाषण देने लगे हो?"

"कैसा भाषण?"

"स्वतंत्रता आन्दोलन का भाषण।"

अकन थोड़ी देर के लिए अवाक् होकर शर्मा का चेहरा देखता रहा। फिर कहा, "स्वतंत्रता आन्दोलन का भाषण, लड़कों के सामने? लेकिन हम लोगों ने तो स्कूल में कोई गोष्ठी या मीटिंग नहीं की है।"

"मीटिंग नहीं, क्लास में, लड़कों को बेंच पर खड़े करके।" शर्मा ने गम्भीर स्वर में कहा।

अकन को तुरन्त सब कुछ साफ़-साफ़ याद आ गया, "ओह! समझा, लेकिन ये सब तो क्लास के अन्दर वैसे ही बच्चों को कहनेवाली बातें हैं। आपने ये कहाँ से सुना?"

"मैंने ही नहीं सुना है, बल्कि सभी पुलिसवालों ने सुना है। और, अगर कोई कहेगा नहीं तो पुलिस को मालूम कैसे हो सकता है? मेरा मतलब है कि तुम जो भी करो वो थोड़ा देख-सुनकर करो। मेरी नौकरी के अब और कुछ ही दिन बचे हैं और उन थोड़े दिनों के प्रति मुझे बहुत मोह-माया भी नहीं है। इसलिए मैं तुमसे इस तरह से बोल पा रहा हूँ। लेकिन सभी ऐसा नहीं करेंगे या नहीं कर सकते। अगर तुम पर कोई विपत्ति आएगी तो मुझे बुरा लगेगा। हम सबकी भी बहुत क्षति होगी। चलता हूँ।"

जाते-जाते अचानक शर्मा ने पूछा, "तुम्हारे स्कूल में केशव दास नाम का कोई मास्टर है क्या?"

"जी है। क्या बात है?"

"बहुत ख़राब आदमी है। ज़रा उस पर नज़र रखकर काम करना।" शर्मा बरामदे तक पहुँच गया।

"क्यों, क्या हुआ है, बताइए मुझे।" अकन शर्मा के साथ-साथ बाहर तक आ रहा था, अब लगभग उसका रास्ता रोककर खड़ा हो गया।

"अभी तक जो भी हुआ है, उसका आभास तो मैंने तुमको दिया ही। और ख़बर लेता हूँ। मुझे जो भी पता होगा, तुम्हें बताऊँगा।"

अकन ने शर्मा को बाहर के गेट तक छोड़ा और वहीं खड़ा रह गया। उस दिन लड़कों को क्लास में खड़ा करके क्या-क्या कहा था, वो याद करने की कोशिश करता रहा। फिर केशव दास के बारे में सोचने लगा। उधर से राम आ रहा था, अकन ने देखा ही नहीं।

"चाचाजी!" राम ने आवाज़ दी।

"ओह, राम हो! कॉलेज की पढ़ाई ठीक चल रही है?"

"जी, चाचाजी।"

"अन्दर जाओ।" अकन गेट के सामने से हट गया। राम अन्दर चला गया।

राम ने बरामदे से ही ज़ोर से 'बड़ी माँ', 'बुआ' कहकर आवाज़ लगाई लेकिन कोई जवाब न पाकर घर के लाखेश्वर वाले हिस्से में चला गया।

योगमाया और राधा कमरे का दरवाज़ा अन्दर से बन्द करके बिस्तर पर बैठकर बातें कर रही थीं। थोड़ी देर पहले राधा ने दरवाज़े के बाहर से वो सब कुछ सुन लिया था, जो पुलिस अफ़सर शर्मा ने अकन से कहा था। उसके बाद से ही उसमें धीरज का बाँध टूटने लगा था। योगमाया को पास बिठाकर वह अतुल द्वारा बताई हुई सारी बातें बता रही थी। सारी बातें सुनने के बाद योगमाया एकदम चुप हो गई थी। दोनों ने राम की आवाज़ सुनी थी, पर चुपचाप बैठी रहीं।

काफ़ी देर बाद योगमाया ने राधा को देखा। राधा तब तक सर झुकाए बैठी थी। राधा से कुछ भी पूछने के लिए योगमाया को डर-सा लगा। दरअसल, वह ख़ुद भी डर-से अन्दर-ही-अन्दर सिकुड़ गई थी। चुपचाप बैठी थी और मन बार-बार पूछ रहा था कि अब क्या होगा। राधा के गम्भीर चेहरे को देखते हुए आख़िर योगमाया ने पूछ लिया, "अब क्या होगा?"

राधा सीधे होकर बैठ गई, पहनी हुई चादर ठीक की, माथे के बालों को पीछे किया और फिर कहा, "कुछ नहीं होगा। तुम अब ये सब सोचते मत रहना। जो करना है, मैं करूँगी।"

"तू क्या करेगी? ये अकन निकल गया क्या फिर से? बुलाकर ला उसे, बात करती हूँ उससे।"

"नहीं, पुलिस के आदमी ने जो भी कहा है उससे, उतना ही काफ़ी है अभी। इस वक़्त वही सँभालने दो उसे। अभी उसके सामने ये सब न बताओ। मेरे और अतुल के बारे में भी उससे कुछ न कहो। और मैं तुमसे कह रही हूँ, इस समय मेरी शादी की बातें तो बिलकुल न निकालो।" इतना कहकर राधा कमरे से बाहर जाने के लिए बिस्तर से उठने लगी।

योगमाया ने कहा, "कैसे न निकालूँ? इतने दिनों के बाद ये प्रसंग उठा है। मैंने

सोचा था, इस बार सब ठीक-ठाक हो जाएगा, अब तू..."

राधा योगमाया की बात काटती हुई बोली, "जब इतने दिन बीत ही गए तो अब इतनी जल्दबाजी क्यों करना? जैसे दिन कट रहे हैं, वैसे ही काटने दो न!"

"तू ऐसे कहेगी तो चलेगा क्या? मैं इस तरह दिन कटते हुए देख नहीं सकती न!" योगमाया की आवाज़ में बहुत दर्द घुला हुआ था। राधा ने माँ को देखा। योगमाया ने करुण दृष्टि से राधा को देखा।

राधा ने कहा, "तुम नहीं देख सकोगी तो कैसे होगा। अतुल से सुनकर मैंने जो भी तुमसे कहा, वो तुम समझी या नहीं। अब तुम लोग ज़िद करो कि अतुल के साथ मेरी शादी हो और उधर कामाख्याचरण का भाई, सी.आई.डी. अधिकारी अन्नदाचरण, भैया को जेल तक पहुँचाने की ज़िद करेगा। मैं तुमसे कह रही हूँ, बात बहुत दूर तक जाएगी। अभी शादी का प्रसंग न निकालो। इस समय, मेरी शादी बड़ी बात नहीं है।"

राधा कमरे से निकल गई। योगमाया उसी तरफ़ देखती हुई बैठी रही। राधा चली गई थी लेकिन योगमाया की नज़र के सामने जैसे एक जीवन्त राधा रुकी रही। भरपूर देह-मन की एक लड़की, राधा। उम्र के साथ-साथ उसका पूरा शरीर अब खिल गया है। अपने पिता की तरह लम्बी कद-काठी है उसकी और वैसे तेवर भी। पिता का रंग भी, थोड़ी देर धूप में काम करती है तो गोरे चेहरे पर पसीना और खून एक साथ चमकने लगता है। योगमाया की आँखों के सामने, पूर्णमासी के लिए धीरे-धीरे बढ़ते चाँद की तरह उसकी ये काया बनी है। अब यह रोज़-रोज़ उसका यह रूप देखते रहना, योगमाया के लिए बहुत कष्टदायी है। अब क्या इस चाँद को आँखों के सामने घटते हुए भी योगमाया को देखना पड़ेगा? योगमाया मन-ही-मन तड़पने लगी।

राधा सामनेवाले आँगन तक निकल आई। गेट के पास आकर उसने देखा, अकन कहीं है क्या! आसपास वो कहीं नहीं दिखा। राधा आँगन के एक सिरे से दूसरे सिरे तक धीरे-धीरे टहलने लगी। बीच-बीच में वो अनजाने में ही रुकती, ज़मीन की तरफ़ देखकर जैसे कुछ सोचने लगती और फिर से, नींद से जगने की तरह हिलती-डुलती चलने लगती।

माँ ने कहा है, 'दिन इसी तरह बीतते हुए, वो नहीं देख सकती।' बहुत दिनों से राधा भी सोच रही है, दिन जैसे बहुत तेज़ी से बीत रहे हैं। वो स्कूल के आख़िरी दिन बहुत जल्दी-जल्दी बीत गए थे। उन दिनों, राधा और अतुल बस एक-दूसरे की आँखों में झाँकते थे, अतुल उससे बहुत ही औपचारिक बातें पूछता था, उसी से राधा का मन परिपूर्ण हो जाता था, शर्म और संकोच से वो मुरझा-सी जाती थी। उसके बाद, कॉलेज में नाम भर्ती के दो महीने बाद, एक बार बस में अतुल उसकी पास वाली सीट पर बैठा था, बस से उतरते समय अतुल ने राधा को एक चिट्ठी पकड़ाई थी। उस शुरुआत से लेकर आगे के दिन कैसे बीते थे, उसका कोई हिसाब

राधा ने नहीं रखा। अतुल को देखती रहती, अतुल की लिखी चिट्ठी पढ़ती रहती। वह समय बहुत जल्दी बीत जाता जब राधा चिट्ठी लिखती और अतुल का जवाब आने में, समय बहुत लम्बा होता। राधा के रोज़ पहननेवाले कपड़े रखने के बक्से के नीचे अतुल की लिखी चिट्ठियों की दो इंच मोटी परत बन गई थी। अतुल अपनी लम्बी चिट्ठियों की शुरुआत और आख़िर में राधा के लिए प्यार कहता था और बीच की जगह पर, जो उसे मन करता था वही लिखता था, टॉलस्टॉय के बारे में, गांधी के बारे में, मेदिनीपुर में उसके बचपन की बातें, अकन के श्रम से गढ़े गए दोनों स्कूलों की बातें और रवीन्द्रनाथ की कविताओं के बारे में, 'ये फूल जैसे बोल रहा है और पत्ते उसकी, चारों दिशाओं की निस्तब्धता हैं।'

और फिर बाद के दिनों में, राधा का मन एक गहन प्रेम की अनुभूति से आच्छन्न रहने लगा था, उसमें कोई उत्तेजना नहीं थी कोई चंचलता भी नहीं। अतुल के प्यार से पूर्ण होने के बाद शान्त मन से वह महसूस करने लगी थी कि एक सुन्दर भविष्य के लिए इन्तज़ार करना ही अब उसका काम है।

उसके बाद के दिन अपनी गति से बीते थे। कब क्या होना चाहिए, इस बारे में वो सोचती ज़रूर थी, पर कोई हड़बड़ी नहीं थी। वह इस प्यार को लोगों के सामने छुपाना भी नहीं चाहती थी और किसी को इस बारे में बताती भी नहीं थी। लेकिन जब उसे मालूम हुआ कि अकन और बाक़ी लोग इस बारे में जानते हैं तो वह आश्वस्त भी हुई थी।

सिर्फ़ कुछ दिनों पहले माँ के मुँह से, इस सम्बन्ध के बारे में अकन की राय जानकर राधा ने सोचा था कि अब शायद ये इन्तज़ार ख़त्म हो जाएगा।

पर यह सब क्या हो गया!

राधा फिर से सोचने लगी, 'क्या वाकई दिन बहुत तेज़ी से बीत रहे हैं? बाक़ी दिन भी क्या ऐसे ही बीत जाएँगे? ये जो माँ ने कहा, दिन इस तरह बीत जाएँ, यह देखा नहीं जाता, क्या सचमुच उसे लेकर माँ के मन में दुख है? पर कुछ किया भी तो नहीं जा सकता।'

अकन को कोई भी परेशानी न हो, इसके लिए राधा जितना हो सके, करेगी लेकिन वो क्या करे? क्या अतुल को कुछ दिनों के लिए दूर रहने के लिए कहे? पर कितने दिनों तक? जब तक अकन को पुलिस से कोई परेशानी न हो तब तक के लिए? पता नहीं ये दिन कितने लम्बे होंगे! तब तक अतुल कहाँ तक पहुँचेगा, क्या पता! अगर तब तक कामाख्याचरण की बेटी के साथ...!

राधा के पूरे शरीर में एक सिहरन दौड़ गई। वह आँगन के कोने में बनी हुई पक्की सीढ़ियों पर बैठ गई।

थोड़ी देर के बाद' राम गेट से बाहर निकल गया। जाते समय वह लकड़ी के गेट को ज़ोर से धक्का देकर बन्द कर गया।

राम की चिट्ठी पढ़कर पहले तो गौरी चौंक गई, बाद में भी, वो बहुत अस्थिर रही। उस रात वह अच्छी नींद नहीं सो पाई, बीच-बीच में कई बार उसकी नींद खुली और हर बार नींद खुलते ही चिट्ठी में लिखी पंक्तियाँ उसे याद आती रहीं। वह सोचती रही इन बातों का अर्थ क्या है। गौरी ने पहले तो इस तरह से सोचने की कोशिश की कि राम अक्सर उसकी रफ कॉपी में उसका नाम लिखता है, शायद यह चिट्ठी भी उसी आदत से लिखी होगी,पर बार-बार सोचने के बाद उसे लगा कि और भी कोई अर्थ है, इस चिट्ठी में।

अगले दिन, शाम होते-होते गौरी को डर लगने लगा। लेकिन उस दिन शाम को राम नहीं आया। रात को सोते समय गौरी ने सोचा, क्यों नहीं आया होगा आज वो? आज कॉलेज में भी उसने राम को दूर से ही देखा है, पहले वह चाहे एक बार ही सही, गौरी के पास आता है, पर आज नहीं आया था।

राम, दो दिन बाद गौरी के घर आया और फिर पहले की तरह रोज़ आने लगा। राम ने कहा कि वह डर गया था, सोचता रहा गौरी को चिट्ठी पढ़कर कैसा लगेगा, गौरी क्या सोचेगी। गौरी के पास बैठकर भी बार-बार पूछा, "क्या तुम्हें बुरा लगा?"

गौरी ने कहा, "नहीं, बुरा नहीं लगा।"

"फिर तुमने जवाब क्यों नहीं दिया?"

"अरे! जवाब क्या देना है इसमें? रोज़ बात तो कर रहे हैं हम लोग। तुम्हीं ने कहा था, कोई बात है। अब बताओ, क्या बात है!"

राम के हिसाब से बातें इस तरह से नहीं कही जातीं। दो-चार दिन के बाद, वो संक्षेप में एक चिट्ठी लिखकर लाया। चिट्ठी में वही पर्ल पाउडर की ख़ुशबू। ऊपर की पंक्ति में पैन की निब से कई बार घिसकर लिखा हुआ 'लव इज़ ब्लाइंड', सम्बोधन की जगह दो लाइन बिन्दी-बिन्दी बनी हुईं, नीचे लहरों की तरह खिंची हुई तीन पंक्तियाँ, तीन रेखाएँ और फिर कुल चार लाइन बातें। इन बातों का सारांश है, 'मैं तुमसे प्यार करता हूँ। क्या तुम भी मुझसे प्यार करती हो?'

इस चिट्ठी को पढ़ने के बाद गौरी का दिल ज़ोर-ज़ोर से धड़कने लगा। उसे डर भी लग रहा था और शर्म भी आ रही थी। अगले दिन वो कॉलेज भी नहीं गई। शाम के बाद और दिनों के मुकाबले थोड़ी देर से राम आया। गौरी जितना सम्भव हो, कोशिश करती रही कि चिट्ठी वाला प्रसंग न निकले और याद कर-करके अलग-अलग प्रसंग निकालकर बातें करती रही। आखिरकार जब राम ने चिट्ठी का जवाब माँगा तो गौरी ने सिर झुकाते हुए, सामने रखी कॉपी के पन्ने खोलते-बन्द करते हुए राम से कहा कि राम उनके घर इसी तरह आता रहे, वो दोनों इतने दिनों की तरह शाम को बैठकर बातें करेंगे, इससे ज़्यादा गौरी और कुछ सोच ही नहीं सकती। राम के मन में अगर और कोई बात है तो यही अच्छा होगा कि अब वो गौरी से बात न करे।

थोड़ी देर चुपचाप बैठने के बाद राम कमरे से निकल गया। जाते समय सामनेवाला गेट ज़ोर से बन्द कर गया है। कुछ दिनों से गौरी के पास बैठने के बाद राम, गोपाल की दुकान में बैठने लगा है। पर आज वो वहाँ नहीं गया। गली के बाहर पुलिस साहब के अधबने मकान के सामने ईंट की दीवार से टिककर वो कुछ समय खड़ा रहा। फिर अनादि के घर जाकर उसे बुलाना चाहा, पर बुलाया नहीं। फिर टहलता हुआ शिव मन्दिर तक पहुँचा। मन्दिर की बाहरी परछी के नीचे बैठकर कुछ लोग ढोलक बजाकर भजन गा रहे थे, दो-चार लोग एक तरफ़ गोल बैठकर भाँग पी रहे थे। राम धीरे-धीरे परछी के पास आया और भाँग पीनेवाले लोगों के पास जा बैठा।

अगले दिन स्कूल पहुँचते ही अकन ने एक नोटिस लगवाया, 'स्कूल की छुट्टी के बाद टीचर्स कॉमन रूम में हेड मास्टर्स टीचर से बात करेंगे। सभी टीचर उपस्थित रहे।'

फिर अकन, केशव दास से मिले। उनके सामने खड़े होते ही जैसे अकन को इंस्पेक्टर जगदीश शर्मा की चेतावनी फिर से सुनाई दी, "ये आदमी विश्वास करने लायक नहीं।'

केशव दास का चेहरा थोड़ी देर देखते हुए अकन ने पूछा, "आपने मीटिंग के बारे में नोटिस देखा है न?"

"जी, मैंने देखा है।" केशव ने हँसकर मुलायम स्वर में कहा। "किस बात की मीटिंग है, कोई ज़रूरी बात!"

अकन ने गम्भीर स्वर में कहा, "आप ज़रूर रहें वहाँ।" बात ख़त्म करते ही अकन वहाँ से चला गया।

दोपहर के टिफ़िन-टाइम में अतुल ने राधा से पूछा, "किस बात के लिए बुलाया, मालूम है?"

"नहीं।" राधा को भी मालूम नहीं था।

स्कूल की छुट्टी के बाद सभी टीचर कॉमन रूम में आ गए। कुछ प्राइमरी स्कूल के टीचर भी आए। वे सभी आपस में फुसफुसाते हुए बातें कर रहे थे, अकन के कमरे में घुसते ही सब चुप हो गए और एकदम से खड़े हो गए। अकन ने सभी को बैठने के लिए कहा और ख़ुद खड़ा रहा। थोड़ी देर चुप रहने के बाद अकन ने कहा, "आप लोगों से एक बात कहने के लिए मैंने यह मीटिंग बुलाई है। इसे मैं बिलकुल सीधे शब्दों में कहना चाहता हूँ। कुछ दिन पहले मैं नौवीं कक्षा के 'ए' सेक्शन को पढ़ा रहा था। क्लास के दौरान मैंने पाठ्यक्रम से बाहर की बहुत सारी बातें बच्चों को बताई थीं, बाहर मतलब, देश के बारे में। देश में क्या हो रहा है, क्यों लोग आन्दोलन कर रहे है, देश को क्यों स्वतंत्रता चाहिए, मैंने यही सब बोला था। वैसे उसके बाद बहुत देर तक मैं सोचता रहा कि लड़कों को ये सब कहने का

कोई फ़ायदा हुआ क्या। क्या उनको ये सब कहना उचित है। बाद में मुझे लगा कि फ़ायदा हो या न हो, मेरा समझाना अनुचित नहीं है। आज मैं आप लोगों से अनुरोध कर रहा हूँ, आप लोग भी इस पर विचार कीजिए और मुझसे कहिए कि क्या ये अनुचित है। आप लोगों की राय मुझे मालूम होनी चाहिए। फिर मुझे आप लोगों से यह भी पूछना है, उस दिन मैंने बच्चों को जो भी बताया था, वो आप लोगों में से किसी को मालूम है क्या?"

अकन थोड़ी देर रुका। टीचर्स एक-दूसरे की शक्ल देखने लगे। वे आपस में धीमे स्वर में बातें करने लगे। फिर उनके मुँह से पहले हल्के और फिर ज़ोर से 'नहीं' की आवाज़ गूँज उठी।

"हम लोगों को यह सब पता ही नहीं है।" कुछ टीचर ने इस तरह से कहा।

"आपको मालूम था?" अकन ने केशव दास की तरफ़ देखकर पूछा।

केशव दास ने हतप्रभ होकर अकन को देखा। अकन ने फिर से पूछा, "कहिए केशव जी, क्या आप जानते थे?"

"हाँ, मैं जानता था।"

अकन थोड़ी देर केशव दास का चेहरा देखता रहा। वह समझने की कोशिश कर रहा था कि इस आदमी ने बात स्वीकार तो की, पर इसमें डर है, ईमानदारी है या फिर दंभ है?

"यहाँ किसी को मालूम नहीं, सिर्फ़ आपको मालूम है और पुलिस को मालूम हुआ।"

अब अकन की आवाज़ धीमी और गम्भीर हुई, "इस बात को आप याद रखें! बिलकुल सीधी सी बात है, इस स्कूल में क्या होता है, मैं क्या करता हूँ, इसकी सूचना आप पुलिस को देते रहते हैं, ऐसा मुझे लग रहा है। इसमें कोई और भी शामिल है या नहीं, ये अब तक मैं नहीं जानता लेकिन आपके बारे में मालूम है।"

अकन ने स्थिर नज़र से केशव दास को देखा। केशव दास ने सर झुका लिया।

"आज की मीटिंग को आप लोग सभी याद रखिए।" अकन ने अब दूसरे टीचर्स की तरफ़ देखकर कहा, "जब ऐसी स्थिति आ ही गई है तो मैं आप लोगों को साफ़-साफ़ बता देना चाहता हूँ कि आज से तैयार रहूँगा कि कभी भी मुझे जेल जाना पड़ सकता है। लेकिन मुझे जो ठीक लगता है, वो मैं करूँगा। अगर अचानक मुझे पुलिस पकड़कर ले जाती है तो स्कूल को चलाए रखने के लिए आप लोगों में से कई होनहार टीचर होंगे। मुझे विश्वास है कि आप लोग हमेशा ध्यान रखेंगे कि स्कूल को कोई नुकसान न होने पाए।"

उसके बाद अकन और एक पल भी, वहाँ नहीं रुका। बात ख़त्म करते-करते वह थोड़ा उत्तेजित हो गया था। जब वह कमरे से निकल गया, उसके चेहरे पर वो उत्तेजना साफ़ दिखाई दे रही थी। कमरे में सारे टीचर्स गूँगे बनकर बैठे रहे। सब

लोग जैसे कुछ कहना चाह रहे थे, पर किसी के बोल नहीं फूटे। केशव दास अब तक सिर झुकाए ही बैठे थे, अचानक वो खड़े हुए और तेज़ क़दमों से कमरे से निकल गए। बाहर लम्बे बरामदे से उनकी धीमी होती गई जूते की आवाज़ सुनाई देती रही। उनके चले जाने के बाद कमरे में मौजूद लोगों के बीच फिर से फुसफुसाहट में बातें शुरू हो गईं। फिर कुर्सियाँ घसीटने की आवाज़ आने लगी और वहाँ बैठे लोग धीरे-धीरे बरामदे में निकले। फिर वे सामने के खुले आँगन में अलग-अलग झुंड बनाकर खड़े हो गए। अब उन सबकी जुबानें खुलने लगीं।

कमरे में सिर्फ़ राधा, अकेली चुपचाप बुत बनकर बैठी रही। कमरे की खुली खिड़की से उसने देखा कि बाहर झुंड बनाकर खड़े दो-चार टीचर हाथ हिलाते हुए ऊँची आवाज़ में कुछ बोल रहे हैं। वह थोड़ी देर सर झुकाए सोचती रही कि उसके भाई का इस तरह से बोलना क्या ठीक हुआ? उसे अतुल से मिलने का मन हुआ। बाक़ी टीचर्स के साथ अतुल भी कमरे से बाहर चला गया था। राधा ने बाहर जाकर चारों तरफ़ नज़र घुमाकर देखा। अतुल एक झुंड में खड़े होकर बातें सुन रहा था। वैसे तो, इतने लोगों के बीच में जाकर अतुल से बोलने में राधा को संकोच होता, पर आज वो सीधे झुंड के पास गई और इशारे से अतुल को पास बुलाया।

"ये सब क्या मामला है?" पहले अतुल ने ही पूछा।

"हमारे घर चलोगे?" राधा ने पूछा।

"चलो, भैया शायद घर ही गए होंगे। चलो उनसे वहीं मिलते हैं। ये अब किस तरह की बातें है!" अतुल की आवाज़ ग़ुस्से से तेज़ हो गई।

घर चलने के रास्ते पर, राधा ने अतुल को वो सारे क़िस्से सुनाए जो इंस्पेक्टर जगदीश शर्मा ने अकन से कहे थे और राधा ने चुपचाप सुन लिए थे।

"ये तो भयानक है।" अतुल ने जैसे अपने-आप से कहा।

अकन घर के सामनेवाले आँगन में गम्भीर मुद्रा में बैठा था। अभी उसने स्कूल से लौटकर कपड़े भी नहीं बदले थे। अतुल और राधा थोड़ा डर और संकोच के साथ अकन के क़रीब आए।

"बैठो।" अकन ने अतुल से कहा।

अतुल बैठ गया। राधा दरवाज़े के पास खड़ी हो गई। अन्दर जाने का उसे मन नहीं हुआ। अतुल सोच ही रहा था कि किस तरह से बात शुरू करे लेकिन अकन ने पहले बोलना शुरू किया, "मैं कुछ भी छुपाना पसन्द नहीं करता। बिना मतलब की चालबाज़ी मुझे पसन्द नहीं। मुझे पता चला है कि हमारे बीच एक धोखेबाज़ इनसान है। यह मैंने उनसे कह दिया और साथ में बाक़ी सबको भी बता दिया। यह समझ लो कि स्कूल की तरफ़ से, हेडमास्टर हूँ, इस पदवी का इस्तेमाल करके मैं उनका कोई नुकसान नहीं करूँगा। जिस तरह सरकार मुझे जेल में डालकर देशद्रोही नहीं बना सकती, उसी तरह मैं उन्हें नौकरी से निकालकर देशप्रेमी नहीं बन

सकता।" एक साँस लेकर अकन ने फिर कहा, "मुझे जो ठीक लगा, मैंने किया, अब उन्हें जो ठीक लगे, वो करें। अगर वाकई उनका कोई दोष नहीं तो मेरे कहने से वे दोषी नहीं हो जाएँगे।"

रात को क़रीब साढ़े आठ बजे केशव दास अकन के घर आए। उस वक़्त अकन घर में ही था। थोड़ी देर तक वो चुपचाप बैठे रहे। फिर शान्त स्वर में बोलने लगे, "आपने अपनी तरफ़ से ठीक ही किया आज। लेकिन एक बात सोचिए। उस दिन जब आप कक्षा के लड़कों से बोल रहे थे, तब मैं वहाँ नहीं था। इसलिए उस वक़्त आप जो भी कह रहे थे, वो मैंने नहीं सुना था, है न?" केशव दास ने अकन की तरफ़ देखा।

"आपको जो भी कहना है, कह डालिए।" अकन ने दूसरी ओर देखकर कहा।

अब केशव दास बोलते गए।

उस दिन जब कक्षा में अकन छात्रों के बीच बोल रहा था, तब केशव दास वहाँ नहीं थे लेकिन महानन्द का बेटा वीरू बेंच पर खड़ा था। अगले दिन वीरू ने केशव दास से मिलकर कहा था कि पिताजी ने आज शाम को हमारे घर आपको बुलाया है। केशव दास महानन्द को नहीं जानते थे, वे सिर्फ़ इतना जानते थे कि वो अकन का बड़ा भाई है। फिर उस दिन शाम को वो महानन्द के घर गए। महानन्द ने उन्हें बड़े आग्रह से चाय-नाश्ता करवाया और कहा, 'मास्टर जी! आप मेरी थोड़ी-सी मदद कर दीजिए! मेरे लड़कों की शुरुआती पढ़ाई ठीक से नहीं हो पाई थी लेकिन अब उनको ठीक तरह से पढ़ाकर पहले की कमी सुधारनी ज़रूरी है। आप हर शाम मेरे दोनों छोटे लड़कों को, वीरू और पूर्ण को, घर में आकर पढ़ा दीजिए। इसके लिए आप जो भी कहेंगे, मैं दूँगा। क्या आप आएँगे?'

मना करने का सवाल ही नहीं उठता। केशव दास ने पूछा, 'कब से?'

महानन्द ने कहा, 'देर करने का कोई मतलब नहीं, आज ही से शुरू कीजिए, अभी से ही।'

केशव दास ने कहा कि 'आज से तो सम्भव नहीं होगा, ठीक है, कल से पढ़ाऊँगा।'

अगले दिन जब केशव दास महानन्द के घर गया, तब महानन्द किसी आदमी के साथ बातें कर रहा था। कमरे में घुसते ही उनको शराब की गन्ध मिली थी। लड़कों को कहाँ बैठकर पढ़ाना है, इस बारे में महानन्द से कुछ ज़िक्र नहीं किया बल्कि अपने पास बिठा लिया। बातों-बातों में केशव दास को मालूम हुआ कि वह आदमी सरकारी सप्लाई विभाग में काम करता है, उनका नाम याद नहीं आ रहा, उपाधि दास है। अचानक महानन्द ने ज़ोर से हँसते हुए केशव से पूछा, 'सुना है आप लोगों के स्कूल में आजकल देश कैसे स्वतंत्र होगा, इस बारे में पढ़ाया जाता है?'

'किसने कहा!' केशव दास आश्चर्यचकित हो गया था।

'क्यों, आप भी तो उस वक़्त स्कूल में थे। मालूम नहीं?' महानन्द अन्दर की तरफ़ देखकर चिल्लाया, 'वीरू, ए वीरू!'

उसके अगले दिन, केशव दास जब महानन्द के घर गया, तब एक आदमी वीरू के साथ बातें कर रहा था। उस आदमी ने केशव दास को अपने पास बिठाकर जो भी कहा उसका सारांश है, 'वीरू से उनको बहुत सारी बातों का पता चला है। बाक़ी सूचनाओं के लिए उनको केशव दास की मदद चाहिए। ये अब बाहर के किसी को पता नहीं चलेगा, बस दोनों के बीच ही रहेगा।'

उस आदमी का नाम अन्नदाचरण है। वो सी.आई.डी. विभाग में नौकरी करता है।

इतनी लम्बी बातें ख़त्म करने के बाद, केशव दास ने लम्बी साँस ली और एकदम से चुप हो गया। अकन तब तक कुर्सी पर सीधा होकर बैठ गया था। परदे के उस पार दरवाज़े पर टिककर चोरी से बातें सुनती हुई राधा, जैसे साँस लेना भूल गई थी।

केशव ने फिर कहा, "उसके बाद उस आदमी के साथ महानन्द के घर में ही एक बार और मुलाक़ात हुई थी मेरी। उसने मुझसे स्कूल का हालचाल पूछा था, स्कूल में कोई गोष्ठी या मीटिंग हुई है क्या, इस बारे में पूछा था। मैंने जो देखा, जो मुझे पता था, वो बताया। स्कूल में मीटिंग नहीं हुई, पर मैंने झूठ बोला, आप कहाँ-क्या कर रहे थे, मुझे पता नहीं, पर मैंने कहानी बनाकर बताया, ऐसा काम मैंने नहीं किया।"

थोड़ी देर चुप रहकर, "मेरी बातें इतनी ही है, वही कहने के लिए आपके पास आया हूँ।" कहते हुए केशव दास जाने के लिए कुर्सी से उठ गए।

अकन निस्तब्ध होकर बैठा रहा। केशव दास के कमरे से बाहर निकल जाने के बाद, जैसे अकन को होश आया और वह लगभग उछलता हुआ कुर्सी से खड़ा हो गया, वो सामनेवाले आँगन तक दौड़ता हुआ आया और केशव दास के पास खड़ा हो गया। कुछ कहना चाहकर भी अकन के मुँह से बोल नहीं फूटा।

"चलता हूँ।" कहकर केशव दास गेट से बाहर निकल गए। अकन ने पीछे से उनको बुलाना चाहा, अपना दायाँ हाथ उठाया भी लेकिन फिर धीरे-धीरे हाथ नीचे कर लिया। केशव दास गली के अँधेरे में खो गए, कुछ देर बाद सड़क किनारे की एक दुकान में जलती रोशनी में वे थोड़ा दिखाई दिए, उसके बाद फिर से ओझल हो गए। इतनी देर तक, अकन आँगन में ही गेट के पास खड़ा रह गया।

थोड़ी देर बाद अकन को बोध हुआ कि राधा भी गेट के पास खड़ी है। वह गेट से बाहर निकलकर जाने लगा। राधा ने पूछा, "कहाँ जा रहे हो?"

"नहीं, कहीं नहीं, बस ऐसे ही।" कहकर अकन स्कूल की तरफ़ जाने लगा। सड़क के किनारे-किनारे वह सिर नीचे किए हुए चलने लगा।

केशव दास की बातें ख़त्म होने से पहले ही अकन स्तब्ध हो गया था। वो सुनी हुई बातों के साथ लोगों को मिला नहीं पा रहा था। लेकिन उसे शक ज़रूर हुआ था कि कहीं कुछ हुआ ज़रूर है। महानन्द के घर में सी.आई.डी. का आदमी?

सोचते-सोचते अकन चल रहा था और अनजाने में ही वह घनश्याम चौधरी उपवन के गेट से आगे निकल गया था। कुछ सोचकर वह रुका और वापस आने के लिए मुड़ गया। धीरे-धीरे उसने अपने सिर में एक तरह की ऊष्मा महसूस की। वह तेज़ चलने लगा। दूर से ही उसने 'योगमाया निकेतन' लिखे हुए मकान को देखा। मकान के दो कमरों और सामनेवाले बरामदे में लाइट जल रही थी।

अकन मकान के गेट से अन्दर चला गया। फिर बरामदे में खड़े होकर वीरू को पुकारा। उसके बाद बन्द दरवाज़े में दस्तक देकर फिर से पुकारा, "वीरू! पूर्ण!"

दूर से एक धीमी आवाज़ सुनाई दिया, "कौन?"

अकन चुपचाप खड़ा रहा। उसने सिर उठाकर ऊपर की तरफ़ देखा। बिजली के सफ़ेद तार लकड़ी के काले फ्रेम में चमक रहे हैं। एक जगह कुछ तार लटक रहे हैं। नई लाइट और तार लगवाना अभी बाक़ी है।

बरामदे में तीन लकड़ी की कुर्सियाँ और बीच में एक मेज़ रखी है। ये अकन द्वारा कभी ख़ुद ऑर्डर करके, चन्द्र कारीगर से बनवाए हुए कुर्सी-मेज़ हैं।

दरवाज़ा पार्वती ने खोला और पर्दा हटाकर बाहर की तरफ़ देखा। फिर अकन को देखते ही वह लगभग चीख़ उठी, "अरे अकन! आओ, आओ! आज कैसे हमारी तरफ़ आने का मन हुआ?"

"भैया हैं क्या घर में?"

"भैया की बात बाद में, पहले तुम आओ तो!" पार्वती ने बड़े आग्रह से बुलाया।

अकन अन्दर आ गया। बैठक में नये-नये गद्दे लगाए हुए लम्बे-चौड़े सोफे रखे थे, बीच में पॉलिश की हुई चमकती मेज़ थी और फ़र्श पर एक फूलों की डिज़ाइन वाला कारपेट बिछा था।

"बैठो!"

अकन बैठ गया। पार्वती ख़ूब उत्साहित थी। वह लगातार बोलने लगी, "आजकल तुमसे मुलाक़ात ही नहीं होती। पार्वती ने कहा कि जब भी उस घर जाती है, जब भी अकन के बारे में पूछती है, यही सुनने को मिलता है कि 'अभी वे घर पर नहीं हैं!' आज तो भगवान ही जानता है, कैसे इस घर में आ गए...!'

"भैया कहाँ हैं?" पार्वती की बात लगभग काटते हुए अकन ने पूछा।

"वो तो घर में ही थे। अभी-अभी निकले हैं। तुम चाय पीयो, तब तक आ ही जाएँगे।"

अकन ने चाय के लिए बहुत मना किया लेकिन पार्वती नहीं मानी।

पार्वती चाय लाने के लिए अन्दर चली गई और अकन शून्य दृष्टि से सामने रखे सोफ़े पर फुलकारी वाले गद्दे देखता रहा।

सामनेवाली छोटी मेज़ पर चाय-नाश्ता क़रीने से सजाकर रखते हुए पार्वती ने कहा, "वो शायद दास बाबू के घर चले गए होंगे।"

"कौन दास बाबू?" अकन ने उत्सुकता से पूछा।

"ये जो पड़ोस में रहते है न, मनोरंजन दास। और कोई काम नहीं होता तो उन्हीं के घर में ये जाकर बैठते हैं। रुको, मैं किसी लड़के को भेज कर बुलवा देती हूँ।"

"नहीं, नहीं। इसकी ज़रूरत नहीं है। मैं उनसे बाद में मिल लूँगा।" अकन ने जल्दी से कहा। पार्वती बड़े प्यार और अपनेपन के साथ उससे बात कर रही थी। वह जिस बात को पूछने के लिए महानन्द से मिलना चाहता था, इस औरत के सामने वह बात छेड़ने का अकन को मन नहीं हुआ। नारियल के लड्डू, दो बिस्कुट और चाय पीकर अकन वहाँ से निकल आया। पहले वह घर लौटना चाहता था लेकिन कुछ क़दम आगे चलने के बाद, वह मनोरंजन दास के घर की तरफ़ जाने लगा।

बहुत साल पहले, जब अकन के परिवार वालों ने पहली बार ज़मीन बेचना शुरू किया था, उसी समय मनोरंजन दास ने यह ज़मीन ख़रीदी थी। इतने सालों में अकन के साथ इस आदमी का कोई क़रीबी सम्बन्ध नहीं बना। पड़ोसी हैं, इसलिए रास्ते में मिलने पर नमस्ते कहते हैं। एक बार दास ने छोटे लड़के के अन्नप्राशन में निमंत्रण दिया था, अकन गया भी था, दास का बड़ा बेटा, अनादि कभी-कभी पढ़ाई या कॉलेज की कोई बात गौरी से पूछने घर आता है, कभी उससे मुलाक़ात होती है तो अकन पूछता है, "कैसे हो तुम लोग!" अनादि जवाब देता है, "अच्छा हूँ, सर।" बस, इतना ही। लेकिन कुछ ही समय पहले यहाँ आकर बसा हुआ महानन्द फ़ुरसत मिलते ही शाम को नियमित रूप से मनोरंजन दास के घर में जाकर बैठता है। मनोरंजन दास व्यापारी है, आजकल महानन्द भी तरह-तरह का काम हाथ में ले रहा है, शायद इसलिए उनके बीच एक सम्बन्ध बना हो, ऐसा हो सकता है। कुछ पल के लिए, अकन के मन में यह ख़याल आया और फिर चला भी गया।

मनोरंजन दास के मकान के बाहर तक पहुँचकर, अकन ने चलने की रफ़्तार धीमी की और मकान की तरफ़ देखा। बाहर वाले कमरे का दरवाज़ा खुला हुआ है। कुछ लोगों की अन्दर चल रही बातचीत के टुकड़े अकन को सुनाई दिए। अकन ने सोचा कि इसी जगह पर टहलने के बहाने वह कुछ देर रुकेगा, हो सकता है महानन्द तब तक निकल आए। सड़क पर महानन्द से बात करने में उसे सुविधा होगी। यही सब सोचता हुआ वो गेट से थोड़ी दूर आ गया था, तभी मकान से एक आदमी को निकलते देखकर अकन चौकन्ना हो गया। वह उस आदमी के पास पहुँचा।

"गोपाल हो क्या?" अकन ने पूछा।

गोपाल उस वक़्त इस जगह अकन को देखकर चौंक गया था। उसने हकलाते हुए कहा, "हाँ, भैया!"

"कहाँ आया था?"

"यहाँ दास बाबू के पास थोड़ा काम था।"

"दास बाबू के पास तेरा कौन सा काम है?"

"काम मतलब..." गोपाल ने पल भर कुछ सोचा और फिर कहा, "थोड़ा पैसा मिलना था उनसे, वही पूछने आया था।"

अकन थोड़ी देर निःशब्द होकर गोपाल का चेहरा देखता रहा। उसे लगा, जैसे एक ऐसा समय आया है कि उसके लिए किसी पर भरोसा करना सम्भव नहीं हो रहा। गोपाल ने भी भरोसे लायक कोई बात नहीं कही है इस वक़्त, अकन को ऐसा लगा। अब अकन ने गम्भीर होकर पूछा, "वहाँ भैया हैं क्या?"

"कौन? महानन्द भैया? हाँ, हैं न!" एक आसान सवाल का जवाब देकर गोपाल को तसल्ली हुई।

"जाकर बोल कि मैं मिलना चाहता हूँ।"

गोपाल अन्दर चला गया और थोड़ी देर के बाद ही महानन्द के साथ बाहर निकल आया। अकन के पास आकर महानन्द ने नरम स्वर में पूछा, "क्या बात है, अकन! मुझसे मिलना था?"

गोपाल ने इसी बहाने जल्दी-जल्दी अपने घर की ओर क़दम बढ़ाया।

"हाँ, मिलना था।" अकन ने कहा।

"मैं यहाँ हूँ, ये तुम्हें कैसे पता चला?"

"मैं आप लोगों के घर गया था।"

"अच्छा! चलो, चलो।" महानन्द अपने घर की तरफ़ जाने लगा।

"नहीं, अब नहीं जाऊँगा, रात हो रही है। मैं एक बात पूछना चाहता था। यहीं पूछ लेता हूँ।" अकन ने कहा।

महानन्द अकन के सामने खड़ा हो गया और पूछा, "क्या बात है?"

अकन ने बिलकुल कोई शब्द और समय जाया न करते हुए पूछा, "मैंने सुना है, अन्नदाचरण नाम का सी.आई.डी. में काम करनेवाला कोई आदमी आपके घर आता है?" फिर उसने महानन्द को देखा।

महानन्द ने एक जलती हुई सिगरेट पकड़ रखी थी, उसे होंठों में लगाया ही था लेकिन अकन का सवाल सुनकर हाथ नीचे ले आया। फिर अकन का चेहरा निहारता हुआ बोला, "हाँ, आता है। क्यों पूछ रहे हो?"

"आपके घर कौन आता है, किस-किसके साथ आपका परिचय हुआ है, किन लोगों के साथ आप लोगों का आना-जाना बढ़ा है, ये सब जानने की मुझे कोई ज़रूरत नहीं है। लेकिन, इस आदमी के कारण हमारे स्कूल का नुकसान हो सकता है या हो रहा है। मौक़ा मिलने पर ऐसे लोग नुकसान करते ही हैं। लेकिन मेरी बात ये है कि आप उनको मौक़ा दे रहे हैं।"

"मौक़ा मतलब?" महानन्द ने शान्त स्वर में पूछा।

"मतलब, नुकसान पहुँचाने के लिए आपने उस आदमी को हमारे पीछे लगा दिया है क्या?" अकन की आवाज़ अचानक कठोर हो गई।

थोड़ी देर तक दोनों आदमी चुपचाप खड़े रहे। महानन्द ने सिगरेट का एक लम्बा कश लिया। सिगरेट का धुआँ मुँह से निकालते हुए वह कहने लगा, "अकन, तुम बहुत बेलाग और खरा बोलते हो, ये मैंने सुना भी है और देखा भी है कई बार। अगर अब मैं भी तुम्हारे साथ उसी लहजे में बात करूँ तो बुरा नहीं होगा, क्यों?"

"बिलकुल बुरा नहीं होगा। आप अगर खुलकर नहीं कहेंगे तो मैं बाहर से जो सुन रहा हूँ, समझ रहा हूँ, उसी को सच मानता रहूँगा। आपको अभी इस तरह से पूछने का कारण है कि मैं आपके बारे में ऐसे सोचता हूँ, यह आपको मालूम होना चाहिए। ये बातें सच हैं या झूठ, यह विचार करने की व्यवस्था मैं करूँगा। लेकिन अगर आप अपने मुँह से सच बताते हैं, तब आपको ही फ़ायदा है। भविष्य में आपको कैसे चलना चाहिए, यह मैं आपको अभी बताकर जा सकूँगा।"

अकन के चेहरे पर यहाँ-वहाँ से थोड़ी-बहुत रोशनी पड़ रही थी लेकिन उसकी बातों के लहजे से महानन्द को उसका चेहरा जैसे साफ़-साफ़ दिखाई दिया। महानन्द ने सिगरेट का एक कश और लिया, फिर फीकी हँसी के साथ धीमे स्वर में पूछा, "तुमने क्या सुना है और क्या समझा है?"

अकन ने कहा, "क्या सुना है, ये छोड़िये! क्या समझा है, उसे सुनिए। वीरू स्कूल की बात घर में बताता है। स्कूल की बात मतलब राधा और मेरे बारे में। और ज़्यादा ख़बर के लिए आपने केशव दास को प्राइवेट ट्यूटर बनाया है। उसके बाद सी.आई.डी. के अन्नदाचरण को घर में बुलाया है और अन्नदाचरण ने मेरे बारे में सरकार को बताया है।" अकन ने तीखी नज़र से आधे अँधेरे में डूबे हुए महानन्द का चेहरा देखा। महानन्द की नज़र अब तक नीची थी, उसने सर उठाकर अकन को देखा और शान्त स्वर में कहा, "तुम इतने बुद्धिमान और ज्ञानी लड़के हो, जो तुमने समझा है, उसे मैं ग़लत तो नहीं कह सकता, मैं तुम्हें..."

अकन ने बात काटकर दबी आवाज़ में गरज उठा, "लेकिन आप ऐसा क्यों कर रहे हैं?"

महानन्द ने अकन के सवाल की परवाह नहीं की। वो अपने आधे कहे हुए वाक्य को पूरा करने लगा, "मैं तुम्हें बता रहा हूँ, तुम ऐसे स्वर में इस तरह की बातें मुझसे नहीं किया करो। तुमने अभी कहा न, भविष्य में मैं कैसे चलूँगा, ये तुम बताओगे? उसकी ज़रूरत नहीं है, वो मैं ख़ुद तय कर लूँगा। तुम भविष्य में कैसे व्यवहार करोगे, यह मैंने बता ही दिया। ठीक है न? अब चलता हूँ।"

सिगरेट का टुकड़ा सड़क किनारे फेंककर महानन्द ने अपने घर की ओर तेज़ी से अपना क़दम बढ़ाया लेकिन कुछ दूर जाकर वापस आ गया। अकन के पास खड़े होकर उसने कहा, "और, तुम्हें भविष्य के बारे में नये सिरे से क्यों कहना है। उस दिन तो तुमने कहा ही था कि पिताजी को तुम भी पहचानते हो और मैं भी

पहचानता हूँ। पिताजी के मान-सम्मान रक्षा के लिए तुम अपनी तरह से करो और मैं भी अपनी तरह से करूँ। कहा था न! अब इसमें नया क्या कहना है? ऐसा तो नहीं कि मैं समझता नहीं हूँ?"

फिर अचानक महानन्द की आवाज़ कठोर हो गई, "मैं सब समझता हूँ, अकन! सब समझ रहा हूँ और समझता रहूँगा। मुझे बेवक़ूफ़ मत समझो। मैं कितना समझ सकता हूँ, यह तुम सोच भी नहीं सकते।"

इतना कहकर महानन्द चला गया, उसने एक बार भी मुड़कर नहीं देखा। अकन वहीं खड़ा रह गया। थोड़ी देर बाद वो धीरे-धीरे घर की तरफ़ चलने लगा। तब तक मोहल्ले में कई घरों के पिछवाड़े से नल के नीचे बर्तन धोने की आवाज़ आने लगी थी।

## 13

केशव दास के चले जाने के बाद, राधा घर के बाक़ी लोगों से आँखें चुराकर यहाँ-वहाँ बैठी रही, बाहर की तरफ़ जाकर खड़ी रही और बस समय काटती रही। योगमाया राधा को काफ़ी देर से ढूँढ़ती रही। फिर वह उसे पूजाघर के आँगन में मिली। उसने राधा से पूछा, "क्या हुआ, वो आदमी क्या कह रहा था?"

राधा ने कहा, "कुछ भी नहीं। वो सब स्कूल की बातें हैं, जानकर क्या होगा! ये सब सुनने की ज़रूरत नहीं है।"

योगमाया को कुछ सन्देह हो रहा था, वह राधा की बात को सच मानने के लिए तैयार नहीं थी, वह राधा पर दबाव डालकर बार-बार पूछने लगी कि सच क्या है। राधा ने माँ को झिड़कते हुए अन्दर भेज दिया।

गौरी के कई बार बुलाने के बाद राधा रसोई में खाना खाने के लिए आई ज़रूर लेकिन खाने का नाम भर किया, अपनी थाली में से खाना गौरी की थाली में डालती रही। रात को बिस्तर में लेटने के बाद भी, अन्नदाचरण नाम का वो आदमी उसके दिमाग़ में बार-बार आता रहा और उसे परेशान करता रहा। अब वो आदमी महानन्द के घर में भी घुस आया है। पता नहीं क्या मंशा है, इस आदमी की। अकन को तो बस इतना पता चला है कि उसकी गोष्ठी और मीटिंग में वो दख़लन्दाज़ी कर रहा है लेकिन राधा और अतुल के बारे में वो क्या सोचता है, ये अकन को नहीं पता। अकन को यह भी नहीं पता कि अन्नदाचरण, कामाख्याचरण का भाई है और कामाख्याचरण अपनी बेटी की शादी अतुल से करना चाहता है। राधा को लगा कि इस बात को भी अकन को खुलकर बता देना उचित होगा।

लेकिन कहेगा कौन? वह ख़ुद कहे या अतुल से बोले। नहीं-नहीं। ये बात तो वह अकन से नहीं कह सकती।

अगले दिन राधा जल्दी स्कूल पहुँची। आजकल अतुल भी जल्दी ही आ जाता है। आजकल अतुल जितनी जल्दी हो सके, सुबह कामाख्याचरण के किराये के मकान से निकल आता है और स्कूल के टीचर्स रूम में बैठकर किताबें पढ़ता है।

राधा, अगले दिन जब स्कूल पहुँची, तब बाक़ी टीचर आए ही नहीं थे। अतुल से मिलकर राधा ने जल्दी-जल्दी अपनी बातें ख़त्म करने के लिए संकोच और हड़बड़ी से और बड़ी धीमी आवाज़ में कि कोई ग़लती से सुन न ले, केशव दास के घर आकर अकन से कही सारी बातें बताईं। फिर आख़िरी में कहा "तुम भैया से बिना कुछ छुपाए अपनी सारी घरेलू मुश्किलें बता दो। भैया को सब कुछ मालूम होना चाहिए।" फिर थोड़ा सोचकर कहा, "आज तुम्हारी क्लास एक घंटा पहले ख़त्म हो जाएगी न?"

"क्या आज ही बताऊँ?" अतुल ने पूछा।

"हाँ, आज ही। और स्कूल की छुट्टी के बाद हमारे घर आओ। भैया की राय भी सुनूँगी और मुझे भी कुछ कहना है।" राधा ने कहा।

राधा की आख़िरी वाली क्लास नहीं थी। वह घर लौटकर थोड़ी देर ऐसे ही बिस्तर पर पड़ी रही। फिर मुँह-हाथ धोकर कपड़े बदलकर अतुल का इन्तज़ार करती रही। अतुल शाम को घरों में दीया-बत्ती जलने के बाद आया। गौरी और बाक़ी बच्चे तब अपने-अपने कमरों में पढ़ाई कर रहे थे, योगमाया और लाखेश्वर अभी पूजाघर में ही थे।

"इतनी देर क्यों हुई?" अतुल को बैठने के लिए बोलने से पहले, राधा ने यह सवाल पूछा।

"भैया ने स्कूल की छुट्टी के बाद मुझे बुला लिया था। अभी-अभी वहाँ से निकला हूँ।" अतुल ख़ुद ही एक कुर्सी खींचकर बैठ गया।

"अब कहाँ गया वो? घर में तो नहीं आया!"

"मैं जब निकला था, तब तक स्कूल में ही थे। घर आने के बारे में मैंने पूछा तो कहा कि काम है।" अतुल ने हाथ में रखी किताब-कॉपी को पास वाली मेज़ पर रख दिया और थके हुए आदमी की तरह कुर्सी पर टिक गया।

सामनेवाली कुर्सी पर बैठते हुए राधा ने पूछा, "तुमने वो बातें कह दीं भैया से?"

अतुल ने 'हाँ' में सर हिलाया।

"क्या कहा भैया ने?"

"वे अपनी तरफ़ से बहुत कुछ नहीं बोले। पर मुझसे ढेर सारे सवाल पूछे। उनको एक बात समझ में नहीं आ रही। ये अन्नदाचरण, महानन्द भैया के पास कैसे पहुँचे?"

दोनों थोड़ी देर चुपचाप बैठे रहे। फिर राधा ने कहा, "मैं भी यही बात सोच रही हूँ। और बताऊँ, कि मुझे क्या समझ में आया?"

अतुल ने राधा का चेहरा देखा। राधा की आँखें उसे बहुत करुण दिखीं। बहुत धीमी आवाज़ में राधा ने जैसे अपने-आप से कहा, "दरअसल, भैया स्वतंत्रता आन्दोलन के लिए काम करते हैं, इस बात पर उन लोगों की बहुत नज़र नहीं है। ज़्यादा ध्यान तो हम दोनों पर है, मुझ पर है। क्या पता, मेरे बारे में पता करने के लिए आते हुए वो अन्नदाचरण, महानन्द भैया के घर तक पहुँचे हों।"

"तुम ऐसे क्यों सोच रही हो? क्या तुम्हें कोई सबूत मिला है?" अतुल ने पूछा।

"कोई सबूत नहीं मिला है, पर पता नहीं क्यों, मुझे ऐसा बोध हो रहा है।" थोड़ी देर तक खिड़की पर झूलते परदे की आड़ से बाहर देखते हुए राधा ने कहा, "तुमसे मैं एक बात पूछना चाहती हूँ। आप सच कहना! मुझे बुरा नहीं लगेगा।"

अतुल ने राधा की आँखों में देखा और कहा, "पूछो!"

"तुम्हारी तरफ़ से उस परिवार को कोई शह मिली है क्या?"

"मतलब?"

"मतलब, उस परिवार के लोग इस तरह से, इतनी बड़ी उम्मीद कर पाए, क्या तुमसे उनकी बेटी के प्रति या फिर परिवार के बाक़ी लोगों के प्रति कोई आग्रह या इशारा मिला था? वरना अचानक उन लोगों ने..."

"नहीं!" अतुल ज़ोर से चीख़ उठा। फिर थोड़ी देर तक दूसरी तरफ़ मुँह करके चुपचाप बैठा रहा। फिर उसी तैश में कहा, "तुमने पूछा है कि मैंने उस लड़की को, उसके माँ-बाप या बहनों को कोई शह या इशारा किया है या नहीं। यही बात है न! अगर मैं ऐसा करता तो क्या तुम्हें पता न चलता?"

थोड़ी देर तक दोनों चुप रहे। फिर धीरे से राधा चाय लाने अन्दर चली गई। कुछ देर में चाय-नाश्ता मेज़ पर रखकर राधा ने अतुल से कहा, "खाओ!" और फिर चुप हो गई। अतुल ने चाय-नाश्ते के प्रति कोई दिलचस्पी नहीं दिखाई।

राधा ने कहा, "नाराज़ न हों! मेरे मन में सिर्फ़ एक ही बात आई थी कि तुम्हारे मन में कोई बात नहीं, तुमसे उनको कोई इशारा नहीं मिला तो फिर किस बात का दम है उनमें कि तुम्हें बाँधकर रख सकते हैं। उनके साथ ऐसा कोई सम्बन्ध नहीं बन सकता, ये बात तुम साफ़-साफ़ उनसे क्यों नहीं कह सकते, क्यों उस मकान से निकलकर नहीं आ सकते! इस शहर में क्या तुम्हें एक किराये का मकान नहीं मिलेगा? इसी बात से मुझे तकलीफ़ है। इसलिए खुलकर कह रही हूँ।"

अतुल आँखें बन्द करके कुछ समय तक बुत की तरह बैठा रहा। जब उसने आँखें खोलीं तो देखा कि राधा अपने आँचल से आँसू पोंछ रही है और बार-बार नाक सुड़क रही है। राधा को एकटक देखते हुए अतुल ने कहा, "तुम्हें किसलिए कष्ट हो रहा है, यह तुमने खुलकर कहा, यह अच्छा हुआ। पर मैंने इतना समझने

की कोशिश की है कि हम दोनों का रिश्ता अब भी वैसा ही है, जो शुरुआत में था? बिलकुल भी नहीं। हम बहुत आगे बढ़ गए है। तुम बेकार में ढूँढ़-ढूँढ़कर तकलीफ़ें इकट्ठा न करो। बचपन में नदी में तैरता हुआ नहाता था। कभी-कभी नदी के बीच तक चला जाता था, नदी छोटी थी, पर गहरी थी। फिर भी कोई असुविधा नहीं होती थी। दिक़्क़तें आती थीं किनारे के उथले पानी में! वहाँ कीचड़ होता था और बार-बार पैर फँस जाते थे। घुटनों तक पैर धँस जाते, कभी-कभी तो निकलने की कोशिश में और गहरे कीचड़ के अन्दर चले जाते थे।"

अतुल ने चाय का कप उठाकर एक घूँट पीया और फीकी मुस्कान के साथ कहा, "मान लो कि किनारे पर आने से पहले मैं कीचड़ में धँस गया हूँ।" एक घूँट चाय और पीकर उसने कहा, "मुझे भी बहुत कष्ट हो रहा है, समझी? मैं तुमसे कह रहा हूँ कि मुझे कभी कोई शक हुआ ही नहीं। अपना दामाद बनाने के लिए इतने दिनों से वे लोग मुझे पूरी-पकवान खिला रहे थे, ये मैं कल्पना भी नहीं कर सकता था।"

अतुल एक पल रुका, फिर एक साथ कई घूँट चाय गटक गया। इसके बाद कप-प्लेट मेज़ पर रख दिया और फिर अपनी दोनों हथेलियों को आपस में रगड़ते हुए कहा, "आज अकन भैया ने मुझसे कहा था, पड़ोस में ही एक किराये के घर की व्यवस्था वो कर देंगे, मैं चाहूँ तो इसी हफ़्ते शिफ्ट कर सकता हूँ। पर मैं इस तरह से नहीं आऊँगा।"

"क्यों?" राधा ने दुर्बल आवाज़ में पूछा।

"ऐसे आऊँगा तो वो लोग तुम लोगों का और हम दोनों का, सभी का नुकसान करेंगे। मैं उन लोगों के ज़हरीले दाँत तोड़कर आऊँगा।" अतुल बोलते-बोलते उत्तेजित हो उठा।

"मैं कुछ नहीं समझी। थोड़ा खुलकर बताओ न!"

"तुम अभी ये सब कुछ न सुनो राधा! मैं तुमसे अनुरोध कर रहा हूँ कि मुझ पर विश्वास रखो और ये सारी बातें जितना हो सके, भूलने की कोशिश करो। इन दिनों मुझे जितनी बातें मालूम हुई हैं, उसका आधा भी तुम्हें बहुत कष्ट देगा। मैं सिर्फ़ इतना बता सकता हूँ कि अभी मेरा उन्हीं लोगों के बीच रहना ज़रूरी है।"

राधा सर झुकाए कुछ सोचती रही, फिर कहा, "भैया चाहते थे कि जल्दी हम दोनों की शादी हो ज़ाए, लेकिन...।" राधा के स्वर में संकोच था।

"कहो!"

"अगर मैं कहूँ कि जल्दी नहीं करनी है तो क्या तुम्हें बुरा लगेगा?"

"जल्दी क़रने का तो कोई उपाय ही नहीं बचा। मेरे बुरा मानने की कोई गुँजाइश ही नहीं है।" अतुल ने हँसकर कहा।

अतुल के चले जाने के क़रीब एक घंटे के बाद, अकन घर पहुँचा। वह स्कूल के बाद एक मीटिंग में चला गया था। मुँह-हाथ धोने के बाद कपड़े बदलकर वह

सीधे बिस्तर के पास आया। दो तकिये सिरहाने पर ऊँचा रखकर वह उस पर टिक गया और दोनों पैर फैलाकर बिस्तर पर पसर गया। राधा कमरे में आई और पूछा, "कुछ खाओगे?"

"नहीं।" अकन ने पास वाली मेज़ से एक काग़ज़ उठाते हुए कहा।

"इतनी देर हो गई, कहीं कुछ खाया था?"

"मीटिंग में कुछ हल्का-फुल्का खिलाया था। अभी रहने दे! अब थोड़ी देर में खाना ही खाऊँगा।" अकन हाथ में लिया हुआ काग़ज़ पढ़ने लगा। राधा मेज़ के पास खड़ी रही। थोड़ी देर चुप रहने के बाद उसने कहा, "मैं कुछ कहना चाहती हूँ।"

अकन ने काग़ज़ से नज़र हटाकर राधा को देखा।

"मैंने तय किया है कि कुछ दिनों तक शादी के बारे में नहीं सोचूँगी। तुम भी इस बारे में मत सोचो।" मेज़ में बिछे हुए टेबल क्लॉथ पर, कभी चाय का कप रखने के कारण गोल दाग पड़ गया था, राधा उस पर उँगली घिसती हुई धीरे-धीरे बोली।

पूरे दिन में दो-दो बार अतुल के साथ लम्बी बातचीत के बाद, अकन को राधा का ऐसा बोलना नया नहीं लगा। पर मन में बात धक् से लगी। उसने विषय को हल्का करने के लहज़े से राधा से पूछा, "कुछ दिन, मतलब कितने दिनों के लिए?"

राधा ने इस सवाल की उम्मीद नहीं की थी। एक बार भाई का चेहरा देखकर उसने सर झुकाया और कहा, "देखती हूँ! ऐसे दिन और तारीख़ तो नहीं बता सकती। मेरा मतलब था, जब तक मैं नहीं कहती, तब तक इस विषय को लेकर मत सोचो।"

अकन तकिये से पीठ हटाकर बिस्तर पर सीधा बैठ गया। गम्भीर और धीमी आवाज़ में उसने कहा, "कितने दिनों से तेरे बारे में बिना सोचे ही रह गया! तू तो जानती है। तू चाहती है अब भी न सोचूँ। ये मेरी ग़लती की सज़ा ही हो गई, है न!"

राधा को जैसे बहुत ज़ोर से झटका लगा, उसने ज़ोर से कहा, "नहीं-नहीं, भैया!"

अकन ने उसकी बात काटते हुए और उसे आगे बोलने का मौक़ा न देते हुए कहा, "मैं जानता हूँ, तू इसलिए ऐसा कह रही है कि कहीं से मेरा कोई नुकसान न हो। लेकिन मेरा कोई क्या बिगाड़ेगा! और अगर कोई बिगाड़ ही लेता है तो वो तेरी शादी होने पर भी होगा और न होने पर भी। मैं कहता हूँ, तू मेरे नुकसान के बारे में फिकर न कर।"

"मान लो, कि मैं तुम्हारे नुकसान के बारे में नहीं सोच रही, अपने नुकसान के बारे में सोच रही हूँ। तब तो तुम मेरी बात मानोगे?" राधा ने अकन की आँखों में स्थिर नज़र रखकर कहा।

"तेरा नुकसान?" अकन ने दबी हुई आवाज़ में पूछा।

"मान लो कि अभी शादी करूँगी तो मुझे कष्ट होगा।"

राधा फिर से टेबल क्लॉथ का चाय का गोल दाग़ उँगली से घिसने लगी। अकन एकटक राधा का चेहरा देखता रहा। राधा का चेहरा शान्त और गम्भीर था। राधा का

चेहरा देखते हुए अकन का मन धीरे-धीरे उदास और अस्थिर होने लगा। उसने राधा से कहा, "तू मुझसे झूठ मत बोल! झूठ बोलकर कोई फ़ायदा नहीं। लेकिन अगर तू ये कह रही है कि तुझे कष्ट होगा तो मुझे मान लेना ही पड़ेगा। इतने दिनों से तो कष्ट ही हुआ है तुझे। तूने खुलकर नहीं बताया तो जानकर भी अनजान बना हुआ हूँ। अब तू कह रही है तो भी क्या तेरी बात नहीं मानूँगा? इससे मुझे भी तकलीफ़ होगी, पर तू कह रही है तो मान लेता हूँ।"

"इतने दिनों से मुझे क्या कष्ट हुआ है?" राधा ने आश्चर्य से पूछा।

"नहीं हुआ कष्ट? तब तो अच्छी बात है।" बिस्तर पर रखा हुआ काग़ज़ मेज़ पर रखकर अकन ने एक किताब उठा ली। राधा को ऐसा लगा कि अब अकन और कुछ नहीं बोलेगा। लेकिन थोड़ी देर किताब का पन्ना पलटने के बाद उसने नये सिरे से बात शुरू की, "माँ कहती है कि तेरी शादी कब की हो जानी चाहिए थी। मैं भी अबूझ नहीं हूँ। लेकिन जानती हो, इन सब बातों से मुझे बहुत डर लगता है। फिर भी बहुत कुछ सोच भी रहा था और थोड़ी-बहुत कोशिश भी कर रहा था। लेकिन अतुल के आने के बाद मामला बदल गया। तुझे बुरा लगेगा ये सोचकर उसे दूर भी नहीं कर पाया। वो कहाँ का लड़का, कैसे घर का, स्वभाव का, ये सब पता करते-करते उसे तुरन्त उस तरह से स्वीकार नहीं कर पाया और यही सब सोचते-सोचते ही बहुत देर हो गई। अब तू कह रही है कि और देर करें। ये बहुत तकलीफ़ की बात है। ठीक है, मैं तो समझ गया लेकिन माँ को कैसे समझाएगी?"

"माँ को क्या सिर्फ़ मेरे लिए तकलीफ़ है? तुम्हारे लिए नहीं?" राधा जैसे बहस करने के मूड में आ गई, अकन जवाब देता, उससे पहले ही उसने फिर कहा, "माँ तो कब से तुम्हारी शादी की बात करती है और उदास हो जाती है। थोड़ी देर पहले तुमने पूछा था, कितने दिनों तक मेरी शादी के बारे में न सोचा जाए, अगर मैं कहती हूँ कि जब तक तुम शादी नहीं करते तब तक, तो?"

"अचानक कहीं की बातें कहीं और क्यों ले जा रही है? नहीं-नहीं, तू ये ज़िद न कर!" अकन थोड़ा अस्थिर हो उठा। "मेरे साथ तेरे मामले को न मिला। अगर अभी ये कामाख्याचरण और अन्नदाचरण का प्रसंग न उठता तो तुझे ये सब बातें नहीं कहनी पड़तीं।" थोड़ी देर तक राधा का चेहरा देखते हुए अकन ने कहा, "अगर मेरी बात मानती है तो अब भी कहता हूँ, इन सबसे डरकर अपना रास्ता मत छोड़। तुझे जो अच्छा लगता था और मुझे जो ठीक लगा था, वही करना है, यह सोचकर ही तुझे स्कूल में नौकरी करने दी, अतुल से तेरी शादी होगी, यह बात भी सबको बता दी और अब..."

अकन बिस्तर से उठ गया, कमरे में चहलकदमी करने लगा और ग़ुस्से से बोला, "मेरे हिसाब से तू अपना काम करती जा। मुझे इन अन्नदाचरण जैसे लोगों

को सँभालने दे। और तू सिर्फ़ इन्हीं लोगों को दोष मत दे, इनसे भी ज़्यादा घाघ लोग और भी हैं। मुझे इन सब लोगों को सँभालने दे।"

अब राधा ने साफ़ आवाज़ में पूछा, "इन सबको सँभालते रहोगे तो देश का काम कौन करेगा?"

"वो भी चलता रहेगा। ये भी एक तरह से देश का काम ही समझ ले। सिर्फ़ अंग्रेज़ों को भगाना ही देश का काम है क्या?" अकन की आवाज़ थोड़ी कठोर हो गई। वह अन्दर से बहुत अस्थिर हो उठा, जो उसके चेहरे पर दिख रहा था।

राधा ने धीरे से कहा, "इसलिए इन दिनों मैं तुम्हारे साथ रहना चाहती हूँ। मैंने बहुत सोच-समझकर यह निर्णय लिया है। तुम मना मत करो। मैं तुम्हारे साथ रहूँगी तो तुम्हें कुछ फ़ायदा होगा या नहीं, यह मैं नहीं कह सकती लेकिन इस समय तुमसे दूर रहूँगी तो मुझे फ़िक्र होगी। एक बात और तुम समझ लो! किसी कामाख्याचरण नाम के आदमी की बेटी के साथ मैं किसी प्रकार की छीना-झपटी नहीं कर सकती। बस, आज के बाद इस विषय पर बात नहीं करूँगी।" राधा कमरे से बाहर निकलने लगी।

"अरे, सुन तो!" अकन ने उसे रोका, "यहाँ बैठ।"

राधा बिस्तर के एक कोने में बैठ गई और तुरन्त कहा, "लेकिन मुझे कुछ मत समझाना।"

अकन ने शान्त स्वर में धीरे से कहा, "अच्छा, नहीं समझाऊँगा। पर माँ को कैसे समझाएँगे? उनके पास तो खाना-सोना, घर का काम करना और हम दोनों की शादी के लिए उम्मीद करने के सिवा और कोई काम ही नहीं है। वो तो इसी के इन्तज़ार में है। ये सब सुनने के बाद तो वो एकदम निराश हो जाएगी। ये सोचकर मेरा तो मन बुझने लगता है। मैंने माँ के बारे में सोचकर ही ये सब तुझसे कहा था।"

राधा ने फ़र्श पर नज़र टिकाते हुए कहा, "दरअसल, माँ से हम लोगों ने ये सारी बातें छुपाकर ग़लती की है। वैसे ही वो सीधी है, अपने-आप कुछ नहीं समझती। मेरे हिसाब से माँ को भी इन बातों में, देश के बारे में भी हिस्सेदारी मिलनी चाहिए।"

"उससे क्या होगा! माँ को और ज़्यादा तकलीफ़ होगी।"

"तुम सबसे पहले तकलीफ़ की बात क्यों सोचते हो? हो सकता है, माँ को गुस्सा आ जाए। इस तरह से कोने में बैठकर रोने से तो यही अच्छा लगेगा कि माँ गुस्से से गरजती फिर रही हो। मैं सोच रही हूँ कि माँ को सारी बातें बता दूँगी।"

"सारी बातें?"

"हाँ, सारी बातें।" राधा ने ज़ोर देकर कहा।

"माँ समझ तो जाएँगी, न?" अकन की आवाज़ असहाय-सी लगी।

"हो सकता है, हम लोगों से वो ज़्यादा समझें। आज तक, हम लोगों ने उन्हें कभी परखकर देखा है क्या?"

राधा कमरे से बाहर निकल गई। अकन अब तक खड़ा ही था, वह धीरे-धीरे आकर बिस्तर पर बैठ गया। फिर तकिये को सिरहाने रखकर लेट गया। घर के अन्दर-बाहर से कई तरह की आवाज़ें आ रही थीं लेकिन अकन को लगा कि चारों तरफ़ सब कुछ निस्तब्ध हो गया है। जैसे थोड़ी देर पहले किसी नाटक का कोई हलचल वाला दृश्य ख़त्म हुआ हो और थोड़ी देर बाद एक नया दृश्य शुरू होगा। जाने उसमें क्या होगा! उसे लगा कि राधा के साथ इतने दिनों से खुलकर बात न करके उसने ग़लती की है। दरअसल, उसने सोचा ही नहीं था कि राधा इतना कुछ सोच और बोल सकती है। राधा माँ को अतुल, कामाख्याचरण, अन्नदाचरण, केशव दास और महानन्द के बारे में सब कुछ बताएगी। और तो ठीक है लेकिन महानन्द के बारे में क्या वो सब बता पाएगी? वो जितना नहीं जानती, महानन्द के बारे में उतना क्या वो ख़ुद माँ से कहे? मनोरंजन दास के आँगन में पिछली रात को महानन्द ने जो कहा था, वो बातें? माँ क्या ये सहन कर पाएगी? अकन ने तय किया, कि कम-से-कम महानन्द से वो माँ को अलग रखेगा।

पिछली रात को महानन्द के साथ हुई बातचीत को, अकन ने याद करने की कोशिश की। क्या अकन उस आदमी से साफ़-साफ़ कह पाया था? कहा तो था। बहुत रूखे स्वर में ही कहा था। लेकिन जवाब में उस आदमी ने पलटकर क्या कहा था? कि वो सब समझता है! भविष्य में कैसे चलना है, ये वो ख़ुद तय कर लेगा! उसके साथ अकन को ऐसे लहज़े से बात नहीं करनी चाहिए! इतनी हिम्मत हो गई है उसकी!

कुछ ही दिनों के बाद, पड़ोसी जगमोहन के दो-चार मज़दूरों और मनोरंजन दास के लिए ठेके पर काम करनेवाले कुछ आदमियों को साथ मिलकर, जगमोहन के गोदाम के पिछवाड़े में सफ़ाई का काम शुरू करते हुए देखा गया। वो ज़मीन योगमाया के नाम पर थी, पुरानी ज़मीन जो अब तक बेची नहीं गई थी। महानन्द वहाँ कीर्तन-पाठ करवाएगा। अगले ही दिन शामियाना भी बन गया। पार्वती, योगमाया और लाखेश्वर के साथ घर के बाक़ी सदस्यों को भी, कीर्तन में निमंत्रित कर गई। योगमाया ने पूछा कि कैसा कीर्तन, किसलिए करवा रहे हैं।

"कोई ख़ास वज़ह नहीं, बस ऐसे ही। मोहल्ले के लोग भी कह रहे थे और इनको भी मन था कि कोई धर्म का पाठ हो, इसलिए थोड़ा भजन-कीर्तन और फिर खाने की व्यवस्था की है, बस।" पार्वती ने हँसकर कहा।

शाम होने से पहले ही मोहल्ले के बच्चों से शामियाना भर गया। धीरे-धीरे बड़े-बुजुर्ग भी आए। रेल लाइन के किनारे बसे हुए छोटे-छोटे मकानों में रहनेवाले लोग, मोहल्ले में रहनेवाले प्रतिष्ठित व्यापारी जगतमोहन और मदनमोहन, किराये पर रहनेवाले काबुलीवाले, शम्भू-लतीफ़ और बाक़ी कारीगर, गली के मोड़ में हिरण पालनेवाले परिवार के लोग और पास के लगभग सभी लोग शामियाने में दिखाई

दिए। लाखेश्वर शाम के बाद घर के बाहर रहना पसन्द नहीं करता। वह शाम होने से पहले ही महानन्द से मिल आया। अकन बाहर गया था। योगमाया और तारा भजन-कीर्तन ख़त्म होते ही घर लौट आईं। राधा घर में ही रही।

असल मज़ा तो तब शुरू हुआ, जब भजन-कीर्तन ख़त्म हुआ और खाना खाने-खिलाने का कार्यक्रम होने लगा। एक तरफ़ पूरी-कचौड़ी, दाल-सब्जी और खीर-रसगुल्ले का दौर चलने लगा और दूसरी तरफ़ कुछ लोग ढोलक-मंजीरा बजाकर अपने मर्ज़ी से गीत-भजन गाने लगे। गोपाल ने लोगों को खाना खिलाने के काम में मदद की। उसने एक गमछा कमर में कसकर बाँध लिया था और दूसरा गमछा बार-बार पसीना पोंछने के लिए गले में लपेट लिया था।

योगमाया के परिवार की तरफ़ से, आख़िर तक गौरी और तिलक थे। शामियाने तक पहुँचने के बाद से ही गौरी की आँखें राम को ढूँढ़ रही थीं। राम कीर्तन ख़त्म होने के बाद खाने के समय आया था। गौरी के पास से गुज़रा तो गौरी ने मुस्कुराकर पूछा, "आजकल तो तुम दीखते ही नहीं, अच्छे हो न?"

'हाँ' में जवाब देकर, राम जल्दी से दूसरी तरफ़ चला गया था।

रात को ग्यारह बजे, पड़ोस के बुजुर्ग लोग परम तृप्ति के साथ हाथ जोड़कर महानन्द से विदा ले गए। महानन्द ने भी विनय के साथ हाथ जोड़कर सबको विदा किया। सबके चले जाने के बाद शामियाने के नीचे एक कोने में मनोरंजन दास, महानन्द, जगमोहन और सप्लाई विभाग में काम करनेवाला आदमी खाना खाने के लिए बैठे। गोपाल और उसकी दुकान के दोनों सहायक लड़कों ने उन लोगों को खाना खिलाया।

अगले दिन इन्हीं मज़दूरों ने शामियाना तोड़कर उस जगह पर कुछ लकड़ी के खूँटे गाड़े। एक दिन बाद वहाँ बढ़ई ने पटिया डालना शुरू किया। तीन-चार दिनों में, वहाँ बिना दीवार वाला कच्चा गोदाम-जैसा बन गया। यह मनोरंजन दास के कारोबार के लिए सामान रखने के लिए अस्थायी गोदाम-घर था। और कुछ दिनों के बाद लोहे की सरिया और तख़्ती लादे हुए एक ट्रक उस गोदाम के सामने आकर रुका। यह सामान दास बाबू के ठेके में मिलिट्री कैम्प बनवाने के लिए लाया गया था।

ट्रक ड्राईवर के पास वाली सीट से कूदता हुआ, गोपाल नीचे उतरा। उसने मज़दूरों से सामान उतरवाया और उस गोदाम में रखवा दिया। ट्रक में कुछ बँधी हुई बोरियाँ भी थीं। गोपाल ने ट्रक को अपनी दुकान के सामने रोकने के लिए कहा, ड्राईवर और बाक़ी मज़दूरों को चाय-बिस्कुट खिलाया और फिर अँधेरा होने के बाद बोरियों को उतरवाकर अपने पिता के कमरे में रखवा दिया।

इस घटना के बाद, एक दिन शाम को लाखेश्वर टहलने के लिए मोहल्ले में निकला था। रेल लाइन पार करके घनश्याम उपवन वाली सड़क पर आते ही नया

बना हुआ गोदाम देखकर रुक गया। ये कब बन गया! इस जगह पर कुछ दिन पहले महानन्द ने भजन-कीर्तन का कार्यक्रम करवाया था। उस समय गोदाम के चारों तरफ़ कुछ मज़दूर ऊँचा बेड़ा बनाने का काम कर रहे थे। उन्हीं से लाखेश्वर ने पूछा, "ये सब क्या बन रहा है?"

उनमें से एक ने कहा कि उन लोगों को ठीक से पता नहीं, बस इतना मालूम है कि गोपाल बाबू ने सामान यहाँ रखवा दिया है। लाखेश्वर, उस जगह का एक बार अच्छी तरह से मुआयना करने के बाद घर लौट आया। रात को खाने के समय लाखेश्वर को याद आया। उसने अकन से पूछा, "उस दिन महानन्द ने कीर्तन करवाया था, वो ज़मीन किसी को बेच दी क्या?"

"नहीं तो। क्यों पूछ रहे हैं आप?" अकन ने पूछा।

"आज मैंने देखा कि वहाँ लकड़ी के खूँटों और टिन से एक बड़ा-सा गोदाम बना हुआ है, कुछ सामान भी अन्दर रखा गया है।"

अकन खाना, खाना बन्द करके मामा का चेहरा देखने लगा, फिर पूछा, "कौन सा गोदाम? किसका सामान?"

"पता नहीं, एक मज़दूर ने कहा कि गोपाल ने रखवाया है।"

"गोपाल ने? मतलब, हमारा ये गोपाल?"

"उस आदमी ने कहा तो मैं वैसे ही समझा। और दूसरा कौन गोपाल होगा!"

अकन ने कुछ नहीं कहा। उसके दिमाग़ में एक के बाद एक कई चीज़ें रील की तरह चल गईं।

अगले दिन, सुबह ही अकन ने तिलक को गोपाल को बुलाने के लिए भेजा। तिलक, पूजाघर के किनारे से पिछवाड़े वाले रास्ते से गोपाल के घर गया और थोड़ी देर में वापस आकर उसने बताया कि गोपाल घर में नहीं है, बाहर गया है। अकन ने कहा, "फिर से घर जाकर ख़बर दे आओ कि जब भी लौटे, तुरन्त मुझसे मिलने आए। अगर मैं स्कूल में रहूँ तो वहीं मिलने आए।"

पूरा दिन बीत गया, गोपाल अकन के पास नहीं आया। अकन शाम को थोड़ी देर से घर आया था। खाने से पहले उसे याद आया, अरे! ये गोपाल तो आया नहीं। अकन को ग़ुस्सा आया। उतारी हुई कमीज़ को फिर से पहनकर वह बाहर सड़क तक निकल गया।

गोपाल की दुकान का दरवाज़ा तब तक खुला हुआ था। उस वक़्त दोनों सहायक लड़के दुकान का सामान रातभर के लिए समेटकर रख रहे थे। अकन अन्दर चला गया और लड़कों से पूछा, "गोपाल है क्या?"

एक लड़का अन्दर जानेवाले दरवाज़े की ओर इशारा करते हुए बोला, "जी, हैं।"

गोपाल ने कुछ महीने पहले दुकान से लगा हुआ एक कमरा बनवा लिया था। दुकान और कमरे के बीच में दरवाज़ा था। कुछ काम आजकल वह दुकान की

गद्दी में बैठकर नहीं करता था, उसके लिए कुछ विशेष हिसाब का बही-खाता लेकर वह उस कमरे में बैठता था।

अकन, दुकान और नये कमरे के बीच के उस बन्द दरवाज़े के पास जाकर खड़ा हो गया। तब तक अकन की आवाज़ सुनते ही गोपाल फुर्ती के साथ अपनी जगह से उठ गया था। वह दरवाज़ा खोलकर बाहर आ गया।

"अरे! भैया आप आए हैं! चलिए, घर चलिए।" गोपाल ये कहता हुआ उस कमरे को ताले से बन्द करने लगा।

"मैंने तुम्हें बुलवाया था, ख़बर थी तुम्हें?" अकन ने पूछा।

"हाँ, भैया! ख़बर मिली थी, मैं [हकलाता हुआ] मेरा मतलब..."

"कब ख़बर मिली थी?" अकन ने सख़्ती से पूछा।

"मैं एक तरफ़ निकल गया था। दोपहर को घर लौटा तो ख़बर मिली थी। लेकिन, आज एक काम से खाना खाते ही फिर से निकल जाना पड़ा।" गोपाल अपने दोनों हथेली मसलते हुए बोला।

"मैंने मिलने के लिए ख़बर भेजा, क्या मुझसे मिलने से भी ज़्यादा ज़रूरी काम था?" अकन ने तीखी नज़र से गोपाल की आँखों को देखा और गोपाल के जवाब देने से पहले ही कहा, "मैं घर जा रहा हूँ। सामनेवाले आँगन में ही रहूँगा। पाँच मिनट के अन्दर आ जाना।"

बात ख़त्म करते ही अकन वहाँ से निकल आया। घर पहुँचने के बाद सामनेवाले बरामदे पर कुर्सी डालकर बैठ गया और एकटक गेट की तरफ़ देखता रहा।

पाँच मिनट का इन्तज़ार नहीं करना पड़ा। क़रीब तीन मिनट के अन्दर ही गोपाल गेट से अन्दर आ गया। वह सीढ़ियों के पास बढ़ रहा था कि अकन ने पूछा, "अभी जब मैं गया था तो तुम दुकान में ही थे न?"

गोपाल ने कहा, "हाँ, भैया!" अनजाने में ही वह सीढ़ियों से हटकर अकन के सामने के आँगन में बरामदे के खम्भे के पास खड़ा हो गया था।

"तुम पहले आ क्यों नहीं रहे थे? क्या इस बात का इन्तज़ार कर रहे थे कि मैं बुलाऊँ?"

गौरी, अकन को खाने के लिए बुलाने वहाँ तक आई थी। अकन की तेज़ आवाज़ सुनाई दी तो उत्सुक होकर वह दरवाज़े पर खड़ी हो गई। गोपाल ने अपनी सफ़ाई में 'हे...हे' करके हँसने की कोशिश की और कुछ कहने भी लगा लेकिन अकन ने उस पर ध्यान ही नहीं दिया। उसने पूछा, "उस जगह पर वो गोदाम किसने बनवाया?"

"मनोरंजन बाबू ने।" गोपाल ने कहा।

"किसकी परमिशन लेकर बनवाया?" अकन ने ग़ुस्से से पूछा।

गोपाल ने धीमी आवाज़ में कहा, "महानन्द भैया ने बनवाने के लिए कहा था।"

"क्या...?" अकन के मुँह से आश्चर्य के साथ दबी चीख़ निकल गई।

गोपाल ने निर्विकार स्वर में फिर से कहा, "महानन्द भैया ने मनोरंजन दास को वह जगह गोदाम बनवाने के लिए दी है।"

अकन इतनी रात को आख़िर किसके साथ इतने ग़ुस्से से बात कर रहा है, यह देखने के लिए योगमाया और राधा भी दरवाज़े पर आ गईं। दोनों, गौरी के पास आकर खड़ी हो गईं।

अकन अब चुप होकर सोचने लगा। मनोरंजन दास ने योगमाया के नाम की ज़मीन पर गोदाम बनाया, महानन्द ने उसकी अनुमति दी है और अकन के परिवार में किसी को कुछ नहीं मालूम है। गोपाल के सामने घरेलू मामलों पर बात करना अकन को अच्छा नहीं लगा लेकिन अन्दर-ही-अन्दर वह ग़ुस्से से छटपटाने लगा। गोपाल से सवाल-जवाब भी ज़रूरी लगा इस वक़्त। उसने गोपाल से पूछा, "गोदाम में सामान तुमने रखवाया है?"

"हाँ, भैया!" गोपाल ने हिचकिचाते हुए कहा।

"इस सब मामले में तुम्हारा क्या सम्बन्ध है?"

गोपाल चुप रहा। अकन ने कड़क आवाज़ में पूछा, "बताते क्यों नहीं? इन लोगों के साथ तुम्हारा क्या सम्बन्ध है?"

थोड़ी देर चुप रहकर गोपाल ने कहा, "उन लोगों के पास ठेके का बड़ा काम है और अब और व्यापार बढ़ाना चाहते है। इसलिए मुझे थोड़ी-सी सहायता के लिए बोला है।"

"सहायता मतलब, तुम भी उन लोगों के साथ व्यापार करोगे क्या?"

"मैं तो उनकी बराबरी में व्यापार नहीं कर सकता, फिर भी जितना हो सकता है..." गोपाल ने विनय के स्वर में कहा।

अकन के दिमाग़ में कई दिनों से बहुत सारी घटनाएँ एक साथ उथल-पुथल मचा रखा था। उसको जैसे सारी घटनाओं में कोई संयोग सूत्र दिख रहा था। थोड़ी देर तक गोपाल के चेहरे को घूरते हुए अकन ने कहा, "उस दिन रात को तुमने कहा था कि मनोरंजन दास से तुम्हें रुपये मिलने बाक़ी हैं, इसलिए तुम उनके पास गए थे। कब से तुम लोगों का ये व्यापार शुरू हुआ है? तुम्हारे पास तो एक व्यापार है ही। क्या तुम्हें याद है कि वो दुकान शुरू करने से पहले कितने दिनों तक तुम मेरे पास सलाह-परामर्श के लिए आते थे? माँ ने तुम्हें सात सौ रुपये दिए थे। याद है?"

"हाँ, भैया!" गोपाल ने एक बार अकन से नज़र मिलाकर तुरन्त सर झुका लिया।

"तो फिर?" अकन ने पूछा।

योगमाया, राधा और गौरी भी गोपाल को देख रही थीं। गोपाल ने कहा, "आप तो देख ही रहे हैं, भैया! घर में लोग पहले से बढ़े हैं। बाज़ार की हालत भी आपको मालूम है। सिर्फ़ दुकान की कमाई से ख़र्चा मिला नहीं पा रहा था। इसलिए सोचा कि और किसी काम में हाथ लगाना अच्छा होगा।"

"अच्छा! पर मैंने तो सुना था कि तुम्हारी दुकान बढ़िया चल रही है। अब नया घर भी बना लिया है!" फिर अचानक बहुत शान्त स्वर में कहा, "ठीक है, अब जाओ।"

गोपाल को जैसे अकन का आख़िरी शब्द समझ में ही नहीं आया। उसने अकन की तरफ़ ऐसे देखा जैसे उसे अभी और कुछ सुनना है। अकन ने फिर से उसी लहजे से कहा, "जाओ अब।"

थोड़ा-सा हिचकिचाते हुए गोपाल चला गया।

रसोईघर में अकन गम्भीर मुद्रा में चुपचाप खाना खाता रहा। परिस्थिति देखकर साथ बैठे हुए लाखेश्वर, तिलक और नवीन भी बिना कुछ कहे-बोले, खाना खाते रहे। योगमाया, राधा, तारा और गौरी जैसे रसोईघर में रहकर भी नहीं थीं। सभी के मन में एक ही आशंका उमड़-घुमड़ रही थी कि कहीं कुछ घट रहा है और पता नहीं आगे क्या होनेवाला है!

अकन रात भर बिस्तर में करवट बदलता रहा, ढेर सारी बातें उसके मन में आती रहीं। बचपन से अब तक की बहुत सी स्मृतियाँ सिनेमा की रील की तरह उसके मन में चलती रहीं। वह सोचता रहा कि किस तरह बिना बात बढ़ाए चीज़ों को सुलझाया जाए। वह अपनी माँ और घरवालों को ज़्यादा परेशान नहीं करना चाहता था। अकन रात भर सोचता रहा, फिर पौ फटने के समय तक, लगभग इस निष्कर्ष तक पहुँच पाया कि महानन्द से सीधे-सीधे बात करना ही ठीक होगा।

सुबह, बहुत बेमन से चाय-नाश्ता करने के बाद अकन सीधे महानन्द की फर्नीचर की दुकान में पहुँचा, जहाँ काफ़ी साल पहले लाखेश्वर ने लकड़ी कटवाने के लिए परछी बनवाई थी। अकन सीधे दुकान के अन्दर घुस गया, महानन्द कुर्सी पर बैठकर मज़दूरों को लकड़ियों में तेल की पॉलिश करते हुए देख रहा था। अकन एकदम से सामने खड़ा हो गया और सीधे-सीधे महानन्द से पूछा, "कोने वाली ज़मीन में मनोरंजन दास ने गोदाम बनवाया है, उन्हें इसके लिए आपने कहा है?"

"उन्होंने मुझसे पूछा था, मैंने अनुमति दे दी है।" महानन्द ने जेब से सिगरेट की डिब्बी निकाली।

"उन्हें चाहिए था कि मुझसे पूछ लेते। मैंने सुना, आपने उनसे कहा है कि मुझे पूछने की ज़रूरत नहीं?"

"अरे! इतनी छोटी बात क्यों सबको पूछते रहनी चाहिए?" महानन्द ने सिगरेट जलाने की प्रक्रिया शुरू की।

"सबको मतलब?" अकन अपना ग़ुस्सा छुपा नहीं पाया, बोलता रहा, "अगर इस बात को मैं छोटा समझूँ, माँ छोटी बात समझे, मामा जी छोटी बात समझें तो वो छोटी बात है। लेकिन, आप क्यों समझेंगे कि ये छोटी बात है?"

महानन्द ने निर्विकार भाव से सिगरेट जलाई। अकन ने ग़ुस्से में दाँतों से होंठ दबा लिया। लगभग चिल्लाकर ही उसने पूछा, "हम लोगों से पूछने की ज़रूरत नहीं है, ऐसा आपने मनोरंजन दास को क्यों कहा था?"

थोड़ी दूरी पर मज़दूर लड़के लकड़ी की खूँटियों में मिट्टी का तेल लगा रहे थे। तेज़ आवाज़ सुनकर उन लोगों ने सर उठाकर अकन और महानन्द को देखा। महानन्द ने आराम से, शान्त स्वर में कहा, "तुम्हें क्या हुआ है, अकन? आजकल रोज़ तुम मुझे डाँटने के लिए आ जाते हो! ये तुम अच्छा नहीं कर रहे।"

अकन गरज उठा, "क्या बुरा और क्या अच्छा है, ये मैं सोचूँगा। आपने मुझसे बिना पूछे, मनोरंजन दास से उस ज़मीन में गोदाम बना लेने के लिए क्यों कहा?"

"अच्छा, मैं तुमसे एक बात पूछता हूँ। मनोरंजन दास ने तुम लोगों से न पूछकर मुझसे क्यों पूछा। वे तो तुम लोगों को पहले से ही जानते हैं।" महानन्द ने इस बार अपनी आवाज़ को थोड़ा गम्भीर किया।

"उन्होंने सोचा होगा कि आप मेरे भाई हैं, उम्र में मुझसे बड़े हैं। लेकिन आप तो जानते हैं कि असल बात क्या है और कैसी है।"

"क्या उन्होंने ग़लत सोचा है? उन्होंने बिलकुल ठीक सोचा है और तुम भी बिलकुल ठीक कह रहे हो। असल बातें क्या है, ये मैं भी जानता हूँ।"

"मतलब?"

"मतलब सुनो, अकन! अभी मनोरंजन दास उस ज़मीन में काम करते रहेंगे। बाद में ज़रूरत पड़ेगी तो मैं काम में लगाऊँगा। अगर उनको ज़्यादा ज़रूरत होगी तो वही ले लेंगे।"

"और अगर हम नहीं बेचना चाहें तो?"

"पिताजी की ज़मीन मैं लूँगा तो भी क्या ख़रीदनी पड़ेगी?"

"ये अब आपके पिताजी की ज़मीन नहीं है।" अकन फिर से गरज उठा।

महानन्द मिट्टी का तेल लकड़ियों में मलते हुए मज़दूरों को देखकर अचानक चिल्ला उठा, "तुम लोग क्या सुन रहे हो। काम करो अपना!" फिर सिगरेट का एक कश खींचते हुए आवाज़ नीची की, अपनी नज़र ज़मीन की तरफ़ टिकाकर सिगरेट की राख को उँगलियों से झाड़ता हुआ कहने लगा, "ये अब पिताजी की ज़मीन नहीं है, पर मेरी माँ की हो सकती थी।" फिर अचानक महानन्द की आवाज़ तीव्र ग़ुस्से में बदल गई, "क्यों नहीं हुई मेरी माँ के नाम ये ज़मीन? किसके लिए नहीं हुई?"

अकन ने भी एक हाथ से इशारा करते हुए कुछ कहने के लिए मुँह खोला था, मगर महानन्द ने सिगरेट वाले हाथ से रोकते हुए कहा, "और कुछ कहने की ज़रूरत नहीं। मैंने जो दो सवाल पूछे हैं, उनका जवाब ढूँढ़ो! जब जवाब मिल जाए तो ठंडे दिमाग़ के साथ मेरे पास आओ।"

ग़ुस्से से अकन का पूरा शरीर काँप उठा। थोड़ी देर तक तेज़ नज़र से महानन्द को घूरने के बाद अकन ने दुकान से बाहर निकलकर सड़क पर क़दम रखा।

महानन्द धीरे-धीरे मिट्टी का तेल लकड़ियों में लगाते हुए मज़दूरों के पास आकर खड़ा हो गया और उनका काम देखता रहा। फिर मज़दूरों से कहा, "अरे, एक ही जगह पर इतना तेल क्यों लीप रहे हो? पूरी खूँटी में मिलाकर लगाओ।"

## 14

अकन जब घर पहुँचा तो योगमाया बीच वाले कमरे में ही बैठी थी। अकन की अस्थिर चाल और चेहरे का भाव देखकर योगमाया अनायास ही बोल पड़ी, "क्या हुआ है?"

कुछ न कहते हुए अकन अपने कमरे में चला गया। योगमाया भी उसके पीछे-पीछे गई और उसका चेहरा निहारती हुई, उसके पास खड़ी होकर फिर से पूछा, "बताता क्यों नहीं? क्या हुआ है, अकन?"

बिस्तर में बैठकर अकन ने कहा, "भयानक कांड हो सकता है, मैं बता रहा हूँ।"

"अरे! क्या हुआ है, कुछ बताएगा भी।"

"तुमने जब भी, जो कहा है, मैंने मान लिया है। उसमें मेरी राय कुछ भी हो, मैंने सब कुछ तुम्हारे हिसाब से ही किया है। लेकिन अब मैं अपनी मर्ज़ी से काम करूँगा। तुम बुरा मत मानना। जितना भी भयानक कांड हो, तुम्हें चुपचाप देखते रहना पड़ेगा।"

योगमाया अब अपना धीरज खोने लगी, लगभग चीख़ती हुई बोली, "हुआ क्या है? किसकी बात कर रहा है तू? किस बारे में बोल रहा है, खुलकर तो बता।"

शोर सुनकर राधा कमरे में आ गई। तारा भी आकर दरवाज़े पर खड़ी हो गई। अब माँ-बेटी दोनों ज़ोर देकर सवाल पूछने लगीं। अकन ने कहा, "धीरे-धीरे कहूँगा। ये सब इतनी जल्दी बता देनेवाली बात नहीं है। तुम लोगों को समझ में नहीं आएगी।"

अगले दिन, राधा स्कूल से छुट्टी के बाद देर से घर लौटी। उसने जिस तरह गेट बन्द करके बेतहाशा घर में क़दम रखा, वहाँ बैठी हुई योगमाया, तारा और गौरी चौंक उठीं। राधा के चेहरे का रंग बिलकुल उड़ा हुआ था। अब, और क्या हुआ?

राधा ने बताया कि एक लड़की आज स्कूल में आई थी, टीचर के लिए नौकरी का पता करने। स्कूल की छुट्टी के बाद, उसी लड़की के साथ बातें करते हुए वे दोनों घनश्याम उपवन के पीछे वाले बस स्टैंड तक पहुँची थीं। उस लड़की को बस में चढ़ाकर वापस आते समय, अचानक उसकी नज़र पड़ी कि महानन्द के

घर के सामनेवाले खम्भे में टँगा हुआ 'योगमाया निकेतन' वाला साइनबोर्ड किसी ने उतार दिया है। खम्भे की उस जगह को भी काला रंग पोतकर गन्दा किया गया है। खम्भे के प्लास्टर को भी खोदकर बदसूरत बना दिया गया है।

राधा ने फिर कहा कि वह उस जगह पर रुकी, साइनबोर्ड वाले खम्भे की हालत देखकर उसे बेहद ग़ुस्सा आया, दो-चार क़दम अपने घर की तरफ़ बढ़ने के बाद, वो फिर लौट गई। महानन्द के घर के बाहर पहुँची और गेट खोलकर एकदम से बरामदे में चढ़ गई। पार्वती ने शायद राधा को खिड़की से ही देख लिया था, वो दरवाज़ा खोलकर बाहर निकल आई और राधा से कहने लगी, "स्कूल से ही आ रही हो, राधा! आओ, बैठो।"

राधा ने कहा, "मैं बैठूँगी नहीं। अच्छा, भाभी! गेट पर घर का नाम लिखा हुआ साइनबोर्ड नहीं देखा। वो कहाँ गया?"

पार्वती ये सुनकर चौंक गई। उस वक़्त उसके मुँह से कोई शब्द नहीं निकला। उसका चेहरा गम्भीर हो गया। उसने राधा से फिर से कहा, "तुम, बैठो तो!"

"नहीं बैठूँगी, भाभी! कहिए कि साइनबोर्ड का क्या हुआ?" राधा अपने सवाल पर अड़ी रही।

पार्वती, बात को घुमाने की कोशिश में 'पता नहीं, मुझे नहीं मालूम' जैसी सफ़ाई देती रही लेकिन असल बात उसके मुँह से नहीं फूटी। बात टालने की कोशिश में पार्वती का चेहरा थकान से भर गया और आख़िरकार जब उसे लगा कि वो फँस गई है तो कहने लगी, "ये सब क्या हो रहा है, मुझे नहीं मालूम, राधा! तुम लोग हमें बुरा मत मानना।"

"साइनबोर्ड किसने उखाड़ा?" राधा ने फिर पूछा और ठीक उसी समय राम अन्दर से निकल आया। कमीज़ का बटन बन्द करते-करते उसने कहा, "मैंने उखाड़ा है।"

आश्चर्य के साथ राधा ने राम का चेहरा देखा। राम आँखें चुराता हुआ दूसरी तरफ़ देखता रहा। राधा ने पूछा, "ऐसा क्यों किया तुमने?"

"ऐसे ही! यहाँ मेरे दादाजी, घनश्याम चौधरी के अलावा और किसी का भी साइनबोर्ड नहीं रहेगा।" राम ने निडर होकर कहा और साथ-साथ पार्वती चीख़ पड़ी, "राम, चुप रह!" फिर राधा से कहा, "राधा, तुम इसकी बातों पर ध्यान मत देना।"

राधा ने पार्वती की बात जैसे सुनी ही नहीं। उसका पूरा शरीर जैसे काँपने लगा था। उसने राम से पूछा, "साइनबोर्ड का क्या किया?"

"फेंक दिया!" कहता हुआ राम सीढ़ियों को पार करता हुआ आँगन की दूसरी तरफ़ चला गया और वहीं से बाहर निकल गया। थोड़ी देर में वह आँखों से ओझल हो गया।

राधा भी सीढ़ियाँ उतरकर तेज़ी से गेट की तरफ़ बढ़ी। पार्वती ने उसे बुलाया, कुछ बोलती रही, पर राधा का सर चकरा रहा था, पार्वती की कोई बात उसके दिमाग़ में नहीं घुसी।

राधा से ये सारी बातें सुनकर योगमाया, तारा और गौरी स्तब्ध हो गईं। कोई भी एक-दूसरे से नज़र नहीं मिला पा रही थीं। राधा बोलते-बोलते लगभग रो पड़ी थी, वह दूसरी तरफ़ चेहरा घुमाकर हथेली से आँसू पोंछती रही।

शाम को, जब अकन घर पहुँचा था, तब लाखेश्वर पूरे आँगन में बेचैनी के साथ टहल रहा था। आज वो पूजाघर में पाठ करने बैठा ही नहीं था, बस प्रणाम करके बाहर आ गया था। अकन को देखते ही वह उसे पिछवाड़े में बुला ले गया। राधा से सुनी हुई बातें अकन से कहते समय, एक बार ग़ुस्से से उसकी आवाज़ रुँध गई थी। आख़िर में वो चीख़ पड़ा, "बात इतनी दूर तक चली गई है!"

लाखेश्वर की तेज़ आवाज़ सुनकर घर के पिछवाड़े वाले आँगन में पूरे परिवार के लोग इकट्ठा हो गए। अकन जड़ की तरह चुपचाप खड़ा रहा। लाखेश्वर रह-रहकर चीख़ता रहा, वह घर के बाक़ी लोगों से शिकायत करता रहा कि अब तक कहाँ, कब, क्या हो रहा है, ये सारी घटनाएँ, उसे उसी समय क्यों नहीं बताई गईं। फिर पूरी शाम ऐसा रहा कि बीच-बीच में पूरा घर निस्तब्ध हो जाता, कभी लाखेश्वर और कभी अकन ग़ुस्से में बोलते रहे, बीच में राधा और योगमाया की दबी आवाज़ में अस्पष्ट बातें सुनी गईं, नवीन और तिलक के बीच बहस सुनी गई, रसोईघर से 'खुटुर-खुटुर' आवाज़ आती रही, वहाँ तारा अकेले, खाने की तैयारी कर रही थी। वह बीच-बीच में रसोई से बाहर निकलकर लाखेश्वर के पास आती थी और उसे ज़्यादा ज़ोर से बोलने के लिए मना कर जाती थी।

कमरे में अपने बिस्तर पर गौरी, स्टडी टेबल पर कोहनी टिकाकर चुपचाप बैठी रही। उसने कमरे का दरवाज़ा अन्दर से बन्द कर लिया था। राम आकर इसी जगह पर बैठता था, यह दृश्य उसके मन में बार-बार आने लगा था। एक बार वह कॉपी निकालकर पन्ने पलटने लगी। राम पेंसिल से घिस-घिसकर गौरी का नाम लिखता था, वही पन्ने निकालकर देखती रही।

"तुमसे मुझे बहुत सारी बातें कहनी हैं, सुनोगी?" राम की कही हुई ये बात गौरी के कानों में आती रही। मेज़ पर रखी किताबों के ढेर को अलग हटाकर टेबल क्लॉथ के नीचे से उसने राम का लिखा हुआ काग़ज़ का टुकड़ा निकाला, उसमें लिखा था, 'मैं तुमसे प्यार करता हूँ, क्या तुम भी मुझसे प्यार करती हो।'

उस दिन, राम से ऐसी बातें करने के लिए गौरी ने मना किया था। लेकिन अभी उसे लग रहा है कि वह हमेशा चाहती थी कि राम आता रहे। इतने दिनों उसका नहीं आना गौरी को बहुत खलता रहा है। इस काग़ज़ के टुकड़े को कई बार वह पढ़कर देखती रही है। उस दिन कीर्तन समारोह के शामियाने में उसने राम से हँसकर

बात की थी, और फिर घर लौटने के बाद सबसे पहले, इस काग़ज़ के टुकड़े को निकालकर फिर से पढ़ा था।

उसी राम ने आज ऐसा बर्ताव किया है? उसने इस तरह से बात की है? विश्वास नहीं होता! पूरा घर राम को गाली दे रहा है। गौरी को ये अच्छा नहीं लग रहा है। इस मुहूर्त में राम से मिलने का मन हो रहा है उसे। राम से कहने का मन हो रहा है, 'मैं तुम्हारी सारी बातें सुनूँगी, पर तुम्हें भी मेरी बातें सुननी पड़ेगीं।'

अगले दिन गौरी जल्दी कॉलेज पहुँची। इतनी जल्दी उसकी कोई क्लास नहीं थी। लेकिन कला का समय हो जाने के बाद भी वह क्लास रूम में नहीं घुसी। वो इधर-उधर खड़ी रहकर, बाहर बेंच में बैठकर, चारों तरफ़ नज़र घुमाकर राम को ढूँढती रही लेकिन राम नहीं दिखा। कई दिनों से राम कॉलेज परिसर में दिखाई नहीं दे रहा था, आज भी नहीं दिखा। पहले उसे न देखकर गौरी सतही भाव से सोचती थी, 'क्या हो गया, कॉलेज में क्यों नहीं आया!' पर आज राम को कॉलेज में न देखकर गौरी अन्दर-ही-अन्दर अस्थिर हो उठी। कहाँ गया होगा वो?

क्लास में न जाकर बाहर अकेले-अकेले घूमना अच्छा नहीं लगता, अत: गौरी चार लड़कियों के साथ अलग-अलग वक़्त काटती रही। उस समय उन लड़कियों की क्लास नहीं थीं, दो बज गए लेकिन उसने राम को नहीं देखा। आख़िर उसे अपने ऊपर ही ग़ुस्सा आया। आख़िरी क्लास में बैठने का मन बनाकर वह बरामदे तक जाने लगी तो थोड़ी दूरी पर राम के दोस्त अनादि को देखा। अनादि अपनी क्लास ख़त्म करके बाहर आ रहा था। उसे देखकर गौरी को बहुत सुकून मिला। वह बाक़ी छात्रों के बीच से चलकर तेज़ी से अनादि के पास पहुँची।

गौरी ने इशारे से दोस्तों से अलग होकर अनादि को पास आने के लिए कहा और उसके पास आते ही उससे पूछा, 'क्या तुमने राम को देखा था?' सवाल पूछते ही, गौरी को बोध हुआ कि शायद पहले कुछ और बात करनी चाहिए थी।

"सुबह देखा था मैंने!" अनादि ने कहा।

"कहाँ देखा?"

"अपने घर के पास देखा था।"

"वो कॉलेज नहीं आ रहा है क्या?"

"नहीं आ रहा। उसने कहा था कि कुछ दिनों से कोई ज़रूरी काम चल रहा है।"

गौरी बरामदे से नीचे मैदान में उतर गई। अनादि भी गौरी के साथ-साथ आया। कुछ देर बाद गौरी ने फीकी मुस्कान के साथ पूछा, "ऐसा क्या ज़रूरी काम चल रहा है?"

"उसके पिता का कोई ठेके का काम है, मिलिट्री कैम्प में।" अनादि ने कहा।

"अभी से ही जो इतना ठेके का काम करने लगा है, पढ़ने-लिखने का विचार नहीं है क्या?" गौरी ने मुस्कराहट चेहरे पर रखकर ही पूछा।

"पता नहीं, मैं भी उसे यही कहता रहता हूँ। तुम भी कहना! हो सकता है कि तुम्हारे कहने से वो कॉलेज में आने लगे।" अब अनादि भी मुस्कराया। उसकी हँसी और आँखों की चमक में गौरी को एक विशेष तरह का इशारा नज़र आया। वह अपना चेहरा गम्भीर करने की कोशिश करती हुई बोली, "मेरे कहने या न कहने से क्या होनेवाला है?"

"तुमने उससे कुछ कहा था, इसलिए तो उसने क्लास में आना छोड़ दिया।"

"मैंने? मैंने कुछ कहा था?" गौरी ने आश्चर्यचकित होकर पूछा।

"और नहीं तो क्या?"

"किसने कहा?"

"उसने ही, राम ने ही कहा। वैसे उसने सीधे-सीधे तो नहीं बताया लेकिन उसने जो भी कहा था, उससे मैं समझ गया था कि तुमने कुछ बुरा कहा होगा! उसने कहा कि इसलिए वो तुमसे दूर-दूर रहेगा। अगर मन अच्छा नहीं होगा तो कॉलेज भी नहीं आएगा।"

"ये सारी बातें वो तुमसे कह रहा था?"

"बताया तो, सीधा सीधा नहीं बोला लेकिन मैं बहुत कुछ समझता हूँ।" अनादि गौरी को देखकर फिर से मुस्कुराया और कहा, "उसने मुझे जो भी कहा है, उसी से मैं ये भी समझ सकता हूँ, जो उसने नहीं कहा।"

शर्म से गौरी का चेहरा गुलाबी हो गया। उसने कहा, "उसको जो भी कहना था, वो पहले मुझे कहना चाहिए था। तुम्हारे सामने अनाप-शनाप क्यों बोल रहा है? अच्छा, तुम एक काम कर सकते हो?"

"क्या काम?"

गौरी थोड़ी देर तक हिचकती रही, फिर कहा, "राम से जाकर यह कह सकते हो कि मैं उससे मिलना चाहती हूँ?"

"कब मिलना है?"

"जितनी जल्दी वो मिल सकता है!"

"कहाँ मिलोगी? तुम्हारे घर आने के लिए कहूँ क्या?"

"घर पर नहीं!" गौरी ने जल्दी से कहा।

"तो फिर?"

सही तो है, राम गौरी से कहाँ पर मिलेगा! घर का जो हाल है, अभी राम का वहाँ जाने का कोई उपाय नहीं है। उसने भयानक अपराध किया है। लेकिन इसलिए ही उससे मिलना बहुत ज़रूरी है। पर कहाँ मिले? क्या वो ख़ुद राम के घर चली जाए! वो हिम्मत करके वहाँ तक जा तो सकती है लेकिन जिस बारे में बात करनी है, वो उस घर में कहने का मौक़ा नहीं मिलेगा, गौरी और राम को।

"तुम राम को कॉलेज में आने के लिए कहो। आज तो समय नहीं बचा अब, कल तुम उसे ले आना।" गौरी ने निवेदन के स्वर में कहा।

अगले दिन अनादि राम को साइकिल पर बैठाकर कॉलेज ले आया। गौरी पहले ही आ गई थी। उसके पास राम को छोड़कर अनादि चला गया। कॉलेज के इतने सारे लड़के-लड़कियों के सामने खुली जगह में राम के साथ खड़े रहने में गौरी को संकोच हो रहा था। उसने राम से कहा, "उस तरफ़ थोड़ा टहलकर आते हैं, चलो!" बात ख़त्म करते ही गौरी ने सामने की ओर क़दम बढ़ाया।

कॉलेज से निकलकर बाज़ार की दिशावाली सड़क पर चलते-चलते गौरी ने बातें शुरू कीं, "तुम क्यों ये सब कर रहे हो?"

राम गम्भीर मुद्रा में ज़मीन में आँखें गड़ाते हुआ चल रहा था, उसने सिर उठाकर गौरी का चेहरा देखा और सपाट स्वर में पूछा, "मैं क्या कर रहा हूँ?"

राम का चेहरा और बात करने का ढंग देखकर, गौरी थोड़ा सहम-सी गई और उसी समय उसके मन में आया कि राम ने उसके सवाल का कौन सा अर्थ निकाला होगा। राम ने यह तो नहीं सोचा है कि उससे ये पूछा जा रहा है, उसने अपने घर के सामने खम्भे में टँगा हुआ, 'योगमाया निकेतन' लिखा हुआ साइनबोर्ड क्यों उखाड़ फेंका था। उसने जल्दी से पूछा, "हमारे घर आना बन्द क्यों कर दिया?"

"तुमने तो वहाँ जाने के लिए मना कर दिया था!"

"मना तो मैंने किया था न! घर के बाक़ी लोगों ने क्या दोष किया था?" गौरी ने राम की तरफ़ देखा।

"बाक़ी लोगों के बारे में वही पूछेंगे। तुम क्यों पूछ रही हो? मैं तो बाक़ी लोगों के लिए तुम्हारे घर नहीं जाता था।"

दोनों एक साथ सड़क पर चलते गए। थोड़ी दूर ऐसे ही चलने के बाद गौरी ने पूछा, "अगर मैं तुम्हें नहीं बुलवाती तो क्या तुम कभी मुझसे मिलते ही नहीं?"

राम ने नीची नज़र रखते हुए धीमी आवाज़ में कहा, "जो तुम्हें बुरा लगता हो, ऐसा काम मैं कभी नहीं कर सकता।"

"सचमुच?"

राम ने 'हाँ' में सर हिलाया।

थोड़ी दूर और चलने के बाद गौरी ने कहा, "ये मैं बाद में समझी थी कि उस दिन तुमसे इस तरह मना करके मैंने ग़लती की थी।"

राम ने गौरी की तरफ़ देखा। गौरी ने दूसरी तरफ़ मुँह करके अपना चेहरा छुपाने की कोशिश की।

और कुछ दूर चलने के बाद' गौरी को बोध हुआ कि वो लोग काफ़ी आगे तक चलकर आ गए हैं। उसने कहा, "चलो, वापस चलते हैं।"

एक-दूसरे रास्ते से वे कॉलेज की तरफ़ मुड़ गए। कुछ देर तक चुपचाप चलने

के बाद राम ने पूछा, "इस बात को कहने के लिए इतनी देर क्यों की तुमने?"

"कैसे कहूँ? तुमने तो ग़ुस्से में अपना चेहरा दिखाना ही छोड़ दिया!" थोड़ा रुककर गौरी ने फिर कहा, "देर की, इससे मुझे ही तकलीफ़ हुई है, तुम्हें तो कोई असुविधा नहीं हुई, है न?"

जवाब सुनने की उम्मीद में गौरी चलते रहने के साथ-साथ राम का चेहरा भी निहारती रही। राम ने कुछ नहीं कहा। वह थोड़ा चिन्तित लग रहा था। ठीक उसी समय, गौरी के मन में एक ही बात आई कि इन दिनों उसके घर के सारे लोग राम से कितने नाराज़ है। सभी राम के खिलाफ कितना बोल रहे है! ख़ासकर इस बात पर कि राम ने कहा था, उनके मोहल्ले में उसके दादाजी घनश्याम चौधरी के अलावा और किसी के नाम का साइनबोर्ड नहीं रह सकता।

काफ़ी देर के बाद गौरी ने पूछा, "अब से रोज़ कॉलेज आओगे?"

राम ने इस बार गौरी की आँखों में देखा।

गौरी ने कहा, "तुम तो जानते ही हो, अब मैं तुम्हें अपने घर आने के लिए नहीं कह सकती। पता नहीं कैसे क्या हो गया!" थोड़ा रुककर गौरी ने फिर कहा, "इसलिए कॉलेज में तुमसे रोज़ मिलना चाहती हूँ। क्लास शुरू होने के थोड़ा पहले ही आ जाया करना।"

राम चुपचाप चलता रहा। जिस चौराहे से घूम जाने पर कॉलेज दिखाई देता है, उसी चौराहे से थोड़ा पहले राम रुक गया। गौरी भी रुकी। राम ने कहा, "अब तुम जाओ। मैं थोड़ी देर बाद आऊँगा।"

गौरी को ऐसा लगा, जैसे राम के चेहरा गुलाबी-सा हो गया है। बात कहते वक़्त उसके होंठ काँप रहे हैं। गौरी के साथ कॉलेज तक चलने में उसे जैसे संकोच हो रहा है।

संकोच तो गौरी को भी हो रहा था। "ठीक है, क्लास करना।" कहकर वह आगे बढ़ गई।

गौरी के आँखों से ओझल होने के बाद, राम तुरन्त तय नहीं कर पाया कि अब वह क्या करे। वह पास वाली चाय की दुकान में घुस गया और वहाँ रखी लकड़ी की बेंच पर बैठ गया। उस समय राम को चाय की ज़रूरत नहीं थी, फिर भी उसने एक चाय लाने के लिए दुकान के लड़के से कहा। एक कप चाय ख़त्म करने में उसे आधा घंटा समय लगा।

कुछ दिन बाद, बस में एक ही सीट पर पास-पास बैठकर कॉलेज आते वक़्त राम ने हँसते हुए गौरी से कहा, "तुमने जब मुझे अपने घर से भगा दिया था, तब कुछ दिनों तक मैंने क्या किया था, जानती हो?"

"ऐसा क्यों कह रहे हो कि भगा दिया था?" गौरी ने तुरन्त आपत्ति की और कहा, "बताओ, क्या किया था तुमने?"

"शिवजी के मन्दिर में शाम को ढोलक बजाकर कीर्तन करनेवाले लोगों के साथ दोस्ती की और उनके साथ भाँग भी पी है मैंने।"

गौरी ने "हे भगवान!" कहकर मुँह बनाया और गहरी नज़र से, राम को देखती रही।

लाखेश्वर ने, ख़ुद इधर-उधर घूमकर मूल ढाका का रहनेवाला एक बुजुर्ग कारीगर ढूँढ़ निकाला था। उस कारीगर ने लाखेश्वर से संगमरमर के पत्थर में 'योगमाया निकेतन' ये दो शब्द तराशने का वादा किया था। बहुत साल पहले मोहल्ले के गिरीश बाबू के 'शान्तिधाम' लिखे हुए मकान और वैष्णव समिति के मन्दिर की नेम प्लेट भी इसी कारीगर ने बनाई थी। लाखेश्वर ने कारीगर को पत्थर का और साथ में उसमें तराशने जानेवाले अक्षरों का नाप भी बता दिया था। यह पत्थर पहले वाले साइनबोर्ड से बड़ा था, लिखे जानेवाले अक्षर भी बड़े थे।

अब लाखेश्वर, टहलने जाने के बहाने रोज़ उस कारीगर के पास जाकर काम जल्दी ख़त्म करने का तगादा करने लगा। उसे जैसे इस काम को ख़त्म करवाने का नशा हो गया था। कारीगर ने लाखेश्वर से दस दिन समय की मोहलत माँगी थी लेकिन लाखेश्वर ने रोज़ बोल-बोलकर सात दिनों में ही वो पट्टी तैयार करवा ली थी। फिर एक दिन सुबह राज मिस्त्री और उसके सहायक के साथ वह ख़ुद महानन्द के घर के आँगन में पहुँच गया। लाखेश्वर ने राजमिस्त्री को समझाया, कहाँ पर कैसे वो पट्टी लगानी है। काम ख़त्म होने तक लाखेश्वर वहीं रहा, बीच-बीच में इधर-उधर टहलता रहा, एक-दो बार सड़क किनारे घास में भी बैठा रहा। काम चलने के बीच में महानन्द अपनी दुकान जाने के लिए बाहर निकला। उसने लाखेश्वर और राजमिस्त्री को दो-चार बार नज़र घुमाकर देखा लेकिन रुका नहीं, बाहर के गेट तक चलता रहा। एक बार मुस्कुराकर लाखेश्वर से पूछा, "कैसे हैं?"

"ठीक हूँ।" कोशिश करके भी लाखेश्वर मुस्कुरा नहीं सका।

अब महानन्द रुका, फिर कहा, "खड़े ही रहेंगे? अन्दर जाकर बैठिए!"

"नहीं, ठीक है।" लाखेश्वर ने कहा।

"यहीं पर एक कुर्सी मँगवा दें?"

"नहीं, ठीक है।" लाखेश्वर ने कहा।

"अच्छा, ठीक है फिर, मैं चलता हूँ।" कहकर महानन्द चला गया।

सामनेवाले आँगन में बातचीत की आवाज़ सुनकर महानन्द के दोनों छोटे लड़के दो-तीन बार झाँककर अन्दर चले गए। पार्वती भी एक-दो बार खिड़की से झाँककर लाखेश्वर को देख गई। एक बार बाहर निकलकर लाखेश्वर को बुलाने का उसे मन हुआ, पर आख़िर वो नहीं आई। कॉलेज के लिए तैयार होने के बाद राम भी अन्दर से ही बाहर की गतिविधियों का अन्दाज़ा लगा रहा था, वह इन्तज़ार कर रहा था कि लाखेश्वर चला जाए तो वह बाहर निकले। पर लाखेश्वर का वहाँ से चले जाने का कोई लक्षण नहीं दिखा। कुछ समय बाद, गौरी लाखेश्वर के सामने

से ही कॉलेज के लिए निकल गई। वह सहमी हुई नज़र से अपने पिता, राजमिस्त्री और महानन्द के मकान को देखती हुई चली गई। आख़िर थोड़ी देर में राम बाहर आया। लाखेश्वर के पास थोड़ी देर खड़े रहने के बाद उसने अनुरोध के स्वर में दबी आवाज़ में कहा, "मैं काम देख लूँगा। आप घर जाइए।"

लाखेश्वर आश्चर्य से आँखें बड़ी करके राम को देखता रहा, फिर कहा, "नहीं, तुम जाओ।" फिर दूसरी तरफ़ मुँह घुमाकर कहा, "पहले वाले साइनबोर्ड का क्या किया? वो वापस दे देना।"

थोड़ी देर चुपचाप खड़े रहने के बाद राम कॉलेज के लिए चला गया।

राजमिस्त्री ने काम ख़त्म करके लाखेश्वर से कहा, "कल सुबह से इसमें दो-तीन घंटे में बार-बार पानी डालना पड़ेगा। सीमेंट का काम है।" उसने पूछा कि "इस काम के लिए सहायक लड़के को भेजना है या घर का ही कोई करेगा? लाखेश्वर ने कहा कि 'घर से ही कोई यह काम कर देगा।'

अगले दिन, सुबह पानी देने के लिए नवीन आया। उसने वापस घर जाकर कहा कि खम्भे में पट्टी नहीं है, सीमेंट का बुरादा आसपास फैला है।

अकन सुबह ही स्कूल के लिए निकल गया था। स्कूल में सुबह ही एक मीटिंग था। नवीन से यह ख़बर सुनते ही लाखेश्वर चीख़ उठा, "क्या कहा!"

घर के सारे लोग लाखेश्वर को चिल्लाते हुए सुनकर चौंक पड़े। लाखेश्वर उसी वक़्त महानन्द के घर जाने लगा। गौरी ने राधा को एक तरफ़ बुलाकर कहा, "पिताजी को क्यों जाना चाहिए वहाँ। अकन भैया को लौटने दें पहले। पता नहीं पिताजी वहाँ जाकर क्या करेंगे!"

लाखेश्वर बहुत ग़ुस्से में था, कपड़ों में से, जो भी कमीज़ हाथ में आई, उसे खींचकर उठाया और पहन लिया। फिर घर वाली खड़ाऊँ से ही 'खटर-खटर' आवाज़ करता हुआ वह बरामदे तक पहुँचा। राधा सामने आ गई और कहने लगी, "अभी आप मत जाइए।"

"क्यों नहीं जाऊँगा? उसने क्या समझ रखा है?" लाखेश्वर गरज उठा।

"वो सब अकन भैया देख लेंगे। अभी आप न जाएँ।"

"तू सामने से हट जा! कल महानन्द ने ख़ुद अपनी आँखों से देखा है कि मैं काम करवा रहा था। उसके बेटे ने भी देखा था। फिर भी उसकी इतनी हिम्मत! इसका मतलब वह मुझे ठेंगा दिखा रहा है।" लाखेश्वर राधा को धक्का देता हुआ आगे बढ़ने की कोशिश करने लगा। अब योगमाया और गौरी सामने खड़ी हो गईं। योगमाया गम्भीर होकर बोली, "अभी तुम मत जाओ।"

लाखेश्वर ग़ुस्से में आपे से बाहर हो गया और ज़ोर-ज़ोर से चीख़ने लगा। योगमाया एक ही तरह बोलती रही, "अभी तुम चुपचाप घर में ही घुसे रहो, कहीं जाने की ज़रूरत नहीं।"

थोड़ी देर के बाद लाखेश्वर पिछवाड़े के बरामदे में चला तो गया लेकिन चुप नहीं रहा। वह चीख़कर और गर्जना के साथ कहने लगा कि 'वो बहुत दिनों से चुपचाप देख रहा है, बहुत चीज़ों को ध्यान से नज़र दे रहा है। महानन्द उस समय बिलकुल भिखारी की हालत में था, जब सुख से रहने की व्यवस्था इसी घर से मिली थी, वही आदमी, और उसके दुधमुँहे जैसे लड़के की हिम्मत आज इतनी बढ़ गई है? आज ही, बिलकुल आज ही लाखेश्वर इसकी कोई व्यवस्था करेगा।'

अपने पिता की चीख़-पुकार के बीच ही, किसी तरह थोड़ा-बहुत खाकर गौरी जल्दी से कॉलेज के लिए निकल गई। बस स्टैंड पर राम पहले से ही रुका हुआ था। गौरी उसकी तरफ़ न देखती हुई गम्भीर मुद्रा में एक पेड़ की छाया में खड़ी रही। राम को देखते ही उसका चेहरा रुआँसा हो गया था।

राम गौरी के पास आ गया। बाक़ी दिनों में वह आसपास के लोगों को देखता हुआ, उनकी नज़रों से बचता हुआ गौरी के पास आता था, पर आज ऐसा नहीं किया, वह सीधा गौरी के पास आया। गौरी के सामने आकर थोड़ी देर उसका चेहरा देखता रहा। गौरी के होंठ काँप रहे थे, नाक लाल थी और आँखें आँसुओं से भरी थीं। राम ने कहा, "साइनबोर्ड इस बार, मैंने नहीं तोड़ा है। तुम विश्वास करो।"

गौरी ने तुरन्त राम की तरफ़ देखा और पूछा, "फिर किसने किया?"

"पिताजी ने।" राम ने गौरी की आँखों में देखकर अपराधी की तरह दबे स्वर में कहा।

अब गौरी आश्चर्य से राम का चेहरा देखने लगी। राम को गौरी का इस तरह से देखना बर्दाश्त नहीं हुआ और उसने दूसरी तरफ़ मुँह घुमा लिया।

"तुम्हारे पिताजी ने क्यों ऐसा किया?" गौरी की दबी आवाज़ निकली। उसने फिर कहा, "पहली बार ताँबे का बना साइनबोर्ड तुमने हटा दिया था, तुम छोटे हो उम्र में, तुम्हें किसी बात पर ग़ुस्सा आया और तुमने ऐसा किया था, पर हमारे घर में सब लोग सोच रहे हैं कि इस बार भी तुमने ही ये हरकत की है। लेकिन तुम्हारे पिताजी? उन्होंने ऐसा काम क्यों किया?"

राम दूसरी तरफ़ देखता रहा।

"बोलो न!"

राम गौरी से नज़र नहीं मिला पा रहा था। गौरी समझ गई, राम आसानी से नहीं बोलेगा। अब तक गौरी सोच रही थी और मन में तय करके ही आई थी, कि राम के साथ आसानी से नहीं बोलेगी, पर अब उसे लगा कि राम के मन में भी कुछ चल रहा है। बोर्ड हटवाने के काम में राम के पिताजी का हाथ है, यह जानकर गौरी को आश्चर्य ज़रूर हुआ लेकिन इस बार राम ने यह काम नहीं किया, यह जानकर उसने अपने अन्दर बहुत हल्का महसूस किया।

बस में चढ़ने के लिए कई लोग आसपास खड़े थे। इसलिए इस वक़्त राम से

और कुछ पूछना गौरी को ठीक नहीं लगा। वह उस दिशा में बार-बार झाँकने लगी जिस तरफ़ से बस आनेवाली थी और जब बस दिखाई दी, गौरी ने धीमी आवाज़ में राम से कहा, "हम दोनों एक ही सीट पर साथ-साथ बैठेंगे।"

आख़िर बस चलने लगी और तब भी राम खिड़की से बाहर देखता रहा। गौरी ने जान-बूझकर राम को खिड़की के पास बैठने दिया था, वह चाहती थी कि उसका मुँह राम की तरफ़ रहे और फिर बस के बाक़ी लोग गौरी का चेहरा नहीं देख पाएँगे।

थोड़ी देर बाद गौरी ने ही पूछा, "ये सब क्या हो रहा है राम?"

"चाचाजी लोग क्या बहुत ग़ुस्से में हैं?" राम ने पूछा।

"और नहीं तो क्या। एक बार नहीं, दो-दो बार साइनबोर्ड हटा दिया जाएगा तो किसको ग़ुस्सा नहीं आएगा। बाद वाला साइनबोर्ड पिताजी ख़ुद बनवाकर लाए थे, सामने रखकर लगवाया था, तुम लोगों ने देखा ही था।" थोड़ी देर रुककर गौरी ने पूछा, "लेकिन तुम लोग उस साइनबोर्ड के पीछे क्यों पड़े हो? उसको बार-बार क्यों हटा रहे हो?"

"चाचाजी और तुम्हारे घर के लोग उस पर इतना ज़ोर क्यों दे रहे हैं? साइनबोर्ड लगवाने की ज़रूरत क्या थी?" राम ने सावधानी से नरम स्वर में कहा कि गौरी ऐसा न समझ ले, कि वो बहस कर रहा है।

"मकान बनवाया तो एक नाम दे दिया। कितने लोग मकान का नाम देते हैं...?"

"ठीक है, दे दिया नाम। लेकिन वो उतर गया तो दूसरा लगाने की इतनी जल्दी क्यों मची?" राम ने गौरी को देखा।

गौरी ने अवाक् होकर कहा, "अरे! ये क्या बात हुई? एक नहीं रहेगा तो दूसरा लगाना होता ही है।"

बस रुकी। दोनों थोड़ी देर चुप रहे। बस फिर से चलने लगी तो राम ने कहा, "बात वही है, समझी? चाचाजी को साइनबोर्ड रखने के लिए जो ज़िद है, पिताजी को उसे न रखने की भी उतनी ही ज़िद है।"

"ये भी कोई ज़िद करनेवाली बात है?" गौरी ने अस्थिर होकर कहा।

राम अब गौरी से थोड़ा-सा सटकर बैठा कि उसका शरीर गौरी की देह स्पर्श कर पाए, फिर कोई गुप्त बात कहने की अन्दाज़ में बोलने लगा, "मैं तो तुम्हारे घर की बात, चाचाजी की मन की बात नहीं समझ सकता लेकिन हमारे घर की बात, पिताजी की मन के बात थोड़ा-थोड़ा जानता हूँ। पिताजी अपने मन की बात कभी हम लोगों के सामने खुलकर नहीं कहते। लेकिन रात को शराब के नशे में जो बातें कहते हैं, शायद वही उनकी मन की बातें हैं। अब मैं तुमसे कुछ भी छुपाना नहीं चाहता। पिताजी क्या सोचते हैं, जानती हो?"

राम ने बड़ी करुण नज़र से गौरी को देखा। गौरी पूरी बात सुनने के लिए एकटक राम को देख रही थी। राम ने कहा, "पिताजी सोचते हैं, वो गरीब थे,

इसलिए चाचाजी और तुम्हारे घरवालों ने उनकी सहायता की थी लेकिन साथ-साथ हर समय अपमान भी किया है।"

"उनका अपमान?" गौरी की दबी आवाज़ जैसे चीख़ की तरह निकली।

राम ने सर हिलाया और फिर से कहा, "ये जो स्कूल में और हम लोगों को जिस घर में रहने दिया गया, उस घर में भी, सभी जगह योगमाया दादीजी का नाम रखा गया है, इसी नाम से चाचाजी ने हमेशा पिताजी को छोटा बनाकर रखना चाहा है। एक बार ग़ुस्से से पिताजी ने चिल्लाकर कहा था, 'एक तरफ़ घनश्याम चौधरी, एक तरफ़ योगमाया, फिर मैं कौन हूँ?"

थोड़ी देर रुककर राम ने फिर कहा, "पिताजी ने कहा है कि वो साबित कर देंगे कि 'वही घनश्याम चौधरी का बेटा है,' और..." राम रुक गया।

"और क्या?" गौरी ने पूछा।

"और, दादाजी के नाम के साथ योगमाया दादीजी का नाम नहीं रहने दिया जाएगा।"

अब बस कॉलेज के पास वाले स्टॉप में पहुँचनेवाली थी। गौरी ने कहा, "कॉलेज के पास नहीं उतरते..."

"फिर कहाँ उतरना है?"

"चलते हैं न! ऐसे ही आगे तक, इस तरह से बातें करने को कहाँ मिल पाएगा!"

बस आगे निकल गई। राम ने कहा, "मैंने ख़ुद भी ये सारी बातें कभी भी नहीं सोची थीं। बाद में जब पिताजी ने चिल्लाना शुरू किया, तब मैंने भी सुना। आजकल अक्सर पिताजी मुझसे कहते हैं, 'तू बड़ा बेटा है, पूरे घर का बड़ा बेटा। तुझे ये सब समझना पड़ेगा। तुझे मेरा मान-सम्मान रखना पड़ेगा।' "

राम ने एक लम्बी साँस ली, फिर कहा, "तुम्हारे अलावा, उस घर के प्रति मेरा वैसा कोई आग्रह नहीं था। सच कहूँ तो अकन भैया को मैं पसन्द ही नहीं करता। पर सिर्फ़ तुम्हारे लिए मैंने पिताजी, चाचाजी और बाक़ी के विषय में सोचना छोड़ दिया था। लेकिन, तुमने भी मुझसे उस दिन उस तरह से जवाब दिया तो मुझे सब कुछ बुरा लगने लगा। बात-बात पर ग़ुस्सा आने लगा। कुछ दिनों से, पता नहीं किसलिए, पिताजी का मिजाज़ भी बहुत उखड़ा हुआ है। कभी-कभी ग़ुस्से से चिल्लाते हुए वे बिलकुल अपना होश खो बैठते हैं। ये सब देखकर मेरा मन भी ठीक नहीं रहता। इसलिए उस दिन मैंने वो साइनबोर्ड उखाड़कर पीछे वाले नाली में फेंक दिया था।"

बस अब आख़िरी स्टॉप तक पहुँच गई। सभी यात्री वहाँ उतर गए। गौरी ने बस के टिकट देनेवाले लड़के से कहा, "हम फिर से वापस जाएँगे।"

टिकटवाला लड़का दोनों को निहारता हुआ और अपनी हँसी दबाता हुआ बस से नीचे उतर गया।

"ये सब तो बहुत बड़ी घटना है।" सीट पर गम्भीर होकर बैठी हुई गौरी ने कहा।

राम ने सहमति से सर हिलाया।

गौरी ने कहा, "कुछ बातें मैं भी थोड़ा-थोड़ा जानती हूँ। योगमाया बुआजी के साथ फूफाजी ने अन्याय किया था। इसलिए अकन भैया के मन में एक दबा हुआ ग़ुस्सा है। लेकिन अब जो सुन रही हूँ..." गौरी रूमाल से अपना चेहरा और गर्दन पोंछने लगी।

राम ने कहा, "पिताजी के हिसाब से, योगमाया दादीजी ने ही दादाजी के साथ अन्याय किया था, हमारे दादी के साथ अन्याय किया है और पिताजी के साथ भी, हम लोगों के साथ भी अन्याय करती आई है।"

एक-एक करके बस में यात्री चढ़ने लगे थे। गौरी और राम चुप हो गए। दोनों थके हुए इनसानों की तरह बैठे रहे।

काफ़ी देर के बाद गौरी ने उदास स्वर में पूछा, "हम दोनों भी इन सब झंझटों में पड़ेंगे क्या?"

राम ने गौरी की आँखों में देखकर कहा, "बिलकुल नहीं।" फिर वो गौरी की आँखों में देखता ही रहा। गौरी की आँखें भर आई थीं।

बस ने रफ्तार पकड़ ली और गौरी चुपचाप बैठी रही। बीच-बीच में उसने राम की आँखों में देखा, शायद कुछ कहना चाहती थी लेकिन कह नहीं पा रही थी।

काफ़ी देर बाद हिम्मत जुटाकर गौरी ने कहा, "हम लोगों को तो अब मिलने में ही दिक़्क़त होगी!"

राम ने सर हिलाया। फिर थोड़ी उत्तेजित स्वर में कहा, "कुछ तो करना ही पड़ेगा। मैं तुमसे बिना मिले नहीं रह सकता।" थोड़ा रुककर उसने पूछा, "क्या तुम मुझसे मिले बिना रह पाओगी?"

गौरी निःशब्द होकर राम को देखती ही रही।

## 15

गौरी के घर से निकल आने के बाद, लाखेश्वर भी सड़क तक निकल आया था। योगमाया और बाक़ी लोगों के समझाने पर भी वह नहीं रुका था। योगमाया को छोड़कर, घर के अन्य किसी व्यक्ति ने अब तक लाखेश्वर का ऐसा रौद्र रूप नहीं देखा था। तारा इतना डर गई थी, कि उसने ज़ोर से योगमाया का हाथ पकड़ रखा था।

लाखेश्वर सीधे लकड़ी की दुकान तक पहुँचा और महानन्द के बारे में पूछताछ

की। दुकान के लड़कों को कुछ पता नहीं था। फिर वह महानन्द के घर के सामने आकर एक पल रुका और उस खम्भे को देखा, जहाँ पर साइनबोर्ड लगा हुआ था। लाखेश्वर को वह जगह एक घाव-जैसी लगी। घर के आँगन में खड़े होकर लाखेश्वर ने चिल्लाकर महानन्द को पुकारा, पर महानन्द घर में भी नहीं था। वह फिर से सड़क पर आकर खड़ा हो गया। सड़क पर चलते-चलते उसने सोचा, 'अब क्या किया जाए।' उसे अपने घर लौटने का भी मन नहीं हुआ। घनश्याम उपवन की दीवार के पास खड़े होकर वह कुछ समय सोचता रहा और फिर मनोरंजन दास के बनवाए नये गोदाम की तरफ़ जाने लगा।

मनोरंजन दास, उस समय गोदाम के पास खड़े होकर, दो नौकरों को सामान रखवाने का निर्देश दे रहा था। लाखेश्वर ने रूखे लहजे से बाहर से ही उसको बुलाया, "ज़रा इधर, सुनिए!"

मनोरंजन दास हाथ जोड़ते हुए, मुस्कुराकर विनम्रता के साथ 'आइए, आइए' कहता हुआ लाखेश्वर की तरफ़ आगे बढ़ आया। और कुछ कहने का मौक़ा न देकर लाखेश्वर ने मनोरंजन से कहा, "मैं सात दिन की मोहलत दे रहा हूँ, इस गोदाम को हटाकर ज़मीन ख़ाली कर दीजिए।"

"भैया जी!" दास ने आश्चर्य से लाखेश्वर को देखा।

उम्र में कौन बड़ा और कौन छोटा, उसका हिसाब कभी किसी को नहीं लेना पड़ा था लेकिन शुरू से ही मनोरंजन दास, लाखेश्वर को 'भैयाजी' सम्बोधन से बुलाता था।

"आप क्या कह रहे हैं, भैयाजी?" दास को कुछ समझ में नहीं आ रहा था।

"आज शुक्रवार है न? अगले शुक्रवार की शाम तक मुझे यह जगह ख़ाली चाहिए।" लाखेश्वर ने सख़्ती से कहा।

बेतरतीब बाल और लम्बी दाढ़ी के साथ लाखेश्वर के रूखे चेहरे को देखकर कुछ समय के लिए मनोरंजन भौंचक्का रह गया, फिर कहने लगा, "लेकिन भैयाजी, मैं तो यह ज़मीन ख़रीदने की सोच रहा हूँ। पाँच सौ रुपया एडवांस भी दे चुका हूँ।"

"क्या? किसको? किसको एडवांस दिया आपने?" लाखेश्वर इतनी ज़ोर से चीख़ा कि मनोरंजन चौंक उठा।

"महानन्द बाबू को दिया है मैंने।" मनोरंजन दास ने बहुत धीमी और शान्त आवाज़ में कहा, "भैयाजी, मैं आपसे एक बात कहना चाहता हूँ। आप नाराज़ मत होइए! मुझे मालूम हुआ है कि अभी तक बहुत नाराज़गी और बहसबाज़ी हुई है। मैं सोचता हूँ कि ज़्यादा बात बढ़ाने से कोई फ़ायदा नहीं है। ठंडे दिमाग़ से सोचना चाहिए। आइए, बैठिए! मैं जो भी जानता हूँ, वो आपको बताऊँगा।"

लाखेश्वर एकटक देखता ही रहा। दास ने फिर से कहा, "आइए! वहाँ बैठते हैं। नाराज़ होने का बहुत समय मिलेगा। लेकिन, पहले सुन लीजिए। आप लोग जा

रहे हैं, एक तरफ़ और महानन्द बाबू जा रहे हैं, दूसरी तरफ़। बताइए, बीच में हमें गालियाँ खानी पड़ती हैं। आइए!"

मनोरंजन दास गोदाम के एक तरफ़ रखे हुए कुर्सी-मेज़ की तरफ़ बढ़े। लाखेश्वर भी अनिच्छा के साथ दास के पीछे-पीछे जाने लगा। मनोरंजन दास ने लाखेश्वर के लिए एक कुर्सी आगे बढ़ा दी और ख़ुद एक लकड़ी के बने पैकिंग बॉक्स पर बैठ गया। फिर वो बोलने लगा, "दरअसल, बात यह है भैयाजी, कि आप लोग समझते हैं, ये सब ज़मीन आप लोगों की हैं, और महानन्द बाबू समझते हैं कि ये ज़मीन उनके पिताजी की है, इसलिए उनकी है।"

लाखेश्वर सुनते-सुनते ही चिल्ला उठा, "और आप लोग क्या समझते हैं? आप लोग तो मूर्ख नहीं हैं न?"

"ओ हो, भैयाजी! हम क्या सोचते हैं, उसके क्या मायने हैं? मैं आपसे कह रहा हूँ कि महानन्द बाबू ने मान लिया है कि ज़मीन उनकी है, मुझे बेची है, मैंने एडवांस दिया है, बाक़ी पैसा अगले हफ़्ते दे दूँगा। सिर्फ़ मुझे ही नहीं, उन्होंने एक टुकड़ा ज़मीन अजय बाबू को भी बेची है और..."

"कौन अजय बाबू?" लाखेश्वर ने बीच में ही बात काट दी।

"सप्लाई इंस्पेक्टर है न, उनके घर बहुत आना-जाना है, और एक टुकड़ा ज़मीन अन्नदाशरण बाबू को भी बेची है, वो सी.आई.डी. में काम करते हैं।"

लाखेश्वर ग़ुस्से में आगबबूला हो रहा था, मनोरंजन दास को उसने जलती हुई नज़रों से देखा, जैसे वश चले तो उसे कच्चा निगल जाएगा, और फिर से चीख़ पड़ा, "बेचा है, मतलब?"

"मतलब, जिस तरह से मैंने एडवांस दिया है, उन दोनों ने भी ऐसे ही दिया है।"

"लेकिन ज़मीन बेचनेवाला महानन्द चौधरी कौन होता है? सिर्फ़ सोच लेने से ही ये सब ज़मीन उनकी हो जाएगी क्या?" लाखेश्वर ने सामनेवाली मेज़ पर एक मुक्का मारा।

मनोरंजन दास ने शान्त स्वर में कहा, "ये सब आप लोग जानते हैं। मैं वही कह रहा हूँ भैयाजी, आप लोग आपस में सारी बातें कर लीजिए और सब कुछ पक्का कर लीजिए। अजय बाबू, अन्नदाचरण और बाक़ी लोग भी यही जानते हैं कि ज़मीन के मालिक महानन्द बाबू ही हैं। इस तरह की बातें आप लोगों ने भी अब तक सुनी ही होंगी। है न?"

लाखेश्वर के मुँह से आवाज़ नहीं फूटी। ग़ुस्से से उसका पूरा शरीर काँपने लगा। थोड़ी देर बाद, वो कुर्सी से उठा और वहाँ से निकल आया। लौटते वक़्त, वह सोचता हुआ आया कि अब उतावला होने से काम नहीं चलेगा। घर के लोग भी अब कैसे प्रतिक्रिया देंगे, इसका कोई ठिकाना नहीं। अकन तो शायद ये सब सुनने के बाद पागल ही हो जाएगा। लेकिन, घर में किसी से भी वो कोई बात नहीं

छुपाएगा। वो ख़ुद शान्त ही रहेगा, जो भी करेगा अब आराम से, सोच-समझकर ही करेगा।

लाखेश्वर के घर पहुँचते ही योगमाया और तारा उसके पास आकर खड़ी हो गई। कुर्सी पर बैठकर लाखेश्वर ने धीमी आवाज़ से पूछा, "अकन आ गया क्या?"

"मीटिंग से वापस आ गया था, फिर स्कूल चला गया।" तारा ने कहा।

योगमाया ने पूछा, "तुम कहाँ गए थे? किससे मिलकर आए?"

लाखेश्वर ने कहा कि सब बाद में बताएगा और तारा से 'नहाने के लिए पानी-गमछा ठीक जगह पर है या नहीं' पूछा।

शाम से पहले, अकन और राधा के स्कूल से आने के बाद, लाखेश्वर ने घर के बाक़ी सदस्यों को भी बुला लिया और मनोरंजन दास के मुँह से जो भी सुना था, सब कुछ बता दिया और यह भी कहा कि इस समय सभी शान्त रहें।

"पहले मैं महानन्द के साथ सीधे-सीधे बात करना चाहता हूँ।" यह कहकर लाखेश्वर ख़ुद भी चुप हो गया।

शाम को लाखेश्वर ने, नवीन को महानन्द के घर भेजा और कहा, "अगर वो घर पर हैं तो बता आना कि मैं उनसे मिलने जाऊँगा।"

नवीन ने वापस आकर बताया कि महानन्द लकड़ी की दुकान में ही रहेगा, लाखेश्वर को वहीं आने के लिए कहा है।

पूजाघर में लाखेश्वर का मन नहीं लगा। वह जल्दी पूजाघर से बाहर निकल आया। जब वह महानन्द की दुकान पर पहुँचा, तब वहाँ महानन्द और चौकीदार के अलावा और कोई नहीं था। लाखेश्वर बहुत दिनों के बाद दुकान में आया था। पुरानी वाली परछी का चिह्न मात्र ही था, अब बहुत फैली हुई बड़ी दुकान और लम्बी कॉरीडोरनुमा परछी बन गई थी। लकड़ियों के साथ लोहा, सरिया, तार और अलग-अलग प्रकार के औजारों से नई परछी खचाखच भरी हुई थी। सामान के बीच-बीच से मुश्किल से चलने का रास्ता बन सकता था। परछी के बाहर की खुली जगह में भी लकड़ियों के खूँटे, पटिया औरं बाँस के गट्ठर रखे हुए थे।

महानन्द, ख़ुद आगे आकर लाखेश्वर को अन्दर ले गया। दफ़्तरनुमा एक छोटे-से कमरे में ले जाकर महानन्द ने लाखेश्वर को बैठने के लिए कहा। इधर-उधर नज़र दौड़ाकर लाखेश्वर बैठ गया। महानन्द ने अपनी कुर्सी पर बैठकर सिगरेट की डिब्बी से एक सिगरेट निकाली। फिर सिगरेट को सुलगाते हुए लाखेश्वर से कहा, "कहिए।"

लाखेश्वर ने महानन्द का चेहरा देखा। महानन्द ने दूसरी तरफ़ मुँह घुमाकर बेफिक्री से सिगरेट फूँकते हुए इस तरह से 'कहिए' शब्द का उच्चारण किया, जैसे कुछ हुआ ही नहीं। लाखेश्वर के दिमाग़ में फिर से सुबह वाला ग़ुस्सा लौटने लगा था। लेकिन वह संयत होने की कोशिश करता हुआ बोला, "मैंने सुना कि आपने किसी-किसी को ज़मीन बेची है?"

महानन्द ने जैसे कई बार ऐसे सवालों का जवाब दिया हो, उसी निर्विकार भाव से कहा, "बेचने के लिए बात पक्की की है।"

"कौन-सी ज़मीन?" लाखेश्वर ने थोड़ा ग़ुस्से से पूछा।

महानन्द ने उसी तरह के भाव के साथ जवाब दिया, "इसी इलाक़े में। एक टुकड़ा ज़मीन तो आपने देखी ही है, उसमें मनोरंजन दास ने गोदाम बनाया है। एक टुकड़ा थोड़ा और आगे यतीन के घर के पीछे और एक टुकड़ा इधर, घनश्याम उपवन के पास..."

लाखेश्वर ग़ुस्से से चीख़ पड़ा, "ये ज़मीन आप कैसे बेच सकते हैं? ये सब क्या आपकी ज़मीन है?"

"क्यों नहीं बेच सकता? किसकी ज़मीन है?" महानन्द को जैसे आश्चर्य हुआ, और फिर सहज स्वर में कहा, "ज़मीन ऐसे ही पड़ी है, लोगों को ज़मीन की ज़रूरत है, उनको ज़मीन पसन्द भी आई है, लेने दीजिए।"

लाखेश्वर को अब बहुत ग़ुस्सा आया, उसने कहा, "लोगों को ज़रूरत है, मालिक से लेंगे, हम लोगों से लेंगे। आप से क्यों लेंगे? आप क्यों बेचेंगे!"

"मेरी मर्ज़ी है।" महानन्द सिगरेट फूँकता रहा।

"आपकी मर्ज़ी से ही काम चलेगा क्या? यहाँ क़ानून नाम की कोई चीज़ नहीं है?"

"कौन सा क़ानून?" महानन्द ने क़ानून को तुच्छ कहने के लहज़े से जैसे अपने-आप से कहा।

"ज़मीन के काग़ज़ भी तो होते हैं?" लाखेश्वर ने चीख़कर कहा।

"मुझसे जो भी ज़मीन ख़रीदेगा, उन लोगों को काग़ज़ की ज़रूरत नहीं। वे पैसे देंगे, ज़मीन लेंगे और उस ज़मीन पर ऐसे पक्के दालान बनाएँगे, जिन्हें सौ साल तक कोई नहीं हिला सकता।"

"कैसे बनाएँगे? ठीक है, बेचिए आप। ज़मीन पर जो भी फ़ावड़ा चलाने आएगा, उसे कचहरी में खड़ा करवाऊँगा। फिर वो जेल के अन्दर पक्का दालान बनवाता रहेगा।"

अचानक महानन्द चीख़ उठा, "ठीक है। ठीक यही मैं चाहता हूँ। कचहरी में केस चलेगा। अदालत में वकील-मजिस्ट्रेट, मुहर्रिर-गवाह और तमाशा देखनेवालों की भीड़ होगी, सबके सामने केस चलेगा कि ये किसकी ज़मीन है।" महानन्द ने दाँत पीसकर कहा, "कैसे ये ज़मीन योगमाया नाम की किसी औरत के कब्ज़े में आई? वह घनश्याम चौधरी की क्या लगती है? केस चलेगा और सारी बातों की पोल खुलेगी। केस होगा तभी तो ये सारी बातें सामने आएँगी। तभी तो पूरे संसार को सारी बातें मालूम होंगी। केस नहीं होगा तो इन सारी बातों के लिए न्याय कैसे मिलेगा?"

अपने होंठों से सिगरेट दबाते हुए महानन्द चुप हुआ। लाखेश्वर निर्वाक-निस्पन्द होकर महानन्द को देखता रहा। उसे लगा जैसे सारी बातें उसके गले में फँस गई हैं।

मुँह से सिगरेट का धुँआ छोड़ते हुए थोड़ी देर चुप रहने के बाद, महानन्द ने कहा, "लेकिन मैं ये नहीं करूँगा। मैं अपना काम करता जाऊँगा। ज़मीन बेचूँगा, साइनबोर्ड हटाऊँगा, नेमप्लेट उखाड़ दूँगा। मैं अपना काम करता रहूँगा। कोई ये करता रहे, और न भी करे तो अच्छी बात है, मेरी मर्ज़ी से संसार चलता रहेगा।"

लाखेश्वर ने कुछ कहने के लिए मुँह खोलना चाहा था, महानन्द ने हाथ उठाकर रोक दिया और कहा, "मैं पैसे के लिए ज़मीन नहीं बेच रहा हूँ। ये बात आप लोग याद रखना। पैसा मैंने अब तक बना लिया है। लेकिन मैं कुछ सफ़ाई करना चाहता हूँ। इस सफ़ाई अभियान की शुरुआत कहीं से तो होनी चाहिए। इसलिए ज़मीन बेचकर ही शुरू कर रहा हूँ।"

लाखेश्वर की आवाज़ में बेचैनी-सी सुनाई दी, "लेकिन ज़मीन के लिए योगमाया के नाम पर दलील बनी हुई है।"

"अरे! दलील होगी। मैं लोगों को दलील नहीं दिखाना चाहता। ये दिखाना चाहता हूँ कि वो दलील कैसे बनी। आप समझ नहीं रहे हैं। मैं आपको समझाता हूँ। अच्छा, पहले मैं आपसे एक बात पूछता हूँ। मैं अब कोई लुका-छिपी नहीं करूँगा। एकदम सीधा सवाल। मेरे पिताजी घनश्याम चौधरी, कैसे आपकी बहन योगमाया के वश में आ गए? कैसे उन्होंने मेरी माँ से झूठ बोलकर, हम सभी परिवारवालों को झूठ बोलकर ये ज़मीन-जायदाद इकट्ठा की? किसकी ग़लती से ये सब हुआ?" महानन्द ने सिगरेट के बाक़ी टुकड़े को सामने रखी हुई ऐशट्रे में कुचलते हुए बुझाया और ग़ुस्से से दबी हुई आवाज़ में पूछा, "क्या देखकर पिताजी उधर खिंचते गए? किसने पिताजी को बहकाया? अदालत में लोगों को ये सारी बातें पता चलनी चाहिए। आप लोग जितना ज़्यादा केस करेंगे, लोगों को उतना ज़्यादा पता होगा कि एक गन्दे परिवार की एक गन्दी लड़की ने बीवी-बच्चे वाले एक आदमी को बहकाया और ये ज़मीन-जायदाद अपने नाम लिखवाकर दलील बनवा ली। वही लड़की..."

"आप चुप हो जाइए।" लाखेश्वर सामनेवाली मेज़ को दोनों हाथों से धक्का देता हुआ चिल्ला उठा।

"ये सारी बातें जगजाहिर होनी चाहिए।" महानन्द ने अपना वाक्य पूरा किया। घृणा और ग़ुस्से से दाँत पीसते हुए बोलते समय, उसके गाल की हड्डियाँ स्पष्ट दिख रही थीं।

थोड़ी देर बाद थके हुए आदमी की तरह लम्बी साँस लेकर महानन्द ने कहा, "ठीक है न? या और कुछ सुनना चाहते हैं? अब आप जाइए।" थोड़ा रुककर फिर से कहा, "मुझे भी जीना है और पिताजी को भी बचाना है। है न!"

फिर महानन्द कुर्सी से उठता हुआ चिल्लाया, "चौकीदार! अरे मोहन!"

कुछ देर बाद ही थोड़ी दूर से मोहन चौकीदार की आवाज़ सुनाई दिया, "जी, आता हूँ।"

दुकान के अन्दर, महानन्द और लाखेश्वर की बातें सुन सकने की दूरी पर लकड़ियों के ढेर के पीछे, राम छुपा बैठा था। उसने मोहन को सड़क पर खड़े होकर पहरा देने के लिए कहा था।

थोड़ी देर बाद मोहन दरवाज़े पर खड़ा हो गया।

लाखेश्वर कुर्सी से उठ गया। कुर्सी को पीछे की तरफ़ खिसकाकर उसने कहा, "जिस थाली में खिलाया, आप उसी में छेद कर रहे हैं। इसी दिन के लिए आप लोगों को ज़मीन और मकान बनवाकर दिया था? सारी सुविधाएँ और अपनी दुकान भी दे दी थी?"

महानन्द ने मुस्कुराकर दबी आवाज़ में कहा, "अब इस तरह से मत सोचिए! ऐसे सोचिए कि आप लोगों को रहने के लिए घर मिला है अपनी ज़मीन पर, बिना शोर मचाए, जितने समय मर्ज़ी रहिए।" फिर महानन्द ने मोहन से पूछा, "बाहर की लाइट जली हुई है या नहीं?"

"जी, जली है।" मोहन ने कहा।

लाखेश्वर दुकान से बाहर निकल आया। सड़क पर खड़े होते ही, उसने महसूस किया कि उसके हाथ-पैर काँप रहे हैं। उसे अपना सिर भी भारी लगने लगा। वो आगे बढ़कर एक अँधेरे से कोने में खड़ा हो गया। कितने समय तक वो इस तरह खड़ा रहा, उसका उसे होश नहीं रहा। उसकी बगल से कितने लोग आते-जाते रहे, यह भी उसे पता नहीं चला। काफ़ी समय के बाद, शायद उसे ढूँढ़ता हुआ, तिलक वहाँ आ पहुँचा। उसने पूछा, "पिताजी, यहाँ खड़े होकर क्या कर रहे हैं?"

"नहीं, ऐसे ही इधर आ गया था। चल, घर चलें!" कहकर लाखेश्वर घर की तरफ़ मुड़ गया।

घर पहुँचते ही लाखेश्वर खड़ाऊँ पहनकर नल के पास गया, मुँह-हाथ धोया और तारा के पास जाकर कहा, "थोड़ी देर तक मुझे कोई न बुलाना।" और पूजाघर में घुस गया। पहले से जलाए हुए दो दीयों में से एक बुझ गया था, एक बहुत धीमी रोशनी के साथ जल रहा था। जले हुए दीये में लाखेश्वर ने थोड़ा-सा तेल डाल दिया और बाती भी बढ़ा दी। फिर आँखें बन्द करके बैठा रहा। वह तुरन्त सारी बातों को एक सिरे से सोच नहीं पाया। उसके मन में कई तस्वीरें आती-जाती रहीं। एक बार अगर महानन्द का दाँत पीसकर बात करता हुआ चेहरा याद आया तो अगले मुहूर्त में बरसों पहले, सात महीने के गर्भ के साथ घर के कोने में दुबककर सिसकती हुई योगमाया का चेहरा याद आ गया। एक बार अगर घने जंगल के बीच उन लोगों का अकेला घर याद आया तो अगले ही क्षण मूँछों पर ताव देकर

ठहाके लगानेवाले घनश्याम चौधरी का चेहरा याद आया। उस दुर्दान्त आदमी को योगमाया ने बहकाकर अपने वश में कर लिया था! महानन्द अब पूरी दुनिया को बता देगा कि योगमाया चरित्रहीन लड़की थी!

लाखेश्वर का देह-मन काँप उठा। उसे डर लगने लगा। दरअसल वही तो बरसों पहले दुनिया की नज़रों से छुपाकर रखने के लिए योगमाया को इस बियाबान जंगल में ले आया था। आसपास कोई पहचान के लोग नहीं थे, इसलिए लाखेश्वर को तब बहुत राहत मिलती थी। उसके बाद इतने साल बीत गए। अब वो बातें विस्मृति में चली गई थीं। समय के साथ, अब बढ़ते हुए बच्चों को देख-देखकर ख़ुश होने के दिन आ रहे थे। और अब, महानन्द यह प्रचार करेगा कि लाखेश्वर का परिवार बदमाश था! योगमाया चरित्रहीन लड़की थी! अब लाखेश्वर के घर के लोग महानन्द से एक बात कहेंगे तो उसके जवाब में महानन्द दस बातें सुनाएगा। इस ज़मीन-जायदाद को वो अपने बाप की सम्पत्ति कहकर मनमर्जी करेगा और लाखेश्वर के परिवार के लोग इसमें जितनी बार आपत्ति करेंगे, योगमाया क्रमशः सबकी नज़र में उतनी छोटी होती जाएगी!

नमकहराम! बदतमीज़!! यह तो अपने बाप से भी ज़्यादा दुराचारी है!!! अभी जाकर उसे दो टुकड़े कर आए क्या। वो महानन्द के पास से चुपचाप क्यों चला आया। उसी समय उसका गला क्यों नहीं दबा दिया।

कुछ देर के बाद लाखेश्वर सीधा होकर बैठ गया। उसका ग़ुस्सा कुछ कम हुआ। उसके मन में बार-बार एक ही बात आती रही, इसके बाद कुछ-न-कुछ तो घटनेवाला है ही लेकिन योगमाया को इस उम्र में ये सब सहन होगा क्या! वो अकेली सह पाएगी ये सब?

योगमाया और अकन, पीछे वाले आँगन में बैठे थे और लाखेश्वर के पूजाघर से निकलने का इन्तज़ार कर रहे थे। क्या हुआ है, यह जानने के लिए वे मन-ही-मन अस्थिर हो रहे थे लेकिन लाखेश्वर के पास जाने की किसी की हिम्मत नहीं हुई। तारा और राधा ने मिलकर जल्दी-जल्दी खाना बनाने का काम निपटा दिया था और रसोईघर के बरामदे में चुपचाप बैठी थीं। नवीन, तिलक और गौरी अपनी-अपनी स्टडी टेबल पर बैठे थे, पर किसी का पढ़ाई में मन नहीं लग रहा था। पीछे वाले आँगन में से आनेवाली बात सुनने के लिए, उन तीनों ने अपने कान खड़े कर रखे थे।

आख़िर लाखेश्वर पूजाघर से बाहर निकला। अकन ने खड़े होकर अपनी कुर्सी लाखेश्वर को बढ़ा दी। लाखेश्वर बैठा। वह मौन होकर बैठा रहा, बात करने का कोई लक्षण उसमें नहीं दिखा। आख़िर अकन ने पूछा, "आप अभी बाहर गए थे, किससे मिलकर आए?"

लाखेश्वर ने कहा, "उन लोगों को यहाँ से चले जाने के लिए कह दो!"

"किन लोगों को?" अकन ने पूछा।

"वो, महानन्द चौधरी के परिवारवालों को। उनको घर ख़ाली करने के लिए कहो।"

थोड़ी देर तक किसी ने कुछ नहीं कहा। तब तक गौरी बरामदे में निकल आई थी, लाखेश्वर ने उसे डाँटकर कहा, "तू अन्दर जा!"

गौरी को अन्दर जाते हुए देखकर लाखेश्वर ने फिर से कहा, "अगले शुक्रवार तक मनोरंजन दास के बनवाए हुए गोदाम में आग लगा देनी है।"

अब, योगमाया ने लगभग डाँटने के अन्दाज़ से पूछा, "क्या हुआ है, बताते क्यों नहीं?"

अब लाखेश्वर ने बोलना शुरू किया। महानन्द ने उसे जो भी कहा था, सब कुछ एक तरफ़ से कहने लगा। वह भूल गया कि योगमाया, अकन और राधा उसके सामने है। महानन्द कुछ ऐसी बातें, कुछ ऐसे शब्द लाखेश्वर को सुना रहा था, जो सुनने में उस वक़्त उसे शर्म महसूस हुई थी लेकिन अब वही बताते हुए उसे शर्म नहीं आई। कहते हुए बीच-बीच में उसकी आवाज़ अटक-सी गई।

लाखेश्वर ने अपनी बातें ख़त्म कीं। कुछ देर के लिए पूरा घर स्तब्ध हो गया। फिर लाखेश्वर कुर्सी से उठा और 'सभी बातें तुम लोगों को जाननी चाहिए' कहता हुआ कमरे में चला गया। योगमाया, अकन और राधा, कोई भी एक-दूसरे की शक्ल देखे बग़ैर आँगन से अन्दर चला गया। तारा ने आधी रात तक, बारी-बारी तीनों को कई दफ़े खाना खाने के लिए मिन्नतें कीं, पर कोई फ़ायदा नहीं हुआ।

रात को कई बार योगमाया, अकन और राधा का ऐसा मन हुआ कि लाखेश्वर से एक बार फिर से सारी बातें पूछ लें, एक बार सारी बातें फिर से सुन लें, महानन्द ने ऐसे कहा था! और क्या-क्या कहा था?

अगले दिन, राधा स्कूल नहीं गई। सुबह के समय अकन से उसका आमना-सामना ही नहीं हुआ। नवीन के हाथ में छुट्टी की अर्ज़ी लिखकर भेज दी और साथ में अतुल के लिए भी सन्देश भेजा कि वो दो क्लास की छुट्टी लेकर राधा से मिलने आए।

अतुल दूसरे पीरियड के बाद ही आया। उसे सारी बातें कहकर राधा रोने लगी। फिर चुप होने की कोशिश करती हुई आँसू पोंछे, थोड़ा स्थिर होने की कोशिश में फिर टूट-सी गई और आँचल से मुँह ढककर रोने लगी।

अतुल चुपचाप, एकटक खिड़की से बाहर देखता रहा। आख़िर उसने कहा, "अच्छा! अब शान्त हो जाओ। रोने-धोने से कोई फ़ायदा नहीं। और रोने से कैसे काम चलेगा? तुम तो सहन करनेवाली लड़की हो, तुम्हें सहना पड़ेगा।" थोड़ी देर रुककर उसने कहा, "ये सारी बातें तुम आज सुन रही हो, मैंने पहले ही सुनी थीं।"

राधा ने अतुल को देखा। अतुल ने सर हिलाते हुए कहा, "हाँ, मैंने पहले ही सुनी थीं।"

"कहाँ? कैसे?"

"मैं आजकल अन्नदाचरण बाबू के साथ काफ़ी समय तक बैठता हूँ। जान-बूझकर मैं उनसे मिलता हूँ। मैं ऐसा करूँगा, इसका आभास तुमको दिया था, तुम्हें याद है? अन्नदाचरण बाबू को मुझसे मिलना बहुत पसन्द है।"

"क्यों?"

"मेरे सामने सी.आई.डी. बनकर ख़ुफ़ियागिरी कर सकता है, इसलिए। अकन भैया कांग्रेस के लिए क्या काम करते हैं, मैं सचमुच तुमसे शादी करूँगा क्या, ये सब खोद-खोदकर वो पूछता रहता है।"

"मेरे बारे में भी पूछता है?"

"क्यों नहीं, कई बार उसने मनोरंजन बाबू के साथ मुझे बैठकर समझाने की कोशिश भी की है कि किन कारणों से मुझे तुम्हारे घरवालों के साथ सम्बन्ध नहीं रखना चाहिए।"

"ये सब बातें पहले आपने मुझसे कभी नहीं कही थी।"

"मैंने सोचा था कि ये सब बोलने की कोई ज़रूरत नहीं है। मुझे जो करना है वो मैं करूँगा ही और बेकार में तुम्हारे साथ ये सब चर्चा करके, तुम्हारा मन ख़राब क्यों किया जाए! लेकिन..."

अतुल बोलते-बोलते रुक गया। राधा उत्सुकता से उसका चेहरा देखती रही।

"लेकिन, अब जो देख रहा हूँ," अतुल फिर से कहने लगा, "ये लोग धीरे-धीरे जो-जो बातें करेंगे, वो तुम एक ही बार में जान लो तो अच्छा होगा। टुकड़ों में अशान्ति पालने की क्या ज़रूरत है। सुनो, उनके हिसाब से जिन कारणों से मुझे तुम लोगों से सम्बन्ध नहीं रखना चाहिए, उनमें से सबसे बड़ा कारण यह है कि तुम लोग नाजायज़ औलाद हो। समाज और क़ानून तुम लोगों को वैध नहीं मानेंगे। तुम लोगों कर पितृ-परिचय सन्देह के घेरे में है।"

यह कहते समय अतुल मुस्कुराता रहा और बातें ख़त्म करके हँस दिया। राधा अपने गाल को हथेली से दबाती हुई बिना हिले-डुले बैठी रही।

अतुल ने फिर से कहा, "बात इतनी है। अब शायद तुम्हारे लिए नया कुछ सुनना बाक़ी नहीं रहा। बस, एक घमासान लड़ाई तो होगी ही लेकिन तुम्हें अब एक लाभ हुआ, शत्रु-पक्ष के पास क्या-क्या अस्त्र है, ये तुम जान गई हो। अब सोचकर कोई फ़ायदा नहीं, काम करना है, क्यों?"

सुबह सबसे पहले बिस्तर छोड़ने के बाद, योगमाया ने नहाने-धोने का काम निपटा लिया थां। नहाकर आने के बाद भी उसकी आँखें सूझी हुई थीं, अब तक लाल थीं। अकन बहुत देर से, गौरी के चाय के लिए बुलाने के बाद कमरे से बाहर निकला था। वह नल के पास खड़े होकर मंजन कर रहा था तो योगमाया ने उससे कहा, "मैं आज महानन्द से मिलने जाऊँगी।"

"क्यों?" अकन ने सख़्ती से पूछा।

"मुझे उनसे कुछ बातें करनी हैं।" योगमाया ने भी उतनी ही सख़्ती से कहा।

"कोई ज़रूरत नहीं।" अकन ने ग़ुस्से से कहा।

"ज़रूरत है, इसलिए कह रही हूँ।" योगमाया की आवाज़ में उतनी ही सख़्ती थी।

अकन ने इस बार डाँटनेवाले स्वर में कहा, "जो करना है, मैं करूँगा। तुम वो सब करना जो मैं कहूँगा। जब जिनके साथ बात करनी है, मैं यही बुला लूँगा, तुम यहीं बात कर लेना। तुम्हें कहीं जाने की ज़रूरत नहीं।" पानी से आधी भरी बाल्टी में मग फेंकता हुआ अकन वहाँ से चला गया।

उस दिन, स्कूल के आधे घंटे वाले टिफ़िन टाइम में अकन ने अतुल को बुलवाया। अतुल थोड़ी देर पहले ही राधा से मिलकर आ रहा था। अतुल को साथ लेकर अकन स्कूल परिसर से बाहर निकल आया और वे दोनों मोहल्ले के बीच तक जाने लगे। सड़क किनारे कतारों से मकान बने हुए थे। चलते-चलते अकन ने अतुल से पूछा, "पैसे का इन्तज़ाम हो रहा है?"

"पैसा किसलिए?"

"मतलब, मकान बनवाने का काम शुरू करने के लिए।"

"नहीं, भैया!" अतुल मुस्कुराया।

अकन ने गम्भीर स्वर में कहा, "पहले भी मैंने बोला था, आज भी फाइनली बोल रहा हूँ, पैसे की चिन्ता मत करो। कल से ही मकान बनवाने के काम में लग जाओ। तुम्हें सिर्फ़ मकान बनवाना है और उसमें रहना है।"

थोड़ी दूर चलने के बाद, एक टुकड़ा ख़ाली ज़मीन के सामने दोनों रुके। अकन को मालूम था कि यही ज़मीन महानन्द, अन्नदाचरण को बेचने की बात कर रहा था। अकन ख़ाली ज़मीन की तरफ़ थोड़ी देर देखता रहा, फिर कहा, "तुम राधा से शादी करोगे, इसलिए तुम्हें ज़मीन-घर नहीं दे रहा हूँ। तुम उससे शादी न भी करोगे तो मुझे उसमें कुछ नहीं कहना है। ये ज़मीन-घर तुम्हारा होगा तो मेरे लिए तुम्हारी तरफ़ से सहायता होगी। कल सुबह ही इस ज़मीन पर बाँस की गठरियाँ रखी जाएँगी, फिर मज़दूर लगाकर चारों तरफ़ घेरकर बेड़ा बनवाया जाएगा। तुम सिर्फ़ काम की निगरानी करना।"

उसी दिन स्कूल की छुट्टी के बाद, अकन ने केशव दास को अपने दफ़्तर में बुलवाया। फिर केशव दास से कहा, "आपसे एक बात कहनी थी। आपका इस इलाक़े में अपना मकान नहीं है न?"

"नहीं।" दास ने मुस्कुराकर कहा।

"आप तो इसी स्कूल में हमेशा नौकरी करेंगे न? कहीं और जाने के लिए तो नहीं सोच रहे हैa?"

"कहीं और जाने के लिए तो नहीं सोचा है। अब इस उम्र में नये सिरे से कहाँ नौकरी मिलेगी?" दास ने हँसकर कहा।

अकन ने कहा, "मैंने सोचा है, आप में से जितने पुराने टीचर हैं और यहीं रहेंगे लेकिन आपके अपने मकान भी नहीं है, मैं उनके नाम एक-एक टुकड़ा ज़मीन दे दूँगा, मकान बनवाने के लिए स्कूल के फंड से ब्याज में कुछ रक़म की भी व्यवस्था कर दूँगा, पैंतीस-चालीस किस्तों में आप लोगों की तनख़्वाह से वो रक़म कटती रहेगी। क्या राय है आपकी?"

"ये तो बहुत अच्छी बात है।"

"तो फिर आप मेरे लिए एक काम कीजिए। पुराने सात-आठ लोगों के साथ बात करके देखिए। जिन्हें भी ये प्रस्ताव पसन्द आए, वो एक महीने में मकान का काम शुरू कर सकते हैं। आप ऐसे लोगों की एक लिस्ट बनाकर मुझे दीजिए। सात-आठ लोग काफ़ी होंगे। वरिष्ठता के हिसाब से देखिएगा। आप उनसे कहिए कि ज़मीन मैं दूँगा। वे चाहे तो अपने पैसे भी लगा सकते हैं और किस्तों में भी चुका सकते है। कल तक सूची बनाकर मुझे दीजिए।"

अकन के अचानक लिए हुए ऐसे फैसले पर, केशव दास अवाक् होकर बैठे रहे। अकन वहाँ से उठकर, बाहर निकल गया।

## 16

लकड़ी की दुकान से लाखेश्वर के चले आने के बाद, महानन्द ने एक और सिगरेट सुलगा ली। थोड़ी देर तक ऐसे ही खड़े रहने के बाद वह दुकान से निकल आया। चौकीदार वहाँ से खिसक गया था। लकड़ी की गठरियों में से राम भी निकल आया था। उसे वहाँ देखकर महानन्द जैसे चौंक उठा।

"तू यहाँ क्या कर रहा है?"

राम ने एक बार पिता का चेहरा देखा और दूसरी तरफ़ मुँह फेर लिया। उसका चेहरा गम्भीर था। महानन्द यह सोचकर थोड़ा चिन्तित था कि लाखेश्वर से थोड़ी देर पहले कही हुई बातें कहीं राम ने सुन तो नहीं लीं। उससे पूछने का मन हुआ कि तू कब से यहाँ आया है। लेकिन इस तरह से पूछताछ करने में महानन्द को शर्म महसूस हुई। पर राम को चुपचाप खड़ा देखकर आख़िर पूछ ही लिया, "तू यहाँ क्या कर रहा है?"

"कुछ नहीं कर रहा। चाचाजी को आपने इतनी सारी बातें क्यों सुनाई? लोगों से क्या इस तरह से बात की जाती है?" राम ने मुँह फुलाकर कहा। राम और उसके

भाइयों को शुरू में समझ में नहीं आया था कि लाखेश्वर को कैसे सम्बोधन करें, फिर बाद में बिना किसी के सिखाए, अपने-आप ही चाचाजी कहने लग गए थे। महानन्द ने राम की तरफ़ ऐसे देखा, जैसे वह समझने की कोशिश कर रहा है कि राम किस चाचाजी की बात कर रहा है। लेकिन अगले ही मुहूर्त में वह समझ गया और ग़ुस्से से कहा, "तुझे ये सब बात सुनने के लिए किसने कहा था? तू यहाँ क्यों आया? इतनी रात गए तेरा तो यहाँ कोई काम नहीं है?"

"आप लोगों की बातें सुनने के लिए आया था।" राम ने निडर होकर कहा।

महानन्द ने तीखी नज़र से बेटे का चेहरा देखा।

राम ने पूछा, "क्या आपने तय कर लिया है कि झगड़ा करना है?"

"मैं क्यों झगड़ा करूँगा?"

"ये सब झगड़ा नहीं तो और क्या है? चाचाजी से इतनी सारी बातें कहने के बाद अब क्या झगड़ा बढ़ेगा नहीं?"

"तो होने दो झगड़ा। तुझे क्या दिक़्क़त है?" महानन्द ने धमकाने के लहज़े से कहा।

राम भी चुप नहीं रहा, तुरन्त जवाब दिया, "आप लोग झगड़ा करेंगे, ये हमारे और बाक़ी लोगों के लिए शर्म की बात नहीं है क्या?"

महानन्द ने अवाक् होकर राम की तरफ़ देखा। ऐसी बातें तो राम आज पहली बार नहीं सुन रहा है! इससे पहले इतने साफ़-साफ़ नहीं सुना होगा लेकिन उसे पता है। कई रात इन्हीं सब बातों को लेकर घर में बहस हुई है। तब, राम ने भी महानन्द की तरफ़दारी करते हुए अकन के परिवार के विरुद्ध बहुत कुछ कहा भी है। राम ने ही तो योगमाया का नाम लिखी हुई नेमप्लेट उस दिन रात को खम्भे से उखाड़ फेंकी थी। लेकिन आज उसे क्या हुआ?

"आज अचानक शर्म की बात कहने लगा तू! क्या हुआ तुझे?" महानन्द के मुँह से अनायास ही निकला।

सही तो है! क्या हुआ उसे? अपने पिता से नज़र मिलाते हुए वह अन्दर तक काँप गया। लेकिन साथ-ही-साथ मन को सख़्त करते हुए, हिम्मत के साथ उसने कहा, "शर्म की बात है इसलिए कह रहा हूँ। ये सब बन्द कीजिए आप लोग।" बात ख़त्म करते ही वह वहाँ से चला गया। महानन्द बन्द दरवाज़े से टिके हुए थोड़ी देर सर झुकाए खड़ा रहा। फिर धीरे-धीरे अपने घर की ओर जाने लगा।

राम को उसी वक़्त गौरी के घर जाने का मन हुआ। उसे गौरी से मिलने का मन हुआ। लेकिन राम यह जानता था कि इस तरह सीधे-सीधे उन लोगों के घर पहुँचने का रास्ता, अब उसके लिए बन्द हो चुका है। वह बेचैनी से काफ़ी देर तक मोहल्ले की सड़कों पर टहलता रहा। टहलता हुआ वह किसी पुलिस अफ़सर के द्वारा आधा बनवाकर छोड़े हुए मकान के पास खड़ा हो गया। उस जगह से गौरी

का घर, यहाँ तक कि गौरी का कमरा भी दिखता है। कमरे की खुली खिड़की से रोशनी बाहर तक आती दिख रही है। 'गौरी होगी क्या कमरे में इस समय?' राम ने सोचा। राम का ऐसा मन हुआ कि दीवार फाँदकर वह खिड़की के पास पहुँच जाए और खिड़की के पल्ले को बाहर से खड़का दे।

राम उस अधबने मकान के बरामदे में खड़ा हो गया। काफ़ी दिन पहले, पुलिस साहब ने ढेर सारे मज़दूर लगाकर हड़बड़ी में वह मकान बनवाना शुरू किया था, पहले छत बनी, दीवारें बनी और दरवाज़े-खिड़कियों के फ्रेम भी लग गए थे। फिर पता नहीं क्या हुआ, साहब ने काम बन्द करवा दिया और वह मकान अब तक वैसे ही है। एक तरफ़ ईंटों का ढेर है, इसके अलावा और कुछ भी नहीं है पूरे परिसर में। पीछे की तरफ़ बाँस-पुवाल की छोटी-सी झोपड़ी बनवाकर साहब ने एक चौकीदार को देखभाल के लिए रखा है। चौकीदार सिर्फ़ रात को सोने ही आता है, उसने मेन रोड के किनारे बीड़ी-सिगरेट और पान-सुपारी की एक दुकान खोली है। इसलिए वह ज़्यादातर समय वहीं रहता है।

बरामदे में चढ़कर राम खिड़की के फ्रेमवाली लकड़ी से टिक गया। वहाँ से भी गौरी के कमरे की दोनों खिड़कियाँ अच्छी तरह नज़र आती हैं। राम ने सोचा, लाखेश्वर चाचाजी ने घर पहुँचकर सारी बातें सब लोगों से बता दी होंगी क्या? बिलकुल वैसे ही जैसे पिताजी ने उन्हें सुनाई थीं?

राम का मन अस्थिर हो उठा। अनजाने में ही अपने-आप दोनों तरफ़ 'न' में सर हिलाया। 'नहीं-नहीं, उन्होंने कुछ नहीं कहा होगा। ऐसी अपमानजनक बातें गौरी और घरवालों को वे कैसे बता पाएँगे। लेकिन अगर उन्होंने कहा होगा तो? गौरी क्या सोच रही होगी। अभी गौरी क्या कर रही होगी?'

सड़क से गुज़रनेवाले किसी व्यक्ति ने टॉर्च जलाई। राम जहाँ खड़ा था, उस जगह अँधेरा है। कहीं से भी वहाँ रोशनी नहीं आ सकती। राम जल्दी से खिड़की के फ्रेम के दूसरी तरफ़ कूद गया और ख़ुद को छिपाया। उसे लगा कि सड़क का वो आदमी अगर अचानक टॉर्च राम की तरफ़ घुमा दे तो! अगर वो रोशनी में दिख गया! वैसे कुछ होगा तो नहीं लेकिन रात के इस वक़्त इस भुतहा-सी जगह पर उसे देखकर लोगों के मन में कोई सवाल आ ही सकता है।

कमरे के अन्दर घुप अँधेरा था। खिड़की के पास वाली दीवार पर राम ने हाथ फेरा। दीवार साफ़ ही लगी, उस दीवार से टिककर वह खड़ा रहा। इस तरह कितना समय बीत गया, राम को इसका होश न था। पता नहीं वह किन ख़यालों में था! जब काफ़ी देर बाद वो खिड़की फाँदकर बरामदे में आया, तब तक गौरी के कमरे की बत्ती बुझ गई थी।

अगले दिन, बस स्टैंड पर गौरी ने राम को अनदेखा किया। वह किसी सहेली के साथ बात करने में मगन दिखी। बस में भी वह उस सहेली के बगल में बैठी।

कॉलेज के पास बस से उतरकर भी, दनदनाते हुए चलते हुए कॉलेज की चौहद्दी पार कर अन्दर चली गई। ये सब देखते हुए राम को ग़ुस्सा भी आया और वह रूठ भी गया। उसे मन में तकलीफ़ भी हो रही थी। आख़िर जब गौरी को कॉमन रूम की तरफ़ बढ़ते देखा तो राम से रहा नहीं गया। वह लगभग दौड़ता हुआ आया और गौरी के सामने आकर खड़ा हो गया। कहने लगा, "तुम क्यों ऐसा बर्ताव कर रही हो? तुमसे बात करनी है।"

गौरी ने कहा, "तुम क्या सोच रहे हो, क्या मुझे तुमसे बात नहीं करनी है?"

"तो फिर?"

गौरी ने कहा, "इस तरह से सड़क पर और बस में अब हम लोग नहीं मिल पाएँगे। हम दोनों बस में साथ बैठते हैं, यह लोगों की नज़र में आ गया है।"

"किसी ने कुछ कहा है क्या?"

"हाँ, कहा है।"

"किसने?"

गौरी ने सर झुकाते हुए कहा, "किसी ने राधा दीदी से कहा है। कल रात को दीदी ने मुझे बताया है। किसने दीदी से कहा, यह मुझे नहीं बताया।"

"उन्होंने और क्या बताया? नाराज़ हो रही थीं क्या?"

"नाराज़ तो नहीं हो रही थी लेकिन कह रही थीं कि घर के लिए अच्छा होगा अगर मैं तुम्हारे साथ सम्पर्क न रखूँ।"

थोड़ी देर तक दोनों चुप रहे। गौरी ने इधर-उधर देखा कि किसी की नज़र तो नहीं है उन पर। थोड़ी देर बाद राम ने पूछा, "तुमने क्या सोचा है? मेरे साथ सम्पर्क नहीं रखना चाहती हो?"

गौरी ने राम की आँखों में देखा, फिर नज़र नीची करके कहा, "मैं ऐसा कर पाऊँगी?"

यह सुनकर राम के सीने से जैसे कोई पत्थर उतर गया। उसने कहा, "इतनी सारी बातें कहनी हैं तुमसे। तुमसे नहीं मिलूँगा तो कैसे कहूँगा! लेकिन..." राम थोड़ी देर के लिए रुका, फिर पूछा, "कहाँ मिलेंगे हम लोग?"

"पता नहीं, मैं तो कुछ सोच ही नहीं पा रही हूँ।"

गौरी की दो सहेलियाँ उनकी तरफ़ आ रही थीं तो गौरी उनकी तरफ़ आगे बढ़ गई। राम भी दूसरी तरफ़ चला गया।

क्लास ख़त्म होने के बाद, राम फिर से गौरी से मिला। उसने कहा, "अब तो कॉलेज में भी बात करने में अजीब लग रहा है। कौन क्या बोलेंगे..."

गौरी ने 'हाँ' में सर हिलाया। सच में उसे भी चिन्ता हो रही है।

"मैं एक बात सोच रहा हूँ। कहने में डर-सा लग रहा है कि अगर तुम बुरा मान जाओ।" राम ने हिचकते हुए कहा।

"कौन-सी बात?"

राम का चेहरा सचमुच डरा हुआ-सा लगा। गौरी को एक बार देखकर उसने सर झुका लिया।

"कहो तो!"

राम ने अपनी सारी हिम्मत जुटाने में थोड़ा समय लिया, फिर किसी तरह आवाज़ धीमी करके कहा, "रात को आ सकती हो?"

गौरी को जैसे राम की बात समझ में ही नहीं आ रही, ऐसी नज़र से वह राम का चेहरा देखती रही, फिर उसके मुँह से आवाज़ फूटी, "रात को?"

राम ने धीरे-धीरे 'हाँ' में सर हिलाया।

"रात को कहाँ?"

"तुम्हारे घर के पिछवाड़े में जो अधबना मकान है, पुलिस साहब का..."

गौरी डर के मारे सिहर उठी। उसने अस्फुट आवाज़ में कहा, "नहीं-नहीं, मैं वहाँ कैसे आऊँगी!" फिर उसने ज़ोर-ज़ोर से अपना सर दाएँ-बाएँ 'न' में घुमाया और कहा, "नहीं, ये मैं कभी नहीं कर सकती।"

"तुमसे बातें करने का, मिलने का, और कोई उपाय नहीं सूझ रहा था, इसलिए कहा मैंने, तुम बुरा न मानना।" राम ने क्षमा याचना के अन्दाज़ में कहा।

"मैं बुरा क्यों मानूँगी। क्या मैं नहीं समझती? लेकिन ये काम नहीं कर सकूँगी। अगर किसी को पता चल गया तो भयानक बात होगी। जाने दो, मिलने का अगर कोई उपाय न रहा तो बिना मिले ही रह लेंगे।"

"पिताजी कितना बड़ा झगड़ा करना चाहते हैं। कल रात को पिताजी ने चाचाजी को कितनी बातें सुनाई है।"

"मालूम है मुझे। मेरे पिताजी ने सब कुछ बताया है घर में। लेकिन तुम्हें कैसे पता चला।"

"मैं वहाँ अँधेरे में खड़े होकर चुपचाप सब सुन रहा था।"

दोनों कॉलेज के खुले मैदान में चुपचाप टहलते रहे। फिर गौरी ने कहा, "जिसको जो मर्ज़ी करते रहे, हम-तुम इन सबके बीच में नहीं आएँगे। क्या हम दोनों ये सब झंझट किनारे करके अपने में ही नहीं रह सकते?"

"हाँ, हम किसी भी झगड़े में साथ नहीं देंगे।" राम ने धीरे से लेकिन दृढ़ स्वर में कहा।

और थोड़ी देर टहलने के बाद गौरी ने कहा, "सिर्फ़ तुम मुझे ग़लत मत समझना!" कहते-कहते उसकी आँखें भर आई।

जिस ज़मीन का टुकड़ा महानन्द ने अन्नदाचरण को बेचना था, उस ज़मीन पर अगले दिन सुबह ही तीन गाड़ियाँ भरकर बाँस की गठरियाँ रखी गईं। दर्ज़न-भर दिहाड़ी मज़दूरों से ज़मीन के चारों तरफ़ बेड़ा लगाने का काम शुरू करवाया गया।

मज़दूरों के बाँस काटने-चीरने की और आपस के शोरगुल की आवाज़ पूरे मोहल्ले में सुनाई देने लगी।

थोड़ी देर तक वहाँ मज़दूरों की निगरानी करने के बाद, अकन कुछ सोचता हुआ अब्दुल के पास जाकर खड़ा हुआ।

अब्दुल एक बहुत पुरानी पहचान वाला और विश्वसनीय आदमी था। अकन ने इस काम की ज़िम्मेदारी उसे सौंपी थी। अकन अब्दुल से बात करने लगा, उसे समझाते हुए कहा कि ज़मीन की चारों दिशाओं में बेड़ा लग जाने के बाद और कौन-कौन से काम करने होंगे। आगे और किन बातों में अब्दुल की मदद की ज़रूरत पड़ेगी। इसी रफ़्तार में काम चलते रहेगा तो दो दिन के बाद ईंट और बाक़ी सामान भी लाना है। मकान लकड़ी के फ्रेम वाला बनेगा लेकिन बाँस का काम भी बहुत रहेगा। अकन ने अब्दुल को समझाया कि पूरा काम ख़त्म होने तक, बल्कि अतुल मास्टर जब तक यहाँ रहने के लिए नहीं आ जाते, तब तक अब्दुल को ही सारी व्यवस्था देखनी होगी और तभी उसे इस काम से छुट्टी मिलेगी।

ठीक उसी समय, मनोरंजन दास वहाँ पहुँचा। उन्होंने एक बनियान और धोती को लुंगी की तरह ऊँचा पहन रखा था। थोड़ी-सी उत्सुकता के साथ अकन के पास आकर उन्होंने धीरे से पूछा, "इस जगह पर कुछ बन रहा है क्या।"

"जी।" कहते ही अकन ने तुरन्त अब्दुल की तरफ़ अपना चेहरा घुमा लिया।

"क्या बन रहा है?"

"मकान बन रहा है।"

"मकान मतलब..."

"मकान मतलब, घर जहाँ लोग रहते हैं। अतुल मास्टर हैं न, इसी हाई स्कूल में पढ़ाते हैं, उनके लिए मकान बन रहा है।" अकन उस जगह से थोड़ा हट गया।

मनोरंजन दास अकन के साथ-साथ चलकर आगे आए और कहा, "लेकिन मैंने सुना था कि ये ज़मीन तो अन्नदा बाबू ने ख़रीदी है। अगर बाद में उन्होंने कुछ गड़बड़ किया तो?"

अकन ने कहा, "बेड़ा लगवाने के लिए चार लोग काफ़ी थे। लेकिन मैंने बारह आदमियों को लगाया हुआ है। कोई कुछ गड़बड़ करेगा तो सँभालने के लिए ही ये व्यवस्था है। मैंने इन लोगों से कह रखा है कि गड़बड़ करनेवाले को यही पर बाँधकर रखा जाए। फिर मैं आकर बताऊँगा उसको। अब आप जाइए, जिसे भी बताना हो, ख़बर पहुँचा आइए!"

मनोरंजन दास जैसे अकन के बात करने के अन्दाज़ से आहत हुआ, कहने लगा, "मैं क्यों ख़बर पहुँचाने जाऊँगा? आप मुझसे ऐसे क्यों बोल रहे है?"

अकन ने ग़ुस्से से कहा, "आप यहाँ क्यों आए हैं? क्या देखने आए हैं?" अचानक आवाज़ धीमी करके अकन ने कहा, "देखिए, मनोरंजन बाबू! आप लोग

मुझे और ज़्यादा परेशान न कीजिए। अब आप लोगों को पहचानने में कोई क़सर बाक़ी नहीं रह गई है। मैं अब तक बहुत धैर्य के साथ बहुत कुछ सहन कर रहा था। लेकिन, अब बहुत हुआ! मुझे परेशान करेंगे तो कोई भी शान्ति से नहीं रह सकेगा, ये मैं बता दे रहा हूँ।"

मनोरंजन दास कुछ कहना चाहते थे, पर अकन ने उन्हें रोकते हुए कहा, "मैं आपकी कोई बात नहीं सुनना चाहता। आप यहाँ से चले जाइए।"

"लेकिन मैंने क्या किया?" मनोरंजन दास ने अपने दोनों हाथ आगे की ओर फैलाकर असहाय स्वर में कहा।

"आपने बेईमानी की है, नमकहरामी की है, विश्वासघात किया है। अब ठीक है?"

मनोरंजन दास थोड़ी देर तक अकन को देखते हुए वैसे ही खड़ा रहा, फिर वो वहाँ से लौटने लगा। वे तेज़ क़दम से उलटी दिशा में जाने लगा।

स्कूल पहुँचकर अकन सबसे पहले केशव दास से मिला।

"वो लिस्ट बना ली आपने?"

केशव दास ने मुस्कुराकर कहा, "अरे नहीं, कल ही शाम को तो कहा था आपने!"

"नहीं-नहीं, दास बाबू! इस काम में देर न कीजिए। समय बहुत कम है। आज ही, स्कूल में बाक़ी टीचरों से सलाह-मशवरा करके लिस्ट बना लीजिए। मुझे शाम तक बताएँ। मैं कल ही उन लोगों को ज़मीन दिखा दूँगा। आठ परिवारों के लायक ज़मीन है, बल्कि कल क्यों, आज ही शाम को अगर वे लोग तैयार होते हैं तो मेरे साथ चलकर ज़मीन एक बार देख ही लें तो अच्छा होगा। आपकी क्या राय है?"

केशव दास समझ गए कि अकन का मन अस्थिर है।

उस दिन स्कूल की छुट्टी के बाद, केशव दास ने आठ टीचरों की एक लिस्ट बनाकर अकन को दे दी। दरअसल लिस्ट में नाम लिखवाने के लिए पन्द्रह-सोलह टीचर राज़ी हो गए थे लेकिन केशव दास ने अकन के कहने के अनुसार उन लोगों के नौकरी शुरू करने की तारीख़ देखकर, वरिष्ठ लोग चुनकर आठ टीचर्स के नाम लिखे। पहला नाम लिखा विद्याविनोद बाबू का, आठवाँ नाम भवानी शर्मा का और बीच में केशव दास। लिस्ट में अपना नाम लिखना नहीं भूले।

लिस्ट देखकर अकन बहुत ख़ुश हुआ। पूछने लगा, "ये लोग चले गए क्या अब तक? बुलाइए सभी को। अभी मोहल्ले में चक्कर लगा आते हैं।"

थोड़ी देर के बाद ही अकन और बाक़ी टीचर सड़क तक निकल आए। दो-चार और टीचर भी उनके साथ आए, जिनके नाम लिस्ट में नहीं थे। अकन और बाक़ी टीचर सबसे पहले अब्दुल की निगरानी में चल रहा काम देखने गए। अकन

ने अब्दुल से पूछा, "कोई कुछ बोल रहा था क्या?"

अब्दुल ने कहा, "नहीं, किसी ने कुछ नहीं कहा। महानन्द बाबू और चश्मा पहने हुए एक आदमी आए थे, थोड़ी देर खड़े थे, बस देखकर चले गए।"

"ठीक है, जाओ, काम करो।" कहकर अकन बाक़ी लोगों के साथ आगे बढ़ गया।

मोहल्ले में कुल नौ टुकड़े ज़मीन ख़ाली थी। एक-एक टुकड़ा ज़मीन लगभग डेढ़ कट्ठे, दो कट्ठे, ढाई कट्ठे जैसे नाप की थी। घनश्याम उपवन के पास, रेल लाइन के पास और गोपाल की दुकान के पास तक फैली हुई ज़मीन अकन ने घूम-घूमकर सभी को दिखाई। फिर एक बड़े टुकड़े के पास वे लोग आकर रुक गए। यह ज़मीन काफ़ी चौड़ी और खुली हुई थी, तीन कट्ठे से भी ज़्यादा ही होगी। सब लोग झुंड में खड़े थे। जब ये लोग मोहल्ले में घूम रहे थे, तब पड़ोस के कुछ छोटे बच्चे भी उनके साथ हो लिए थे। बच्चे भी उत्सुकता के साथ आसपास जमा हो गए। दूर से ऐसा दिखा, जैसे वहाँ कोई मीटिंग हो रही है।

अकन ने उत्साहित स्वर से कहा, "अब किसके हिस्से कौन-सी ज़मीन का टुकड़ा होगा, इसके लिए तो लॉटरी ही निकालनी पड़ेगी, ठीक है न!"

"हाँ-हाँ! बिलकुल ठीक है।" सब ज़ोर से हँसे।

"और इस बड़ी सी ज़मीन में आप लोग अपनी मर्ज़ी से सामूहिक गोष्ठी के लिए कोई भवन या कीर्तन घर बनवा लीजिए। बल्कि गोष्ठी वग़ैरह के लिए अलग से कोई मकान हो तो बहुत अच्छा होगा। ये ज़मीन मेरी माँ के नाम है, वे इसे सबके लिए दान कर देंगी।" अकन ने कहा।

सभी लोगों ने ताली बजाई। बच्चों ने भी देखा-देखी ताली बजाई।

"इतने सारे लोग आसपास रहेंगे, फ़ुरसत में साथ बैठने, किन्हीं मुद्दों पर बातचीत करने के लिए भी एक टुकड़ा जगह, एक अलग से मकान की ज़रूरत तो पड़ेगी ही।" अकन ने फिर से कहा।

"हाँ-हाँ, ज़रूर।" कई स्वर एक साथ गूँज उठे। फिर सब लोग एक-एक करके विदा ले गए। जाने से पहले दल में सबसे वरिष्ठ विद्याविनोद बाबू ने अकन के सामने हाथ जोड़ते हुए कहा, "आपका ये उपकार हम कभी नहीं भूलेंगे।"

अकन ने कहा, "नहीं-नहीं, मुझे याद न रखिए आप लोग! सिर्फ़ हो सके तो मेरी माँ को याद रखिए। ये सब उन्हीं के नाम की ज़मीन है।" अकन के चेहरे पर एक फीकी मुस्कान दिखाई दी।

ज़मीन देखने निकले हुए शिक्षकों के दल में अतुल नहीं था। वह अब्दुल और मज़दूरों का काम देखने गया था, फिर राधा से मिलने उसके घर गया और उसके बाद भूमिधर वकील के मकान वाले दफ़्तर में कुछ काम निपटाकर शाम के बाद अपने किराये के कमरे में लौट गया था। अन्नदाचरण, अतुल का इन्तज़ार करते

हुए कामाख्याचरण यानी अपने रिश्तेदार और अतुल के मकान मालिक के घर पर बैठा था। अतुल के ताला खोलकर कमरे में दाख़िल होने के साथ ही दरवाज़े पर दस्तक सुनाई दी।

"आप?" अन्नदाचरण को देखकर अतुल को आश्चर्य हुआ। उसका मन अच्छा नहीं था। थका हुआ था और बस सोना चाहता था। बहुत नीरस भाव से उसने कहा, "बैठिए!"

"मैं तुम्हारा ज़्यादा समय नहीं लूँगा। तुम थके हुए भी हो शायद। सारा दिन बच्चों को पढ़ाना और फिर लेबर का काम भी देखने जाना पड़ा।" अन्नदाचरण ने कुर्सी पर बैठकर अपना चश्मा उतारा और रूमाल से उसका शीशा पोंछने लगे।

अतुल को उनकी बात सुनाई दी या नहीं, यह उसका चेहरा देखकर अन्दाज़ा नहीं लगाया जा सका, दीवार के पास जाकर उसने घर में पहननेवाली चप्पल पहन ली और रस्सी में झूलता गमछा खींचकर कन्धे पर डाल लिया। उसने यह भाव दिखाया कि अब वह मुँह-हाथ धोने बाहर जा रहा है।

"तुम्हें तो वह ज़मीन वैसे भी मिल जाती। इस तरह से क्यों लेनी पड़ी?" अन्नदाचरण ने चश्मा पहनते हुए पूछा।

"वैसे भी मिल जाती, मतलब?" अतुल ने आश्चर्य से अन्नदाचरण को देखा।

"ये ज़मीन शायद मैं तुम्हें देने के लिए ही ख़रीद रहा था?" अन्नदाचरण के कठोर चेहरे पर मुस्कान की हलकी-सी आभा दिखी।

"मुझे देने के लिए?" अतुल अवाक् होकर अन्नदाचरण को देखने लगा, अनायास ही उसके मुँह से निकला, "मुझे देने के लिए आप लोग ज़मीन क्यों ख़रीदेंगे?"

अचानक अतुल को बहुत ग़ुस्सा आया। जैसे अन्नदाचरण की बात में छुपा कोई इशारा वह समझ रहा था। उसने पूछा, "आप लोगों की लड़की से शादी करूँगा तो साथ देने के लिए?"

अन्नदाचरण ने गम्भीर होकर कहा, "चिल्ला क्यों रहे हो? लड़की से शादी करने के लिए, लड़की वालों से ज़मीन माँगना तुम्हारे लिए बड़ी बात नहीं है, इसलिए बोला था कि अगर तुम्हें ज़मीन ही चाहिए तो फिर हम लोग भी दे सकते थे। वही टुकड़ा ज़मीन हम दे देते।"

अतुल ने ग़ुस्से से कन्धे का गमछा बिस्तर पर फेंक दिया और कहा, "आप मुझे एक बात बताइए! मेरे कमरे में बैठकर, मेरे व्यक्तिगत मामले में क्यों अपनी टाँग अड़ा रहे हैं? मैंने इस विषय पर पहले कितनी बार बताया है?" अतुल जैसे अपना होश खो बैठा, वह चीख़ पड़ा, "आपके भाई के मकान में किराया देकर रह रहा हूँ इसलिए क्या उनकी लड़की से शादी करनी पड़ेगी? आप लोगों को शर्म नहीं आती?"

"चुप रहो!" अन्नदाचरण ने ज़ोर से धमकाने के अन्दाज़ में कहा। फिर ग़ुस्से से दाँत पीसकर कहा, "अब और ये सब बातें न करो। तुम्हारे साथ भैया की लड़की की शादी के बारे में सोचकर हम लोगों ने ग़लती की है। वह ग़लती हम लोग सुधार लेंगे। लड़की का नाम लेकर और उसे अपमानित न करो। दरअसल, भगवान ने उसे तुम्हारे हाथ से बचा लिया है। मैं आख़िरी बार के लिए तुमसे एक बात कहने के लिए आया था। तुम्हारे चाचाजी ने बहुत पहले हमसे कहा था, अपनी जगह से दूर अकेले पड़ा हुआ है लड़का, हम थोड़ा नज़र रखें, ग़लत रास्ते में भटकने से बचा लें। तुम्हें अपनी लड़की देने की बात तो मैंने छोड़ ही दी थी लेकिन तुम्हारे चाचाजी के प्रति सम्मान के कारण, अभी तक कोशिश कर रहा था। तुम्हें मैं इस कुचक्र से बचाना चाहता था। लेकिन अब मैं चाचाजी से कह दूँगा कि मैं तुम्हें बचा न सका। लेकिन तुम याद रखना, तुम्हारा ये ग़लत रास्ता हल्का वाला नहीं होगा। तुम्हें ठीक रास्ते पर रखने के लिए मैं बहुत कुछ कर सकता था। उस ज़मीन का टुकड़ा भी तुम्हें ऐसे ही दे सकता था। लेकिन आज तुम्हारा जो रवैया मुझे दिखा, उससे समझ गया हूँ कि तुम ठीक रास्ते के आदमी ही नहीं हो। दरअसल तुम्हारे सामने कोई रास्ता ही नहीं है। बाद में मुझे दोष मत देना कि प्रवास में रहनेवाले भाई-समान रिश्ते के लिए हम लोगों ने कोई मदद नहीं की।" कुर्सी से उठते हुए अन्नदाचरण ने फिर से कहा, "आज हो या कल, तुम इस घर से निकल जाओ। लड़की को बहुत सदमा पहुँचा है। नज़र के सामने रहकर तुम उसका और ज़्यादा नुकसान न करो।"

अतुल जैसे अचानक किसी भयानक सपने से जागा, "और ज़्यादा नुकसान मतलब? मैंने उनका क्या नुकसान किया? मैंने कौन-सी ग़लती की, कि उन्हें सदमा पहुँचा?"

"इन बातों को समझने की औकात तुम्हारे पास कुछ है भी? अकन चौधरी के घर-परिवार में तुमने अपनी सारी विचार-बुद्धि को विसर्जन दे दिया है!" अन्नदाचरण ने ग़ुस्सा और घृणा मिश्रित स्वर में कहा।

"आप मेरे सामने उन लोगों का नाम इस तरह से न लीजिए!" अब अतुल ने भी कड़क स्वर में कहा।

"नहीं लूँगा मैं उन लोगों का नाम। दिन-रात उन लोगों का नाम के जाप देना तुम्हारा एकाधिकार है। हमारे पास सिर्फ़ एक ही दुख रह गया, अपने इतने गणमान्य परिवार को, खानदान को तुमने कलंक में डुबा दिया है।"

"आप मेरा अपमान करने के लिए ही आए थे आज?" अतुल ज़ोर से चिल्लाया।

"नहीं। मैं तुम्हें यहाँ से निकल जाने के लिए कहने आया था। और मेरे साथ पंगा लेना तुम्हारे लिए कितना ख़तरनाक होगा, ये कहने के लिए आया था, बस!" अन्नदाचरण कमरे से निकल गए।

अतुल कुछ देर तक बुत की तरह खड़ा रहा। फिर अचानक जैसे उसे होश आया और अपना सामान समेटने लगा। अपने कपड़े-लत्ते, दो-चार जो बर्तन रखे थे और किताबें। शाम बहुत पहले ढल चुकी थी, अतुल को ध्यान आया कि बाज़ार बन्द होनेवाला होगा, उसने जल्दी से कमीज़ पहनी और तेज़ क़दम से बाहर निकल गया। दो जूट की बोरियाँ और कुछ रस्सी लेकर लौटा। क़रीब एक घंटे बाद दो रिक्शों में सामान लद चुका था। मकान मालिक कामाख्याचरण के नाम एक लिफ़ाफ़ा मेज़ पर रखकर, उसने बाहर से दरवाज़े पर ताला लगाया। लिफ़ाफ़े के अन्दर एक महीने का किराया और एक चिट्ठी थी। चिट्ठी में लिखे का सार यह था कि 'मेज़-कुर्सी और दो-चार छुटपुट सामान अभी नहीं ले जा रहा है, बाद में किसी को भेजकर मँगवा लेगा। अगर कामाख्याचरण को कल सुबह से ही कमरा बिलकुल ख़ाली चाहिए तो वे लोग अतुल के सामान को, जैसे मर्ज़ी ठिकाने लगा दें।'

दोनों में से एक रिक्शे में लदी हुई किताबों की गठरियों के बीच थोड़ी जगह निकालकर अतुल बैठ गया। दूसरे रिक्शा-चालक को पीछे-पीछे अनुकरण करने का निर्देश देकर अतुल ने कहा, "चलो, अब!"

"कहाँ जाना है बाबू?" रिक्शा-चालक ने पूछा।

"सीधे-सीधे चलते रहो।"

कुछ दूर आगे बढ़ने के बाद, अतुल ने तय किया, इस तरह वो किसी दोस्त के घर नहीं जाएगा, राधा के घर भी नहीं। इस वक़्त वह किसी का सामना नहीं करना चाहता। रिक्शा-चालक को उसने अन्नपूर्णा होटल तक जाने के लिए कहा।

होटल में अतुल को सिंगल कमरा नहीं मिला, एक दो बिस्तर वाला कमरा मिला। दूसरे बिस्तर में उस वक़्त एक आदमी गोद में तकिया रखकर पोस्टकार्ड पर चिट्ठी लिख रहा था। अतुल को देखकर उन्होंने चिट्ठी लिखना रोककर, उससे बातें शुरू कर दीं, 'कहाँ के रहनेवाले हो, क्या करते हो, इस समय होटल में कैसे, वग़ैरह-वग़ैरह।' अतुल को बात करने का बिलकुल मन नहीं हो रहा था। उस आदमी के सवालों के छोटे-छोटे जवाब देते हुए अतुल ने कपड़े बदले, फिर सोने के लिए बिस्तर में लेट गया।

उस आदमी ने अपना नाम नरेस्वर गुहा बताया था। वह कलकत्ते की एक बर्तन की कम्पनी में काम करता है। साल में तीन-चार बार असम आना होता है, प्रचार और बिक्री के काम में। इस शहर के इसी अन्नपूर्णा होटल में वह हर बार रुकता है। अतुल को बिना कुछ खाए ही लेटते देखकर वह बिलकुल परेशान हो उठा। "खाना नहीं खाएँगे! खाने का मन नहीं! ये कैसी बात है। नहीं-नहीं, रुकिये! मैं कमरे में ही खाना मँगवाने की व्यवस्था करता हूँ।"

नरेस्वर गुहा ने अतुल को लगभग जबरदस्ती खाना खिलाया। अतुल के खाना

खाते समय वह खान-पान के नियम और उसकी ज़रूरत के बारे में कहता रहा। उन्होंने कहा कि उनकी दादी माँ ने बचपन से ये नियम सिखाया था। अब दादी माँ ने उनकी पत्नी को भी सब कुछ सिखा दिया है। तय समय में चाय, पानी, दूध, खाना और गाना सुनना भी। अपने शहर के बाहर भी, इस होटल में भी, वह ठीक नौ बजे रात का खाना खाता है। दादी माँ और पत्नी को कलकत्ते में रहकर भी मालूम होता है कि नरेस्वर गुहा यहाँ कितने बजे क्या कर रहा है। अभी अपनी पत्नी के नाम ही पोस्टकार्ड पर चिट्ठी लिख रहा था।

बातें सुनते-सुनते न जाने क्यों, अतुल की दोनों आँखें भर आई थीं। अतुल को आँखें पोंछते हुए देखकर नरेस्वर गुहा फिर से विचलित हो उठे, "क्या हुआ। मिर्च ज़्यादा है?"

अतुल को मजबूरन 'हाँ' में सर हिलाना पड़ा। अब गुहा बाबू ने अतुल को प्यार से झिड़क दिया कि बंगाली लड़का होकर इतनी सी मिर्च नहीं खा सकते। "आपने तो बंगाली को बदनाम कर दिया, भाई!" उन्होंने बनावटी ढंग से मुँह फुलाया और फिर हँस दिया।

अतुल को याद आया कि थोड़ी देर पहले अन्नदाचरण ने अतुल से कहा था कि उसने परिवार और खानदान को बदनाम किया। अभी गुहा बाबू ने भी उससे जोड़कर 'बदनाम' शब्द कहा है। अतुल को लगा कि वही बात गुहा बाबू ने अलग सुर में कही है। दरअसल अतुल, नरेस्वर गुहा की बातें सुन तो रहा था लेकिन दिमाग़ में अन्नदाचरण की फुफकार और कड़वे शब्दों के टुकड़े बज रहे थे।

अब अतुल को और कोई भी बात कहने-सुनने का मन नहीं हो रहा था। लेकिन, नरेस्वर गुहा बिस्तर पर लेटने के बाद भी अनर्गल बोलता रहा। आख़िर जब उसे अतुल से कोई भी जवाब मिलना बन्द हो गया, तब भी उसने एक बार टोका, "नींद आ गई क्या?" जब इसका भी जवाब नहीं मिला तो वो चुप हो गया।

अतुल को नींद नहीं आई थी। उसके मन में अकन, राधा, कामाख्याचरण की बड़ी बेटी, अन्नदाचरण, अपनी माँ, पिता और चाचाजी के चेहरे सिनेमा की रील की तरह घूमते रहे। नरेस्वर गुहा के ज़ोर-ज़ोर के खर्राटे सुनते हुए, अतुल रात के आख़िरी पहर तक जागता रहा। वह रात भर सोचता रहा, 'क्या वह ग़लत है? क्या सचमुच वो किसी कुचक्र में फँस गया है! अगर ऐसा है तो क्या वहाँ से निकल पाएगा? अगर निकल पाया तो फिर किस रास्ते जाएगा वो!'

कामाख्याचरण की बड़ी बेटी के बारे में सोचकर, अतुल को बुरा लगा। मन दुखी हुआ। अगर कभी उससे मिलकर अपने बारे में उसकी ग़लतफ़हमी दूर कर सकता और अपने बारे में कह सकता तो अच्छा होता।

# 17

महानन्द सुबह ही दो नम्बर वाले मिलिट्री कैम्प में गया था। पिछले हफ़्ते महानन्द ने उस कैम्प के लिए चार ट्रक काँटे के तार सप्लाई किये थे। आज उसका पेमेंट मिलनेवाला था। कैम्प में पहुँचने के बाद पता चला कि पेमेंट दोपहर बाद होगी। पैसा लेने के लिए गाड़ी और आदमी अभी गया ही है। महानन्द को इस समय घर वापस लौटने का मन नहीं हुआ। पहचानवाले लोगों के साथ कैंटीन में गपशप करते हुए पहले चाय और फिर दोपहर का खाना खाकर उसने समय काट लिया। दोपहर बाद पैसे लेने के लिए वह जब दफ़्तर में गया तो वहाँ एक इंजीनियर से मुलाक़ात हुई। उनका नाम कृपाल सिंह था। उसने महानन्द से पूछा, "मकान बनवाने का कंट्रेक्ट आया है, आप इंटरेस्टेड हैं?"

"कैसा मकान? किस तरह का मकान?" महानन्द ने पूछा।

"डब्ल्यू.वी.एस. के लिए मकान।" कृपाल ने कहा।

"डब्ल्यू.वी.एस. क्या है? इसका मतलब क्या है?" महानन्द ने अपनी आँखें छोटी करके पूछा।

"मतलब, वूमेन वॉलंटियरी सोसाइटी। अपना घर छोड़कर, अपना देश छोड़कर लड़ाई करने के लिए जो सैनिक आते हैं और फिर अनजान जगह पर दुख-भरा, कर्कश जीवन जीना पड़ता है उन लोगों को, उनके मनोरंजन के लिए, शाम को थकान के बाद थोड़े खाने-पीने और संगीत की व्यवस्था के लिए ये मकान होगा। ऐसे मकान में बिलकुल घरेलू परिवेश होगा। मूल बात ये है कि कुछ लड़कियाँ और महिलाएँ इन सैनिकों को चाय-नाश्ता कराएँगी, बस।" बात ख़त्म करके कृपाल एक आँख मारते हुए मुस्कुराया। महानन्द भी मुस्कुराया और फिर कहा कि वो मकान बनवाने के काम में इंटरेस्टेड है।

कृपाल सिंह ने शाम से पहले ही महानन्द से मकान बनवाने से सम्बन्धित काग़ज़ों पर दस्तख़त करवा लिए। उसके हिसाब से ऐसे काम में देर नहीं करनी चाहिए, तुरन्त पक्का काग़ज़ बन जाना चाहिए। कब कैसे कॉन्ट्रैक्ट किसी और के हाथ में फिसल जाए, पता नहीं।

शाम हो चुकी थी। घर लौटने से पहले महानन्द, अस्थायी दफ़्तर से लगे दूसरे कमरे से चार बोतल विलायती शराब ले आया और अपनी जीप में रख लीं।

महानन्द जब घर पहुँचा तो बिलकुल अँधेरा हो चुका था। योगमाया निकेतन का बरामदा अँधेरे में डूबा हुआ था। बरामदे के पास पहुँचते-पहुँचते महानन्द को लगा कि वहाँ कोई खड़ा है। वो दुकानदार गोपाल था।

"कौन है यहाँ? गोपाल हो क्या?" महानन्द ने आवाज़ दी।

"हाँ, भैया।"

“अच्छा हुआ कि तुम मिल गए इस समय।” गोपाल के क़रीब पहुँचकर आवाज़ धीमी करके महानन्द ने कहा, “राजकुमार के पास चार बोरी आटा और दो बोरी चीनी रखी है। आज मैं कैम्प में गया था”, उसने बताया। कल लानी पड़ेगी। अगर आज ही ला सके तो और भी अच्छा है।”

“अब इस वक़्त नहीं जाऊँगा, भैया! कल ले आऊँगा। लेकिन भैया...” गोपाल रुक गया।

“क्या हुआ?”

“आप अभी-अभी आए हैं, मैं रुकता हूँ, आप मुँह-हाथ धोकर...”

“वो कोई बात नहीं, कहो, क्या हुआ।”

गोपाल ने दिनभर में मोहल्ले में जो भी हुआ था, उन सभी घटनाओं का ब्यौरा महानन्द के सामने रख दिया। अतुल मास्टर ने उस ज़मीन को चारों तरफ़ से बाँस के बेड़े से घेरकर बन्द करवा दिया है, जो अन्नदाचरण ख़रीदनेवाले थे। अकन ने ख़ाली बची हुई ज़मीन के हिस्से को स्कूल के कई शिक्षकों को दिखाया है। गोपाल ने अपने छोटे भाई कैलाश के लिए महानन्द के साथ ज़मीन का टुकड़ा तय किया था, उसे सामूहिक बैठक और मीटिंग के लिए इस्तेमाल करना तय किया गया है। अकन कह रहा था कि वहाँ टीचर और मोहल्ले के लोगों के लिए इसी उद्‌देश्य से मकान बनवाए जाएँगे।

थोड़ा रुककर गोपाल ने बड़े विनय के साथ महानन्द को समझाने की कोशिश की, कि उन लोगों का परिवार अब बड़ा हो रहा है। अब वो मकान छोटा पड़ रहा है। ये ज़मीन पुराने मकान के पास में ही है, अगर नहीं मिली तो बड़ी असुविधा होगी।

महानन्द उसकी बात सुनने के बाद, थोड़ी देर तक चुप रहा और फिर कुछ सोचते हुए कहा, “तुम एक काम करो। अन्नदा जी से अभी जाकर कहो कि मैं घंटे भर बाद मनोरंजन बाबू के पास जाऊँगा। वो भी वहीं पहुँचें।” घर के अन्दर जाते-जाते महानन्द ने फिर कहा, “और प्रफुल्ल दास को भी बुलवा लो।”

प्रफुल्ल दास, मतलब सप्लाई विभाग का अफ़सर।

क़रीब एक घंटे बाद महानन्द इन लोगों से मिलने के लिए, घर के दरवाज़े से बाहर निकला तो राम सामनेवाले बरामदे की आरामकुर्सी में बैठा हुआ था। रात को ग्यारह बजे जब टॉर्च की रोशनी में रास्ता देखते हुए महानन्द घर लौटा, तब भी राम को वैसे ही बैठा हुआ पाया। महानन्द अपनी धुन में आ रहा था, अचानक अँधेरे में कोई आकृति-सी देखकर ‘कौन है’ कहते हुए टॉर्च की रोशनी राम के चेहरे की तरफ़ की। राम की आँखों पर रोशनी पड़ी तो उसने अपनी आँखें बन्द करके दूसरी तरफ़ मुँह घुमा लिया।

“अरे तू? यहाँ क्या कर रहा है? इतनी रात गए अभी तक सोया क्यों नहीं?”

राम अपने पिता के पास आकर खड़ा हुआ। उसने पूछा, "आप लोग कोई मीटिंग कर रहे थे क्या?"

"कौन-सी मीटिंग? ओह! हाँ-हाँ, मीटिंग में था। तुझे किसने बताया?" महानन्द थोड़ा चकित हुआ।

"आपको उस तरह के लोगों के साथ मीटिंग क्यों करनी पड़ी, क्या आप लोग मिलकर कोई गड़बड़ करनेवाले हैं?"

अन्दर से पार्वती ने बरामदे की लाइट जला दी थी, ठीक उसी मुहूर्त में महानन्द गरज उठा, "तुझे हुआ क्या है? तू रात-बिरात मेरा पीछा करने लगा है आजकल!"

पार्वती ने जल्दी से लाइट बुझा दी। दरवाज़ा खोलकर वो बरामदे तक निकल आई। महानन्द जैसे राम के बिना बताये ही उसके मन की बात समझ रहा था। वो कहने लगा, "तेरा दिमाग़ ख़राब हो गया है। क्या तूने नहीं देखा, किस तरह उन लोगों ने मेरे पिताजी की नाक काटनेवाली हरकत की है?"

पार्वती ने कहा, "अन्दर तो आइए।"

महानन्द कोई परवाह किये बगैर ज़ोर-ज़ोर से बोलता रहा, "तू अपने दादाजी का अपमान देखने के बाद भी बकवास कर रहा है? अब क्या मेरी कटी नाक देखना चाहता है? तुझे आज मैंने ट्रक के साथ जाने के लिए कहा था, गया था तू?"

"नहीं गया मैं।" राम ने ढिठाई से जवाब दिया।

"इन सब कामों में हाथ लगाकर, अपने बाप की थोड़ी मदद नहीं कर सकता?" महानन्द लगभग चिल्ला रहा था। पार्वती महानन्द का हाथ पकड़कर ज़बरदस्ती उसे अन्दर ले गई। जाते-जाते भी महानन्द चीख़ता रहा, "मुझे ज्ञान देने के लिए अपनी नींद ख़राब करके यहाँ बैठा हुआ है, इतनी रात तक!"

राम फिर से कुर्सी पर बैठ गया। उसे विश्वास होने लगा था कि पिताजी और बाक़ी लोग भयानक कोई प्लान बना रहे हैं। ये लोग इस तरह आपराधिक काम कर ही सकते हैं।

थोड़ी देर बाद, पार्वती बाहर निकलकर आई और राम से कहा, "अन्दर आकर सो क्यों नहीं जाता।"

"आ रहा हूँ।" राम ने कहा और फिर भी बैठा रहा। रात ज़ितनी गहरी होती गई उतना ही गौरी के बारे में सोच-सोचकर वो अस्थिर होता रहा। अब गौरी के साथ खुलेआम मिल पाने की परिस्थिति न रहेगी, यह सोचकर वो मन-ही-मन छटपटाने लगा। 'किसी तरह गौरी से मिलना ही पड़ेगा, उससे सारी बातें कहनी ही पड़ेंगी, उससे बात करके कोई हल निकालना ही पड़ेगा।' कुर्सी पर देर रात तक बैठे-बैठे राम, यही सब सोचता रहा।

अगले दिन, राम कॉलेज पहुँचा ही था कि उसने देखा, गौरी उसकी ही तरफ़

आ रही है। बिना कोई भूमिका बाँधे, गौरी ने राम से कहा, "तुमने जैसा उस दिन कहा था, मैं आ सकती हूँ।"

गौरी की बात का मतलब समझ पाने में राम को कुछ समय लगा। फिर गौरी की तरफ़ देखते हुए उसने पूछा, "कब?"

"तुम जब भी कहोगे। मुझे तुमसे बहुत कुछ कहना है। कहना ज़रूरी है।"

उसी दिन स्कूल की छुट्टी के बाद, अकन ने ज़मीन ख़रीदने के इच्छुक सारे शिक्षकों को अपने दफ़्तर में बुला लिया। अब तक अकन ने मोटे तौर पर मोहल्ले का एक मानचित्र बना लिया था और नौ हिस्सों में ज़मीन को निशान लगाकर रखा था। मानचित्र में एक से नौ नम्बर तक लिखा भी था। मानचित्र सभी शिक्षकों को दिखाने के बाद, अकन ने हँसते हुए केशव दास से आग्रह किया कि लॉटरी करके किसके हिस्से कौन-सी ज़मीन का हिस्सा आता है, तय किया जाए। आधे घंटे के हँसी-मज़ाक़ के बीच लॉटरी सम्पन्न हो गई। प्रत्येक टीचर ने अपने हिस्से की ज़मीन मानचित्र में देख ली और उस नम्बर की चिट अपनी-अपनी जेब में रख ली। अकन ने कहा कि 'वकील से बात हो गई है। ज़मीन के काग़ज़ात वो बनवा देंगे। सभी को एक समय तय करके उनसे मिलना पड़ेगा। इस काम में केशव दास सबकी मदद कर देंगे।' अकन ने सभी को आश्वासन दिया कि 'काग़ज़ात बनने का दफ़्तरी काम अपने निर्धारित समय के अनुसार होता ही रहेगा, वो कोई ख़ास बात नहीं, पर आज अकन ने जुबानी जो कह दिया, वो पक्की बात है। ज़मीन योगमाया के नाम पर है और अकन ने उनकी अनुमति लेकर ये फैसला किया है। ये ज़मीन इसी समय से आप लोगों की हुई। आप लोग कल से ही अपनी-अपनी ज़मीन का दख़ल ले सकते हैं।

अकन को अपने हृदय से आशीर्वाद और धन्यवाद देकर सभी शिक्षक दफ़्तर से बाहर निकल गए। अकन अकेला कमरे में बैठा रहा। धीरे-धीरे चारों तरफ़ का कोलाहल शान्त हुआ। सिर्फ़ चौकीदार बरामदे में बैठा रहा। वह बीच-बीच में अकन के कमरे के दरवाज़े पर नज़र डालता रहा। अकन जब तक वहाँ रहेगा, उसे भी रहना है।

अकन कुर्सी पर शरीर का सारा भार छोड़ता हुआ टेबल के नीचे दोनों पैर फैलाकर आँखें बन्द करके बैठा था : 'बहुत साल पहले घनश्याम चौधरी ने उसकी माँ के साथ जैसा व्यवहार किया था, आज महानन्द भी उसी तरह व्यवहार करके उनके चरित्र को फिर से कलंकित करना चाहता है। योगमाया के नाम की ज़मीन पर बने हुए मोहल्ले, स्कूल और पार्क के कोई मायने नहीं रह जाएँगे। यहाँ बसनेवाले लोग योगमाया को, एक चरित्रहीन औरत के रूप में, अब नये सिरे से पहचानेंगे। अब घनश्याम चौधरी सिर्फ़ महानन्द का पिता बनकर शान से बड़ा आदमी कहलाएगा!'

अकन ने अपने दाँत पीस लिए। ग़ुस्से से उसके नथुने फड़फड़ा उठे। वह

सीधा होकर बैठ गया और तभी उसे दूर से आती हुई कोहराम की गूँज सुनाई दी। वो गूँज धीरे-धीरे शोर बनकर, उसी की तरफ़ आ रही थी। थोड़ी देर बाद बरामदे में कई जोड़ी जूतों की आवाज़ें एक साथ सुनाई देने लगीं। अकन कमरे के दरवाज़े तक आ गया। उसके सामने पुलिस के पाँच आदमी आकर खड़े हो गए। उनमें से एक बड़ा अफ़सर और बाक़ी चार सिपाही थे। अफ़सर ने कहा कि वे लोग अकन को सरकार के विरुद्ध काम करने के इलज़ाम में गिरफ़्तार करने के लिए आए हैं।

अकन थोड़ी देर तक अफ़सर का चेहरा देखता रहा, फिर शान्त आवाज़ में पूछा, "यहाँ से सीधे जाना पड़ेगा या एक बार अपने घर जा सकता हूँ।"

अफ़सर ने थोड़े अपराधी के स्वर में कहा, "आप अगर चाहते हैं तो एक बार घर जा सकते हैं।"

अकन घर के लिए, स्कूल परिसर से बाहर निकल आया। गेट के पास पुलिस की एक गाड़ी थी, अफ़सर अकन से गाड़ी में बैठने के लिए कहना चाहते थे लेकिन संकोच से कह नहीं पाए। वे पैदल ही चुपचाप अकन के साथ-साथ चलते रहे। कुछ समय तक पथरीली सड़क पर पाँच-पाँच भारी जूतों की आवाज़ के अलावा और कुछ सुनाई नहीं दिया। थोड़ी देर के बाद अफ़सर ने अकन से कहा, "आप मुझे बुरा न मानिए।"

अकन जैसे अपने में ही मगन था, अचानक उसे होश आया, उसने पूछा, "जी, कुछ कहा क्या आपने?"

"यही कि आप बुरा मत मानिए।" अफ़सर ने फिर से कहा।

"नहीं-नहीं, आपको बुरा क्यों मानूँगा।" फिर अकन एकदम चुप हो गया। फिर से जैसे अपने अन्दर डूब गया। उसने अपने घर की तरफ़ क़दम बढ़ाया।

स्कूल में पुलिस के सिपाहियों को घुसते हुए देखकर मोहल्ले के बच्चे गेट पर जमा हो गए थे। वे बच्चे भी बिना शोरगुल के अकन और पुलिसवालों के पीछे-पीछे आ रहे थे। लेकिन अचानक कहीं से शोरगुल शुरू हो गया। किसके मुँह से कहाँ तक कैसे बात पहुँची, ये पता न चला लेकिन कुछ ही पल में पूरे इलाक़े में ख़बर फैल गई कि अकन को पुलिस ने गिरफ़्तार कर लिया है।

अकन जब घर के आँगन तक पहुँचा, तब तक मोहल्ले के दूसरी तरफ़ से काफ़ी लोग वहाँ आकर जमा हो गए थे। चारों तरफ़ की सभी गलियों से लोगों की भीड़ अकन के घर तक दौड़ती हुई आ रही थी।

अकन के पहुँचते ही, कोई जोशीली आवाज़ में चिल्लाया, "वन्दे मातरम!" साथ-साथ बहुत लोगों ने एक साथ कहा, "वन्दे मातरम!!"

कोई चिल्लाया, "स्वाधीनता हमारी है!" जवाब में बहुत स्वर गूँजे, "हमारा जन्मसिद्ध अधिकार है!!"

ये गूँज अविरत सुनाई देती रही, आवाज़ का ज़ोर बढ़ता जा रहा था।

अकन सीधे अपने कमरे में गया और साथ ले जाने के लिए कुछ कपड़े और ज़रूरी सामान बाँध लिया। राधा पास खड़ी होकर ज़रूरत का सामान पूछती रही और मदद करती रही। मन-ही-मन वह बहुत अस्थिर थी। तारा और गौरी ने घर में रखे हुए सूखे नाश्ते में से थोड़ा बाँध दिया। अकन ने इन चीज़ों के लिए मना किया। उसने राधा से काग़ज़, कलम और दवात माँगी। उसने खड़े-खड़े ही एक पत्र लिखा, 'जगत बाबू अब हेड मास्टर की ज़िम्मेदारी में रहेंगे, केशव दास असिस्टेंट हेड मास्टर रहेंगे।' फिर काग़ज़-कलम अपने बैग में भर ली और राधा से कहा, "अगर उसे सरकार यहीं की जेल में रखेगी तो फिर वो स्कूल के लिए ज़रूरी परामर्श देता रहेगा लेकिन अगर दूसरे शहर में ले जाए जाते हैं तो फिर..." अकन इससे आगे बोल नहीं सका। आगे क्या होगा, ये अकन को भी मालूम नहीं था। घर से निकलने से पहले उसने अपनी माँ के पैर छूकर प्रणाम किया। योगमाया ने अकन के सिर पर हाथ रख दिया, उनके मुँह से एक भी शब्द नहीं फूटा।

अकन जब सामनेवाले बरामदे में आकर खड़ा हुआ, तब आँगन से लेकर गली के दूसरे छोर तक, जहाँ तक नज़र जाती है वहाँ तक, लोग-ही-लोग नज़र आते थे। सड़क के उस पार की दुकान-बाज़ार, रेल लाइन के पासवाले मोहल्ले के सारे लोग जैसे बाहर निकल आए हैं। 'वन्दे मातरम' की ध्वनि से ज़मीन-आसमान जैसे एकाकार हो गया है! लोगों को देखते हुए अकन के चेहरे पर मुस्कराहट खिल गई।

पुलिस अफ़सर और सिपाही ने लोगों की भीड़ को ठेलते हुए अकन को आगे ले जा रहे थे। कई बार लोग सिपाहियों को धक्का देकर अकन के पास आने की कोशिश करते रहे। पुलिस अफ़सर बार-बार लोगों को कुछ समझाने की कोशिश करते रहे, लोग कुछ सुनना ही नहीं चाहते थे। पुलिस-सिपाही की हर बात के विरुद्ध लोग और ज़ोर से 'वन्दे मातरम' चिल्ला रहे थे। लोग जूनून में आ गए थे।

आख़िर अकन ने दोनों हाथ उठाकर लोगों को रास्ता छोड़ने के लिए अनुरोध किया। फिर सारे लोग अकन और पुलिस-सिपाहियों के पीछे-पीछे चलते रहे। स्कूल के गेट पर पहुँचकर, अकन पुलिस की गाड़ी में बैठ गया। लोगों ने गाड़ी को उसकी स्पीड में चलने ही नहीं दिया। वो सारे लोग गाड़ी के आगे-पीछे चलते रहे, जब तक तीन मील दूरी पर बनी पुलिस चौकी नहीं पहुँच गए।

आधी रात तक, अकन के घर के आँगन और सामनेवाली गली में लोगों की भीड़ बनी रही। स्कूल के टीचर, वकील और कुछ लोग जब अकन के घर की बैठक से उठकर अपने-अपने घर जाने लगे, तब सुबह होने लगी थी, एक-दो चिड़ियाँ चहचहाने लगी थीं।

भीड़ के समय, एक बार महानन्द अपने घर के बरामदे में आकर खड़ा हुआ था, थोड़ी देर तक देखता रहा, फिर वापस अन्दर चला गया था।

अगले दिन दोनों स्कूलों में बच्चे आए लेकिन कोई भी क्लास रूम के अन्दर

नहीं गया! ग्यारह बजे के क़रीब, सभी बच्चे सड़क पर निकले। जुलूस निकालते हुए वे लोग शहर के बीच तक आगे बढ़ गए। उनके साथ नये-नये लोग, दूसरे कई स्कूल-कॉलेजों के छात्र जुड़ते गए, कोर्ट-कचहरी के वकील और म्युनिसिपैलिटी के दफ़्तर के बाबू भी सड़क पर निकल आए। दुकानें बन्द करके बहुत सारे दुकानदार भी जुलूस में शामिल हो गए। ये जुलूस कामाख्याचरण की दुकान के सामने से गुज़रा। जुलूस को दूर से देखते ही, वे दुकान बन्द करके अन्दर चले गए थे।

उस रात को, अकन के मोहल्ले में काफ़ी लोगों ने हाथ में मशाल लेकर जुलूस निकाला। देर रात को मशालें बुझीं, 'वन्दे मातरम' की ध्वनि धीमी हुई और आधी रात के बाद मनोरंजन दास के बनाए नये गोदाम में आग लगी। मूल मकान को तो ज़्यादा नुकसान नहीं हुआ, पर मकान के अन्दर रखा हुआ सामान भीषण रूप से जल गया। वो सारा सामान जलकर ख़ाक हो गया, जो मिलिट्री वालों को पहुँचाने के लिए जमा किया गया था।

मनोरंजन दास ने रात को ही पुलिस में रिपोर्ट कर दी थी लेकिन पुलिस को आते-आते सुबह हो गई। तब तक राख में दबे अंगारे भी ठंडे पड़ गए थे। मनोरंजन दास और पड़ोस के कुछ लोगों से सवाल-जवाब करने के बाद पुलिस अफ़सर, अकन के घर आए और लाखेश्वर के बारे में पूछने लगे। लाखेश्वर ने एक बार अफ़सर का चेहरा देखने के बाद, दूसरी तरफ़ मुँह घुमा लिया। ये अकन को गिरफ़्तार करनेवाला पुलिस अफ़सर नहीं था, कोई और था। कोई भूमिका न बाँधते हुए अफ़सर ने लाखेश्वर से पूछा, "क्या आपने कहा था कि मनोरंजन दास के गोदाम में आग लगा देंगे?"

"हाँ कहा था, फिर क्या हुआ?" लाखेश्वर को बात करने का मन नहीं हो रहा था।

"लेकिन गोदाम में तो सचमुच आग लग गई।"

"तो क्या हुआ?" लाखेश्वर ने खीझकर पूछा।

"मतलब, आपने कहा था कि आग लगा देंगे और उसके बाद सच में आग लग गई। इसलिए..."

"इसलिए क्या मैंने आग लगाई?" लाखेश्वर अब अफ़सर के बिलकुल सामने खड़ा हो गया।

अफ़सर ने अपनी गर्दन टेढ़ी करके अपनी आँखें सिकोड़ते हुए कहा, "लोग तो इसी बात पर शक करेंगे।"

"लोग क्या पागल हो गए हैं? ये लोग क्या मुझे पहचानते नहीं है? अगर मैं मनोरंजन के गोदाम में आग लगाऊँगा तो भरी दोपहरी में लोग इकट्ठा करके सबकी नज़रों के सामने जलाऊँगा, ये क्या लोगों को पता नहीं?" लाखेश्वर ग़ुस्से से हवा में अपना हाथ लहराता हुआ चिल्लाने लगा।

घर के सामने सड़क पर लोग जमा हो गए थे। कुछ लोग आँगन तक घुस आए। राधा बरामदे में दरवाज़े के पास खड़ी थी, वह लाखेश्वर के पास आई। राधा ने पुलिस अफ़सर से कहा, "कल ही हमारे घर में एक घटना हुई है, आप तो जानते ही होंगे।"

"जानता हूँ।" अफ़सर ने कहा।

"तो आज फिर से क्यों परेशान करने आए हैं।"

"नहीं, मेरा मतलब एक मकान में आग लगी है, लोग शक कर रहे हैं, इसलिए तहक़ीक़ात करने के लिए..."

"यहाँ किस बात की तहक़ीक़ात है?" लाखेश्वर ने अफ़सर की बात ख़त्म नहीं होने दी, गला फाड़कर चिल्लाने लगा, "चलिए! मुझे गिरफ़्तार करके थाने में ले चलिए। यहाँ अशान्ति मत कीजिए।"

राधा ने लाखेश्वर का हाथ पकड़कर कहा, "आप अन्दर चलिए।"

सामनेवाली सड़क और आँगन में खड़े लोग मुट्ठी बाँधकर चिल्ला उठे, "वन्दे मातरम!"

राधा से अपना हाथ छुड़ाते हुए लाखेश्वर ने ग़ुस्से से कहा, "नहीं जाऊँगा मैं अन्दर। पहले इनसे कह दे कि मेरे घर से निकल जाएँ।"

बाहर खड़े लोग, फिर से अपनी बुलन्द आवाज़ में चीख़ उठे। अब पुलिस अफ़सर वापस जाने लगे। राधा उनके पास आई और कहने लगी, "आपकी तहक़ीक़ात में अगर हम कुछ मदद कर सकते हैं तो ज़रूर करेंगे। लेकिन बाहर के लोगों से कुछ भी सुनकर आपका इस तरह घर तक चले आना और मामा जी के साथ इस तरह से बात करना ठीक नहीं हुआ है।"

संकोच और शर्म के मारे गुलाबी रंग में बदलते राधा के चेहरे को देखता हुआ पुलिस अफ़सर चला गया। गेट में रुके हुए दोनों सिपाही भी उनके पीछे हो लिए। सड़क पर खड़े लोग तब भी उन लोगों को वापस जाते हुए देख-देखकर नारे लगाते रहे, "वन्दे मातरम! स्वाधीनता हमारा जन्मसिद्ध अधिकार है!"

आखिरकार एकाध घंटे में लोग वापस जाने लगे। सिर्फ़ दो-चार पड़ोस के लोग आँगन में खड़े रह गए। गोपाल दुकानदार भी उनके बीच खड़ा था। अचानक, लाखेश्वर ने उसे देखा और चीख़ पड़ा, "तू यहाँ क्या कर रहा है!"

गोपाल ने इधर-उधर देखा, उसे समझ में नहीं आया, लाखेश्वर ने किससे कहा है।

"तुझे बोल रहा हूँ।" लाखेश्वर ने गोपाल से आँखें मिलाकर कहा। "निकल जा यहाँ से। फिर कभी इस आँगन में पैर न रखना, कह दिया मैंने।"

गोपाल हतप्रभ हो गया। मिनमिनाते स्वर में उसने कहा, "बड़े पिताजी, आप मुझे..."

"चुप, नमकहराम! मैंने कहा, निकल जा यहाँ से।"

गोपाल सर झुकाता हुआ निकल गया। गौरी अन्दर से तेज़ी से बाहर निकल आई। उसका चेहरा रुआँसा हो रहा था। अपने पिता को वह ज़बरदस्ती घर के अन्दर ले गई। कमरे में आकर लाखेश्वर ने किसी के पूछे बिना ही, सफ़ाई दी कि गोपाल को क्यों ऐसे कहा।

मनोरंजन दास के गोदाम में आग लगानेवाली बात लाखेश्वर ने अपने घर के अन्दर कही थी, सिर्फ़ घरवालों के सामने। बाहर वालों में अकेले गोपाल को ही बताई थी और किसी को नहीं।

दो दिन पहले, जब आधी रात तक घर में तमाम लोगों का आना-जाना चल रहा था, बाहर वाली बैठक में लगभग पूरी रात, मीटिंग-जैसी ही चल रही थी, राधा पूरी रात कमरे में अपनी माँ योगमाया के पास बैठी थी, उस समय गौरी का मन पिंजरे में बन्द जंगली चिड़िया की तरह छटपटा रहा था। अपनी माँ तारा और छोटे भाइयों के साथ मिलकर, उसने कई बार बैठक में जमा लोगों को चाय बनाकर पिलाई थी, उसका चेहरा घर के बाक़ी लोगों की तरह गम्भीर और कातर दिखा था लेकिन अन्दर-ही-अन्दर वह दूसरे कारण से अस्थिर थी। उस रात को पहली बार उसे पुलिस साहब के आधे बनाकर छोड़े हुए मकान में राम से मिलने जाना था और उसी रात वह पूरा इलाक़ा रात भर, दिन-जैसा रोशन बना रहा। बीच में कई बार वह शर्म-संकोच छोड़कर लोगों के सामने से होती हुई, दीवार के क़रीब तक आकर बाहर झाँक गई थी, उसकी आँखें राम को खोज रही थीं। वो सोचती रही कि राम उसका इन्तज़ार करता हुआ, उस भुतहा-से अधबने मकान में बैठा तो नहीं रहेगा! वह ज़रूर ऐसा नहीं करेगा। फिर भी, जाने उस वक़्त वो कहाँ होगा, क्या कर रहा होगा!

समय भी कैसा बनता जा रहा है! हर घंटे में कोई-न-कोई नई घटना घट रही है।

और फिर कल की रात! जुलूस से वापसी में गौरी बड़ी मुश्किल से, बड़े क़ायदे से राम से मिली। मिलने का मतलब, बस, पास से गुज़र जाना! उतने समय में सिर्फ़ एक बात उससे कह पाई, पिछली रात को नहीं हुआ लेकिन आज रात वह ज़रूर राम से मिलने आएगी।

लेकिन, कल रात को मनोरंजन दास के गोदाम में आग लग गई।

आग का हादसा देखने के बहाने, अपने भाइयों के साथ गौरी भी बाहर निकल गई थी। आग बुझानेवाले लोगों में राम भी शामिल था। आग के उजास में बेतरतीब बालों के बीच राम के चेहरे पर गुलाबी आभा दिखी थी। उसके पास कहीं भी देखने की फ़ुरसत नहीं थी, वह आग बुझाने में लगा हुआ था। थोड़ी देर बाद गौरी भाई नवीन के साथ लौट आई थी। पूरी रात बेहद ग़ुस्से में कुढ़ती हुई, वह जाग रही थी। पूरी रात, वह कान खड़े करके सुनने की कोशिश कर रही थी, कि मोहल्ला अब ख़ामोश हुआ या नहीं। क्या राम के आने की उम्मीद है! लेकिन हर बार गौरी को

कहीं से लोगों की बातचीत सुनाई दे जाती थी। लोगों के चलने की आवाज़, खाँसने की आवाज़ बारी-बारी आती ही रही। मोहल्ले को जैसे अनिद्रा की बीमारी हो गई है।

और आज सुबह, जब पुलिस ने मनोरंजन बाबू के गोदाम में आग लगाने के लिए उसके पिता पर शक किया तो एक अजीब यंत्रणा से गौरी का मन तड़प उठा। पिता को लगभग ज़बरदस्ती अन्दर ले आने के बाद, वो ख़ुद बिस्तर पर मुँह छिपाकर रोने लगी।

कुछ समय के बाद, सूजी हुई लाल-लाल आँखों के साथ ही वो कॉलेज के लिए तैयार हुई। रात को नींद ख़राब होने के कारण राम की आँखें भी लाल थीं। दोनों ने मिलकर तय किया कि अब से दोनों रोज़ मोहल्ले के सो जाने तक इन्तज़ार करेंगे। रोज़-रोज़ तो कोई घटना नहीं होगी न!

और उस दिन रात को, सचमुच कोई घटना नहीं हुई! रात को ग्यारह बजे के बाद दूर की सड़क पर एक-दो ट्रकों के गुज़रने की आवाज़ को छोड़कर सब सूनसान था। कुछ देर बाद ट्रक की आवाज़ भी बन्द हो गई। अब गौरी का दिल धड़कने लगा। सचमुच वह बाहर निकल जाएगी, इस वक़्त! इसलिए वह इतने दिनों से व्याकुल थी? उसे ख़ुद पर विश्वास नहीं हुआ।

लेकिन कुछ देर बाद सचमुच वह अपने कमरे से बाहर जानेवाला दरवाज़ा खोलकर निकल आई। कई दिनों से देखकर रखी हुई फाँक से दीवार के उस पार चली गई और लगभग दौड़ती हुई सड़क पार कर पुलिस साहब के अधबने मकान के बरामदे में चढ़ गई। तभी उसे राम का अस्फुट स्वर सुनाई दिया, "इधर आओ!"

राम गौरी को उस कमरे के ढाँचे तक ले गया, जो कभी पुलिस साहब का डाइनिंग हाल बननेवाला था। बाहर कहीं-कहीं से आती हुई कमज़ोर रोशनी में दोनों एक-दूसरे को किसी तरह देख पा रहे थे। राम ने एक जगह रुककर कहा, "यहीं बैठो।"

गौरी ने अपनी हथेली से दीवार और पैरों से फ़र्श को छुआ। राम ने कहा कि वह चार दिन पहले ही इस जगह की सफ़ाई कर गया था। गौरी बैठ गई। थोड़ी दूरी पर राम भी बैठा। थोड़ी देर के बाद गौरी ने कहा, "चलते हैं! मुझे बहुत डर लग रहा है।"

राम ने कुछ नहीं कहा। उसे भी डर लग रहा था। फिर कुछ समय बिना कुछ कहे बीत गया। अब गौरी ने पूछा, "क्या तुम भी सोचते हो कि मेरे पिताजी ने मनोरंजन बाबू के गोदाम में आग लगाई थी?"

राम ने तुरन्त कोई जवाब नहीं दिया। कुछ देर के बाद उसने कहा, "किसने क्या किया है, किसने क्या नहीं किया, ये सब विचार करते रहेंगे तो कोई लाभ नहीं होगा, समझी? तुम्हारे घरवाले ये मान सकते हैं कि अकन चाचाजी को मेरे पिताजी के कहने पर पुलिस पकड़कर ले गई, हम यह मान सकते हैं कि तुम्हारे पिताजी

ने गोदाम में आग लगा दी थी। अब और किसी का कोई नुकसान नहीं होगा, बात बराबर हो गई। लेकिन असल में इतनी बड़ी-बड़ी घटनाएँ घट रही हैं, और कितनी घटनेवाली हैं, क्या बाक़ी है, मैं नहीं जानता।"

"पिताजी तुम लोगों से घर छोड़ने के लिए कहेंगे।" गौरी ने सिर झुकाकर कहा।

"हमारे पिताजी तो तुम लोगों को रास्ते का भिखारी बनाकर दम लेंगे, ये जानती हो? उनके हिसाब से जब तक तुम लोग यहाँ हो, तब तक मेरे दादा-दादी की आत्मा को शान्ति नहीं मिलेगी।"

थोड़ी देर तक फिर दोनों चुपचाप बैठे रहे। अब गौरी सुबकती हुई बोलने लगी, "तुम क्यों नहीं समझाते? विरोध क्यों नहीं करते? झगड़ा हुआ तो क्या ऐसे कहना चाहिए?"

"समझाकर कोई लाभ नहीं होगा। कुछ बातें अकन चाचाजी भी नहीं समझते, मेरे और तुम्हारे पिताजी भी नहीं समझते।"

"फिर क्या करेंगे? अगर हम असल बातें समझ रहे हैं तो हम भी तो कुछ कर सकते हैं?" गौरी ने कम रोशनी में राम का चेहरा देखने की कोशिश की।

"कभी-कभी मैं सोचता हूँ, हम कहीं चले जाते हैं, ये लोग लड़-लड़कर मरें! कभी सोचता हूँ, इन सबको हम ही ख़त्म कर देते हैं, किसी को जीने की ज़रूरत नहीं। सच कहता हूँ, कभी मैं कुछ भयानक कर सकता हूँ। सिर्फ़ तुम मेरा साथ न छोड़ना, बस!" थोड़ी देर रुककर राम ने फिर कहा, "मैं सबको छोड़ सकता हूँ, पर तुम्हें नहीं। अगर ज़रूरत पड़े तो क्या तुम सबको छोड़ पाओगी?"

"क्या पता।" गौरी ने कहा, "ये जो आज इतनी रात को निकल आई हूँ घर से, यहाँ तक तो कर पाई हूँ, और क्या करना बाक़ी रह गया, इसके बाद तुम्हारे लिए कुछ न कर पाने का रास्ता कहाँ बचा मेरे लिए। पता नहीं इसके बाद मेरा क्या होगा! बहुत डर लग रहा है।"

इसके बाद जितना हो सके, कम आवाज़ करके गौरी सुबकती रही, राम का मन हुआ कि गौरी के सिर पर हाथ रखकर उसे न रोने के लिए कहे लेकिन उसे छूने की हिम्मत नहीं कर पाया।

थोड़ी देर बाद गौरी ने कहा, "अब चलती हूँ। फिर कब आओगे?"

"कल आऊँगा। मैं रोज़ ही आऊँगा।"

गौरी सड़क पार करके, दीवार के उसी हिस्से से उस पार चली गई और फिर पिछवाड़े के बग़ीचे में घुस गई।

आँखों से ओझल होने तक, राम उस तरफ़ देखता रहा। फिर वह उस मकान से निकला और उलटी दिशा में चलने लगा। घर पहुँचकर अपने कमरे में, अपने बिस्तर पर लेट गया। बहुत देर तक ऐसे ही पड़े रहने के बाद उसे झपकी आने लगी थी, ठीक उसी समय किसी की चीख़ से उसकी आँखें खुल गईं। कहीं कोई

'आग-आग' चिल्ला रहा है। वह उछलता हुआ बिस्तर से उतरा। दरवाज़ा खोलकर बाहर खड़ा हो गया और ऐसा लगा कि आवाज़ पास से ही आ रही है। आवाज़ और क़रीब आई तो राम पहचान गया, मोहन चौकीदार चिल्ला रहा है, "लकड़ी की दुकान में आग लगी है।"

महानन्द की लकड़ी की दुकान में आग लगी है!

राम दौड़ता हुआ, आँगन तक पहुँच गया था, ठीक उसी समय महानन्द हड़बड़ाता हुआ बाहर का मुख्य दरवाज़ा खोलकर बाहर निकल आया। उनके पीछे पार्वती भी बाहर आ गई। लकड़ी की दुकान, दरवाज़ा और दीवार, अन्दर का लगभग सारा सामान सूखकर जलाऊ लकड़ी जैसा बना हुआ था। कमरे के दक्षिणी कोने से आग लगनी शुरू हुई थी। कुछ ही समय में, उस दिशा के एक पेड़ में भी आग लग गई और पेड़ के पत्ते तक जलते अंगारों की तरह चमकने लगे।

महानन्द उसी जगह पर खड़े होकर ज़ोर-ज़ोर से दहाड़ने लगा। उसने लोगों को सहायता के लिए पास नहीं बुलाया, इतना सामान बर्बाद होने पर विलाप नहीं किया, वह ज़ोर-ज़ोर से चिल्लाया, "अब साले! ये कहाँ जाएँगे। अब इसी तरह इनकी हड्डियाँ भी जलेंगी।"

उसके बाद महानन्द इधर-उधर पागल की तरह दौड़ने लगा और ख़ुद ही आग बुझाने की कोशिश करने लगा। उसके शरीर में जैसे कोई अस्वाभाविक अतिरिक्त शक्ति आ गई थी। तब तक उस जगह पर पचास लोगों की भीड़ इकट्ठा हो गई थी। महानन्द की चीख़ और ज़ोर-ज़ोर की आवाज़ सुनकर आसपास के कुछ लोगों में भी जोश आ गया और वे आग बुझाने में मदद करने लगे। आधे घंटे तक तीनों तरफ़ से आग में रेत, मिट्टी और पानी डालने का कार्यक्रम चलता रहा। लकड़ी और बाँस की खींचा-तानी चलती रही, कोई कुल्हाड़ी के सहारे कमरे के कुछ हिस्से को बचाने की कोशिश करता रहा, बीस-पच्चीस लोग हाथ में डोंगे-बाल्टी, जो भी मिले, उठाते हुए मोहल्ले के कुएँ और हैंडपम्प तक दौड़-भाग करने लगे।

क़रीब आधे घंटे के बाद समझ में आया कि आग की लपटें अब कम हो रही हैं। लोगों को लगा कि अब डर की बात नहीं है लेकिन फिर भी काफ़ी देर तक वहीं जमे रहने के बाद, कुछ लोग अपने-अपने घर जाने लगे। तब घड़ी में सुबह के चार बजनेवाले थे। उस जगह पर काफ़ी लालटेन जमा हो गई थीं, जो लोग अपने-अपने साथ लाए थे, मगर अब उनमें से चार-पाँच ही बचीं। गिनती के कुछ लोग जली हुई दुकान के चारों तरफ़ घूम-घूमकर, जहाँ भी आग बची थी, पानी डालते रहे।

महानन्द एक लकड़ी के टुकड़े के ऊपर बैठा था, उसका चेहरा झुका हुआ और आँखें बन्द थीं। ऐसा लगता था कि उसकी देह में जीने का कोई लक्षण नहीं है। थोड़ी देर बाद उसने नज़र उठाकर जला हुआ सामान देखा और फिर धीरे से उठकर सड़क की ओर, अँधेरे हिस्से की तरफ़ बढ़ गया। उस वक़्त, इन जली हुई

चीज़ों की गन्ध, धुएँ और आवाज़ से दूर हटकर, थोड़ी-सी खुली हवा में रहने का महानन्द को बहुत मन हुआ।

थोड़ी दूर जाते ही वो रुक गया। उसने देखा, अँधेरे में कुछ लोग खड़े हैं। महानन्द अपनी आँखें सिकोड़ता हुआ, उन लोगों को पहचानने की कोशिश करने लगा। इसलिए जल्दी-जल्दी वह दो-चार क़दम आगे बढ़ गया।

"कौन है वहाँ?"

"हम लोग हैं।" लाखेश्वर ने जवाब दिया। वो राधा और योगमाया के साथ अँधेरे में खड़े होकर आग लगी हुई दुकान देख रहे थे। हल्ला-गुल्ला शुरू होने के साथ-साथ ही लाखेश्वर के परिवार में सभी की नींद खुल गई थी। वे सभी जल्दी से बरामदे में निकल आए थे। नवीन और तिलक ने आगे बढ़कर घटना का जायज़ा लेने के बाद, वापस जाकर बताया था कि दुकान में आग लगी है। फिर वे आँगन में खड़े होकर आपस में मशवरा कर रहे थे कि घटनास्थल तक जाएँ या नहीं। योगमाया और गौरी कह रही थीं, 'चलना चाहिए' और घर के बाक़ी सदस्य कह रहे थे कि 'ज़रूरत नहीं।' कुछ समय तक इसी बात पर बहस करने के बाद नवीन, तिलक और गौरी अपने-अपने कमरे में लौट गए और बाक़ी लोग आँगन में ही घूमते-फिरते रहे। बीच में कई बार आग की लपटों के उजाले से उनकी घर-दीवार और सामने के पेड़-पौधे चमक-चमक उठते। लोगों की चीख़-पुकार की गूँज से योगमाया और आँगन में खड़े लोग बार-बार चौंक उठते। लेकिन पूरे समय किसी के मुँह से एक शब्द भी नहीं निकला।

आख़िर में जब कोलाहल कम हो गया, आग की लपटें दिखनी बन्द हुईं, तब योगमाया ने दुर्बल आवाज़ में कहा, "चलो, देख आएँ एक बार।"

लाखेश्वर भी शायद बहुत देर से यही कहने के लिए अपने मन को प्रस्तुत कर रहा था, उसने साथ-साथ कहा, "चलो।"

और उसी समय से, दोनों लकड़ी की दुकान से थोड़ी दूरी पर अँधेरे में खड़े थे।

लाखेश्वर ने जैसे ही कहा कि 'हम लोग है', महानन्द एकदम से चिल्ला उठा, "तू यहाँ क्या कर रहा है?"

'तू?' लाखेश्वर अवाक् हो गया। दोनों के मुँह से तुरन्त कोई बोल नहीं फूटे। कुछ पल के बाद लाखेश्वर ने कहा, "दुकान देखने आया हूँ।"

"क्या ज़रूरत है तुझे दुकान देखने की?" महानन्द पागल की तरह चिल्लाया।

लाखेश्वर ने नरम आवाज़ में ही जवाब दिया, "दुकान को मैंने ही शुरू किया था, बहुत सालों तक चलाया भी था, इसलिए देखने आया हूँ।"

"जलकर ख़ाक हुई या नहीं, ये देखने के लिए चोरों की तरह यहाँ खड़ा है?"

महानन्द की चीख़ें सुनकर कुछ लोग क़रीब आ गए थे। महानन्द उन लोगों

की तरफ़ देखता हुआ, लाखेश्वर की तरफ़ उँगली दिखाकर चिल्लाया, "यही है, यही है, वो आदमी समझे आप लोग?"

फिर वो लाखेश्वर की तरफ़ देखकर चिल्लाया, "अब आग बुझ गई है न! जा, फिर से जला दे।"

राधा लाखेश्वर के पीछे खड़ी थी, उसने जल्दी से कहा, "चलिए, घर चलिए।"

लाखेश्वर ने महानन्द से कहा, "मैं चोरों की तरह आग नहीं लगाऊँगा। मुझे आग लगानी होगी तो भरी दोपहरी में पहले आपको उस आग में झोंककर फिर जलाऊँगा, फिर अपने-आप जलता रहेगा सब कुछ, समझे आप? या फिर देखकर ही समझ आएगा?"

"क्या कहता है तू?" महानन्द चिल्लाता हुआ लाखेश्वर की तरफ़ भागने लगा। दो-चार लोगों ने उसे दबोच लिया, "अरे! क्या कर रहे हैं, जाने दीजिए।" वे महानन्द को रोकने लगे।

वहाँ खड़े और दो-चार लोग लाखेश्वर को समझाने की कोशिश करने लगे, "आप लोग घर जाइए। चलिए दीदी, अपनों के बीच में इस तरह अच्छा नहीं लगता।"

महानन्द को पकड़कर रखे हुए लोग, घर तक उसे छोड़ने गए। महानन्द, फिर से आग फैल जाने की आशंका के कारण उसी वक़्त घर नहीं लौटना चाहता था लेकिन लोगों ने समझाया कि हम लोग देख लेंगे, अब महानन्द का यहाँ कोई काम नहीं है।

महानन्द जब घर पहुँचा, पार्वती बरामदे की कुर्सी में बैठकर रो रही थी।

राम ने सुबह तक धुआँ निकल रही जगहों को खोद-खोदकर पानी डालने काम करवाया। सड़क की दूसरी तरफ़ के तीन दुकानदारों ने उसका साथ दिया।

भोर की हलकी उजास दिखने के बाद राधा और गौरी, रात के पहने हुए कपड़े बिना बदले ही, टहलने के बहाने बाहर निकल आईं। दूर से उन दोनों को पहचानकर राम जली हुई दुकान के पीछे छुप गया। राधा और गौरी हाई स्कूल का गेट पार करके आगे चली गईं। दोनों कोई बात नहीं कर रही थीं। प्राइमरी स्कूल के सामने राधा ने पूछा, "तू आजकल भी राम से बातचीत करती है क्या?"

गौरी चुप थी। थोड़ी देर बाद राधा ने फिर पूछा, "बता..."

गौरी चादर के आँचल से नाक पोंछती हुई बोली, "हाँ, बात करती हूँ।" उसके बाद उसने अपनी आँखें भी पोंछ लीं।

शायद रात भर नींद खराब होने की वजह से पूरे दिन सारा मोहल्ला बिलकुल शान्त रहा। वो लोग जो रात को बाहर निकलकर नहीं आए थे, और राहगीर जो उधर से गुज़र रहे थे, जली हुई दुकान को देखकर नीची आवाज़ में आपस में बात करते हुए अफ़सोस जताते रहे। वे लोग किसी आसन्न गड़बड़ी की आशंका करते हुए लौट गए। आवारा घूमते हुए कुछ बच्चे, जली हुई दुकान के पास दिन भर

मँडराते रहे, उन्हें कौतूहल था कि इस जगह पर शायद और कुछ घटनेवाला है।

महानन्द पूरे दिन घर में ही घुसा रहा। घटना की जानकारी लेने आनेवाले लोगों को उसने घर के अन्दर ही बुला लिया था। उनमें से कोई मशवरा दे रहा था कि पुलिस में रिपोर्ट लिखवाना चाहिए, पर महानन्द ने 'उसकी ज़रूरत नहीं' कहकर बात को ख़त्म कर दिया।

लेकिन पुलिस पहले और अब, आग लगनेवाली दोनों घटनाओं पर ज़ोरों से तहक़ीक़ात कर रही थी। उसी दिन रात को दस बजे अन्नदाचरण महानन्द के घर आया। उस समय मनोरंजन दास और सप्लाई अफ़सर, प्रफुल्ल दास भी वहीं बैठे थे। गोपाल दुकानदार भी वहीं था। वो पहली बार महानन्द के घर कीं बैठक में कुर्सी पर बैठा था। बाक़ी बैठे हुए लोगों के बीच, जब बातचीत में गर्मी आई थी, उनके तर्कों ने ज़ोर पकड़ा था, उसी समय गोपाल एक ख़ाली कुर्सी पर बैठ गया था।

अन्नदाचरण ने कहा, "हम जानते है आग किसने लगाई थी। उसको गिरफ़्तार करने के लिए वारंट जारी कर दिया गया है लेकिन वह कहीं छुपा हुआ है। आज दोपहर बाद भी पुलिस उसे ढूँढ़ रही थी, पर वो मिला नहीं अब तक।"

"कौन है वो।"

"अतुल, अतुल मास्टर।"

इस बात पर मनोरंजन दास, प्रफुल्ल दास और गोपाल ने अपने तर्कों के साथ सोचा। महानन्द के लिए इस ख़बर में उत्साह का कुछ नहीं था। वह सिगरेट की लम्बी होती राख को ऐश ट्रे में डालने लगा। कुछ राख ज़मीन पर बिखर गई।

महानन्द चुप रहा, बाक़ी लोगों के सवालों के जवाब में अन्नदाचरण कहने लगे, "दरअसल अकन और अतुल को एक साथ गिरफ़्तार करना था लेकिन अतुल के बारे में एक रिपोर्ट मिलना अभी बाक़ी थी, इसलिए उसी दिन उसे गिरफ़्तार नहीं किया जा सका। अब वो रिपोर्ट मिल गई है और साथ में एक और खतरनाक रिपोर्ट भी मिली है। उसने मनोरंजन दास के गोदाम में और महानन्द की लकड़ी की दुकान में आग लगाई है और फिर भाग गया है।"

"लेकिन, वह तो अकन की दी हुई ज़मीन में मकान बनवा रहा था, परसों भी मैंने उसे काम करवाते हुए देखा है।" गोपाल ने कहा।

सभी ने गोपाल की तरफ़ देखा। गोपाल ने ज़ोर देकर हामी भरी, हाँ, उसने देखा है। एक पुवाल और बाँस से छोटा घर लगभग बन गया है। रहने लायक हो ही गया है। कल भी मकान का काम देखने वह आया था।

"लेकिन, उसके बाद वह कहाँ गया, पुलिस को नहीं पता चला।" अन्नादाचरण ने कहा, "उसका कुछ सामान अभी तक अन्नपूर्णा होटल में रखा है। होटल के मैनेजर ने कहा कि वो वहाँ तीन रात सोया था और दो टाइम का खाना खाया था। आज सुबह पास के गाँव में काम है, कहकर अपनी कुछ ज़रूरत के सामान के

साथ चला गया है। मैनेजर ने कहा कि वह दो दिन के खाने के पैसे और सात दिन का बिस्तर का किराया देकर गया है।"

अन्नादाचरण ने क्षोभ और हताशा के स्वर में कहा, "बदमाश को पता चल गया कहीं से। हमारे बीच भी ज़रूर कोई धोखा देनेवाला आदमी है, वरना उसे भागने का मौक़ा कैसे मिल सकता था।"

चार दिन पहले की दोपहरी के बाद से, राधा ने अतुल को देखा नहीं है। परसों और कल इतनी सारी घटनाएँ हुईं, इन परेशानियों के साथ-साथ अतुल से न मिल पाने की परेशानी भी उसे पीड़ा दे रही थी।

आज स्कूल में दसवीं क्लास के एक छात्र ने, राधा को एक चिट्ठी पकड़ाई।

ये सच है कि अतुल भाग गया है। उसने चिट्ठी में लिखा है, अकन भैया जब तक जेल में हैं, तब तक यहाँ से बाहर रहना उसके लिए ज़रूरी है। वरना काम का बहुत नुक़सान होगा। उसे ये ख़बर भी मिली है कि उसके नाम का वारंट निकलनेवाला है। इसलिए खुले में घूमना और राधा से मिलना भी सम्भव नहीं होगा। इतना कष्ट राधा को सहना पड़ेगा और वो सह भी पाएगी। आख़िर वो अकन भैया की बहन है, उसने जान-बूझकर ही इस रास्ते पर क़दम रखा है। लेकिन अब उसे सँभलकर रहना पड़ेगा। उसे अकन की तरह जेल में या अतुल की तरह भागना न पड़े, स्कूल की ज़िम्मेदारी और भलाई के लिए, अकन के आदर्श के लिए उसे अब बहुत सावधानी से, बहुत धैर्य के साथ रहना पड़ेगा। सिर्फ़ विदेशी सरकार से जितनी असुविधा है, उससे ज़्यादा बीच के कुछ लोगों से हो सकती है और हो भी रही है। अतुल ने लिखा है कि वो ख़बर लेता रहेगा। कुछ दिन पहले उसे अपने-आप ही ग़ुस्सा आया था। उसने सोच भी लिया था कि कुछ दिनों के अन्दर ही वो पुआल और बाँस से बने छोटे-से मकान में राधा के साथ रहने लगेगा। लेकिन बात इतनी सहज नहीं रह गई। दूसरी बात यह है कि अतुल के बारे में और कुछ साजिश वाली बातें राधा के कान में पड़ सकती हैं, मकान जलाना, मारपीट करना और गिरोह बनाना जैसी बातों से कान भरने की कोशिश हो सकती है। राधा को ऐसी बातें नज़रअन्दाज़ करनी पड़ेंगी, किसी की कही हुई बातें सुन दी, बस। हाँ या न, कुछ नहीं कहना है। जब समय आएगा, अतुल ख़ुद राधा को बता देगा। अभी इस विषय में वो कुछ कहना नहीं चाहता। लेकिन एक बात अतुल सोचता है, अकन भैया की अहिंसा वाली राह कभी-कभी बहुत उबाऊ हो जाती है। इतने शीतल, शान्त तरीके से देश को स्वतंत्र कराना मुश्किल होगा। अगर बीच में राधा नहीं होती तो अतुल कब का दूसरा रास्ता अपना लेता। अभी उसे लगता है कि वो किसी तिराहे पर खड़ा है। सब कुछ मिलाकर उसके मन में भयानक संकट है। ये जो वो भागकर छुपा हुआ है, इन्हीं दिनों में सारी बातों को क़रीने से सोच पाएगा। अकन भैया से कोई पत्र आए और अगर उसमें अतुल के लिए ज़रूरी कोई सन्देश

हो तो किसी काग़ज़ में लिखकर रख दे। अतुल उसको लेने किसी को भेज देगा। आख़िर में, राधा के लिए हमेशा बहुत प्यार, इस बारे में राधा को कुछ सोचना ही नहीं, कोई शक नहीं। बहुत सारे दिन बीते जा रहे हैं, पर वो वहीं है जहाँ पहले था। और भी बहुत कुछ लिखा है, अतुल ने।

छह पन्ने भरकर लिखी हुई एक लम्बी चिट्ठी, मार्जिन के अन्दर और बाहर अक्षरों से भरपूर है ये चिट्ठी!

राधा पहली बार पूरी चिट्ठी को पढ़ने के बाद चुपचाप बैठी रही। दूसरी बार पढ़ने के बाद उसे लगा कि अतुल ने चिट्ठी के आख़िरी हिस्से में कौन-सी सड़क और किस तिराहे की बात लिखी है, वह राधा को ठीक से समझ में नहीं आ रहा है। उसने सोचा, इन बातों को ज़्यादा समझने की कोशिश न ही करे तो अच्छा है। दिमाग़ आजकल बहुत थका हुआ है, अब बहुत कुछ उसके वश में नहीं है। जितनी बात वह आसानी से समझ पा रही है, वही उसके लिए बहुत है। आसान बात ये है कि अतुल कहीं चला गया है। राधा के चाहने पर भी अब अतुल से मिलना मुश्किल है। फिर वो अब किससे मिले! इस निष्ठुर समय में वह किसके साथ बात करेगी? किससे किसी मुद्‌दे पर चर्चा कर पाएगी, किससे मदद मिलेगी? कहाँ से थोड़ी हिम्मत बटोरेगी। इस तरह से भाग जाने के अलावा क्या कोई और उपाय नहीं था? शायद नहीं होगा। उसे पुलिस पकड़ ले जाती। सच तो लिख रहा है न वो? क्या यही सारी वजह थी? और किसी वजह से तो नहीं चला गया वो?

राधा चिट्ठी हाथ में लेकर बैठी रही। धीरे-धीरे उसके मन में चल रही उदासी और अतुल के प्रति रूठने का भाव ग़ुस्से में बदलने लगा। क्यों उसे अब सावधानी से, धैर्य के साथ रहना पड़ेगा? इसका मतलब, उसे अब छोटा और निर्जीव बनकर रहना होगा कि किसी को उससे कुछ कहने, पूछने और सुनने की ज़रूरत ही नहीं पड़ेगी। ये कैसी बात है? ये हो ही नहीं सकता! अब वह अपनी माँ और बुजुर्ग मामा जी को लड़ने के लिए आगे कर देगी और ख़ुद अन्दर दुबककर बैठेगी? इतने परिश्रम से बना हुआ स्कूल, अगर अकन और अतुल नहीं होंगे तो बिना पतवार की नाव जैसा बन जाएगा? ऐसा हो ही नहीं सकता। अब राधा को पीछे रहकर, ज़िम्मेदारी से बचकर, तटस्थ बने रहने का उपाय, इच्छा और ज़रूरत, ये तीनों ही नहीं रहीं।

## 18

कुछ दिनों तक मोहल्ले की घटनाएँ, कोयला और पानी भरने के लिए जंक्शन में खड़ी रेलगाड़ी की तरह बनी रहीं। इंजन की 'शू-शू' आवाज़ है लेकिन

पहिये रुके हुए। पर उसके बाद, घटनाओं ने विकट गर्जन करते हुए, नये ज़ोर के साथ अपनी यात्रा शुरू कर दी।

राधा ने एक दिन स्कूल में शिक्षकों से पूछा कि उन लोगों ने अपने-अपने हिस्से की ज़मीन अकन के कहने के अनुसार दख़ल में ली या नहीं। शिक्षकों ने बताया कि अभी तक तो नहीं, क्योंकि वे लोग मोहल्ले में घटी हुई गड़बड़ियों की वज़ह से चुप हैं।

"चुप रहने से कैसे काम चलेगा?" राधा ने आदेश के स्वर में कहा। "आप लोग अपना काम जारी रखिए, सम्भव हो तो सब लोग मिलकर एक दिन तय कीजिए, उस दिन सभी लोग चारों तरफ़ बेड़ा डालकर अपनी-अपनी ज़मीन की सीमा निर्धारित कर लीजिए। इसमें देर क्यों करनी है, अगले रविवार को ही..."

यह तय हुआ कि अगले रविवार को ये काम पूरा किया जाएगा। यह एक सामूहिक कार्य जैसा ही होगा, सभी के बीच एक तरह का उत्साह देखा गया। अगले ही दिन कुछ लोगों ने अपनी-अपनी ज़मीन पर बाँस की गठरियाँ रखवा दीं। मिलिट्री के लिए ठेकेदारी चलने की वजह से, बाँस आसानी से मिलना मुश्किल हो रहा है, स्कूल की छुट्टी के बाद, दो-चार लोग बाँस ढूँढ़ते हुए पास वाले गाँव पहुँचे।

शनिवार की सुबह उन शिक्षकों के लिए ख़बर भेजी गई, महानन्द ने कहा है कि ज़मीन का दख़ल लेने कोई न जाए। ज़मीन का मालिक कौन है, यह तय होना अभी बाक़ी है।

यह ख़बर योगमाया तक किसी ने पहुँचा दी थी। शनिवार को दो बजे स्कूल की छुट्टी हो जाती है। दो बजे से पहले पाट सिल्क की रिहा-मेखला और सूती चादर पहने योगमाया भव्य रूप में स्कूल में आई। शिक्षक, छात्र और राधा को भी आश्चर्य हुआ। हेडमास्टर के कमरे में सारे शिक्षकों ने योगमाया को घेर लिया। योगमाया ने कहा, "आप लोगों ने जो तय किया था, उसी तरह काम शुरू कीजिए। मैं कल आप लोगों के साथ ही रहूँगी।"

उसी दिन शाम को ख़बर निकली, महानन्द और मनोरंजन दास के लिए ठेके पर काम करनेवाले जितने भी लोग हैं, वे सभी कल सुबह से हाथ में डंडे लेकर मोहल्ले की ख़ाली ज़मीन की पहरेदारी करेंगे।

अगले दिन सचमुच में कुछ मज़दूर किस्म के लोग, पूरे मोहल्ले में घूमते हुए दिखाई दिए। पहले बन्दोबस्त हुआ था कि सारे शिक्षक सुबह जल्दी नाश्ता करके दिन भर के लिए काम देखने निकलेंगे। वे अगले दिन वैसे निकल भी आए थे, पर ज़मीन के पास पहुँचने के लिए उनको संकोच हुआ और थोड़ा डर भी लगा।

लेकिन, उन लोगों को पता ही नहीं चला कि कैसे आयोजन हुआ और किसने शुरू किया, क़रीब दस बजे छात्रों का विशाल जुलूस, उस मोहल्ले में घुस गया और 'वन्दे मातरम्' के नारे लगाते हुए ज़मीन पर बेड़ा डालने का काम शुरू कर दिया।

दोपहर बाद शिव मन्दिर की सामनेवाली सड़क पर, महानन्द के साथ कुछ लड़कों का झगड़ा हुआ। ख़बर मिलते ही दो-चार शिक्षक वहाँ पहुँचकर लड़कों को झगड़े से बाहर ले आए। तब तक कुछ लड़कों ने महानन्द पर हाथ उठा दिया था।

उस घटना के बाद, कुछ दिनों तक स्कूल में राधा की अनुपस्थिति में शिक्षकों के बीच बहस चलती रही। लड़कों को इन सब मामलों में किसने घसीटा है? यह सब तो स्वतंत्रता आन्दोलन का हिस्सा नहीं है, लोगों का आपसी मामला है।

किसी ने कहा, "ये स्वतंत्रता आन्दोलन का काम न सही लेकिन अन्याय के विरुद्ध लिया गया फैसला है। इसमें कोई ग़लती नहीं।"

"लेकिन कौन सा न्याय है और कौन सा अन्याय, ये हम लोग कैसे जानेंगे? हम किस आधार पर यह कह सकते हैं कि महानन्द झूठ बोल रहा है?" किसी और ने कहा।

"क्या मतलब है आपका। अकन चौधरी पर हम लोगों को भरोसा नहीं है? उनका काम अभी तक आप लोग नहीं देख रहे? छि:-छि:! यहाँ पर इज़्ज़त की नौकरी के साथ ज़िन्दगी गुज़र रही है, इसमें किसका एहसान है? आख़िर अकन चौधरी के विरुद्ध बात करने के लिए आप लोगों की ज़बान नहीं रुकी?"

"हम नौकरी कर रहे हैं और उसके लिए हमें तनख़्वाह मिल रही है तो किसी ने हमें ख़रीद तो नहीं लिया। सच बोलने में डर किस बात का है? इस मोहल्ले की ज़मीन, ये स्कूल, महानन्द चौधरी कौन है, अकन चौधरी कौन है, इन सबकी जड़ें क्या हैं, सच्चाई क्या है, ये हम अपने सीने पर हाथ रखकर दावे के साथ कह सकते हैं?"

गुरुवार को पुलिस ने स्कूल के आठ शिक्षकों को गिरफ़्तार करने के बाद, फिर शुक्रवार को दोपहर बाद ज़मानत पर छोड़ दिया। इन शिक्षकों के विरुद्ध शिकायत थी कि वे स्कूल के छात्रों को भड़काकर अशान्ति फैला रहे थे, लड़कों से आदमियों को पिटवा रहे थे।

फिर स्कूल की चौहद्दी के साथ-साथ पूरा मोहल्ला तरह-तरह की घटनाओं और वारदातों से भर गया, लोगों का चैन से साँस लेना मुश्किल हो गया।

वैसे तो सोमवार से ही स्कूल में पढ़ाई ढंग से नहीं हो रही थी, शिक्षकों की गिरफ़्तारी के बाद से, माहौल और बिगड़ गया। स्कूल के आधे लड़के क्लास के अन्दर होते हैं, बाक़ी आधे बाहर झुंडों में जमा रहते। कभी छात्र अगर क्लास में हैं तो पढ़ानेवाला नहीं, और अगर शिक्षक है तो छात्र अनुपस्थित। बड़ी क्लास के लड़के बार-बार जुलूस निकालना चाहते हैं, कुछ लोग उन्हें मना करते हैं, छोटी क्लास के बच्चे क्लास में किताब-कॉपी लेकर बैठते हैं और बड़े लड़के उनसे बाहर आने के लिए कहते हैं।

फिलहाल हेडमास्टर की ज़िम्मेदारी में रहनेवाले जगत बाबू और उनके सहयोगी शिक्षक के रूप में काम करनेवाले केशव दास को साथ लेकर, राधा ने लड़कों और बाक़ी शिक्षकों को समझाने की कोशिश की, 'स्कूल की पढ़ाई में अव्यवस्था क्यों होनी चाहिए? स्कूल के अन्दर तो कुछ भी नहीं घटा है। देश के नाम पर अगर कभी पढ़ाई की छुट्टी करनी पड़ी तो वो अलग बात है लेकिन अभी पढ़ाई में हर्ज नहीं होना चाहिए। अभी बाहर जो भी घटनाएँ दिख रही हैं, वो सब घरेलू मामले हैं। उनमें से सिर्फ़ यह घरेलू घटना नहीं कि अकन को पुलिस पकड़ ले गई थी। लेकिन लड़कों के इस तरह से कोहराम मचाने पर तो पुलिस अकन को छोड़ नहीं देगी न।

'और शिक्षकों के बीच भी, कुछ को क्या हो गया है! लड़के क्लास के बाहर खड़े हैं, इसलिए वे भी बाहर क्यों आ जाते हैं। क्लास में छात्र होंगे ही नहीं, ऐसा सोचकर कॉमन रूम में क्यों बैठे रहते हैं।'

राधा और हेडमास्टर के समझाने के बाद भी, किसी पर कोई असर नहीं पड़ा। उन लोगों ने जिस दिन लड़कों और शिक्षकों को समझाया, उसके अगले ही दिन स्कूल की दीवार पर एक पोस्टर चिपका हुआ दिखाई दिया। उस पोस्टर में यह लिखा था कि 'कुछ शिक्षकों के विश्वासघात के कारण, अकन सर को जेल जाना पड़ा है। उन शिक्षकों को सज़ा होनी चाहिए।'

दरअसल अकन और उसके परिवार के लोग कौन हैं, महानन्द कौन है, ये सब किसकी ज़मीन-जायदाद है, ये सारी बातें शिक्षकों का जो संगठन नये सिरे से समझा रहा था, उसका मुखिया प्राइमरी क्लास का ड्राइंग और साहित्य पढ़ानेवाले मथुरा बरदलै था। पोस्टर पढ़ते ही बरदलै का चेहरा कोकलंगा चिड़िया की तरह लाल हो उठा था।

"हमारे ही बीच में कोई होगा, जिससे हिम्मत मिली है, वरना लड़के ऐसी हरकत कैसे कर सकते हैं?" बरदलै ने गरजते हुए अपनी राय दी, "ये हरकत किसकी है, ये समझना अब बाक़ी नहीं रह गया है।"

"आप समझ रहे हैं तो खुलकर क्यों नहीं बताते? पेट में बात रखकर उबल क्यों रहे हैं?" मोहल्ले में ज़मीन पानेवाले दो-चार शिक्षकों ने उनसे कड़क स्वर में पूछा।

"मैं किसी की परवाह नहीं करता।" बरदलै ने कहा, "ये सब राधा और उस भगोड़े का काम है। भगोड़ा मतलब अतुल। वो कहीं भाग नहीं गया है, यहीं कहीं छुपा हुआ है और लड़कों को भड़काकर ये करतूत करवा रहा है।"

उसी दिन, आधी रात को पुलिस ने अतुल की तलाश में राधा के मकान को घेर लिया। परिवार की औरतों और लड़कियों को आँगन में खड़े रहने का आदेश देकर एक अफ़सर और तीन सिपाही, हर कमरे को तहस-नहस करते हुए अतुल को ढूँढ़ने लगे।

उस वक़्त गौरी अपनी क़िस्मत को दाद दे रही थी। घंटे-डेढ़ घंटे में ही वो घर से चुपचाप निकलनेवाली थी। अगर उसके निकलने के बाद पुलिस आती तो! सोचकर ही वो सिहर उठी। उसने सड़क की तरफ़ देखा। वहाँ लोग जमा होने लगे थे। ऐसे माहौल में राम उसके लिए इन्तज़ार नहीं कर सकेगा।

पुलिस की तलाशी के वक़्त, आँगन में खड़ी राधा के मन में अचानक एक बात आई, सच तो है! अतुल न भागता तो इसी घर में छुपकर रह सकता था। ये बात उसने क्यों नहीं सोची और राधा से क्यों नहीं कहा। हो सकता है कि अतुल को अनुमान था कि ऐसा कभी हो सकता है कि पुलिस इस तरह से एक दिन तलाशी लेने पहुँचेगी। इसलिए, उसने ऐसा कुछ नहीं कहा। अच्छा, अतुल राधा से एक बार मिल भी तो सकता था, उससे ये कह सकता था, 'चलो, दोनों कहीं चलते हैं, वहीं से छुपकर काम करेंगे। तुम चलोगी?' अतुल से यह सुनना भी, कितना अच्छा लगता!

पुलिस वालों के चले जाने के बाद, सड़क पर खड़े कुछ लोग गेट से राधा लोगों के आँगन में घुस आए। वे लोग योगमाया और लाखेश्वर को घेरकर आपस में ही बातें करने लगे। योगमाया का बात करने का मन नहीं हो रहा था। राधा लोगों को आते हुए देखते ही जल्दी से अपने कमरे में चली गई थी और जैसे बहुत थकान के साथ बिस्तर पर बैठी रही।

अगले दिन, हेडमास्टर से मदद लेकर राधा ने मथुरा बरदलै और बाक़ी पाँच मास्टरों से सवाल किया कि राधा और अतुल के बारे में वे ग़लत प्रचार क्यों कर रहे हैं। उनके लिए चिट्ठी भेजी गई। बरदलै ने हेडमास्टर की चिट्ठी फाड़ दी। इसके बाद हेडमास्टर ने उन छह मास्टरों को निलंबित करके स्कूल में आने के लिए मना कर दिया लेकिन वे लोग अगले दिन सुबह नौ बजे ही स्कूल में आकर, शाम को पाँच बजे तक कॉमन रूम में बैठे रहे।

अब हेडमास्टर ने एक हफ़्ते तक स्कूल को बन्द रखने का नोटिस जारी कर दिया लेकिन उन सात दिनों में स्कूल परिसर भीतर-बाहर छात्र और शिक्षकों से खचाखच भरा रहा, यहाँ तक कि रविवार में भी भीड़ कम न हुई। आख़िर हेडमास्टर ने कॉमन रूम में ताला लगवा दिया, पर मथुरा बरदलै के साथी कॉमन रूम के बरामदे में ही बैठे रहे।

भूमिधर वकील और शहर के कई जान-माने कांग्रेसी नेता लगातार स्कूल में आते रहे। वे शिक्षकों के दोनों दलों और लड़कों को बहुत तरीके से समझाने की कोशिश करते रहे लेकिन कोई फ़ायदा नहीं हुआ। एक दल ने कहा कि बरदलै को क्षमा माँगनी पड़ेगी या फिर स्कूल छोड़ना होगा, दूसरे दल ने कहा कि हेडमास्टर और राधा को स्कूल से निकाल दिया जाए।

इन सात दिनों में, एक बार स्कूल विभाग के डिप्टी इंस्पेक्टर भी मामले का जायजा लेने स्कूल में आए। वे हेडमास्टर के कमरे में बैठकर अभी बात कर ही

रहे थे कि उसी समय किसी ने पत्थर मारकर क्लासरूम की खिड़की के शीशे फोड़ डाले। शीशे टूटनेवाले कमरे में मथुरा बरदलै के लोग डिप्टी इंस्पेक्टर को देने के लिए अर्ज़ी लिख रहे थे। वहाँ बरदलै ख़ुद खड़े होकर, एक-दूसरे मास्टर से अर्ज़ी लिखवा रहे थे।

लड़कों के पीटने के कारण, महानन्द की बाईं बाजू और गर्दन में चोट लगी थी। अन्नदाचरण की पहचान का एक डॉक्टर भोला दत्त, महानन्द का इलाज कर रहा था। डॉक्टर दत्त ने महानन्द को सलाह दी थी कि कुछ दिनों तक बाहर का काम न करें और पूरा आराम करें।

महानन्द के आराम कुर्सी पर बैठकर, आलस्य भाव से समय काटने की अवधि में एक दिन लकड़ी की दुकान के चौकीदार ने एक पत्र लाकर दिया। उसमें लाखेश्वर का नाम था। पत्र में लिखा था कि 'महानन्द अपने परिवार समेत एक हफ़्ते के अन्दर घर ख़ाली करके चले जाए वरना अंजाम बहुत बुरा होगा।'

महानन्द ने उसी वक़्त पार्वती को आवाज़ देकर चिल्लाया, और काग़ज़, कलम और छोटी टेबल पास लाकर देने के लिए कहा। महानन्द ने लिखा कि 'अभी लाखेश्वर का परिवार जिस मकान में रहता है, उसे ख़ाली करके महानन्द को दे-दे तो यह मकान महानन्द ख़ाली कर देगा।

इसके बाद महानन्द ने आराम करना छोड़ दिया।

'ये कैसा मोहल्ला था और कैसा बन गया!' और 'इसके बाद और क्या-क्या होगा!'...इस तरह की आशंकाएँ ढोते हुए लोग, जब अशान्ति के साथ दिन बिता रहे थे; लाखेश्वर, योगमाया, राधा, गौरी, राम, महानन्द, गोपाल दुकानदार, अन्नदाचरण और मनोरंजन दास और मोहल्ले के लगभग सभी लोग, जब उन्माद और उत्तेजना की चरम सीमा तक पहुँच रहे थे; स्कूल का परिसर जब समरस्थली बनता जा रहा था; उन्हीं दिनों, ख़बर आई कि हाईस्कूल के दस-बारह कमरे और सामने का मैदान मिलिट्री के कब्जे में रहेगा, जब तक आगे की कोई सूचना नहीं दी जाती, तब तक यह नियम बना रहेगा।

राधा के साथ हेडमास्टर और बाक़ी कुछ शिक्षकों ने यह नियम सुनकर सिर पकड़ लिए। ये कैसी बात हुई? बच्चों की पढ़ाई का क्या होगा?

स्कूल की तरफ़ से काफ़ी लोग डिप्टी इंस्पेक्टर के पास गए थे। पूरी बात सुनकर वे शान्त रहे। वे तसल्ली के साथ हाथ में पकड़ी हुई कलम का ढक्कन खोलकर उसकी निब जाँच रहे थे कि उससे ज़्यादा स्याही क्यों निकल रही है। फिर वे कहने लगे, "अभी कौन-सी पढ़ाई हो रही है स्कूल में? मिलिट्री आजकल चारों तरफ़ डेरा डालने के लिए जगह ढूँढ़ रही है। आप लोगों ने मौक़ा दिया है तो उन लोगों ने वो मौक़ा लपक लिया है। बात इतनी सी है, बस।" ये कहते हुए डिप्टी इंस्पेक्टर, सामने रखे एक पन्ने पर अपने दस्तख़त करके उसे ध्यान से देखते रहे।

इसके बाद स्कूल में नया बन्दोबस्त हुआ। माइनर स्कूल में नीचे की सारी क्लास को छुट्टी दे दी गई। बड़े बच्चों की सभी क्लास सुबह जल्दी शुरू होने का नियम बना। दोपहर के समय उन्हीं कमरों में हाई स्कूल से ऊपर की सभी क्लास खोली गईं। बच्चों के लिए पढ़ाई में कम नुक़सान हो, उसके लिए इतनी ही व्यवस्था बन पाई। दोनों स्कूलों की निचली क्लास के शिक्षकों को छुट्टी दे दी गई। मथुरा बरदलै के खेमे के कई शिक्षकों को भी निचली क्लास में होने के कारण छुट्टी पर भेजा गया।

कुछ ही दिनों के बाद, चुन्नट वाली पगड़ी बँधे हुए दो मिलिट्री जवान मोटरसाइकिल की सवारी करते हुए, स्कूल परिसर में घुसे। उन लोगों ने हेडमास्टर जगतबाबू से मिलकर कहा कि उन्हें फिलहाल आठ-दस कमरों की ज़रूरत है, उनमें रखे हुए टेबल-कुर्सी और बेंच वग़ैरह ख़ाली करवा दी जाए। इस काम के लिए कोई ख़र्च होगा तो वे दिलवा देंगे।

चार दिनों के बाद, दोनों जवान अपने साथ दो मिलिट्री अफ़सरों को लेकर स्कूल में आए। उनमें से एक के साथ महानन्द की जान-पहचान थी। उनकी जानकारी में महानन्द ही इन ज़मीन और स्कूल का मालिक है। स्कूल के कमरे, मैदान और चारों तरफ़ की दीवारों का मुआयना करने के बाद, दोनों अफ़सर महानन्द से मिलने उसके घर गए।

कुछ ही दिनों के बाद, एक दिन शाम के समय मिलिट्री मोटरबाइक का अनुकरण करते हुए दस पहियों वाली कई लम्बी गाड़ियाँ 'घड़-घड़' आवाज़ करती हुई, स्कूल परिसर के बाहर आकर रुकीं। सफ़ेद चमड़ीवाले कुछ सैनिक गाड़ी से उतरकर जायज़ा लेने लगे कि गेट से इतनी बड़ी गाड़ियों को अन्दर मैदान तक ले जा सकते हैं या नहीं। पर यह सम्भव नहीं था। गेट उस हिसाब से छोटा था। आख़िर सड़क के, किनारे पर जितना सम्भव हुआ, इन गाड़ियों को सटाकर खड़ा किया गया और फिर गोरे सिपाही ने गाड़ियों के अन्दर रखा हुआ सामान बाहर निकालने लगे। फिर सभी सिपाही अपनी-अपनी पीठ और कन्धों पर सामान लादकर स्कूल परिसर के अन्दर ले जाने लगे।

कुछ दिनों के बाद, राधा के परिवार और पड़ोस के लोगों को ख़बर मिली कि सरकार द्वारा अकन को इस जगह से जोरहाट की जेल में ले जाया गया है। लोग आपस में बातचीत करने लगे कि जोरहाट तक ले गए हैं तो सरकार अकन को जल्दी नहीं छोड़ेगी। इस ख़बर को सुनने के बाद, अब योगमाया पहली बार रोने लगी, वो ऐसे रोई कि इस बार राधा और घर के बाक़ी लोगों को उसके पास बैठकर तसल्ली देनी पड़ी। काफ़ी देर तक अपनी माँ के पास बैठे रहने के बाद, राधा अकन के कमरे में गई और अन्दर से दरवाज़ा बन्द कर लिया। उसकी आँखों से अविराम आँसू बहने लगे, पर उसने मुँह से कोई आवाज़ नहीं की।

इसके बाद के दिनों में, मोहल्ले की छवि बहुत द्रुत गति से बदलने लगी। स्कूल की सामनेवाली सड़क पर मिलिट्री की गाड़ियाँ, हर समय बनी रहने लगीं। सड़क पर कई जगह गहरे गड्ढे खोदे गए। कुछ ही दिनों में बड़े-बड़े पत्थर और गिट्टियाँ उन गड्ढ़ो में भरी गई। पूरी सड़क मिलिट्री के दस पहियेवाली गाड़ी के लिए तैयार की गई। सड़क बनाने का ठेका महानन्द को मिला था लेकिन उसके पास पहले से ही 'वूमेंस वॉलेंटियरी सर्विस' के मकान के साथ-साथ और भी कई ज़रूरी काम थे, इसलिए ये ठेका उसने गोपाल दुकानदार से करवाया। मथुरा बरदलै के पास फिलहाल कोई काम नहीं था तो वो भी गोपाल की मदद करने का काम करने लगा।

सेना की टुकड़ियाँ कहीं से आती और कहीं चली जाती हैं। उनमें से कुछ गोरे और कुछ काले हैं। मोहल्ले के लोग गोरों को 'अमेरिकन' और काले सैनिकों को 'नीग्रो' कहते हैं। शम्भू और लतीफ़ की गलियों के छोटे-छोटे लड़के पहले हिचकिचाते हुए और फिर थोड़ी-सी हिम्मत दिखाकर स्कूल परिसर के अन्दर घुसते हैं। स्कूल के पहले वाले पानी के नल के पास एक और नल लगाया गया है। उसके बगल में ही दीवारों के साथ लम्बी-चौड़ी परछी भी बनाई गई है। वहाँ असम के बाहर से आए हुए चार लोग खाना बनाते हैं। वे रोज़ ख़ूब सारे अंडे उबालते हैं, पतीले भर-भरकर गोश्त पकाते हैं। गोश्त के शोरबे का रंग देख-देखकर पकानेवाले आपस में ही हँसते हैं। वे अपने लिए अलग से खाना पकाते हैं। मोहल्ले के लड़के कभी-कभी उस रसोई के बिलकुल क़रीब आते हैं। एक-दो सैनिक उन लड़कों के साथ इशारों से बात करने की कोशिश करते हैं। कभी-कभी उनमें से कोई लड़कों को चॉकलेट भी देता है। मनोरंजन दास का बेटा अनादि और उसके दोस्त लोग दो उँगलियों से इशारा करके सैनिकों को पहले 'वी' जैसा दिखाते हैं, फिर दोनों उँगलियाँ अपने होंठों पर लगाकर सिगरेट फूँकने की तरह एक्टिंग करते हैं और फिर हाथ फैलाकर माँगने लगते हैं, साथ में मुँह से 'सिगरेट, सिगरेट' भी बोलते हैं।

कभी-कभी, चार-पाँच सैनिक गुट बनाकर मोहल्ले की सड़कों पर टहलते हैं। तब उनके बूटों की आवाज़ के अलावा और कोई शोर सुनाई नहीं देता। बच्चों से बूढ़ों तक, मोहल्ले के सभी लोग डरते हैं कि कहीं ये सैनिक घर के अन्दर न घुस आएँ!

मिलिट्री की मोटरसाइकिल की गुर्राहट सुनते ही सड़क पर निकले हुए, वे सैनिक जल्दी-जल्दी ताल मिलाकर मार्च करते हुए, स्कूल की तरफ़ लौट गए।

औरतों ने तो दिन के उजाले में भी, स्कूल के सामनेवाली सड़क पर निकलना छोड़ दिया हैं। कभी ज़्यादा ज़रूरत पड़ने पर वे लोग रेल लाइन के दूसरी तरफ़ के रास्ते से आती-जाती हैं, वो भी दिन-दोपहरी में ही। सिर्फ़ गोपाल दुकानदार के परिवार के मर्द सदस्य बिना डरे, नि:संकोच स्कूल परिसर के अन्दर जा सकते हैं। गोपाल को इस शिविर की रसोई के लिए ज़रूरी सामान लाने का ठेका मिला हुआ

है। रसोईघर की ज़िम्मेदारी में रहनेवाले अधिकारी दक्षिण भारत के हैं। उनके साथ दोस्ताना बनाने के लिए गोपाल को दो-चार दिन ही लगे। गोपाल, उस अधिकारी से बेहतर हिन्दी बोल सकता है। हिन्दी में बात करते हुए कभी वो अटक जाते हैं तो गोपाल उचित शब्द ढूँढ़कर उनकी मदद कर देता है।

सुबह ब्रेकफास्ट से निपटने के बाद, जब सैनिक के दल बाहर चले जाते हैं, उस समय धोबी की धुली और प्रेस किकी हुई धोती और आस्तीन समेटे हुए फक्क सफ़ेद कुरता पहनकर गोपाल दक्षिण भारतीय रसोई के ज़िम्मेवाले अधिकारी के पास आकर बैठता है। फिर वह जेब से नोटबुक और पैन निकाल लेता है। कभी-कभी नोटबुक के साथ ग़लती से उसका मोटा दिखनेवाला पर्स भी निकल आता है। फिर वो अगले दिन के लिए सामान की लिस्ट लिखने लगता है। मुर्गा पचास लिखे गए लेकिन तीस से काम चलेगा। अंडे डेढ़ सौ लिखे गए, पर सौ से हो जाएगा न? अधिकारी ने कहा, "हाँ, सौ से हो जाएगा।"

"सब्जी-भाजी कितना चाहिए? वजन के हिसाब से एक मन? कितना लिखें, डेढ़ मन?"

अधिकारी हाँ में सर हिलाता है।

थोड़ी देर के बाद गोपाल के दुकान में काम करनेवाले तीन लोगों में से, सबसे ज़्यादा विश्वसनीय आदमी वहाँ पर आता है। वह गोपाल से सामान की लिस्ट लेता है, थोड़ी देर तक खाना बनानेवाले लड़कों के साथ गपशप करता है, बचा रहता है तो एक उबला हुआ अंडा खाता है और फिर लिस्ट ले जाकर गोपाल के बड़े बेटे के हाथ में थमा देता है।

शिविर से निकलकर गोपाल दिनभर अलग-अलग काम में घूमता-फिरता है। उसके पास फ़ुरसत ही नहीं होती। रात को काम से लौटकर, फिर से वह दक्षिण भारतीय रसोई अधिकारी के पास आकर बैठता है। थोड़ी दूरी पर नये आए हुए सैनिक गीत गाते हैं, बातें करते हैं और इधर पहले की अरबी और फारसी के क्लास रूम में गोपाल और रसोई अधिकारी विलायती शराब लेकर बैठते हैं।

कुछ ही दिनों में वो विलायती शराब की बोतलें, महानन्द के घर पहुँचीं, गोपाल की दुकान के पीछे बने हुए स्टोर रूम में बोरी के अन्दर पहुँची और वहाँ से एक-एक बोतल तीस रुपये क़ीमत तक बिकने लगी। गोपाल द्वारा लाई गईं शराब की बोतलों के हिसाब में उसके बड़े बेटे ने गड़बड़ किया। अब वह भी अक्सर अनादी और हरिशंकर के भतीजे, किशोर के साथ अँधेरा होने के बाद रेल लाइन के किनारे एक बोतल लेकर बैठने लगा। उनके साथ एक और पड़ोस का लड़का भी जुड़ गया।

अतुल का आधा बनवाकर छोड़ा हुआ मकान, राधा ने स्कूल के क्लर्क को रहने के लिए दे दिया था। पहले वह आठ मील की दूरी से साइकिल चलाकर आता

था। राधा के कहने के साथ-साथ उसने मकान को रहने लायक बना लिया और सामनेवाली ख़ाली जगह पर खीरा, भिन्डी और सेम के बीज बो दिए।

मोहल्ले में ज़मीन मिलनेवाले शिक्षकों को अकन की गिरफ़्तारी की वजह से स्कूल के फंड से पैसे नहीं मिले थे, वे फिलहाल अपने-अपने पैसे ख़र्च करके ही ज़मीन के चारों तरफ़ बेड़ा बँधवाकर सीमा के अन्दर सुपारी-पान, नारियल, आम और कटहल लगाने के बारे में विचार कर रहे थे। लेकिन उन लोगों के बँधवाए हुए बेड़े को रात के वक़्त किसी ने तुड़वा दिया। नुरुल मास्टर ने मालभोग और कच्चे केले के पौधें लगवा चुके थे लेकिन अगले दिन सुबह उन पौधों में से कोई शिव मन्दिर के सामने, कोई जगमोहन के आँगन में और कोई उदय की साइकिल मरम्मत की दुकान के सामने पड़े हुए मिले। पूरे मोहल्ले के चारों तरफ़ ये तोड़-फोड़ के चिह्न दिखाई दिए।

एक दिन योगमाया हाईस्कूल के गेट से एक गोरा सिपाही गाड़ी ले जाते वक़्त गेट के खम्भे में ठोकर लगा गया। खम्भे में बड़ी-सी दरार पड़ गई और वो टेढ़ा हो गया। खम्भे में लगा हुआ विशाल साइनबोर्ड एक तरफ़ से निकल गया। उस सिपाही ने गाड़ी अन्दर ले जाने की दूसरी बार कोशिश नहीं की। मुँह के अन्दर ही कुछ बड़बड़ाते हुए उसने गाड़ी को बाहर सड़क के किनारे ही रोक दिया।

थोड़ी देर के बाद, महानन्द को साथ लेकर एक मिलिट्री का सिपाही वहाँ आया। उसने महानन्द को टूटा हुआ साइनबोर्ड दिखाकर विनती के स्वर में कहा, "हमारी वजह से आपका इतना नुक्सान हुआ, हमें बहुत अफ़सोस है, हम लोग इसकी मरम्मत करवा देंगे।"

महानन्द, आँखों को सिकोड़कर, होंठ बिचकाकर, साइनबोर्ड की तरफ़ देखता हुआ सिपाही की बात सुन रहा था। सिपाही की बात ख़त्म होते ही उसने हलकी मुस्कराहट के साथ कहा, "अरे भूल जाइए।"

लेकिन खम्भे में दरार पड़ने की वजह से साइनबोर्ड बहुत खतरनाक ढंग से नीचे लटक गया था। अब वो कभी भी नीचे गिर सकता था, इसलिए महानन्द ने मज़दूर से उसे उतरवा दिया और सिपाहियों को दिक़्क़त न हो, उस पर नज़र रखते हुए किनारे पर रखवा दिया। महानन्द ने देखा कि खींचतान करके उतारने की वजह से साइनबोर्ड चारों तरफ़ किनारे से टूट गया है, पर बीच का हिस्सा कटवाकर बाद में नये सिरे से 'वूमैंस वॉलंटियरी सर्विस' का साइनबोर्ड लिखवाया जा सकेगा। यह काम भी महानन्द को मिले हुए ठेके के अन्दर ही पड़ेगा।

अगले दिन सुबह ही महानन्द ने ठेके का काम देखनेवाले आदमी से उस साइनबोर्ड को उठाकर दुकान में रख आने के लिए कहा। लिखवाने का काम बाद में हो जाएगा।

"ये क्या कर रहे हैं आप?" दूसरे कमरे से पिता के पास आकर राम ने पूछा।

महानन्द ने जवाब में कुछ भी नहीं कहा।

दरवाज़े पर 'खड़े उस आदमी' को राम ने डाँटकर कहा, "ख़बरदार, उस साइनबोर्ड पर हाथ न लगाना।"

थोड़ी देर तक राम की तरफ़ देखते हुए महानन्द ने अपनी पत्नी को चिल्लाकर बुलाया, "अरे सुनती हो? कहाँ हो तुम?"

पार्वती भागती हुई कमरे में आई।

"इसको हुआ क्या है? इसके साथ तो मेरी आजकल भेंट ही नहीं होती, इसलिए पूछ रहा हूँ, तुम कुछ जानती हो क्या?" पार्वती के जवाब के लिए न रुकता हुआ महानन्द, फिर चिल्लाया, "जो भी हो, उससे कह दो, मेरे साथ उलझेगा तो मैं उसे गोली मार दूँगा।"

अब राम भी अचानक, उत्तेजित स्वर में चिल्ला उठा, "मारिए।" फिर वो तेज़ी से अपने पिता के सामने आकर खड़ा हो गया, आते वक़्त उसने एक कुर्सी उठाकर फेंक दी और एक चाय की ट्रे को लात मारकर हवा में उछाल दिया। पिता से दो हाथ की दूरी पर खड़े होकर वह फिर से चिल्लाया, "मारिए।"

महानन्द अवाक् होकर, पैनी नज़र से बेटे को देखता रहा। राम की आँखें ग़ुस्से से भभक रही थीं। वह सीना तानकर फिर से चिल्लाया, "मारिए।"

महानन्द उठकर खड़ा हो गया और एक पल के लिए राम की आँखों को देखा। फिर अपना पूरा ज़ोर लगाकर राम के बाएँ गाल पर एक थप्पड़ मारा। राम गिरते-गिरते बचा, महानन्द ने उसके बालों को मुट्ठी में पकड़कर उसे सीधा खड़ा किया, फिर एक और थप्पड़ मारा। इस थप्पड़ की सीधा चोट पार्वती के बाजू पर पड़ गई। पार्वती भागती हुई बीच-बचाव करने के लिये बाप-बेटे के क़रीब आ गई थी। पार्वती चीख़ रही थी, "क्या हो गया है आपको, पागल हो गए क्या? छोड़िए उसे।"

महानन्द ने पार्वती को धक्का देकर वहाँ से हटा दिया और राम को फिर से ज़ोर का एक थप्पड़ मारा। फिर राम के बाल पकड़कर उसे दूर फेंक दिया।

पार्वती धक्के खाकर दरवाज़े पर गिर पड़ी थी। दरवाज़े पर खड़ा 'वो आदमी' पार्वती से छू जाने की आशंका से कूदता हुआ पीछे हो गया लेकिन यह सोचकर अपने हाथों को आगे कर दिया, कि पक्के फ़र्श पर गिरकर पार्वती को ज़्यादा चोट न लग जाए।

पिता के बालों को छोड़ देने के साथ-साथ ग़ुस्से में दाँत पीसता हुआ राम, एक क्षण के लिए असमंजस में खड़ा रहा, फिर सोफे का कुशन उठाकर हवा में उछाल दिया। पास में एक छोटी सी टेबल पर, पान रखनेवाली एक तश्तरी और मार्बल की एक बिल्ली सजी हुई थी, राम ने लात मारकर सामान के साथ टेबल को गिरा दिया और देखने लगा कि आसपास और क्या-क्या सामान रखा

है। अब पार्वती उसे पकड़ने के लिए भागी और साथ में बाक़ी दोनों बेटों के नाम लेकर चिल्लाने लगी।

महानन्द ने पत्नी को आदेश दिया, "मत पकड़ना उसे। उसे करने दो, जो करना है। मैं भी देखता हूँ, कितना दम है उसमें।"

महानन्द का सबसे छोटा बेटा पूर्ण, लकड़ी की दुकान के चौकीदार को चाभी देने के लिए गया हुआ था। यह उसका रोज़ सुबह का काम था। बीचवाला बेटा बीरू नहा रहा था। कमर में गीला गमछा लपेटकर गीले शरीर ही वह भागकर आ गया। उसे अन्दाज़ा नहीं था कि हुआ क्या, वह सबका चेहरा देखने लगा।

माँ की पकड़ से ख़ुद को छुड़ाने की कोशिश करता हुआ राम अब हाँफता हुआ चिल्लाने लगा, "आपको क्या लगता है, थप्पड़ और घूँसे से मेरा मुँह बन्द कर सकेंगे? योगमाया दादी के नाम का साइनबोर्ड जहाँ जैसे था, वैसे ही रहना चाहिए। वो साइनबोर्ड स्कूल में होना चाहिए, इस घर के गेट में भी होना चाहिए।"

पार्वती अपने शरीर की पूरी शक्ति लगाकर राम को अन्दरवाले दरवाज़े की तरफ़ ठेलती हुई कहने लगी, "तू चल, अन्दर चल।"

महानन्द चिल्लाया, "उसे मेरे सामने से मत ले जाओ।"

पार्वती को अब रुलाई फूट रही थी। उसे पहली बार एहसास हो रही थी कि राम के शरीर में इतनी ताक़त है। उसने असहाय स्वर में कहा, "अपने पिता से ऐसे नहीं बोलते न।"

"कैसे नहीं बोलना चाहिए?" राम पहले से भी ज़्यादा ज़ोर से चिल्लाया, उसकी आँखें और ज़्यादा तीखी हो गईं। अपनी माँ की तरफ़ देखकर उसने कहा, "जब एक टाइम का खाना जुगारने के लिए मारवारी के गद्दे पर घंटों इन्तज़ार करना पड़ता था, तब तो मैं ऐसे नहीं बोलता था? जब एक ही कमीज़ को दोनों भाई बाँटकर पहनते थे, तब भी मैं ऐसे बोलता था क्या?" राम ने अपनी तर्जनी से भाई की तरफ़ इशारा किया। ग़ुस्से से उसके शब्द गले में अटक रहे थे, "किसके एहसान की वजह से आज मारवारी व्यापारी के लिए सामान ढोनेवाले इस आदमी को सैकड़ों-हजारों रुपयों पर बैठकर, विलायती शराब पीने को मिली है?" राम ने अब उँगली से पिता की तरफ़ इशारा किया और माँ से कहा, "शर्म नहीं आती?"

पार्वती को भी अब ग़ुस्सा आया, वो ज़ोर से बोली, "तू चुप हो जा।"

"आदमी को इतना बेईमान, इतना नमकहराम नहीं होना चाहिए। मैं कह देता हूँ, योगमाया दादी का नाम लिखा हुआ साइनबोर्ड..."

राम की बात ख़त्म नहीं हो पाई। पार्वती और वीरू को दोनों तरफ़ धक्का देकर महानन्द राम के सामने आ खड़ा हुआ और उसे लगातार तीन-चार घूँसे मारे। पार्वती और वीरू की चीख़ रुलाई की तरह सुनाई दी। वीरू राम को ज़ोर से खींचकर बाहर

के दरवाज़े तक ले आया। वहाँ खड़े आदमी ने भी राम को पकड़ लिया। अब पार्वती ने घुटनों पर बैठकर राम की तरफ़ भागते हुए महानन्द के दोनों पैर ज़ोर से पकड़ लिए। वह अपनी पूरे शरीर का भार महानन्द के दोनों पैरों पर डालने की कोशिश करने लगी। महानन्द ने कहा, "मुझे छोड़ दो तुम। उसके खून में कौन-सी दादी का कितना नमक है, आज मैं निचोड़कर निकाल देता हूँ।"

राम को वीरू और वह आदमी घसीटकर आँगन तक ले गए। राम की नाक से खून बह रहा था। अपनी नाक को हथेली से पोंछने पर, उसके हाथ में भी खून का धब्बा लग गया था। भाई ने उसे घर के पिछवाड़े की तरफ़ ले जाने की कोशिश की लेकिन वह कामयाब नहीं हुआ। भाई का करुण चेहरा देखते हुए राम ने कहा, "घनश्याम चौधरी पापी था लेकिन नमकहराम नहीं था। तू अगर इस नमकहराम बाप का नमकहराम बेटा नहीं बनना चाहता तो ढंग से चलना सीख ले। मैंने आज ही बता दिया। बहुत सहन करने के बाद ही, ये सारी बातें मेरे मुँह से निकली हैं। याद रखना।"

इतना कहकर, राम ने झटककर भाई से अपना हाथ छुड़ाया, आँगन से, सीढ़ियों पर पैर रखे बिना ही कूदता हुआ बरामदे में चढ़ गया, फिर अपने कमरे में घुसा और अपने कुछ कपड़े-लत्ते उठाकर बाहर निकल आया। वह तेज़ी से गेट के पास पहुँचा, फिर कुछ सोचकर पीछे मुड़कर उस आदमी को देखा और उससे कहा, "ठीक तरह से स्कूल का साइनबोर्ड पहले की तरह उठाकर रख आना। किसके हुकुम मानकर चलने पर फ़ायदा होगा, ये ठीक तरह से समझकर काम करना।

फिर राम ने और किसी की तरफ़ नहीं देखा। हाथ में रखे हुए कपड़ों में से रूमाल निकालकर अपनी नाक पोंछी और गेट से बाहर निकल गया।

उसके बाद कुछ दिनों तक किसी को पता नहीं चला कि राम कहाँ गया और कहाँ रह रहा है। पार्वती जिससे भी मिलती, राम के बारे में पूछती। किसी-किसी के सामने वह रोने भी लगती थी लेकिन कोई भी उसे राम का पता नहीं बता पाया। पार्वती की समझ में आया कि राम के गायब होने की ख़बर सबको है, उस दिन उनके घर में हुई घटना के बारे में सभी को मालूम है, किसी के सामने नये सिरे से कुछ कहना नहीं पड़ा।

दरअसल, उसी दिन सभी को मालूम हो गया था कि बाप-बेटे में झगड़ा हुआ था, बाप ने पीटकर बेटे को जख्मी कर दिया था, बेटे ने अपने बाप को और दादा को पापी कहा था, कोई तो ये भी कह रहा था कि बेटे ने भी अपने बाप की तरफ़ कुर्सी फेंककर मारी थी।

एक व्यापारी दोस्त ने महानन्द के लिए एक पुरानी सेकंड हैंड सेवरलेट गाड़ी की व्यवस्था करने का वादा किया था। राम के साथ महानन्द की झड़प होने के

अगले दिन दोपहर बाद वह दोस्त गाड़ी लेकर महानन्द के घर में हाज़िर हो गया। गाड़ी काफ़ी मजबूत और लम्बी-चौड़ी थी। इससे पहले इस गाड़ी को किसी स्टीमर कम्पनी के कोई साहब ख़ुद चलाते थे, पिछले तीन सालों से एक चाय बाग़ान के मैनेजेर ने इसे अपने ड्राइवर से चलवाया। लेकिन वह ड्राइवर, गाड़ी को स्टीमर कम्पनी के साहब से भी ज़्यादा जतन से रखता था। इसलिए, पुरानी होने के बाद भी गाड़ी बिलकुल नई-सी है।

महानन्द ने दोस्त को घर के अन्दर नहीं बुलाया। वह ख़ुद गाड़ी में बैठ गया और दोस्त को भी बिठाया, फिर ड्राईवर से कहा, "चलाओ।" अपने दोस्त की तरफ़ देखकर मुस्कुराते हुए कहा, "एक बार ट्राएल हो जाए, क्या कहते हो?"

शहर के बीचोबीच काफ़ी देर तक गाड़ी में बैठकर घूमने के बाद ड्राइवर ने कहा, "पेट्रोल लेना पड़ेगा।"

एक पेट्रोल पम्प में गाड़ी रोककर ड्राइवर ने चार गैलन पेट्रोल लिया। पेट्रोल पम्प का आदमी हेंडल चला रहा है और शीशे जैसे पारदर्शी गैलन में पेट्रोल भर रहा है...

महानन्द ने इस दृश्य को देखते हुए दोस्त से कहा, "गाड़ी मुझे पसन्द है, कब मिलेगी? आज ही मेरे घर पर छोड़ जाओगे क्या?"

दोस्त ने कहा कि अगले दिन वो गाड़ी के मालिक के भाई को साथ लेकर आएँगे, लेन-देन की बातें होगी और फिर गाड़ी महानन्द की हो जाएगी। अगर महानन्द चाहे तो इसी ड्राइवर को रख सकता है।

उसी तरह से काम हो गया।

कुछ दिनों तक महानन्द ठेके का काम देखने के लिए गाड़ी में ही जाता रहा। कभी-कभी वह बिना काम के भी गाड़ी में बैठकर घूमता रहा। एक बोतल में शराब और पानी नाप से मिलाकर, उसने गाड़ी में ही रख लिया और गाड़ी में बैठकर हवा खाते वक़्त, मज़े लेकर पीता रहा।

एक दिन शाम को, उसने पार्वती से कहा, "चलो, गाड़ी में बैठकर एक चक्कर लगा आएँ। तुम तो इस गाड़ी में अभी तक बैठी ही नहीं हो।"

पार्वती, चादर के आँचल से मुँह ढककर रोने लगी। मुँह दबाकर रोने की वजह से उसकी पीठ में कम्पन दिख रहा था। थोड़ी देर तक उस तरफ़ देखते रहने के बाद, महानन्द ने सोचा, ऐसे ही समय में पत्नी को कुछ दिन भेजने के लिए उसका एक मायका होना चाहिए। महानन्द के क़िस्मत में सास-ससुर का घर-परिवार नहीं लिखा है। फिर वह पार्वती को वही छोड़कर 'वूमैंस वॉलंटियरी सर्विस' के लिए बन रहे मकान का काम देखने चला गया।

# 19

मोहल्ले का खुला परिवेश दब-सा गया था। लोग बहुत धीमी आवाज़ में बातें करने लगे थे और जिस विषय में भी बात होती थी, उसका और किसी से ज़िक्र करने के लिए वे मना करते थे। काफ़ी बातें रहस्य से भरी होती थीं और वे सिर्फ़ सुनने के लिए ही अच्छी होती थीं। उन चर्चाओं में एक प्रसंग होता जो सभी मुखर होकर बोलते थे और खेद भी प्रकट करते थे कि हो सकता है, महानन्द के बेटे राम ने अब तक कहीं किसी पोखर-कुएँ में कूदकर आत्महत्या न कर ली हो।

सिर्फ़ गौरी सोचती थी कि ऐसी अपशकुन वाली बात नहीं सोचनी चाहिए। कभी राम और गौरी के मामले में कोई मुश्किल आ पड़े तो मदद करने के लिए उन लोगों ने रेणु नाम की एक सहपाठिन को उन दोनों के सम्बन्ध के बारे में थोड़ा-बहुत बता रखा था। उसी रेणु के हाथ में राम, गौरी के नाम एक चिट्ठी दे गया था। उसने चिट्ठी में लिखा था कि वो अपने लिए कोई काम ढूँढ़ लेगा। इस तरह से और नहीं चल सकता। वह कुछ दिनों तक अपने पिता का मुँह नहीं देखना चाहता। राम ने चिट्ठी में गौरी को परेशान होने के लिए मना किया। गौरी से न मिल पाने के कारण उसे तकलीफ़ होगी, फिर भी वह कुछ दिनों के लिए दूर रहना चाहता है। जितनी जल्दी हो सके, वह गौरी से पुलिस साहब के उस आधे बने हुए मकान में मिलने आएगा। वो कब आएगा, इसकी ख़बर गौरी को किसी प्रकार से भेज देगा।

इतनी विपत्ति के दिनों में, जब अतुल भी इस तरह गायब हुआ था तो गौरी ही हमेशा राधा को समझाती थी कि अतुल सर ज़रूर बहुत सोच-समझकर, राधा की भलाई के लिए ही इस तरह से चले गए हैं। राधा को ज़्यादा परेशान नहीं होना चाहिए। गौरी मुँह से ज़रूर ऐसे तसल्ली देती थी लेकिन मन-ही-मन में राधा के लिए दुखी होती थी। वो ख़ुद भी तो राम से दो-चार दिन नहीं मिल पाती तो दुखी होती, इसी बात की वह राधा से तुलना करती थी। इसलिए वह जितना हो सके, राधा के साथ हँसी-ठिठोली करके उसका मन ख़ुश करने की कोशिश करती रहती थी। दीदी और छोटी बहन का सम्बन्ध छोड़कर गौरी राधा के साथ दोस्ताना व्यवहार करती थी। कभी-कभी बातों के बीच अतुल का प्रसंग निकलने पर गौरी उनको 'अतुल सर' न कहकर 'अतुल जीजाजी' कहकर राधा को हँसाने की कोशिश करती थी।

गौरी सोच रही थी कि अब क्या उसकी क़िस्मत में भी यही सब घटेगा। दो-चार दिन तक वह जितना हो सके ख़ुद को दूसरों से छुपाकर सहज होने की कोशिश करती रही लेकिन धीरे-धीरे वो गुमसुम होती गई। कभी-कभी उसने यह भी सोचा कि राधा को सब कुछ बताकर मन को हल्का कर ले क्या। क्या वो राधा से परामर्श करे कि क्या करना अच्छा होगा। लेकिन वह मन में डरती रही। तब तो ये सारी बातें परिवार के बाक़ी लोग भी जान जाएँगे! वो एकदम से सिहर उठी।

दिन बीतने के साथ-साथ, गौरी मन-ही-मन अस्थिर हो उठी। उनके घर आनेवाले लोगों में से किसी को उसने कहते हुए सुना, राम की चिन्ता में पार्वती बहुत रोती रहती है। गौरी की इच्छा हुई कि पार्वती से मिलकर कह आए, चिन्ता करने की कोई बात नहीं, धैर्य रखना है, अगर गौरी धैर्य रख सकती है तो पार्वती क्यों नहीं। लेकिन पार्वती को इतनी सी मदद करने का कोई भी उपाय गौरी के पास नहीं था। वह अपने मन में ही भुनभुनाती रही। परिवार के लोगों पर जरा-जरा सी बात पर वो ग़ुस्सा हो जाती थी। पहले से घटी हुई घटनाएँ एक तरफ़ से उसके मन में आती रहीं और रह-रहकर उसका ग़ुस्सा बढ़ने लगा। परिवार के सारे लोग महानन्द पर गरजते रहते हैं लेकिन सारी घटनाओं के लिए क्या सिर्फ़ यही आदमी दोषी है?

इसी बीच, एक दिन रात को खाना निपटने के बाद सब लोग अपने-अपने कमरे में चले गए, उसी समय तारा, बाहर के दरवाज़े बन्द करने के बाद तिलक और नवीन के पास आकर बैठी। थोड़ी देर तक इधर-उधर की बातचीत होने के बाद आख़िर राम का प्रसंग निकला। तारा ने कहा, "अच्छा ही हुआ, महानन्द को सबक मिलना चाहिए। उनके साथ ऐसा ही होना चाहिए। दुनिया से धर्म ख़त्म तो नहीं हो गया है न! इतने सारे पापों का फल, उन्हें आख़िर भुगतना ही पड़ेगा।"

गौरी अपने कमरे में सोने से पहले, अपनी चोटी खोलने जा रही थी, वह तेज़ी से इस कमरे में घुस आई। दरवाज़े तक पहुँचते-पहुँचते उसका मुँह खुल गया, "किसने पाप किया है?"

गौरी की बातों का लहजा और चेहरे की भंगिमा देखकर तारा, नवीन और तिलक, तीनों भौंचक्के हो गए। माँ की तरफ़ देखकर गौरी ने फिर से कहा, "बताओ, किसने पाप किया है?"

तारा ने धीमी स्वर में कहा, "यही लोग, राम के परिवारवालों की बात हो रही है।"

"उन लोगों ने क्या पाप किया?" गौरी ने पहले से भी ज़्यादा कड़क आवाज़ में पूछा।

नवीन ने सबकी तरफ़, एक बार नज़र घुमाकर, फिर गौरी से पूछा, "तू क्यों इस तरह से पूछ रही है? तुझे समझ नहीं रही, हम लोग किसकी बात कर रहे हैं?"

"मैं समझ गई हूँ और इसीलिए पूछ रही हूँ। किसने पाप किया है? कौन सा पाप किया है?"

तिलक वैसे भी कम बोलता है। वह स्वभाव से चुप्पा है। उसके मन में पहले से ही शक था कि राम के परिवार के प्रति गौरी के मन में अलग जगह है। इसलिए गौरी पर उसके मन में ग़ुस्सा भी है, पर उम्र में सबसे छोटा होने की वजह से उसने अभी तक किसी से कुछ नहीं कहा है। अब गौरी का सवाल सुनकर उसने मुँह खोला, "ये तो सब जानकार भी अनजान बनी हुई है। हम सब वीरू के पिताजी की बात कर रहे है।"

"जानती हूँ। इसलिए तो पूछ रही हूँ। बता, वीरू के पिताजी ने कौन सा पाप किया?" गौरी की ज़िद बढ़ती जा रही थी।

"तू आज ये कौन-सी नई बात पूछ रही है?" माँ ने आश्चर्य से पूछा।

"नया कुछ नहीं पूछा है, पुरानी बात ही पूछ रही हूँ। तुम लोगों द्वारा सिर्फ़ अपने नज़रियें से देखकर दूसरों के पाप को दिखाने से ही काम नहीं चलेगा न। हम भी कोई पाप कर रहे हैं या नहीं, ये भी तो देखना पड़ेगा।" गौरी ने अपनी चोटी खोलते हुए कहा।

"हम लोगों ने कौन सा पाप किया है?" नवीन ने पूछा।

"हम लोग मतलब तेरी-मेरी बात नहीं कर रही हूँ। जब किसी ने पाप किया होगा, तब तू पैदा ही नहीं हुआ था। इसलिए किसने पाप किया, ये तू नहीं जानता और इसलिए फला के बाप ने पाप किया है, ये तू नहीं बोल सकता।"

"क्या तुझे ठीक-ठीक मालूम है?"

"हो सकता है वो सब बात मैं ठीक-ठीक नहीं जानती, पर ये जानती हूँ कि एक हाथ से कभी ताली नहीं बजती।" गौरी अपने बालों को सामने लाकर उसमें उँगलियाँ फेरने लगी।

"इसका मतलब?" नवीन ने थोड़ा-सा ग़ुस्से से पूछा।

"इसका मतलब ये है कि वो हमारी बुआ है, इसलिए हम लोग योगमाया बुआ के बारे में ग़लत बात नहीं करते। पिता है, इसलिए उनके बारे में भी कभी बुरा नहीं कहते। लेकिन पिताजी और योगमाया बुआ ने कोई बुरा काम नहीं किया, ये हम ज़ोर देकर कह सकते हैं क्या? और कह भी दें तो बाहर के लोग मान जाएँगे क्या?"

तारा अवाक् होकर गौरी की तरफ़ देखने लगी, फिर पूछा, "तेरे पिताजी ने क्या बुरा किया है?"

"अभी मुझसे पूछने से क्या होगा? पहले ही पूछना चाहिए था, पिताजी से भी और योगमाया बुआ से भी।" एक मुहूर्त चुप रहकर गौरी ने फिर कहा, "अगर बुआ और पिताजी ने कुछ बुरा नहीं किया था तो अचानक डिब्रूगढ़ से महानन्द नाम का कोई आदमी आकर, ऐसे ही हम लोग पर तेवर दिखा सकता है क्या? पिताजी अब तक उनका कुछ भी नहीं बिगाड़ पाए और घर के अन्दर से उन्हें गालियाँ दे रहे, ऐसा क्यों?"

नवीन का ग़ुस्सा अब बढ़ने लगा था, उसने कहा, "किसके ज़ोर पर आज तू इतनी बड़ी-बड़ी बातें कर रही है? अगर तुझे कुछ मालूम हुआ है तो खुलकर क्यों नहीं बताती है?"

तारा को भी ग़ुस्सा आ रहा था, वह बोली, "पता नहीं इसको आज क्या हुआ। तू तो अब तक ऐसी सुर में बात नहीं करती थी! बताती क्यों नहीं, कहाँ; क्या सुनकर आई है?"

"मैंने कहीं भी कुछ नहीं सुना है। आज तक तुम लोगों ने जो बातें छिपा रखी है, वो अब अपने-आप मेरी नज़र में पड़ गई है।" गौरी ने भी ग़ुस्से से कहा।

इसके बाद नवीन, तिलक और माँ एकतरफ़ थे और गौरी अकेली उनके साथ बहस करती रही। दोनों पक्षों में लगभग आधी रात तक बहसबाजी चलती रही। बीच-बीच में उनकी आवाज़ ऊँची हुई, फिर तुरन्त उनको याद भी आया कि धीमे बोलो, रात हो रही है, दूसरे कमरों में लाखेश्वर है, योगमाया है, राधा है। वे सुन सकते हैं।

नवीन का कहना था, गौरी समझती है, कॉलेज में पढ़कर वो अब अपने माँ-बाप की ग़लतियाँ निकालने लायक हो गई है, उसे योगमाया बुआ के विरुद्ध बात करने की हिम्मत हो गई है। कॉलेज में पढ़कर ऐसे ज्ञानी बनने से अच्छा है कि घर में मूर्ख बनकर बैठे रहो। जिनको लाज-शर्म बाक़ी हैं, वो गौरी की तरह बात नहीं करते।

तिलक का कहना है, वो जानता है कि अचानक गौरी क्यों ऐसी बातें करने लगी है। अगर ज़रूरत पड़ेगी तो वो किसी की परवाह नहीं करेगा, सब बता देगा। तब किसका क्या हाल होगा, उसके लिए वह ज़िम्मेदार नहीं रहेगा।

तारा का कहना है, योगमाया के बारे में ऐसी बातें करके, गौरी ने बाक़ी परिवारवालों की नाक कटवा दी है। जिसकी बदौलत आज सबको खाने-पहनने को मिला है, उन्हीं के बारे में गौरी अनाप-शनाप बक रही है।

गौरी कहती है, यही तो असल बात है। खाने-पहनने को मिला है, इसलिए घर के लोगों ने अपनी-अपनी अक्ल को गिरवी रख दिया है। वे आँखें खोलकर नहीं देखते, सच का सामना नहीं करते। दरअसल आज महानन्द के परिवार को डिब्रूगढ़ में घनश्याम चौधरी के ख़रीदे हुए चाय बाग़ान का मालिक बनकर राजा की तरह रहना चाहिए था और योगमाया और लाखेश्वर का परिवार कहाँ रहते, उसका भगवान ही मालिक होता। लेकिन आज इसका उल्टा कैसे हुआ? इसलिए ऐसा हुआ कि इस परिवार के किसी व्यक्ति ने कभी कोई पाप किया था।

गौरी ने खुलकर योगमाया का नाम नहीं लिया, पर सब लोगों ने यही समझा।

गौरी ने अपने कथन के आख़िरी वाक्य में, योगमाया की ओर इशारा किया था। उसकी बात समझने के बाद तारा, नवीन और तिलक बिलकुल चुप हो गए थे। पूरे कमरे में अचानक सचमुच आधी रात की स्तब्धता विराजमान हो गई थी। ऐसा प्रतीत होने लगा, जैसे दुनिया में सब लोग गहरी निद्रा में हैं, कहीं कोई आवाज़ नहीं, किसी के साँस लेने की भी आवाज़ नहीं आ रही।

लेकिन दरअसल चारों बिलकुल जगे हुए थे।

लाखेश्वर सोने के लिए बिस्तर की तरफ़ जा रहा था लेकिन दूसरे कमरे में आवाज़ सुनकर माँ और बच्चों की गपशप में भाग लेने के लोभ में वापस दरवाज़े के पास आ गया था। लेकिन उसने ऐसा कुछ सुन लिया था कि उसके पैर दरवाज़े में ही रुक गए। उन लोगों की बहस सुनते हुए, धीरे-धीरे उसका पूरा शरीर जैसे

सुन्न पड़ने लगा था। वह वही जड़ होकर खड़ा रहा। काफ़ी देर के बाद जब दूसरे कमरे से आवाज़ें आनी बन्द हो गई तो उसे बोध हुआ कि अब तारा कमरे में आ जाएगी और वह अपने बिस्तर तक लौट गया था।

बिस्तर में लेटकर, लाखेश्वर ने ऐसा नाटक किया, जैसे वो काफ़ी देर से गहरी नींद में डूबा है। थोड़ी देर के बाद तारा दबे पाँव कमरे में आई और सावधानी से बिस्तर पर चढ़ गई। उसने ख़ूब ध्यान रखा कि लाखेश्वर की नींद न टूट जाए। अगर वो जग गए और पूछने लगे कि अभी कितनी रात हुई, इतनी देर तक कहाँ क्या कर रही थी तो तारा क्या कहेगी। तारा डर रही थी कि अगर लाखेश्वर ने कुछ पूछा तो उसके मुँह से बहुत सारी बातें निकल आएँगी। वह इसलिए भी डर रही थी कि लाखेश्वर से कभी कोई बात उसने छुपाई ही नहीं।

बहुत रात तक तारा को नींद नहीं आई। आज गौरी के मुँह से परिवार की अनकही, कभी किसी की न सोची हुई बात निकल आई है। ऐसी बातें गौरी ने कैसे कह दी। अगर वो न सोचती तो क्या ऐसी बातें उसकी मुँह से निकल पाती? ये उसकी कैसी सोच है? इस परिवार की लड़की के मन में ऐसा भाव कैसे आया? वह अपनी बेटी के मन को अब तक न जान पाई? कैसे? कब से इस तरह सोच रही है वो? क्या हुआ उसे? क्यों ऐसा हुआ?

नींद का नाटक करके, काठ की तरह पड़े-पड़े ही थोड़ी देर के लिए लाखेश्वर को झपकी आई थी, पर फिर वो सुबह तक जगा रहा। गौरी की सारी बातें उसने नहीं सुनी थी, पर जो भी सुन पाया था, क्या वो सच है? नहीं-नहीं, बिलकुल ग़लत है। इतनी पढ़ी लिखी, इतनी बड़ी लड़की ऐसा ग़लत नहीं कह सकती। लेकिन उसकी बात शायद इतनी भी ग़लत नहीं है, लाखेश्वर ने सोचा।

गौरी ने क्या-क्या कहा था, पूरी बात जानने का लाखेश्वर का बहुत मन हुआ। लगभग पौ फटने का वक़्त हो चला था, लाखेश्वर ने तारा को धीरे-धीरे उसकी बाँह हिलाकर जगा दिया। तारा का संकोच ख़त्म करने के लिए लाखेश्वर ने पहले वो सब कुछ बताया जो उसने दरवाज़े पर खड़े होकर सुना था। फिर उसने तारा से पूछा, "बताओ, गौरी ने और क्या-क्या कहा था?"

तारा को लगा, लाखेश्वर ने तो सब कुछ सुन ही लिया था। उसे बहुत तकलीफ़ हुई। थोड़ी देर तक वह चुप रही। फिर गौरी की कहीं हुई सारी बातें याद करती हुई उसी तरह से लाखेश्वर से कह दी। आख़िर में ऐसा सुनाई दिया, जैसे यह बात गौरी की नहीं तारा की है, जैसे गौरी की तरह उसे भी ग़ुस्सा आ रहा है, पर किस पर ग़ुस्सा है, यह वो भी नहीं समझ पाई।

सुबह तारा बिस्तर छोड़कर कमरे से बाहर निकल गई। लाखेश्वर वैसे ही पड़ा रहा।

सचमुच, वो कौन ज़माना था, जब योगमाया ने एक आदमी के साथ बदमाशी

की और लाखेश्वर इतने दिनों तक उसकी बदमाशी को ख़रीद-बेचकर खा रहा है! यही सच है क्या? इतने दिनों तक उसने कौन सा काम करके कमाया है? इस मोहल्ले में वह कौन है? महानन्द पर गरजनेवाला वो कौन है? सच तो है। उस युवाकाल में घनश्याम चौधरी के साथ, योगमाया का कैसे क्या सम्पर्क हुआ था, यह तो लाखेश्वर को भी पूरा नहीं मालूम। किसने पहले इस दुर्घटना को अंजाम दिया था, यह लाखेश्वर को नहीं मालूम। वो योगमाया भी तो हो सकती है! इतने दिनों से वो बिना पूरी घटना का छानबीन किये ही, बिना कुछ सोचे ही घनश्याम चौधरी की सम्पत्ति पर अधिकार जमाकर बैठा है।

लाखेश्वर को अचानक ऐसा लगा कि कमरे से बाहर निकलते ही और गौरी का सामना करते ही उसे बहुत शर्म आएगी।

सुबह नवीन और तिलक के चेहरे भी कुछ गम्भीर दिखे, पर गौरी जान-बूझकर सबसे अलग-थलग बनी रही। राधा ने एक बार उससे पूछा कि क्या हुआ है। गौरी 'कुछ नहीं' कहकर मुकर गई। राधा ने उसके जवाब पर यकीन नहीं किया। लेकिन आजकल घर और बाहर इतनी सारी घटनाएँ घट रही है कि गौरी से कुछ और पूछने का उससे आग्रह नहीं हुआ। उसने सोचा, जो हो रहा है, होने दो।

गौरी बिना खाना खाए, कॉलेज जाने लगी तो तारा ने उसके पास जाकर पूछा, "मुझे बता, तुझे क्या हुआ है?"

गौरी ने साथ-साथ जवाब दिया, "तुम लोग मुझे तंग मत करो। कभी मुझे ग़ुस्सा आया तो घर छोड़कर कहीं चली जाऊँगी, कह देती हूँ।"

"तू कहाँ की बात कहाँ ले जा रही है? ऐसी बात क्यों करती है?" तारा ने असहाय होकर पूछा।

"मैं कह रही हूँ, मुझे कुछ भी अच्छा नहीं लगता। मुझे इस घर में एक मिनट भी रहने का मन नहीं करता।" गौरी अपनी माँ के किनारे से कमरे के बाहर निकल गई।

तारा वही खड़ी रह गई। उसने खिड़की से झाँककर बेटी को बाहर जाते हुए देखा, स्कूल में मिलिट्री के शिविर बनने के बाद से, गौरी दूसरी तरफ़ से घूमकर जाती है। पुलिस साहब के आधे बने हुए मकान के पीछे चली न जाने तक, तारा बेटी को देखती रही। गौरी लम्बी है, कसा हुआ शरीर है उसकी, कुछ और सड़क पर चलते हुए राहगीर के साथ-साथ वह भी पैदल चल रही है, उसकी उम्र और कद-काठी देखकर अचानक तारा लजा गई। कुछ दिन पहले योगमाया की कहीं बात उसे याद आई, राधा और गौरी की उम्र में योगमाया और तारा दो-दो बच्चों के माँ बन गई थीं।

तारा को अब योगमाया पर ही ग़ुस्सा आया। उधर दुनिया में जो भी होता रहे, योगमाया को अब तक राधा की शादी कर देनी चाहिए थी। बड़ी बहन की शादी नहीं हुई तो गौरी की शादी का ज़िक्र नहीं किया जा सकता। राधा अपनी मर्ज़ी से

गौरी का रास्ता रोककर खड़ी रहेगी और गौरी इस जवान शरीर को लेकर यहाँ-वहाँ डोलेगी, क्या ये अच्छा लगेगा। तारा को शक होने लगा कि गौरी को अचानक इस तरह ग़ुस्सा क्यों आ रहा है? इतने दिनों से परिवार के लोगों ने उसके लिए सोचा ही नहीं है, उसका अपना घर, शादी-ब्याह के लिए कुछ नहीं किया, शायद इसलिए। हो सकता है, हाँ-हाँ यही बात है। इस उम्र तक लड़कियाँ ऐसे घूमती है क्या। कैसा भुतहा घर है ये भी। अब तक यह घर दामाद, बहू और नाती-पोतियों से भर जाना चाहिए था। पर यहाँ कैसा मरघट सा सन्नाटा पसरा रहता है, भूत का डेरा जैसा सुनसान। सचमुच ये सब किसी के पाप का नतीजा है क्या?

तारा काफ़ी देर तक कमरा सहेजती रही, अलमारी का सामान इधर-उधर किया और इसी बहाने कमरे में ही घुसी रही। उस तरफ़ के किसी का सामना करने का उसका मन नहीं हुआ।

आजकल राधा को सुबह-सुबह स्कूल जाना पड़ता है, उधर शाम तक वहीं रुकना पड़ता है। लंच में घर आकर वो खाना खाती है। आज सुबह के बाद से तारा ने उसे देखा ही नहीं था। शाम को जब योगमाया उसे चाय-नाश्ता खिला रही थी, उस वक़्त तारा रसोई के दरवाज़े पर जाकर खड़ी हो गई। राधा सर झुकाती हुई धीरे-धीरे खा रही थी, योगमाया उसके पास बैठी थी। तारा के दरवाज़े पर खड़े होते ही राधा ने सर उठाकर देखा और मुस्कुराकर कहा, "आज तो मामी सुबह से आप मिली ही नहीं।"

तारा अन्दर-ही-अन्दर चौंक उठी। उसने ज़ल्दी से कहा, "इन बच्चों के कमरे की सफ़ाई कर रही थी, नवीन ने कल किसी कीड़े के काटने की शिकायत की थी, मैंने सोचा कहीं खटमल न हो तो बिस्तर के चारों तरफ़ खौलता पानी डालकर सफ़ाई की, उसी में बहुत समय लग गया।"

राधा फिर से सर झुकाकर खाने लगी। उसकी तरफ़ देखती हुई तारा का गला भर आया। आज सुबह इसी राधा पर, योगमाया पर उसे ग़ुस्सा आ रहा था। ये लड़की, इस औरत पर उसे ग़ुस्सा आया था! क्या हो गया है उसे। पूरे घर में ये सब क्या होने लगा है। वह डर गई कि वहाँ ज़्यादा देर तक खड़ी रहेगी तो वो रो पड़ेगी। वह रसोई के दरवाज़े से हटकर अपने कमरे में आ गई और उसकी आँखों से अविराम आँसू बहने लगे। आज राधा के सामने उसे कमरा सफ़ाई का बहाना बनाना पड़ा, उससे झूठ बोलना पड़ा।

राधा आजकल बहुत कम बात करती है। घर में ज़्यादातर वक़्त वह लिखने-पढ़ने में ही लगी रहती है या फिर चुपचाप बैठी रहती है। योगमाया उसके पास बैठकर जितना सम्भव हो, उसे बात करने के लिए प्रेरित करने की कोशिश करती रहती है लेकिन राधा अक्सर माँ को झिड़क देती है और उनको चुप रहने के लिए कहती है। बाद में उसे ऐसा भी लगता है कि माँ को बुरा लगा होगा तो हलका-फुलका

मज़ाक करके माँ को बहलाने की कोशिश भी करती है। योगमाया समझती है कि ये मज़ाक राधा अपने मन से नहीं कर रही है। राधा के मज़ाक़ को वह अनसुना कर जाती है, बस उसकी झिड़की कानों में बहुत देर तक बजती रहती है।

एक दिन शाम को योगमाया लाखेश्वर के पास बैठी। बहुत सारे काम के बारे में पक्का निर्णय लेना है। इसी तरह बिना किसी कारण के समय बीतते हुए नहीं देख सकती वो। बहुत काम हैं। स्कूल के मास्टर अभी तक ज़मीन का दख़ल नहीं ले पाए। हाई स्कूल का साइनबोर्ड टूटकर गिर पड़ा है, प्राइमरी स्कूल का भी किसी दिन टूटेगा। महानन्द की हरकतें और कामकाज दिन-ब-दिन असहनीय होता जा रहा है। अकन को जेल से निकलवाने के लिए कोशिश करनी है। अतुल को भी ढूँढ़ना है। बहुत सारी ज़िम्मेदारियाँ हैं, बहुत सारे काम हैं।

योगमाया इस तरह बोलती गई, जैसे लाखेश्वर को विशेष कुछ मालूम न हो। बोलने के बीच में कभी योगमाया ने ग़ुस्से से दाँत पीस लिए, कभी उसकी आवाज़ भर आई। कई बार उसको आँख और नाक से बहते पानी को पोंछने के लिए बात को रोकना पड़ा।

लाखेश्वर, पूरे समय योगमाया की बातें सुनता हुआ, बिलकुल चुपचाप बैठा रहा। कई बार योगमाया को ऐसा लगा कि लाखेश्वर को नींद तो नहीं आ गई। इसलिए उसने बातों के बीच में कई बार पूछा, "सुन रहे हो?"

लाखेश्वर हाँ में सर हिलाता था।

लगातार बोलने के बाद जब वह रुकी, तब भी लाखेश्वर काफ़ी देर तक गुमसुम बैठा रहा। फिर वो थोड़ा-सा हिलता-डुलता हुआ अलग भंगिमा में बैठ गया और कहने लगा, "क्या करोगी, जैसा बोओगी वैसा ही काटोगी न।"

योगमाया लाखेश्वर की बात न समझते हुए उसका चेहरा देखने लगी। उन दोनों के चेहरे पर ठीक तरह से रोशनी नहीं पड़ी थी। लाखेश्वर ने कहा, "मुझे अब यह सब अच्छा नहीं लगता है, समझी। जीवन भर झगड़े में बीत गया। अपना तो कुछ हुआ नहीं, अब लगता है कि लड़के-बच्चों के घर-संसार के दिन भी इसी तरह कटनेवाले हैं। मन बहुत खींझ गया है मेरा।" थोड़ा रुककर उसने जैसे अपने-आप से कहा, "लगता है ये सब किसी पाप का फल है।"

लाखेश्वर फिर से चुप हो गया। उसने एक लम्बी साँस खींच ली, सुनने में ऐसा लगा, जैसे उसने एक लम्बी आह भरी है। फिर उसने कहा, "जो होता है उसे होने दो। कुछ-न-कुछ तो होता ही रहेगा। मुझे अब इन सब झंझटों में उलझने का मन नहीं है। अकन के मामले में वकीलों के साथ सलाह कर ही रहा हूँ। उनका कहना है कि ये सब हमारा-तुम्हारा मुद्दा नहीं रह गया है, ये अब अंग्रेज़ों के हाथ में है।" लाखेश्वर आगे कहता है, "ये अतुल कहाँ गुम हो गया है, ये तो अंग्रेज़ को भी नहीं मालूम।" थोड़ी देर चुप रहकर उसने कहा, "मेरे हिसाब से राधा के लिए

अब दूसरे किसी के बारे में सोचना पड़ेगा, सिर्फ़ उसकी बात नहीं सोचनी है।"

योगमाया बहुत देर पहले ही लाखेश्वर की प्रतिक्रिया से जड़ सी हो गई थी, लाखेश्वर का कहा हुआ एक-एक शब्द योगमाया के कानों में पत्थर की तरह चोट कर रहा था। उसकी अब कुछ भी बोलने की ताक़त ख़त्म हो गई थी। जब लाखेश्वर ने बोलना बन्द किया, योगमाया जल्दी से उठ गई और तेज़ी से कमरे के अन्दर चली गई। वह डर गई थी कि न मालूम लाखेश्वर और क्या कह देगा।

बहुत देर तक योगमाया को विश्वास ही नहीं हुआ कि ये बातें लाखेश्वर के मुँह से निकली थीं। उसे बहुत तकलीफ़ हुई, वह अपने-आप को रोक नहीं पाई और राधा के पास जाकर उसने पूरी बातें उगल दीं। उसके बाद भर्राई आवाज़ में राधा से पूछा, "उसने क्यों इस तरह से बोला, उसने पहले कभी इस सुर में बात नहीं की थी। अगर वही ऐसा करेगा तो हम क्या करेंगे? पहले वो पूजाघर में घुसा रहता था, उसको किसी चीज़ की ख़बर नहीं रहती थी, हम भी उसे कभी परेशान नहीं करते थे लेकिन अब..."

"मैं हूँ न, तुम क्यों चिन्ता कर रही हो। इस उम्र में मामा जी को कोई दिक़्क़त हो रही होगी, इसलिए ऐसे कहा होगा।" राधा ने माँ को चुप तो करा दिया लेकिन ख़ुद अन्दर-ही-अन्दर बहुत परेशान हो गई। मामा जी ऐसे बोल रहे हैं! अतुल को भूलकर किसी और के बारे में सोचने के लिए कहते हैं! किसी के पाप के बारे में ज़िक्र कर रहे हैं! वो ऐसे कह रहे हैं कि उन लोगों को इसलिए भुगतना पड़ रहा है, क्योंकि कभी किसी ने पाप अर्जित किया था! ऐसा क्यों कह रहे हैं वे?

अगले दिन राधा ने पहले गौरी को पास बुलाकर कहा, "मैं मामा जी से सीधे-सीधे पूछकर बात को बढ़ाना नहीं चाहती। क्या तुम्हें मालूम है मामा जी ने ऐसी बात क्यों कही।"

राधा की आँखों में देखकर, गौरी ने सर झुका लिया। गौरी को लगा कि राधा के सामने सीधे खड़े होने की ताक़त उसमें नहीं है।

"बताओ मुझे।" राधा ने आदेश के स्वर में कहा।

"पता नहीं, मुझे नहीं मालूम।"

"झूठ मत बोलो।" राधा ने तीखे स्वर में कहा, "जिसे नहीं मालूम होता है, उसका चेहरा ही अलग दिखता है। कुछ दिन पहले ही मामा जी महानन्द का घर जला देना चाहते थे, आज वही मामा जी कहते है, पाप अर्जित किया, इसलिए भुगतना पड़ा है। क्यों?" थोड़ा रुककर राधा ने कहा, "हम मुश्किल में है, इसलिए अब तुम भी मुझसे बात छुपाओगी क्या?"

गौरी को वहीं छोड़कर राधा तुनककर अपने कमरे में चली गई। लेकिन वह चुप नहीं रही। पूरे दिन, घर में रहते वक़्त वो लगातार बडबड़ाती रही, सिर्फ़ इसका ख़याल रखा कि लाखेश्वर न सुन पाए। शाम को लाखेश्वर के पूजाघर में रहने का

अन्दाज़ा लगाकर राधा ने किसी का नाम न लेते हुए ज़ोर-ज़ोर से कहा, "किसी को हमारा ख़याल रखने की ज़रूरत नहीं है, हम अगर मर जाएँ तो भी किसी को हमारे पास आने की ज़रूरत नहीं।"

सारा दिन बहुत कोशिश करके राधा की भुनभुनाहट, तारा सह रही थी, पर अब उससे और रहा नहीं गया। वह रसोईघर से लगभग दौड़ती हुई बाहर निकली और राधा के दोनों हाथ पकड़कर कहने लगी, "तू चुप कर न।"

"नहीं, मैं क्यों चुप रहूँ?" राधा ने अपना हाथ झटके से छुड़ा लिया। तारा फिर से उसके हाथ पकड़ते हुए विनती के स्वर में बोली, "तुझे मेरी कसम राधा, तू चुप हो जा। ये क्या हुआ, क्यों हुआ मैं तुझे जितना भी जानती हूँ सब बताऊँगी। बस तू अशान्ति न कर।"

राधा चुप हो गई लेकिन तारा का मन काँपने लगा। क्या ये सब राधा से कहनेवाली बातें हैं? कुछ देर तक तारा रसोईघर में ही छटपटाती रही, फिर राधा को वहीं बुला लाई। बहुत सहमी हुई आवाज़ में वह राधा से कहने लगी, "हम लोगों से नाराज़ न हो बेटी, मामा जी के साथ भी बहस मत कर। तू गौरी से बात कर, उसे समझा। भगवान जाने उसके दिमाग़ में किसने क्या डाला है। ये क्या घरवालों के आपस में झगड़ने का समय है?" बात ख़त्म करते-करते तारा रूआँसी हो गई।

राधा ने फिर से गौरी से बात करने की कोशिश की लेकिन उसने 'मुझे तंग मत करो' कहकर अपना मुँह बिलकुल बन्द कर लिया। वह कुछ बोली ही नहीं।

अब राधा पागलों की तरह चिल्लाने लगी, "'तंग न करो' कहकर, तुम लोग क्या कोने-कोने में घुसे रहोगे? किसने कब कौन सा पाप किया, यह तुम लोगों को बताना पड़ेगा। वरना मैं इस घर का सत्यानाश कर दूँगी।"

लाखेश्वर पीछेवाले आँगन से दौड़ता हुआ आया, "क्या हुआ है? राधा क्यों चिल्ला रही है?"

राधा कुछ कहने के लिए, मामा की तरफ़ आगे बढ़ी। तिलक राधा को पकड़कर घसीटते हुए पीछे की तरफ़ ले गया, उसने राधा से कहा, "मैं बताऊँगा। आओ सुनो। मैं सब कुछ बताऊँगा।"

सचमुच तिलक ने राधा को सब कुछ बता दिया। गौरी ने उस दिन रात को क्या-क्या कहा था, वहाँ से शुरू करके यहाँ तक कि उन बातों से आजकल घर में कितनी अशान्ति हो रही है, ये तिलक ने बताया। उसके कथन में कुछ छूट भी गया था तो राधा के सवालों का जवाब देते-देते सभी बातें खुल गईं।

योगमाया भी पास में ही थी। वह भी सब सुन रही थी।

दो दिनों तक सिर्फ़ नहाने-धोने को छोड़कर योगमाया अपने कमरे से बाहर नहीं निकली। पहले दिन 'भूख नहीं है' या 'खाने की इच्छा नहीं' कहकर वह

भूखी रह गई। अगले दिन राधा माँ के लिए सुबह-शाम खाना लेकर कमरे में आई। योगमाया ने खाने को छुआ बस। दो दिन में ही उसकी आँखें गड्ढे में घुस गई, आँखों के चारों तरफ़ काला पड़ गया। उसका चेहरा बहुत दिनों से बीमार पड़े हुए लोगों की तरह दिखने लगा। एक वक़्त उसे ऐसा लगा, जैसे वो अकन के जन्म के वक़्त कमरे में लगातार घुसी औरत की तरह बन गई है। उस ज़माने से योगमाया के साथ छाया की तरह रहते हुए लाखेश्वर को, उसकी बेटी को आज योगमाया का पाप-कर्म नज़र आ रहा है। बेटी के साथ-साथ बाप को भी वही दिख रहा है!

अकेले-अकेले, ज़्यादातर वक़्त कमरे में घुसकर, फिर नये सिरे से अपने पाप-पुण्य का लेखा-जोखा करते हुए योगमाया ने कई दिन यूँ ही बिता दिए।

## 20

अभी तक किसी को मालूम नहीं पड़ा था कि राम कहाँ है लेकिन आख़िर एक दिन सबको उसकी ख़बर मिल ही गई।

एक दिन रात को, गोपाल दुकानदार का बेटा, हरिशंकर का भतीजा और अनादि मिलिट्री शिविर के उस दक्षिण भारतीय अधिकारी से शराब की बोतल ले आए और रेल लाइन के पास बैठ गए। उनके दल में मोहल्ले का एक और लड़का जुड़ गया था। उस दिन वह तले हुए चने और कच्ची प्याज लेकर आया था। उन लोगों के रेल लाइन तक पहुँचते-पहुँचते ही रात के नौ बज गए थे और वापस घर लौटते समय रात का क़रीब एक बजा था। उन लोगों ने तय किया था कि सड़क पर चलते वक़्त बात नहीं करेंगे, कोई आवाज़ नहीं करेंगे। अगर कोई ग़लती से एक हाथ ऊपर उठाकर कुछ कहने लगे तो दूसरा अपनी हथेली से उसका मुँह बन्द कर देता। अगर वो अपने दोनों हाथ ऊपर उठाकर कहे कि 'चलो, बात नहीं करूँगा, एक गाना ही गा लेता हूँ,' तो बाक़ी लड़के उसे पकड़ लेते हैं। अनादि सड़क ठीक से देखने के लिए बार-बार टॉर्च जलाता तो गोपाल का बेटा फुसफुसाकर कहता, "हट मत जला, ऊपर से जापानी देख लेंगे और बम गिरा देंगे।"

अनादि दोस्त की बात मान लेता है, 'हाँ, सही तो है, वह बड़ी ग़लती कर रहा था। इसके बाद वे लोग घुप अँधेरे में काने भिखारी की तरह सड़क का अन्दाज़ा लगाकर चलने लगे।

थोड़ी देर बाद, अचानक हरिशंकर के भतीजे किशोर ने देखा कि कोई आदमी बड़ी फुर्ती से पुलिस साहब के अधबने मकान में घुस गया है। किशोर के मुँह से दबी आवाज़ में निकला, "भूत!"

सब लोगों ने थोड़ी देर रुककर, फुसफुसाते हुए इस पर चर्चा की, एक-दूसरे की हिम्मत बँधाई और फिर तय किया, 'यहाँ भूत-वूत कुछ नहीं है, ज़रूर कोई आदमी होगा, चलो देखते है।'

उन लड़कों के उस मकान के बरामदे में चढ़ते ही, गौरी अन्दर से दौड़ती हुई बाहर निकल आई। 'कौन है' चिल्लाकर अनादि ने टॉर्च जला दिया। अपना मुँह दोनों हाथों से ढँकती, टॉर्च के उजाले के बीच ही गौरी दौड़ते-दौड़ते रास्ता पार कर गई और अपने घर की दीवार के पीछे ओझल हो गई। कुछ ही पल में उस अधबने मकान की खिड़की में कोई आवाज़ हुई। टॉर्च जलाते हुए सारे लड़के उस तरफ़ दौड़े। लेकिन उन लोगों के मुकाबले ज़्यादा फुर्ती दिखाकर, राम वहाँ से निकल गया। फिर भी राम को पहचानने में किसी को कोई असुविधा नहीं हुई।

कुछ देर तक अवाक् होकर खड़े रहने के बाद, अचानक गोपाल का बेटा ज़ोर से चिल्लाया, "चोर चोर चोर।"

एकदम से दौड़कर अपने कमरे में घुसते वक़्त गौरी हड़बड़ी में दरवाज़ा बन्द कर रही थी तो कुछ खटर-पटर हुई। उसकी माँ तारा कुछ दिनों से बहुत हलकी नींद सोती थी। दरवाज़े की आवाज़ से उसकी नींद खुल गई। वह आवाज़ को समझने की कोशिश कर ही रही थी कि बाहर से शोर सुनाई दिया, "चोर चोर चोर।"

चोर? उनके घर की दिशा से ही आवाज़ आ रही है। क्या इस तरफ़ कोई चोर घुस आया है? तारा बिस्तर में ही उठ बैठी। उसने पास में सोए लाखेश्वर के कन्धे में धीरे से हाथ रखा। ये शोर उनके घर की तरफ़ ही बढ़ रहा था, आवाज़ थोड़ी देर में सामनेवाले आँगन तक पहुँच गई।

लाखेश्वर और परिवार के बाक़ी लोग हड़बड़ाते हुए, सामनेवाले बरामदे तक निकल आए। आँगन में वे लड़के लगातार चिल्ला रहे हैं, "चोर चोर।"

अनादि ने हाथ में तब भी जलती हुई टॉर्च पकड़ रखी थी। वह उसे बुझाना भी भूल गया था। टॉर्च को लाठी की तरह हिलाता हुआ वह चिल्ला रहा था, "चोर चोर।"

अब राधा ने आगे बढ़कर सख़्ती से पूछा, "कहाँ चोर है? यहाँ आकर क्यों चिल्ला रहे हो?"

किशोर ने कहा, "चोर उधर भाग गया है और गौरी इस तरफ़ भागी है।"

गोपाल के बेटे ने कहा, "चोर नहीं है, उधर राम भागा है, इधर गौरी दौड़ती आई है।"

"क्या?" राधा की चीख़ से सबकी बोलती बन्द हो गई।

तब तक मोहल्ले के कुछ और लोग भी आँगन में आकर जमा हो गए थे। अनादि और बाक़ी लड़के उन लोगों की तरफ़ मुँह करके चिल्ला-चिल्लाकर कहने लगे, ' राम और गौरी उस पुलिस साहब के अधबने घर के अन्दर...।'

बरामदे के जिस दरवाज़े से गौरी के कमरे तक जाते हैं, लाखेश्वर वहाँ से

चलकर उसके कमरे के बाहर खड़ा हो गया। दरवाज़ा बन्द दिख रहा था लेकिन लाखेश्वर ने दरवाज़े के एक पल्ले के हेंडल को हल्का सा खींचा तो वो खुल गया। कमरे के अन्दर अँधेरा था। लाखेश्वर ने अन्दाज़े से ढूँढ़कर लाइट का स्विच दबाया। गौरी के बिस्तर पर मच्छरदानी सामने की ओर नीचे लटकी हुई थी। लाखेश्वर ने एक हाथ से मच्छरदानी ऊपर उठाई। दीवार की तरफ़ मुँह करके गौरी सिकुड़ी हुई पड़ी थी। लाखेश्वर ने बुलाया, "गौरी!"

गौरी में जगे रहने का कोई लक्षण नहीं दिखा।

"गौरी!!" भीषण क्रोध में दबे हुए स्वर में लाखेश्वर ने फिर से बुलाया, "सुन रही है या नहीं?"

इस बार गौरी ने पिता की तरफ़ मुँह घुमा लिया। डर के मारे पूरी खुली हुई आँखें और अस्त-व्यस्त बालों वाले चेहरे से उसने अपने पिता को देखा। उसका शरीर थर-थर काँप रहा था।

"क्या तू घर से बाहर गई थी?" लाखेश्वर ने पूछा। घर के बाक़ी लोग भी, तारा, नवीन, राधा, तिलक और योगमाया तब तक गौरी के कमरे में आ गए थे। गौरी एकटक अपने पिता की आँखों में देख रही थी। उसने और किसी तरफ़ नहीं देखा था। धीरे-धीरे उसके होंठ काँपने लगे और वह बिना कोई आवाज़ किये रोने लगी।

लाखेश्वर कमरे से बाहर निकल आया। सामनेवाले आँगन में जाकर उसने लोगों से कहा, "अब आप लोग यहाँ से चले जाइए।"

"ये सब तो बहुत बड़ी बात है न चाचाजी।" भीड़ में से किसी ने कहा।

"ऐसा कांड यहाँ नहीं चलेगा। इसका विचार होना चाहिए।" पीछे से कोई और चिल्लाया।

"हाँ-हाँ, ज़रूर होगा, बिलकुल होगा। अब आप लोग जाइए।" लाखेश्वर ने अपने हाथ जोड़ते हुए कहा।

लेकिन लोगों के वहाँ से जल्दी हटने के कोई लक्षण नहीं दिखे। उन लोगों में से कुछ इस तरह चीख़ने लगे, जैसे अभी-अभी गौरी को आँगन में बुलाकर सबके सामने पूछा जाए कि बात क्या है।

थोड़ी देर में आँगन में कुछ ऐसे लोग भी जमा हुए, जिनके साथ लाखेश्वर के घरवालों के पहले से अच्छे सम्बन्ध रहे है। वे चीख़ने-चिल्लानेवाले लोगों को सँभालने में लग गए। ये सब देख-सुनकर लाखेश्वर में वहाँ खड़े रहने की ताक़त नहीं रह गई। वह घर के अन्दर चला गया।

घर के बाहर से लोगों का शोरगुल क़रीब आधा-एक घंटे तक और सुनाई देता रहा। आख़िर चारों तरफ़ निस्तब्धता पसर जाने के बाद लाखेश्वर अपने कमरे से बाहर निकला और सीधे गौरी के पास गया। इस बार कमरे में लाइट जलते ही गौरी उठकर बैठ गई। लाखेश्वर ने इस बार भी एक हाथ से मच्छरदानी ऊपर उठाई

और मुँह से कुछ बोले बगैर गौरी को ज़ोर से एक तमाचा मारा। उसके बाद वो लड़खड़ाता हुआ अपने कमरे में लौट आया।

अगले दिन सुबह बहुत देर तक, कोई भी बिस्तर से नहीं उठा। किसी को थोड़ी-बहुत नींद आई थी, कोई बिलकुल भी नहीं सोया लेकिन बिस्तर छोड़कर कोई भी कमरे से बाहर नहीं निकला। आख़िर सबसे पहले राधा उठी और बाहर आई। वह धीरे-धीरे इधर-उधर करती हुई स्कूल जाने की तैयारी करती रही, साथ में यह भी सोचती रही कि आज स्कूल जाना ठीक होगा या नहीं। वह सोचती रही कि क्या वह अब स्कूल के बच्चों और शिक्षकों का सामना कर पाएगी। वह ये भी सोचती रही कि इस परिवार के लोग जब थोड़ी देर में अपने-अपने कमरे से बाहर निकलेंगे तो क्या इन लोगों का सामना करना उसके लिए आसान होगा? आख़िर एक घूँट पानी भी पीए बग़ैर वो स्कूल चली गई।

सुबह आठ बजे के बाद, तारा अपने कमरे से बाहर निकली। फिर सीधे गौरी के कमरे में जाकर बिस्तर में पड़ी गौरी के बालों को दोनों हाथों से पकड़कर झकझोरने लगी और साथ में अस्फुट स्वर में बोलती रही, “क्या इसलिए तुझे जन्म दिया था मैंने? ये अपने बाप का नाम रखनेवाला काम किया है तूने? ऐसा कुकर्म करने से पहले मुझे दो टुकड़े करके काटकर क्यों नहीं गई?”

थोड़ी देर के बाद तारा जैसे देह और मन दोनों से थक गई। वह धम्म से गौरी के पास ही बिस्तर पर लेट गई।

सुबह जब लाखेश्वर का पूरा घर-परिवार निस्तब्ध था, उस वक़्त महानन्द अपनी पत्नी को सामने बिठाकर समझा रहा था कि योगमाया के घर के लोग कैसे है, वे कितने खतरनाक चरित्र के लोग हैं। हर वाक्य को खत्म करने के बाद वह पार्वती से ‘समझी?’ या ‘देखा तुमने?’ कहकर पार्वती को आश्वस्त कर रहा था। फिर अचानक वह ज़ोर-ज़ोर से चिल्लाने लगा, “इन लोगों के कुकर्म से मेरे पिताजी ख़त्म हो गए थे, अब मेरे लड़के को भी ख़त्म करना चाहते हैं, देखा तुमने? मैं जब कहता था तो तुम नहीं मानती थी न, अब देखा? अभी तुम्हें मालूम हुआ कि मेरा बेटा होकर मेरे ही विरुद्ध क्यों बोल रहा था? मेरा बेटा क्यों मुझे ही दुश्मन मानने लगा है, ये तुम अब समझी? अभी भी तुम मुझे धीरज रखने के लिए कहोगी? अब मैं देख लूँगा। उन लोगों को यह मोहल्ला छोड़ना पड़ेगा।” फिर अपनी आवाज़ थोड़ी धीमी करते हुए दाँत पीसकर कहा, “अब यहाँ और वेश्यागीरी नहीं चलेगी।”

“जाने कहाँ है वो, एक बार पता करते तो...” पार्वती ने राम का ज़िक्र करके देखा।

“अगर वो अपने बाप का बेटा है तो एक दिन अपने-आप आ जाएगा। पहले मुझे इन राक्षसों की सफ़ाई करने दो।” महानन्द ज़ोर से गरज उठा।

दोपहर में राधा मनोरंजन दास के घर के सामनेवाली सड़क से स्कूल से लौट

रही थी। कहीं से महानन्द ने उसे देख लिया। लगभग दौड़ता हुआ वो राधा के बिलकुल सामने आकर खड़ा हो गया और ग़ुस्से से चेतावनी देने लगा, "अगर तुझे घर में आग नहीं लगवानी है, अगर चाहती है कि रात को घर में मिलिट्री न घुस जाए तो सब लोग उस घर को छोड़ दे। मैं दो दिनों की मोहलत दे रहा हूँ, इसके बाद तेरे घर के किसी की भी छाया इस मोहल्ले में नहीं दिखनी चाहिए। ये मत समझ कि मैं तेरे उस मामा की तरह बकवास कर रहा हूँ।" बात ख़त्म करके महानन्द हाँफता हुआ मनोरंजन दास के घर की तरफ़ तेज़ी से चला गया। राधा सिर झुकाए धीरे-धीरे अपने घर की तरफ़ चलने लगी। उसे यह बोध हो गया था कि चारों तरफ़ से कई लोग उन दोनों को देख रहे थे।

घर पहुँचकर पहले राधा ने सोचा कि माँ से इस घटना का ज़िक्र नहीं करेगी लेकिन फिर उसने सब कुछ बताने का निर्णय लिया, उसे लगा अब बात छुपाने का कोई फ़ायदा नहीं।

योगमाया ने गौरी वाली घटना की रात और अगले पूरे दिन घर के किसी से कोई बात नहीं की। उसको यह विश्वास हो रहा था कि इस घर में राधा के अलावा और कोई नहीं जो उनको सुन और समझ सके। लेकिन उनके मन में जो भी था वह राधा को कहनेवाली बात नहीं थी।

दोपहर बाद योगमाया ने धुली हुई मेखला-चादर निकालकर पहनी। वह सोचने लगी कि इस तरह दूसरों पर उम्मीद पालकर, उनके मुँह ताककर घर के अन्दर चुपचाप बैठे रहना कि कोई उनके लिए कुछ करेगा, बिलकुल भी ठीक नहीं है। जो भी करना है, उन्हें ख़ुद करना होगा। इस मानसिक यंत्रणा से निजात पाने के लिए कुछ भी करना होगा। लेकिन कैसे? वह क्या कर सकती है? अब उन्हें कौन सहायता कर सकता है? महानन्द को छोड़कर तो और किसी का ख़याल योगमाया को नहीं आई।

योगमाया घर से बाहर निकली। राधा तब भी स्कूल से नहीं लौटी थी। योगमाया कहाँ जा रही है, यह पूछने के लिए गेट से निकलने तक परिवार के किसी व्यक्ति से उसका सामना नहीं हुआ।

योगमाया सीधे जाकर महानन्द के घर के बरामदे में चढ़ गई। उसे देखकर पार्वती के मुँह से 'ओह' जैसी एक आवाज़ निकली, फिर थोड़ी देर तक चुप हो गई, समझ नहीं पाई कि क्या कहे। सचमुच आज योगमाया उन लोगों के घर आई है! पार्वती एकदम से अकबका सी गई, सोच न पाई योगमाया को कहाँ बिठाये। एक बार ऐसा लगा कि राम के कमरे में उन्हें छुपा दे। योगमाया को यहाँ देखकर महानन्द कौन सा रूप लेगा यह सोचकर पार्वती सहम गई।

पार्वती असमंजस में खड़ी थी और योगमाया उसका चेहरा देख रही थी। काफ़ी दिनों से पार्वती से भेट नहीं हुई है। पर योगमाया को ऐसा लगा जैसे इतने ही दिनों

में पार्वती की उम्र बहुत बढ़ गई है। चेहरे पर गड्ढे पड़ गए है, पहले का रंग अब नहीं बचा। आँखों में भी चमक नहीं रही।

पार्वती को देखती हुई योगमाया ने पूछा, "महानन्द घर में है?"

"हाँ है, वो सो रहे हैं।" पार्वती को जैसे बात करने का मौक़ा पाकर तसल्ली हुई।

"बुलाओ जरा, मुझे उनसे दो-चार बातें करनी हैं।" कहकर योगमाया सोफे पर बैठ गई।

पार्वती हिली नहीं, बुत की तरह खड़ी रही। थोड़ी देर में योगमाया ने फिर कहा, "क्या हुआ, जाओ उनसे कहो कि मैंने बुलाया है।"

पार्वती ने धीमी आवाज़ में कहा, "आप क्यों आई यहाँ? आप तो जानती ही हैं कैसी बातें हो रही हैं आजकल। आपको यहाँ देखकर पता नहीं वो क्या कहेंगे। मुझे डर लग रहा है। आप अभी वापस चली जाएँ। पहले मैं उनसे पूछूँगी, अगर वो आपको आने के लिए कहें तो मैं आपके लिए ख़बर भेज दूँगी, फिर आप आइए।" पार्वती ने डरती हुई नज़र से एक बार अन्दर वाले कमरे की तरफ़ झाँककर देखा।

योगमाया ने कहा, "नहीं सुनो, इसमें डरने की क्या बात है। ज़्यादा से ज़्यादा वो मुझे मारने-काटने की बात करेंगे, और क्या करेंगे? आज मैं उनके हाथों मरने के लिए आई हूँ। जाओ, जगाओ उनको।"

पार्वती असहाय होकर योगमाया की तरफ़ देखती रही। योगमाया ने कहा, "मैं यह तय करके आई हूँ कि उनसे बात किये बिना नहीं लौटूंगी। मैंने तो ये सोचा था कि तुम भी मुझे आँगन से ही भगा दोगी। अच्छा हुआ तुमने ऐसा नहीं किया। तुम डरना नहीं। मैं उनके साथ बराबरी से बहस करूँगी तो अशान्ति होगी न! मैं ऐसा कुछ नहीं करूँगी। जाओ, बुला लाओ।"

बहुत संकोच के साथ पार्वती अन्दर गई।

इस वक़्त शायद घर में लड़के भी नहीं होंगे। काफ़ी देर तक अन्दर से कोई आवाज़ आती हुई सुनाई नहीं दी। आँगन में कुछ कौवे लगातार काँव-काँव कर रहे थे। योगमाया सोफे पर टिककर, आँखें बन्द कर, लम्बी-लम्बी साँसें लेती हुई बैठी रही।

क़रीब पन्द्रह मिनट के बाद, अन्दर कहीं से दरवाज़ा खुलने की आहट हुई। योगमाया ने आँखें खोली और सिर का पल्ला ठीक करती हुई सीधी होकर बैठ गई।

महानन्द आकर दरवाज़े पर खड़ा हो गया। उसकी आँखें और पूरा चेहरा सूजा हुआ था। आँखें लाल थीं। उसके कमरे में आने के बाद पार्वती दरवाज़े के पास आकर रुक गई। महानन्द ने पत्नी से कहा, "मैंने तुमसे कहा था न कि यहाँ नहीं आना, जाओ अन्दर।"

शायद असमय में ज़्यादा देर तक सोने के कारण, महानन्द की आवाज़ में लड़खड़ाहट थी। पार्वती एक बार योगमाया को और फिर एक बार महानन्द को देखती हुई सर झुकाए अन्दर चली गई।

अब महानन्द ने योगमाया से पूछा, "मेरे घर में पैर रखने की हिम्मत कैसे हुई?"

"तुम बैठो।" योगमाया ने कहा।

"पहले मेरे सवाल का जवाब दीजिए। इतनी हिम्मत कैसे हुई? अब यहाँ क्या करने आई हो?" महानन्द ने धमकी के स्वर में पूछा।

थोड़ी देर चुप रहने के बाद, योगमाया ने बहुत कमज़ोर स्वर में कहा, "मैं दुस्साहस करके ही आई हूँ महानन्द, कुछ बात कहने आई हूँ, वह तुम सुन लो। उसके बाद भले ही मुझे घसीटकर घर के पिछवाड़े में ले जाना और ज़मीन में गाड़ देना। यहाँ से सही-सलामत वापस घर लौट पाऊँगी, यह सोचकर मैं आई ही नहीं थी। चीख़ना-चिल्लाना तो तुम लोगों ने मिलकर ख़ूब किया हैं, मौक़ा मिलेगा तो आगे भी करोगे ही, अभी थोड़ी देर चुप होकर मेरी बात सुन लो।"

ज़मीन की तरफ़ आँखें गड़ाते हुए योगमाया चुप हुई। महानन्द खुली खिड़की के परदे की आड़ से बाहर देख रहा था। उसने तिरछी नज़र से योगमाया की तरफ़ देखा। पहले से उनका शरीर भारी हुआ है। माथे के सामने के लगभग सारे बाल सफ़ेद हो चुके हैं। सादी चादर के पल्ले में वे गम्भीर दिख रही हैं। योगमाया की कमज़ोर आवाज़ सुनने के बाद पहले से सोचकर आने के बावजूद, महानन्द को उनकी बात पर चीख़ने-चिल्लाने का मन नहीं हुआ।

थोड़ी देर दम लेकर योगमाया ने फिर बोलना शुरू किया, "तुमने...मेरा मतलब तुम लोग जो भी कह रहे हो, वही सच है, समझे।"

महानन्द ने अब सीधे-सीधे योगमाया की आँखों में देखा। थोड़ी देर उनकी तरफ़ एकटक देखने के बाद पूछा, "कौन-सी बात?"

"वो जो थे...तुम्हारे पिताजी, बहुत अच्छे आदमी थे। तुम लोग सभी बहुत अच्छे हो। मेरे परिवार में भी माँ-पिताजी और भाई सब अच्छे थे। सिर्फ़ मैं ही बुरी थी। इन लोगों ने, लाखेश्वर भैया और उनके परिवार के लोग, पहले ये सब नहीं जानते थे। वे समझते थे कि मैं अच्छी हूँ। अब सबको समझ में आ गया है कि दरअसल मैं ही ख़राब थी, गौरी है न, वो भी समझ गई है, उसका कहना है कि तुम लोगों को आज राजा की तरह सुख में रहना चाहिए था। मेरी वजह से आज तुम लोग सब इतने दुख में हो। मेरे कारण ही तुम लोगों को इतनी सारी मुश्किलों का सामना करना पड़ रहा है। इसलिए गौरी तुम लोगों की तरफ़ आना चाहती है, वह तुम लोगों का दुख समझ रही है। उसके मन की बात, अब उसका बाप भी समझ रहा है और माँ भी। मैं भी समझ रही हूँ।"

योगमाया थोड़ी देर रुकी, फिर अपनी आवाज़ और धीमी की, "इसलिए अब तुम सब लोग मिलकर जिससे तुम्हारा सुख हो, उसकी व्यवस्था कर लो। मेरे दो बच्चे, अकन और राधा के लिए तुम लोगों को कुछ नहीं करना है, सिर्फ़ अब उन पर कोई अत्याचार न करो। तुम्हारे पिताजी अच्छे आदमी थे, मैं बुरी थी, पर फिर

भी वो मेरा थोड़ा-सा ख़याल रखते थे। मैं बुरी हूँ, फिर भी ये दोनों बच्चे उसी आदमी की सन्तान हैं। इसलिए अब तुम लोग इन दो बच्चों को इतनी सी राहत दो। मेरी जैसी बुरी औरत को भी, तुम्हारे पिताजी इतना प्यार करते थे, क्या तुम भी थोड़ा-सा अपने पिता की तरह नहीं बन सकोगे?"

बहुत रुक-रुककर, धीरे-धीरे और जतन से योगमाया ने अपनी बात कही। फिर वह काफ़ी देर तक चुप रही। महानन्द बिलकुल नीचे की ओर एकटक देखता हुआ सिर झुकाकर बैठा रहा। पार्वती पीछे वाले बरामदे में दरवाज़े के पास दीवार से टिककर खड़ी थी। काफ़ी देर तक किसी की आवाज़ न सुनकर उसने परदे के आड़ से झाँककर देखने की कोशिश की।

योगमाया ने कहा, "दलीलें और काग़ज़ात जो भी चाहिए बताना, मैं वो सब दे दूँगी। बस, अकन वापस आ जाए तो हम लोग तुम सबकी नज़रों के सामने से दूर हो जाएँगे। गौरी को अगर तुम्हारा परिवार अच्छा लगा है तो लाखेश्वर भैया के परिवार को भी पसन्द आएगा। उनके ऊपर कोई बुरा भाव नहीं रखना। उनको परेशान नहीं करना, चैन से रहने देना।"

अब योगमाया खड़ी हो गई। पार्वती साथ-साथ कमरे में आ गई। उसके मुँह से अनायास ही निकल गई, "आप जा रही हैं?"

योगमाया चुपचाप हाँ में सिर हिलाती हुई दरवाज़े की तरफ़ बढ़ी। पार्वती उनके पीछे-पीछे गई। सीढ़ियाँ उतरते समय योगमाया ने उसी स्वर में, जैसे महानन्द से बोल रही थी, पार्वती से कहा, "एक अच्छे आदमी को इस तरह से दोनों तरफ़ से खींचातानी नहीं करना चाहिए। मैं वैसे ही पापी हूँ, और पाप नहीं बढ़ाना चाहती।"

गेट के पास पहुँचकर योगमाया रुकी और पार्वती की तरफ़ घूमकर कहा, "तुम भी उन्हें समझाकर कहना। मेरे बच्चों को छोड़कर उनके पिताजी की सारी जायदाद महानन्द की है। तुम कहना कि वो और हल्ला न करे, अकन के न लौटने तक चुप रहे। उनसे कहना कि मेरी ये एक बात वो नहीं सुनेगा तो अच्छा नहीं होगा।"

पार्वती ने देखा, योगमाया की आँखों में अचानक चमक आ गई है। थोड़ी देर पहले देखी हुई आँखों से, इन आँखों का बिलकुल कोई मेल नहीं।

अब बिना पीछे मुड़े योगमाया चली गई।

पार्वती जब वापस बैठक में आई, तब भी महानन्द उसी मुद्रा में बैठा हुआ था। उसे जैसे मालूम ही नहीं हुआ कि योगमाया कमरे से निकल गई है।

काफ़ी देर से राधा, लाखेश्वर और तारा सामनेवाले बरामदे में खड़े होकर सड़क की तरफ़ नज़र गड़ाए हुए बेसब्री से योगमाया का इन्तज़ार कर रहे थे। आख़िर दूर से योगमाया को घर की तरफ़ आते हुए देखकर, उन लोगों को राहत मिली। राधा आगे बढ़कर गेट के पास पहुँची और माँ से पूछा, "कहाँ गई थी?"

योगमाया ने कोई जवाब नहीं दिया। योगमाया बरामदे की सीढ़ियाँ चढ़ने लगी तो लाखेश्वर ने पूछा, "कहाँ गई थी?"

योगमाया ने बरामदे में पैर रखकर गम्भीर स्वर में कहा, "तुम लोग महानन्द से उलझना नहीं। उनको मैं मना कर आई हूँ, तुम लोग से भी बोल रही हूँ।"

योगमाया की बात और कहने के ढंग से सबको आश्चर्य हुआ। लाखेश्वर ने कहा, "क्या हुआ है, खुलकर बताओ।"

"खुलकर बतानेवाली कोई बात नहीं है। मेरे बच्चों का पितृ परिचय नहीं है। उन दोनों को उनके हाल पर छोड़ दो। लेकिन तुम लोगों के मामले में तो ऐसा नहीं है न। तुम लोगों ने तरीके से घर-संसार किया है। तुम लोग अपना रास्ता ठीक रखो। तुम लोग मेरे साथ और मेरे बच्चों के साथ इन मामले में घालमेल मत करो। इतने सालों तक तुम लोगों ने मेरे लिए जो भी किया, उसके लिए अगले जनम में मैं तुम्हारी ग़ुलामी कर दूँगी। अब तुम लोग अपने सुख के बारे में चिन्ता करो। मेरे पाप के कारण, तुम लोगों को और न भुगतना पड़े उसकी व्यवस्था करो।"

लाखेश्वर और राधा ने योगमाया की बातों के बीच में 'अरे तुम', और 'सुनो तो' जैसे शब्दों का उच्चारण किया लेकिन योगमाया ने उसे नज़रंदाज़ कर दिया। बात ख़त्म करके वह दनदनाती हुई अन्दर चली गई। राधा भागती हुई पीछे-पीछे गई। लाखेश्वर और तारा अवाक् होकर बरामदे में ही खड़े रह गए।

कमरे के अन्दर राधा ने माँ को रोककर पूछा, "क्या हुआ है बताओ मुझे।"

योगमाया ने दीवार के पास जाकर एक डिब्बे से चाभियों का गुच्छा निकालकर बिस्तर पर फेंक दिया और कहने लगी, "उधर बक्से में ज़मीन के सारे काग़ज़ात रखे हैं, अपने मामा जी को जाकर दे आ। अब तक जो भी जहाँ बचा हुआ है, महानन्द से मिलकर वो लोग बाँट लें।"

योगमाया की रणचंडी मूर्ति देखकर राधा डर गई। उसने माँ के सामने आकर उसका कन्धा पकड़ लिया, "तुम ये सब क्या कह रही हो, बैठो तो।"

योगमाया उसका हाथ झटककर दूर हो गई और कपड़े टाँगनेवाली अलगनी के पास खड़ी हो गई। एक पुरानी सी चादर हाथ में लेकर वह बोली, "तुझे भी बोल रही हूँ, जब तक अकन लौट नहीं आता, इस घर में मेहमान की तरह रह ले। उसके आते ही यहाँ से निकलना है।" इतना कहकर योगमाया ने पहनी हुई मेखला-चादर को खींच-खींचकर शरीर से अलग किया और घर के कपड़े पहनने लगी।

अब राधा को भी अचानक ग़ुस्सा आया। उसने कहा, "भैया के लिए क्यों रुकना है? तुम सब लोग अगर ऐसे अशान्ति करोगे तो मैं आज ही निकलूँगी। कहाँ गई थी, किससे क्या-क्या बोल आई, यह मुझे खुलकर बताओगी या पागलों की तरह बकबक करती रहोगी?"

"खुलकर बताने के लिए क्या बाक़ी रह गया है? सब कुछ तो देख ही रही हो। सुन भी रही हो। मैं पापी हूँ। मेरे मामले में उलझते हुए लाखेश्वर भैया का जीवन भी बर्बाद हो गया। मेरे पाप की वजह से उसके लिए अब अपने बच्चों को लेकर सुख से जीना मुश्किल हो रहा है। महानन्द को अपने बाप से जो ज़मीन-जायदाद मिलनी थी, वह मैंने उस आदमी को फुसलाकर हथिया ली थी। अब वही सब सीने में चिपकाकर बैठी हूँ, इसलिए मुझे चैन नहीं मिल रहा है, जैसे मैं कोई आग की लपटों को गले लगाकर जी रही हूँ।"

खुले दरवाज़े के बाहर खड़े लाखेश्वर को अब और सहन नहीं हुआ। वह कमरे में घुस आया। असहाय स्वर में उसने पूछा, "तू आज ऐसी बात क्यों कर रही है?"

"मैं कैसी बात कर रही हूँ?" योगमाया गरज उठी। अपनी आवाज़ को और ज़्यादा कड़क करके उसने कहा, "क्या मैं झूठ बोल रही हूँ? तुम्हारी बेटी झूठ बोल रही है? चलो मैं मूरख हूँ, इसलिए समझ नहीं पाई लेकिन तुम्हारी बेटी तो मूरख नहीं है न! वो तो झूठ नहीं बोलेगी। और उसकी बात सुनकर तुमने मुझसे जो कहा वो भी क्या तुमने झूठ बोला?"

"मैंने क्या कहा?" लाखेश्वर जैसे आसमान से गिरा।

"क्या कहा था एक बार याद करो। पूरा जीवन झगड़े में ही बीत गया, अपना कुछ नहीं हुआ, अब बच्चों के दिन भी ऐसे ही कटेंगे, अब मन उचट गया है, ये सब किसी के पाप का नतीजा है, ये बातें किस मुँह से निकली थीं। अब बात मत बढ़ाओ। तुम्हारी बेटी महानन्द के बेटे से शादी करना चाहती है, मेरे पाप के कारण ये शादी रुकी हुई है। अब तुम और महानन्द का परिवार एक हो जाओ। ये ज़मीन-जायदाद तुम लोग मिलकर भोग लो। मैं महानन्द को बोलकर आई हूँ। आज के बाद मेरी ये बेटी स्कूल की तनख़्वाह के नाम पर जो पैसा कमाकर लाएगी, उसके अलावा एक फूटी कौड़ी भी मुझे छूनी न पड़े।" योगमाया ने राधा की तरफ़ उँगली से इशारा करके कहा।

"तू जो मुँह में आ रही है, वही बोलती जाएगी क्या? हमें कुछ कहने ही नहीं देगी? तू बार-बार गौरी का ज़िक्र क्यों कर रही है? उसने ग़लती की है, इसलिए ये शादी हो सकती है क्या?" लाखेश्वर ने तर्क देने की कोशिश की।

योगमाया ने अवाक् होकर एक पल के लिए लाखेश्वर का चेहरा देखा और फिर कहा, "क्या कहा? अब उन दोनों को बिना शादी कैसे रहने दे सकते हैं? अब शादी के लिए और क्या बाक़ी रह गया?" फिर राधा की तरफ़ इशारा करके कहा, "अब इसकी शादी अतुल के अलावा किसी और के साथ की जा सकती है क्या?"

"तू हमारे घर की होकर ऐसी बात कर रही है? गौरी की उस लड़के के साथ शादी कर दें? उन दोनों ने ग़लती की तो हम बड़े भी वही..."

योगमाया ने लाखेश्वर की बात ख़त्म नहीं होने दी। अधीर होकर वो चीख़ उठी, "फिर मुझे तुम लोग यहाँ क्यों ले आए थे? मैंने ग़लती की थी तो माँ-पिताजी और तुम बड़े भाई, मुझे इस जंगल में रहने के लिए क्यों ले आए थे?" थोड़ी देर तक लाखेश्वर की आँखों में देखती हुई, एक साँस लेकर वह फिर से बोली, "बात और मत बढ़ाओ। अपनी शादी के स्वार्थ में ही, गौरी ने मुझे पापी कहा है। मैंने इतने दिनों से अपनी आँखें बन्द कर रखी थीं, उसने मेरी आँखें खोल दीं हैं। चलो, मैं इस बात को भी छोड़ देती हूँ लेकिन उसे अकन के बारे में तो एक बार सोचना चाहिए था। अपनी इस बड़ी बहन के बारे में सोचना चाहिए था। महानन्द किस तरह हम सबके गले से एक बूँद पानी उतरने में भी मुश्किल पैदा कर रहा है, यह सोचना चाहिए था। उसके हिसाब से, तुम सबके हिसाब से, अब ये सब मेरे पाप का फल हो गया है। जाओ, दूर हो जाओ मेरे सामने से। मुझे और मत चिढ़ाओ।"

योगमाया अब वहाँ से अकन के कमरे में चली गई। थोड़ी देर तक सिर झुकाकर खड़े रहने के बाद लाखेश्वर भी कमरे से बाहर निकल गया। तारा पहले से ही दरवाज़े के पास खड़ी थी, वह भी लाखेश्वर के पीछे-पीछे बाहर चली गई।

राधा, अकन के कमरे में गई। वह माँ से कुछ कहना चाहती ही थी कि योगमाया ने मुँह खोला, "दो आदमी लगाकर पीछे की तरफ़ एक अलग परछीनुमा छोटा कमरा बनवाने की व्यवस्था कर। अब मैं पुरानी साझा रसोई में नहीं घुसूँगी।"

राधा बिस्तर के कोने पर बैठ गई। उसमें कुछ कहने की शक्ति ख़त्म हो गई थी।

योगमाया ने सचमुच पुरानी रसोई में जाना छोड़ दिया। वह तारा से बोली कि उसके साथ योगमाया का कोई मनमुटाव नहीं है। सिर्फ़ तारा नहीं, आजकल वैसे भी योगमाया को किसी से बहुत ज़्यादा बोलने का मन नहीं करता। इसलिए जब मन करेगा, वो तारा से बात करेगी, मन न हुआ तो चुप रहेगी, इसमें तारा कुछ और न सोच ले। तारा को बुरा न लगे। वैसे भी अब अच्छा लगना, बुरा मानने जैसी कोई भी अनुभूति योगमाया को स्पर्श ही नहीं करती।

राधा अब योगमाया को कमरे में ही खाना परोस देती है। दूसरी रसोई बनवाने के मामले को उसने ज़्यादा तूल पकड़ने नहीं दिया। अब योगमाया के खाने-पीने का कोई तय नियम नहीं रह गया। कभी वह चाय-नाश्ता और खाना परोसने के साथ ही खा लेती है, कभी आधी रात तक खाना रखा रहता है और कभी वह भूखी ही सो जाती है।

गौरी भी, आजकल नहाना-धोना छोड़कर बाहर निकलती नहीं। ज़्यादातर समय कमरे का दरवाज़ा-खिड़कियाँ बन्द करके वह बिस्तर में पड़ी रहती है। नवीन और तिलक उसके कमरे में नहीं आते, लाखेश्वर उस तरफ़ मुँह नहीं करता और तारा को वह नज़र आते ही ग़ुस्सा आ जाता है, साथ में आँसू भी निकल जाते हैं। गौरी को भी राधा ही कमरे में खाना-नाश्ता दे जाती है, फिर एक बार आकर बर्तन

समेटकर ले जाती है, उसने क्या खाया और नहीं खाया, उसमें ज़्यादा ध्यान नहीं देती, असल में बात करने से बचती है। गौरी से कोई सवाल पूछकर फ़ायदा भी नहीं इन दिनों, वह जवाब नहीं देगी।

इसी तरह कुछ दिन चलता रहा। एक रात सबके सोने के बाद राधा, गौरी के कमरे में आई। उसने गौरी के बिस्तर की चद्दर बदल दी, उसके कपड़े करीने से अलगनी पर रख दिए, फिर ढीली-ढाली चाल से आकर बिस्तर पर ही बैठ गई। गौरी भी दीवार से टिककर, दोनों पैर सामने फैलाए हुए बिस्तर पर बैठी थी। राधा को पास बैठते देखकर, गौरी ने उसे एक बार देखा और फिर अपने दोनों हाथों की उँगलियों को आपस में उलझाए बैठी रही।

काफ़ी देर तक दोनों चुप रहे।

फिर राधा ने बिलकुल धीमी आवाज़ से गौरी से पूछा, "तुम लोगों ने ये सब हल्के से लिया है या सचमुच शादी करना चाहते हो?"

गौरी चुप रही। दोनों काफ़ी देर तक फिर चुप हो गई।

आख़िर राधा ने फिर पूछा, "बता तो। किसी और को नहीं बताना चाहती तो कोई बात नहीं, मुझे सब बता सकती है। तुम लोगों का नुकसान करने लायक ताक़त मुझमें नहीं है, जानती तो है।"

अब गौरी ने कहा, "हम लोग मज़ाक़ नहीं कर रहे।"

"राम से शादी करेगी?"

गौरी ऐसी भंगिमा से अपने नाखूनों को आपस में कुरेदने लगी कि उसके चेहरे पर सहमति दिखने लगी।

"राम तुझसे शादी करेगा?"

"वो नहीं चाहेगा तो मैं अकेले कुछ कर सकती हूँ क्या?"

"अगर शादी ही करनी थी तो इस तरह आधी रात को घर से बाहर जाकर ये मज़ाक़ क्यों बनाया?"

"दिन में मिलने का कोई रास्ता ही नहीं था।"

इस बार राधा चुप हो गई। काफ़ी देर बाद उसने पूछा, "तुमने हमारे परिवार के बारे में, राम के परिवार के बारे में सोचा नहीं? और दोनों परिवार में जो चल रहा है, ये भी एक बार नहीं सोचा?"

"क्यों नहीं सोचा, बहुत सोचा है मैंने।"

"सोचकर क्या मिला?"

"जो सच है, वही मिला। हम कौन हैं और कहाँ से आए हैं, ये बड़ा मुद्दा नहीं है। सबसे पहले हम दोनों का मुद्दा बड़ा है।" थोड़ा रुककर गौरी ने कहा, "पहले सोचा था कि हम ही एक दिन दोनों परिवारो को मिला देंगे। फिर सोचा कि सबके बीच में रहकर, सबसे लड़कर दोनों परिवारों को मज़ा चखाएँगे। अब

सोच रही हूँ, कोई ज़रूरत नहीं, इन लोगों में से किसी की छाया भी अब देखने का मन नहीं करता है।"

"फिर क्या करोगे तुम लोग?"

"कहीं और चले जाएँगे।"

राधा ने पूछा, "वो भी तो कम उम्र का लड़का है, कहीं जाकर खाओगे क्या?"

"नहीं खाना मिलेगा तो मर जाएँगे। लेकिन जब तक बचे रहेंगे, इस नरक से तो दूर रह पाएँगे न।" गौरी ने अपने शब्दों पर ज़ोर देकर कहा, "अब तो मरने से भी डर नहीं लगता मुझे।"

"सोचकर देख, कोई ग़लती तो नहीं कर रही, और नहीं तो मामा जी-मामी जी को बहुत तक़लीफ होगी।" राधा ने गौरी के तक़िए पर ही सिर रखकर बिस्तर पर लेट गई।

गौरी ने कहा, "अब मुझे इतने सारे लोगों के बारे में सोचने की ताक़त नहीं है। मुझे जो सोचना था, वो पहले ही सोच लिया था।" अब गौरी भी उसी तक़िए के ख़ाली हिस्से में सिर रखकर लेट गई।

राधा ने कहा, "मैं जिस तरह तुम्हारे अतुल सर के लिए इन्तज़ार कर रही हूँ, तू अगर ये समझ पाती..."

गौरी ने इस बात पर कुछ नहीं कहा, थोड़ी देर बाद उसने अपने आँसू पोंछे।

राधा, उस रात गौरी के साथ ही एक तकिया साझा करके, एक बिस्तर में पड़ी रही।

## 21

बाद के दिनों में, लाखेश्वर और महानन्द के परिवार निर्जीव और स्तब्ध बने रहे। इन घटनाओं में से किसी का भी ज़िक्र दोनों परिवारों में नहीं हुआ, दोनों परिवारों में इस विषय में एक शब्द भी नहीं कहा गया लेकिन पूरा मोहल्ला इस घटना को लेकर मुखर रहा, मुहल्लेवालों ने ज़्यादातर वक़्त इसी चर्चा में बिताया। कुछ लड़कियाँ लाखेश्वर के घर के सामनेवाली सड़क पर रोज़ शाम से पहले टहलने के लिए आने लगी। उनका उद्देश्य था कि कहीं से गौरी एक बार दिख जाए। वे पहले चक्कर में घर की तरफ़ तिरछी नज़रों से देखती हैं, दूसरे चक्कर में पुलिस साहब के अधबने मकान के सामने एक बार रुकती हैं। उन लड़कियों को बहुत मन करता कि उस अधबने मकान के अन्दर जाकर कमरों को पास से देखें लेकिन संकोच की वजह से वे ऐसा नहीं कर पातीं। वे सिर्फ़ चादर के आँचल

से मुँह ढँककर दबी आवाज़ में हँसती हैं और आपस में खुसुर-पुसुर करती हैं।

इसी बीच कांग्रेसियों, प्रेमी-प्रेमिकाओं, शराबियों और मिलिट्री की आए दिन होनेवाली घटनाओं और वारदातों को देखते हुए, मोहल्ले के कुछ'जवान लड़कों ने मिलकर तय किया था कि रात के समय पूरे इलाक़े में पहरेदारी का इन्तज़ाम होना चाहिए। कुछ दिनों से पहरा देने का सिलसिला शुरू भी हो गया है। पहरा देनेवाले लड़के लाखेश्वर के घर के सामने आते ही गाना गाने लगते हैं और ज़ोर-ज़ोर से गला खँखारकर वहाँ से गुज़रते हैं।

स्कूल परिसर वाले मिलिट्री शिविर का दक्षिण भारतीय अधिकारी गोपाल से आँख मारकर हँसता हुआ तंज के स्वर में पूछता है, "और उस तरफ़ का क्या हाल है?"

गोपाल कहता है, "क्या मालूम! लैला-मजनूँ का तो कोई अता-पता ही नहीं है। कहीं फुर्र तो नहीं हो गए!"

फिर वो अधिकारी फुसफुसाता हुआ गोपाल को अपनी राय बताता है कि गौरी को उसने देखा है, बहुत ख़ूबसूरत है। लेकिन राधा! वाह, वैरी ब्यूटीफुल। गौरी अगर पाँच गुणा है तो राधा पचास गुणा ज़्यादा सुन्दर।

फिर वह अपनी आँखें छोटी-छोटी करके गोपाल से पूछता है, "अगर गौरी ऐसी है तो राधा भी कम नहीं होगी, क्या कहते हो?"

गोपाल रूमाल से होंठ का किनारा पोंछकर कहता है, "क्या पता! पानी के नीचे रहनेवाली मछली के बारे में कैसे बताएँ। ऊपर से तो बिलकुल देवी माता की तरह गम्भीर दिखती है।"

अधिकारी आँख मारकर कहता है, "एक दिन मुझे उनके घर ले चलो न।"

"उनके घर जाकर क्या करेंगे?"

"अरे जो करना है, वो मैं करूँगा। तुम सिर्फ़ उससे मेरा परिचय करा देना।"

"मैं ये नहीं कर सकता। वो लोग मेरे अपने जैसे हैं। आप ख़ुद ही चले जाना।" कहकर गोपाल ने एक विदेशी सिगरेट सुलगाया।

शराब के नशे में उस दिन उस अधिकारी के सामने गोपाल ने क्या-क्या कहा था, बाद में वो भूल गया। लेकिन अधिकारी नहीं भूला। एक दिन स्कूल से घर लौटने के रास्ते में, उसने राधा का पीछा किया और अचानक सामने आकर कहा, "गुड इवनिंग।"

राधा ने भौंचक्के होकर अवाक् नज़रों से उस आदमी को देखा और फिर आगे बढ़ने लगी। अधिकारी भी राधा के साथ-साथ चलने लगा और हिंदी-अंग्रेज़ी को मिलाकर धाराप्रवाह बोलता गया कि वो मिलिट्री शिविर में नौकरी करता है। युद्ध और क़िस्मत ने उसे कहाँ से कहाँ लाकर पटक दिया है। माँ-पिताजी, भाई-बहन और रिश्तेदारों से इतने दूर रहकर उसका मन व्याकुल हो उठता है। राधा को वह कई दिनों से देख रहा है। उनकी एक बिलकुल राधा की तरह दिखनेवाली दोस्त

थी। वो भारत नाट्यम नाचती थी। उन दोनों के सम्बन्ध आगे बढ़ ही रहे थे कि ऊपर से हुक़्म आया, तुरन्त चलना है, पहले कलकत्ता और फिर एकदम जहाँ युद्ध हुआ है वहाँ तक। घर-परिवार और दोस्त, सबको छोड़कर वो चला आया है, क्या पता फिर कभी उन लोगों से मिल पाएगा या नहीं। वो सोचता था, इधर तो सिर्फ़ जापानी लोग ही दिखेंगे लेकिन ये सोचा भी नहीं था कि राधा जैसी लड़की से मिल पाएँगे। इस प्रवासी और रूखे जीवन में परिवार वालों का साथ कितना सुकूनदेह होता है, यह बताया नहीं जा सकता। इसलिए आज उसने राधा से बात की। उसका और कोई उद्देश्य नहीं है।

बात ख़त्म करते-करते वो राधा के घर के सामने पहुँच गया था। राधा का पूरा चेहरा लाल हो उठा था। उस आदमी का बात-बात पर गोल-गोल आँखें नचाना और मोटे, खुरदरे होंठों से निकलती टेढ़ी हँसी देखकर राधा का शरीर एक बार सिहर उठा था। कैसे इस आदमी से पीछा छुड़ाया जा सके, यही सोचती हुई वह घर तक तेज़ क़दमों से आ रही थी। आख़िर घर के पास पहुँचकर राधा ने मन में हिम्मत जुटाई और उस आदमी को बिलकुल नज़रंदाज़ कर दिया। फिर वह दनदनाती हुई गेट के अन्दर चली गई। वो आदमी 'थैंक यू' कहकर मुस्कुराता हुआ वापस चला गया।

घर के अन्दर पहुँचकर, राधा का मन उदासी से भर गया। जाने कहाँ का आदमी है, उसे सड़क के बीच रास्ता रोककर इस तरह से बात करने की हिम्मत कर रहा है। उस आदमी को कहाँ से साहस मिला? उसने सोचा होगा इस परिवार की औरतें इसी तरह की हैं। इसके अलावा तो और कोई वजह नहीं हो सकती।

उस आदमी ने एक दिन फिर से राधा का रास्ता रोककर बात की। फिर एक दिन शाम के बाद उनके घर के बरामदे तक आ गया। राधा, खिड़की से उस आदमी को देखते ही लाखेश्वर के कमरे की तरफ़ दौड़ी। वहाँ नवीन का हाथ पकड़कर उसने डरी हुई आवाज़ में कहा, "उस आदमी को किसी तरह विदा कर दे भाई।"

कुछ दिनों के बाद रात को क़रीब दस बजे राधा के घर की सामनेवाली खिड़की में हलकी-हलकी दस्तक सुनाई दी। राधा उसी कमरे में सोती है। उस वक़्त उसे नींद नहीं आ रही थी। उसका शरीर जैसे अचानक सुन्न पड़ गया। थोड़ी देर बाद फिर से उसी तरह की हलकी-हलकी दस्तक सुनाई दी। इस बार साथ में एक दबी हुई आवाज़ भी सुनाई दी, "राधा राधा।"

थोड़ी देर में फिर दस्तक और फिर वही आवाज़, "राधा राधा, मैं अतुल हूँ।"

राधा उछलती हुई बिस्तर पर बैठ गई। क्या उसे ठीक सुनाई दे रहा है? हाँ-हाँ, वो ठीक सुन रही है। मच्छरदानी के अन्दर से निकलकर वह दौड़ती हुई माँ के कमरे में गई। माँ को ज़ोर से हिलाते हुए उसने जगाया, "माँ, उठो उठो।"

योगमाया को भी तब तक नींद नहीं आई थी। वह एकदम से डर गई। क्या हुआ अचानक?

"उठकर जरा दरवाज़ा खोल दो। शायद अतुल आया है।" राधा की आवाज़ में उत्कंठा थी।

"अतुल?"

"आहिस्ता से।" राधा ने तर्जनी अपने होंठों पर लगाकर दिखाया।

"कहाँ है? किस तरफ़?" योगमाया बिस्तर से उतर गई।

राधा आगे-आगे चली। उसने धीरे से खिड़की खोलकर पर्दा हटा दिया। बाहर से अतुल ने कहा, "पीछे का दरवाज़ा ही खोल दो।"

राधा दौड़कर गई और पिछवाड़े के बरामदे से उनकी तरफ़ आनेवाला दरवाज़ा आहिस्ता से बिना आवाज़ किये खोल दिया। कमरे के अन्दर पैर रखते ही अतुल ने कहा, "दरवाज़ा बन्द कर दो।" फिर अतुल ने योगमाया के पैर छूकर प्रणाम किया।

थोड़ी देर तक किसी के मुँह से कोई आवाज़ नहीं निकली। राधा स्थिर नज़र से अतुल का चेहरा देखती रही। कुछ देर बाद योगमाया ने कहा, "बैठो, यहीं बैठो। कहाँ से आए अचानक। तुम्हारी कोई ख़बर नहीं..."

कन्धे पर लटका हुआ कपड़े का झोला ज़मीन पर रखकर अतुल कुर्सी पर बैठा। योगमाया के मन में एक ही बात आई, इस वक़्त अतुल के खाने की क्या व्यवस्था करें। योगमाया के लिए राधा की परोसी थाली तब भी ढकी हुई रखी थी। उस रात योगमाया ने उस पर हाथ ही नहीं लगाया था। उसी को ठीक से रखकर वह अतुल के सामने ले आई। अब मुँह-हाथ कैसे धुलाए जाएँ। राधा ने कहा, "इस वक़्त बाहर नल के पास जाने की ज़रूरत नहीं, अन्दर ही कोपर में हाथ धो ले।"

अतुल बहुत भूखे आदमी की तरह खाना खाने लगा। उसके खाने के दौरान योगमाया पूछती गई, अतुल इतने दिनों से कहाँ था, कैसा था, यहाँ से कब जाएगा, कहाँ जाएगा।

अतुल ने कहा, "वो सब ढेर लम्बी कहानी है। पर वह आज रात को ही, सुबह का उजाला होने से पहले यहाँ से चला जाएगा।" उसने हँसकर कहा, "बाप रे! उधर मिलिट्री है, इस तरफ़ पहरा देनेवाले लड़के, किसी से छुपकर मोहल्ले में घुसना ही मुश्किल हो गया है।"

योगमाया ने तय किया, इतना सा समय मिला है, इसे जरा भी बर्बाद नहीं होना चाहिए। जो भी सुनना है, वो राधा के मुँह से ही बाद में सुन सकेगी। वह अपने कमरे में चली गई और अन्दर से कमरे का दरवाज़ा बन्द कर लिया।

खाना खाने के बाद, कोपर में ही मुँह-हाथ धोकर राधा के बढ़ाए गमछे से हाथ पोंछते हुए अतुल ने कहा, "मैंने सब कुछ सुना है।"

राधा बिस्तर पर बैठ गई। उसकी रुलाई फूट पड़ी थी। उसने ख़ूब कोशिश करके मुँह से कोई भी आवाज़ निकालने से ख़ुद को रोक लिया। लेकिन उसके शरीर में कम्पन होता रहा। वह रोती हुई बिस्तर पर ही लेट गई। अतुल राधा को

पकड़कर बैठाने लगा लेकिन वह ऐसा नहीं कर पाया। राधा के शरीर पर हाथ रखकर अतुल को एक अद्भुत, एक अपूर्व सिहरन का अनुभव हुआ। राधा के शरीर को आगोश में लेकर बिठाने का अतुल को बहुत संकोच हुआ। वह राधा के पीठ पर हाथ रखकर बैठा रहा।

कुछ समय के बाद, राधा ने अपने आपको सँभाल लिया। उसने बैठकर अपना मुँह पोंछ लिया और अतुल की तरफ़ देखा। अतुल ने कहा, "मैंने सब कुछ सुना है।"

राधा ने पूछा, "क्या-क्या सुना है?"

अतुल ने कहा, "सब सुना है। हाई स्कूल का साइनबोर्ड निकाल दिया गया है, राम और गौरी को मोहल्ले के लोगों ने आधी रात को घर के बाहर पकड़ा है, महानन्द ने तुम्हें रास्ते में धमकी दी है, कुछ दिनों से मिलिट्री शिविर का एक आदमी तुम्हें परेशान कर रहा है। सब सुना है मैंने। मुझे अभी यहाँ नहीं आना था लेकिन एक के बाद एक ये ख़बरें मिल रही थी, इसलिए सोचा कि एक बार आ जाता हूँ। तुम लोगों को बहुत परेशानी हो रही है।" थोड़ा रुककर उसने फिर कहा, "पिछले दो दिनों से मैं यहीं हूँ।"

"दो दिनों से?" राधा ने आश्चर्य से पूछा।

"हाँ। पहले कुछ काम निपटा लिया। ज़्यादातर वक़्त तो भागने-छिपने में ही बीत जाता है, और फिर इस मोहल्ले में घुसना तो बहुत मुश्किल हो गया है।" अतुल ने कहा।

"क्या काम निपटाना था?"

वो सब बाद में मालूम हो जाएगा। मैंने ख़ुद कुछ भी नहीं किया है, दूसरों को सलाह दी है कि क्या करना है।"

राधा ने थोड़ी देर तक चुप रहने के बाद पूछा, "इतने दिनों तक कहाँ थे?"

"कभी बहुत दूर, कभी आसपास ही रहा।"

अतुल कहता रहा कि वह एक ही जगह पर ज़्यादा दिनों तक टिका ही नहीं। कभी अगर कलकत्ता शहर के बीच में ही है तो कभी रंगपुर, मैमंसिंग या चट्टग्राम के पास किसी गाँव में है, या फिर कभी यहीं पर सिर्फ़ बीस मील की दूरी पर ही रहा है।

"मैंने अपनी लाइन बदल ली है, समझी?" अचानक अतुल ने कहा, "बहुत सोचने और देखने के बाद मैंने समझ लिया है कि अकन भैया वाले रास्ते पर रहने से कोई फ़ायदा नहीं है। उनकी विचारधारा के लोगों को सरकार जेल में बन्द कर देते हैं बस। ऐसे काम नहीं चलेगा।"

राधा ने अतुल का चेहरा स्थिर नज़र से देखा।

अतुल कहता गया, "इस इलाक़े में जो आगजनी की घटनाएँ हुई थी, वही शुरुआत थी। पुलिस ने ठीक ही शक किया था। वैसे आजकल मैं उस तरह से मिट्टी का तेल डालकर, आग लगाकर भागने जैसा काम नहीं करता।" थोड़ा दम

लेकर अतुल फिर कहने लगा, "बहुत ख़तरनाक काम है। पर अब मुझे ऐसा लगता है कि कुछ ऐसा कर रहा हूँ, जिससे कोई काम भी बन जाए। तुम्हारी फ़िक्र भी होती रहती है। तुम्हारी ज़िम्मेदारी न होती तो और बड़ा काम कर सकता था। मुझे मालूम है कि तुम्हें तकलीफ़ हो रही है, पर फिर भी कुछ दिन इन्तज़ार कर लो। मैंने सुना है, अकन भैया को जल्दी ही छोड़ा जाएगा।"

"ये किसने कहा है?" राधा ने बेसब्री से पूछा।

"पुलिस के लोग ही कह रहे हैं। भैया के लौटने की ख़बर मिलते ही मैं फिर से आऊँगा। भैया ये न सोचें कि मैंने उनका संग छोड़ दिया। तुम में से किसी को मैं नहीं छोड़ सकता। भले ही मैं दूसरे रास्ते पर चला गया हूँ लेकिन हमें कहीं जाकर साथ मिलना ही पड़ेगा।"

अतुल थोड़ी देर के लिए चुप हो गया, फिर राधा का एक हाथ अपने हाथ में लेकर धीरे से कहा, "मैं अब बहुत कठोर और खड़ूस आदमी बन गया हूँ, समझी।"

राधा एकदम से सिहर उठी।

"मेरे हाथ को छूकर तुम्हें पता चलेगा।"

राधा ने अतुल की कलाई पर जलने का दाग देखा। उसने पूछा, "ये क्या हुआ हाथ में?"

"एक बड़ा-सा पटाखा इस हाथ में ही फट गया था।" अतुल ने हँसकर कहा।

राधा एकटक अतुल की आँखों में देखती रही, धीरे-धीरे उसने महसूस किया कि अतुल ने अपनी दूसरी बाँह से उसे बड़ी नरमी से अपनी देह के साथ सटा लिया है। राधा के पूरे शरीर में सिहरन दौड़ गई। उसकी साँस जैसे रुक गई। एक बार उसे लगा कि वो बिस्तर से उठ जाए, अतुल की बाँहों से अलग हो जाए। लेकिन एक अद्‌भुत अनुभूति ने उसे जड़ बना दिया। वह अतुल की तरफ़ देखती रही। इतने वर्षों से दूर-दूर रहनेवाली ये चार आँखें अब पहली बार इतनी क़रीब हुईं तो राधा अपने-आप में खो गई। अतुल की नज़रों को वह ज़्यादा देर तक सहन नहीं कर पाई। वह अपनी आँखें बन्द करके सिर झुकाते हुए एक क्षण के लिए रुकी और फिर अतुल के सीने पर उसने अपना सिर रख दिया।

बीच वाले कमरे की दीवार में टँगी घड़ी में, रात के तीन बजने की घंटी बजी। घड़ी की घंटी ख़त्म होते ही, राधा ने अस्फुट आवाज़ में पूछा, "क्या यहाँ से कहीं चले नहीं जा सकते? यहाँ मुझे कष्ट हो रहा है।"

"हो जाएगा सब। ये कष्ट के दिन भी ख़त्म होंगे। दिन हमेशा एक जैसे नहीं रहते। अब मुझे जाने दो। कोशिश करूँगा कि अगली बार तुम्हारे पास हमेशा के लिए आ सकूँ।"

राधा ने बिस्तर से उठकर लाइट जला दी। अतुल ने भी अपने पहने हुए कपड़ों को ठीक-ठाक करके कन्धे पर झोला लटका लिया। फिर अचानक उसने राधा को

गले लगा लिया। थोड़ी देर वैसे ही रहकर उसने राधा से कहा, "दरअसल मुझे भी वापस जाने का बिलकुल मन नहीं हो रहा है। देखता हूँ, एक दिन और इस जगह रह सकता हूँ क्या। अगर रहता हूँ तो कल आऊँगा, तुम जगी रहना।"

फिर राधा को अपनी बाँहों से अलग करके अतुल ने कहा, "आज की रात मेरे लिए अनूठी थी। चलता हूँ।"

राधा योगमाया को बुला लाई। अतुल ने एक गिलास पानी पीया, योगमाया को प्रणाम किया और फिर पीछे के दरवाज़े से बाहर निकल गया।

बाहर तब काफ़ी अँधेरा था। राधा ने अकन के कमरे में आकर सड़क की दिशा की खिड़की खोल दी, उसे यह देखना था कि अतुल किस तरफ़ से कैसे जा रहा है। मोहल्ले में आजकल पहरा देनेवाले लड़के रात भर टहलते रहते हैं, मिलिट्री के लोग भी घूमते हैं। राधा मन-ही-मन सोचती रही कि अतुल किसी की नज़र में न आ जाए। गेट से निकल जाने के बाद, राधा उसे और नहीं देख पाई। खिड़की की रॉड पकड़कर वह बहुत देर तक खड़ी रही। बहुत देर तक उसका दिल धक्-धक् करता रहा, फ़िर उसे लगा कि वो बहुत ज़्यादा थक गई है।

योगमाया राधा के ही बिस्तर पर बैठकर उसका इन्तज़ार कर रही थी। आख़िर राधा कमरे में आई और माँ की गोद में सिर रखकर बिस्तर पर लेट गई। राधा समझ रही थी, अतुल के बारे में सुनने के लिए योगमाया अधीर हो रही है। माँ के कुछ पूछने से पहले ही राधा ने उन्हें सब कुछ बता दिया, जितना भी उसे समझ में आया था और जो भी अतुल ने कहा था। सिर्फ़ अकन की लाइन से दूर होनेवाली बात वह माँ को समझा नहीं सकी, क्योंकि राधा भी ठीक तरह से वह समझी नहीं थी।

राधा ने अपनी बात ख़त्म की तो योगमाया ने पूछा, "वो फिर से कब आएँगे?"

"मालूम नहीं, कहा कि सम्भव हुआ तो कल फिर आएँगे, वरना उनको भी पता नहीं अभी।"

थोड़ी देर बाद योगमाया भी बिस्तर पर लेट गई। दोनों माँ-बेटी वैसे ही पड़ी रहीं। काफ़ी देर बाद माँ का सोया हुआ चेहरा देखकर, राधा को माँ के प्रति प्यार महसूस हुआ। माँ के लिए उसे दुख भी हुआ। कितना परेशान, कितना चिन्तित रहने के बाद कोई माँ अपनी अनब्याही बेटी को, किसी जवान आदमी के साथ रात भर अकेले छोड़ सकती है!

बाहर उजाला हो गया था, राधा को बिलकुल नींद नहीं आई। वह उठकर बाहर गेट तक गई और दूर, जहाँ तक उसकी नज़र जाती है, वहाँ तक ऐसे ही देखती रही। लाख़ेश्वर के परिवार के लोग तब तक उठ गए थे, राधा सबका सामना करती हुई उन लोगों से सामान्य बातें करने लगी। उसका ऐसा करने का उद्देश्य यह जानना था कि उनके परिवार में से किसी को रात की बात पता चली थी क्या। उसने याद करने की कोशिश की कि रात को उसने अतुल के साथ कितनी धीमी आवाज़ में

बात की थी। आख़िर जब वह आश्वस्त हो गई कि किसी को कुछ पता नहीं चला है तो उसे बहुत नींद सी आई, उसने अपनी आँखों में जलन महसूस की। स्कूल के लिए छुट्टी की एक अर्ज़ी भिजवाकर वह असमय में बिस्तर पर लेट गई। आँखें बन्द करने पर उसे बार-बार अतुल का आलिंगन याद आया। बार-बार वो चौंक उठती और करवट बदलती रही।

आख़िर दोपहर बाद राधा को नींद आई। वह शाम तक सोती रही, फिर उठकर ख़ुद रात का खाना खाया। उसके बाद एक थाली में खाना सजाकर कमरे की टेबल पर ढँककर रख दिया और कान खड़े करके जगी रही। ये सब काम वह यंत्रवत् कर रही थी, उसे विश्वास नहीं था कि अतुल फिर से आएगा। लेकिन अतुल आया। रात के क़रीब साढ़े बारह बजे अतुल ने खिड़की खटखटाई।

आज अतुल ने इसी परिवार के आदमी की तरह आराम से बैठकर खाना खाया। फिर वह राधा के क़रीब बैठा। राधा के दाएँ हाथ को अपने हाथों में लेकर उसने कहा, "मुझे जाना था लेकिन मैं नहीं जा सका। क्या तुम्हें मालूम है, मेरे मन में क्या है।"

राधा ने उसकी आँखों में देखा।

"अगर तुम्हें बुरा न लगे तो बताता हूँ।"

"हाँ बताओ।"

"अब और भूमिका बाँधकर मैं बात नहीं करूँगा। कब तुम्हारे साथ मेरी शादी होगी, यह मैं नहीं जानता। लेकिन एक दिन होगी ज़रूर। पिछली रात मेरे इतने क़रीब तुम थीं, मेरा मन हुआ तुम्हारे साथ शादीशुदा आदमी की तरह एक रात बिता जाऊँ।"

राधा ने अपने शरीर पर चादर को अच्छी तरह से लपेट लिया, जैसे उसे ठंड लग रही हो। फिर वह गुमसुम होकर बैठी रही। कुछ देर में अतुल ने पूछा, "क्या मैंने कुछ बुरा कहा?"

"नहीं, बुरा नहीं कहा।" राधा ने कहा, "तुम्हारी बात को मैं बुरा नहीं कह सकती। लेकिन माँ की हालत देख रहे हो न? शायद इसी तरह से कभी माँ के जीवन की भी शुरुआत हुई थी। कल रात को ही मैंने इस तरह से सोचा था। माँ कहती है मेरी उम्र अब अट्ठाईस साल हो गई है। वे कहती हैं ऐसी उम्र में वे बूढ़ी ही होने लगी थीं। एक दिन मज़ाक़-मज़ाक़ में ऐसा कहा था उन्होंने। तुम्हें इस तरह से वापस भेज देना मुझे भी अच्छा नहीं लगता। पर मैं डरती हूँ।" थोड़ा रुककर उसने कहा, "मैं गौरी को तुम्हारे बारे में बताती रहती हूँ। गौरी के लिए सोचकर भी मुझे अपने मन को सख़्त रखना पड़ेगा। गौरी से कह पाने के लिए मुझे भी नियम से रहना होगा। शायद उसने अपने बारे में जो निर्णय लिया है, वह अब नहीं बदलेगा लेकिन अगर मैं ठीक रहूँगी तो उसे समझाने में मुझे अपने मन में बल मिलेगा।"

फिर राधा ने एक फीकी मुस्कान के साथ कहा, "गौरी अब जिस उम्र में है, मैं वह उम्र कब की पार कर चुकी हूँ, है न। जब उस चंचल उम्र को मैंने पार कर

लिया तो...” उसने एक मुहूर्त रुककर फिर कहा, “तुम ही तो कह रहे थे कि इतने दिनों तक तकलीफ़ें सह लीं तो कुछ दिन और सही, है न! तुम बुरा न मानना।” राधा ने अतुल के दोनों हाथ अपने हाथों में लेकर कातर दृष्टि से उसे देखा।

अतुल ने कुछ नहीं कहा। वह तकिये पर सिर रखकर लेट गया। थोड़ी देर बाद उसने राधा को खींचकर अपने सीने से लगा लिया। दोनों चुपचाप देर तक ऐसे ही लेटे रहे।

अगले कुछ दिनों में, राधा अभी-अभी किसी सुनसान नदी के घाट में नहाकर आनेवाली लड़की की तरह तरोताज़ा और मुक्त दिखी। शाम को वह बिना संकोच के इधर-उधर टहलती रही, स्कूल में बच्चों के साथ हँसते-मुस्कुराते हुए उसने बातचीत की और निडर होकर सड़क पर चली।

लेकिन चार-पाँच दिनों के बाद, राधा एक बार फिर डर गई। एक दिन रात को महानन्द की फर्नीचर की दुकान और गोपाल के किराने की दुकान में धम्म धम्म आवाज़ में कुछ फूटा, जैसे पूरे मोहल्ले के मकान, एक साथ झनझना उठे। फिर वहाँ ज़बरदस्त आग लगी।

मिलिट्री शिविर में यहाँ-वहाँ सोये सिपाहियों के झुंड बन्दूक हाथ में लिए दस पहियेवाली गाड़ी में चढ़कर तुरन्त तैनात हो गए। उनमें से कुछ अपने-अपने वाहन और सामान के सामने आ गए और कुछ आग लगनेवाली जगह पर भागे। फिर धीरे-धीरे मोहल्ले के लोग भी सड़क पर जमा होने लगे।

अगले दिन लोगों ने आपस में बातचीत की कि इतनी बड़ी आगजनी और बमबारी की घटना पहले कभी उन लोगों ने देखी नहीं थी। कुछ लोगों ने कहा, दोनों दुकानों का थोड़ा ही सामान बच पाया। महानन्द और गोपाल का सब कुछ ख़तम हो गया। लेकिन कुछ लोगों ने इस बात को ख़ारिज कर दिया, उनके हिसाब से महानन्द और गोपाल का ऐसी दो-चार आगजनी की घटनाओं से कुछ नहीं बिगड़ सकता।

कहीं-कहीं किसी ने कहा कि इस घटना को कांग्रेस के कुछ लोगों ने अंजाम दिया है। महानन्द और गोपाल ने अंग्रेज़ मिलिट्री की मदद की है, उनके लिए काम कर रहे हैं, इसलिए उन दोनों को ये सज़ा दी गई है। लेकिन सवाल यह उठा कि पहले वाली आगजनी की घटनाओं के लिए तो पुलिस और लोगों ने अतुल मास्टर को ज़िम्मेदार ठहराया था लेकिन अब?

इस अग्निकांड के दो दिन बाद, मिलिट्री शिविर के दक्षिण भारतीय अधिकारी को रात के वक़्त घनश्याम पार्क के पास चाकू से मारा गया, पेट में दो बार किसी ने चाक़ू से वार किया। सुना गया कि आठ इंच लम्बा चाक़ू पूरा घुस गया है। पहले उसको स्थानीय हॉस्पिटल में ले गए, और फिर एअरपोर्ट के पास युद्ध के लिए बनाए गए सैनिक हॉस्पिटल में ले जाया गया। हॉस्पिटल में ले जाने तक वह बेहोश था, इसलिए कैसे क्या हुआ यह ख़बर किसी को अभी तक पता नहीं चली है।

इस घटना के बाद लड़कों का इलाक़े में पहरेदारी करना भी छूट गया। क्योंकि अब मिलिट्री के सिपाही उनको भी रास्ता छेककर 'कहाँ का आदमी', 'कहाँ जा रहे', 'रात को क्यों घूम रहे हो' जैसे पचासों सवाल पूछकर परेशान करने लगे। शाम के बाद लोगों ने डर के मारे सड़क पर निकलना छोड़ दिया। मिलिट्रीवालों की गाड़ियों और हवाई जहाज की गर्जनाएँ लोगों को डरावनी प्रतीत होने लगीं।

राधा ने एकांत में बैठकर घटनाओं को करीने से लगाकर देखा। अब वह कुछ ऐसे राज़ जानती है जो किसी को नहीं मालूम। उसे बड़ा मन हुआ कि किसी के साथ इन राज़ की बातों को साझा करे लेकिन उसने संयम बनाकर रखा। इन घटनाओं के लिए एकबारगी उसे ख़ुशी महसूस हुई लेकिन अगले ही क्षण वह डर से सिहर उठी।

सरकार की तरफ़ से बहुत पहले ही, सभी लोगों को चेतावनी दी गई थी कि अपने-अपने घर की चौहद्दी में तुरन्त भागकर घुसने लायक गड्ढे जैसी सुरक्षित जगह खोद लें, बहुतों ने खोदा था और बहुतों ने नज़रंदाज़ कर दिया था। लोगों ने इस पर विश्वास ही नहीं किया था कि सचमुच में कोई बम गिरा सकता है। लोगों ने यह भी मान लिया था कि अगर कभी बम गिरा भी तो वह घर के आसपास नहीं होगा, बम कहीं दूर जाकर गिरेगा। सड़क किनारे बने हुए 'डब्ल्यू' के आकार के कई गड्ढों में आसपास के बच्चे लुकाछिपी खेलते थे। लेकिन अब सरकार ने फिर से चेतावनी दी है कि इस बात को मामूली न समझा जाए, किसी भी समय विपत्ति आ सकती है और ऐसी विपत्ति में ये गड्ढे ही ज़िन्दगी बचा सकते हैं। शहर के जन बहुल इलाक़े में बम से सुरक्षा कैसे हो, इस पर क्लास भी चलाई जा रही हैं, लोगों के लिए ज़रूरी है कि वहाँ जाकर इसका ज्ञान लें।

सरकार की इस घोषणा के बाद, नवीन और तिलक ने अपने नहान-घर के पास ही 'वी' आकार का एक गड्ढा खोदने की व्यवस्था की। रेल लाइन के उस पार रहनेवाले थानुराम और गोपी मजूरी का काम करते हैं। वे बहुत सालों से लाखेश्वर के परिवार में काम करने आते रहे हैं। यह काम भी उन दोनों को दिया गया। वैसे दो दिन का काम है लेकिन बीच-बीच में बारिश होने की वजह से चार दिन लग गए। तीसरे दिन थानुराम ने गौरी के हाथ में एक लिफ़ाफ़ा पकड़ाया। चौथे दिन गौरी ने भी उसे एक छोटा सा लिफ़ाफ़ा दिया और बख़्शीश के रूप में एक रुपया भी दिया।

चार-पाँच दिन के बाद, एक दिन सबने देखा, गौरी घर पर नहीं है। उसके कुछ कपड़े भी नदारद हैं लेकिन कमरे से और कोई चीज़ गायब नहीं हुई। राधा और घर के बाक़ी लोगों ने सब जगह अच्छी तरह से ढूँढ़ा कि कहीं उसने कुछ लिखकर रखा है क्या। नहीं, ऐसा कुछ नहीं मिला। गौरी कुछ भी लिखकर नहीं गई थी।

एक चिट्ठी महानन्द को मिली। एक रिक्शेवाला महानन्द के आँगन में काम कर रहे नौकर को वह चिट्ठी दे गया था।

चिट्ठी, राम ने अपने पिता को लिखी थी। उसने लिखा था, "आप कहते हैं कि अपने दादाजी और पिताजी के सम्मान की आपको बहुत चिन्ता है। क्या ये सच है? आप में असल में ज़मीन-जायदाद का लालच ज़्यादा है या पुरखों की इज्ज़त की फ़िक्र और ख़याल है, ये आप फिर से सोचिए। मैं घर छोड़ रहा हूँ, पर मैं ख़बर लेता रहूँगा। अगर कभी मुझे पता चला कि आपको समझ में आ गया है, इस तरह से पुरखों के सम्मान की रक्षा नहीं होती तो आपसे आकर मिलूँगा। गौरी मेरे साथ है। आप अगर वो मोहल्ला छोड़कर दूसरी जगह पर मकान लेंगे और फिर हमें बुलाएँगे तो हम आएँगे। हम कहाँ रह रहे हैं, ये आपको ज़रूर बताएँगे।"

साथ में एक और चिट्ठी माँ के लिए थी। इस चिट्ठी का सार यह था कि माँ राम के लिए परेशान न रहे। गौरी के लिए मन में ग़ुस्सा न रखे। गौरी राम के परिवार के सभी को पसन्द करती है। ये झंझट न होते तो इतनी जल्दी राम और गौरी शादी करने के लिए नहीं सोचते। लेकिन जो होता है, शायद अच्छे के लिए ही होता है।

कुछ दिनों से महानन्द वैसे भी कम बातचीत करने लगा था। ज़्यादा ज़रूरत न हो तो बाहर नहीं निकलता था। कभी-कभी ठेकेदारों को काम समझाकर घर में ही रहता और कभी उन सबको साथ लेकर अपनी शेवरलेट गाड़ी में बाहर काम देखने जाता, पूरा दिन बाहर ही बिता देता।

राम की चिट्ठी, घर के बाक़ी सबके पढ़ लेने के बाद महानन्द ने फिर से माँग ली और चिट्ठी को एक बार और पूरा पढ़ गया। फिर वह अपने कमरे में चला गया। पार्वती ने सोचा, अब ये आदमी अभी से शराब पीना शुरू करेगा। लेकिन महानन्द शराब के पास नहीं गया। वह बिस्तर में चित होकर लेट गया। सारा दिन उसने किसी से कोई बात नहीं की। पार्वती के सवालों के जवाब में उसने सिर्फ़ मुँह से हूँ हाँ की या सर हिलाया। शाम के बाद पार्वती ख़ुद ही शराब की बोतल, गिलास और पानी छोटे टेबल में रखकर बिस्तर के पास ले आई। लेकिन महानन्द ने वो सब छुआ भी नहीं। उसके बाद के दिनों में भी वह नशेड़ी की तरह घर के अन्दर ही शराब से भरी बोतल और गिलास के आसपास मँडराता रहा, कभी-कभी उन सबके पास चुपचाप बैठा रहा लेकिन बोतल को हाथ नहीं लगाया।

महानन्द के क़रीबी दोस्तों को जब उसके इस रवैये के बारे में पता चला तो वे हालचाल पूछने का बहाने घर की बाहर वाली बैठक तक आए लेकिन महानन्द किसी से नहीं मिला। उसने अन्दर से ही तबीयत ख़राब है, कहकर सबको विदा कर दिया। आगजनी की घटना की पुलिस कारवाई में मदद के लिए महानन्द को थाने में बुलाया गया था, वो वहाँ भी नहीं गया। जब पुलिस का अफ़सर घर तक आ गया, महानन्द ने उससे ये कहकर विदा कर दिया कि इन मामलों में अब उसे कोई आग्रह नहीं है। अफ़सर ने महानन्द को समझाया कि अगर ये किसी बदमाश की करतूत है तो उस आदमी या गिरोह को पकड़ना ज़रूरी है, बर्बाद हुए सामान

के मुआवज़े की व्यवस्था भी करनी पड़ेगी। महानन्द ने कहा कि अब ये सब करने की ज़रूरत नहीं है, जो बाक़ी है उनमें भी कोई आग लगा दे तो महानन्द को कुछ नहीं कहना है।

गोपाल दुकानदार, अब तक कई बार पार्वती के साथ बात करके वापस लौट गया था। आख़िर एक दिन उसने ज़िद पकड़ ली कि महानन्द के साथ बात करनी ज़रूरी है। और कुछ नहीं तो व्यापार के बारे में कुछ ज़रूरी मुद्दे पर बात करनी है। गोपाल बैठक के सोफे पर 'आज महानन्द से मिलकर ही लौटूँगा' जैसी ज़िद की भंगिमा में पसर गया।

आख़िर महानन्द बाहर निकला। कमरे के बाक़ी सोफे ख़ाली होने के बावजूद वह एक मोढ़े पर बैठा। फिर पूछा, "क्या हुआ? घरेलू बात मत निकालना। अन्दर मुझे बताया गया कोई व्यापार का मामला है।"

गोपाल ने कहा, "व्यापार का ही मामला है। लेकिन अब व्यापार का बचा ही क्या। आपके साथ सलाह-मशवरा करने आया था। इस सबका कोई न्याय नहीं मिलेगा क्या? दिन-रात खटकर, देह आधा करके काम कर रहा हूँ, कमाता हूँ और ये साले सब बर्बाद कर देंगे और हमें कोई न्याय ही नहीं मिलेगा।"

महानन्द कहीं दूर देखते हुए चुप बैठा रहा।

गोपाल ने कहा, "ये सब किसकी करतूत है इसका मुझे अन्दाज़ा है भैया। मैं जो समझ रहा हूँ, वो ग़लत नहीं हो सकता।"

महानन्द ने कहा, "पुलिस अपनी कार्रवाई कर रही है न! उनको जाकर बोलो किसने किया है।"

"पुलिस तो सिर्फ़ सबूत माँगती है। वो और क्या कर सकती है।" गोपाल ने खीझकर कहा।

"सबूत तो माँगेंगे ही, तुम्हारे दावे पर वे किसी को फाँसी पर नहीं चढ़ा सकते न!"

"मैंने सोचा था हम सब मिलकर, ख़ासकर आप..."

महानन्द ने गोपाल की बात ख़त्म नहीं होने दी, "क्या मुझे सबूत निकालकर देना है?" थोड़ी देर गोपाल का चेहरा देखता हुआ वो बोला, "सुनो गोपाल, हम लोग कैसे व्यापार कर रहे हैं, ये तुम भी जानते हो और मैं भी जानता हूँ। इतने सारी दुकानें और गोदाम के रहते हुए हमारी-तुम्हारी दुकानों में ही आग क्यों लगती है? क्या तुमने ये सोचा है? घर जाकर एक बार सोचो। इन सब मामलों को लेकर अब मेरे पास नहीं आना, जाओ अब।"

महानन्द झट से उठा और अन्दर चला गया। थोड़ी देर तक चुपचाप बैठने के बाद गोपाल भी उठा। महानन्द के घर से निकलकर वह सीधे मनोरंजन दास के घर गया। मनोरंजन का सामना होते ही वह एकदम से फूट पड़ा, "ये सब एक ही पार्टी के लोग हैं। किसी का विश्वास नहीं किया जा सकता।"

गोपाल के हिसाब से इस मोहल्ले के सभी लोगों को मिलकर एक मीटिंग करनी चाहिए, एक कमेटी बननी चाहिए। इतनी सारी घटनाएँ हो रही हैं, वारदात हुई हैं, सम्पत्तियों का नुकसान हुआ है, एक कमेटी बनाकर ही इसका प्रतिकार किया जा सकेगा। गोपाल के हिसाब से इस आगजनी में लाखेश्वर के बेटे नवीन और तिलक का हाथ है। उनके साथ दे रहे हैं रेल लाइन के उस पार के दो-चार स्वयंसेवक लड़के। इन लड़कों के कान भरने के लिए स्कूल के दो मास्टर हैं। यह गौरी और राम ने जो कलंक किया, वो क्या कम था? उसी परिवार के नाम पर स्कूल है, उसी परिवार के लोग स्कूल चलाते हैं, क्या स्कूल के बच्चों के लिए यह ठीक हुआ है? उनको क्या शिक्षा मिलती है? छोटे-छोटे बच्चे भी हर वक़्त यही सब चर्चा करते रहते हैं।

मनोरंजन दास का कहना है कि तुरन्त मीटिंग करना ठीक नहीं होगा। मीटिंग और कमेटी कहते ही बात बड़ी हो जाती है। पहले गोपाल और दो-चार लोगों से चर्चा करके देखे। मोहल्ले के जगमोहन के भाई क्या कहते हैं। मदनमोहन और लस्कर बाबू क्या कहते हैं। ये इस इलाक़े के पुराने और प्रतिष्ठित लोग हैं। इनके बच्चे भी इसी स्कूल में पढ़े हैं और अब भी पढ़ते हैं। गोपाल को पहले इन लोगों को खंगालकर देखना चाहिए।

दक्षिण भारतीय अधिकारी के हॉस्पिटल में भर्ती होने के बाद से, गोपाल का रात को सामान की सप्लाई का काम कम हो गया था। अब शाम को मोहल्ले के घर-घर जाकर लोगों की राय लेना, गोपाल को एक ज़रूरी काम जैसा लगा।

## 22

लाखेश्वर ने सोचा था कि वो पूजाघर के अलावा और कहीं नहीं टिक पाएगा। लेकिन दो-चार दिन तक पूजाघर में ज़्यादा वक़्त देकर उसकी तकलीफ़ कम नहीं हुई, बल्कि बढ़ गई। बहुत साल पहले योगमाया या अम्बा द्वारा रंगीन धागे से कढ़ाई करके बनाई गई, घुटनों पर बैठे बाल-कृष्ण की टँगी हुई तस्वीर को देखकर भी लाखेश्वर उदास हो रहा है, ऐसा लगता है गौरी घुटनों के बल उसकी तरफ़ भागती आ रही है। कभी-कभी लाखेश्वर का मन करता है, तारा को पूजाघर में बुला लाए और दो-चार मन की बात कहे, उसे कुछ समझाए भी। तारा से कहे, 'आख़िर तकलीफ़ किस बात की है, क्या दुख है? क्या हमने ये उम्मीद पाल रखी थी कि बुढ़ापे में वो हमारी देखभाल करेगी? हमें खिलाएगी? या फिर और कुछ चाहा था उससे। नहीं न! एक दिन वो दूसरे के घर जाती ही। तो क्यों दुख करें।

असल में वो हमारी पहली सन्तान है न, याद है उसे पालने में कितनी मुश्किल हुई थी? याद है कब वो पहली बार बिस्तर में अपने-आप पलटने लगी थी? कितने दिन बिस्तर से गिरी थी? पूजा, घर के आँगन में कबूतरों को देखकर 'आ-आ' कहती थी? फिर वो कब-कब, क्या-क्या कहना सीख गई, याद ही नहीं है न? लेकिन उन दिनों कितना अलग एहसास था, जब वो एक नया शब्द कहती थी, हम लोग सब हल्ला मचाते थे, याद है? और कोई बात नहीं, वो पहली सन्तान है, इकलौती बेटी है, इसलिए इस तरह से छोड़ देना बहुत बुरा लग रहा है।'

लाखेश्वर को तारा से, इस तरह की ढेर सारी बातें कहने का मन करता है। बात करने के लिए घर में और तो कोई बचा ही नहीं। लेकिन वास्तव में तारा के सामने गौरी का नाम लेने से भी लाखेश्वर डरता है। आजकल तारा दिन के ज़्यादातर वक़्त गुमसुम रहती है, शायद वो भी गौरी के बारे में सोचती रहती होगी। अगर ऐसा है तो क्यों लाखेश्वर फिर से वही बात याद दिलाकर तारा को और तकलीफ़ देगा। अगर तारा कहीं और मन लगाने की कोशिश कर रही है, तब भी क्यों गौरी का प्रसंग निकालकर उसका दिल दुखाए।

पूजाघर में घुसे रहना, लाखेश्वर को बहुत बुरा लगने लगा। कभी-कभी उसे लगता जैसे दम घुट रहा है। बाहर भी उसे कहीं अच्छा नहीं लगता था। वह सड़क पर निकलने से भी डरने लगा। उसे लगता मुहल्ले भर के लोग उसकी तरफ़ मुट्ठियाँ भींचकर भागे आएँगे।

कुछ दिनों तक घर की चौहद्दी में ही इधर-उधर करने के बाद, लाखेश्वर को अपने पुश्तैनी घर-परिवार में जाने का मन हुआ। सालों से, उस तरफ़ मुँह नहीं किया था। आख़िरी बार बड़े भाई की बेटी की शादी में गया था, उसके बाद उस तरफ़ जाना भी नहीं हुआ और किसी की कोई ख़बर भी नहीं मिली। अचानक लाखेश्वर को याद आया, उनके घर के साथ सटे कमरे को घनश्याम चौधरी ने किराये पर लिया था। वो सब लाखेश्वर के पिता की ज़मीन थी। कितनी होगी वो पूरी ज़मीन? अब लाखेश्वर के माँगने पर क्या उसे अपना हिस्सा मिलेगा? घनश्याम चौधरी वाले कमरे की तरफ़ से दो-ढाई कट्ठा ज़मीन शायद उसके हिस्से में आ ही जाएगी।

कुछ दिनों बाद सचमुच लाखेश्वर घर जाने के लिए, बस में चढ़ गया। बस में बैठे-बैठे रास्ते में अपनी खड़ूस भाभी का ख़याल आया तो उसे थोड़ा डर भी लगा। वो बहुत ग़ुस्से वाली और सिर्फ़ अपने बारे में सोचनेवाली औरत है। लाखेश्वर इतने साल बाद अपने हिस्से की ज़मीन का ज़िक्र करेगा तो जाने वो क्या कहेगी।

लाखेश्वर के मन में अपने-आप के प्रति शक भी हुआ। क्या सचमुच वो पुरानी ज़मीन पर लौट आएगा? क्या यह अच्छा होगा? उसका मन क्यों इतना अस्थिर हो रहा है? क्या यहाँ भी लोग उसे गौरी के बारे में नहीं पूछेंगे? नवीन और तिलक की पढ़ाई का क्या होगा? वे लड़के अब यहाँ आकर रहेंगे? लाखेश्वर को बचपन

में देखा अपनी माँ का चेहरा याद आया, उसे अनन्त बूढ़े की पहरेदारी वाले जंगल के बीच का घर भी याद आया। सघन पेड़ों के पीछे से रेलगाड़ी चली जाती थी, यह भी याद आया।

एक बार उसका मन हुआ कि बस से उतर जाए। पर साथ-साथ यह याद आया, गौरी ने ग़लत तो नहीं कहा था, पूरा जीवन उसने किसके बल पर खाना खाया। महानन्द के बाप की सम्पत्ति पर बैठकर खाता रहा।

बस की खिड़की से बाहर देखकर, लाखेश्वर इन बातों को भूलने की कोशिश करने लगा।

बड़ी भाभी के सामने खड़े होकर लाखेश्वर आश्चर्यचकित हो गया। उनके पूरे शरीर में दर्द है। एकदम से उठ नहीं सकती, तेज़ी से चल नहीं सकती और आवाज़ भी नरम हो गई है। बड़े भाई की दोनों आँखें कमज़ोर हो गई हैं। वे सिर्फ़ एक ही आँख से किसी तरह बड़ी चीज़ें ही देख पाते हैं। वे लाखेश्वर को बैठने के लिए जिस तरफ़ कुर्सी दिखा रहे थे, कुर्सी उस तरफ़ थी ही नहीं।

बड़ी भाभी ने दुख जताया कि लाखेश्वर के परिवार वालों ने उनकी कोई ख़बर नहीं रखी। आजकल उन लोगों का हाल पूछनेवाला कोई नहीं है। उनका बेटा नागा पहाड़ों में नौकरी करता है, एक नागा लड़की से शादी कर ली है, अब वहीं घर-ज़मीन बनवा ली है। बेटी को जिस घर में ब्याह दिया, उसे घर से ज़्यादा जेलखाना कहना चाहिए। शादी के तीन साल बाद उसे मायके भेजा था ससुराल वालों ने। हम बूढ़े-बूढ़ियाँ के मरने के बाद, इस घर-ज़मीन को देखनेवाला कोई नहीं है।

बहुत साल पहले जिस कमरे में घनश्याम चौधरी किराये पर रहता था, वह अब लगभग टूट गया है। भाई-भाभी ने वह जगह किसी नेपाली पति-पत्नी को रहने के लिए दी है। माईला नाम का आदमी गाय पालता है और दूध बेचकर परिवार का गुज़ारा करता है। कुन्ती नाम की उसकी पत्नी भाई-भाभी के लिए खाना बना देती है। उनके लड़के-बच्चे इसी घर में चारों तरफ़ घूमते-फिरते हैं, छोटे-मोटे काम में बच्चे भाई-भाभी की मदद करते हैं।

लाखेश्वर को ऐसा लगा कि अगर वो एक बार भी ज़िक्र कर दे, 'हम ही आ जाएँ रहने के लिए?' भाई-भाभी को ऐसा लगेगा, जैसे हाथ में स्वर्ग मिल गया हो।

घर से निकलते समय वह ऐसा ही कुछ सोचकर आया था लेकिन अब उसे यह कहने का मन नहीं हुआ। रात को कुंती का पकाया खाना खाकर सोने जाने से पहले लाखेश्वर ने बात निकाली। उसने कहा कि रुपये-पैसे की कुछ कमी हो रही है, अगर यहाँ वह अपने हिस्से की ज़मीन बेच देगा तो बहुत राहत मिलेगी।

भाई हाथ-पंखा ढूँढ़ रहे थे, बोले, "वही अच्छा है, बेच दे। यहाँ अगर रहने आना ही नहीं तो बेच देना ही ठीक होगा। ऐसे ही पड़ी रहेगी तो ज़मीन का आगे

क्या होगा पता नहीं। उस दिन माईला ने कहा कि पड़ोसी वकील साहब ने पक्की दीवार उठाते वक़्त चार अपनी हाथ ज़मीन दबा ली है। तू बेच ही दे, अच्छी क़ीमत मिलेगी। अपना माईला घूमता-फिरता रहता है, कहने पर वही अच्छा ग्राहक लाकर हाज़िर कर देगा। लेकिन माईला के परिवार के लिए हम दोनों भाई थोड़ी ज़मीन छोड़ देंगे, तू क्या कहता है? तुझे दिक़्क़त हो तो कोई बात नहीं, मैं अपने हिस्से से उसे एक कट्ठा ज़मीन दे दूँगा।"

बहुत आश्चर्य की बात है!

बस में बैठकर वापस लौटते वक़्त, लाखेश्वर को ऐसा लगा कि वह जिन भाई और भाभी को छोड़कर गया था। ये अब वो नहीं रहे। ये दोनों अगर उन दिनों भी ऐसे ही होते तो शायद लाखेश्वर को दूसरे शहर में जाकर बसना नहीं पड़ता। आज जब उन दोनों का कोई ज़ोर नहीं बचा, तब भी लाखेश्वर को लौट आने का मन नहीं हुआ।

लाखेश्वर ने उनके सामने ख़ुद को छोटा भी महसूस किया। भाभी खुले मन से बताती गई, किस तरह बेटा ने नागा लड़की से शादी करके माँ-बाप को छोड़ ही दिया लेकिन लाखेश्वर ने ग़लती से भी गौरी का ज़िक्र नहीं किया। भाभी ने पूछा भी था, 'बच्चे ठीक हैं?' लाखेश्वर ने बड़े निर्विकार भाव से 'हाँ' कह दिया था। क्या हो गया उसे! वो कितना दूर हो गया है अपने घरवालों से! अब तो उसे किसी के पास जाने का मन ही नहीं होता।

राधा के नाम लिखी आख़िरी चिट्ठी में अकन ने जेल से छूटने का कोई ज़िक्र नहीं किया था। आमतौर पर वह चिट्ठियों में जेल में मिले लोगों के बारे में लिखता था, इनसान के जीवन में कीमती सम्पत्ति क्या हो सकती है, इस बारे में लिखता था, यह लिखता था कि उसे कौन-सी नई किताबें पढ़ने को मिली हैं, आदर्श स्कूल कैसा होना चाहिए और माँ को इस उम्र में कौन-सी बीमारी हो सकती है। आख़िरी चिट्ठी में भी इसी तरह की बातें अकन ने लिखी थीं।

लेकिन अकन जेल से छूटनेवाला है, यह ख़बर अतुल को कहाँ से मिली? जब से अतुल ये कह गया था, राधा उम्मीद पाल रही थी कि ये ख़बर उसे कहीं और से भी ज़रूर मिलेगी। लेकिन अब तक ऐसी कोई ख़बर नहीं आई। अतुल की भी और कोई ख़बर नहीं मिली है। वैसे भी वो कहकर गया था, चिट्ठी-पत्र भेजकर मुश्किल नहीं बढ़ाएगा।

गौरी के जाने के बाद, राधा के लिए नवीनता रहित दिन बहुत रूखे, निस्तब्ध और अकेलेपन से भर गए थे। एक दिन उसने सोचा, भूमिधर वकील के पास जाना चाहिए। उनसे पूछना चाहिए कि अकन का कोई समाचार है क्या। फिर उसने तय ही कर लिया कि स्कूल की किसी छात्रा को साथ लेकर वकील के पास जाएगी। लेकिन उससे पहले ही वकील ख़ुद उनके घर आ गया। उसने कहा कि ख़बर

अच्छी है। अकन को अगले हफ़्ते ही सरकार छोड़ देगी। अकन को जोरहाट की जेल से यहाँ की जेल में लाया जाएगा, फिर यहाँ से छोड़ देंगे। कांग्रेस के सदस्यों ने आयोजन किया है, अकन को जेल के गेट पर ही स्वागत करके, फिर जुलूस निकालकर घर लाया जाएगा।

वकील के जाने के बाद राधा को छोटी बच्ची की तरह ताली बजाकर उछलने-कूदने का मन हुआ। उसे यह सोचकर भी ख़ुशी हुई कि अतुल को बहुत मामलों की ख़बर है, उसने सच ही कहा था। नवीन और तिलक भी ख़ुशी से हल्ला-गुल्ला करने लगे। राधा ने कमरे में जाकर माँ को गले लगा लिया।

अब? अब और क्या करे? राधा सोच ही रही थी लेकिन कुछ सूझने से पहले ही उसे लाखेश्वर की तरफ़ भागना पड़ा। वहाँ से ज़ोर की आवाज़ आ रही थी।

लाखेश्वर बिस्तर में लेटकर ज़ोर-ज़ोर से रो रहा था। नवीन और तिलक अवाक् होकर देख रहे थे, तारा कभी उसकी पीठ पर हाथ रखकर तो कभी उसका चेहरा ऊपर उठाने की कोशिश कर रही थी और व्याकुल होकर पूछ रही थी, "आप क्यों ऐसा कर रहे हैं? उठिए, इधर देखिए।"

लाखेश्वर तकिये में मुँह छुपाकर रो रहा था, वो यह सोचकर बहुत व्याकुल था कि क्या मुँह लेकर वह अकन के सामने जाएगा।

जेल के सामने अकन का स्वागत करने के लिए क़रीब दो सौ लोग इकट्ठा हो गए थे। राधा, नवीन और तिलक सुबह से ही वहाँ पहुँच गए थे। योगमाया ने कहा था, "मैं भी चलूँगी।"

राधा ने कहा था, "नहीं, तुम आँगन में खड़ी रहना।"

भूमिधर वकील की विधवा भाभी ने स्वतंत्रता आन्दोलन के लिए बहुत काम किया है। उन्होंने पहले अकन को एक गुलाब की माला पहना दी। इसी के साथ चारों तरफ़ 'वन्दे मातरम' की ध्वनि गूँज गई। लोग अकन का नाम लेकर भी जय ध्वनि करने लगे।

जुलूस में मोहल्ले के ढेर सारे लोग थे। लतीफ़ और शम्भू के बेटे घर से ही बाँस की डंडी में गत्ते चिपकाकर उसमें 'वन्दे मातरम' लिखकर ले गए थे। धोबी से धुलवाई धोती और आस्तीन समेटकर कुरता पहनकर, गोपाल दुकानदार जुलूस के छोटे बच्चों को सँभालने में ख़ुद लगा हुआ था।

जुलूस के घनश्याम चौधरी पार्क के पास पहुँचने पर, कुछ नेताओं ने आपस में चर्चा की, जुलूस को स्कूल के सामने से ले जाएँ या मिलिट्री की गाड़ियों की भीड़ को छोड़कर मोहल्ले के बीच से घूमकर ले जाएँ। लेकिन अकन ने ख़ुद कहा, स्कूल के सामने से ही जाना है।

हाई स्कूल के गेट के खम्भे को मिलिट्री की गाड़ियों ने बाद में भी कई बार धक्का मारा था। अकन ने स्कूल के परिसर को देखा। मैदान की खुली जगह पर

हाथ में एल्युमिनियम के बर्तन लिए कुछ सिपाही कतारों में खड़े हैं। उनमें से ज़्यादातर सिपाही ख़ाली बदन ही खड़े हैं। सड़क के किनारे तिरपाल से घिरी कई गाड़ियाँ खड़ी थीं।

जिस रास्ते से जुलूस आगे बढ़ा था, वो बहुत उबड़-खाबड़ था। जुलूस में चलनेवाले काफ़ी लोगों को ठोकर लगी थी, कुछ को मोच भी आई थीं। स्कूल का गेट पार होने के बाद अकन चुपचाप, नीचे देखता हुआ चल रहा था।

घर के आँगन पहुँचकर अकन ने योगमाया के पैर छूकर प्रणाम किया और तभी एक नेता ने चिल्लाते हुए बाक़ी लोगों से कहा, "अब चौधरी जी को आराम करने दीजिए। अब आप लोग यहाँ न रुकिये। कृपया आप लोग अपने-अपने घर जाइए।"

उस नेता को राधा ने मन-ही-मन धन्यवाद कहा और अकन ने बरामदे से सबको हाथ जोड़कर प्रणाम किया। योगमाया तब चादर के आँचल से गीली आँखें पोंछ रही थी।

अकन का शरीर पहले से थोड़ा भारी हो गया था। उसका चेहरा गोल लग रहा था, आवाज़ बहुत धीमी हो गई थी। जब वह कुछ बोलता था तो बाक़ी लोगों को कई बार दोबारा पूछना पड़ता था।

उसी दिन शाम को अकन कांग्रेस पार्टी के दफ़्तर में गया। रात को आठ शिक्षकों का समूह अकन से घर में आकर मिला। केशव दास और बाक़ी शिक्षकों के अपने घर लौटते-लौटते रात को ग्यारह बज गए थे। उसके बाद खाने से निपटकर अकन लाखेश्वर के पास बैठा था। लेकिन बात करने से ज़्यादा दोनों चुपचाप बैठे थे।

अगले सात दिनों में राधा और योगमाया के पास अकन के लिए अपनी जमा-पूँजी में रखे हुए सवाल-जवाब कहने-सुनने ख़त्म हो गए थे। अकन ने अपनी तरफ़ से ज़्यादा कुछ नहीं पूछा था। उसे देखकर ऐसा लगता था जैसे इतने दिनों तक घर से दूर रहने पर भी वह मोहल्ले और घर की सारी ख़बरें जानता था। जो एक-दो प्रसंग नहीं जानता था, उनसे उसका ऐसा कोई वास्ता नहीं। अचानक उसके मन में कोई ख़याल आता या फिर कुछ देखता तो वह पूछने लगता लेकिन कई बार पूछने से पहले ही रुक जाता। इसी तरह उसने देखा कि योगमाया अपने कमरे में खाना खाती है और मन में प्रश्न उठा तो उसने राधा से पूछ ही लिया, ऐसा क्यों। राधा ने विस्तार से पूरी कहानी बताई। अकन अन्त तक सिर्फ़ सुनता रहा और फिर धीरे से मुस्कुराया।

जेल में रहते वक़्त अकन ने कुछ किताबों की सूची बनाई थी, उन किताबों को वह ज़रूर पढ़ना चाहता था, इसलिए वो कई दिनों तक किताबों की दुकान और लाइब्रेरी के चक्कर काटता रहा। उसे तीन बड़ी-बड़ी किताबें मिलीं और उन किताबों के साथ उसने तीन-चार हफ़्ते काट लिए। नवीन से काग़ज़ और नोटबुक मँगाकर उन किताबों से कुछ ज़रूरी बातें लिखकर रख लीं।

जेल से छूटने के बाद एक महीना बीत चुका था। एक दिन अकन अपने दोनों स्कूलों को देखने और मोहल्ले में टहलने के लिए निकल पड़ा। सबसे पहले वह हाई स्कूल के गेट तक पहुँचा और अन्दर जाने लगा। कलाई में नीले रंग के विचित्र टैटू वाले एक आदमी ने अकन को गेट में ही रोक लिया, वह अकन से पूछने लगा, "तुम कौन हो? यहाँ क्यों आए हो?"

अकन ने बहुत विनम्रता के साथ कहा कि वो इस स्कूल का हेड मास्टर है। स्कूल की शुरुआत उसने ही की थी। उसके जेल में रहने के दौरान यहाँ मिलिट्री वाले रहने आ गए। एक बार स्कूल परिसर देखने का बहुत मन हो रहा है।

जेल में रहते समय? उस आदमी ने पूछा, अकन क्यों जेल में था। अकन ने कारण बताया। वो आदमी अंग्रेज़ था। अपना परिचय अकन को बताकर वह अकन से हाथ मिलाते हुए मुस्कुराया। उनका नाम पीटर है, साथ में टाइटल भी बताया था, अकन समझ नहीं सका। वो अफ़सर, सामान्य सिपाही से थोड़े ऊँचे दर्जे का अफ़सर है। गोरे अफ़सर ने अकन को पूरे स्कूल परिसर में घूमने के लिए रास्ता छोड़ दिया। वह भी साथ-साथ घूमता रहा। कुछ क्लास रूम के दरवाज़े-खिड़कियों के शीशे टूटे थे, बाक़ी सब ठीक ही हैं। लम्बे बरामदे में चलते वक़्त अकन ने कोई बात नहीं की, चुप ही रहा। फिर से मैदान में उतर आने के बाद अकन ने उस अफ़सर से पूछा, "आप लोग यहाँ और कितने समय तक रहेंगे?"

"मुझे तो और एक भी दिन रहने की इच्छा नहीं है।" पीटर हँसा। अकन भी हँसा। गेट के पास एक बार फिर अकन से हाथ मिलकर गोरे अफ़सर ने कहा, "आप लोगों की जीत हो।"

अकन ने अवाक् होकर पीटर को देखा। अनायास ही उसके मुँह से निकला, "आप भी।" शायद इसलिए कि अफ़सर के मन का भाव अकन को नेक सा लगा।

घर से निकलते वक़्त अकन सोचकर आया था कि स्कूल से निकलकर वह मोहल्ले का एक चक्कर लगाएगा। लेकिन अब वह महानन्द के घर के आँगन में घुस गया। आँगन के एक तरफ़ महानन्द की शेवेरलेट गाड़ी खड़ी थी, जिसके एक पहिए की हवा निकली हुई थी। गाड़ी के पहियों के पास लम्बी-लम्बी घास उग आई थी।

बरामदे में रुककर अकन ने धीमी लेकिन साफ़ आवाज़ में पुकारा, "भाभी।"

पार्वती के अलावा उस वक़्त घर में कोई नहीं था। अन्दर से आवाज़ सुनकर वह सिर पर पल्ला रखती हुई बाहर निकल आई। अकन को बरामदे में खड़ा देखकर वह स्तब्ध रह गई। उसे अचानक कुछ नहीं सूझा और वह वहीं रखी हुई कुर्सी में एकदम से बैठ गई। उसके होंठ काँपने लगे और आँखों से आँसू बहने लगे। अकन ख़ुद ही बैठक में गया और एक सोफे पर बैठ गया। पार्वती भी पीछे-पीछे आई और सामनेवाले सोफे पर धम्म से बैठ गई। उसने चादर से अपना चेहरा ढक

लिया, उसकी सुबकने की आवाज़ सुनाई देने लगी। अकन बहुत सामान्य भाव से वहाँ बैठा रहा, जैसे पार्वती का रोना भी एक सहज भाव ही है, फिर उसने पूछा, "भैया घर में है क्या?"

चादर से चेहरा पोंछकर, स्थिर होने की कोशिश करती हुई पार्वती ने जवाब दिया, "नहीं, तुम्हारे लौटने के दो दिन बाद ही वे कलकत्ता जाने की बात कहकर चले गए थे, अभी तक उनकी कोई ख़बर भी नहीं आई।"

पार्वती फिर से रोने लगी, वह सुबकती हुए ही कहने लगी कि उस दिन उसने अपने दोनों छोटे बेटों के साथ परदे के पीछे से, अकन के स्वागत में निकले जुलूस को देखा था। उस दिन से ख़ुद घर जाकर अकन से मिलने के लिए उसका मन व्याकुल था। लेकिन उसकी हिम्मत नहीं हुई। जाने कौन क्या कह दे। महानन्द तो आजकल मुँह खोलकर बात ही नहीं करता। भगवान जाने इस बीच ये सब कैसी-कैसी घटनाएँ घट गईं।"

"कोई बात नहीं। आप रोएं नहीं। वक़्त के साथ सब कुछ ठीक हो जाएगा।" कहकर अकन उठने लगा।

पार्वती ने कहा, "चाय-नाश्ता कुछ नहीं लोगे? मुझे पूछने के लिए संकोच हो रहा था।"

अकन अब कुर्सी पर टिककर आराम से बैठ गया, "जी, नाश्ता करूँगा। चाय भी पिऊँगा। आप लाइए।"

## 23

मुख्य सड़क के उस पार के मोहल्ले में रहनेवाले सभी लोग मिलकर दुर्गा पूजा मनाते हैं, इस पार के मोहल्ले के कुछ परिवार भी उसमें भाग लेते हैं और चन्दा भी देते हैं।

इस साल इस पार का गोपाल किरानेवाला पूजा कमेटी का सहकारी सचिव बना है। असल में जनता का मन ख़ुश नहीं है। देश का हाल अच्छा नहीं है। ज़ोर-शोर से पूजा मनाने की बहुतों की इच्छा नहीं है, साधन भी नहीं है। लेकिन गोपाल ने ज़ोर लगाया, इसलिए क्या पूजा नहीं होगी! इस पार के मोहल्ले से क़रीब साढ़े तीन सौ रुपये चन्दा आया है, गोपाल ने अकेले ही दो सौ रुपये दिया है। गोपाल की सलाह के अनुसार ही इस साल लोअर असम के अभयापुरी की तरफ़ से तीन रात के लिए यात्रा( स्थानीय नाटक) के एक दल को बुलवाया गया था।

दुर्गा नवमी की रात को 'विजय वसंत' नाटक चल रहा है। रात को नौ बजे

इस पार का मोहल्ला सुनसान हो गया है। बीच-बीच में ढोलक और क्लेरिनेट की आवाज़ हवा के साथ तैरकर आती है, थोड़ी देर में गायब हो जाती है।

अकन एक किताब पढ़ रहा था, पेंसिल से किसी-किसी लाइन के नीचे निशान लगा रहा था और पन्ने के किनारे पर एक-दो शब्द भी लिखता जा रहा था। कुछ समय के बाद उसे लगा कि किसी ने आवाज़ दी है। बाहर से कोई आवाज़ दे रहा था। हाँ, किसी ने भैया कहकर बुलाया है। दरवाज़ा खोलकर अकन बरामदे तक निकल गया। आँगन में कोई खड़ा था। अकन वापस अन्दर आया और बरामदे की लाइट जला दी। पहली नज़र में उसे अकन पहचान नहीं पाया। फिर अन्दाज़े से पूछा, "अतुल हो क्या?"

"हाँ भैया।"

अतुल ने पहले की तरह कुरता-पाजामा नहीं पहना है, आज उसने पतलून और लम्बी बाजू की शर्ट पहनी है। उसने चश्मा पहना है और दाढ़ी-मूँछ बढ़ाई हुई है। वह अकन के सामने आया और घुटनों पर बैठकर उसके पैर छूकर प्रणाम किया। अकन ने उसे उठाकर गले लगा लिया।

अतुल इस बार चट्टग्राम से आया है। अकन के जेल से छूटने की ख़बर उसे कलकत्ता में ही मिली थी। लेकिन काम के दबाव की वजह से आ नहीं पाया था। अब दुर्गा पूजा के दिनों में वहाँ का कुछ काम बन्द है, इसलिए इस तरफ़ आने का मौक़ा मिला है। इन त्यौहार के दिनों में पुलिस भी पूजा-पंडाल और भीड़ वाले इलाकों में ज़्यादा व्यस्त रहती है।

सामान्य कुशल-मंगल का प्रसंग ख़त्म होने के बाद अकन ने कहा, "राधा ने बताया कि तुमने अपना रास्ता बदल लिया है। लेकिन वह मुझे ठीक तरह से समझा नहीं पाई।" बात ख़त्म करके उसने अतुल की तरफ़ देखा।

अतुल ने कुछ भी नहीं छुपाया। काफ़ी समय से अतुल के मन में सन्देह था, गांधी के रास्ते पर चलने से अकन जैसे नागरिक को ही न्याय नहीं मिल रहा था, उस रास्ते से एक विराट देश के विशाल नागरिक समूह को अंग्रेज़ों से किस तरह न्याय मिल पाएगा। असल में तभी से अतुल को इस मोहल्ले के कुछ लोगों पर ग़ुस्सा आने लगा था और उनको सबक सिखाना चाहता था। उसी ग़ुस्से को वह पालता रहा, कोई और रास्ता ढूँढ़ता रहा और तभी से गांधी के रास्ते को नापसन्द करने लगा। सुभाष बाबू का रास्ता भी उसे ठीक नहीं लगा। अंग्रेज़ पर किसी ख़ास जगह पर आघात करना होगा कि आख़िर उनके अन्दर कोई डर पैदा हो, ज़िन्दगी को बचा पाने जैसा कोई डर हो। अतुल उस दल में है जो इस तरह कोई वार करने के लिए सोच रहा है। इस रास्ते में आकर उसे देश-सेवा कर पाने लायक तृप्ति मिली है, उसका यही लाभ है। लेकिन इन सब ज़िम्मेदारी की वज़ह से उसे अकन से दूर रहना पड़ रहा है, ये उसका सबसे ज़्यादा नुकसान है।

अकन थोड़ी देर तक चुप रहा। फिर हलकी-सी मुस्कराहट के साथ कहा, "जेल में जाने से पहले तक शायद कभी मैं तुम्हारे इस रास्ते का थोड़ा-सा समर्थन कर भी लेता लेकिन अब तो मैं तुम्हारा बिलकुल समर्थन नहीं कर सकता। अगर तुम जेल में दो-तीन साल रहते तो परिस्थितियों को गहराई से सोचने का तुम्हें अवसर मिलता। अगर ज्ञान के लिए और बहुत सारे लोगों की अच्छाई के लिए काम करना हो तो ऐसे अवसर की बहुत ज़रूरत है। मुझे ये लाभ मिला है। तुम असल में कौन सा काम करते हो यह मैं नहीं जानता लेकिन तुम्हारे दल के लोग क्या करते हैं ये थोड़ा-बहुत जानता हूँ। हम लोग भी उस रास्ते के बारे में सोचते थे। शायद हमारे दल के लोगों ने कुछ ज़्यादा सोचा, इसीलिए हम समझ पाए कि वो रास्ता सही नहीं है। ठीक है, अब तुम चले ही गए हो और तुम्हें वह रास्ता अच्छा लगा है तो मैं क्या कह सकता हूँ।"

फिर अकन ने नरम स्वर में पूछा, "तुम किस तरह का काम करते हो, मेरा मतलब तुम्हारी ज़िम्मेदारी कैसी है?"

अतुल ने कहा, "बन्दूक-बारूद इकट्ठा करना, वो सब जमा रखना, जगह-जगह पर बाँटना..."

अकन ने इस विषय में और कुछ नहीं पूछा। उसी वक़्त राधा पूछने आई कि वे अभी खाना खाएँगे क्या।

खाना खाने के बाद दोनों, अकन के कमरे में बैठे। बाहर आसमान बहुत साफ़ था, मौसम भी बहुत अच्छा था। अकन का मन हो रहा था कि बाहर चाँदनी में बैठे। लेकिन अतुल को बाहर ले जाने से बचना भी चाहता था। वह बिस्तर में ही टिककर बैठ गया और कहने लगा, "हम निजी स्वार्थ को छोड़ने की कोशिश करते हैं लेकिन ऐसा नहीं कर सकते। अनजाने में ही स्वार्थ हमारे अन्दर जगह बना लेता है।"

अतुल को समझ में नहीं आया कि अकन किस विषय पर बोलना चाहता है। थोड़ी देर रुककर अकन ने कहा, "थोड़ी देर पहले तुम्हें देखकर मैं उत्साहित हो उठा था, मैंने तुम्हें गले लगा लिया था, जानते हो क्यों? तुम्हें देखते ही राधा के लिए मुझे बहुत राहत मिलने जैसी लगी थी। मैं बहुत सारी ज़िम्मेदारियों का आराम से सामना करना सीख आया हूँ लेकिन राधा की ज़िम्मेदारी..." अकन दूसरी तरफ़ देखकर चुप हो गया। थोड़ी देर में उसने फिर कहा, "तुम्हारा रास्ता मुझे पसन्द नहीं आया। अब से, असल में अब से हम दोनों दूसरी प्रजाति के हुए। फिर भी, चलो मैं इस जाति भेद के बारे में भी नहीं सोचता लेकिन तुम क्या सोच रहे हो? तुम देख रहे हो, समय कैसे बीता जा रहा है। अब तो बहुत वक़्त बीत गया है न!"

अतुल ने कहा, "मैंने नया कुछ नहीं सोचा है भैया, पहले जो सोचता था अब भी वही सोच रहा हूँ। सिर्फ़ काम की वजह से अब समय नहीं निकाल पाता।"

"तो फिर तुम ही राधा से सब कुछ कहो। अब उसके लिए भी नासमझी के दिन बीत चुके हैं। लेकिन तुम्हारे मुँह से सुनना ज़रूरी है, ठीक है न?" अकन के स्वर में थोड़ा-सा आरोप का भाव दिखा। वह बिस्तर से उतरकर कमरे से बाहर जाने लगा। दरवाज़े तक पहुँचकर उसने कहा, "जैसे मान लो, आज मैंने राधा से कहा था, अकेले घर में क्या कर रही है, किसी के साथ नाटक देखने ही चली जा। उसने मुझसे पूछा, किसके साथ जाऊँ। मुझे भी ऐसा लगा, सच तो है, उसका कोई साथी नहीं है। तुम समझ रहे हो न अतुल?"

फिर अकन कमरे से निकलकर पीछे की तरफ़ चला गया।

अतुल ने राधा के साथ अकन की बात जहाँ ख़त्म हुई थी वहीं, से शुरू की। राधा आलस्य भाव से, ज़मीन पर पैर फैलाकर, दीवार में टिकी हुई बैठी थी। अतुल कहता गया कि इस विश्वयुद्ध के ख़त्म होने के साथ ही उनकी लड़ाई भी ख़त्म होने की उम्मीद है। कम-से-कम एक अध्याय तो ख़त्म हो ही जाएगा। अगर सिर्फ़ एक ही अध्याय ख़त्म हो और एक नये अध्याय को शुरू करना हो तो बाद की लड़ाई वह ज़रूर राधा के साथ मिलकर ही करेगा। बस इतनी देर है, अतुल ने इसी को फाइनल मान लिया है।

अतुल की बातें, राधा के निर्विकार चेहरे पर बिना किसी रुकावट की बारिश की बूँदों की तरह बह गईं। राधा को बारिश में भीगने जैसा एहसास हुआ। उसे जैसे ठंड सी लगी, यह भी लगा कि इससे बचना चाहें भी तो कोई और रास्ता नहीं है।

अपनी बात ख़त्म करने के बाद, अतुल ने पूछा, "क्या सोच रही हो?"

"सोच रही हूँ, एक जैसी बातों को तुम्हें बार-बार कहना ही क्यों है और मुझे सुनना ही क्यों है। जब-जब, जो-जो होना है, वो होता रहेगा न।" राधा ने हँसने की कोशिश की।

"समझ रहा हूँ। हाँ, ये तो ग़ुस्सा आनेवाली बात है ही। पर अब हम ऐसी स्थिति में पहुँच गए हैं कि तुम ग़ुस्से में भी हँस रही हो और मैं तुम्हें नाराज़ न होने के लिए समझा रहा हूँ। वैसे इन सब बातों का अब कोई मतलब ही नहीं रह गया है। मैं सिर्फ़ एक ही बात कह सकता हूँ, तुम्हारे सिवा और किसी से मैं शादी नहीं करूँगा।"

"बस अब रहने दो।" राधा बात ख़त्म करके उठ गई। गौरी का कमरा अब ख़ाली है, राधा ने उसी कमरे में अतुल के सोने की व्यवस्था कर रखी थी। अतुल ने थोड़ा डर और हिचक के साथ पूछा, "मैं उस कमरे में सोऊँगा तो मामा जी और उन लोगों को..." अतुल ने बात ख़त्म नहीं की।

राधा ने कहा, "अब और उन बातों के लिए डरने की ज़रूरत नहीं। अगर लाशों के बीच ही सोना है तो कौन सा शत्रु-पक्ष का और कौन सा मित्र-पक्ष का, ये सोचकर डरना निरर्थक है।"

राधा अतुल के लिए पानी रखकर, बिस्तर पर मच्छरदानी लगाकर लगभग

ग्यारह बजे कमरे से निकल गई। एक बजे के बाद अतुल को नींद आई। उसके मन में बार-बार यह बात आई कि शाम से अब तक लाखेश्वर के परिवार के किसी सदस्य के साथ उसका सामना नहीं हुआ, घर के इस हिस्से में एक और परिवार रहता है, उसकी कोई आहट अतुल को नहीं मिली।

दुर्गा पूजा के बाद ही बड़े भाई ने माईला नाम के नेपाली आदमी को लाखेश्वर के पास भेज दिया। लाखेश्वर के हिस्से की ज़मीन के लिए ग्राहक मिला है। वहाँ के बहुत पुराने, मिठाई के दुकानदार का बेटा यह ज़मीन ख़रीदना चाहता है। वे अच्छे लोग हैं। कह रहे हैं कि एक ही बार में नकद रुपये जमा कर देंगे।

"तुम बात पक्की करो, मैं कुछ ही दिनों में पहुँचता हूँ।" कहकर लाखेश्वर ने माईला को वापस भेज दिया। माईला के जाने के बाद लाखेश्वर, फिर से एक बार सोचने बैठा।

अगले दिन तिलक को साथ लेकर सुबह-सुबह लाखेश्वर घर से निकल गया। कुछ दिन पहले तारा के मायकेवाले गाँव में मकान समेत एक टुकड़े ज़मीन की उसे ख़बर मिली थी। क़रीब दो कट्ठा ज़मीन होगी, चारों तरफ़ से चारदीवारी के अन्दर सुपारी के पेड़ लगे हुए हैं, एक नींबू और एक नारियल का पेड़ भी है। चार कमरे वाले पक्के मकान में छत टीन की है, आँगन के एक तरफ़ बाँस और पुआल की छत का रसोईघर अलग से बना है। एक कोने में गाय-बकरी बाँधने की अलग जगह है। उस मकान के मालिक के लड़के अब शहर में नौकरी करते हैं, उन्होंने वहीं पर ज़मीन ख़रीदकर अपने लिए मकान बनवा लिया हैं, गाँव में ज़मीन-घर की देखभाल करनेवाला कोई नहीं है, इसलिए बेचना चाहते हैं।

लाखेश्वर पहले एक बार अकेले जाकर वह ज़मीन देख आया था, आज उसने सोचा कि बेटों को भी दिखाना चाहिए, इसलिए तिलक को साथ ले आया। तिलक ने भी पूरी जगह घूमकर देखी। इस ज़मीन के तीनों तरफ़ लम्बे-चौड़े फल-फूल और सब्जियों के बग़ीचों के साथ तीन परिवार रहते हैं। उनमें से दो परिवारों की बुजुर्ग औरतें और लड़कियाँ पड़ोस में आए नये लोगों को झाँककर देखने लगीं। शनिवार होने की वजह से पास के स्कूल की थोड़ी देर में छुट्टी हो गई। तिलक खड़े-खड़े कतारों में अपने-अपने घरों को जाते बच्चों को देखने लगा। कुछ लड़के साइकिल से स्कूल आते हैं, वे अपने साथ साइकिल पर एक-एक साथी को भी बिठाकर ले जा रहे हैं और बार-बार घंटी बजाकर भीड़ में सबसे आगे निकलने की कोशिश कर रहे हैं।

स्कूल के बच्चों के चले जाने के बाद, लाखेश्वर ने तिलक से पूछा, "यहाँ रह सकेगा?"

"क्यों नहीं? मेरे मन में सिर्फ़ एक ही इच्छा है। क्या आप मुझे और नवीन को सिर्फ़ दो साल के लिए हॉस्टल में रखकर पढ़ा सकते हैं? नवीन को अब उस

कॉलेज में पढ़ने का बिलकुल मन नहीं है और मैं भी आगे एम.ए. करना चाहता हूँ। दो साल बाद और ख़र्चे की ज़रूरत नहीं पड़ेगी। तब तक मैं ही नवीन को देख सकूँगा।" तिलक ने कहा।

"मैं क्यों नहीं पढ़ा सकूँगा?" लाखेश्वर ने ज़ोर देकर कहा। इतना कहने के साथ ही उसकी आवाज़ भर आई। अपने-आप को सँभालकर उसने कहा, "मैं ज़रूर इतना कर सकता हूँ। अपनी पुश्तैनी ज़मीन बेचकर यहाँ मकान ख़रीदने के बाद भी काफ़ी रुपये बचेंगे न! इन रुपयों का मैं क्या करूँगा?"

दरअसल, मकान ख़रीदने के बाद कितना पैसा बचेगा, इसका हिसाब लाखेश्वर ने नहीं किया था और उसकी ज़रूरत भी महसूस नहीं हुई थी। तिलक और नवीन हॉस्टल में रहकर पढ़ना चाहते हैं, उसके लिए जितना ख़र्चा चाहिए, वह देना उनके बाप का फ़र्ज़ है। अभी बेटों को सिर्फ़ अपने बाप से भरोसा चाहिए। लाखेश्वर को लगा कि अपने बच्चों को इतना भरोसा दे सके, इसके अलावा और कोई ज़रूरी काम अब उसके पास नहीं है।

अगले दो हफ़्ते के अन्दर ही लाखेश्वर ने अपनी पुश्तैनी ज़मीन में से अपना हिस्सा बेच दिया और नया मकान ख़रीद भी लिया। उसके बाद तारा के एक भाई को कुछ रुपये देकर ख़रीदे हुए मकान और उस जगह की सफ़ाई करवा देने और पुराने रसोईघर की मरम्मत के लिए कहा। ये सब काम ख़त्म होने के एक हफ़्ते के बाद एक दिन लाखेश्वर ने अकन से कहा, "हम अब जा रहे हैं।"

अकन लाखेश्वर की बात सुनता रहा और उसे लगा कि वो कहीं और है, जैसे वह आधी नींद में है, अचानक जैसे उसे होश आया और उसने पूछा, "आप लोगों ने ऐसा क्यों किया?"

लाखेश्वर ने कहा, "मैंने अपने लड़कों के लिए ऐसा किया बेटा। इन दोनों को मन-ही-मन बहुत तकलीफ़ हो रही है। गौरी इस तरह से चली गई, इसलिए तो तकलीफ़ है ही लेकिन गौरी जो कहकर गई वो सच है, इसलिए उन लोगों को ज़्यादा कष्ट हो रहा है। तू ही बता बेटा, इस घर और ज़मीन में मैं कौन हूँ? मेरा जीवन तो अब बीत चुका। मेरे मरने के बाद मुझसे जुड़ी हुई बातें भी ख़त्म हो जाएँगी। लेकिन मेरे बेटे यहाँ कौन है? ये सवाल दोनों ने मुझसे इतनी बार पूछा है कि अब मैं और सहन नहीं कर सकता। कोई बात नहीं, तू बुरा मत मान। मैं उन दोनों के पास अपना कहने के लिए एक घर छोड़कर जाना चाहता हूँ। ठीक है न? और गौरी के लिए हम सबको बहुत दुख हुआ है, यहाँ मोहल्ले में मुँह निकालना मुश्किल हो गया है, तिलक और नवीन का पढ़ने में मन लगता है, वे आगे और पढ़ना चाहते हैं, वे इस माहौल से दूर रहकर और मन लगाकर पढ़ना चाहते हैं और..." लाखेश्वर अकन के सामने इस घर को छोड़ने का एक-एक कारण बताता गया लेकिन इतना कह जाने के बाद वह अपने-आप रुक गया।

"ठीक ही है।" अकन जैसे किसी दूसरी दुनिया से लौटा, "आप लोग, मेरा मतलब आप, तिलक और नवीन, सभी ठीक कह रहे हैं। इस तरह से सोचना और कहना अच्छी बात है। ऐसे वही सोच सकते हैं, जिनके पास आत्मसम्मान होता है। मैंने आगे के लिए कुछ और सोचा था। आपके साथ मिलकर कोई व्यवस्था करना चाहता था। ठीक है। जो होना था वो हुआ। बस एक बात, आप लोग जिस दिन यहाँ से जाएँगे उसके दो दिन पहले मुझे बताइए ज़रूर। मैं उस वक़्त कहीं बाहर चला जाऊँगा। आप लोगों के इस घर से निकलते वक़्त मैं यहाँ नहीं रह पाऊँगा।"

कुछ और दिन लगे, वो वक़्त भी क़रीब आ गया। लाखेश्वर ने नये मकान वाले गाँव के एक कारीगर से ज़रूरत के हिसाब से पलंग, कुर्सी मेज़ बनाने के लिए कहा था। उन लोगों ने तय किया था कि इस घर से सिर्फ़ अपने पहनने के कपड़े और लड़कों की किताब-कॉपी को छोड़कर और कुछ नहीं ले जाएँगे। लकड़ी के सामान बन जाने के बाद, एक दिन लाखेश्वर तारा के भाई को साथ लेकर बाज़ार गया और रसोई के लिए ख़ूब सारे बर्तन भी ख़रीद लाया। अपने नये घर के लिए सामान इकट्ठा करते वक़्त लाखेश्वर को अक्सर याद आता रहा कि बहुत साल पहले गोलाकेश्वर नाम के एक आदमी ने योगमाया और अकन के लिए घनश्याम चौधरी के निर्देश पर एक घर बनवाया था।

फिर जिस दिन लाखेश्वर का परिवार जाने लगा तो उन लोगों का सामान देखकर ऐसा लगा कि वे कुछ दिनों के लिए कहीं घूमने जा रहे हैं। अकन घर में नहीं था। पहली बार जब योगमाया को मालूम हुआ था कि लाखेश्वर का परिवार यह घर छोड़कर जा रहा है तो वो ख़ूब रोई थी। अब उन लोगों के जाने के वक़्त वह पत्थर की मूर्ति की तरह सामनेवाले बरामदे की ज़मीन पर ही बैठी रही। जाने से पहले तिलक और नवीन मिलने आए, वो वैसे ही बैठी रही। फिर तारा पास बैठकर ज़ोर-ज़ोर से रोने लगी, तब भी योगमाया में कोई बदलाव नहीं दिखा।

अहिद नाम का एक आदमी अपनी फोर्ड कार भाड़े पर चलाता है, नवीन ने उसे बात करके बुला लाया था। कार में नवीन और तिलक अपनी-अपनी गोद में पोटलियाँ लेकर बैठे। तारा कार में बैठकर भी रोती ही रही। राधा गेट के पास तक छोड़ने आई। लाखेश्वर ने उससे कहा, "ऐसा लग रहा है, जैसे गौरी इस घर में छोड़कर जा रहा हूँ।"

लाखेश्वर के परिवार के चले जाने के पाँच-छह दिन बाद, एक शाम महानन्द अकन के घर आया। वो गम्भीर दिख रहा था। वो इस बीच पहले भी दो-एक बार अकन को रास्ते में मिला था लेकिन घर नहीं आया था। वह राधा को आवाज़ लगाकर बैठक की कुर्सी पर ऐसे बैठ गया, जैसे वो कोई रोज़ ट्यूशन पढ़ानेवाला मास्टर हो। जैसे आवाज़ लगाकर आने का संकेत दिया और रोज़ बैठनेवाली कुर्सी पर बैठ गए।

राधा और योगमाया दोनों बाहर आ गईं। उस वक़्त अकन घर में नहीं था। कुछ समय तक चुप रहने के बाद महानन्द ने पूछा, "ये लोग इस तरह से क्यों चले गए?"

राधा और योगमाया में से किसी ने कोई जवाब नहीं दिया।

महानन्द ने कहा, "कहाँ गए और कहाँ रहते हैं ये मैं जानता हूँ। लेकिन क्यों गए..." उसने अपना वाक्य सम्पूर्ण नहीं किया।

राधा अन्दर जाने लगी। महानन्द ने उसे बुलाया, "इधर सुनो राधा।"

राधा वापस आ गई।

"मैं कुछ नहीं खाऊँगा। मेरे लिए कुछ मत लाओ।"

"सिर्फ़ चाय?"

"नहीं। मैंने चाय छोड़ ही दी है।"

राधा फिर भी अन्दर गई और एक प्लेट में दो केले और एक गिलास पानी लाकर महानन्द के सामने रख दिए। रखते वक़्त वह मुँह के अन्दर ही बुदबुदाई, "बहुत दिन के बाद आए, बिना कुछ खाए..."

काफ़ी देर तक चुपचाप बैठने के बाद, महानन्द ने एक केला उठाया और छिलके उतारते हुए कहा, "मुझे उनसे बात करनी थी।"

केले खाने के बाद जेब से रूमाल निकालकर मुँह और उँगलियाँ पोंछने के बाद महानन्द ने कहा, "उनसे मुझे कुछ सहायता माँगनी थी।"

फिर महानन्द धीरे से उठा और अपने-आप में बुदबुदाते हुए कहा "चलता हूँ।" कहकर बैठक से बाहर निकल गया। राधा पीछे-पीछे आँगन तक आई। योगमाया अब तक स्थिर होकर बैठी थी। महानन्द के गेट पार करके जाने के बाद ही वह अपनी जगह से हिल पाई।

लाखेश्वर की तरफ़ वाले कमरों में योगमाया और राधा कई दिनों तक गई ही नहीं थीं। तिलक और नवीन ने शायद, कमरों के दरवाज़ों को अन्दर की तरफ़ से चिटकनी लगाकर बन्द कर दिया था और बीच वाले कमरे से बाहर निकले थे। एक दिन राधा उन कमरों को देखने गई, उसके पास उस वक़्त कोई ख़ास काम नहीं था, यूँ ही उसे कमरों के अन्दर जाने का मन हुआ। हर कमरे को झाड़-पोंछकर ठीक से रखा गया था, ऐसा बोध होता है, जैसे कोई आनेवाला है। कुर्सी, मेज, बिस्तर बिलकुल पहले की तरह करीने से सजाकर रखे हुए हैं, सिर्फ़ उनके इस्तेमाल वाले कपड़े नहीं हैं।

"माँ!" राधा ने अपनी माँ को पुकारा। ख़ाली कमरों से उसकी आवाज़ गूँज गई। आवाज़ सुनकर योगमाया आ गई।

"इस हिस्से को बन्द कर देती हूँ। खुला रहेगा तो धूल भरेगी। रोज़-रोज़ कैसे सफ़ाई कर पाएँगे।" राधा ने कहा।

योगमाया ने कुछ नहीं कहा। उसने हर कमरे में ऐसे ही एक चक्कर लगाया,

फिर राधा से कहा, "अकन कांग्रेस का कोई दफ़्तर खोलना चाहता है न?"

"तुमसे किसने कहा? भैया ने? कब कहा?"

"कल कहा था।"

उस रात को ही राधा ने अकन से पूछा, "क्या यह सही है?"

"सोच रहा हूँ।" अकन ने कहा।

राधा ने कहा, "अगर हम लोग भी कहीं और रहने चले जाएँ तो यह पूरा घर ही कांग्रेस को दे सकते हैं। तब ज़्यादा अच्छा होगा।"

"ऐसा क्यों कहती है?"

राधा ने कहा, "फिर लोग पूछने आएँगे, मुँह पर बात करेंगे, ये किसका घर है, ये हिस्सा क्यों ख़ाली हुआ। अब और ये सब सुनने का मन नहीं करता।"

"आश्चर्य की बात है!" अकन ने राधा की तरफ़ देखा।

"आश्चर्य क्या है?" राधा ने पूछा।

"मैं भी कुछ दिनों से ठीक यही बात सोच रहा था। हम कुल तीन लोग हैं, कहीं भी जाकर रह सकते हैं। इतने सारे झंझटों के बीच में रहने की क्या ज़रूरत है। जब मैं यहाँ नहीं था तो माँ एक बार ये सब कुछ मामा जी और महानन्द को दे देना चाहती थी न?"

राधा ने 'हाँ' में सर हिलाया।

"फिर यही क्यों नहीं करते हम? यहाँ से बहुत दूर कोई छोटा सा घर लेकर क्यों नहीं रहते हम? तुझे तो अतुल साथ ले जाएगा, तुझे फिर वहीं रहना है। मेरे पास इतना काम है इस पूरे देश का, जहाँ भी रहूँगा वहीं से काम कर लूँगा। एक कमरा माँ के लिए और एक मेरे लिए, बस। और इससे ज़्यादा हमें क्या चाहिए?"

राधा ने अकन की तरफ़ देखकर कहा, "तुम क्या ऐसे ही रहोगे? शादी नहीं करोगे?"

"नहीं।"

"क्यों?"

"मेरी बहुत दिक़्क़तें हैं। अब ये बात माँ के सामने बिलकुल नहीं बताना। पहले तेरा घर बस जाए तो मैं जो भी कहना है ख़ुद ही कहूँगा, जो करना है तभी करूँगा।"

## 24

कुछ दिनों के बाद ख़बर आई, अंग्रेज़ों के सैनिक स्कूल परिसर को छोड़कर जा रहे हैं। ये ख़बर मिलते ही स्कूल के कई मास्टर अकन के पास आए।

अकन ने उन लोगों से धीरे-धीरे, रुक-रुककर कुछ बातें कहीं। वह इतना धीरे बोल रहा था कि कोई चाहे तो अक्षर-अक्षर काग़ज़ पर लिख सकता था।

अकन ने कहा, "मिलिट्री के जाने के साथ ही आप सब लोग मिलकर टूटे-फूटे दरवाज़े और खिड़कियों की मरम्मत करवा लीजिए। एक दिन तय करके, फिर से पहले की तरह रूटीन बनाकर पढ़ाई शुरू करवाइए। शुरू-शुरू में काम चलाने के लिए दोनों स्कूलों में दो हेड मास्टर चुनने होंगे और दोनों स्कूल पहले की तरह अलग-अलग जगहों पर होंगे। इस साल से एक स्कूल कमेटी भी बना लीजिए। फिर उस कमेटी के वोट से एक परमानेंट हेड मास्टर बनेंगे। सरकार से जो भी सहायता मिलती है, ले लीजिए और महानन्द से भी इन सारे मुद्दों पर बात कर लें।"

सारे मास्टर अवाक् होकर अकन को देखते रहे। फिर वे लोग एक-दूसरे के चेहरे देखने लगे।

आख़िर केशव दास ने पूछा, "आप क्यों इस तरह से बोल रहे हैं? आप ऐसे सुर में बोल रहे है, जैसे आप कोई बाहर के आदमी हैं।"

अकन ने धीमी आवाज़ में कहा, "मुझे बाहर का आदमी ही समझें। मैं सभी काग़ज़ात आप लोगों के हाथ में दे दूँगा। मुझे अब इन दोनों स्कूलों के साथ न जोड़ें। ये दोनों आप लोगों के स्कूल हैं, आप लोग अच्छी तरह से इनको चलाइए। बस इस बात का ध्यान रखिए कि जिस उद्देश्य से स्कूल बने थे, वो पूरे हों। एक और बात है, स्कूल का पुराना टूटा हुआ साइनबोर्ड फिर से न लगाएँ। कमेटी से कहें कि स्कूल का कोई नया नाम रखा जाए। दूसरे स्कूल के लिए भी यही कीजिए।"

अकन का निर्णय सुनने के बाद सभी मास्टर स्तब्ध होकर बैठे रहे। राधा चाय लेकर आई थी लेकिन किसी में चाय पीने का कोई आग्रह नज़र नहीं आया।

कुछ दिनों के बाद सचमुच हाई स्कूल के अन्दर-बाहर बिलकुल निस्तब्धता हो गई। सड़क पर और स्कूल के परिसर में कोई गाड़ी नहीं, इधर-उधर टहलते हुए सिपाही नहीं, उनकी रसोई से सुबह-शाम धुआँ निकलता नहीं दिखा। एक दिन सिर्फ़ दो आदमी और एक मोटर साइकिल दिखीं। अगले दिन से वे भी नज़र नहीं आईं।

सबसे पहले मोहल्ले के कुछ कम उम्र के लड़के गुट बनाकर स्कूल परिसर में घुसे। उन लोगों ने चारों तरफ़ घूमकर यह समझने की कोशिश की कि मिलिट्री वाले यहाँ क्या-क्या करते थे और वे कुछ छोड़कर गए हैं क्या। नहीं, उन लोगों ने कहीं कुछ भी नहीं छोड़ा है। सब तरफ़ साफ-सुथरा है और अन्दर के सामान यथास्थान पर रख गए हैं। बहुत दिनों के बाद लड़के स्कूल के मैदान में शाम होने तक जी भरकर खेलते रहे।

अगले दिन मास्टरों ने एक मीटिंग का आयोजन किया, अब आगे क्या करना है

इस पर चर्चा करनी थी। केशव दास ख़ुद अकन के पास गए। वे अकन के लगभग पैरों पर ही गिर गए, मिन्नतें करने लगे कि कम-से-कम मीटिंग में आएँ। अकन ने विनम्रता से मना किया, उसने धीरे-धीरे कहा, "मुझे जो भी कहना था, आप लोगों से पहले ही कह दिया था। मीटिंग में मैं नया क्या बोलूँगा। मुझे छोड़ दीजिए दास जी। मेरा मन वहाँ जाकर दुखी हो जाएगा, आप समझ रहे हैं न।"

केशव दास और कुछ नहीं बोले।

उस दिन शाम के बाद गोपाल दुकानदार अकन के पास आया। उसने थोड़े उत्तेजित स्वर में अकन से पूछा, "क्या आप दोनों स्कूल छोड़ देना चाहते हैं? क्या आपने कमेटी बनाने के लिए कहा है?"

अकन ने सिर्फ़ हाँ में सर हिलाया।

"क्यों भैया?" गोपाल और ज़्यादा उत्तेजित हो उठा।

"इसलिए कि दोनों स्कूलों को लोग अपना समझें, और इसलिए कि तुम कमेटी के सेक्रेटरी बन सको।"

गोपाल हक्का-बक्का हो गया। कुछ देर के बाद हिचकिचाते हुए उसने कहा, "नहीं-नहीं, मैं क्या सेक्रेटरी बनूँगा। इतने बड़े-बड़े स्कूल हैं..."

"मैं तुमसे मिलने के लिए सोच ही रहा था। तुम ख़ुद आए, अच्छा हुआ।" अकन का स्वर अचानक गम्भीर हो गया, "तुम्हारे बारे में सब कुछ मैंने सुना है। जितना सुना है उससे ज़्यादा समझा है। तुमने बहुत पैसा बनाया है, उसमें से ज़्यादातर बेईमानी करके बनाया है। तुमने धन-सम्पत्ति के नशे में हमारा नुकसान भी किया है।"

"नहीं-नहीं, भैया..."

"पहले सुनते जाओ। बीच में मत बोलो। तुम मेरी बात को नकार नहीं सकते। तुम्हारे काम में ही सच-झूठ दिख जाता है। जीवन में आगे भी और बहुत समय बाक़ी है न? तुम्हारे दादा अनन्त जी ने मुझे बचपन में गोद में खिलाया है और लाखेश्वर मामा जी ने तुम्हारे दादाजी को इज़्ज़त देकर इस गाँव में बसाया। तुम्हारी माँ हमारे स्कूल की पहली शिक्षक थीं। ये तुम भूलना नहीं, अगर भूलोगे तो बाद में तुम्हें ही तकलीफ़ होगी। मुफ़्त में शराब पीकर हर वक़्त नशे में डूबे रहनेवाले किसी नशाख़ोर की तरह अपने दिमाग़ को बन्द मत रखो। ऐसा सोचो कि ये दोनों स्कूल तुम्हारी माँ के मन में पूजाघर जैसे हैं। अपने गुरु मनोरंजन बाबू से भी ये कहना। उनके नाती-पोतियों को ऐसे स्कूल ही इनसान बना सकते हैं।"

थोड़ी देर रुककर अकन ने फिर कहा, "मैं सोचता हूँ, तुम इन दोनों ही स्कूलों के सेक्रेटरी और असिस्टेंट सेक्रेटरी बन जाओ तो अच्छा रहेगा। बुरे और अज्ञानी लोगों को भी स्कूल जैसे प्रतिष्ठान के इतने पास होने के बावजूद इसके बाहर नहीं होना चाहिए। स्कूल के अन्दर होना चाहिए। लेकिन अब इस उम्र में तो तुम लोग तीसरी-चौथी क्लास में नाम नहीं लिखवा सकते। मास्टर भी नहीं बन

सकते। इसलिए सेक्रेटरी वगैरह बन जाओ, कम-से-कम स्कूल जैसे प्रतिष्ठान से जुड़े रहो।"

थके हुए आदमी की तरह अकन ने लम्बी साँस ली। वह थोड़ी देर तक चुप बैठा रहा, फिर बोला, "मैं बाक़ी लोगों से कह दूँगा, स्कूल कमेटी मनोरंजन बाबू और तुम्हें छोड़कर न बनाई जाए।" कुछ सोचते हुए अकन ने कहा, "मेरे हिसाब से स्कूल चलने के लिए रुपये-पैसे की कमी नहीं होगी। अगर कभी ऐसा हुआ भी तो तुम लोगों के पास जो ख़त्म न होनेवाली दौलत हैं, उसमें से स्कूल के नाम कुछ जमा करना। तुम लोगों के प्रायश्चित्त के लिए इससे अच्छा उपाय और कोई नहीं होगा। ठीक है, अब तुम जाओ।" अकन ने गोपाल को साथ-साथ विदा भी कर दिया।

गोपाल हाथ जोड़ता हुआ कुछ कहना चाहता था, अकन ने उसे रोक दिया, "जो भी कहना है, स्कूल की मीटिंग में कहना, अब जाओ।"

कुछ दिनों बाद एक शाम को, अकन महानन्द के घर गया। वह स्कूल कमेटी के प्रेसिडेंट पद का भार महानन्द को लेने के लिए कहने गया था। घर में कोई नहीं है। सामनेवाले दरवाज़े पर ताला लटका हुआ है। अकन वहाँ से वापस आया और लकड़ी की दुकान में गया और चौकीदार से पूछा, "ये लोग कहाँ गए?"

चौकीदार ने कहा, "एअरपोर्ट के पास मिलिट्री के शिविर बने हैं न, वही गए हैं।"

फिर एक हफ़्ते के लिए अकन पार्टी के काम से बाहर रहा। इसी हफ़्ते में पहली बार योगमाया और राधा को महसूस हुआ कि एक तरफ़ पूजाघर से अकन के कमरे तक और दूसरी तरफ़ गौरी के कमरे तक, ये कितना विशाल मकान है! ज़रूरत के हिसाब से बढ़ाते-बढ़ाते ये कितना बड़ा हो गया था! अब तो घर के अन्दर ही किसी मैदान में खड़े होने जैसा लगता है।

राधा के स्कूल चले जाने के बाद, योगमाया को लगा कि ये एक बहुत विशाल जंगल है। कहीं कोई आवाज़ नहीं, चिड़िया नहीं, हवा नहीं, जैसे पूरा माहौल जड़ हो गया है। उसकी साँसों की हवा अन्दर-बाहर हो रही है, जिसकी वजह से उसकी छाती थोड़ी हिल रही है, बस इतना ही कम्पन है परिवेश में। एक बारगी उसे ऐसा लगा, जैसे लाखेश्वर अकन को रेलगाड़ी दिखाने ले गया है, रेलगाड़ी देखने के बाद अकन हाथ में धनुष और तीर लेकर जंगल में दौड़ लगा रहा है, योगमाया घर में घनश्याम चौधरी के बारे में सोचती हुई अकेली बैठी है।

राधा स्कूल चली जाती है तो योगमाया एक बार फिर बिस्तर पर जाती है, वो सोने की कोशिश करती है, पर नींद नहीं आती। योगमाया अगर दोपहर बाद तीन बजे भी रसोई में जाए तो दो लोगों का खाना तुरन्त बन ही जाता है लेकिन वह दो बजे से खाने की तैयारी करने लगती है। उसके पास इतना सारा वक़्त है, इतना लम्बा लगता है पूरा दिन, वह बिलकुल ऊब जाती है। कभी-कभी योगमाया को

लगता है कि उसके अन्दर बहुत उदासी भर गई है, एक तरह के हाहाकार से वह बेचैन हो उठती है।

हफ़्ते भर बाद अकन एक नया समाचार लेकर लौटा। उसे चन्दन नगर में एक काम मिल गया है। बच्चों को पढ़ाने के साथ-साथ पार्टी का काम भी करना है। उसे तनख़्वाह के साथ रहने के लिए मकान भी मिलेगा। उस जगह और प्रतिष्ठान को ठीक आश्रम तो नहीं कहा जा सकता लेकिन वैसा ही परिवेश है। आगे चलकर उस जगह पर एक यूनिवर्सिटी बनाने की बात चल रही है।

राधा के पास भी एक नया समाचार है। स्कूल के सभी टीचर चाहते हैं कि प्रिंसिपल राधा ही बने।

ये ख़बर सुनकर अकन थोड़ी देर आँखें बन्द करके सोचता रहा, फिर उसने कहा, "असल में उन लोगों को हमारे परिवार से बहुत प्यार है, इसलिए वे ऐसा कह रहे हैं। हमें इस तरह से छोड़ देना उन लोगों के लिए मुश्किल हो रहा है। ऐसा होगा भी, आख़िर हमारे परिवार ने ही दोनों स्कूलों की नींव रखी थी।"

"तुम क्या कहते हो?" राधा ने पूछा।

"तुझे जो अच्छा लगता है कर।" अकन ने खुले मन से कहा।

"क्या तुम चन्दन नगर चले जाओगे?"

अकन ने कहा, "मैं ये सोच रहा था कि अतुल आ जाता और तू उसके साथ इसी घर में रहती। माँ अगर मेरे साथ जाना चाहती है तो ठीक, वरना यहीं रहे तुम लोगों के साथ।"

"लेकिन तुम इस तरह से क्यों जाने लगे?" राधा ने एकदम से पूछा।

अकन इस बात का जवाब देने के लिए जैसे पहले से ही तैयार था। उसने कहा, "शुरू के दिनों में मैंने बहुत ग़लतियाँ की है। मैंने तुच्छ मामलों में उलझकर बहुत छोटा काम किया। उसकीं वजह से जो अच्छा किया था, उसमें भी कलंक लगा। अब मुझे बहुत शर्म महसूस होती है। हमेशा मैंने माँ के लिए सोचकर ही ये सारे अच्छे काम किये थे। लेकिन ये तब नहीं समझ पाया था कि इन सबसे माँ का ही नाम ख़राब होगा। इन छोटी-छोटी और तुच्छ बातों में नहीं उलझना चाहिए, इनसे दूर रहना ही बेहतर है। माँ भी तभी सुखी रहेगी, जब इस माहौल से, यहाँ के लोगों की चर्चा से दूर हो पाएगी।"

थोड़ी देर तक दोनों भाई-बहन चुपचाप बैठे रहे। फिर अकन ने थोड़े उत्तेजित स्वर में कहा, "और मेरे साथ-साथ इस कहानी का अन्त ज़रूरी है। तूने पूछा था मैं शादी क्यों नहीं कर रहा। मैं शादी नहीं करूँगा। ये सिलसिला यहीं ख़त्म हो जाना है, माँ को अब किसी भी चर्चा से मुक्त हो जाना है। मेरा खानदान कहाँ से आया, ये सवाल कहीं से उठे ही नहीं।" लम्बी साँस लेकर अकन ने अपना स्वर नरम किया, "मेरे पास अब बहुत काम है। मुझे अब तुम लोग समाज के लिए मुक्त कर दो।"

क़रीब महीने भर बाद अकन चन्दन नगर जाने के लिए तैयार हुआ। जाने से पहले वह महानन्द के साथ कुछ बन्दोबस्त कर जाना चाहता था, बन्दोबस्त का मतलब महानन्द से दो-चार बातें कह जाना चाहता था। यही कहना था कि महानन्द स्कूल और बाक़ी बची ज़मीन-जायदाद को अपना समझकर ज़िम्मेदारी ले ले। स्कूल के कुछ शिक्षकों को ज़मीन दी गई थी, वे लोग अभी तक वहाँ मकान नहीं बनवा पाए, महानन्द अब उसके लिए आपत्ति न करे। इतने त्याग की उम्मीद अकन, महानन्द से कर रहा है। घनश्याम चौधरी के द्वारा ख़ुद बनवाए मकान को भी महानन्द अपना सम्पत्ति ही समझे, जिसमें अभी योगमाया का परिवार रहता है। अगर महानन्द चाहे तो राधा से बोलकर उसे ख़ाली करवा सकता है।

अकन काफ़ी दिनों से महानन्द को ढूँढ़ रहा था, आख़िर एक दिन वह अपने घर में ही मिल गया।

"आओ-आओ अकन," महानन्द, अकन को आँगन से ही आवभगत करते हुए अन्दर ले गया। अकन को बैठाकर कहने लगा, "मैं तुमसे कई दिनों से मिलना चाह रहा था, वक़्त ही नहीं मिला, कुछ दिनों से काम से बहुत घूमना पड़ रहा है। मिलिट्री चली गई और साथ में मेरा भी काम बढ़ा गई। अच्छा ये सब छोड़ो। तुम्हारे मामा जी मुझे कोई ख़बर दिए बिना ही यहाँ से चले गए। मुझे थोड़ा बुरा लगा। लकड़ी की दुकान मैं उनको ख़ुद वापस करना चाहता था। तुम्हें तो लकड़ी की दुकान में कोई दिलचस्पी होगी नहीं। इसलिए सोचा था उन्हीं के हाथ में उसकी चाभी दे दूँ। ठीक है, अब तुमको दे दूँगा और इस घर की चाभी भी देना है। समझ लो अभी से दे दी। हमारे यहाँ से निकलते ही चाभी हाथ में दे जाऊँगा।"

"आप लोग कहाँ जा रहे हैं?" अकन ने अस्फुट स्वर में पूछा।

"एअरपोर्ट के पास मिलिट्री ने कुछ मकान बनवाए थे। उसमें से एक उन लोगों ने मुझे दिया है। बहुत अच्छा और खुला इलाक़ा है, कोई हलचल नहीं, बीच-बीच में सिर्फ़ हवाई जहाजों के चढ़ने-उतरने की आवाज़ें हैं। अब तो ये भी कम हो जाएँगी, बहुत ज़्यादा, दिन में दो जहाजों का आना-जाना होगा। कुछ दिन घर के सब लोगों को लेकर वहाँ रहकर भी देखा। बहुत अच्छा लगा। अब भी तुम्हारी भाभी और लड़के वहीं हैं। मैं अकेले आया हूँ। तुम चाय पियोगे?"

"नहीं-नहीं, चाय नहीं चाहिए। तो फिर अब आप लोग अब और यहाँ नहीं रहेंगे?"

"हाँ, ऐसा ही तय किया है। पर मिलते रहेंगे हम लोग। यहाँ से ज़्यादा दूर तो नहीं है।" महानन्द ने जैसे अपराधी भाव से कहा।

"और ये घर और ज़मीन-जायदाद?"

"वही तो कह रहा हूँ। ये सब तुम लोगों का सामान, तुम्हें वापस कर रहा हूँ। तुम लोगों ने मुझे दुख और अभाव के दिनों में बहुत मदद की थी। अगर उस वक़्त मुझे सहायता नहीं मिलती तो पता नहीं आज हम लोग कहाँ होते।" महानन्द रुका,

फिर कुछ सोचकर कहा, "बीच में मैंने बहुत ग़लतियाँ की, 'पिताजी अच्छे आदमी थे', इसी बात पर अड़ा रहा। थोड़ा लालच भी हो गया था। इसलिए ही बहुत गड़बड़ हुई। अगर मेरा बड़ा बेटा समय पर मुझे नहीं टोकता तो मैं कभी अपनी ग़लतियाँ देख ही नहीं पाता।" महानन्द ने एक फीकी मुस्कान के साथ फिर से कुछ सोचते हुए कहा, "एक ही आदमी की वजह से हम लोगों को तकलीफ़ हुई और तुम लोगों को भी तो ये सोच सकते हैं कि वह आदमी कहीं ग़लत था। क्या कहते हो?" फिर अचानक पुरानी चीज़ों को झटक देने की तरह महानन्द ने कहा, "छोड़ो, छोड़ो, जो होना था हो गया। अब सब कुछ पहले की तरह सँभालकर संतोष से रहो। मामा जी से भी कहो कि लौट आए।"

"मैं ये सारी चीज़ें आपके हवाले करने के लिए यहाँ आया था।" अकन ने कहा।

"मुझे? नहीं-नहीं।" महानन्द जैसे चौक उठा, "मुझे और इन सबके बीच में बिलकुल मत घसीटो। मैं यहाँ रहूँगा तो मुझे ज़मीन-जायदाद मिलेगी लेकिन बाक़ी सब खो दूँगा। मेरी पत्नी, मेरे लड़के सब खो दूँगा। मैं यहाँ रहूँगा तो पिताजी की बदनामी भी साथ रह जाएगी।"

फिर महानन्द ने हल्के स्वर में, बड़े भाई के, छोटे भाई से कहने की तरह कहा, "तुम अब शादी कर लो। राधा का घर भी बसा दो। देखो कि तुम्हारी माँ अकेली न पड़े।"

अकन निर्वाक और स्तब्ध रह गया। महानन्द से विदा लेते वक़्त भी उसने सिर हिलाकर जाने का इशारा किया, उसके मुँह से बोल नहीं फूटे।

कुछ दिनों के बाद पार्वती आकर चाभी के गुच्छे राधा के हाथ में दे गई। जाने से पहले वह योगमाया के पैर छूकर प्रणाम कर गई।

महानन्द के परिवार के चले जाने के बाद, एक दिन योगमाया और राधा, वो घर देखने आए। वे अपनी शेवरलेट कार भी छोड़कर गए थे। सामनेवाला बरामदा आवारा बकरियों का डेरा बन गया है। घर के अन्दर का काफ़ी सामान वे साथ ले गए थे लेकिन अभी भी एक परिवार के रहने लायक बहुत सामान रखा हुआ है। मकान बनते वक़्त योगमाया के परिवार की तरफ़ से कुछ लकड़ी के सामान भी बनवाए गए थे, उनमें से कुछ भी वे साथ नहीं ले गए थे। मकान के अन्दर सीलन जैसी गंध है, एक कमरे के कोने में दीमक ने मिट्टी का ढेर बनाया है। मकान से निकलते वक़्त राधा का ध्यान गया, गेट के खम्भे पर योगमाया के नाम का साइनबोर्ड लगाया हुआ है।

कुछ दिन पहले ही अकन चन्दन नगर गया था। वहाँ जाने से पहले वह दधि नाम के एक आदमी को माँ और बहन की सहायता के लिए रख गया है। दधि अकेला आदमी है, दिमाग़ थोड़ा कम है, पर बहुत मेहनती है। काम करने का उसे कोई आलस या किसी बात का डर नहीं है। अकन उसे घर का काम करने,

बाज़ार से सौदा लाने और माँ और राधा को अकेले न छोड़ने के लिए रख गया है।

महानन्द के घर से लौटते ही राधा ने दधि को उस घर के आँगन में योगमाया के नाम का लटका हुआ साइनबोर्ड उतार लाने का निर्देश दिया।

अकन के चन्दन नगर चले जाने के बाद, पूरा मोहल्ला शान्त और स्थिर हो गया था। धीरे-धीरे महायुद्ध का असर ख़त्म होने लगा था। ज़मीन पानेवाले शिक्षकों में से तीन ने मकान बनवाने का काम शुरू कर दिया था। उन्होंने स्कूल फंड से पैसा कर्ज़ पर नहीं लिया था। बाक़ी शिक्षकों ने भी ज़मीन अपने कब्जे में ले ली थी, पर अभी काम शुरू करवाने को लेकर असमंजस में थे। पुलिस के साहब ने अधबने मकान को पूरा करने के लिए फिर से कारीगर लगाया था। एक रात शराब पीकर देर से घर में घुसने की वजह से गोपाल ने अपने बेटे को बुरी तरह से पीटकर बेहोश कर दिया था। मनोरंजन दास दिन-ब-दिन गम्भीर बनता जा रहा था और लोगों से अलग-थलग रहने लगा था। उसने गोपाल से मेल-मिलाप कम कर दिया था। बहुत साल पहले किराये पर रहनेवाले काबुलीवाले के कोने के मकान में अब बुनकर विभाग के अधीक्षक गिरीन भट्टाचार्य का परिवार रहने लगा था। उनकी तीन बेटियों में से बड़ी वाली, मोहल्ले में रहने के कुछ दिन बाद ही पड़ोस के बच्चों को इकट्ठा करके गाना सिखाने लगी थी। वह बच्चों को 'झंडा ऊँचा रहे हमारा' सरीखे गीत कोरस में सिखाती थी। वह ख़ुद हारमोनियम बजाकर साथ-साथ गाती थी। पड़ोस के जगमोहन का कारोबार अब बहुत फैल गया था। उनके बनाए हुए शिवजी के मन्दिर में अब रात के वक़्त कीर्तन करनेवाले लोगों की भीड़ बढ़ने लगी थी। राधा ने आख़िर हेड मास्टर का पद स्वीकार नहीं किया था। केशव दास ही हेड मास्टर की ज़िम्मेदारी सँभाल रहे थे।

हर दस-बारह दिन बाद अकन की एक चिट्ठी आती थी। हर चिट्ठी में वह सबसे पहले दो ही बात पूछता था, 'माँ का स्वास्थ्य और मन ठीक है?' और 'अतुल का कोई समाचार आया है?'

चिट्ठी की बाक़ी बातों का सार भी घूम-फिरकर वही होता था, अब उसे मन के मुताबिक काम करने को मिला है। उसके पास जो शक्ति और सामर्थ्य है, यह उसी हिसाब का काम है। उसका काम बहुत महत्त्वपूर्ण है, देश जल्दी स्वतंत्र होगा ही, और तब उसके पास स्वतंत्रता की ख़ुशियाँ मनाने का पूरा अधिकार होगा। बहुत बड़े-बड़े नेताओं से वह मिला है और उन लोगों से बहुत सारी बातें सीखने का मौक़ा मिला है। बस फ़ुरसत में माँ और राधा को याद करके उसका मन दुखी हो जाता है। अतुल भी अभी तक नहीं आया।

दो-तीन महीनों में अकन माँ और राधा के पास आता रहता। वापसी में हर बार योगमाया से पूछता, 'तुम्हें चलना हो तो चलो, मेरे साथ रहना, तुम्हें अच्छा लगेगा, बहुत अच्छी जगह है, मुझे घर भी बड़ा मिला है।'

योगमाया राधा की तरफ़ इशारा करके बोलती है, "इसे किसके साथ छोड़ जाऊँ?"

"एक-दो महीने की छुट्टी लेकर वो भी चले।" अकन कहता है।

लेकिन राधा बिलकुल कहीं भी जाने को तैयार नहीं हुई। वह इसी घर में रहेगी। हो सकता है किसी रात उसे खिड़की में दस्तक सुनाई देगी और अतुल धीमी आवाज़ में 'राधा राधा' कहकर पुकारेगा। उसे तो इसी घर में रहना पड़ेगा। दिन के वक़्त अगर वो स्कूल या बाहर कहीं जाएगी भी तो दधि उसे ख़बर देने आ पाएगा और फिर वह दौड़कर घर आ जाएगी।

इसी बीच एक दिन, कभी इसी हाई स्कूल में पढ़ा हुआ, अतुल का प्रिय छात्र खगेन हेड मास्टर केशव दास के पास आया और भयानक समाचार दिया उसने, 'कलकत्ता में किसी ने अतुल की हत्या कर दी है।'

अकन चन्दन नगर से भागता हुआ कलकत्ता गया। उसने सरकारी दफ़्तरों में संघर्ष में मरे हुए लोगों की फेहरिस्त और फ़ोटो खँगाल डालीं और फिर उसे पता चला, मिर्ज़ापुर की एक दुकान की सीढ़ियों पर अतुल पड़ा हुआ था। उसने पतलून और शर्ट पहना हुआ था, उसके कन्धे पर एक झोला था, उसकी लम्बी दाढ़ी थी। फ़ोटो में अकन को उतनी ही दाढ़ी दिखी, जितना आख़िरी बार मिलने पर देखी थी।

अतुल ने राधा से कहा था, मालूम नहीं, कब तुम्हारे साथ शादी होगी, पर एक दिन होगी ज़रूर। कल तुमसे मिलकर ऐसा लगा कि शादीशुदा आदमी की तरह तुम्हारे साथ एक रात काट लूँ।ब

'ऐसी एक रात उसे मैंने दे दी होती।' हर बार थोड़ा-सा ख़ुद को सँभालकर सोचने लायक हालत में आने पर यही बात राधा के मन में आती रही। अगर वे दोनों एक रात वैसे काट लेते तो शायद आज राधा को इतना अकेलापन, इतना ख़ाली नहीं महसूस होता। शायद वह कुछ उम्मीद के साथ जी सकती, जिस तरह अकन और उसे लेकर उनकी माँ अब तक जिन्दा है। इस ख़ालीपन और अकेलेपन से ज़्यादा एक बदनामी ही शायद उसे कुछ राहत दे सकती थी! और अतुल के साथ होने की वजह से बदनामी, इस बदनामी को सहन करना भी शायद उसे कितना अच्छा लगता!

एक दिन अकन ने योगमाया से कहा, "यहाँ ऐसे रहेगी तो उसका भी मन दुखी ही रहेगा। तुम भी उदास होती रहोगी। इसलिए तुम दोनों अब मेरे साथ चलो। उसे भी तुम ही समझाओ।"

योगमाया अकन की बात सुनती हुई, ज़मीन में ही गड़े एक खूँटे से टिककर बैठी थी। अकन की बात सुनकर वह खूँटे का सहारा लेकर खड़ी हुई। नीचे से एकदम से उठने में आजकल उनको थोड़ी दिक़्क़त होती है, घुटनों और कमर पर ज़ोर पड़ता है।

राधा ने एक बार सोचा, इसी कमरे में, इसी बिस्तर पर बहुत दिन पहले अतुल ने एक बार उसकी देह पर हाथ रखकर सोया था, उसके चेहरे पर प्यार से हाथ फेरा था, इसी घर में दोनों कितनी बार, कितनी सारी बातें करते थे, इसी घर के पड़ोस के स्कूल में अतुल नौकरी करता था। राधा ने सोचा, वो यहीं रहेगी। इन्हीं स्मृतियों को सहेजती हुई, इसी घर में वो रह जाएगी।

पर फिर उसे लगा, नहीं-नहीं, बहुत तकलीफ़ होगी उसे। ये तकलीफ़ बढ़ती जाएगी और उसके सहन करने लायक नहीं रहेगी। और फिर वह यहाँ रहेगी तो अतुल का भी अपमान होगा, बात-बात पर उसकी ज़िन्दगी के साथ लोग अतुल की खींचा-तानी करते रहेंगे। शायद लोग घनश्याम चौधरी को भी बातों-बातों में खींच लाएँगे।

राधा ने आख़िर तय किया कि वह भी अकन और माँ के साथ चली जाएगी।

चन्दन नगर के लिए रवाना होने के एक दिन पहले अकन, हेड मास्टर केशव दास से अकेले में मिला और कहा, "प्राइमरी स्कूल का साइनबोर्ड जल्दी हटाने की व्यवस्था कीजिए, पार्क का साइनबोर्ड भी पुराना हो रहा है, कहीं-कहीं टूट गया है, जंग भी लगा है। उसे हटवा दीजिए। उस नाम का साइनबोर्ड फिर से न लगवाइए। मेरे इस अनुरोध को आप ज़रूर मानिए।"

बहुत दिन पहले इस जगह पर एक जंगल था। रेल विभाग में आजीवन नौकरी करनेवाले किसी आदमी की हस्तलिखित आत्मकथा से पता चलता है कि ह्यूबर्ट नाम के एक इंजीनियर ने एक विशाल अजगर को बन्दूक से मारा था और उस साँप की चमड़ी को दूर बर्मिंघम में रहनेवाले अपने माँ-पिता को भेज दिया था।

अब इस जगह पर बहुत सारे मकान और ढेर सारे लोग हैं। बहुत साल पहले किसी स्कूल मास्टर से ख़रीदी हुई ज़मीन पर किसी डी.एम.सी. कम्पनी के बनवाए हुए तीन, पाँच मंज़िले मकानों में क़रीब तीस परिवार रहते हैं। शिवजी के मन्दिर के पास ओरिएंट होटल है, इस होटल के मालिक के पिताजी का, इसी जगह पर एक गोदाम था। रिफ्यूजी मार्केट के कोने में एक शेवरलेट कार का कंकाल पड़ा है, बहुत पहले इसी गाड़ी का मालिक मार्केट के बीच के खँडहर से दिखनेवाले मकान में रहता था। आजकल जिस जगह पर लोकबन्धु कॉलेज बना हुआ है, पहले वहाँ एक पार्क था। कॉलेज की गवर्निंग बॉडी के प्रेसिडेंट के पिता की एक किराने की दुकान थी। लोग कहते हैं दूसरे विश्वयुद्ध के समय उस दुकानदार ने बहुत पैसा कमाया था। अब पहले की दुकान की जगह पर उनके बच्चों ने सात और दुकान खोली हैं और किराये पर चला रहे हैं। एक-एक दुकान का किराया महीने में बारह सौ से ऊपर है। रेल लाइन के किनारे बनी झुग्गियों में से पुलिस कभी-कभी दो-चार औरतों को गिरफ़्तार कर ले जाती है। कभी-कभी सिविल ड्रेस में दो-एक सिपाही उन झुग्गियों में रात बिताकर जाते हैं। इस मोहल्ले में स्कूटर

मरम्मत की दो दुकानें है, उस ज़मीन का मालिक हरिशंकर का नाती आजकल फिल्म प्रोड्यूस करता है।

'डेज्लिंग वाइट' नाम की लॉन्ड्री और यूनाइटेड बैंक के किनारे से अगर अन्दर गली में जाए तो वीनस ब्यूटी पार्लर के पीछे एक पुराना 'आसाम टाइप' मकान दिखता है, वह मकान स्वतंत्रता के बाद रिफ्यूजी के लिए बने हुए शिविर का हिस्सा था। उस मकान के सामनेवाले बरामदे के ऊपर लकड़ी की लटकन बनी हुई है, नीचे वाली पट्टी में लकड़ी की नक़्क़ाशी किया हुआ जालीदार मोर बना है, कूचबिहार के किसी कारीगर ने इसे बहुत जतन से बनाया था। मकान में टिके हुए रिफ्यूजी बाद में चले गए। अब उस मकान में एक तरफ़ अगरबत्ती बेचनेवाले और बिस्कुट की कम्पनी में काम करनेवाले कुछ लोग रहते हैं। मकान की दूसरी तरफ़ लोकबन्धु कॉलेज की गवर्निंग बॉडी के प्रेसिडेंट ने कुछ सामान भरकर रखा है। वो काफ़ी दिनों से अगरबत्ती बेचनेवाले और बिस्कुट कम्पनी में काम करनेवाले लोगों को घर छोड़ देने के किये कह रहा है। वह इस जगह पर बड़ा-सा कुछ बनाने का प्लान बना रहा है। इस प्लान को बनाने से पहले उन्होंने बहुत दिनों तक इन्तज़ार किया कि घर का कोई वारिस कभी आ जाए! इतने दिनों में कभी कोई भी नहीं आया था और उनकी ख़बर पूछने का कोई ज़रिया भी नहीं था। किसी का नाम या पता उनके पास नहीं था।